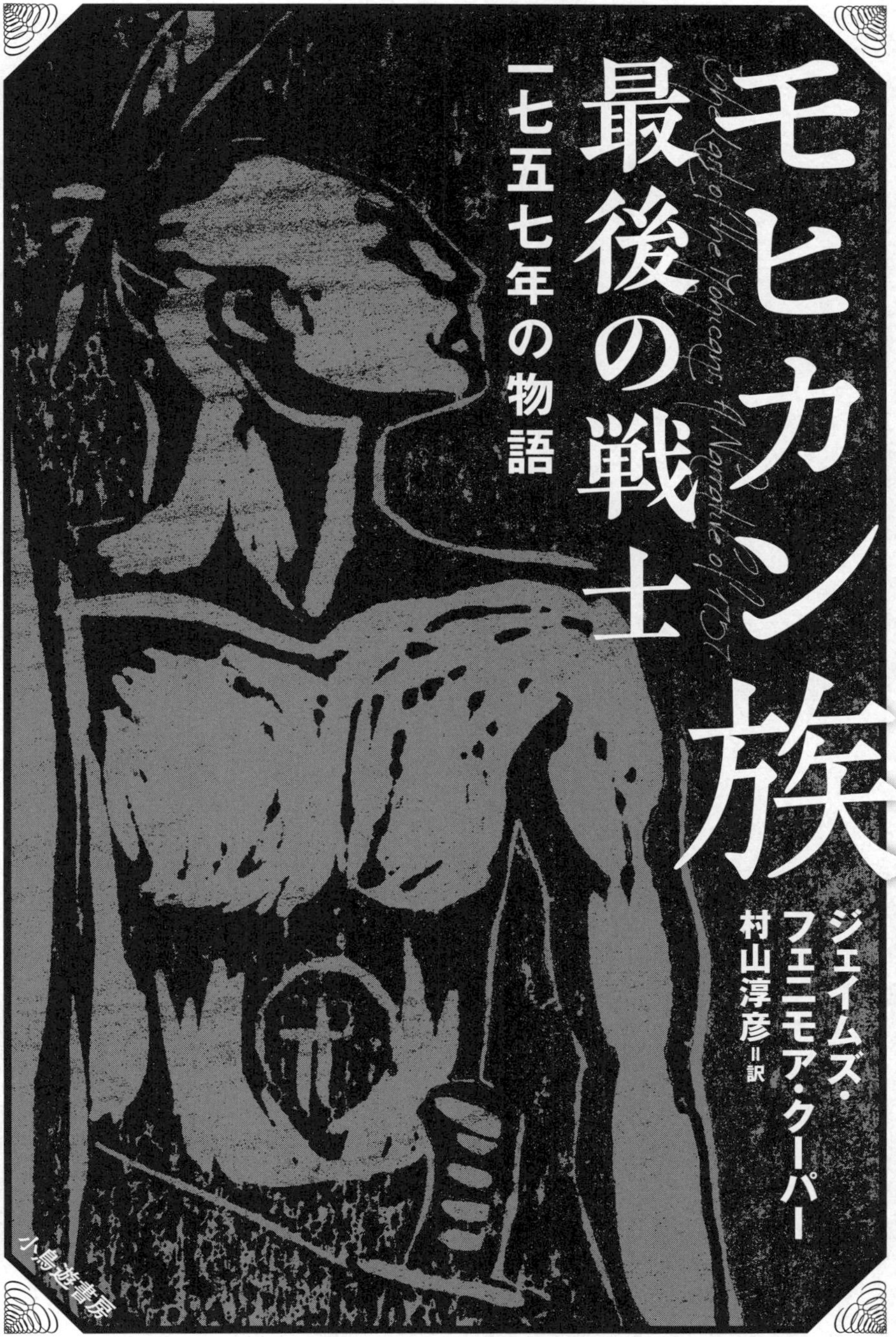

モヒカン族最後の戦士

一七五七年の物語

ジェイムズ・フェニモア・クーパー
村山淳彦＝訳

小鳥遊書房

目次

本文中で†印がついている箇所の註は、作者クーパー自身が書いた原註である。
＊印がついている箇所の註は、訳者が付した訳註である。
註は章ごとに巻末にまとめてある。

「この肌の色ゆえに私を毛嫌いなさらないように、
これは輝く太陽から下された黒いお仕着せ。」

『ヴェニスの商人』[*1] 二幕一場、一～二行。

初版はしがき（一八二六年）

この世に存在したこともないような物事を、想像力に訴えロマンティックに描き出した絵図に出会えると期待して本書をひもとく読者は、おそらくがっかりして途中で投げ出してしまうであろう。この作品はまさに表題に銘打ってあるとおりのもの――すなわち一つの物語である。しかしながら、本書が語る事柄は、あまねく理解されているとはかぎらないし、とりわけ想像力にたよりがちな女性の読者には理解されていないのに、なかには、これがまったくの虚構であると思いこんで読んでみようと思う人もいるかもしれないので、歴史に言及しているわかりにくい箇所について多少の説明を与えておく方が、作者にとって都合がよい。この務めを果たさなければならないと作者が思うにいたったのは、経験という苦い杯を嘗めたゆえである。経験がしばしば教えてくれたことによれば、読者は何事によれ、目の前に突きつけられないうちはまったく知らなかったくせに、それが畏るべき公衆の目にさらされるやたちまち、個々の読者も、集団としての読者層も、その事実を発見した作者よりもっと知悉している気になるものだし、さらにこの反応は直観的であるとさえ言える。それなのに、作家にしろ、発案家にしろ、議論の余地ないこのような実態に真っ向から逆らって、自分以外の誰かの発明の才をあてにするのは、きわめて危険な冒険である。それゆえ何事も、うまく説明できないまま謎にとどめておくべきではない。そんなやり方をすれば、書物を買うことに金を費やすよりも、書物を作ることに時間を費やすことに妙な満足を見出すようなある種の読者に、おかしな喜びを与えることにしかならない。筆者は、物語を始める前に冒頭で、わかりにくい言葉をあらかじめ説明する理由について、以上のような弁明をまずさせていただいた上で、課題に取り組むものである。言うまでもなく、インディアンの昔の生活に少しでも通じている者がすでによく知っていることについては、ここで説明しないし、また、説明の必要もないであろう。

インディアンの歴史を研究する者が克服しなければならない最大の難関は、名前がひどくややこしいことである。しかし、オランダ人、イギリス人、フランス人がそれぞれ、この点に関して征服者としての勝手気ままなやり方をとってきたことを思えば、また、土着の人びと自身が異なる言語や、各語の方言をも話すのみならず、自分たちの呼び名を好んで増やすことを思えば、この難関の存在は遺憾なこととはいえ、驚くにはあたらない。以下の物語に他にもいかなる欠陥があろうとも、とにかく名前のわかりにくさは以上の事実から生じたと考えられたい。

ヨーロッパ人は、ペノブスコット川[*1]からポトマック川[*2]まで、また、大西洋からミシシッピ川にいたる広大な地域が、祖先を同じくする一種族《ピープル》の占有するところであると見出した。この広大な領域の一、二箇所で多少境界が張り出したり、食いこまれたりしているところがあるのは、周囲の諸種族との抗争の結果である。とはいえ、だいたいのところは前述の範囲がこの種族の勢力圏だった。この一族の総称はワパナチキ族[*3]であった。しかし、彼ら自身は「レニ・レナペ」族と自称するのを好んでいた。この呼び名は「混淆せざる一族」という意味である。この一族がいかなる婚姻上の半族《モイアティ》集団や部族《トライブ》に下位区分されていたかという点に関しては、作者の知識をはるかに超えていて、説明することができない。各部族はそれぞれ別の呼称、別の族長、別の猟場を有し、異なる方言を話す場合も少なくなかった。旧世界の封建領主のようにたがいに抗争し、主権にともなう他の諸特権を行使していた。それでもこの一族はたがいに、共通の祖先を戴くと称し、類似の言語を擁し、精神的価値観を共有するとみなしていた。その精神は、伝承を通じてきわめて正確絶妙に引き継がれていたのである。この有力な一族の一支族は、「レナペウィヒタック」[*4]という名の麗しい川の流域に住みつき、そこに部族の「ロング・ハウス」[*5]つまり大評議会の焚き火をしつらえる小屋が、全員の承認のもとに設置されていた。

今日のニューイングランド南西部、ニューヨーク州ハドソン川[*6]の東に広がる地域、および、それよりもずっと南に延びる地方からなる一帯を占有していた部族は、有力な一族であり、「マヒカンニ」族、あるいはもっと親しまれた呼称としては「モヒカン」族[*7]という名で通っていた。モヒカン族という名はその後イギリス人によって転訛され、「モヒーガン」族に変えられてしまった。

モヒカン族はさらに分割された。全体としてこの部族は、「ロング・ハウス」を擁する近隣の諸族と系譜の古さを競ってもいたが、「父祖」の「長男」たることを任ずるその主張はおおむね認められていた。もちろん、この土地の元来の占有者だった者たちが、白人によって最初に土地を奪われた者たちにほかならなかった。今日なお生き残っているわずかな人びとは、だいたいは他の部族のなかにばらばらに吸収され、かつての権勢と栄光を伝えるものといえば、その生き残りたちが抱える哀愁に満ちた思い出しかない。

公会堂のある聖地を護衛した部族は、長年「レナペ」という尊称を与えられて重んじられてきたのだが、その名の起源だった川の名前がイギリス人によって「デラウェア」と変えられた後は、この部族もだんだんやはり同じ名前で呼ばれるようになった。しかし、これらの呼称を使い分けるにあたり、当人たちはきわめて精妙な区別を維持していた。そういう表現上の彩《あや》がインディアンの言語には染みついており、交わす言葉にいつも品格を添え、その雄弁さにペーソスないし活力を吹きこむこともめずらしくなかった。

レナペ族の勢力圏の北数百マイルにわたる境界沿いに、もう一つの種族が住みついていた。やはりいくつかの部族に分かれ、別の系譜や言語を有していた。近隣の諸族からは「メングウェ」[*8]と呼ばれていた。しかし、これら北方の蛮族は、レナペよりも劣勢で、まとまりも悪かった。この弱みを克服するために、これら諸部族のなかでももっとも有力で好戦的な五部族は、敵の公会堂にもっとも近い地域に暮らしていたこともあり、相互協力防衛体制を布く同盟を組んだ。これこそまさに、北アメリカの歴史のなかで確認しうるもっとも古い共和国連邦[*9]なのである。五部族とは、モホーク族、オナイダ族、セネカ族、カユーガ族、オノンダーガ族である。のちに、同類の孤立していた一部族が「太陽に近づいてきた」[*10]結果、交渉を持ちはじめ、やがて同盟の政治的特権に対等に与ることを認められるようになった。この部族（タスカローラ族）が加わったために同盟の構成族数は増えたので、イギリス人は、それまでの「五民族連合」という呼び方を「六民族連合」に変えた。物語の進行につれ、民族《ネーション》という言葉がときには一村落のことを指したり、また別のときにはもっとも広い意味で同一系統集団のことを指したりすることになる。メングウェは近隣のインディアンから「マクア」とも呼ばれたし、軽蔑をこめて「ミンゴ」と呼ばれることも多かった。フランス人は「イロコイ」族という名をつけたが、これはおそらく、インディアンたちのあいだで用いられていた呼び名の一つが転訛した形であろう。

裏付けがじゅうぶんにある恥ずべき歴史として知られていることによれば、オランダ人とメングウェとは結託してレナペ族をまんまと丸めこみ、武装放棄させた上で防衛権をすっかりメングウェに譲り渡すように仕向けた。そのためにレナペは結局、インディアンの比喩的な言い方によれば「女」になってしまった。この方策はいかに親切ごかしだったにせよ、オランダ人の側からすれば安全保障になった。今日の合衆国版図内に存在していたインディアン諸民族のなかでもっとも偉大で開化されていた民族は、このときから没落しはじめたと言ってもよいであろう。レナペは白人によって掠奪され、蛮族によって殺害、抑圧されながら、しばらくは会議の焚き火を守って細々と暮らしていたが、ついに蹴散らかされて小部隊に分散し、西方の未開地に避難するにいたった。消えかかるランプの最後の輝きのように、レナペ族の栄光は、まさに絶滅に瀕して赤々と燃え立った。

この興味深い種族や、とりわけその後の変遷の歴史について語りうることは、まだ多々あるけれども、それを述べだしたら、本書のあらすじから逸れていると思われるだけであろう。敬虔にして高徳、見聞豊かなヘッケウェルダー*11が亡くなってからは、この種の情報源が消え失せてしまったし、一個人であれほどの消息に通じるなどということは、残念ながらもはや二度と起こりえまい。ヘッケウェルダーはレナペのために長年身を粉にしてきたが、それも彼らの名誉回復のためというよりは、道徳心を高めるためであった。

以上、題材についてまず簡単な解説をした上で、作者は本書を読者の裁断にゆだねる。しかし、正義のためとまでは言わなくても公平無私を貫こうとすれば、作者は以下のように言明しておかねばならない。居心地のよい客間の四囲の壁に守られて頭を働かせるのが常となっているうら若い淑女のみなさん、いい年をして世間の風向きに振りまわされる未婚の紳士のみなさん、および、読むつもりの書物を手もとに抱えているやんごとない牧師のみなさんには、本書を読もうとしないように忠告しておきたい。そんな忠告をするわけは、若いお嬢さん方は本書を読んだ後に、身の毛がよだつなどと宣《のたま》うに決まっているからであり、独身男たちは眠れなくなるかもしれないからだし、牧師さま方にはもっとましな暇のつぶし方がありそうだからである。

序説（一八三一年）

ほんとうのことを言えば、以下の話の舞台や、歴史への言及を理解するのに必要な知識の大部分は、本文そのものと付随する註のなかでじゅうぶんに明らかになっている。それでも、インディアンの言い伝えには不明な点が多々あるし、インディアンの呼称には混乱がつきまとっているので、多少説明を加えておくのも無駄ではないであろう。

北米土着の戦士ほど、甚だしい多様性、あるいはこう言ってよければ、甚だしく矛盾した性格を見せる者はあまりいない。戦時には、大胆、傲岸、狡猾、峻厳、滅私奉公といった特徴を見せつける。平時には、正義を重んじ、寛大、篤実ながら、怨みを忘れず、迷信深く、謙虚で、たいていは廉潔である。たしかに、みんながみんなこの通りというわけではないにしても、そういう特徴はこの非凡なる人間集団のきわだった持ち味だから、この集団特有の性格であるとみなせる。

広く信じられているとおり、アメリカ大陸の土着民はアジア起源の人びとである。精神に関してのみならず肉体に関しても、この見解を裏付ける事実は数多くあり、反証と思われる事実はわずかしかない。

インディアンの肌の色は、筆者が思うに、他と比ぶべくもなく独特である。また、顴骨には韃靼人の血統をきわめてはっきりうかがわせる特徴があらわれているが、目にはそれがない。前者には気候の影響が大きかったのかもしれないが、後者に見られるかなりの差異が気候のいかなる影響を受けた結果もたらされたのか、よくわからない。インディアンが詩にも弁論にも用いる心象は東洋風である——限られた範囲ながらも自ら蓄えた実際的な知識によって練られ、さらに秀逸になったと言ってもいいかもしれない。雲、四季、鳥、けもの、および草木の世界から譬喩をひねりだしてくる。この点においては、空想の及ぶ限界が経験によって定められているわけで、他の活気に満ちて想像力に富んだ種族と変わらないかもしれない。しかし、北米インディアンが自らの想念にまとわせる衣は、アフリカ人の用いるのとはまったく異なるし、本質的に東洋的である。その言語は、中国語のような豊かさや金言風の濃密さを湛えている。一つながりの句を一語で表現することもあれば、一文全体の意味を一音で限定することもある。声の抑揚一つで意味の違いを伝えたりさえするのである。

言語学者[*1]によれば、今日の合衆国を構成している地域にかつて居住していた数々の部族は、せいぜい二つか三つの語族にまとめられるというのが妥当である。インディアン同士でたがいに言葉が通じにくいというよく知られた事実は、訛りや方言の違いによるものだとされる。筆者には、ミシシッピ川の西にある大草原に住む部族の族長二人が面談した場に同席したときの記憶がある。その場には、二人それぞれの言語を両方とも解する通訳が立ち会っていた。二人のインディアン戦士は、いかにもごく友好的な関係にあって話がずいぶん弾んでいるように見えた。だが、通訳の説明によると、二人はたがいに相手の言っていることがまったくわかっていなかった。二人は敵対する部族に属しており、アメリカ政府の画策によって引き合わされたのだ。注目に値することに、両者ともに共通の外交政策に呼応して同じ課題に取り組んでいた。戦争が起こりそうになった場合に、それぞれ相手の部隊を敵の手中に投じさせて利用するために、たがいに相手を説き伏せようとしていたのである。インディアン諸語の起源や特質に関する真相がどうあれ、きわめて確かなのは、現在では語彙の点でも部族語ごとに明確に違っているので、インディアン諸語のあいだには、異言語間に当然生じる不都合がほぼそっくりあらわれるということである。インディアンの歴史を研究するときに逢着する厄介さや、インディアンの伝承につきまとういかがわしさも、だいたいはここから起因している。アメリカ・インディアンはもっと高度の文明を誇る諸民族と同様、自らの部族や人種について、他の種族によって抱かれている見方とは大いに異なる説を立てる。自身の才芸の卓越ぶりを過大評価し、競争相手や敵の技倆を過小評価することに夢中になる。創造についてモーセが語ったこともこれに似たものだったかもしれない、と考えられる性行である。*2

白人たちは、勝手なやり方で名前の形を崩すことによって、土着民の伝承をさらにわかりにくくするのに大いに手を貸した。そういうわけで、本書の題名に使われている族名も、マヒカンニからモヒカンへ、さらにモヒーガンへと変化し、最後の呼び名が白人によって通常使われる言葉になった。オランダ人（最初にニューヨークに植民した）、イギリス人、フランス人は、この物語の舞台になっている地域に住んでいた諸部族にそれぞれ勝手な呼び名をつけた。また、インディアンは、敵のみならずしばしば自らにもいろいろ異なる名前をつけた。そういう事情を思い出せば、なぜ混乱が生じたか納得がいくだろう。

以下本書では、レニ・レナペ、レナペ、デラウェア、ワパナチキ、モヒカンはすべて同一の種族、ないし同一の系統に属する諸部族を意味する。メングウェ、マクア、ミンゴ、イロコイは、厳密には同一とは言えないにしても、この名前を口にする者たちによって同一視されることが多い。いずれも政治的な同盟関係にあり、先に述べた人びとと対立している集団だからである。ミンゴは独特な侮蔑のこもった呼び方であり、メングウェやマクアも、それよりましではあれ、蔑称の類であった。

モヒカン族は、アメリカ大陸大西洋岸北部でヨーロッパ人が最初に住みついた地域を領有していた。この結果この部族は、最初に土地を奪われた人びとになった。だから、緑豊かな原始の森が身を切るような霜にやられていくように、文明の前進、いや、侵略とも呼べそうな勢いに追われて姿を消していく全インディアンの、不可避とも見える運命は、すでにモヒカン族に降りかかったものにほかならないと言える。両者の象徴的関係には歴史的真実がじゅうぶんに宿っているから、これが描き出されて実情の理解に役立てられてきたのも不思議ではない。

この序説を締めくくる前に、この伝説的な物語の重要な登場人物について一言述べておいてもよいだろう。この人物は、同じ筆者による別の二編の物語[*3]でも顕著な役割を演じている。イギリスとフランスのあいだでたたかわれたアメリカ大陸の領有をめぐる戦争において斥候をつとめただけでなく、一七八三年の講和直後の開拓活動期に暮らす猟師でもあり、また、共和国の政策のおかげで無限の荒蕪地が、社会と未開地のあいだでふらふらしていたなかば野生児たちの企てに開放されたころは、大草原で孤独に生きる罠師でもあった。このような一個人を描き出したことは、アメリカ国民の進歩をきわだたせるあの驚異的な変化の真相を目撃した証人を、これまでに例を見ない形で芸術的に創造して見せることになった。この人物に劣らずこの激変について証言できそうな人間は、現実に何百人となく存在していよう。この点に関してこの小説には、独創を誇る資格などない。

くだんの登場人物について筆者が言えるのは、つぎのようなことでしかない。すなわち、この人物が体現しているのは、生まれついての善良さをそなえた男であり、文明生活のさまざまな誘惑から一線を画して生きているとはいっても、文明生活から与えられた偏見や教訓をまったく忘れているわけでもなく、蛮族の慣習にさらされながらも、それとの結びつきのために人格が損なわれたというよりもむしろ向上したのかもしれず、自分の境遇と出自の欠点も長所もあらわに見せているような男である。おそらく、この男をこれほど道徳的に高潔でないと描いた方が、現実により忠実だったであろう。だが、そうしたら魅力が多少失せてもいたであろう。しかし、小説の作者の責務は、力の及ぶ限り詩に近づくことである。これだけ言えばもう付け加えるまでもないだろうが、こんな奇抜な傑物の構想にも具体像にも、実在の一個人が関与したなどということはほとんどなかった。[*4] ただし、確かに、美化したいという衝動はたっぷり犠牲にして、役柄に必然的な言葉遣いや劇的展開のほんとうらしさが損なわれないようにはした。

事実として、以下の話の舞台[*5]となっている地域は、言及されている歴史的事件が起きて以来ほとんど変わっておらず、合衆国全域で同規模の他のどの地域と比べても変化が少ない。ホークアイが水を飲むために立ち寄った泉やその近くには、今や評判が高く賑わいを見せている湯治場があるし、ホークアイとその仲間たちが道なき道を進まなければならなかった森には、道路が通じている。グレンズ滝には大きな村ができているし、ウィリアム・ヘンリー要塞は、後日再建された砦も朽ちて、廃墟として残っているのみだとしても、ホリカン湖の岸には、もう一つ別の村が生まれている。だが、そういう変化を別にすれば、他の土地であれほどのことを成し遂げた、進取の気性たくましい国民も、この土地にはほとんど何も手をつけていない。この物語後半の舞台となる原始の森全体は、インディアンがこのあたりからすっかり姿を消したにもかかわらず、依然としてほとんど未開地のままにとどまっている。本書で言及される諸部族のなかで今も残存しているのは、ニューヨーク州オナイダ族の保留地に暮らす、なかば開化された少数集団のみである。他の者たちは、父祖が暮らしていた地域からいなくなってしまったか、地上からすっかり消えてしまった。[*6]

[一八五〇年の追記]

このまえがきを終える前に一言述べておきたいことがある。ホークアイはラック・デュ・サン・サクルマンを「ホリカン」湖と呼ぶ。これは、われわれの父祖が呼びはじめて現在まで使われている呼び名を掠めとることになると考えられるので、このあたりで事実を率直に認めるべきであろう。本書執筆中、もうたっぷり四分の一世紀も昔のことだが、この湖のフランス名はあまりにも複雑であり、アメリカ名はあまりにも陳腐であり、インディアン名はあまりにも発音しにくいので、小説作品のなかで親しんでもらうにはどれも使えないような気がした。古地図を眺めているうちに、この美しい湖水の近くに、フランス人によって「レ・オリカン」と呼ばれた一部族がいたという事実を確認した。ナッティ・バンポーの発する言葉はどれも厳密な意味で事実と受け取られるはずがなかったから、勝手ながらナッティには、「ジョージ湖」のかわりに「ホリカン湖」と呼ばせるようにしたのである。「ホリカン」湖という名は人びとの気に入られたようで、あれこれ考え合わせてみるに、あのすばらしい湖水の呼び名を、今さら再度ハノーヴァー家[*1]に頼って決めなくても、「ホリカン」湖という名前を生かして差し支えないかもしれない。いずれにしても、以上の告白をもって良心のやましさは忘れ、この名前が好きなように権威をふるうようにまかせることにする。

モヒカン族最後の戦士

第一章

「私は耳をふさいではいない、心の覚悟もできている。
お前が明かせる最悪のこともせいぜいこの世の損失だろう。
言え、私の王国が失われたのか?」
『リチャード二世』三幕二場、九三〜九五行。

北アメリカにおける植民地争奪戦争には、よそでは見られぬ特徴があった。たがいに敵と相まみえる前に、まず未開地での行軍という悪戦苦闘を切り抜けねばならなかったのである。広大にして、見たところ人の入りこめそうもない森林地帯が、敵対する英仏それぞれの植民地版図のあいだに横たわり、両者を隔てていた。向こう見ずな植民者や、同行してヨーロッパからやってきた兵士は、武勇の誉れをあげようと血気にはやるものの、急流を遡ったり、急峻な峠を越えたりするだけに何ヶ月も費やしたものである。しかし、やがて彼らも、歴戦の土着民戦士たちの忍耐と克己を習い覚えて、いかなる困難にもへこたれなくなった。この分では、どんなに暗い森の奥も、いかに美しい秘境も、ヨーロッパ人たちの侵入を免れるところはどこにもなくなってしまうと思われた。何しろ彼らは、海の向こうの王侯君主たちが命じた冷酷専横な国策を推し進めるために、親の仇でも討つような勢いで、みずからの血を流すことも辞さぬ連中だったのである。

両植民地間に延び広がった辺境地帯には、残忍で凄まじい当時の野蛮な合戦の戦場になったところも少なくない。なかでも、ハドソン川の水源地とその近くのいくつかの湖にまたがる地方は、おそらくもっともはなばなしい戦争絵巻を呈した地域である。

この地方の自然には、進軍する戦闘部隊にとってただちに利用せずにいられない地の利があった。細長いシャンプレーン湖[*1]がカナダ側の辺境から、隣のニューヨーク植民地領内深くに入りこんでいる。これを天然の水路として利用すれば、フランス軍が敵を攻めるまでにどうしても乗り切らなければならない道のりの半分ほどは、楽に進んでいけた。その先は、シャンプレーン湖の南端近くでさらにもう一つの湖につながっており、これも水路として利用できる。こちらの湖は水きわめて清く、イエズス会[*2]の宣教師たちが洗礼式で独特な清めの儀式をするのに、もっぱらこの水を使っていたほどである。そのためにこの湖は「デュ・サン・サクルマン」[*3]という名を得ていた。それほど信心深くはないイギリス人たちは、この汚れなき水源に敬意を表するにしても、当時の君主たるハノーヴァー王家二代目に因んだ名前をつけてやるだけでじゅうぶんだと考えた。敵同士もこの点では結託して、森深いこの景勝地の所有者たる素朴な土着の民から自然権を奪い、「ホリカン」[†]というこの湖本来の呼称を後世に残せなくしてしまったのである。

この「聖なる湖」の水面は、山懐《やまふところ》に包まれ、数知れぬ島々のあいだを縫うようにして、さらに南へ十二、三リーグ[*4]ほど延びていた。そこで高地に突き当たり、水路はさえぎられる。ここから今度は連水陸運路に揚がり、十二、三マイルほど行けば、ハドソン川の岸辺にたどりつく。川は、こういうところにありがちな急流、あるいは、地方の言葉では当時早瀬と呼ばれていた難所こそあれ、このあたりから航行可能で、海へ通じていた。

フランス軍は、敵を悩ます果敢な戦略に血道をあげて、休むことなく遠征を企て、はるか遠くアレゲニー山脈[*5]のなかでのたうつ渓流さえも利用しようとした。とはいえ、容易に察せられるであろうが、音に聞こえたフランス人の才覚をもってすれば、右に述べた地域の天然の利を見落とすはずもなかった。この地域こそは、血なまぐさい戦場となり、植民地間であらそわれた支配権争奪戦の大部分がたたかわれた場であった。交通の要衝となる随所に砦が築かれた。それらは、勝利の女神にほほえんでもらった側が攻め落とす。それでたがいに取ったり取られたり、毀したり再建したりした。農民たちは剣呑な交通路近くの土地には住まず、もっと古くから開けた入植地の、より安全な境界内にとどまっていたものの、母国同士の度重なる戦《いくさ》で敵の王を倒すために投ぜられた兵力にまさる規模の大軍が、このあたりの森のなかに分け入っていく光景を目にした。だが、帰還してきた部隊は、見る影もなくなっているのがふつうであった。心労にやつれはて、敗残の憂いに沈んで戻ってくる。この不吉な地方では平和がうまく続いたためしがなかったが、森には人間がうようよしていた。湿原や谷間には戦闘の音が鳴りやまず、雄々しく向こう見ずな若者が大勢、山道を急ぎながらあげる笑い声や、意味もない喚声は、山腹にこだまして返ってくる。元気この上なく、夜長はとっとと眠りについて憂さも忘れてしまうのだった。

　争闘と流血に明け暮れたこの土地こそ、この本でこれから語ろうとする出来事の舞台であった。時は、イギリスとフランスがまみえた最後の戦争が勃発した後三年経ったころ。[*6]両国ともに新たな領土の獲得をかけてたたかったものの、結局その確保には失敗する定めだったあの戦争である。

　英国は、海外に派遣された軍指揮官の愚かさや、本国枢密院や閣議の致命的な無気力のために、すっかり声望を落としていた。かつてこの国の、才能にあふれ進取の気性に富んだ軍人や政治家のおかげで、誇り高い地位まで登りつめたあの勢いはどこへやらである。もはや敵にも恐れられなくなり、兵隊は急速に自尊心を失いつつあった。入植者たちは、かかる凋落の屈辱を嘗めつつも、愚劣な国策に責任を負える立場でなく、へまを犯した張本人と言えるほどの身分もないとはいえ、成り行き上連座せざるをえなかった。このころ植民地住民は、英国を母国として敬うがゆえにただやみくもに無敵と信じていたのに、その英国から派遣されてきた選りすぐりの軍隊が、一握りのフランス人とインディアンの部隊に、恥さらしにも蹴散らされてしまうのを見せつけられたばかりだった。軍を率いていた総大将は、並み居る職業軍人のなかから、そのたぐいまれな兵学の才を認められて選ばれた人物だったにもかかわらずである。かろうじて全滅を免れたのは、ひとえにヴァージニア出身のさる若者†の冷静さと気魄のおかげだった。その後、この若者の名声はたかまり、その誠心篤実な人柄の影響を着実にあらわして、キリスト教世界の隅々にまで広まっている。だがそれは後の話、この物語当時のフロンティアは広範囲にわたり、予期せぬ惨敗で荒廃に帰されてしまい、人心もすさんで、もっと重大な災厄の兆しをあれこれ勝手に思い描いては震えあがっていた。恐慌をきたした入植者たちは、西方に果てしなく広がる森林から気まぐれな突風が吹きすさんでくる度に、その風音に野蛮人の雄叫びがまじっているなどと思いこむ始末だった。戦乱に恐怖はつきものとはいえ、非情な敵の禍々しさのために、その恐怖は計り知れないほど強まった。時日も経たず、いまだ記憶に生々しいインディアン来襲事件は、数知れなかった。また、深夜の恐ろしい虐殺事件の話には、このあたりではだれもが夢中で聞き入った。森の原住民こそ、こういう話の残忍な主役だったからだ。どんな話も真に受ける旅人が、未開の地にひそむ危険について熱くなってしゃべると、臆病な人たちは恐怖に血も凍る思いにさいなまれ、母親たちは、眠っている子どもたちに不安げなまなざしを投げる。大きな街のなかにいてさえもそうなのである。要するに、恐怖に駆られると何でも大げさに考えてしまうせいで、理性の働きも無に帰してしまい、大人としての分別を忘れてならぬ人びとも、下劣きわまる激情の奴隷となってしまうのだった。もっとも志操堅固で剛胆な者さえ、この戦争の結末がどうなるのか、不安になりはじめていた。あまつさえ、情けない輩が刻々と増えていき、アメリカにおけるイギリス植民地全域が同じキリスト教を奉じる敵国に征服されるか、あるいは、それと同盟を結んだ冷酷無情なインディアンの襲撃によって滅ぼされると予想するようになっていた。

こういうありさまだったから、ハドソン川と湖とのあいだの連水陸運路南端あたりを防衛する砦に、モンカルム[*7]が一部隊を率いてシャンプレーン湖経由で接近中という目撃情報が届くと、「木の葉のごとく無数の」[*8]大軍と聞いて兵士は怖じ気づき、意気消沈してしまった。戦士ならば覚えるはずの、敵の到来を喜ぶ武人らしい昂揚などとはほど遠い。この知らせは、ある真夏の日の暮れなずむ頃合い、インディアンの伝令によって届けられた。伝令は、「聖なる湖」の湖岸にある要塞の司令官マンローからの緊急の要請も携えてきた。強力な援軍を速やかに派遣されたし、というのだった。先に述べたように、この二つの駐屯地のあいだの距離は、五リーグ足らずだった。もともとは両地点間の連絡のために作られた粗末な道路は、すでに荷馬車が通行できる幅まで拡張されていた。だから、森に生まれ育ったインディアンならば二時間でいける道のりは、必要な装備を輸送しなければならない分隊でも、夏の日の出から日の入りまでの時間で簡単にこなせるはずだった。英国国王の忠実な臣下たちは、森の要塞の一つをウィリアム・ヘンリー、もう一つはフォート・エドワードと命名していた。それぞれ王家お気に入りの王子の名に因んでいる[*9]。先ほど名をあげたスコットランド人の司令官は、ウィリアム・ヘンリー砦に陣取り、正規兵一連隊とわずかばかりの地元民兵隊を指揮していた。この土塁の麓めざしてモンカルムが進めてきている恐るべき兵力に対抗するには、これではいかにもあまりに弱小と言わざるをえなかった。しかし、フォート・エドワードには、北部管区の英国王軍を指揮するウェッブ将軍[*10]が宿営しており、その兵力は五千を超えていた。配下の数個分隊を併せればそれにほぼ倍する兵員を配備して、進出を企てるフランス人に対抗することもできたであろう。フランス軍は、その数においてこれとほとんど変わらない兵力で、援軍を期待できそうもない遠方まで進軍してきていたのだ。

しかし、落ち目になった軍隊の哀しさ、英軍の将校も兵士もどうやら、堡塁に座して敵の接近を待つ構え。フォール・デュ・ケーヌ[*11]で成功をおさめたフランス軍の戦術を手本に、恐るべき敵軍の行軍にあらがうために出陣し、敵の出鼻を挫くという挙に出る様子は見せなかった。

敵軍接近の情報に当初広がった狼狽も多少おさまったあと、軍営に噂が流れた。軍営は、フォート・エドワードの城塞からハドソン川沿いに点々と築かれた一連の外堡に布陣していた。そこから千五百人の分遣隊[*12]が選ばれて、連水陸運路を北上した終点に位置する駐屯地ウィリアム・ヘンリーめざし、払暁出発する予定だというのだ。はじめは噂にすぎなかったことも、やがてたしかな事実となり、司令本部からこの任務に選抜された部隊へ、速やかに出発の準備にかかれという命令がくだった。ウェッブの意図についていろいろ憶測が飛んだのももはや過去のこと、たちまち兵士たちは緊張した顔つきで一、二時間というもの、足音高く走りまわった。実戦経験のない者は、ただいたずらに飛び回り、むやみに興奮してやや調子っぱずれの奮闘をするため、かえって準備に後れをとってしまう。もっと経験を積んだ古参兵は、急ぐ様子を少しでも見せるのは恥だとばかりに、わざと念入りな支度を整える。とはいえ、その真剣な顔つきや、不安そうなまなざしを見れば、これまで経験したことのない恐るべき原始の森のなかでの戦闘に臨んで、たまらなく腕が鳴るという風でもない。落日が黄金色のあふれるような光に包まれて、ようやくはるか西方の山々の陰に沈む頃、夜のとばりが人里離れたこの地にもたれこめて、出撃準備の物音は静まってきた。将校の丸太小屋にともっていた明かりもついに消えた。土塁や小川に落ちる木の影は深まり、まもなく沈黙がこの陣営を覆った。その静かなこと、四囲の広大な森林を支配しているしじまと変わらなかった。

深い眠りをむさぼっていた全軍をたたき起こすように太鼓の連打が鳴り響いたのは、前夜の命令どおり、まさに夜が明けそめる頃だった。白みはじめたばかりながらも雲一つない東の空を背景に、近くに立っていた数本の高い松の木が、そのギザギザした輪郭を浮かび上がらせはじめると、気ぜわしい軍鼓の音が朝の湿った空気にのって、森のあちこちから反響してきた。たちまち軍営中が活動を開始した。へっぽこ兵士さえ、ねぐらから這い出してきたとたんに仲間たちの出陣を目にして、その興奮にとりつかれ、騒ぎに加わった。選抜部隊の陣立ては単純なもので、まもなく整列が完了した。隊列の右側には、国王お抱えの訓練された正規兵が堂々と行軍する構えで並んだ。入植者からなる見映えのよくない植民地現地軍は、もっと地味な左側の隊列についた。唯々諾々と従うことにとっくに慣れてしまっているのだ。斥候たちが出発する。精鋭部隊が先頭を行き、ゴトゴトと荷物を運ぶ馬車があとに続く。未明のほの暗い空に陽光が満ちわたらぬうちに、本隊は縦隊で動き出して旋回し、砦から出ていった。見るからに勇気凛々としていたから、はじめて戦闘に出かける多くの新兵たちも、内心に眠る不安を抑えこむことができた。砦に残る同僚たちは、誇りに満ちて整然と前線へ向かうこの戦隊に見とれ、遠ざかっていく鼓笛隊の音がかすかになるまで見送っていたが、その姿もついには森のなかに消えていった。大集団が生きたままゆっくりと森の奥深くへ呑みこまれてしまったのである。

去りゆき見えなくなった隊列の、腹の底に響くような足音が、風にのって耳に届くのもやみ、落ちこぼれの連中があとを追いかけていく姿も見えなくなった。だが、それで全員出発し終えたわけでもないらしい。とりわけ大きくてりっぱな丸太小屋の前に、別の一隊がそろう気配だった。小屋の正面を往ったり来たりしている歩哨は、周知のように、英国将軍の身辺警護にあたる者たちである。そこに五、六頭のウマが並んでいた。馬具や馬飾りから見たところ、そのうちの少なくとも二頭は、女性が乗るために用意されていた。それも、これほど未開の奥地たるこのあたりでは、見かけるのもめずらしいほどの身分の女性たちらしい。三頭目の馬衣《うまぎぬ》や紋章は参謀将校のものだった。他のウマは、馬具の飾り気のなさや、邪魔くさそうな旅行用軽装馬鎧《うまよろい》からすれば一目瞭然、従者たちが乗るためのものだった。従者たちはどうやらすでに、ご主人たちがその気になればいつでも発てる構えだった。めったに見かけないようなこの一行をおそるおそる遠巻きにして、物見高い連中が集まっていた。鼻息荒い軍馬の勢いや体格に見とれているのもいれば、俗悪な好奇心から無遠慮に出発の準備をじろじろ見ているのもいる。しかし、顔立ちや立ち居振る舞いの点で、こういった野次馬たちとは明確に異なる男がいた。ボーっとしてもいなければ、無教養にも見えない。

この人物の体つきは、どこといって奇形でもないのに、極度に不格好だった。他の人間と同じ数だけの骨や関節があるのに、どれも均斉がとれていない。立つと背の高さは誰をも凌駕するが、座ると同胞の並みの寸法におさまってしまう。四肢と同様の不釣り合いが、この男の全身にわたって認められる。頭は大きく、肩幅は狭い。腕は長くて持て余し気味なのに対して、手は優美とは言えぬまでも小振りである。脚や腿は細く、ほとんど痩せさらばえているのだが、その長さは尋常ではない。膝節《ひざぶし》は瘤状に膨れ上がっていて、それを見てもたまげないですむとすれば、その下の足がさらに巨大であるためだ。この土台の上に立っている上部構造は、いろいろな人間の人体各部をでたらめに接ぎ合わせたようで、神への冒瀆のごとくいびつだった。着ているものがまた奇妙奇天烈な取り合わせだから、この人物のぶざまさをいっそう際だたせるだけだった。空色の上衣は、丈の短い裾が広がり、ケープの襟ぐりが深い。そのために、痩せこけた長い首と、さらに痩せこけた長い臑が丸見えで、意地の悪い人たちからさんざん馬鹿にされそうな身なりだった。ズボンは黄色の南京木綿製[*13]、腰から腿にかけてピタリと張り付くような作りで、膝頭のところを使い古しの相当汚れた白い大きなリボンで結んで留めてある。まだら模様の木綿製長靴下、メッキした拍車を片方だけにつけた靴で足拵えとしている。体つきの丸みも角張ったところも隠すどころか、本人のうぬぼれのためか、飾り気のなさのためか、あからさまに見せつけていた。変色した銀糸レースでたっぷり飾った浮き出し模様のある絹製の汚いチョッキを着ており、その大きなポケットの垂れぶたの下から、楽器のようなもの[*14]が突き出ていた。こんな武張った集団のなかで人目に触れると、それは何か危ない秘密兵器とも誤解されかねないようなものだった。小さいけれどもこの見慣れない道具に、軍営にいたヨーロッパ渡来の連中はたいてい好奇心をかき立てられた。だが、よく見ていると、地元出身の幾人かは、怖がらないどころかごく気安くいじっている。こんなものを持ち歩いている当人の頭頂にのっかっているのは、いまから三十年ほど前まで牧師たちがかぶっていたような、文民用の大きな三角帽だった。おかげで、この人物の、人のよさそうなちょっと間の抜けた顔つきに、威厳が添えられていた。どうやら、このようなわざとらしい被りものの助けを借りなければ、並みの人とは異なる何か高尚な役目を託されているという重責を担いきれないような容貌だったのだ。

庶民はウェッブの本部に敬意を払って遠巻きにしていたが、右に述べた人物は、下男下女の輪の真ん中へ大手を振って進み出ると、ウマについて褒めたりけなしたり、言いたい放題の勝手な品定めをした。

「わたくしに言わせてもらえればですな、きみ、このウマは国産じゃなくて、外国から来たものですね。ひょっとしたら、青い海の向こうの、ほかならぬあの小さな島からね」その声の甘く耳に心地よいこと、体つきのめずらしいほどのちぐはぐさに劣らず際だっていた。「こんなこと言っても、知ったかぶってるわけじゃないのでして。だってわたくしは、どっちの港にも行ったことがありますものでね。ニューイングランドのテムズ川[15]の河口にあって、旧イングランドの首都の名にちなんだ港にも行ったし、「ニュー」という言葉をつけただけでそのものズバリ「港」という名の「ニューヘーヴン」[16]にも行った。どっちの港でも、スノー型やブリガンティン型の帆船にウマがぞろぞろと積みこまれてましたな。ノアの方舟[17]に集められるみたいでしたよ。四つ足動物の交換取引や売買に出かける、外洋航路ジャマイカ島行きの船でしたがね。そんなわたくしでも、聖書に出てきそうな、こんなほんものの軍馬は、さすがに見たことありませんな。「谷を足掻きて力に誇り、みずから進みて兵《つわもの》に向かう」、「喇叭の鳴るごとにハーハーと言い、遠方より戦闘を嗅ぎつけ、将帥の大声および鬨の声を聞き知る」[18]ってね――まるで、われらが時代までイスラエルのウマの血筋が続いてるみたいじゃないですか、きみ」

　こんな珍奇な主張が、張りのある豊かな声で堂々と弁じられたのだから、ほんとうは多少の反応ぐらいあってもよかったはずなのに、相づちを打つ者は誰もいない。聖典の言葉をそんな風に朗誦した男は、そばで黙りこくっていた人物に話しかけた。ついうっかり声をかけてしまったこの相手に目をやると、そこに、ウマにもまさるあらたな驚嘆の的を見出し、目を見張った。目に飛びこんできたのは、身じろぎもせずに直立した厳粛な姿形の「インディアンの伝令」だったのだ。前夜、軍営にありがたくない知らせをもってきたあの伝令である。沈着冷静そのもの、インディアンらしく端然と自制し、周囲の騒動やあわただしさに気を取られる様子も見せない。そのくせこの野蛮人の静けさには、獰猛さを押し殺しているようなところがうかがえた。それを見分けるにはもっと経験に富んだ人の目が必要であり、いま、この相手を見つめながら誰はばかることなく目を丸くしている男には、とても見抜けそうにない。この原住民は、所属部族の特徴を示すトマホーク[19]と刀の両方を携えていた。とはいえ、戦士の身だしなみに違背《いはい》していた。それどころか、つい今しがた大任を果たしたばかりでまだ装いをととのえる間もなかったかのように、身なりにどことなくおろそかなところがあった。険悪な顔つきのまわりに、出撃のときに塗った絵の具がずれ、まだらに黒っぽく広がっていて、もともと浅黒い顔立ちをさらに残忍で厭わしいものにしていた。工夫の賜物というよりも偶然のおかげで、かえって効果を上げていたのだ。目だけが、低くたれこめた雲の狭間から輝いている星さながら、燃えるようにぎらぎら光っている。それが、この男の生まれついての荒々しさをうかがわせていた。この伝令の射抜くようでいて油断のないまなざしは、ほんの一瞬、感心している相手の目と出会ったが、その後すぐに目をそらし、まるで遠くの中空に穴でも開けようとするかのように凝視したまま振り向かなかった。なかば狡猾、なかば不遜な態度である。

こんな風変わりな二人の男のあいだに、言葉を交わすことなど思いもよらぬまま一瞬とり交わされたこの無言のやりとり。そのあげく、白人の方は何を言いだすものやらわかったものでなかったが、この男の活発な好奇心はまた別の対象に引きつけられたので、それきりとなった。下男下女みんなが動きだし、穏やかな小声が起きたことで、大物がやってきたと知れたのだ。騎馬隊が足止めをくっていたのも、ひとえに、この人たちがまだ出てきていなかったためだった。軍馬に惚れこんでいたあの無邪気な男はたちまち引き下がり、自分のウマのところへ戻った。背が低く、痩せこけて、地べたを掃かんばかりの長い尾をもつ牝馬で、近くで、まわりの喧騒も知らぬげに悠々と、砦のなかに生え残っていた色艶の悪い草をむさぼっていた。このウマの背にかけた申しわけ程度の鞍がわりの毛布に、男は片肘をついて、一行の出発を見物しはじめた。ウマを挟んで男の反対側では、子ウマが静かに朝食をとっていた。

将校の軍服を着た若い男が二人の女に同伴してあらわれ、それぞれのウマまで案内した。女たちはこれから森林を突破する旅の難儀に立ち向かおうとしている、それが服装に明らかだった。二人とも若かったが、とりわけ見るからに若々しい方の女は、ビーバー帽から低く垂れ下がっていた緑色のヴェールが朝風に煽られてめくられるのもかまわず、その抜けるように白い肌と、明るい金髪、きらめく青い目をちらりと見せた。そのときの仕草は、むしろあどけないくらいだった。西の空、松の梢の上にまだ残っていた朝焼けのバラ色も、この娘の頬の鮮やかさや美しさにかなわなかった。ウマに乗るのを手伝ってくれる若い将校に投げかけた晴れ晴れとした微笑は、夜明けの爽快さにも劣らなかった。もう一人の娘も、この若い将校に同様の面倒を見てもらっているようだが、兵隊の視線を引きつけないように気遣うさまは、四、五歳年上の世慣れた女性に似つかわしかった。この女は年下の女に劣らず美しく、旅行用の服装をしていてもその優雅な体つきがわかるほど、もっとふっくらとして成熟した女らしさを帯びていた。

二人の女が鞍に落ち着くやいなや、同伴していた男は軍馬に軽々と飛び乗った。そのうえで、三人そろってウェッブにお辞儀をした。ウェッブは礼儀にのっとり、一行が出発するまで、自分の宿舎の丸太小屋の戸口に立って見送っていた。三人は馬首をめぐらし、ゆっくりとした側対歩[*20]で進みだした。後からお供の者たちが続き、砦の北口の方へ向かった。門までの短い道を進むあいだ、一行は声一つ発しなかった。だが、門から軍用道路に出たとたん、年下の娘は小さな叫び声をあげた。インディアンの伝令が滑るように先頭へ走り出ていき、娘の目の前に突然その姿をあらわしたので、びっくりしたのだ。もう一人の女は、インディアンの唐突でぎょっとさせるような動きにも、驚きの声を発することはなかったけれども、やはりヴェールをちょっとあげて、野蛮人のしなやかな身のこなしを黒い瞳で追いかけながら、つい、憐れむような、見とれるような、また、怖じ気をふるうような、名状しがたい表情を浮かべた。この婦人の髪の毛は、カラスの羽根のように黒く輝いていた。肌は色黒ではないにせよ、血がいまにも吹き出しそうに勢いよく脈打っていると思わせるほどの健やかな血色である。とはいえ、顔立ちには、下品なところもなければ、陰翳に欠けるところもない。品よく整っていて、高貴であり、並みはずれて美しかった。暫しわれを忘れて目を奪われたことに恥じ入ってか、はにかみの笑みを浮かべ、きれいに並んだ歯を見せた。それは無垢の象牙をも恥じ入らせるほどのみごとな歯であった。その後、ヴェールを元に戻し、顔をうつむけて、まわりの光景を忘れて思いにふける人のように、黙々とウマを進めていった。

第二章

「おーい、おーい！　ホー、ハー、ホー！　おーい、おーい！」

『ヴェニスの商人』五幕一場、三九行。

前章で読者にごく大まかに紹介した二人の麗人のうちの一方は、先に述べたように思いにふけっていた。他方、もう一人の娘は、先ほど恐慌をきたして思わず叫んでしまったこともたちまちけろりと忘れ、自分の弱虫ぶりを笑い種にしながら、ウマを並べて傍らに付き添っていたあの青年将校に、こう尋ねた。

「森にはあんな幽霊みたいなのがしょっちゅう出ますの、ヘイワードさん。それとも、あの一幕は、あたしたちのために特別誂《あつら》えられた見せ物なのかしら。もし後の場合だったら、ありがたくて文句を言えるはずもありません。でも、前者なら、コーラもあたしも誇りにしている、先祖代々勇敢をもって鳴らした家系の出であるということを、大いに頼りにしなければなりませんわ。それも、侮りがたいモンカルムに出くわさないうちから」

「あちらのインディアンは、軍隊のなかで伝令と呼ばれる任務についている者です。しかも、あの男の同胞の見方に従えば、英雄ともみなされてるでしょうね」と将校は答えた。「あの男が志願して、湖までじぶんたちを案内してくれることになりましてね。誰も知らない道を通っていくのです。のろのろと行軍する部隊の後をついていくより早いですからね。それだけ、もっと気持ちよく行けるはずです」

「あたし、あの人いやですわ」と言って、令嬢は身震いした。多少は演技も入っていたとしても、実はむしろ心底から恐怖におののいた。「ダンカン、あなたはあの人と知り合いなのでしょうね。でなければ、こんな風にあの人の案内にご自分をまかせたりしないでしょう」

「いや、アリスさん、あなたをまかせたりしませんよ。あの男のことは知っています。さもなければ、信用なんかするものですか。こういう状況では特にです。それに、あの男はカナダ出だという話です。でも、わが軍の味方であるモホーク族[*1]に加わってたたかってきました。ご存じでしょうが、モホークというのは六民族連合[†]の一翼ですからね。あの男は、話に聞いたところでは、何か変わった縁でわが軍に連れてこられたのだそうです。そのいきさつにはお父上も関係されていて、あの野蛮人は厳罰に処せられたのだそうですが——つまらん話は忘れてしまいましたがね。いまはあの男もこちらの味方だというだけでじゅうぶんですよ」

「お父さまの敵だったことがあるなら、なおさら好きになれませんわ！」いまやほんとうに不安を覚えはじめた娘が吐き捨てるように言った。「ヘイワード少佐、あの人に話しかけてみてくれません。あの人の声を聞いてみたいのです。馬鹿げてるかもしれませんが、あなたにも何度もお話ししたとおり、あたし、人間の話し声でその人がわかると信じていますの！」

「無駄でしょうね。答えが聞けるとしても、おおかた、ぶっきらぼうにワーとかウーとか言うだけでしょうから。インディアンはたいていそうなんですが、英語を解するとしてもわからないふりをするんです。まして、英語をしゃべってくれるなんて考えられません。とくに戦争中のいまは、あの男も最大限の威厳を保たねばならんのですから。おっと、あの男が立ち止まりましたよ。じぶんらのたどるはずの裏道が、きっとあのあたりから始まるのでしょう」

ヘイワード少佐の推測は当たっていた。インディアンが立ち止まったところまで行き、その指さしているほうを見ると、軍用道路の縁に生えている藪のなかに、細く、どこへ続くとも知れぬ小道の入り口が見えた。その道へ入っていくのは少し難儀だが、一度に一人ずつなら通り抜けられる隙間があった。

「さあ、ここから行きますよ」ダンカン・ヘイワードは声を低くして言った。「不信感を表に出してはいけませんよ。さもないと、あなたが心配しているらしい危険を招き寄せることになるかもしれませんから」

「コーラ、どう思う」金髪で色白の娘は、ためらいながら尋ねた。「部隊といっしょに行ったら、大勢の人に囲まれてわずらわしいかもしれないけれど、安全という点では心配が少ないのじゃないかしら」

「野蛮人のやり方には不慣れでしょうけど、アリスさん、どっちがほんとうに危険なのか、わかっていませんね。敵軍がそもそもこの連水陸運路あたりまでやってきてるなんて、わが軍の斥候があちこちから集めてきた情報によれば、まったくありそうもないことです。かりにきてるとしても、きっと部隊の包囲にかかっているでしょうね。そのほうが頭皮[*2]をたくさんとれますからね。分遣隊の進路は敵にも知られていますが、じぶんらの行く道は決めてから一時間も経っていないのですから、まだ知られていないはずです」

「あのインディアンの作法がわたしたちの作法とちがうからといって、あの人の肌が色黒だからといって、あの人を信用してはいけないとでも言うの！」とコーラは冷たく言い放った。

　言葉を聞いてアリスはためらいを捨てた。乗っていたナラガンセット馬[†]に鋭い一鞭を加えると、伝令に続き、藪の細枝をかき分けて、薄暗くて窮屈な小道に誰よりも先に入っていった。青年将校は、辛辣な言葉を発した先の女人に、あっけにとられて見とれていた。そのためにアリスからつい目を離してしまった。おかげで、アリスを付き添いもなく行かせてしまった。アリスは、美人という点ではたしかに先の女人にかなわないにしても、肌の白さにまさるたおやかな乙女である。それでも青年は、コーラと呼ばれた女の行く手をあけてやるためにせっせと立ち働いた。下男下女たちには前もって指示が与えられていたようで、この藪のなかの道に入っていかず、部隊のとった進路をあとから追いかけていった。ヘイワードの説明によると、道案内のインディアンの老獪周到な進言に従い、一行の通った痕跡を少なくするために別行動をとることにしたのである。カナダの蛮族が本隊よりもずっと先にきて待ち伏せしているかもしれない万一にそなえての措置である。その後しばらく、藪をかき分けるのに忙しくて話を交わす余裕もなかった。そのあげくに、街道縁のひときわ密生している下ばえをようやく通り抜け、木々の枝が高いところで穹窿をなしている暗い森のなかへ入った。ここまでくると進路を妨げるものが少なくなる。案内人は、女たちがウマを乗りこなせると見るや、たちまち並み足と速歩の中間ぐらいの速度でウマを進ませていった。女たちの乗っている特別なウマは足どりがしっかりしており、かなりの速さでもらくらくと駆けていく。青年将校は振り向いて、黒い瞳のコーラに話しかけようとした。そのとき後方から、木の根の張ったでこぼこ道をパカパカと走るウマのひずめの音が聞こえてきたので、青年は乗っているウマを止めた。同時に、同行の者たちもいっせいに手綱を引いて立ち止まり、予期せぬ物音が近づいてくるわけを見きわめようとした。

　やがて子ウマがダマジカ[*3]のごとく滑るようにあらわれ、直立する松の幹のあいだを通り抜けてきた。そのすぐ後から、前章で紹介したあの不格好な男の姿が見えてきた。みすぼらしいウマを乗りつぶさんばかりに駆り立てて、精一杯の速度で走ってきた。それまでこの人物に一行は気づかなかった。この男が立ってその際だった背丈を誇示するに及べば、いかなるうすのろの目をも引きつけることができるが、ウマに乗ったときの優雅な姿ときたら、さらにもっと目立ったにちがいない。片方のかかとに装備した拍車で牝馬の脇腹をたえず蹴っているにもかかわらず、カンタベリー・ギャロップ*4でウマを進めるのが関の山。後ろ足をはね上げ、前足のほうは危なっかしいときに身体を支える役に立つだけである。進む速度と言えば、だいたいはぴょんぴょん跳ねるような速歩程度ですませている。おそらく、歩調がこのようにめまぐるしく変わるせいで、このウマが見るからに強靱であるかのような錯覚を与えられた。ウマにかけては目利きのヘイワードも、追いかけてきた男が馬術のいかなる妙技を用いてこれほどの荒業をやってのけるのか、知識の限りを尽くしてつきとめようとするものの、さすがにわかりかねたのはまちがいない。

ひたむきに奮闘している点では、乗り手もウマに負けず劣らずだった。ウマが足並みを変えるたびに、乗り手はあぶみにのせた足をつっぱって思いきり伸び上がる。そのおかげで、並外れて長い脚に支えられた背丈がにわかに延びたり縮んだりするので、この男がどれほどの背格好なのか、どうにも測りかねてしまう。加えて、片方だけに拍車をあてられる結果、この牝馬の半身が他方の半身よりも早く進むように見えるし、痛めつけられる側の横っ腹の方へ茫々たる尻尾をたえず振りまわして、その箇所を断固として見せつけようとしている。ウマと騎手両者の様子については、これだけ述べればじゅうぶんである。

ヘイワードは整った顔立ちの男らしく広い額に眉根を寄せ、この見ず知らずの男に目を据えていたが、やがて表情を和らげ、かすかな微笑みを浮かべるにいたった。アリスは少しも遠慮なく笑いだした。コーラの思いに沈みがちな黒い瞳にさえ、興に乗った様子がうかがえる。ふだんの浮かぬ顔つきは、どうやら根っからの性分によるわけではなく、後から身についたにすぎないらしい。

「こちらに何か用でもあるのか」ヘイワードは、相手が追いついてきて止まりかけたところに詰問した。「悪い知らせでももってきたんじゃないだろうな」

「そのとおり」と答えた得体の知れぬ男は、ビーバー製の三角帽を手に持ってしきりに扇ぎ、風通しの悪い森のなかで風を起こそうとするばかり。この返事では、青年将校の質問のどちらに答えたつもりなのかはっきりしなかったから、聞いた側が気をもんでいるのに、知らん顔をしている。だが、顔の火照りも荒い息もおさまると、ようやく言葉を接いだ。「ウィリアム・ヘンリー砦までいらっしゃると聞いたものですから。わたくし自身もあちらへ参るところですので、旅は道連れと決めさせてもらいましたんで」

「まるで最終決定権でももっているみたいな言い方ですな。こちらには三人いるのに、そちらはきみ一人しかいないじゃないか」

「そのとおり。まずおこなうべきは自分自身の気持ちを確認することでしてね。いったんそいつを見きわめれば、とはいっても、ご婦人方の場合はこれが容易ではありませんけどね。つぎは決めたことを実行するまでですよ。この二つのことをわたくしはやってのけまして、それでここにきているわけで」

「湖まで行くというのなら、道を間違えましたな」とヘイワードは高飛車に言った。「あそこへ行く街道は、きみのきた道を少なくとも半マイルは戻ったあたりにあるのだから」

「そのとおり」と答えた男は、これほど冷たくあしらわれても平気な顔だった。「わたくしはエドワード砦に一週間滞在してましたからね。わたくしも口が利けるから、そのあいだに、自分が行こうとしている道について訊いてみるぐらいのことはやりますよ。口が利けなきゃ、わたくしの天職はまっとうできませんからね」

そして小さな作り笑いを浮かべた。それはまるで、聞き手にはまったく意味不明の機知を飛ばしておいて、それをもっとおおっぴらに自画自賛するのは、謙虚な自分にはとてもできないと言わんばかりの顔つきだった。そのあとで、こう言い足した。「わたくしのように専門職に就いている者にとって、教える相手とあまりなれなれしくするのは賢明でありませんからね。だから、行軍の部隊とは行動をともにしないのです。おまけに、あなたみたいなりっぱな人物なら、道の選び方にも最善の分別を発揮されるだろうと見定めまして。それでお仲間にしていただこうと決めました。馬上の旅が気持ちよくなり、おつきあいもできたらと思いまして」

「そそっかしいか、さもなきゃひどく身勝手な決め方だな！」ヘイワードは声を荒げたが、堪忍袋の緒を切らせて怒鳴りつけてやったらいいものか、面と向かって笑ってやったらいいものか、決めかねていた。「それにしても、教えるだの専門職だのとほざくところからすると、きみは植民地軍の軍属で、崇高な学問たる兵学の教師として、防衛攻撃について講じているとでもいうのかね。あるいは、おおかた、数学を講じるなどと称して、直線を引いたり三角形を描いたりする人間といったところだろ」

どこの馬の骨とも知れぬ男は、一瞬あっけにとられたような顔で相手を見た。それから、それまでの独りよがりな顔つきもどこへやら、すっかりまじめで謙虚な表情になって、こう答えた。

「攻撃なんか、どちらの側からも仕掛けてもらいたくないですね。防衛も、わたくしはしませんよ。この前、神の恩寵を乞いねがうお祈りを捧げて以来、おかげさまでこれといった罪はなにひとつ犯していませんからね。あなたのおっしゃる直線だの三角形だのというのは何のことか、わたくしにはわかりません。講じるなどということは、そういう職に召され、選ばれて聖職についている方々におまかせしますよ。わたくしの任じることのできる才といえば、たかだか、神にお願いしたり感謝したりするためのお祈りという名誉ある技にささやかながら精進して、聖歌詠唱法を修めた程度にすぎません」

「この人、見るからに、アポロ*5に仕える信徒ですわ」アリスはおもしろがって声高に言った。「ですから、あたしの特別な庇護のもとにおくことにします。いいえ、ヘイワードさん、そんな顰《しか》め面はよしてちょうだい。聖歌を聴きたがっているあたしの耳に免じて、この人がついてくるのを許してやってくださいな。それに」口は利かないものの不機嫌そうな案内人についていき、遠くへ離れてしまったコーラのほうをちらりとうかがいながら、小声で早口に付け加えた。「まさかの時の味方が一人増えるかもしれませんし」

「アリスさん、このじぶんが、そんなまさかの事態が生じると思っていたら、大切な方々をこの秘密の道までお連れするはずはないじゃありませんか」

「いえいえ、あたしだって、いまはそんなことが起きるなんて思ってもいませんわ。この風変わりな人がおもしろいだけ。この人が「心に音楽をもっている」[*6]というなら、お供してくださるのをむげにことわらないようにしましょうよ」アリスは有無を言わせぬ様子で言うと、乗馬用の鞭で行く手の小径をさした。二人の目が合い、青年はそのまましばし視線をそらさずにいたが、やがて相手のやさしい目の説得力に負けて、軍馬に拍車をかけ、あっという間にふたたびコーラの傍らまで行った。

「はじめまして。お会いできてうれしいですわ」アリスは言葉を接ぎ、勝手についてきた男にそのままウマを進めるように手で合図して、自分のナラガンセット馬を再度側対歩で駆けさせた。「身びいきの親戚たちに言われてついその気になったのですけど、あたしも二重唱をさせたらまんざらでもないそうですのよ。大好きな合唱でもしながら行けば、旅も愉快になるでしょう。あたしのように何も知らない者にとっては、歌の先生のご意見やご造詣に接することができれば、とても役に立つでしょうし」

「時宜にかなった折に聖歌詠唱を楽しめば、心にも体にも元気がつきますよ」歌の師匠は答えて、合図を受けたのを幸い、気後れも見せずにあとからついてきた。「それに、気持ちが安らぐこと、この慰みとなる交わりに優るものはありません。しかし、歌を完全なものにするにはどうしても四声必要でしてね。あなたは柔らかくて豊かなソプラノの素質じゅうぶんですな。わたくしのほうは、ちょっと助けがあれば、テナーの最高音まで出せます。でも、カウンターテナーとバスがいないなあ！　あちらの国王軍将校さんは、わたくしを道連れにするのはためらってましたが、バスの穴を埋めてくれるかもしれませんね。ふつうの会話で出した声の調子から判断するかぎりはですがね」

「ちょっと見ただけの外見にだまされて、あわてて判断してはいけません」そこでニコリと笑った。「ヘイワード少佐は、ときにはあんな低い声を出せますけれど、ほんとうはいつもむしろ、お聞きになったバスよりもっと甘い、テナーにふさわしい声をしていますわ」

「それでは、あの人は聖歌詠唱の練習を相当なさっているのですか」この素直な連れはまじめに訊いた。

　アリスは吹き出しそうになったが、なんとか笑いをこらえてから、こう答えた。

「あいにく、どちらかと言えば世俗の歌をうたうことが多いようですわ。兵隊さんの生活って、もっとまじめな歌はうたう気になりにくいのじゃないかしら」

「人間の声というものは、ほかの能力と同様、使うために授かっているのであって、悪用するためではありません。わたくしが自分の才能をないがしろにしたなどとは、誰にも言わせませんよ。ありがたいことにわたくしは、少年時代から、ダビデ王[*7]の若い頃にも似て、ひたすら音楽に打ちこんでいたとも言えるのに、一度たりとも下卑た歌で自分の唇を汚したことはありませんからね」

「では、聖なる歌だけをうたっていらしたのですね」

「まさにそのとおり。ダビデの詩篇がほかにいかなる言葉にも優るごとく、この国の聖職者や賢人たちがそれに合わせて作った聖歌は、いかなる詩をも凌駕しています。幸いにも、わたくしは、ほかならぬイスラエルの王の思いや願いだけをうたっていると言っていいでしょう。時代につれて些細な変更が必要になるとしても、ニューイングランドの各植民地でうたわれているこの現行版[*8]こそ、他のどの版にも優っています。その豊かさ、翻訳の正確さ、気高さの点で、あの霊感を受けた原作者の偉大な作品に限りなく近いと言えるほどですよ。わたくしはどこにいても、このすぐれた業績の見本を、寝ても醒めても携えていないと落ち着きません。この讃美歌集は、西暦一七四四年、ボストンで公刊された第二六版です。表題は、『旧約聖書、新約聖書に基づく聖歌、讃美歌、霊歌——公私にわたる用途、教化、および慰安に供するため、とりわけニューイングランドの聖徒向けに刊行された、正確なる英語韻律訳歌集』というのですよ」

妙な男は、同郷の詩人たちのものした稀有の作品をこのように褒めあげながら、ポケットからその本を取りだし、鉄縁の眼鏡を鼻にかけると、この書物にふさわしい敬意をこめて丁重にページをめくった。そのあとは、まわりくどい説明も言い訳もせず、まず「スタンディッシュ」[*9]と言って、前述の見慣れぬ楽器を口にあて、鋭い高音を吹き鳴らした。続いてちょうど一オクターブ低い音階の声を発し、つぎのような歌詞の歌をうたいはじめた。その歌声は豊かな美声で耳に心地よく、節にも歌詞にもとらわれないし、しつけが悪くて落ち着かずに動くウマに乗っていることにも影響されずに響きわたった。

「見よ、はらからの相むつむは
いかによきかな
相ともにおるは

いかにたのしきかな
この楽しみはこうべに注がれたる
尊き油のひげに流れ
アロンのひげに流れ、その衣のえりにまで
流れしたたるがごとし」*10

こういう巧みな詠唱に合わせて、妙な男は右手で拍子をとった。手は、下へおろしたときに小さな讃美歌集の紙面を押さえてちょっととまる。そこからまた振り上げられるときの手の使い方ときたら、その道の達人にしかまねのできないみごとさである。どうやら長年の習慣のおかげで、この手による伴奏はなくてはならぬものになったようだ。なにしろ、歌詞の最後にあたるつまらぬ一語をちゃんと歌い終わるまで、手の動きがやむことはなかったのである。

静寂で奥まった森のなかでこんなめずらしい声が発せられれば、ほんの少しばかり先を行っていた人たちの耳に届かないはずはなかった。インディアンはダンカン・ヘイワードに片言の英語で二言、三言言葉をかけた。これを受けてヘイワードは、勝手についてきた男に話しかけた。ただちに歌をさえぎり、音楽に興ずるのはいましばらく控えるように言ったのだ。

「ここが危険というわけでないにしても、こんな未開の土地を行くときは、なるべく音をたてないようにするのが当たり前の分別というもの。ですから、アリスさん、あなたのお楽しみを邪魔することになるとしたらご勘弁願いますが、こちらの方には、もっと安全なところにつくまで讃美歌をうたうのは待っていただきたいと頼みますよ」

「ほんとにお邪魔だわ」お茶目なアリスは言葉を返した。「たった今耳を傾けていた歌声ほど、歌詞と歌いっぷりがつりあっていないものって、これまで聞いたことがなかったのですもの。音と意味とがこれほど不一致になる原因は何なのか、学問的な探究にふけっていたところでしたのに、ダンカン、あなたのそのバスで、あたしの瞑想の楽しみをよくも奪ってくれましたわね！」

ヘイワードはその言葉にむっとして、「バスとは何のことでありますか、じぶんにはわかりませんが」と言った。「わかっているのは、あなたやコーラさんの安全のほうが、ヘンデル[*11]の曲を演奏するオーケストラなどよりもじぶんにとってはるかに大切だということであります」ここで口をつぐみ、すばやく頭をめぐらせて藪に目を走らせてから、いぶかしげに案内人を注視した。だが、このインディアンは、相変わらず厳めしい態度を持《じ》したままゆうゆうとウマを進めていた。青年将校は独りほほえんだ。森の何かの木の実がキラリと光ったのを、忍び寄る野蛮人の光る目玉と勘違いしただけと合点したからである。それでまた前進をはじめ、ふとよぎった思いに中断された会話を続けた。

ヘイワード少佐が過ちを犯したとしても、ただ、若気の至りから鷹揚な誇りにかまけて油断のない警戒心をゆるめただけのことだった。だが、騎馬の一行が通り過ぎるとまもなく、くだんの藪の灌木の枝がそっとかき分けられて、人間の顔があらわれた。蛮族の化粧とむきだしの憎悪のために狂暴獰猛な形相と化した顔が、藪の葉陰からのぞいて、騎馬の一行の後ろ姿を目で追った。森の住人の黒々と彩色した顔つきには、一瞬勝ち誇った表情が浮かび、めざす獲物のあとをつけはじめた。追われる側は、そんなことに気づかぬまま先へ進んでいく。女たちの姿は軽快で品よく、木々のあいだを縫うようにウマを進めながら、曲がりくねった道を見え隠れしながら行く。そのあとにはヘイワードのたくましい勇姿が付き添う。最後尾には歌の師匠がついており、その不格好な体つきも、立ちはだかって陽ざしをさえぎる無数の立ち木の幹に隠れて見えなくなった。

第三章

このあたりの野原が草木を切り払われ、耕されてしまった以前のこと、
われらが河川は水を満々とたたえて流れていた。
水音の調べがたえず
果てしなく緑なす森を包んでいた。
急流がほとばしり、小川が戯れ、
そして泉が木陰で湧き出していた。

ブライアント「父祖の埋葬地に独りたたずむインディアン」*1 六七〜七二行。

身の危険が迫っているとはつゆ疑わぬダンカン・ヘイワードと、この青年を信じきっている女たちは、物騒な連中がひそむ森の奥へさらに深く分け入っていく。だが、ひとまずここでこの一行を見送って、作者の特権を使わせていただき、場面を転換しなければならない。場所は、先ほどまで一行のいたところから西方に数マイル離れた地点へ移る。

ウェッブの構えた陣営から一時間ばかり行ったところにある、小さいながらも流れの速い川の岸辺に、その日、二人の男がうろついていた。待ち人があらわれるか、あるいは、何か予期していたことが起きるのを待っているようすだった。どこまでも広がる天蓋のような森は川縁まで迫っていて、川面に覆いかぶさり、その

黒っぽい水の流れにさらに暗い影を落としていた。陽ざしの猛々しさはおさまりはじめ、白昼の炎暑も和らいできた。湧き水や泉から涼しい湿り気が立ちのぼって、汀の草葉に潤いを与えながら、大気にこもりだしたからだ。それでも、七月[*2]のアメリカの風景を支配するけだるい蒸し暑さにつきものの、あの息をこらしているような沈黙が、この人里離れた一角にたれこめていた。この静けさを破る物音といえば、男たちの発する小声か、ときおり物憂げに響くキッツキの嘴の音か、派手にわめき立てるカケスの耳障りな鳴き声か、はたまた、遠くの滝から鈍く響いてきて耳につくうなりだけだった。

しかし、こんな切れ切れのかすかな音などは、森の男たちにとってあまりにもありふれたものだったから、二人はそれに気をとられることもなく、自分たちの会話にふけっていた。二人のうちの片方は、赤銅色の肌と原始的な身なりを見れば、森に生まれ育ったインディアンであると知れるが、もうひとりの人物は、粗野でほとんど野蛮人のような装備の見かけにもかかわらず、日に焼けてとっくに色づいているとはいえ、肌の色は明るく、ヨーロッパ人の親の血を受け継いでいると言えそうな風貌だった。前者は、苔むした丸太の端に腰かけていた。熱心に話している言葉に重みを添えるような姿勢で、議論にふけるインディアンらしく、冷静ながら雄弁な身振りを交えて話している。その体は全裸に近く、死神のしるしが、白と黒の絵の具でおどろおどろしく描いてある。きれいに剃り上げた頭には、あの有名な、勇気を示す鶏冠《とさか》のような髪一房[†]だけを残してあり、鷲の羽根一本以外には何の飾りもつけていない。この羽根は頭から左肩にかけて垂れている。腹帯には英国製のトマホークと頭皮剝ぎ用の短刀をさしてある。銃身の短い軍用ライフル銃は、白人が野蛮人の同盟軍に持たせる類のものだが、それがむき出しのがっしりした膝の上に、こともなげに載せてある。その広い胸、発達した四肢、重厚な顔つきも、この戦士の全盛期がすでに過ぎたことを物語っていた。とはいえ、武勇の衰えを示す徴候は、まだどこにもうかがえなかった。

　白人の男の体つきは、衣服に隠れていない部分から判断すれば、子どものころから艱難辛苦を嘗めてきた人間のものだった。体格は、筋肉質とはいえ肉付き豊かではなく、むしろ痩せぎすである。体じゅうの腱や筋は風雪や労苦に耐えてきたらしく、硬く張っている。その装いは、色褪せた黄色の縁飾りのついた緑の狩猟用上着[†]に、毛を削ぎ落とした革製の夏用縁なし帽。この男も、インディアンが身にまとうわずかな着衣を押さえるために用いるのと同じワンパム[*3]を腰にしめ、そこに短刀をさしていたが、トマホークは携えていなかった。履いているモカシン[*4]には、原住民の派手なやり方に真似て飾りをつけてある。狩猟着の裾は長く、その下からはバックスキンの臑当てだけが見える。臑当ては側部を締めあげたあげく、膝の上までまわした鹿の腱を靴下留め代わりに使って押さえてある。以上のほかにこの男が身につけているものと言えば、肩から下げた袋と角製の火薬入れだけだった。ただし、銃身の長いライフル[†]がそばの若木に立てかけてあった。利口な白人たちの説くところによれば、あらゆる火器のなかでももっとも恐ろしい武器である。猟師なのか、斥候なのか、いずれにせよこの男の目は、小さくて眼光鋭く、たえずすばやく動く。話しているあいだも、獲物を探してでもいるのか、あるいは、身をひそめた敵が突然襲撃してくるのではないかと疑っているのか、四方に目を走らせている。こんな身についた猜疑心をつい露呈しているにもかかわらず、その顔にはずるがしこさがなかった。それどころか、ここで初登場したこの男の表情には、一徹なほどの正直さがあふれていた。

「おまえたちの言い伝えも、おれの主張を裏書きしてくれるだけではないか、チンガチグック」とこの男は言った。その言葉は、かつては、ハドソン川とポトマック川にはさまれた地域に住んでいた原住民が誰でも解した言語であった。本書では、読者の便宜を図り、この言語で話されたせりふは意訳して示すことにする。

ただし、話者個人と言語双方の独特な言い回しは、幾分なりともとどめるように工夫していきたい。「おまえの祖先は太陽の沈むところから大きな川[†]を越えてやってきて、このあたりの住人とたたかった。そして、この土地を手に入れた。おれの祖先は、朝焼けの見える方角から、しょっぱい湖[*5]を渡ってきた。そして、おまえの先祖たちが示してくれたやり方をだいたいは見習って、事業をやり遂げたのだ。だから、おれたちのどっちが正しいかなどということは神さまにおまかせして、友だち同士、言い争うのはよそうではないか」

「おれの先祖の戦友はみな裸のレッドマン[*6]だったんだぞ！」とインディアンは、同じ言語で断固と応酬した。

「ホークアイよ、戦士の使う石の鏃《やじり》と、おまえが殺すときに使う鉛の弾とは、ちがわないというのか」

「インディアンというやつは、生まれつき赤銅色の肌を授かってるくせに、理屈の通ることを言うものよ！」

白人は首を横に振りながら言った。このように、理性にかなう公平な判断をせよと迫られてむげにするわけにもいかず、困ったという顔つきをしていた。論争の形勢不利と見て、しばらく腹の虫がおさまらないようすだったが、やがてふたたび攻勢に転じ、自分の持てる限られた知識を総動員して論敵の反論に答えた。「おれは学者ではないし、そういうことの権威が誰であろうと知ったことではない。だが、下流のあの軟弱なやつらが鹿追いやリス猟をやっているのを見てきたところから判断すれば、やつらの爺さんたちがライフルを使ったって、たいして威力はなかったと思わざるをえないね。ヒッコリーの枝で作った弓と適当な石の鏃でも、インディアンの分別で引いて、インディアンの目でねらいをつければ、もっとすごい武器になるさ」

「先祖から話を聞いているだろ」と相手は返し、冷ややかに手を振った。「おまえの父たちは何と言っているんだ。若い戦士たちに語り伝えているのか。ペールフェース[*7]がまみえたレッドマンたちは、いくさのための化粧をして、武装と言えば石斧や木銃を持っているだけだったと」

「おれは偏見にとりつかれたりしていないし、生まれついて与えられている特権を自慢したりするような男ではないぞ。おれの最悪の敵イロコイの誰だって否定できないように、おれは混じりけなしの白人だけどな」斥候は答えて、骨と筋の浮き出た自分の手の日に焼けた肌を見つめ、ひそかに得心した。「それでも、偏見はないから認めるけど、おれの同胞のなかにもいろいろなやつがいて、まっとうな人間としては眉をひそめたくなるのもなかにはいるよ。やつらには、自分たちのやったり見たりしたことを本に書くという風習があるんだ。村でみんなの前で話す場合には、卑怯な法螺《ほら》吹き野郎なら嘘の皮がひんむかれてしまうけど、勇敢なつわものなら戦友たちに証言を頼んで自分の話がほんとうであると証明することもできるのにな。この悪い習わしのために、根性のある男も、父祖たちの勲を耳にすることもなく、父祖たちを乗り越えようと努力することに気概を感じなくなるのかもしれない。少しでも根性があれば、女どもといっしょに、黒い染みの名前を覚えるために日々を費やすなどという無駄なまねはできるはずもないからな。おれ自身のことを言えば、バンポー家*8の人間はみんな射撃の才能があったにちがいないと思うんだ。おれには生まれつき、ライフルを扱うのが向いているからな。こういうことは、ありがたいお言葉が伝えるとおり、代々受け継がれるものにちがいないんだ。よかれ悪しかれ、生まれついての性《さが》は授かるものさ。とはいっても、そんなこと、おれが誰かのかわりに説明したりするのはまっぴらごめんだけどね。だが、どんな話にも裏と表があるもの。だからチンガチグック、訊きたいんだが、インディアンの言い伝えでは、おれらの先祖たちがはじめて出会ったとき、いったい何が起きたんだって」

しばし沈黙の時間が流れ、その間インディアンは腰かけたまま口を利かなかった。そのあと、責任を自覚した者にそなわる威厳を漂わせながら、短い話をはじめた。その厳粛な調子のために、話の真実らしさがますます強まった。

「いいか、ホークアイ、おれの話を聞いても、嘘を呑むことにはならないからな。おれの父たちが語ったことであり、モヒカンの戦士たちがおこなったことだからな」ここでちょっと間をおいて、探るようなまなざしを相手に投げてから、問いかけるとも言い立てるともつかぬ口調で続けた。「足もとのこの小川は、夏の方角へ流れていくと、水が塩辛くなって、流れが逆流するではないか！」*9

「おまえたちの言い伝えは、そこまでは正しいと認めよう。おれはあちらへ行って、そうなっているところを見たことがあるからな。谷間の日陰を流れているときはあんなにうまい水が、日なたに出ると塩辛くなっちまうのはどうしてか、おれにはとても説明できないがね」

「逆流についてもだ！」とインディアンは詰問した。相手の返事を待ちかまえ、興味津々の顔つきだった。みずからも重んじていながらも腑に落ちない言い伝えを、裏書きしてもらいたがっているのだ。「チンガチグックの父祖たちは嘘をつかなかったぞ！」

「聖書だってこれ以上ほんとうのことは言ってない。そいつは自然のゆるぎない真実さ。川上に向かう逆流は満ち潮というのだ。簡単に説明でき、あいまいなところなんかないことなのさ。六時間、水が流れこんできて、つぎの六時間は流れ出ていく。理由はこうだ。海の方が川よりも水位が高くなれば流れこんでくる。川の方が高くなれば、今度はまた流れ出ていくのさ」

「森や湖の水は低い方に流れて、やがてこの手のように平らになる」インディアンは手を前へ水平に突き出した。「そのあとはもう動かなくなる」

「嘘つきでもないかぎり、そいつは誰も否定しないさ」と斥候は言った。潮汐の神秘について説明してやったのに、それが信じがたいと暗に言われたような気がして、多少むっとしていた。「おれだって、せまい範囲で見れば、土地の平らなところではそのとおりだと認めるよ。だが、何ごとも、どんな範囲で見るかによって変わってくるものだ。いいかい、せまい範囲で見れば大地は平らだ。しかし、範囲を広くすればそれは丸いんだよ。そういうわけだから、水たまりや池、それに大きな淡水の湖などは、おまえもおれも見てきて知ってるとおり、じっと動かずにたまっているとしても、海みたいに広い面積に水をぶちまけてみろ。大地が丸いのに、いったいどうして水がじっとしているものかね。ここから一マイルほど上流のあの黒い岩の縁で、川がじっとしてくれると思うほうがましなくらいじゃないか。ところが実際は、おまえ自身の耳に音が届いているとおり、いまこの瞬間も岩の上から水が落下してるのさ！」

インディアンは、相棒の学問的な説明に納得しなかったが、威風を誇示していたてまえ、へたに不信の念を見せるわけにいかなかった。まるで納得したような顔で話を聞いてから、先ほどのように厳粛な口調でふたたび語りはじめた。

「われわれは、夜、太陽が隠れるところからやってきた。野牛の住む大平原を越え、やがて大きな川にたどりついた。そこでわれわれはアレゲウィ族[*10]とたたかった。大地はやつらの血で真っ赤になった。大きな川の岸から塩辛い湖の岸辺へ向かう途中では、誰にも出会わなかった。マクアの連中はだいぶん後ろからついてきた。われわれは、この川を遡ってもう水が見えなくなる水源地から夏の方角へ、太陽が二十回沈む日数だけ旅したところにある川まで、自分たちの国だと宣言した。この土地をわれわれは戦士らしくたたかい取り、男らしく守ってきた。マクアは熊といっしょに森のなかへ追っ払ってやった。やつらの知ってる塩は岩塩だけだった。大きな湖から魚を引き揚げることもできなかった。われわれがやつらに骨を投げ与えてやったのだ」

「おれは、そういう話の一部始終聞いたことがあるし、そのとおりだと信じてるよ」白人は、インディアンの話が途切れたところを見はからって口をはさんだ。「だけど、それは、イギリス人がこの国にやってくる以前のずっと昔のことだ」

「このクリの木が立ってるところ、昔はマツがあった。われわれのところへ最初にやってきたペールフェースは、英語を話さなかった。やつらが大きなカヌーでやってきたとき、先祖は周りのレッドマンたちといっしょに、トマホークを土のなかに埋めた。[*11] あのころはな、ホークアイよ」そのあとに続けた言葉にはしみじみとした思いがこもっていた。とはいえ、話し方で変化した点と言えば、声を抑えて、低くしわがれた口調になった程度のことにすぎなかったが、こういう抑揚のおかげで、インディアンの話し言葉は、ときにはきわめて音楽的に響くのである。「あのころはな、ホークアイ、われわれは一つにまとまった民で、幸せだったのだ。塩辛い湖はわれわれに魚を恵み、森はシカを恵み、空は鳥を恵んでくれた。妻をめとり、妻たちは子を産んでくれた。大霊[*12]をあがめ、マクアを、われらの勝利の歌声も届かぬところまで追い払って寄せつけなかったのだ！」

「そんな時代の家族の様子を知ってるだと」と白人は聞きとがめた。「だが、おまえはインディアンとしてはまともな人間だよ！　それに、おまえの才能は先祖から受け継いだのだろうから、先祖たちも勇敢な戦士で、会議の焚き火を囲んだときは考え深い人間だったにちがいない」

「わが部族は諸民族の祖父なのだ。ただし、おれは混じりけのない家系の男だ。おれの血管には族長の血が流れている。これは永遠に変わるはずがない。オランダ人が上陸し、わが部族に火の水[*13]を与えた。わが部族は、天と地の境もわからなくなるほどそれを飲んで、愚かなことに大霊を見出したと思いこんでしまった。それから土地を手放しだした。一歩一歩岸辺から奥地へ追いやられていき、ついに、族長にしてサガモア[*14]たるこのおれが、木々の梢のあいだを通してしか太陽を見たこともないし、父祖たちの墓場を一度も訪れたこともないというありさまだ」

「墓というものは、心を厳かな気持ちにしてくれるからな」と斥候は相づちを打った。相棒の、抑えてはいるものの苦悩しているさまに深く心を打たれていた。「それに、善意を抱いている人間の支えになってくれることも多い。とはいっても、おれの骸《むくろ》について言えば、きっと、骨を埋めないで森のなかでさらしたままにしておくか、オオカミどもにバラバラに砕かれるにまかせるかということになるな。それにしても、ずっと前に、同系の部族を頼ってデラウェア族の国へやってきたおまえの仲間たちは、どこに行ってしまったんだ」

「かつて夏の盛りに咲き誇っていた花はどこへ行った！――散ってしまったではないか、一つ一つとな。それと同じで、わが一族はみんな、それぞれの寿命にしたがってあの世へ旅立っていったよ。おれも峠を越えた。あとは谷へ下っていかねばならぬ。そしてアンカス[*15]がおれの後を追うときは、サガモアの血はもはや絶えるだろう。息子はモヒカン族最後の戦士だからな」

こう言ったインディアンの斜め背後で、「アンカスはここにいるぞ！」という別の声がした。その声もやはり柔らかく、喉の奥から出てくるようなこもった声だった。「アンカスに用があるのは誰だ」

白人はこの出し抜けに割りこんできた声に驚いて、短刀を革製の鞘から抜きかけ、思わずライフルに手を伸ばした。だが、インディアンのほうは悠然と腰かけたまま、予期せぬ物音にも身じろぎ一つしなかった。

つぎの瞬間、若々しい戦士が二人のあいだを音もなく通り抜け、急流の岸辺に座った。父親は驚きの声も発しなかったし、詮索の問いも答えも口にしないまま数分間、黙していた。たがいに、口を開くべきときがくるまで待っているようで、女のように知りたがったり、子どものようにせっかちになったりしないように気をつけている。白人はインディアンの風習を見習おうとしているらしく、ライフルを元に戻すと、沈黙を守ったまま控えていた。ようやくチンガチグックがゆっくりと息子のほうへ目を転じて、こう聞き質した。

「このあたりの森のなかにモカシンの靴跡を残していくほど腹のすわったマクアなどいるか」

「ぼくはやつらの跡を追ってきたんだよ」と若いインディアンは答えた。「だから知ってるけど、やつらは両手の指の数と同じだけいる。ただし、意気地なしらしく身を伏せて隠れているんだ」

「こそ泥たちが頭皮や獲物をねらって出てきたんだな！」と白人が言った。この男はこれから、相棒の言い方にならって、この物語のなかではホークアイと呼ぶことにしよう。「あのお節介のフランス人モンカルムときたら、おれたちの陣営にまでスパイを送りこんでくるんだからな！　おれたちがどの道を使うか知られてしまうな」

「もういい！」と父親は言い、夕日にちらりと目をやった。「やつらは潜んでいる藪から追い出されることになるのだ。ホークアイ、今夜は食べることにしよう。マクアのやつらにわれわれの武勇を見せてやるのは明日だ」

「おれはどっちでもいいぞ。だが、イロコイとたたかうにはずるギツネ見つけねばならんし、食うには獲物手に入れねばならん――噂をすれば影とやら。今季見たなかじゃいちばんでかい角が、あの高台の下の藪を揺らしてる！　さあ、アンカス」なかば囁き声で言葉を続けながら、喉の奥で声を押し殺すようにして笑った。用心が身についた者の笑い方である。「おれは装填器三杯分の火薬賭けるから、おれがあいつの眉間に命中させたら、おまえはワンパム一フィート寄越[16]しなよ。左目よりも右目に近いほうに命中させるからな」

「できるはずないさ！」若いインディアンは、初々しく勢いこんで立ち上がりながら言った。「角の先が見えるだけじゃないか！」

「青二才だな！」白人は父親に話しながら、首を横に振った。「こいつ、猟師が生き物の一部を見ても、ほかの部分はどこにあるかわからないなんて思ってるのか！」

白人はライフルのねらいをつけて、自慢の腕前を披露しようとした。そのとき戦士がその銃を手ではね上げながら言った。

「ホークアイ！　マクアとたたかう気か」

「こいつらインディアンときたら、まるで本能みたいに森というものを知ってるんだな！」と答えた斥候はライフルをおろすと、いかにもみずからの過ちを恥じるかのように顔をそむけた。「あのシカはおまえの矢にまかせるしかないな、アンカス。そうしないと、おれたちがシカ殺しても、あのこそ泥たちのイロコイのやつらに食わせることになっちまうからな」

この考えへの賛意を父親が手真似ではっきりとあらわしたとたん、アンカスは地べたに身を伏せ、用心深くシカのほうへ近づいていった。シカが隠れているところから数ヤード[17]まで迫ると、細心の注意をこめて弓に矢をつがえた。そのときシカは敵の臭いを嗅ぎつけたか、角が動いた。つぎの瞬間、弓弦の鳴る音が響き、矢が白くひらめいて藪のなかに飛んでいった。そして手負いの牡鹿が隠れ場所から飛び出して、姿を隠していた敵の足元にあらわれた。アンカスは、猛り狂ったシカの角をかわしながらその横腹のほうへ身を寄せ、喉首に短刀をあてて引いた。シカは川っぷちまで跳ねていき、倒れてその血で流れを染めた。

「インディアンらしい手練れの技だな」と言って斥候は声を立てずに笑った。それでもご満悦だった。「見ていて気が晴れ晴れするわ！　矢は急所をはずれて、短刀でとどめ刺さねばならんかったけどな」

「ハッ！」鼻息荒く声を発した相棒は向きを変え、獲物を嗅ぎつけた猟犬のように身構えた。

「おや、シカの群がいるのか！」斥候は声をあげ、ふだんの職業柄、期待に目を輝かせはじめた。「やつらが射程内にやってきたら、六民族連合の全軍勢が銃声の届く範囲に潜んでいるとしても、一頭撃ち倒してやる！　チンガチグック、何が聞こえる。おれが聞き耳立てても、森は黙りこくっているとしか思えんが」

「シカは一頭だけしかいないし、そいつは死んでる」とインディアンは言った。片耳を地べたにつけんばかりに体を折り曲げていた。「足音が聞こえる！」

「オオカミどもがこの牡鹿を隠れ場所まで追っていたんだな。跡をつけて近づいてきたか」

「いや。白人たちのウマがやってくる！」と答えた相手は、悠然と体を起こして、ふたたび丸太に腰かけ、先ほどまでと同様の姿勢をとった。「ホークアイ、あれはおまえの兄弟だ。話し相手をするのはおまえがいいだろう」

「そうするべ。王様相手だって恥ずかしくないような英語でな」猟師はご自慢の英語で答えた。「おれには何も見えんし、人間の音だって、けものの音だって、何ひとつ聞こえんがね。変なもんで、白人の立てる物音はインディアンのほうがうまく聞き分けるんだわ。血筋におかしなクロスなんかない[*18]と、敵のやつらにだって認められてるこのおれよりもな。とはいっても、レッドスキン[*19]どもとあんまり長く暮らしてきたんで、疑われてもしょうがないけどな！　ヤッ！　枯れ枝の折れる音だ——藪のざわざわいうのも聞こえてきたわ——そうだ、そうだ、滝の音と取り違えてたけど、ありゃ足音だべ——それに——そうら、見えてきたしょ。

神さま、あの人たちばイロコイどもから守ってやってくだされや！」

第四章

「勝手にしろ。だが、森からは一歩も出さないぞ、
この無礼の仕返しをするまでは。」
『夏の夜の夢』二幕一場、一四六～一四七行。

斥候の言葉が終わらぬうちに、近づいてきた一行の先頭に立つ者の姿がはっきり見えてきた。インディアンの油断のない耳をとらえたのは、この一行の足音だった。シカがよく通るためにできたけもの道が一本、うねりながらほど近くの谷間を横切っており、それが小川と交わる地点で白人とインディアンの相棒が陣取っていたのだ。奥深い森のなかのこの道に旅人があらわれるなどというのはめずらしく、一驚にあたいした。この一行がゆっくりと進む行く手に立ちはだかった猟師は、仲間二人よりも前に出て、相手を迎える構えだった。

「誰だい」と斥候は詰問した。左腕にライフルを無造作に抱え、脅そうという素振りは少しも見せないものの、右手の人さし指は引き金にかけたままである。「原始の森のけだものや危険にも怖めず臆せず、こんなとこまで飛びこんでくるなんて、何者なのさ」

「信心に篤く、法と王を味方にする者たちです」と答えたのは、列の最先端のウマにまたがってきた男だった。「日の出とともに出発し、この森の陰づたいに、食事もとらず旅をしてきて、道中にひどく疲れています」

「それじゃあ、道に迷ったんだべさ」相手の言葉をさえぎるように猟師が言った。「それで、右も左もわからんではどうすることもできんと思ったわけかい」

「そのとおりです。なりだけは大人のわれわれも、案内人に頼りっきりという点では乳呑児と変わりません。こうなったら、背丈ばかりは一人前でも、知恵はさっぱりといわれそうですが。ウィリアム・ヘンリーと呼ばれる国王軍陣営まで距離はどれくらいか、ご存じですか」

「ホホウ！」と斥候は声をあげ、遠慮なくおおっぴらに笑った。とはいえ、危険を呼ぶような大声はすぐに抑え、潜んでいる敵の耳に入らないように気をつけながら、存分に笑いこけた。「ホリカン湖越しにシカ追いかけようとしてる犬みたいに、臭跡《においあと》がわからんってか！　おい、おい、ウィリアム・ヘンリーだって！　王の味方で、軍に用があるっていうなら、この川をエドワードまで下っていって、ウェッブに訊いたほうがいいんでないかい。あいつはあそこでぐずぐずしてる。谷へ押し出し、あの小生意気なフランス人をシャンプレーン湖の向こう岸まで追い払って、ねぐらへ帰してやることもしないでな」

こんな進言に意表をつかれ、よそ者が返事もできずにいると、もう一人の騎手が軍馬を操って藪をかき分け、連れの前へ飛び出してきた。

「それでは、エドワード砦までの距離はどれくらいだというのか」あとから飛び出してきた男が問い質した。

「貴様が行ってみろと勧めてくれるのは、今朝われわれが発ってきた場所ではないか。われわれの目的地は、湖に川が流れこむ地点なのだ」

「それじゃあ、迷子になる前に目が見えなくなったのかい。ここの連水陸運路は、たっぷり二ロッド[*1]の幅で作ってあるんだから。ロンドンへ通じるどんな道とも変わらんほど立派で、ほかでもない王様の宮殿の前の通りにさえ負けないんでないかい」

「道路のすぐれていることについて議論するつもりはない」とヘイワードはほほえみながら答えた。読者にはすでに見当がついていたであろうが、飛び出してきた男はヘイワードだったのだ。「今は詳しい説明をする必要はないから、インディアンの案内人に頼って、危ういながらも近道をしてきたのだが、信用したのが間違いだったと申し上げるにとどめよう。平たく言えば、どこまできたのかわからなくなってしまったのだ」

「インディアンが森のなかで道に迷ったって！」斥候は怪訝そうに首を振った。「日射しが梢焦がしそうで、川は水たたえているというのにか。どのブナの木にもついてる苔見たら、夜に北極星がどっちに出るか、すぐわかりそうなもんだがな！ 森中いたるところに走ってるシカ道は、誰でも知ってる川や塩嘗め場に続いてるし、カナダの沼地めざして渡っていくガンどもも、まだそこらで飛んでるのがいるべさ！ インディアンがホリカン湖と川の曲がり角のあいだの土地で道に迷うなんて、おかしな話でないかい！ そいつはモホーク族かい」

「生まれは違うが、その部族の一員にしてもらった男だ。生まれは確かもっと北のほうで、ヒューロン[*2]といわれている者たちのひとりだよ」

「ハッ！」と斥候の連れ二人が声を立てた。それまでは腰掛けたまま身じろぎ一つせず、交わされている会話にも無関心を決めこんでいたのに、話がここまできたとたんに、ぱっと立ち上がり、不意をつかれて慎みを忘れたか、露骨に興味を示す態度になった。

「ヒューロンだって！」たくましい斥候は相手が口にした言葉を繰り返すと、信じられないという顔つきを隠しもせずに、またもや首を振った。「ろくでもない奴らだぞ。どこの部族に加えてもらおうと関係ないね。

どんなに仕込んでも、奴らはこそ泥かごろつきにしかなれないべさ。あんな民族から出てきた奴に頼ったりしたなんて、よくも、もっと大勢のヒューロンどもに出くわさないですんだもんだわ」

「その点はあまり心配はない。ウィリアム・ヘンリー砦はもっとずっと先にあるのだからな。案内人は今ではモホーク族の一員だし、わが軍の味方として服務していると説明してやったのに、忘れたのか」

「じゃあ、おれが説明してやるが、ミンゴに生まれついたら死ぬまでミンゴだべさ」断固たる返事だった。「モホークだと！　正直なのが入り用なら、デラウェアかモヒカンに限る。それに戦《いくさ》となれば、デラウェアたちは、マクアというずるい敵に女[*3]にされてしまったから、戦はしないけどな――それでも万一たたかいに出たら、デラウェアかモヒカンの戦士が最高なんだわ！」

「もうたくさんだ」とヘイワードはじれったそうに言った。「じぶんの知ってる男の性格について尋ねたいなどとは思わぬ。貴様にとっては見ず知らずの人間ではないか。こちらの質問にまだ答えてくれてないぞ。ここは、エドワードの部隊からどれくらい離れているのか」

「そいつは、誰に案内人を頼むかによるね。そんなウマに乗ってりゃ、日の出から日の入りまでたっぷり走りまわれるんでないかい」

「なあ、無駄なおしゃべりなんかしてる暇はないのだ」ヘイワードは不満の体を見せないように気をつけ、声を和らげた。「エドワード砦までの距離を教えてくれて、おまけにそこまで連れていってくれたら、褒美を取らせずにはおかぬぞ」

「じゃあ、そんなことしても、敵やモンカルムのスパイをわが軍の陣地まで案内することにならないって、なしてわかる。英語しゃべる奴がみんな正直とはかぎらないべさ」

「貴様は部隊の斥候だろうと思うから言うが、部隊に仕えているのなら、国王軍第六〇連隊[*4]について聞いたことがあるはず」

「六〇連隊だと！　英国王軍アメリカ人部隊のことなら、知らんことはまずないね。おら、身なりは狩猟用のシャツで、緋色の上着は着てないけどな」

「では訊くが、ほかのことはどうあれ、連隊の少佐の名前は知ってるだろうな」

「少佐だと！」相手をさえぎるように猟師は言うと、忠義を誇る者らしく背筋を伸ばした。「このあたりでエフィンガム少佐[*5]のこと知る者といえば、ほら、こうしてあんたの目の前にいるべさ」

「あそこには一兵団がいるから、少佐は一人じゃない。貴様が名をあげたのは先任少佐だが、じぶんが言うのはいちばんあとで着任した者のことだ。ウィリアム・ヘンリー守備隊で数個中隊を指揮する者さ」

「そうそう、どこか遠くの南のほうの地方出身で大金持ちの若旦那[*6]が、着任したって聞いたっけ。そんな地位につくには若すぎるって話もな。頭が白くなりかけた連中の上に立つんだからな。だけど、兵士としての才覚はあるし、俠気のある旦那だってよ！」

「どんな男か、また、地位にどれほどふさわしいか、それはさておき、その男こそ今貴様と話しているじぶんのことだ。だから、言うまでもないが、敵ではないかなどと心配するにはおよばぬぞ」

斥候はびっくりしてヘイワードを見直し、それから脱帽して答えた。その口調は、まだ半信半疑ながら前ほど独断的ではない。

「陣地から一個分隊が今朝、湖岸めざして出発するって聞いたっけが」

「貴様が聞いたのは確かな話さ。じぶんは近道をしたかったので、さっき話したインディアンの知識に頼ったのだ」

「じゃあ、そいつがあんたを騙して、置き去りにしていったのかい」

「どっちでもないと思うね。置き去りにしていったのじゃないことは確かだ。列のしんがりにいるはずだからな」

「そいつを見たいものだね。ほんもののイロコイなら、悪党面と隈取りの仕方見たらわかる」と斥候は言って、ヘイワードの乗っている軍馬の脇を通り抜け、歌唱指導の先生が乗っている牝馬の後ろに続く小道へ入っていった。牝馬の子は、一行が立ち止まったのを幸い、母馬の乳をむさぼっている。斥候は藪をかき分け、さらに数歩進んで、あの女性たちに出会った。女性たちは話の成り行きに不安を抱きながら聞き耳を立て、多少とも怖じ気づいていた。その背後に伝令が、立木にもたれて立っていた。斥候にじろじろ見られても顔色一つ変えない。とはいえ、その陰鬱で野蛮な顔は、目にするだけでもぞっとするほど凶悪だった。猟師は気のすむだけ検分すると、まもなくきびすを返した。女性たちのそばを再度通り抜けるときにはちょっと立ち止まり、その美しさに見とれた。アリスがほほえみうなずいて見せると、人目もはばからず満面に喜色を浮かべる。その場を離れ、母の役目を果たしているウマの傍らまで行くと、そのウマに乗っている男の正体を探ろうとあれこれ質問したあげく、腑に落ちない様子で頭を振り振り、ヘイワードのところまで戻ってきた。

「ミンゴはミンゴだわ。神様がそういう風にお作りになったのだから、モホークもほかのどんな部族も、変えることなんかできないんだわ」前に立っていた位置まで戻ってからそう言った。「おれたちだけなら、しかも、あの立派なウマを残していって、今晩オオカミどもの好きなようにさせておくっていうなら、エドワードまで一時間でおれ自身が送っていってやるよ。ここからたった一時間ほどの道のりだからな。けど、あんなご婦人方がいっしょでは無理だべ！」

「どうしてだ。あの人たちは疲れてはいるが、あと何マイルかウマで旅をするぐらいは平気だぞ」

「無理で当たり前だわ！　ここらの森は夜になったら、あんな伝令といっしょじゃ、おれだって、国でいちばんのライフルやると言われても、一マイルだって歩いたりするもんか。野宿して張りこんでるイロコイどもだらけだし、あんたのお供の拾われモホークのやつは奴らの居場所がわかってるから、おれの道連れにはできんね」

「そう思うかね」ヘイワードは鞍の上から身を乗り出し、声を落としてほとんどささやくように言った。「実を言えばじぶんも、怪しいと思わないわけではなかったのでね。なるべく疑念を押し隠し、心にもない信頼を寄せているふりをしてきたのも、連れを心配してのこと。怪しいと思ったからこそ、あいつについていくのはやめたのだ。ご覧のとおり、じぶんが奴の先に立つようにしたのだよ」

「おら、あいつを一目見たとたん、詐欺師のたぐいだとわかったわ！」と斥候は答えて、注意を促す合図に鼻先を人さし指で触った。「あの悪党は、藪の向こうに見えるサトウカエデの若木に寄りかかってる。あの木の輪郭線の下の方へまっすぐたどったとこが、あいつの右脚にあたるから」と言いながら、ライフルをポンとたたく。「こいつの一発でここから、くるぶしと膝のあいだぶち抜いてやれる。そしたら、この先少なくても一ヶ月がとこ、森のなか歩きまわれなくなるべ。だけども、おれが戻っていったら、あのずるがしこい野郎は何か感づいて、まるで肝つぶしたシカみたいに木のあいだくぐって逃げちまうべや」

「それはいけない。悪党ではないかもしれないし、いきなり撃ったりするのはいやだね。もっとも、あいつの裏切りが確かとわかったら——」

「イロコイは性悪だと決めてかかっても、間違いないべさ」斥候はなかば本能的な身ごなしで、ライフルの銃口を前方に向けた。

「待て！」とヘイワードはさえぎった。「それはいけない——何か別のやり方を考えなければ。——だがそれにしても、あのならず者に騙されたと思える節は大いにあるな」

猟師は、伝令を不具にしてやろうという考えはもう捨てて、しばし考えこんでから身振りで合図した。それに応えて二人のインディアンの相棒が、たちまちそばへ寄ってきた。三人はデラウェア族の言葉で、声を低めながらも熱心に語り合う。若木の梢をしきりに指さす白人の身振りから見てとれるように、姿の見えない敵の居場所を教えている。相棒たちはすぐに猟師のねらいを呑みこんで、銃を後に残し、小道の両脇へ二手に分かれて動きだした。藪のなかに姿を隠し、足音一つさせぬ慎重な身ごなしである。

「さあ、後ろのほうへ引き返してくれや」猟師はふたたびヘイワードに言った。「あの悪《わる》に話しかけて引き留めておくんだ。こっちのモヒカンたちが、あいつの隈取りそっくり残したままで捕まえてくれるからな」

「いや」とヘイワードは得意げに言った。「じぶんが独りで捕まえてやる」

「ヘッ！　あんたに何ができる。森のなかでウマに乗ってインディアンにかかっていくってか」

「ウマはおりるさ」

「じゃあ、あいつは、あんたが鐙から片足抜くの見ても待ってて、あんたが好きなように動けるようにしてくれるってか！　誰だって、森のなかに入ってきて土着の奴らとわたりあうなら、インディアン流でやらんとだめだべさ。企みどおりにやりたかったらな。だから、さあ、行ってあの悪漢にあっけらかんと話しかけてくれや。この世でいちばん忠実な味方だって信じてるみたいな顔でな」

ヘイワードは、演じる役柄に嫌悪を覚えながらもやむなく、言われたとおりにしようと覚悟した。しかし、重大な事態に立ち至ったという自覚が深まるにつれ、気分は刻々と重くなる。はかりしれない責任を担わされ、自身の度胸に頼らなければならないのだ。すでに日は沈み、森は急に光を失って、†薄暗い相貌を帯びつつあった。そのさまを目にして痛感させられたのは、蛮族が復讐心や敵意に駆られて残忍非情なおこないにおよぶときに選びそうな時刻が、みるみる迫ってきているということだった。胸騒ぎにじっとしていられなくなり、ヘイワードは斥候から離れて先へ進んだ。斥候は、その朝あれほど無遠慮に旅の一行に加わってきた妙な男と、たちまち大声でおしゃべりを始めた。ヘイワードは、女性の連れのそばを通り抜けるとき、励ましの言葉を二言、三言かけた。ありがたいことに、二人の女性は、一日中動きまわってくたびれてはいるものの、いま陥っている不如意がたまたま道に迷ったせいなどではないと感づいていないようだった。女性たちには、これからどちらへ向かうか相談しにいくだけと思わせておいてから、乗っているウマに拍車をかけて進み、手綱を引いてウマを止めると、数ヤード先にあの伝令がふてくされた顔をして、まだ木に寄りかかったまま立っていた。

ヘイワードは努めて、気安く信じきっている態度を装いながら言った。「マグア、貴様にもわかるだろうが、夜が迫ってきてるのに、われわれはウィリアム・ヘンリー砦に行き着いていない。日の出とともにウェッブの陣を出たときから、大して変わってないではないか。貴様は道に迷ったな。じぶんの運も悪かった。だが、幸いなことに、猟師に出くわしたぞ。歌の先生としゃべってる相手の声が聞こえるだろう。シカ道や森の裏道に詳しい男で、われわれが朝まで安全に休めるところまで案内してやろうと言ってくれてる」

インディアンはその燃えるような目をヘイワードにピタリと据え、片言の英語で「その男、ひとりか」と訊いた。

「ひとりかだと！」ヘイワードの答えにはためらいがあった。嘘をつくことに慣れていないので、まごついてしまうのだ。「あっ！　いや、もちろんひとりじゃないさ、マグア、われわれがいっしょにいるではないか」

「では、ル・ルナール・シュプティル[*7]、行く」と伝令は答えると、冷ややかな態度で、自分の小さなずだ袋を、おいてあった足下から取り上げた。「それでペールフェースたち、仲間だけになればいい」

「行くだと！　ル・ルナールとは誰のことだ」

「その名前、カナダの父たち[*8]、マグアにつけた」と答えた伝令には、そんな特別な名前を与えられたことに対する誇りがありありと見えた。「ル・シュプティルには、夜も昼と変わらない。マンロー夜まで待ってる」

「それで、ル・ルナールはウィリアム・ヘンリーの首領に、娘たちのことを何と説明するつもりだ。あの癇癪持ちのスコットランド人に、お子さんたちを案内人もつけずにおいてきましたなどと言えるのか。案内人はマグアがつとめると約束したろうが」

「あの白髪頭、声大きいし、長い腕持ってる。だが、ル・ルナール、森のなかいけば、あいつの声も聞こえないし、あいつの手も届かない」

「しかし、モホーク族が何と言う！　貴様を女扱いして、女どもといっしょにウィグワム[*9]のなかに引っこんでおれ、なんて言うのじゃないか。もう男の仕事は任せられないのだからな」

「ル・シュプティル、大きな湖までの道、知ってる。先祖の骨あるところに帰ることできる」伝令はびくともせずに答えた。

「もういい、マグア。われわれは味方ではないか！　なぜきつい言葉を言いあう必要がある。マンローは、貴様が役目を果たしたら褒美をやろうと約束した。じぶんも、褒美を出さねばならんと思っている。だから、疲れた体を休め、ずだ袋を開けて食い物を出すがいい。ちょっと休息をとる余裕がある。女が口げんかするみたいに、貴重な時間をしゃべって無駄にするようなことはよそう。ご婦人方の元気が回復したら、出発するぞ」

「ペールフェースときたら、女の前に出るとからきし意気地がないんだから」とインディアンは、自分の母語でつぶやいた。「それに、やつらの戦士たちときたら、食事時となると、トマホークをほっぽりだしてのうのうとしたがる」

「何と言ったんだ、ルナール」

「ル・シュプティル、それはいいと言った」

そう言ってからインディアンは、ヘイワードのこともなげな顔を鋭いまなざしでじっと見つめた。だが、相手と目を合わせたとたん、すばやく視線をそらし、のろのろと地べたに腰を下ろすと、前に食べ残したものを取り出して食いはじめた。もっともその前に、周りを探るようにゆっくり念入りに見まわした。

「それでいい」とヘイワードは言葉を続けた。「これでル・ルナールは、夜が明ければ元気になって、道を見つける眼力も取り戻せるな」――ここで言葉を切った。枯れ枝が折れ、木の葉がこすれるような音が、すぐそばの藪から聞こえたからだ。だが、すぐに冷静さを取り戻し、言葉を接いだ――「太陽が出てくる前に動きださねばならん。さもないと、モンカルムが行く手に待ちかまえて、砦までの道を遮断してしまうかもしれんぞ」

マグアの手は、口から下へ動いて脇のあたりに構えられた。目は伏せていたが、首をひねり、鼻孔を膨らませていた。両耳は日頃にもましてピンと張っているように見える。まるで注意力の集中を表現するために作られた銅像のような格好である。

ヘイワードは、相手の動きを油断なく見つめていたが、何気ないさまを装いつつ鐙から片足はずしながら、ピストルの革ケースを包んでいる熊皮のほうへ手を伸ばした。伝令がもっとも警戒している方角をつきとめようと懸命に努力してみるのだが、その目の動きにとてもついていけなかった。その目は、何か特定の対象に一瞬たりとも止まらぬくせに、動いているとはとても言えそうもないと思える、微妙な震え方をしていた。ル・シュプティルは、どう出るべきか迷いつつも、用心しいしい立ち上がった。とはいえ、きわめてゆっくりした慎重な動きだったから、姿勢を変えても物音一つ立てなかった。ヘイワードはいまこそ自分が行動に出なければならないと思った。片足を鞍の上に翻すようにしてウマから飛び降りた。自分の勇気だけが頼りで結果は出たとこ勝負、この食わせ者を引っ捕らえてやるという決意をみなぎらせていた。だが、よけいな警戒心をかき立てないように、平静を保ち、友好的な態度を崩さないようにしていた。

「ル・ルナール・シュプティルは食べてないな」このインディアンの虚栄心をもっともくすぐるらしいと見当のついた呼び名を用いて話しかけた。「そのトウモロコシはうまく焼けていないぞ。ぱさぱさしてるみたいじゃないか。どれ、見てやろう。もしかしたらじぶんの持ってる食糧のなかに、食欲をそそるものがあるかもしれん」

マグアは相手が差し出してくれたものを受けようとして、ずだ袋を前へ突きだした。たがいの手が触れ合っても平気そうにして、気持ちの動揺を見せるでもなかったが、隙のない警戒をゆるめるでもなかった。だが、ヘイワードの指が自分のむき出しの腕にそっと触れるのを感じたとたん、マグアは相手の腕をはね上げ、その腕をかいくぐりながら、つんざくような雄叫びをあげた。それからひとっ跳び、向かい側の茂みのなかへ飛びこんだ。つぎの瞬間、チンガチグックが、彩色されて幽霊のように見えるその体を、藪のなかからあらわした。小道を滑るように横切り、すばやく追跡していく。そのあとにアンカスの叫びが続いた。そのとき、森が閃光に照らし出され、これにともなう鋭い銃声が、猟師のライフルから発せられた。

第五章

――「ちょうどこんな夜、
シスビはおそるおそる夜露を踏んで逢引きに行き、
ライオンの影を見て驚いて。」――
『ヴェニスの商人』五幕一場、七～八行。

案内人がやにわに逃げ出したり、追っ手がものすごい雄叫びをあげたりしたので、ヘイワードはびっくりして、しばらく身動きもできずに立ちすくんだ。そのあとで、逃走した男を捕獲することが大事だと気づいて走りだし、近くの藪をかき分けて、追跡に手を貸そうとがむしゃらに突進した。しかし、百ヤードも進まぬうちに、もう戻ってきた三人に迎えられた。森には慣れている者たちでも、うまく追いつけなかったのだ。

「そんなにすぐにあきらめたのか！」とヘイワードは怒鳴った。「あのろくでなしは、このあたりの木の陰にでも隠れてるにちがいない。まだ捕まえられるかもしれないじゃないか。あいつを捕まえなければ、われわれは安全とは言えんぞ」

「風追いかけるのに雲でもけしかけるってか」と斥候は落胆も露わに言った。「あの悪漢め、黒いヘビみたいに落ち葉の上を滑ってく音立てて、あのでっかいマツの木の前かすめるのがちらりと見えたもんで、おら、臭跡に向かって撃つみたいに引き金引いたんだわ。だけど、あたるはずないわ！　それでも、ねらいのつけ方としては、引き金引いたのがおれでさえなければ、目はしが利いてたって言ってもいいしょ。おれも、こういうことについては老練で、少しは知ってる人間のうちに入るんでないかい。このハゼの木見れ。葉っぱが赤い。誰だって知ってるとおり、この木が七月に咲かせる花は黄色なのによ！」

「ル・シュプティルの血だ！　負傷してる。そのうち動けなくなるかもしれんぞ！」

斥候はこの見方をきっぱりと否定して、「いや、いや」と言った。「腕か脚にかすり傷くらい負わせたかもしらんが、そのおかげであいつめ、かえって遠くまでふっとんでいったべ。ライフルの弾ちゅうもんは、逃げ出したけものにかすり傷つけたりすると、ウマに拍車かけるのと変わらん効果があるんだわ。つまり、逃げ足早くしてやり、体力奪うどころか、かえって活気与えてしまう。ギザギザの穴あけてやれたら、一、二回跳ねまわったとしても、そのあとはふつう動きが止まってしまうんだけどな。インディアンでもシカでも同じことさ！」

「こちらにはピンピンしてるのが四人もいるのに、敵は手負いの相手一人じゃないか！」

この言葉を斥候はさえぎった。「死にたいってか！　あの悪魔みたいなインディアンはあんたを引きつけておいて、追跡がろくに始まらぬうちに、やつの仲間たちにトマホークで襲わせるべさ。あたりにたたかいの雄叫びが飛び交ってるなかで何度も眠りについてきた男にしては、浅はかなことしちまったな！　待ち伏せしてるやつらに聞こえるとこで発砲するなんて。だけども、あのときは当然の衝動だったよ！　すごく当然のな！　さあ、おれたちの居場所変えるべ。しかも、ミンゴの悪知恵の裏かくようなやり方でな。そうでないと、おれたちの頭皮は、モンカルムの陣幕の前で干し物にされて、明日の今頃までには乾きだすことになるしょ」

こんなぞっとするような話を斥候は、危険に直面しても怖れぬ一方、事情を完全に掌握している男に似つかわしく、冷静な確信にみちて語った。これを聞いたおかげでヘイワードは、自分に託された任務の重要性を思い出した。周囲を見まわしても、森の覆いかぶさるような葉陰に深まりゆく闇に阻まれて何も見えない。あたかも、抵抗を知らぬ同行の女性たちが、孤立無援のまま、まもなく野蛮な敵どもに翻弄されてしまうみたいな気がしてきた。あの敵どもは猛獣のごとく、攻撃が確実に致命的効果をおさめるようにもっと暗くなるまで待っているだけと思えた。想像力がかき立てられ、あてにならぬ光に惑わされて、藪が揺れたり、倒木の一部があらわれたりするたび、それが人間の姿に見えた。隠れ場所に潜みながらこちらを窺う敵の忌まわしい顔が見えたと思ったことは、二十回にもおよんだ。こちらの一行の動きを間断なく見張っているような気がする。上を見ると、夕暮れには青空に刷毛ではいたように見えていた薄雲が目に入ってきたが、先ほどまでのかすかなバラ色もすでに消えかけ、色彩を失っていた。谷底を滑るように流れて足元を通過する小川は、その両岸の立木が呈する黒影によって、ようやくその位置が知れるのみだった。

「どうすべきだろうか」ヘイワードは、こんな逼迫した窮地に追いこまれて自信喪失、まったくの無力感に襲われて言った。「見捨てないでくれ、お願いだ！　じぶんが付き添ってきた人たちを守るために残ってくれ。褒美をやるから好きなものを言ってくれ！」

ヘイワードの仲間になった男たちは、ちょっと離れたところで部族の言葉をかわして話していて、この突然の懇請には振り向きもしなかった。会話は、ささやき声とほとんど変わらぬ低い声で慎重に運ばれていたが、ヘイワードが近づいていくと、年若の戦士の熱心な口調は年長の者たちの遠謀深慮な話し方に比べて際だち、容易に聞き分けることができた。三人が話し合っているのは、明らかに、ヘイワードたち一行の安全に密接に関連した何かの方策が適切かどうかという問題だった。ヘイワードは、話題に強く惹かれ、ぐずぐずしていれば危険がそれだけ増してくるような気がしてじっとしていられず、色の浅黒い連中にさらに近づいていった。もっと明確な報酬を提供しようというつもりだった。そのとき、この仲間のなかの白人が、意見の食い違っていた点で譲歩するような合図を手でしてから、顔をそむけ、独白めいた口調でつぎのような言葉を英語で吐いた。

「アンカスの言うとおりだわ！　あんな罪もない人たちを運まかせに放っていったりしたら、人間のやることでないべさ。たとえあの隠れ場がずっと使えないことになってもな。最悪のヘビどもの牙から、あのか弱い花のような人たち救う気なら、旦那、時間無駄にしてる暇ないし、せっかくの覚悟忘れるわけにはいかんしょ」

「よくぞ思い立ってくれた！　すでに申したとおり、さしあげる褒美は――」

「さしあげるなら、お祈りば神様にさしあげれ。ここらの森にうじゃうじゃいる悪魔たちの悪知恵出し抜く分別、神様なら分けてくれるかもしれんからな」と言って、斥候は穏やかに相手の話の腰を折った。「だけども、金出そうという話はやめとけや。出せるときまであんた生きてるかわからんし、おれだってもらえるまで生きてるかわからんべさ。このモヒカンのやつらとおれ、人間の頭で考え出せることなら何でもやって、あの花ば守ってやる。あんなにめんこいけども、もともと未開の森でやっていけるようにはできてないからな。しかもおれたち、神様が正しいおこないにいつもくださる報い以外の褒美なんか、ほしいとも思ってないんだわ。まず、二つ約束してくれや。あんた自身だけでなく、あんたの仲間たちに代わっても約束してもらいたいんだわ。そうでないと、おれたち、あんたのお役に立つどころか、わが身すら危ない目に遭うことになるから」

「言ってくれ」

「一つは、何が起きても、ここらの眠ってる森みたいに静かにしてれっちゅうことだ。それで、も一つ、あんたらをつれていく場所は、どんなやつらにも絶対にしゃべらないでくれっちゅうことなんだわ」

「そういう条件なら二つとも満たすように、じぶんは最善を尽くすであります」

「それならついてこいや。撃たれたシカの心臓からしたたり落ちる血の一滴一滴と同じくらい貴重な一刻一刻が過ぎてるんだからな！」

ヘイワードは、深まりゆく夜闇のなか、斥候のじれったそうな身振りを見分けることができた。それから、斥候の足跡をたどるようにして、一行のほかの者たちを残してきた場所のほうへ急いだ。不安に駆られながら待っていた娘たちに合流すると、新しい案内人が出した条件を手短に知らせ、あらゆる不審の念を抑えて、ただちに全力で行動する必要があると説明した。このぎょっとするような話を聞かされた娘たちは、内心恐怖を覚えずにはいられなかったが、ヘイワードの真剣で堂々とした態度のおかげで、おそらくどういう危険がかかわったことにも助けられ、気をしっかり持てるようになった。何か予期せぬ特異な試練を受ける覚悟ができたのだ。娘たちは、言葉も発せず、寸時の遅疑も見せずに、ヘイワードに助けられながら下馬した。それからすばやく小川の岸まで降りていってみると、そこにいた斥候は、言葉よりも表現力豊かな手まねを用いて一行全員を集結させていた。

「このいまいましいウマどもはどうするべ！」とこの男はつぶやいた。今後の行動は、一《いっ》にこの白人の指揮にかかっているようだった。「こいつらの喉笛切って川に投げこんだりしてたら時間の無駄だし、ここに残していったら、乗ってた持ち主は近くにいるぞって、ミンゴに教えてやるようなものだしな！」

「それでは、放してやって、森のなかをうろつかせてやったらいい！」ヘイワードが物怖じせずに案を出した。

「いや、悪漢どもの裏かくほうがいいべ。あんたたちに追いつくには、ウマに乗ってるのに負けないように急がないとだめだって思わせるんだわ。そう、そう、それでやつらの燃えるような目玉もくらむんでないかい！　チンガチ——シッ！　何かがあの藪揺さぶってるぞ」

「子ウマがいる」

「この子ウマだけは死んでもらうべ」とつぶやきながら、斥候は子ウマのたてがみをつかもうとしたが、すばしこくてすぐに逃げられてしまった。「アンカス、おまえの矢でしとめれ！」

「待ってくださいよ！」始末されかけた子ウマの持ち主は、周りの者たちが小声で話しているのもかまわず、大きな声をあげた。「ミリアムの子に手を出さないでください！　健気な母ウマのかわいい子なんですから、誰の害になるってわけでもないでしょ」

「神様がくださったたった一つの命かけて人間がたたかうときはな、相手が人間でも森のけものと変わらんとしか思えないんだわ」斥候は厳しい口調で言った。「も一度しゃべったら、あんた、マクアに何されても、おら知らんからな！　アンカス、矢はいっぱいに引けよ。二の矢射る暇はないぞ！」

低い声でつぶやくこの脅迫じみたせりふが終わらぬうちに、矢の刺さった子ウマは棹立ちになり、それからのめって前脚の膝をついた。これを迎えるようにチンガチグックはそばへ行くと、目にもとまらぬ早業でその喉笛に短刀の刃を走らせ、もがく子ウマをおしやって川へ投げこんだ。子ウマは滑るように流されながら、息の根のとまる音を立てた。残酷に見えるが実行せざるをえなかったこの仕業を目にして、一行の気分は沈んだ。自分たちが危険に直面していることをまざまざと知らせてくれる、見るも恐ろしい光景だった。その恐ろしさは、この場面を演じた者たちが不退転の決意ながらも冷静にやってのけたために、かえって高められた。姉妹は身震いし、たがいに身を寄せ合った。ヘイワードは本能的に、革ケースから取り出したばかりのピストルを握りしめ、自分の預かっている人たちを背にして、深い暗闇の前に立ちはだかった。その闇は分け入ることも許さぬヴェールのように、森の深奥部を包んで垂れこめていた。

しかし、インディアンたちは瞬時もためらわず、くつわをとると、おびえてぐずるウマどもを河床まで引いていった。

水辺の近くまで降りてから方向を変え、張り出した土手の陰に隠れるところへ入ると、土手下を川上のほうへ進んだ。その間に斥候は、木皮製のカヌーを一艘、藪の下の隠し場所から引き出していた。藪をなす低い灌木は、流れに浸かって枝を揺らしていた。斥候は黙ったまま娘たちに手招きして、そのカヌーに乗りこめと命じた。娘たちはためらいもせずにその指示に従ったが、恐怖と不安のこもったまなざしでしきりに背後をうかがった。そちらの暗闇はますます濃くなり、流れの縁にそって黒い障壁が立っているように見えた。

コーラとアリスが腰を下ろすとすぐに、斥候は水に濡れるのも気にせず川に入り、華奢《きゃしゃ》な舟の片側をおさえるようにヘイワードに命じて、自分は反対側をつかむと、二人で舟を上流へ押していった。その後ろからは、子ウマを殺されて気落ちしている歌の師匠がついていく。こんな格好で何ロッドも進んでいった。あたりの静寂を破る音と言えば、一行の周りを流れゆく水の音と、抜き足差し足が水面を打つ低い音だけである。ヘイワードは、カヌーの舵取りを暗黙のうちに斥候にゆだねた。カヌーは、川岸に近づいたり、遠のいたりしながら、岩の縁や川の深みを避けて進む。進路の取り方に迷いがないことで、斥候が道筋を知悉していることがわかる。たまに斥候は立ち止まる。息を凝らしているような静けさは、鈍い音ながらも行く手に聞こえてくる滝の音のせいで、かえっていっそう強調される。そのただなかで斥候は耳をそばだて、眠る森林から何か物音が聞こえてこぬかと努めているのだ。動くものもなく、鍛えた耳をこらしても敵接近の兆候は何一つ聞き取れないとわかると、ふたたび慎重にゆっくりと油断のない前進を続けた。川をさかのぼってようやくある地点に達したところで、周りをきょろきょろ見まわしていたヘイワードの目は、群をなしている黒い物体に釘付けになった。高い土手が黒い影を落として暗い水面をさらに暗くしているあたりに、その物体は集まっていた。ヘイワードは進む気がしなくなり、その場所を指さして相棒に教えた。

「ああ、そうさ」と斥候は落ち着き払っていた。「あのインディアンたちは、土着の者らしい知恵働かせて、あそこにウマども隠したんだわ！　水には足跡残らんし、あんな穴蔵の暗闇じゃ、フクロウの目だって利かないものな」

まもなく全員集合し、斥候とあらたな戦友たちがふたたび相談を始めた。見も知らぬ森の住人たちの信義と創意工夫に頼るしかないこの戦友たちは、この隙に、あたりの様子を少しは細かに観察する余裕を見出した。

川の両岸には高くごつごつした岩が迫り、一方の岸から張り出した岩石の下にカヌーが止まっていた。岩のもっと上には、断崖から転げ落ちそうに生い茂る高い木々がそびえ、水の流れは、深く狭い幽谷を走り抜けていくように見える。枝を張りめぐらせる梢は、満天の星空を背景にそちこちに奇怪で鋭利な輪郭を見せて浮かび上がり、その下にあるいっさいのものを見分けもつかぬ影のなかに包みこむ。影の奥に曲がりくねって延びるはずの川岸は、やはり木々の落とす黒い影にさえぎられて容易に視界に入らない。しかし、前方どうやらほど近いところで水が、せきとめられた高所から滝壺へ落ちているようで、そこからあの不気味な音が発せられ、夜のしじまをうち破っていた。身を隠すには実に打ってつけの場所にきたと思えたので、姉妹二人はほっと安堵のため息をつき、気味悪いながらもロマンチックなあたりの美しさに見入った。だが、付き添いの者たちの身ごなしを見れば、このあたりの夜だからこそ帯びるにいたった野性味あふれる魅力にいつまでも見とれてはいられず、現実の脅威を痛感しはじめた。

ウマどもは、岩の割れ目に根をおろしたわずかな藪につなぎとめてあった。川のなかに立ったまま、そこで夜を過ごすようにしてあるのだ。斥候はヘイワードと心細そうな連れたちに、カヌーの舳先のほうに座るように指図し、自分は艫に立った。まるでもっとはるかに頑丈な舟に乗っているみたいに、悠々と直立している。二人のインディアンは慎重な足取りで、先ほどいたところまで戻っていった。斥候は棹の先を岩にあてがい、力強く一押しすると、乗っている小舟をそのまま急流のまっただなかへ進めた。泡のような軽舟と激流とのたたかいは、しばらく過酷で危うげだった。乗っている者たちは、もろそうな舟が激しい流れに揉まれたりしないように、手を動かすことさえ禁じられ、息をするのも恐れて、かすめるように飛び去る水を見つめながら不安に耐えていた。逆巻く流れに襲われてもうだめだと思われたときが何度もあったが、そのたびに船頭の巧みな棹さばきのおかげで、カヌーの船首は急流をかわした。長時間にわたりきびきびと動き、女性たちには死にものぐるいとも見えた奮闘のあげくに、このたたかいは終わった。滝壺の渦巻きに吸いこまれると思ってアリスが恐怖に目を覆ったつぎの瞬間、カヌーは動きを止め、低く平らな岩に横付けに浮かんでいた。

ヘイワードは斥候の奮闘が終わったのを見てとると、「ここはどこだ。こんどはどうするんだ」と問いただした。

「ここはグレンズの滝壺だ[*1]」と大きな声が返ってきた。滝の轟音に囲まれているので、聞かれる心配はなくなったのだ。「つぎにやることは、ちゃんと上陸することだわ。カヌーひっくりかえらんようにな。ひっくりかえったりしたら、おれたちがたどってきたきつい流れに押し戻されてしまう。きたときよりも早くな。早瀬だからさかのぼるのはゆるくないんだわ。川の水かさがちょっぴり多い時期だものな。五人は並みでない人数だし。カバの木の皮と樹脂で作ったちっぽけな舟で泡食ってさかのぼっても、濡れないですませるなんてな。そうれ、岩におりれ。モヒカンのやつら連れてくるから。シカ肉もってきてくれるべや。獲物いっぱいあるっちゅうのに腹減らしてるくらいなら、頭皮はがれて眠るほうがましだべさ」

　舟に乗っていた者たちは、この指図に喜んで従った。最後の一人が降りるか降りないうちに、カヌーはくるりと方向を変え、斥候ののっぽ姿が水上を滑るように行くと見えたのも束の間、川床に垂れこめた真っ暗闇のなかに消えてしまった。道案内においていかれた一行は、どうしていいのか皆目わからず、しばらく立ちつくしていた。でこぼこの岩のあいだを動きまわるのさえ怖かった。足を踏みはずせば、周りじゅうにたくさんある洞穴のなかへ転がり落ちそうだ。それらの深い穴のなかに水が流れ落ちていくらしく、瀑声が轟いている。しかし、この不安もまもなく解消した。カヌーはインディアンたちの妙技に操られて、濁流をすばやくさかのぼり、あの低く平たい岩にふたたび横付けになった。斥候がまだせいぜい仲間のところに着いたころとしか思えなかったのに、もう帰ってきたのだった。

「われわれには今や、砦も、守備隊も、糧食もある」とヘイワードはうれしそうに叫んだ。「こうなれば、モンカルムもその味方どももかかってこいだ。それにしても、隙のない哨兵さん、あんたがイロコイと呼ぶ連中は、川岸にちらっとでも見えるのかね」

「イロコイって呼ぶわけは、異人の言葉しゃべるようなインディアンはどれも、おれから見たら敵[*2]だからよ。イギリスの王様に仕えるふりしててもな！　ウェッブは、忠実で正直なインディアン見つけたいなら、デラウェアに頼ったらいいんだわ。欲深で嘘つきのあいつらモホークやオナイダなんか、ごろつきの六民族ごと、質《たち》からしてふさわしいフランス人どもの国へ送ってやったらいいしょ！」

「それでは、戦闘に役立つ部族を捨てて、無用の部族を味方にせよと言うのか！　じぶんが聞いた話では、デラウェア族は斧を捨て、女と呼ばれることに甘んじているというではないか！」

「はあ、オランダ人[†]とイロコイのやつらめ！　悪だくみで罠かけて、あんな条約結ばせたんだわ。だけども、おら、デラウェアと二十年間つきあってきた。だから、デラウェアの血管に臆病者の血が流れてるってほざくやつなんか、嘘つきだって言うのさ。あんたら、デラウェアを海岸から追い払ったくせに、今さらあの部族の敵どもが言うこと信じて、それで夜、高枕で寝れるってか。いや、いや、おれから見たら、異人の言葉しゃべるインディアンは、みんなイロコイだべさ。そいつらの城[†]がカナダにあろうが、ヨーク[*3]にあろうが、変わらんしょ」

斥候は、友人たるデラウェア族ないしモヒカン族の大義を奉じて頑として譲らない。デラウェア族もモヒカン族も、同じ大部族に属する支族なのである。これでは延々無駄な議論をすることになりそうだと察知したヘイワードは、話題を変えた。

「条約なんかどうでもいいけど、貴様の二人の仲間が勇敢で油断のない戦士だということは、じぶんにもよくわかった。あの戦士たちは、われわれの敵について何か見聞きした情報をもってるのか」

「インディアンちゅうもんは、目に見える前に感じ取れる生き物なんだわ」斥候は答えながら、岩に降りてきて、シカを無造作に投げ出した。「ミンゴの追跡に出かけるときは、おら、目に見えるようなものよりほかのしるしば頼りにする」

「貴様の耳に頼れば、われわれの逃げ道をやつらが追いかけてきたかどうか、わかるのか」

「追いかけてきたら申し訳ないね。ここは、肝っ玉座ってさえいたら、ちょっとした合戦でも持ちこたえる場所だけどな。だけども、そう言や、おれがそば通ったときにウマどもは縮み上がってたな。まるでオオカミの臭いかぎつけたみたいだった。オオカミちゅうもんは、インディアンが待ち伏せしてる周りにうろつくようなけだものでな。インディアンが殺すシカの臓物ねらうんだわ」

「貴様が足元に置いたその牡鹿を忘れたのか！　それとも、オオカミが来たのは、あの死んだ子ウマのせいではないのか。おやっ！　あれは何の音だ！」

「かわいそうなミリアム」と、あの見ず知らずの新参者がつぶやいていた。「おまえの子ウマは生まれついて、飢えたけだものの餌食になるべき定めだったのだ！」それから突然この男は、たえまない滝の音にまじって声をあげ、歌いはじめた。

「主はエジプトのういごを撃ち
人よりけものにいたるまでこれを撃ちたまえり。
エジプトよ、主はなんじの中にしるしとくすしきみわざとをおくり、
パロとそのしもべらに臨ませたまえり！」*4

「子ウマが死んで、持ち主が悔やんでるしょ」と斥候が言った。「だけども、人間が物言わぬ仲間たいせつに思うとこ見せてもらうのは、いいしるしだ。そういうやつの宗教は、ものごとの定めばちゃんと考えてる。なるべき定めのとおりになるものだって信じてるんだからな。それで心の慰めにしてれば、そのうち、人間の命救うために四つ足のけもの殺す道理もわかってくるしょ。あんたが言うとおりかもしらん」と言って、ヘイワードが先ほど述べたことに話を戻した。「それならますます、おれたちが食う分だけシカ肉切って、残りの死骸は川に流してやるのがいいことになるんでないかい。そうでないと、おれたちが食ってるあいだ、オオカミの群に恨まれて、崖の上から吠えられることになるべさ。そのうえ、あのずるがしこいごろつきのイロコイどもには、デラウェアの言葉は本みたいにちんぷんかんでも、オオカミの吠えるわけはすぐにわかるからな」

斥候は、こんなことを言いながらも、せっせと動きまわって必要な道具をいくつかまとめていた。話し終えると、肩を寄せ合っているヘイワードたちのそばを黙って通り過ぎていった。そのあとからついてくるモヒカンたちは、斥候の意図を本能的に察したようだった。三名は、切り立った岩壁の暗い表面に吸いこまれるように、つぎつぎに姿を消した。岩壁は、水際から数フィートも離れていないところからそそり立ち、数ヤードに達する高さがあった。

第六章

「それより嘗て美わしくシオンに流れたる歌の中より――
思慮深き注意を以て彼はその一節を選び、
いざ神を拝せん！と壮麗なる口調にて言う。」
バーンズ「小屋住みの土曜の晩」[*1]一〇六～一〇八行。

ダンカン・ヘイワードと女性の連れは、この不思議な行動を目撃して秘かに不安を覚えた。白人斥候の振る舞いには、これまで非の打ち所がなかったにしても、その粗野な身なり、ぶっきらぼうなものの言い方、強烈な偏見は、口も利かないインディアンたちを仲間にしていることともあいまって、不信感をかき立てた。インディアンの裏切りを見せつけられたばかりだったから、なおさらのことである。勝手についてきたあの妙な男だけは、何があろうと関係ないような顔をしていた。岩の出っ張りに腰掛け、しきりに深いため息をついて哀悼にふけるばかりで、ほかのことは念頭にないみたいである。と、押し殺した人声が聞こえてきた。大地のはらわたのなかで人間がたがいに呼び交わしているような声だ。それからたちまち光が届いて、地上の人たちを照らし出し、せっかくの隠れ場所も丸見えになった。

岩壁を細く穿って奥深い洞窟があり、視覚と照らし出す光の角度のために実際よりもずっと遠くに見える最奥部に斥候が腰掛けて、たいまつを掲げていたのだ。燃え上がる火のどぎつい光は、この男のがっしりして日焼けした顔や狩猟服を照らし出し、この人物の外観にロマンチックな野性味を帯びさせていた。日中のまともな光のなかでは、この男の風変わりなところがあからさまになったはずで、目立つのは、見慣れぬ服装、鋼のように引き締まった体つき、そのきりりとした顔に鋭く周到で機敏な頭の働きと無上の純真さとが交互にあらわれるさまだったであろう。この男の少し前方に立っていたのはアンカスである。全身を見せて堂々としている。ヘイワードたちは、モヒカンの青年のすっくと立ったしなやかな体を不安げに見つめた。その自然な物腰や身ごなしには品があり、悠揚としていた。白人斥候が着ているのと似た、房縁のついた緑色の狩猟服に身を包んで、ふだんよりも肌を隠していたとはいえ、恐れも知らぬげにきらりと輝く黒い目は隠れようもなく、きびしいと同時に落ち着いたまなざしである。この土地の純血のインディアンらしい、輪郭がはっきりして彫りが深く、気位の高そうな顔の造作や、品のよい高い額から頭頂の大きな房毛のみ残して剃り上げ、すばらしく均斉のとれた貴人のような頭を、惜しげもなく見せつけていた。ダンカンとその連れは、付き添ってくれる二人のインディアンの姿を眺める機会をはじめて得て、各人それぞれ猜疑の念から解放され、ほっとした。若き戦士の、野性的ではあれ、誇り高く毅然とした顔つきが、いやでも目にとまったのである。こういう人間は、蒙昧の谷に沈んでいるがゆえの暗愚をたしかに多少は免れないとしても、その豊かな天性の才をわざわざ不逞な背信行為に供することはあるまいと思われた。うぶなアリスは、戦士ののびのびとした態度や矜持あふれる振る舞いに目を瞠った。あたかも、何かギリシャ彫刻の遺物に奇跡が起きて、生命が吹きこまれたのを眺めるがごとくである。ヘイワードのほうは、まだ堕落を知らぬ原住民のなかで完璧な人体が見受けられる例に慣れているとはいえ、これほど欠点のない、もっとも高貴な均斉を有する人間の見本のような相手に対する賛嘆を少しも隠さなかった。

これに応じてアリスはささやいた。「あたしぐっすり眠れますわ。こんな恐れ知らずでやさしそうな青年が、見張りに立ってくれるのですもの。さんざん読んだり聞かされたりしてるあのむごたらしい人殺しや、恐ろしい拷問なんか、ダンカンさん、こちらみたいな人の目の前では絶対に起きないわよね！」

「たしかにこの男は、生来の美質の、まれなほどみごとな例ですね。このあたりの住民は、そういう美質にかけては秀でていると言われているんですが。アリスさん、あなたのおっしゃるとおりだと思いますよ。あいう額や目は、騙すためよりも黙らせるためにできてると思います。美質のみごとな例は、キリスト教徒の世界にもほんとにめったにありませんが、インディアンにだってたまにしか見かけませんよ。どっちにも共通する素質は認めてやらねばいけませんから、キリスト教徒もインディアンもみごとな例を世に送り出せないわけじゃないと言わなきゃならんでしょうが。だから、このモヒカン族の男が、われわれの願いを裏切らず、見かけどおり、勇敢にして志操堅固な味方であるということになるよう、望みを持つとしようじゃありませんか」

「あら、ヘイワード少佐は、今度は英国軍人らしい言い方をなさるのね」とコーラが言った。「この自然児を見て、ご自分の肌の色を思い出したというわけ！」

この一言に続いて短い、気まずいとも思える沈黙が流れた。それを打ち切るように、斥候は大声で一行に洞窟のなかへ入るように呼びかけた。

一行が呼びかけに従うと、斥候は続けて言った。「この火は明るすぎて、目立ちだしたしょ。ミンゴに見つかって、おれたちやられるかもしれん。アンカス、毛布下げて、ろくでなしどもに見えないようにしてくれや。こいつは、国王軍アメリカ人の少佐にふさわしい夕食でないけど、りっぱな分隊が喜んでシカ肉、生で食ったのも、おら見てきた。しかもろくな風味[†]もつけずにな。ほら、な、塩はいっぱいあるし、さっとあぶることはできるんでないかい。ほれ、とってきたばかりのサッサフラス[*2]の枝がそこに置いてあるしょ。お嬢さんたちはその上に座ったらいいんだわ。お嬢さんたちのマイホッギニー[*3]の椅子ほどりっぱでないにしたって、どんなブタの皮よりもいい匂いするべさ。ギニアのブタでも、どこのブタでもかなわんしょ。おい、あんた、子ウマのことでくよくよすることないんだわ。罪もない生き物だったし、つらい目にあったこともたいしてなかったしょ。死んだおかげで、背中が痛くなったり、足がくたびれたりしないですんだべさ！」

アンカスは指図されたとおりに毛布を下げたので、ホークアイの声がやむと、滝の音は遠雷のように聞こえた。

「この洞窟はほんとに安全なのか」とヘイワードは質した。「不意打ちされる危険はないのか。武装したのが一人、入り口にきたら、われわれは身動きできなくなるではないか」

斥候の背後の暗闇から幽霊のような人影が忍びこんできて、火のついている薪を一本つかむと、洞窟のもっと奥の方へさしのべた。このぞっとするような人物があらわれたとき、アリスは小さな叫び声をあげ、コーラもさすがに立ち上がった。だが、ヘイワードが一言、これは付き添いを引き受けてくれたチンガチグックで、恐れるにあたらないと言って、娘たちを落ち着かせた。チンガチグックは反対側に下げた毛布を持ち上げ、この洞窟には出入り口が二つあることを見せてくれた。それから、燃え木を持ったまま、岩壁のなかにある細く深い割れ目へ入っていった。その空洞は、みんなが入ってきた洞窟と直角をなしてつながっており、天井のない通路となって、今いる洞窟と細部にわたるまでほとんどそっくりなもう一つの洞窟へ通じていた。

「チンガチグックやおれみたいな古ギツネが、出入り口一つしかない穴のなかで捕まることなんか、めったにないしょ」とホークアイは言って笑った。「この場所がうまくできてるってことは、あんたにもすぐわかるんでないかい――岩は黒い石灰岩で、誰だって知ってるとおり柔い。粗朶やマツの木が見つけにくいとこでは、なかなか悪くもない枕になるくらいだ。まあ、昔は滝がここよりも何ヤードか下流にあって、自慢ではないが、ハドソン川沿いではほかのどこの滝にも負けない、きれいでかっこいい滝だったけどよ。歳とるのが器量よしには大敵。こちらの若くてめんこいお嬢さんたちには、まだわからんべさ！　ここも悲しいくらいに変わったんだわ！　ここらの岩は穴だらけで、ほかよりも柔いところもあるから、水にえぐられてしまう。それでとうとう滝が、そうだな、二、三百フィートも上流へ移ってしまった。こっちで崩れ、あっちで削られして、しまいには滝の形も台なし、がたがたになってしまったんだわ」

「ここは滝のどのあたりなんだ」とヘイワードは訊いた。

「なに、神様が最初に滝を作ったあたりさ。だけど、どうやら滝は神様に背いて、じっとしていなかったみたいだな。滝のやつ、川中島の真ん中は呑みこめずに残したけども、あとは両脇の柔い岩食い荒らして、上流へ進んでいったんだわ。その前に、おれたちがいま隠れてるこの二つの穴作っていったんだけどな」

「では、ここは島になっているのか」

「そうとも！　ここの両脇は滝で、後ろも前も川なんだわ。昼間だったら、この岩のてっぺんまで登ってみる価値があるべさ。川のいたずら見たらいいしょ！　水が落ちてくるさまに決まりなんかないんだわ。水は跳んだと思ったら、つぎはこける。あっちではねたら、こっちで噴き出る。雪みたいに真っ白のとこもあれば、草みたいに緑のとこもある。ここらでは深い穴のなかへ飛びこんでいって、大地が音立て、揺らぐ。あちらのほうでは、小川のようなさざ波たててうたいながら、古い石に水たまりや溝作る。石なんかすぐに削られて、まるで粘土踏むのと同じ。川全体の仕組みがばらばらみたいなんだわ。はじめは何事もなく流れていく。どんな物にも与えられた定めどおり、低い方めざしていくような素振りでな。だけどもつぎには、くるりと向き変え、岸へ向かう。さかのぼっていくように見えるときもないわけでない。未開地離れてしょっぱい水に混じるのがいやで、後ろ振り返るみたいなんだわ！　そうとも、お嬢さん、あんたの喉に巻いている蜘蛛の巣みたいな紗《うすぎぬ》も、おれが見せてやれるちっぽけな場所に比べたら、漁師の網と同じくらい荒っぽいのでないかい。その場所では川が、定めから解かれて何でも手がけようとしてるみたいに、ありとあらゆる模様描き出してくれる。だけども、それが何だって言うんだ！　水は一時《いっとき》、強情な男みたいに勝手なまねさせてもらったあげく、作り主の手でまとめられるんだわ。それから、何ロッドか下に見えてるべさ。海めざして着々と流れていくしょ。この世がはじめてできたときからの定めに従ってな！」

グレンズ滝†について、誰に教わったわけでもないのにこんな風に述べる言葉を聞かされた者たちは、自分たちの隠れた場所が安全だと保証してもらって気が楽になったものの、この滝の野性味あふれる美しさについては、ホークアイと異なる見方に傾いていた。だが、自然の事物の魅力に思いを寄せている余裕などはなかった。それに、斥候はしゃべりながら料理を続け、神意に逆らうこの川のとりわけ危険な箇所をひしゃげたフォークで指し示すときぐらいしか、その手を休める必要は認めない様子だ。そのために、ヘイワードたちは、夕食という、もっと卑近ながらも欠くことのできないものに、つい気が引かれてしまうのだった。

シカ肉のステーキは、ヘイワードが気を利かせて、ウマを捨てるときに荷物から取り出して携帯した調味料に大いに助けられ、この上なく食欲をそそって、疲れきった一行の元気回復に役立った。アンカスは女性たちの世話役を演じた。できる限り細々と手助けしながらも、威厳を保とうとする気持ちと、不作法をおかさないか恐れる気持ちとが、ないまぜになっている様子である。これを見てヘイワードはおもしろがった。こんなことは、インディアンの慣習からすればまったく常軌を逸していると知っていたからだ。インディアン戦士は、召使いの仕事などいかなるものにも手を出すようなまねをしてはならないことになっているし、女に尽くすなどというのはもってのほかなのである。しかしながら、接待の儀礼は神聖なるものとみなされているので、ちょっと男の沽券にかかわるこのような行為にも、目くじらを立てるようなことは誰も言わなかった。観察の目を光らせるだけの余裕のある人がその場にいたら、この若い族長の世話の焼き方は、まったく公平とも言えないようだと勘ぐったかもしれない。つまり、ヌマミズキの瘤を削って作ったきれいな木皿にシカ肉を載せて、飲み水の入ったひさごといっしょにアリスに差し出すときの作法はりっぱなものだが、同じことを姉のためにするときには、アンカスの黒い目は、相手の豊潤で表情たっぷりな顔に釘付けになっているのだ。接待相手の注意を促すために、アンカスは一、二度言葉を発しなければならなかった。その場合に英語を使った。あやしげな片言だが、意味はじゅうぶんに通じる英語で、喉の奥から出てくるような低い†声で発音する、その柔らかく音楽的な話し方。令嬢たち二人ともに感じ入り驚いて、思わず顔を見上げないわけにはいかなかったほどだ。こんな儀礼的な交渉でも、言葉をいくつかやりとりするうちに、双方のあいだの親睦が深まる感じになってきた。

　他方、荘重なチンガチグックは身動きもしなかった。前よりも光の届くところに座っていたから、客人たちが不安げな視線を投げてたびたび窺ううちに、その顔のもともとの造りと人工的に施した出陣用隈取りとが見分けやすくなっていた。父子は生き写しと言ってもいいくらいよく似ていて、年齢と経験の差が認められるだけだった。チンガチグックの顔からは猛々しいところがもう消えていて、そのかわりに穏やかで無心の表情があらわれていた。インディアン戦士が重要な役割を演じる必要のないときに見せる、特徴的な表情である。しかしながら、その浅黒い顔にときどきさっとあらわれる険を見ればすぐわかるとおり、逆鱗にちょっとでも触れれば、敵を恐れさせるために施したあの化粧がものを言いだす。他方、斥候は目をたえず動かして、あたりをすばやく窺っていた。危機感を覚えたくらいでは減退しそうもない食欲を発揮していたが、そのために警戒を忘れることもないようだった。ひさごやシカ肉を口まで持っていったまま、手の動きを止めてしまうことも多く、その間は首を傾げて、何か遠くから聞こえてくるあやしい音に耳をそばだてているみたいだ。そんな仕草を見せられると、接待されている側は、周りの奇観を眺めるどころでなくなり、こんなところへ逃げこまなければならなかった危急存亡のわけを思い出すほかなかった。身動きがしょっちゅうとまっても何の説明もなかったから、見ているほうは束の間不安に駆られるものの、それきりですぐに落ち着きを取り戻し、暫し忘れてしまった。

「ほれ、おまえさん」ホークアイは、食事が終わりかけた頃に、木の葉で覆ってあった小樽を引っぱり出し、そばに座っていたあの奇妙な男に声をかけた。男は、ホークアイの料理の腕前に感服したかのように夢中で食べ続けていた。「ちょっくらスプルースビール[*4]でも飲めや。あの子ウマのことなんかさっぱり忘れて、元気が出てくるしょ。仲直りのしるしに一杯やるべ。馬肉がちょっぴり消えたからって、おれたち二人が胸焼け起こして恨みっこすることないようにな。名前は何ていうんだ」

「ギャマット――デーヴィッド・ギャマットです」と答えた歌の師匠は、喉につかえた悲しみを流しこむために、ホークアイの作った、味がきつく度の強い飲み物をぐっとあおろうと身構えていた。

「上等の名前だ。きっと、まともなご先祖様から代々伝わってきたんだべさ。おら、名前っちゅうものが大好きでな。キリスト教のやり方は、このことについては野蛮人どもの習わしに到底かなわんけどな。おれの知ってるいちばんの臆病者の名前がライオンっていうんだから。そいつの女房はペイシャンス[*5]という名のくせに、何かというとすぐにがみがみ言いだすんだわ。シカが狩人から一ロッド逃げる間もないくらいすぐにだよ。インディアンにとっては、名前に良心がかかってる。たいていは名乗るとおりの人間なんだからな――チンガチグックというのは大蛇って意味だけど、だからってやつが、でかいにしろ、ちっこいにしろ、ほんとにヘビだっちゅうわけでなくて、人間の性質のくねくね曲がってることに通じてるし、鳴き声あげないし、敵が思ってもいないときにかかっていくっちゅう意味なんだわ。あんたの仕事は何かね」

「およばずながら聖歌詠唱を教授する師範です」

「なんだと！」

「コネティカット召集軍[*6]の若者たちに歌を教えてます」

「もっとましな役目があってもよさそうだけどな。若造どもときたら、そうでなくとも森のなかで笑ったり歌ったり、うるさいんだから。隠れ場にいるキツネに負けないくらい息つめてるのが当たり前だってえときなのによ。あんた、滑腔銃[*7]は使えるかい。それともライフルは扱えるかい」

「めっそうもない。人殺しの道具をいじったりすることにはとんと無縁でしてね！」

「磁石盤ならきっとわかってるんだべ。未開地の水路や山、紙に描きあらわして、あとから来るやつらが場所わかるように名前つけたりするんだべさ」

「そんな仕事、やったことないです」

「長い道も短く見えるくらいの脚してるしょ！　たまには、将軍のために伝令になって旅に出るんでないかい」

「そんなこと一度もありませんよ。自分の高邁な天職以外のことはやりません。天職は聖なる音楽の教育なんです！」

「そりゃ妙な天職だな！」ホークアイはつぶやきながら、声なき笑いを見せた。「暮らし立てるのに、まるでネコマネドリみたいに、ほかのやつらの喉から出てくる上がり声、下がり声をそっくりまねるなんてな。まあ、いいさな、それがあんたの才能なんだべさ。射撃や何かもっとましなことの素質と同じで、馬鹿にしちゃならんべな。そっちの方面であんたがどんなことできるか、聞かせてもらうことにするか。おやすみ言う代わりのいいご愛敬になるしょ。そろそろこちらのお嬢さんがたに、英気養ってもらわんとならん時刻だからな。明日は、マクアどもが動きだす前に、長くきつい道、朝霧にまぎれて一気に乗り切ってもらえるようにな」

「喜んでご要望にお応えしますよ」とデーヴィッドは言うと、鉄縁のメガネをかけ直し、愛用の袖珍本を取り出した。これをすぐにアリスに差し出しながら、こう言った。「あんなにひどく危ない目にあった一日の終わりに、夕べの賛歌を捧げることほどふさわしくて心慰むものがありましょうか！」

アリスは微笑んだが、ヘイワードに目をやると顔を赤らめ、ためらいを見せた。

「お好きなだけお歌いなさい」とヘイワードはささやいた。「詩篇作者と同名の御仁[*8]の勧めとあれば、こんなときに断ることができるはずもないでしょう」

この言葉に励まされ、アリスは歌うことにした。信仰が篤いうえに歌が根っから好きな性格だったから、はじめから歌いたくてうずうずしていたのだ。開いた本のページには、目下の状況にもあてはまりそうな聖歌が載っている。詩人が、霊感を受けたイスラエルの王に勝ろうなどという野望はもはや捨てて、神妙ながらもりっぱな力を得たと歌う詩篇である。[*9]コーラは妹に唱和する気になったようで、あのピッチパイプでキーを決める不可欠な手順が果たされると、合唱が始まった。几帳面なデーヴィッドは音階がずれたりしないように気を配っていたのである。

歌の調子は荘厳でゆったりしていた。手に持った小さな本をのぞきながら敬虔な思いにうっとりしている女性たちの豊かな声が、ときには精一杯張り上げられ、それからまたぐっと抑えられた。すると早瀬の水音が低音の伴奏のように、二人の奏でる旋律のあいだを縫って聞こえてきた。デーヴィッドは生来の才能と間違いのない耳を頼りに指揮し、こもっている洞穴のなかでふさわしい音に抑えた。洞穴のごつごつした岩肌の隅々まで二人のしなやかな声で満たされた。インディアンたちは目を岩に注いだまま、石化したように身じろぎもせず聞き入った。だが斥候は、顎を手に乗せて白けたような顔をしていた。しかし、少しずつその険しい表情がゆるんできて、歌詞が続くにつれ、冷徹な本性が影を潜めてきたことに自分でも気づいた。少年時代の思い出がよみがえってきたのだ。あのころは植民団の入植地で、これと似た賛美歌の調べに聞き慣れていたものだった。焦点の定まらない目が潤んできたあげく、聖歌が終わらぬうちに熱い涙が、とっくに涸れ果てたと思っていた源からほとばしり出てきた。流れるものと言えば悲哀のしるしなどより嵐の雨のほうが多かった頬を、滴がポロポロと伝って落ちてきた。歌い手たちは、最後の低い和音を引き延ばして、静かに歌い終えようとしていた。まもなく聞こえなくなることを耳が意識したかのように、夢中になってむさぼるように聞き惚れる瞬間である。そのとき、人間のものとも、この世のものとも思えないような叫びが、外で湧き起こった。洞穴の奥深くだけでなく、それを聞いた者全員の心の奥底にまで侵入してくるような叫びであった。そのあとに続いたしじまは、こんな恐ろしいただならぬ邪魔に出会ってさすがの激流も水音を潜めたかのように、静まり返っていた。

いっさいの動きがとまった恐ろしい間のあと、「あれは何ですの」とアリスがつぶやいた。

「あれは何だ」とヘイワードが同じことを大きな声で言った。

ホークアイもインディアンたちも答えなかった。あの音がもう一度聞こえてくると予想しているように、ただ聞き耳を立てていた。彼ら自身も驚愕したことがその身振りにあらわれていた。ついには額を集め、デラウェア語で熱心に話し合った。それからアンカスが用心深い身ごなしで、奥のもっとも目につきにくい隙間を通り抜け、洞窟から出ていった。アンカスが去ると、斥候ははじめて英語で話した。

「あれが何か、何でないのか、わかるやつなんかここにいないしょ。森のなか三十年以上も歩きまわってきたのが二人いてもわからんのだからな！　インディアンのものにせよ、けもののものにせよ、おらの聞いたことない叫びなんかないって思ってたっけが。さっきの聞いてわかった。おらもただの馬鹿なうぬぼれ屋だったんだわ」

「それじゃ、あれは、インディアン戦士たちが敵を威嚇したくてあげる雄叫びではなかったのですか」とコーラが訊いた。体をヴェールで包みながら立ち上がったが、その冷静さは、動転している妹と対照的であった。

「いや、いや、ありゃいやな音で、ぞっとした。ちょっと人間ばなれしてたしょ。だけども、たたかいの鬨の声は一度聞いたら、もう二度とほかのものと取り違えたりしないんだわ！　やあ、アンカス！」デラウェア語に切り換えて、戻ってきた若き頭領に声をかけた。「何か見えたか。こっちの明かりが毛布の隙間から洩れてなかったか」

答えは短かった。やはりデラウェア語で伝えられたが、疑問の余地のない答えであることは明らかだった。

「外には何も見えないってさ」ホークアイは、腑に落ちなくてかぶりを振りながらしゃべり続けた。「それに、こっちの隠れ場所はやっぱり暗闇に包まれてるって！　あんたたち、別の部屋が必要なら、あっちの洞穴へ行ったらいい。何とか眠ってみれや。日の出のずっと前に出発せんとならんからさ。ミンゴどもが朝寝してるあいだに時間稼いで、エドワード砦に着けるようにな」

コーラは率先して指図に従った。少しのためらいも見せずに歩きだし、言われたとおりにする必要があることを、気の弱いアリスに示した。しかし、その場から出ていく直前にダンカンに耳打ちして、あとからついてきてと頼んだ。アンカスは毛布を持ち上げて姉妹を送り出してくれた。この親切に礼を言おうと振り向いた姉妹の目に映ったのは、たき火の燃えさしの前に座り直した斥候であった。両手で頬杖をつき、姉妹による晩祷の歌を断ち切るように響いてきた、あの説明のつかない絶叫について、すっかり考えこんでいる様子であった。

ヘイワードは、炎をあげている薪を一本手に持ってきた。そのおかげで、姉妹が入っていった新しい洞穴の狭い内部は、ほのかに照らし出された。ヘイワードは薪を具合よく据えてから、女性たちのそばへ寄った。姉妹は、エドワード砦の安心できる塁壁の外へ出てからはじめて二人きりにされ、残る頼りはヘイワードだけになっていたのだ。

「そばにいてくださいな、ダンカン」とアリスは言った。「こんなところでは眠れませんわ。あんな恐ろしい叫び声がまだ耳について離れませんもの！」

「まずはこの砦の安全確認をしましょう。休息についてお話しするのはそのあとです」

ヘイワードは洞窟のさらに奥へ進んだ。そこは出口に通じ、ほかの出口と同様に毛布で塞いであった。厚地の毛布をかき分けてみると、滝から漂ってくる清涼な空気が肺のなかに入ってきた。川の流れの一筋が、柔らかな岩を侵食した跡に深く細い急流をなして、ヘイワードが立っている足もとの下を流れていた。これなら、こっちのほうからどんな危険が迫っても、効果的な防護となってくれそうだと思えた。ヘイワードたちがいる場所の数ロッド上から流れ下ってくる川の水は、激しく暴れまわるように飛び出し、かすめ過ぎ、滑り落ちていくのであった。

「こちら側は自然が鉄壁の防御線になってくれてます」ヘイワードは切り立った崖下の暗闇のなかの急流を指さしてから、毛布をおろした。「それに、おわかりでしょうけど、前方には善良で忠実な男どもが守備についてくれてます。あの誠実な案内人の言うことに従わない理由はありますまい。コーラさんも賛成してくださると思いますが、お二人には睡眠が必要なんです！」

「あなたのご意見が正しいことはコーラも認めるのに吝《やぶさ》かではありませんが、おっしゃるとおりにすることはできません」と答えた姉は、サッサフラスの枝で作った寝椅子の上にアリスと並んで腰をおろした。「わたしたち、あの謎の音の衝撃は持ちこたえたとしても、眠気を寄せつけない原因はほかにもありますもの。父親が耐えねばならぬ心配を忘れるなんてことが娘たちにできるものかどうか、考えてもみてくださいな、ヘイワード。子どもたちがどこでどのように一夜を過ごしているのか、父にはわかっていないのですから。こんな未開の地で、こんなにたくさんの危険に取り囲まれて！」

「あの方は軍人であります。森の危険がどれほどのものかご存じであります」

「父親ですよ。親心をなくすような人ではありません」

「あたしがどんな馬鹿なまねをしても、お父さまはいつもやさしくしてくれたわ！　あたしのどんな願いもあたたかく聞き届けてくださった！」アリスはすすり泣きながら言った。「あたしたち、わがままだったんだわ、お姉さま。こんな危ないときに訪ねたいってねだったりして！」

「このような不都合なときに父の承諾を無理にでも取りつけたのは、わたし、軽率だったかもしれません。でも、苦境に追いこまれた父をほかの人たちがないがしろにしても、少なくとも子どもたちだけは信じていると、わかってもらいたかったのですわ！」

「あなたたちがエドワード砦に到着したという知らせをお父上がお受け取りになったときのことです」とヘイワードは親身になって言った。「お父上の心のなかには恐怖と愛とが鋭くせめぎ合ったのです。とはいえ、これほど長い間別居なさっていたために、ただでさえ深い愛がさらに深まり、あっという間に恐怖を凌いでしまいました。「あの子たちを先導しておるのは、高貴な心を持ったわしのコーラの精神力なんだよ、ダンカン」とあの方はおっしゃいました。「それを妨げるようなことはするまい。神に願わくば、われらが国王の庇護を受けその名誉を奉じるこのわしが、あの子の堅忍不抜さのなかばたりとも発揮できますように」って」

「でも、あたしのことは言わなかったの、ヘイワード」アリスは独り占めしたがる人情にとりつかれて問い質した。「だって、お父さまがかわいいエルシー[*10]のことをすっかり忘れるなんてはずないわ！」

「そりゃそうですよ。お父上はあなたのことを、じつに多くのいろいろなかわいいあだ名で呼んでました。じぶんが口にするのは憚られますが、それぞれぴったりしたあだ名であることは断然請け合えます。一度などじつは、お父上がおっしゃるには――」

ダンカンは言葉を途切らせた。ダンカンの目はアリスの目に釘付けになっていた。アリスは相手の話をむさぼるように、父思いの情熱をこめてダンカンの目を見つめていた。しかしこのとき、先ほどと同じあの強烈な恐ろしい叫び声が大気に満ち、ダンカンの舌を金縛りにしたのである。長く、息づまる沈黙が続いた。その間、あの音がまた聞こえてくるのではないかというやな予感におびえつつ、たがいに見つめ合っていた。ようやく毛布がゆっくりと持ち上げられると、斥候が出てきて、洞穴をつなぐ岩間に立ちはだかった。その顔からは、いつもの沈着さが見るからに薄れている。何かの危険を予兆する謎につきあたった顔つきである。この男のさすがの狡知も経験も役に立たぬような危険かもしれなかった。

第七章

「彼らは眠ってはいない。
あの向こうの崖の上に、無気味な一団をなして、
みんな坐っているのが見える。」
グレイ「詩仙」[*1]一の三（第一話）、四三～四五行。

「これ以上ここに隠れてたら、せっかくおれたちのために出してくれた警報ば無視することになるんでないかい」とホークアイは言った。「森のなかであったら音がしたっちゅうのに！　こちらのお嬢さんたちは隠れてたらいい。だけども、モヒカンたちとおれは、岩の上に出て見張ることにする。六〇連隊の少佐もついてきたがるべな」

「じゃあ、危険がそれほど迫っていますの」とコーラが訊いた。

「変な音出して人間に何かを伝えようとしたやつだけが、どんな危険なのかわかってるべさ。あったら警報があたりに鳴り響いてるってときに穴に潜ったままでいたら、せっかくの志《こころざし》に逆らうへそ曲がりとしか思われないしょ！　男のくせして歌ばかりうたって暮らしてるあの気弱なやつだって、あの叫び声にはじっとしておれなくなってる。それで言うには、「いくさの中に出でんとて」[*2]だってさ。ただの戦闘なら、だれだってわかるし、たやすくこなせる。けど、聞いた話によると、あんな怪音が天下に轟くときは、ふつうのいくさ

とはちがう戦争の前触れなんだってよ！」

「恐怖のもとを詮索しても、超自然的な原因で起きるようなことにとどまるとすれば、わたしたちがびくびくしてもしかたありません」コーラは気丈に話を続けた。「敵が何か新しい巧妙な手を編み出したのかもしれないじゃありませんか。わたしたちを震いあがらせて、打ちのめしやすくするための手をね」

「お嬢さん」斥候は表情を堅くして言葉を返した。「おれは三十年間、森のあらゆる音聞いてきた。耳の鋭さに生きるか死ぬかがかかっている男の聴き方でね。パンサー[*3]の吠え声だって、ネコマネドリの鳴き声だって、悪辣なミンゴの作り声だって、おら騙されない！　森が、生きてる人間の苦しみの声みたいな呻きあげるのも聞いたし、皮剝かれた木の枝で風が音楽奏でるのも聞いたし、稲妻が空中走って、まるで燃える藪が破裂するときみたいに、火花や炎吹くときの音も聞いた。けど、ご自分でお造りになったもので遊んでいらっしゃる神さまの仕業以外の音は、一度も耳にしたことないんだわ。なのに、たった今聞こえてきた叫び声は、モヒカンたちにも、クロスとは縁のない白人のおれにも説明できない。だから、あれは、おれたちのために誰かが出してくれた警告だって思うほかないべさ」

「ただならぬことだ！」ヘイワードは入ってくるなり、並べて置いてあったピストルを取り上げて言った。「和平の合図にしろ、戦闘開始の信号にしろ、無視するわけにはいかぬ。さあ、案内を頼む。ついて行くぞ」

　潜伏していた場所から出たとたん、一行は気分がすっきりして元気が出てきた。隠れ場のなかの淀んだ空気ではなく、清涼で生き返るような外気を吸いこんだからである。滝の逆巻く流れや早瀬に洗われて立ちのぼる空気である。川面には強い夜風が吹き渡り、瀑布の轟音を洞穴の奥深くまで運んでくるようであった。それが洞穴に反響して、遠くの山の彼方でどよめいている雷鳴に似た、重々しく絶え間のない音に聞こえる。

月が昇り、川がその光を浴びて、洞穴よりも上流の水面はあちこちきらめいていたが、一行が立っている岩の端は、まだ影に包まれていた。奔流の水音と、ときに思い出したように吹きすぎる風の音を除けば、夜の寂寥に支配されてこの上なく静謐な光景であった。何か生き物の気配はせぬかと、各人対岸に目を注いで探ったが、先ほど耳に入ってきたあの異常な音が何だったのか、説明になりそうなものは何も見つからない。不安に駆られて目を凝らしても、まぎらわしい月光に欺かれるか、むき出しの岩や直立不動の木々しか目にとまらない。

「ここからは何も見えませんな。きれいな夜の暗く動かない光景だけで」とダンカンはささやいた。「こんな場合でなかったら、これほどすばらしい眺めや息づいているような静寂がたっぷり楽しめるでしょうがね、コーラさん。安全が保障されていると空想してごらんなさい。そうしたら、いま恐怖をかき立てているものも、たぶんかえって喜びをもたらしてくれるものに——」

「聞いて!」とアリスがさえぎった。

言われるまでもなかった。ふたたびあの音がしたのである。まるで川床の、崖に囲まれた狭い区域から飛び出して、森のなかをうねっていくような音が聞こえ、抑揚を帯びながら遠くへ消えていった。

最後のこだまが森のなかに消えたとき、「ありゃ何の音だべ、言えるやつはいるか」とホークアイが問いかけた。「いたら、言ってほしいもんだわ。おらに言わせりゃ、ありゃこの世のものでないべさ!」

「では、真相を教えることのできるのが一人ここにおります」とダンカンが言った。「じぶんはあれをよく知ってます。戦場で何度も耳にしましたからな。兵士の暮らしをしていればめずらしいことではありません。あれは、ウマが苦しまぎれに発する悲鳴ですよ。苦痛に耐え難くて発する場合が多いのですが、恐怖に襲われたときの場合もあります。じぶんの乗っていた軍馬が森のけものの餌食になっているか、それを避ける力もないままに危険に気づいたかでしょう。洞穴のなかで聞いたら見当違いを犯すかもしれませんが、外で聞いたら間違うはずもないくらいよくわかります」

斥候とその仲間は、このきわめて単純な説明に聞き入った。新しい知見を吸収し、同時に、唾棄すべき先入見とわかった古い観念を振り捨てようとしている者らしい、興味津々の顔つきである。インディアンたちははじめて真相がわかり、いつものように含蓄豊かな「ハッ！」という声をあげた。斥候はちょっと考えこんだあと、応答する責務を引き受けた。

「あんたの言うとおりらしいな。おら、ウマのことはあまりわからん。ウマがいくらでもいるとこで生まれたんだけどな。オオカミどもがウマどもの頭上の土手でうろついているんだべさ。それで意気地のないウマどもが人間の助け求めて、精いっぱい鳴いてるんだわ。アンカス」ここでデラウェア語に切り換える。「アンカス、カヌーで下っていき、オオカミの群に向けて燃え木を振りまわしてやるんだ。さもないと、ウマどもめ、怖がるあまりに、オオカミがけしかけても走らせることができないような勢いで走り出し、朝になったらおれたちがウマなしで出発する羽目になるかもしれない。明日は何が何でも大至急で突破しないといけないのに！」

インディアンの若者は言われたことをやってのけるために水辺に下りていった。そのとき、川岸から長い吠え声がしたかと思うと、それがたちまち森の奥へ退いていった。オオカミたちが突然怖れをなして餌食をあきらめ、みずから退散したようだ。アンカスが本能的に察知してすばやく引き返してくると、森育ちの三人はまた低い声で熱心に相談を始めた。

「おれらはまるで、夜空の星が見えず、太陽が何日間も見えない異変に出会った猟師みたいなものだったしょ」相談を終えて向き直ったホークアイは言った。「けど、いまはもう、進路がまたわかってきて、行く手のいばらも刈り払ってあるようなものだ！　月光のなか、あそこのブナの木が落とす影のなかに座ってれ——こっちのほうがあのマツの木の影より暗いからな——それで、神さまが今度はどういう按配にしてくださるか、待ってみることにするべ。話はうんと小さい声ですれ。まあ、しばらくは自分の心のなかで話してるほうがもっといいし、たぶん結局はそのほうが賢いべな」

斥候の物腰は真剣で、おろそかにできない口調であった。とはいえ、もはや臆病風に吹かれたような様子はなくなっていた。誰の目にも明らかなとおり、一時的な怯懦の気持ちは、自分の体験からはかりしれなかった謎の説明がつくとともに消え去っていた。現実の厳しい情勢を掛け値なしに実感しながらも、不撓不屈の土性骨を頼りにこれに立ち向かう覚悟ができていた。そういう気構えは、インディアンたちにも共通しているようであった。二人は、自分たちの身をうまく隠しながら、両岸の全貌を見てとる位置に陣取った。こういう状況では誰でも利口になるように、ヘイワードとその連れたちも、聡明なホークアイの忠告に従った。青年将校は洞穴からサッサフラスの束を引っぱり出してきて、二つの洞窟のあいだの岩間に置いた。そこに腰掛けた姉妹は岩に囲まれて、いかなる飛び道具からも守られ、不意打ちに会うこともありえないとわかって、胸をなで下ろした。ヘイワードはすぐそばに控えているので、声をかわすとしても、敵に聞かれる危険をおかすほどの大きな声を出す必要はなかった。デーヴィッドは、森の男たちの真似をして岩の隙間に身を隠し、その不格好な体つきももう目につかなくなった。

この態勢で数時間が過ぎたが、その後障害になるようなことは起きなかった。月は天頂に達し、姉妹の愛らしい姿に真上から柔らかな光を投げかけた。二人は抱き合ったまま安らかに眠っていた。ダンカンは、この眺めに見入っていたいのはやまやまだったけれど、コーラの大きなショールを帳代わりに下げてやってから、岩を枕に横たわった。デーヴィッドは、繊細な器官である声帯も目が覚めていたら恐れ入るような鼾をかきはじめた。要するに、ホークアイとモヒカンたちを除けば全員、打ち勝ちがたい睡魔に襲われ、すっかり意識を失っていた。それにしても油断のない守護者たちの警戒心ときたら、倦むことも弛むこともない。各人が寄りかかる岩の一部になったかの如く、微動だにせず伏せたまま、目だけはたえず動かして、細い川の岸辺近くまで迫る暗い木立を窺っていた。物音一つ立てない。細心の注意を払って探ってみても、彼らの呼吸はつきとめられないであろう。言うまでもないが、これほど並外れた警戒は経験のなせる業であり、敵のいかなる狡猾な企みにも陥れられないようにしているのである。しかしながら、大したこともなく時は過ぎて、やがて月が沈み、少し下流の川の湾曲部あたりに立つ木々の林冠がやや白んで、夜明けが近いことを告げるにいたった。

　このときはじめてホークアイが動きだした。岩の上を這っていき、ぐっすり眠っていたダンカンを揺り起こした。

「さあ、そろそろ出かける時間だ。お嬢さんがたば起こしてくれや。上陸したところまでおれがカヌーを持ってきたら、いつでも乗りこめるようにしておけ」

「夜中何ごともなかったのか」とヘイワード。「じぶんは、どうも眠気に負けてしまったようだな」

「あたりは静かで、まだ真夜中と変わらん。口利かんで、さっさとやれや」

　ここでダンカンはすっかり目が覚め、目隠しに下げてあったショールをすぐに取りのけてみると、女性たちはまだ眠っていた。人の動く気配にコーラは手をあげて、ダンカンを退けようとした。アリスは可憐なやさしい声で「いいえ、お父さま、あたしたち見捨てられてなんかいません。ダンカンがついてくれてますもの」と寝言を言った。

「そのとおりです。かわいい人」と青年はささやいた。「ダンカンはここにいますよ。命あるかぎり、また、危険が去らぬかぎり、そなたから離れるものか。コーラ！　アリス！　起きてください！　活動を開始する時間になりましたよ！」

妹は大きな悲鳴。姉はうろたえ、恐怖に駆られて、いきなりその場で直立した。ダンカンの予期に反した反応であった。ヘイワードの言葉が終わらぬうちから、わめき声や叫び声がどっと起きたのである。そのために身中の血がどっと逆流し、心臓へ一気に戻ってくるような気がした。あたかも一分間ほども、地獄の悪霊どもがあたりの大気を独り占めし、獰猛な胸の内をぶちまける野蛮な声で満たしてしまったかのようであった。喚声はどこからともなくやってきた。とはいえ、森にあふれているのはたしかであり、度肝を抜かれた人たちの耳にそう聞こえてもしかたがないが、滝のなかの洞穴や岩、川床や上空からも響いた。デーヴィッドはのっぽの体を伸ばして立ち上がり、この黄泉の国から届いたような轟音のまっただなかで、両耳に手を当てて叫んだ。

「この不協和音はどこからくるんだ！　人間がこんな音を出すなんて、地獄の門が開いたのか！」

この男がこうして不注意にも体をさらすと、対岸からライフル銃十数丁の矢継ぎ早な発射音とまばゆい閃光が起こった。そのためにこの不運な歌の師匠は気を失って、ぐっすり眠るための寝床だったあの岩の上に倒れてしまった。モヒカンたちは剛胆にも、敵の威嚇の声に負けない叫びをあげた。敵はギャマットが倒れたのを見て、凶暴な勝ち鬨を上げた。続いて両者たがいにすばやく至近距離でライフルの火花を飛ばしたが、両者ともに錬磨の兵《つわもの》たちで、脚でも腕でも敵のねらいにさらしたりはしなかった。ダンカンはカヌーの櫂の音が聞こえてこないかと、じりじりして耳を澄ませていた。もはやここから脱出するしか助かる術はないと考えていたのだ。川はいつものとおりの速度で流れていたが、その暗い水面にカヌーの影も形も見えなかった。ダンカンが、あの斥候はむごいことに自分たちを見捨てたと思いはじめたちょうどそのとき、足もとの岩から一筋の炎が吹き出し、すさまじい轟音が断末魔の叫びにまじって、ホークアイの武器から放たれた死の配達者が犠牲者に達したことを告げたのである。このちょっとした反撃に出くわした攻め手はたちまち退却し、その場は徐々に騒動突発前の静けさを取り戻した。

ダンカンは機を見て飛び出していき、ギャマットの体を担いで、姉妹を匿っていた狭い岩間に逃げこんだ。まもなく一行全員が、比較的安全なこの場所に集まった。

「かわいそうなやつだが、頭皮ひん剝かれずにすんだしょ」とホークアイは言い、落ち着き払ってデーヴィッドの頭をなでた。「それにしてもこいつ、生まれついて黙っていることのできない男もいるっちゅう証拠みたいなやつだ！　攻撃してくる野蛮人どもに、むき出しの岩の上に立って六フィートもある生身の体ばさらすなんて、まったく狂気の沙汰でないかい。命なくさないで切り抜けたのは不思議なくらいだ」

「死んでいないのですか！」とコーラは詰問したが、その声のかすれた口調には、気丈を装っていても、やはり心のなかで女性らしい恐怖とたたかっていることが窺えた。「この哀れな人を助けるために何かできることはありませんか」

「いんや！　こいつの心臓にはまだ命が残ってるんだわ。しばらく眠ってたら、そのうち正気に返って、この経験した分だけ賢くなるべ。ほんとのお迎えの時がくるまでな」と答えたホークアイは、驚くほど巧みに自分の銃の装填をしながら、気を失って伸びている男の体をもう一度横目で見やった。「こいつを運んでいってサッサフラスに寝かせてやれや、アンカス。ゆっくり眠ってれば眠ってるだけ、こいつにはいいんでないかい。このあたりの岩場で、こんな図体の隠れるような掩蔽《えんぺい》が見つかるかどうか、あやしいからな。それに、うたったところでイロコイには通じないしょ」

「では、また襲撃してくるというのか」とヘイワードは訊いた。

「腹ぺこのオオカミが一口食っただけで満足するってか！　やつらは一人失《な》くしたしょ。損害出して不意打ちに失敗したら、退却するのがやつらのやり方なんだが、また攻めてくるべさ。こっちを出し抜いて頭皮せしめるための新手使ってな。こっちの頼みの綱は」ホークアイは話を続けながら、いかつい顔を仰向けた。まさにこのときその顔に、不安の影が不吉な雲のようによぎった。「マンローが救援部隊送ってくるまでこの岩ば死守することだ！　神さま、どうか早く援軍送ってくだされ！　それに、インディアンのやり口わかってる隊長つけてくだされ！」

「今後は運しだいって話、おわかりですね、コーラさん」とダンカンは言った。「だけど、お父上の気遣いや経験を考えれば、何もかもうまくやってくださると期待できるじゃありませんか。ですから、アリスさんといっしょにこの洞穴に入ってください。このなかでは少なくとも、血に飢えた敵のライフルの弾も届きませんから。そのうえ、あのかわいそうに気絶した仲間に、あなたがた女性ならではのお世話をしていただくこともできますし」

姉妹はダンカンのあとに続き、向こう側の洞穴に入った。そのなかでデーヴィッドは呻き声をもらし、意識が戻る徴候を示しはじめていた。こうして倒れている男を姉妹にまかせると、ダンカンはすぐに出ていこうとした。

「ダンカン！」というコーラの震え声で、洞穴の出口まできて呼び止められたダンカンが振り向いてみると、コーラは死人のように顔面蒼白になり、唇を震わせ、せっぱ詰まった思いのこもるまなざしを投げかけてきた。ダンカンはすぐにそのそばへ引き返さずにいられなかった。「あなたに万一のことがあれば、わたしたちも無事ではいられませんから、ダンカン、忘れないでくださいね――父から託された信頼の尊さ――ほとんどいっさいがあなたの深慮高配しだい――要するに」コーラは言葉を重ねるうちに、秘めていたことが抑えがたくあふれてきたのか、顔がしだいに紅潮していき、こめかみまで真っ赤になった。「あなたはマンロー家の者みんなにとって、かけがえのないほんとに大切な人なのですから」

「じぶんにとっては、命を惜しむさもしい心に拍車をかけるものがあるとすれば」とヘイワードは言いながら、何も言わぬアリスの若々しい姿に思わず目を向けた。「それは、そんなご親切なお言葉であります。しかし、われわれの世話をしてくれているあの正直な男も説明してくれるでしょうが、第六〇連隊の少佐としてじぶんは、交戦があれば加わらぬわけにはいきません。とはいっても、じぶんらの任務はたいしたものではありません。あの血に飢えたイヌどもを二、三時間寄せつけないでおくだけのことですから」

返す言葉も待たずにダンカンは、姉妹の前からさっと身を翻して出ていき、斥候とその仲間たちに合流した。斥候たちはまだ、二つの岩窟のあいだの狭い空隙に身を隠すように伏せていた。

ヘイワードが合流したとき、「いいか、アンカス」と斥候が説いていた。「おまえは火薬の無駄使いなんだわ。だからライフルの反動でねらいがそれてしまうべや！　火薬は少し、弾は軽く、銃身は長くだ。そうすりゃ、ほぼまちがいなくミンゴに死の悲鳴あげさせてやれるんだわ！　少なくともおれはそうやって、やつらばやっつけてきたんだ。さあ、みんな、身を隠せ。マクア†がいつどこから襲ってくるかわからんぞ！」

インディアンたちはものも言わずに持ち場へ戻っていった。岩場の割れ目で、滝壺に続く進入路が見渡せる場所へ。この小さな川中島の中央には、低いいじけたマツの木が数本、根をおろして茂みをなしていたが、そのなかへホークアイはシカのようにすばやく飛びこんだ。行動的なヘイワードもそのあとに続いた。そこで二人は、あたりに散在している藪や岩石のあいだの最適な場所を選んで身を隠した。頭上にはツルリとした丸い岩が突き出ていて、その両側から滝のしぶきが前述の如くはねまわりながら、眼下の深淵にたぎり落ちていく。すでに夜は明けていたので、対岸ははっきりと見え、森のなかまで見通せて、マツの木が作る暗い天蓋の下にあるものまで見分けられた。

長時間、不安にさいなまれながら見張っていたが、再襲撃の兆しはその後あらわれず、ダンカンは、先ほどの撃ち合いで敵は思いのほか大きな痛手を受けて、うまく撃退されたのではないかという期待を抱くようになった。そういう考えを思い切ってホークアイに言ってみたら、かぶりを振ってあきれた顔をされた。

「マクアというものがわかっていないんだなあ。頭皮も手に入れてないのに、そんなにたやすく追っ払われるってか！」とホークアイは答えた。「今朝わめいたのが一人いたら、じつは四十人いたんだわ！　こっちの人数や内訳ちゃんとつかんでるから、そんなに簡単に追撃をあきらめたりしないべ。シッ！　上の川のなか見れ。ちょうど水が岩から落ちてくるあたりだ。油断ならぬ悪魔どもめ、きっとあの滝口まで泳いできたんだべ。悪運強いものだから、やつらは島の川上側の先っぽまでたどりついたんだわ！　シッ！　おい、伏せれ！　さもないと、おまえの頭から髪の毛が短刀でえぐり取られてしまうべや！」

ヘイワードは岩陰から首を出して、向こう見ずで手練の快挙としか思えない敵の振る舞いを眺めていた。川は柔らかい岩の端を削ったあげく、滝口の最上部を、ふつうの滝よりも緩やかで切り立っていない形にしていた。川が島の先端にぶつかる箇所でできるさざ波だけを目標に、執念深い敵の一隊が大胆にも流れのなかに入っていって、島の先端まで泳ぎ下ってきたのである。うまくいけば、そこからはめざす獲物までたやすく近づけると知ってのことである。ホークアイが口をつぐむと、数本の流木の上にこちらを窺う四人の頭がのぞいていた。流木は、この川中島のむき出しになっている岩の上に流れ着いたもので、これを見たからこそあのインディアンたちは、こんな危なっかしい真似も何とかできると思いついたのであろう。つぎの瞬間、五人目が見えた。滝よりも上流の緑色の水をたたえた川の流れに乗ってやってくるが、見当が島から少しはずれている。この蛮人は、安全な地点にたどりつこうと必死にもがいた。そのあげく、岸をかすめる流れにうまく乗り、片手を伸ばして、仲間の手につかまろうとしたが、つぎの瞬間、渦巻く流れにさらわれ、ふたたび岸から離れていった。そして、空中に跳ね上がったように見えたあと、両手を振り上げ、目を飛び出さんばかりに見開いたまま、ゆっくりと墜落する。あの深淵の上の虚空で一瞬停止したかと思うと、そのなかへ呑みこまれていった。人間ばなれした絶望の悲鳴が一声、滝壺から響いてきたきりで、あとはまた墓場のように静まり返った。

人のいいダンカンが最初に駆られた衝動は、この不運な悪党を救うために飛び出そうということであった。だが、その場に釘付けにされてしまった。何ごとにも動じない斥候の強靭な手でつかまえられていたのである。

「ミンゴどもにおれたちの居場所教えて、逃げようのない死ば引き寄せたいってか」とホークアイはきつい口調で言った。「おかげで一発分の火薬が節約できたしょ。いまは弾薬は貴重なんだわ。おびえたシカに敵の居場所教える風のそよぎと同じくらいな！　ピストルの点火薬ば換えとけ――滝のしぶきで硫黄が湿りやすいからな――やつらが突撃してきたらおれが撃つから、白兵戦になっても泡食わないようにしてれ」

ホークアイは指笛を吹いて、長く鋭い音を鳴らした。この合図が鳴り響くと、散乱する流木の陰で何人かの頭が動いた。これに答える音が、モヒカンたちが守っている岩のあたりから聞こえてきた。この合図が鳴り響くと、散乱する流木の陰で何人かの頭が動いた。それがチラリとダンカンの目に入ったが、視野をかすめたかと思うと、また突然見えなくなった。つぎにダンカンが気を取られたのは、背後の岩が何かにこすられる小さな音であった。振り向いてみると、アンカスがそばに這いよってきて、もう二、三フィートのところまで近づいていた。ホークアイがデラウェア語で何か言うと、若い戦士は、きわめて慎重かつ冷静沈着に自分の位置についた。ヘイワードにとってこの合間は、頭に血がのぼってもどかしくなるような待機時間であった。ただ、斥候にはこれが、年下の仲間たちに銃の正しい使い方について講釈するにはいい機会だとみなされる。

「武器もいろいろあるけど、くろうとに持たせれば、銃身が長くて、腔綫《こうせん》が正確で、金属の柔らかなライフルぐらい怖いものはないんだわ。もっとも、つよい腕力と、よく利く目と、正しい弾の詰め方わかる頭がないと、その真価引き出せないけどな。鳥撃ち銃や騎兵用の短銃作るんなら、鉄砲鍛冶の技術もほんのちょっぴりあるだけでできるかもしらんが――」

その言葉を、アンカスの「ハッ！」という、低いが含蓄のある声がさえぎった。

「見えてるよ、おまえ、見えてるとも！」とホークアイは言葉を続けた。「やつら、突撃するため結集してるんだべ。そうでないと、丸太にむさ苦しい背中くっつけたままいつまでも隠れてることになるべや。まあ、やらせておいたらいいしょ」点火装置の火打ち石を調べながら言う。「先頭くるやつは、まちがいなく死ぬしょ。ほんとはそいつがモンカルムご本人だったらいいんだけどな!」

そのとき、森にまた喊声がわき起こり、それを合図に四人の野蛮人が、流木の陰から飛び出してきた。ヘイワードはカッとなり、それを迎え撃ちに飛び出したくてたまらなかった。その瞬間の不安が強いあまり、正気を保てなくなりそうだった。だが、斥候とアンカスの落ち着いた様子を手本にして、どうにかみずからを抑えた。敵は奇声を上げながら、突進の途上に横たわる黒い岩を飛び越え、あと数ロッドまで接近してくる。そこでホークアイはゆっくり藪のなかからライフルを出して、そのなかにこめてあった命取りの弾丸を発射した。先頭のインディアンは、撃ち抜かれたシカのように飛び上がると、島のあちこちに口を開いている洞孔の一つにまっさかさまに落ちていった。

「それ、アンカス!」斥候は長いナイフを鞘から抜きながら叫ぶ。その鋭い目は燃えるように光りだした。「がなってる餓鬼どものいちばん後ろからくるやつば撃て! あとの二人はおれたちで大丈夫!」

アンカスは指示された敵を倒した。だが、始末しなければならない敵がまだ二人残っている。ヘイワードは自分のピストルの片方をホークアイに渡し、二人はいっしょに敵めがけて、目の前の小さな窪地へ駆け下りた。二人は同時に発砲したが、どちらも的をはずした。

「こうなるとわかっていたんだ! そう言ったべや!」と斥候はつぶやくと、心底から軽蔑したような顔で、情けないちっぽけな武器を滝のなかへ放りこんだ。「さあ、こい、この殺人鬼のイヌどもめ! クロスと縁のない男にかかってこい!」

その言葉を言い終わらぬうちに、組みついてきたのは体躯巨大、風貌凶悪な野蛮人であった。同時にダンカンも、もう一人の相手に立ち向かい、素手での格闘になっていた。ホークアイとその敵手はともに手練れの者、たがいに相手の振り上げた腕をさっとつかみあった。それぞれの手には物騒な短刀が握られている。二人はにらみ合ってからまったまま一分間近くも立ちつくし、少しずつ力の入れどころを変えながら覇を競う。あげくの果てに白人の鍛えた筋力が勝り、インディアンの訓練した四肢もこれにおよばなかった。後者の腕が斥候の力に徐々に屈していった。その隙をついて斥候は、短刀を握った手をやにわに敵の手から振りほどくと、鋭い刃を相手の裸の胸に突き刺し、心臓に達するまで押しこんだ。一方ヘイワードは、もっと危ない窮地に追いつめられていた。持っていた華奢な剣は、最初の一撃でポキリと折れてしまった。ほかに身を守る手段はなかったから、こうなるとあとは自分の体力と気力にすべてかかっていた。その点でヘイワードは引けを取りはしないが、相手もいささかも劣っていなかった。幸いヘイワードはうまくさばいて、まもなく敵にも素手のたたかいを強いることができた。敵の短刀が二人の足もとの岩の上に落ちたのだ。そのあとは激しく取っ組み合い、どちらが先に相手を、目のまわるような高い崖から近くの滝壺へ突き落とすことができるかの争いとなった。もみ合いが続くうちに二人は崖っぷちに近づく。ついには、最後の力をふりしぼって決着をつけなければならないところまできた。二人はそれぞれ相手を倒すことに必死になり、結局いっしょに断崖の縁でよろめくにいたった。ヘイワードには、自分の首を締めている敵の手の力がこたえてきたし、野蛮人の顔に浮かぶ残忍なほくそ笑みが見えた。体はあらがいがたい力に圧倒されていくのを感じながら、心のなかではこいつも道連れにしてやるという執念にしがみついていた。この束の間の苦悶が青年の満身をおののかせた。絶体絶命のこの瞬間、きらめく短刀を握った色黒の手が目の前にあらわれたかと思うと、相手のインディアンの手首の腱を切ってくれた。首を絞めていたその手は、おびただしい血を噴き出して、ながら喉から離れた。ダンカンは、救いの手をさしのべてくれたアンカスにつかまえられ、後ろへ引き戻されながらも、凶暴な敵の無念の形相に魅入られたようにその顔から目を離せなかった。敵は失意にふてくされた体《てい》で、人を寄せつけぬ絶壁の下へ落ちていった。

「物陰だ！　物陰に入れ！」自分の相手を片づけたばかりのホークアイが叫んだ。「死にたくないなら、身隠せ！　仕事はまだ半分しかすんでないぞ！」

モヒカンの若い戦士は勝利の雄叫びをあげると、ダンカンを従えて、格闘のために駆け下りてきた坂をするすると登っていき、岩や藪の陰の安全な隠れ場に退避した。

第八章

「まだ、ためらっている。
故国の讐《かたき》を討とうとするのだ。」
グレイ「詩仙」一の三（第一話）、四五〜四六行。

斥候が警告を発したのは、伊達や酔狂ではない。前章で述べた死闘の最中、滝の轟音がするばかりで、人の声はまったく聞こえてこなかった。どうやら対岸のインディアンたちは、どうなることかと息をつめて見守っていたようだ。事態がめまぐるしく展開し、戦闘中の者たちがすばやく動きまわるために、発砲は実際上不可能であった。敵だけでなく味方に命中する危険性もあったからだ。だが、決着がついたとたん、獰猛野蛮な絶叫がわき起こった。復讐にとりつかれて猛り狂った激情のなせる業にしても、無類のすさまじい声があたりに響いた。それに続いてあちこちでライフルの銃火がひらめき、鉛の弾が一斉に飛んできて岩にあたった。攻撃を仕掛ける者たちが、やり場のない怒りを、見当違いにも死闘のおこなわれた場所にぶちまけるかのようであった。

これに悠長ながらも着実な応酬をしたのは、チンガチグックのライフルであった。チンガチグックは格闘のあいだも、何ごとにも動じない気構えで部署にとどまっていたのである。アンカスの勝利の雄叫びが耳に届いたとき、この父親は得たりや応と一声発して、これに答えた。そのあとは、何も言わずに銃を撃ちつづけ、その音だけが、依然として疲れも見せずに持ち場を守り抜いていることを知らせていた。このような状態であっという間にだいぶん時間がたった。敵のライフルは、ときには一斉射撃で、また別のときには時たま単発的に鳴り響いた。まわりにある岩や木や藪は無数の傷を受けたが、包囲された者たちはそれらの陰にぴったりと身を寄せ、しぶとくしがみついていたため、それまでのところデーヴィッド以外に、少人数の一隊ながら被害者を出していなかった。

「やつらに火薬燃やさせておいたらいいわ」と悠然たる斥候は言った。彼のいる場所は身を伏せていれば安全とはいえ、そのそばに弾丸がつぎつぎに音を立てて飛んでくる。「これが終わったら、鉛がたっぷり集まるしょ。あの餓鬼めら、ここらの石が助けてくれって悲鳴あげる前に、こんなばからしい遊びに飽きてしまうんでないかい！ アンカス、おまえ、火薬の入れすぎだってば。反動ではねあがるライフルから出てきた弾が命中するものでないべさ。あの飛び出してきた悪党やっつけるときには、白く塗ってあるとこの下ばねらえって言ったしょ。あれじゃ、髪の毛ぐらいのところにねらいつけたとしたら、二インチ上にいっちまうべさ。ミンゴの急所は低いとこにあるんだわ。人情から言って、あんな蛇みたいなやつらでもさっさと仕留めてやらんとかわいそうだべ」

モヒカンの若者の傲岸な顔に静かな笑みがこぼれた。その笑みで露呈したのは、相手の言いたいことがわかっているだけでなく、英語も解するということである。それでも、反論も返答もせずに黙っていた。

「アンカスに分別や熟練が不足しているなどとけちをつけるのは、じぶんが許しませんよ」とダンカンが言った。「この男は冷静迅速にじぶんの命を救ってくれました。この男はじぶんの友です。言われなくてもじぶんは恩を承知してますから」

アンカスはちょっと身を起こすと、ヘイワードが求めた握手に応えて手を伸ばした。握手をしているあいだ二人の若者がかわしたまなざしには、たがいに知的にわかり合えたことがあらわれていた。そのためにダンカンは、この野生の友の人となりを忘れた。この若人らしい感動の場面を、冷静ながらあたたかな目で見ていたホークアイは、かたわらからつぎのように応じた。

「原始の森のなかでは、仲間がたがいに何度も命助けてもらって義理負うことになるんだわ。言わせてもらえば、おらだって前にアンカス助けたことある。それに、よく覚えてるけど、アンカスはおらば死から五回も救ってくれたんだわ。三回はミンゴから、一回はホリカン湖渡ってるときに――」

「あの弾、ほかのよりねらいが決まってたぞ！」とダンカンが叫んだ。横の岩にあたってはねた一発の弾を危うく避けて、思わず身をすくめたのである。

ホークアイはつぶれた弾丸を拾い、それを調べながら首を横に振って言った。「流れ弾はこんな風に平べったくならないってば！　雲の上から撃ったりしたら、こうなるかもしらんけどよ！」

しかし、アンカスのライフルがゆっくりと上を向いていき、仲間たちはその先を目で追うと、謎がただちに解けた。川の右岸の、彼らが隠れている場所のほぼ正面に、不格好なカシの木が一本生えており、それが枝を伸ばせる余地を求めて極端に前傾しているために、梢近くの枝が岸辺の流れの上に張り出していた。成長を妨げられて曲がったその枝をまばらに隠している葉の陰に、野蛮人が潜んでいたのである。幹になかば身を隠し、なかばは人目にさらして、いま撃ちこんだ出し抜けの一発の効果を見きわめようとしてか、こちらを見下ろしていた。

「こいつら、こっちの裏かいてやっつけるためなら、天まで昇るんだべさ。アンカス、おらがキルディア*1ば構えるまで、手出すな。二人でいっぺんに木の両側から弾くらわせて、あいつの地金見てやるべや」

アンカスは斥候がよしと言うまで発砲を待った。そして二丁のライフルが一度に火を噴いた。カシの葉や樹皮が空中に舞い、風に散ったが、インディアンはこの狙撃をあざけるように笑って、返報に相手の頭上からもう一発見舞った。それはホークアイの帽子をたたき落とした。森のなかからふたたび蛮族の奇声があがり、包囲されている者たちの上から鉛の霰を降らせてきた。立てこもっている者たちをその場に釘付けにして、樹上にのぼったあの戦士の企みの犠牲者にしてやろうというのである。

「こいつは放っておけないぞ!」斥候は心配そうにまわりを見まわした。「アンカス、親父さん呼べや。あのずるっこいダニ野郎をあの止まり木から追っ払うには、おれたち全員の鉄砲そろえてかからんとだめだ」

すぐに合図が送られ、ホークアイがライフルの再装填をすませる前に、チンガチグックが合流してきた。この老練の戦士は、危険な敵が忍んでいる位置を息子から指し示されると、いつもの吐き捨てるような「ハッ!」という声を発した。それ以上の驚きや警戒のさまはおくびにも出さない。ホークアイとモヒカンたちは、少時デラウェア語で熱心に話し合った。それから各人静かに持ち場につき、にわか作りの計画を実行に移しにかかった。

カシの木に身を潜めている戦士は、発見されてから休みなくつぎつぎに弾を撃ちこんできた。もっとも、命中はしそうもなかった。少しでも体を見せるとたちまちそこへライフルでねらいをつけてくる敵の周到さに怖れをなして、ろくにねらえないのである。それでも弾丸は、伏せている相手のまっただなかに降っていく。ヘイワードの着衣はとりわけ目立っているせいか、何度も弾が飛んできて、かすめていったところに裂け目ができ、腕に受けたかすり傷からは血が出ていた。

あげくの果てにヒューロンは、敵が長々と辛抱強く待機しているだけと見て気を強くし、もっとねらいをつけて命取りの一発を見舞おうとした。そのとき迂闊にも下半身をさらしたところを、モヒカン親子の鋭い目は見逃さなかった。木の幹から数インチはみ出ている下半身の黒い影が、まばらな木の葉越しに透けて見えたのである。親子のライフルが同時に銃声を発した。すると、足を負傷して落ちそうになった野蛮人の体の一部が見えてきた。ホークアイはこの機会をとらえ、目にもとまらぬ早さで、カシの梢めがけて銃を発射した。木の葉がただならぬ様子でざわめき、危険をもたらしていたライフルが、こちらを見下ろす高みから落ちてきた。そして、しばらく無駄なあがきが続いた後に姿をあらわした野蛮人は、ぶら下がって風に揺れた。その両手は、木から張り出している葉のついていない枝をつかんで、まだ死にものぐるいで握りしめていた。

「情けだ、情けをかけてもう一発撃ってやれ!」とダンカンは叫んだ。同じ人間がこんなひどい苦しみを嘗めている光景にぞっとして、目をそむけた。

「火薬一粒だって使うもんか!」ホークアイは冷たく言い放った。「あいつの死はまちがいないべ。火薬は無駄にできないんだわ。インディアンとのたたかいは、何日も続くことだってある。やつらの頭皮が剝がされるか、おれらの頭皮が剝がされるか、どっちかさ! ——だって、神さまがおれら作ってくださったとき、頭から皮むかれたくないっていう気持ちも植え付けておいてくれたんだから!」

この厳しく妥協のない人生哲学には、これまで見せつけられた敵の狡猾さといういわば裏付けがあったから、異議の出しようがなかった。その後、森からの喊声はふたたび止み、銃火も下火になって、敵も味方も、宙ぶらりんの絶望的な状態にあるみじめな男にじっと目を据えていた。その体は風に揺られていた。つぶやき声も呻き声ももらさなかったが、ときどき凄惨な顔でこちらをにらみつけることはあった。距離は隔てていても、その浅黒い顔に貼りついた、どうにもならぬ絶望からくる苦悶の表情が見分けられた。斥候は同情に駆られて銃を三度かまえたが、その都度、分別が勝り、情けをかけてやろうとしたことを思い直して、何も言わずにまた銃をおろした。とうとうヒューロンは、つかまっていた枝から片手をはなし、力がなくなったみたいにダラリと下げた。それからもう一度、枝にはい上がろうとして夢中でもがいたが果たせず、ほんの一瞬、しゃにむに中空をつかもうとした。そのとき、ホークアイのライフルから稲妻に劣らぬ速さで火が噴き出した。ヒューロンの四肢は痙攣萎縮し、首ががくっと前に倒れた。そして、体が鉛のように墜落し、泡立つ川面を割った。止むことのない奔流はそれを呑みこみ、何ごともなかったかのように流れつづけて、あの不運なヒューロンは跡形もなく永遠に消えてしまった。

この重要な戦果に続いて勝利の雄叫びはあがらず、モヒカン親子でさえ、ぞっとして言葉もなく顔を見合わせた。森のほうから一人の奇声が発せられたが、あとはふたたび静まり返った。ホークアイだけは、こんな出来事にも理詰めであたろうとするみたいに、一時の情にほだされた自分の弱さを責めてかぶりを振った。そして、つぎのような自責の言葉を口に出しさえした。

「あれはおれの火薬入れの角に残っていた最後の一発分だったし、袋に残っていた最後の弾だったしょ。子どもみたいなことやっちまったな！　あいつが生きたまま岩にぶちあたっても、死んでぶちあたっても、同じことだべや！　すぐ感じなくなるんだから。アンカス、おまえカヌーまで下りていって、火薬入れの大きな角とってきてくれや。残った火薬はあれだけだ。あれの最後の一粒まで使うことになるぞ。そう見込まないとしたら、おらもまだミンゴがわかってないってことになるべ」

モヒカンの若者は指示に従い、下りていった。斥候は弾入れの袋をひっくり返して、なかに残っていた無用の屑をぶちまけ、空っぽの角製火薬入れを振りながら、不満を新たにしていた。しかし、こんな益体もない検分はすぐにとり止めとなった。アンカスがあたりの空気をつんざくような大きな声をあげ、未熟なダンカンの耳にさえ、何か新たな予期せぬ災厄が生じたとわかる合図が届いたからである。ダンカンは、洞穴に匿ってきたかけがえのない人たちを気遣う思いではち切れそうになりながら、ぱっと立ち上がった。そんな風に体をさらせば危険だということも、まったく念頭になかった。ほかの仲間たちも同じ衝動に駆られたようで、ヘイワードにつられて立ち上がり、一丸となって通路を駆け下りて、あの安全な岩間まで走った。それがあまりにも早かったので、散発的に撃ってきた敵の銃弾は何の危害もおよぼさなかった。ときならぬ叫びを聞いて姉妹も、看護していたデーヴィッドといっしょに洞穴から出てきたので、若いモヒカンの鍛えられたさすがの沈着さも失わせた一大事とは何だったのか、全員が一度に目にすることになった。

彼らの小舟が岸からちょっと離れて、川の逆流している淵を突っ切り、流れの速いほうへ漂っていくのが見えたのである。その動き方から、誰かが見えないところで操作しているとわかる。このありがたくない光景が目に入ったとたん、斥候は本能に従うかのようにライフルを構えたが、点火装置の石からまばゆい火花が散っただけで、銃腔から弾は出てこなかった。

「もうだめだ、追いつけないわ！」とホークアイは叫んで、役に立たない銃をうらめしそうに下げた。「悪党め、早瀬に乗ってしまった。火薬があったとしても、もう弾が追いつけないぐらい速く行ってしまうべさ！」

こんな荒業をやってのけたヒューロンは、カヌーの底から頭を上げ、流れに乗って矢のように滑走する舟のなかから片手を振りあげながら奇声を発した。上首尾をあらわす周知の合図である。この奇声に応えて、森のなかから歓声や笑い声が起きた。その嘲り方の狂おしさときたら、地獄に堕ちたどこかのキリスト教徒を見て、五十柱もの悪鬼が瀆神の言葉を吐くさまさながらであった。

「まあ、笑ったらいいさ、この悪魔の落とし子らめ！」と斥候は言って、突き出た岩に腰掛け、銃を足もとに落として見向きもしなかった。「ここらの森でいちばん手早く扱えて正確なライフル三丁も、モウズイカの茎三本と変わらんのだからな。去年抜け替わりで牡鹿が落としていった角三本でも同じことだわ！」

「どうしたらいいのだ」ダンカンは、はじめのうちは落胆していたが、気持ちを切り換え、何とかしたいというもっと男らしい考えから突きつめてきた。「われわれはどうなる」

ホークアイは何も答えず、ただ、頭のてっぺんあたりをなでまわした。その仕草の意味は自明で、言わんとすることが見た者誰にも伝わった。

「まさか、それほど絶望的ではないだろう！ ヒューロンたちはここにはまだきていないし、われわれは洞穴を確保できる。やつらの上陸を阻止できるじゃないか」

「どうやって」と斥候は冷ややかに反問した。「アンカスの矢や、女どもが流す涙でか！ いんや、そんなものではだめだ。あんたは若い。金持ちだし、友達もいるべ。そんな歳で死ぬのはつらいべな！ だけども」モヒカン親子にチラリと目をくれながら言った。「忘れないでくれや。おれらはクロスと縁のない男だべさ。定めのときがきたら、白人だってインディアンに負けないくらい血流せるって、こいつら森で生まれ育ったやつらに教えてやるべや」

ダンカンは、ホークアイに目配せで示された方をさっと見て、インディアンたちの振る舞いから、最悪の憶測があたっていることを思い知らされた。チンガチグックは短刀とトマホークをかたわらに並べて、別の岩に悠然と腰掛けていた。頭から鷲の羽を取り外し、頭頂に一箇所だけ剃り残してある髪の毛の手入れをして、頭皮を剥がれるときに、それが最後の忌まわしい役目を果せるように支度していた。表情は思いにふけりながらも落ち着いており、光を放つ黒い目は、たたかいの猛々しさをしだいに失いつつ、やがて迎えようとしている死にふさわしい沈鬱さを帯びてきた。

「事態はそれほど見込みのないものではない。そんなはずないだろう！」とダンカンは言った。「この瞬間にも援軍がそばまできてるかもしれないじゃないか。敵なんかどこにも見えないぞ！　やつら、たたかいに嫌気がさしたんだ。たいした獲物もないのに、こんな犠牲を払うんだからな！」

「一分か一時間かわからんけど、あのずるがしこい蛇どもはここまで忍び寄ってくるんだわ。やつらの本性からしたら、いまこの時にも近くに潜んでいて、こっちの話に聞き耳立てていたって不思議でないしょ。まあ、まちがいなくくるべな。おれらが助かる見込みも何もないやり方でな！　チンガチグック」ここからデラウェア語に切り換わる。「兄弟よ、われらは最後のいくさをともにたたかった。マクアらは、モヒカンとペールフェイスの賢人の死を見て勝ち誇るであろう。夜を昼同然にし、雲を泉にかかる靄に等しくするような目の持ち主の死を見てな！」

「ミンゴの女どもには泣いてもらおうではないか！　戦死者を悼んでな」とインディアンは答えた。独特の誇りと、何ごとにも動じない気骨をそなえている。「モヒカンの偉大なヘビは、やつらのウィグワムのなかでとぐろを巻いて、やつらの勝利を湿っぽいものにしてやった。父親が戻ってこない子どもの泣き声でな！　やつらの十一人の戦士たちが、部族の墓場から離れたところで人知れず倒れている。雪が解けたというのに、亡骸を見つけ出すこともできないぞ。チンガチグックの舌が物言わなくなるからな！　さあ、切れ味最高の短刀を抜いて、もっとも速く飛ぶトマホークを投げつけてこい。いちばん憎い敵がここに追いつめられているぞ。高貴な家系の末裔たるアンカスよ、臆病者どもに早くこいと声をかけてやれ。さもなければ、勇気が萎えて、女になってしまうぞとな！」

「やつらは仲間の戦死者を捜して魚に訊いてまわるがいいのです！」若々しい頭領の低く穏やかな声が応じた。「ヒューロンどもはぬるぬるしたウナギといっしょに漂う！　カシの木から食べ頃の実のように落ちる！　おかげでデラウェアは笑えますよ！」

「そうか、そうか」とつぶやいた斥候は、インディアン独特のこの啖呵を聞きもらさぬように耳を傾けていた。「この親子は、インディアンらしい気合い入れ済ましたんで、そろそろマクアばけしかけて、とっとと息の根とめてもらうんだべ。おれはまじりっけなしの白人だから、嘲りの言葉口にしたり、心に恨み抱いたりしないで、白人らしく死ぬのが似合ってるんだわ！」

「なぜ死ぬだなんて言うのですか！」コーラが、それまで無理もないことに恐怖におののいてへばりついていた岩から離れ、前に進み出て言った。「逃げ道はどっちにだってあるじゃありませんか。ですから、森のなかへ逃げこんでください。そして、神に救いを求めてください。いらしてください、勇敢な方々。もうじゅうぶんすぎるほどお世話をしてくださいました。これ以上あなた方に、不幸なわたしたちの巻き添えになっていただくわけにはいきません！」

「イロコイの悪知恵がどんなものかわかってないんだべ、お嬢さん。森までの逃げ道が残ってるって考えるなんて！」とホークアイは答えた。しかし、実直にもすぐに言い足した。「たしかに、流れに乗って泳ぎ下ったら、やつらのライフルも声も届かないところまで、あっという間に行けるかもしらんけどな」

「それなら、川を下ってください。なぜぐずぐずしているのです。あの容赦ない敵をもう少し斃してやりたいからですか」

「なぜってか！」と相手の言葉を繰り返した斥候は、周りの人に目を移しながら誇らしげに言った。「男は後ろめたい気持ちにとりつかれながら生きるより、自分に納得のいくように死ぬ方がましだからだべ！　マンローから、子どもたちをどこに、どんな風に残してきたって訊かれたら、何て答えたらいいんだ」

「父のもとに行って、言ってください。急いで子どもたちの救出にきてほしいという伝言を届けるために出てきたのだと」コーラはおのれを惜しまぬ雅量豊かに、斥候に迫っていった。「ヒューロンたちは子どもたちを北方の原始林へ連れていったけれど、そつなく速やかに追えば、まだ救えるかもしれないと伝えてください。また、神さまの思し召しで、結局は救援が間に合わずに終わったら、父に取り次いでください」その声はだんだん小さくなり、終いにはほとんど喉が詰まったようになる。「娘たちからの思いの丈と祝福と最後のお祈りを伝えて。そして、子どもたちの早死にを嘆かず、キリスト教徒としての謙虚な信念に従って、天国で子どもたちと再会できる日を楽しみにするように、諭してやってください」

斥候の日に焼けたいかつい顔の表情が動きだした。そして、コーラが話し終わると、頬杖をついて、この申し出の是非について深く考えこんでしまった。

「この娘の言うことはもっともだわ！」固く結んでふるえていた唇から、ようやくこの言葉が吐き出された。「そうだ、キリスト教の精神ば伝えてるしょ。レッドスキンにとっては正しくてまともなことでも、血筋のどこにもクロスがない男にとっては、知らなかったですまされない罪深いことになるかもしれん。チンガチグック！　アンカス！　この黒い目の女の話聞いたか！」

そのあとホークアイはデラウェア語で仲間に話した。その言葉は穏やかで慎重だったが、きわめて断固たるもののようであった。年長のモヒカンは厳粛な顔で聞き入り、どうやら話の重大さがわかったらしく、じっと考えこんでいた。それから、一瞬ためらいを見せたあと、承諾の意を手であらわし、インディアン特有の強い口調の英語で「よし」と言った。そのあと、この戦士は口を利かず、短刀とトマホークを腰帯に戻して、川岸からもっとも目の届きにくい岩の縁まで移動した。ここでちょっと立ち止まり、下流の森を念入りに指さした。そのあげく、どこを通って行くかを告げたようで、デラウェア語を二言、三言発した後に川に飛びこみ、見守っている者たちの目の前から消えていった。

斥候はすぐそのあとに続かず、コーラに話しかけた。この腹の据わった娘は、自分の意見が功を奏したとわかって、ほっとしていた。

「知恵というものは、年寄りだけでなく、ときには若い者も授かるんだなあ。あんたが言ったことは、もっとうまくは言えんけど、ともかく賢いわ。もし森のなかに引っぱっていかれたらな、いや、あんたみたいな人は、たぶんしばらく生け捕りにされるからさ。そしたら行く道々、藪の小枝ば折ったりして、なるべく目立つように通り跡つけてくれや。そしたら、そいつが見えてるかぎり、地の果てまでも追いかけていく味方が一人いるって頼りにしてくれたらいいべさ。見捨てたりしないからな」

ホークアイはコーラと、心こめて握手した。それから自分のライフルを手に取り、名残惜しそうにしばらくそれを見つめたあとでそっとわきに置いて、チンガチグックが姿を消したところまで下りていった。つかの間、岩につかまって浮きながら、独特な用心を顔に浮かべてあたりを見まわし、うらめしそうに言い足した。「火薬さえ残ってたら、こったら赤っ恥かかないですんだしょ!」それから手を放すと、頭が水中に没し、やはり姿を消してしまった。

そこでみんなはアンカスに目を転じた。アンカスはごつごつした岩に寄りかかり、落ち着き払っていた。コーラはしばらく待ったあと、下流を指して言った。

「お仲間は見つからずにすみましたよ。もうきっと安全なところに着いてるでしょう。今度はあなたがあとを追いかける番じゃありませんか」

「アンカス、ここに残る」モヒカンの若者は、英語で冷静に答えた。

「わたしたちがつかまるときに、もっと血なまぐさいことが起こるようにしたいのですか！ わたしたちが釈放される可能性をもっと小さくしたいのですか！ 行ってください、お若い方。お気持ちはありがたいのですが」コーラはモヒカンに見つめられて目を伏せたが、おそらく自分の説得力を直感的に自覚しながら、言葉を続けた。「わたしが申したように、父のもとへ行ってください。そして、父に最高機密要件を伝える使者として、娘たちの自由をあがなうためのお金をあなたに預けるよう言ってください。さあ、お願いですから、どうか行って！」

若い頭領のものに動ぜぬ冷静な表情は、沈鬱なものに変わった。だが、もはや躊躇はしなかった。足音も立てずに岩の上を歩いていき、逆巻く流れに飛びこんだ。残された者たちは固唾を呑んで見守っていたが、ようやく息継ぎのために浮かんできた若者の頭がちらりと水面に見えたと思ったら、それっきりあとは何も見えなくなった。

以上の方針転換は、どうやら順調に実行されたとはいえ、だんだん貴重になってきたわずかな時間に、一挙におこなわれたのである。アンカスの姿が見えなくなったあと、コーラは向きを変えて、唇を震わせながらへイワードに話しかけた。

「あなたも水泳がお上手とご自慢なさっていましたわね、ダンカン。それなら、素朴で忠実なあの人たちが示してくれた模範に倣ってください」

「コーラ・マンローが護衛の者に要求する忠実さとは、そんなものなのですか」ヘイワードは悲しそうな微笑みを浮かべながら、うらめしそうに言った。

「今は、つまらない言葉の彩や、心にもない考えを言い合っている場合ではありません。それぞれの任務を平等に尊重すべきときです。あなたがここに残っても、わたしたちの役に立つことはできません。それよりも、ご自分の命を大切にしてここから脱出すれば、ほかのもっと近しい人たちのために働けるでしょう」

ヘイワードは返事をしなかった。ただし、アリスの美しい姿に注がれたそのまなざしには、恋慕の情があふれていた。アリスはヘイワードの腕に、赤子のように頼り切ってすがりついていた。

コーラはしばらく黙っていたあと、「お考えください」と言葉を続けた。沈黙のあいだ、恐怖から生じたいかなる苦しみよりももっと鋭い苦しみとたたかっているみたいだった。「わたしたちに最悪のことが起きるとしても、たかが死ぬだけではありませんか。神さまがお定めになった死期がくれば、だれもが払わなければならない貢ぎにすぎません」

「死よりもひどい災厄があります」と言ったダンカンの声はしゃがれていた。それから、コーラの頑固さに業を煮やしたように言った。「しかし、あなた方のために死ぬ覚悟のある者がいれば、それは避けられるかもしれないのです」

コーラはそれ以上説き伏せようとはしなかった。ショールで顔を隠すと、気を失いかけているアリスの手を引いて、奥の方の洞穴のいちばん奥まで入っていった。

第九章

「気をしっかり持って朗らかに。
不吉な雲を、ねえ貴女、ほほえみで吹き払っておくれ、
美しい額にかかるその雲を。」

グレイ『悲劇アグリピーナ』[*1]二場、一九六～九七行。

のぼせあがっていたダンカン・ヘイワードは、戦闘の激動が突如おさまり、ほとんど魔法のような変化であたりを支配するにいたった静けさに呑まれて、何かものすごい夢を見たような気がしてきた。目撃した光景や出来事が記憶に深く刻まれたことに変わりはないが、それがほんとうに起こったとは信じられなかった。急流に身をまかせた者たちの命運が知れず、彼らの危険にみちた企ての成否を知らせる合図か物音でも聞こえはせぬかと、はじめのうちはじっと耳を澄ましていた。しかし、その甲斐もなかった。アンカスが姿を消したあとは、危地へ飛びこんでいった者たちの跡形も見えなくなり、その安否は杳《よう》としてわからなかった。

このように胸の痛くなるような不安にとらえられたダンカンは、つい先ほどまでは身を守るのになくてはならぬ掩蔽となっていた岩陰から身を乗り出して、周囲をうかがうのをためらってはいられなかった。だが、姿を隠している敵が近づいてくる兆しを見抜こうといくら努力したところで、仲間を捜したときと同じことで、何も見つからなかった。森に覆われた両岸はまた寂寥に包まれ、生き物は何一ついないみたいであった。

森のなかにたった今こだましていたあの喚声は消え、人知れず美しさをたたえた自然を吹き抜ける風に乗って聞こえてくるのは、盛り上がっては落ちてゆく滝の水音ばかりである。マツの枯れ木の梢にとまって、争いを遠くから眺めていた一羽のミサゴがようやく動き出して、とまっていた高いごつごつした枝からさっと舞い降り、水面近くを長々と滑空して餌を捕まえた。カケスが一羽、そのやかましい鳴き声も、野蛮人どものもっと耳障りな叫び声にはかなわず静かにしていたが、ふたたびけたたましく鳴きはじめ、原始の森のなかの自分の縄張りを荒らす者はいなくなったと宣告しているかのようであった。人気《ひとけ》のない森のなかだからこそのこれらの自然の営みから、ダンカンはかすかな希望を見出した。うまく切り抜けられそうだという自信をいくらか取り戻し、あらためて尽力してみようという気になってきた。

「ヒューロンの連中は見かけませんね」ダンカンはデーヴィッドに話しかけたが、デーヴィッドは、先ほど受けた衝撃で気を失った影響から脱していなかった。「さあ、洞穴のなかに隠れましょう。あとは神におまかせして」

「見目麗しいお嬢さんお二人と声を合わせて、神を称え、感謝を捧げる賛美歌をうたったことは覚えておるのですが」歌の師匠は首をひねりながら言った。「そのあと、わたくしの罪に対する重い罰を天から頂戴したのですな。眠りこけたみたいにされてしまいましたから。そのあいだも、いやな音が耳について離れなかったのですがね。まるでこの世の終わりを告げるような音で、自然も和声を忘れたみたいでした」

「哀れな人だ！　じつはあんたの終わりもすぐ近くまできてたのに！　まあ、立っていっしょにきてください。あんたの賛美歌をうたう声しか聞こえないところへ連れていってあげますよ」

「滝の音にはメロディーがあるし、あちこちで分かれて流れる川の水音って、耳に心地よいものですな！」

デーヴィッドは訳がわからない様子で、額を押さえながら言った。「阿鼻叫喚はもう聞こえてきませんか。まるで地獄に堕とされた者たちが――」

「もう聞こえん、もう聞こえん」じれったくなったヘイワードは相手の言葉をさえぎった。「もう止みましたからね。わめいてたやつらも、おかげさまでいなくなった！　水の音を除けば静かで平和なものさ。だから、さあ、なかへ。あのなかでは、あんたの大好きな音をいくら出してもかまいませんから」

デーヴィッドは、つかの間まんざらでもない風に目を光らせたものの、自分のお気に入りの天職についてこんな言われ方をしたので、悲しそうな笑顔を浮かべて見せた。精神的にすっかりまいっていたから、心ゆくまで歌えそうな場所まで、もはやためらうことなく連れていってもらった。ダンカンに支えられながら、洞穴の狭い入り口をくぐった。ダンカンはサッサフラスの枝を一山持ってきて、その入り口を入念に覆い隠した。この頼りない防壁の内側に、ホークアイたちが置いていった毛布をかけて、洞穴の奥を真っ暗にした。防壁の外側には、細い渓谷を通る一筋の奔流から反射してきた光があたっていた。この奔流は数ロッド下流で、もう一つの流れに合流していた。

「じぶんはインディアンのあの考え方が気に食わんです。絶体絶命の窮地に追いこまれたら、悪あがきせずにあきらめよ、なんてね」ダンカンは作業に精を出しながら言った。「われわれの箴言の方がもっと気が休まりますよ。「命あるかぎり希望あり」*2ってね。そのほうが軍人の気性に合ってます。コーラさん、あなたには下手な励ましの言葉をかけたりしません。心の強さと揺るぎない理性をお持ちだから、女性にふさわしい対処の仕方がおわかりですね。しかし、あなたに抱かれて泣きながら震えているその人には、どうにかしてあげられませんか」

「あたし、落ち着いてきましたわ、ダンカン」とアリスは言うと、姉の腕のなかから身を起こし、涙を流しながらも無理に平静を装う顔をして見せた。「もうずいぶん落ち着いてきました。この隠れ場にいればきっと、安全だし、見つからないし、危害を加えられることもないでしょう。あの情け深い人たちにすべてを託しましょう。あたしたちのために、もうすでにあんなに危険を冒してくださったんですもの」

「おとなしいアリスがようやくマンローの娘らしい口を利いてくれましたね！」ヘイワードは、洞穴の外側に通じる入り口のほうへ行きかけて立ち止まり、アリスの手を取って言った。「勇敢のお手本のようなこういう女性が目の前に二人もいては、男たる者、英雄になって見せなければ恥ずかしいですね」それから洞穴の中央に腰掛け、残っていたピストルを夢中で握りしめた。眉を寄せ、しかめた顔には、死にものぐるいの決意に燃えて開き直った表情があらわれていた。「ヒューロンどもがやってきても、この場には思ったほど簡単に入れさせないからな」と低い声でつぶやき、後ろの岩に頭をもたせかけた。成り行きを辛抱強く待ちかまえているように見えて、その目はたえず、外からこの隠れ場所に通じている入り口のほうへ向けられていた。

ヘイワードの声を最後に、その場には深く、長い、ほとんど息づまるような沈黙が垂れこめた。朝のさわやかな空気が洞穴のなかにも入ってきて、そのおかげで、潜んでいる者たちにもだんだん気力が出てきた。刻々と時間がたっていったが、何ごとも起きず、希望を持てそうだという思いが、それぞれの胸のなかで徐々にふくらんできた。もっともそれを口にするのは、みんな慎んでいた。そんな期待はつぎの瞬間にも、恐ろしいことに崩れ去ってしまうかもしれなかったからだ。

デーヴィッドだけはこんな一喜一憂を免れていた。岩の割れ目から射しこむ一筋の光が、デーヴィッドのひよわな顔に当たってから、あの袖珍本の紙面に落ちていた。デーヴィッドはまた、この本のページをめくることにふけっていた。どうやら、これまで目に入ってきた歌よりも、この状況にもっとふさわしいものを見つけようとしている。そんなことをしているのも、おそらく、さきほどダンカンから歌ってもいいと言われたことを、訳がわからぬながらに覚えているからであった。辛抱強く探した甲斐あって、ようやく見つかったらしい。説明も前置きもなしに「ワイト島」[*3]と唱えてから、あのピッチパイプを長く、きれいに鳴らし、それから笛よりもきれいな声で、いま指定したばかりの旋律を前奏代わりに一通り口ずさんだ。

「こんなことをして、危なくありませんの」とコーラは訊いて、黒い目をヘイワード少佐に向けた。

「かわいそうなやつですよ！ あんな細い声なら滝の音にまぎれて、聞かれるはずありません。それに、洞穴がこの男の味方になってくれるでしょう。好きにさせておきましょう。危ないことはないでしょうから」

「ワイト島」とデーヴィッドはまた唱え、まわりを見まわした。その厳かな顔つきは、長年、賛美歌の教室でがやがや騒ぐ生徒たちを静まらせてきたことで身に付いたものであった。「これは勇ましい曲で、厳粛な言葉を歌にしたものです。それにふさわしい敬意をこめてうたいましょう！」

傾聴を促すためにちょっと間をおいてから、デーヴィッドは低いつぶやくような調子でうたいだし、その場にいる者たちの耳を徐々にとらえていった。やがてその声は狭い洞穴の隅々にまで響いた。歌い手が先ほどの衝撃から快復しきれぬままに発したか細く震える声は、かん高く心を揺さぶる。声に難があるぐらいではびくともしないその曲は、聞いている人たちをだんだんうっとりさせていく。メロディーはきわだち、ダビデの歌のへたなもじりである歌詞にもわずらわされない。歌い手は、同様の模作を集めた賛美歌集から採られているこの歌を選び出したのだが、心にしみる旋律に包まれると、歌詞の意味など気にならなくなった。アリスは知らぬうちに涙がとまり、うっとりした目をギャマットの青ざめた顔に注いでいた。その目には控えめな喜びが、気取るでもなく、隠したがるでもなくあらわれていた。コーラは、ユダヤの王子と同じ名前の持ち主が敬虔な歌唱にふける姿に、満足げな笑顔を向けた。ヘイワードは、洞穴の出口を険しい目つきでじっとにらんでいたが、やがて顔を和らげて向き直り、デーヴィッドを眺めたり、潤んだ目でときどき視線を送ってくるアリスと見交わしたりした。聞き手たちが目に見えて感銘を受けているので、音楽の使徒の心は躍り、声は本来の豊かさと声量を取り戻した。しかも、すでに認められたとおりその声の秘められた魅力である、あの琴線に触れるような柔和さもとどめていた。デーヴィッドはすっかり元気になって、声を精いっぱい張り上げた。その長く引っぱった声が洞穴のなかでまだ響きわたっているときに、外で叫び声が起きた。とたんにデーヴィッドは突然声をつまらせ、賛美歌がうたえなくなった。まるで心臓が喉から文字どおり飛び出してきそうな気がしたのである。

「もうだめだわ！」とアリスは声をあげて、コーラの腕のなかに身を投げ出した。

「まだ大丈夫、まだ大丈夫ですよ」とヘイワードは、動揺しながらもひるまずに答えた。「あの声は島の中央から聞こえてきましたね。仲間の死体を見つけて声をあげたのですよ。われわれはまだ見つかっていないし、希望はまだあります」

助かる可能性は薄く、ほとんど絶望的だったにしても、ダンカンの言葉は無駄にはならなかった。姉妹に力を奮い起こさせ、成り行きを黙って見守るようにさせたからである。最初の叫び声に続いて、まもなくもう一つの雄叫びが聞こえてきた。それから大勢の声がして、川中島の上端からいちばん低いところまで移動してきた。ついには洞穴の屋根にあたる裸岩の上からも聞こえてきた。そこから野蛮な勝ち鬨が一声発せられると、恐ろしい叫喚が周囲からいっせいにわき起こった。それは怒り狂って凶暴の極みに達した人間にしか出せないような叫び声であった。

そんな声が四方八方へたちまち広がった。川っぷちから仲間を呼ぶ声もあれば、高所から答える声もある。二つの洞穴を結ぶあのすぐそばの岩間からも雄叫びがして、深い滝壺から昇ってくるもっと太い声と混じり合う。だがじつは、野蛮人の声が、あのむき出しの岩の上のほうからいっせいに降り注いできたので、不安におののき耳をそば立てている者たちには、ほんとうは洞穴の上や左右から届いた声が、下から聞こえてくるように思われたのも無理はなかったのである。

この喧騒に混じって、洞穴の隠蔽してある入り口から数ヤードも離れていないところで一人の勝ち誇ったようなわめき声があがった。ヘイワードは、これを自分たちの居場所が突きとめられたしるしと思いこみ、あらゆる望みを失った。ふたたび絶望感から立ち直れるようになったのは、聞き耳を立てているうちに、声の主たちはホークアイがいかにもなごり惜しそうにライフルをおいていった地点へ集まっていくようだとわかったからである。インディアンたちの交わす訛りの強い言葉でもはっきり聞こえるようになったので、カナダで話されているフランス語パトワの単語や文が難なく聞き取れた。あちこちから同時に「ラ・ロング・カラビーヌ！」*4という声が起こり、対岸の森からもそれにオウム返しで応じる声が聞こえてきた。それは、英国軍の陣営に属している名高い猟師にして斥候が、敵どもから与えられた呼び名であり、ヘイワードの記憶にも強く残っていた。先ほどまで同行していた男の正体が、このときはじめてヘイワードにもわかった。

「ラ・ロング・カラビーヌ！　ラ・ロング・カラビーヌ！」この名が口々に叫び交わされるのを聴いていると、襲撃部隊全員が戦利品たるライフルのまわりに集合したようであった。銃がその手ごわい持ち主の死を物語る証拠のように思えたのであろう。ときどき粗野な笑いを発しながら声高に相談した後、ヒューロンたちはふたたびあのあだ名を唱えながら、四方に散っていった。ヘイワードが彼らの話から聞き分けられたところでは、どうやら、この川中島のどこかに引っかかっているホークアイの死体を見つけ出そうとしているものらしい。

ヘイワードは震えている姉妹にささやいた。「いまこそ運命の分かれ目！　じぶんたちの隠れ場所がこの捜索で見つけられなければ、まだだいじょうぶです！　何といっても、敵の話から洩れ聞いたかぎり、味方の者たちは無事脱出したとわかりましたからね。ほんの二時間もすれば、ウェッブからの援軍がきてくれると期待できますよ」

不安に満ちた静寂が数分間も続いた。その間、野蛮人どもがこれまでにもまして慎重念入りに捜索していることは、ヘイワードにはよくわかっていた。彼らがサッサフラスの木にかすって、しおれた葉をざわめかせ、枝を折りながら通り過ぎていく足音は、一度ならず聞こえてきた。ついには重ねてあった枝の山がちょっと崩れて、毛布の隅がずり落ち、そのためにかすかな光が洞穴の内部に差しこんできた。コーラはアリスを必死に抱き寄せ、ダンカンは立ち上がった。その瞬間、まるで岩のなかからわき出したかのような叫び声が聞こえた。それで、となりの洞穴までとうとう進入されてしまったことがわかった。まもなく、その秘密の場所から聞こえてくる声が多くなり、部隊全員がそのなかや近くに集まってきたとうかがえた。

二つの洞穴をつなぐ通路はごく短かったから、ダンカンはもはやこれまでと観念し、デーヴィッドと姉妹を後ろに残して、彼らと、いまにも飛び出してきそうな敵とのあいだに陣取った。お先真っ暗な状況に開きなおったダンカンは、脆弱な障壁まで近づき、たまたま生じた間隙から顔をのぞかせた。そこからわずか数フィートしか離れていないところで非情な討っ手たちが動きまわる様子を、破れかぶれの図太さで観察さえした。

腕を伸ばせば届きそうなところに、巨漢のインディアンのたくましい肩があった。このインディアンは重々しく太い声で仲間に指図していた。さらにその向こうに、向かい側の洞穴の内部が見えた。そのなかには野蛮人がひしめいていて、斥候が設《しつら》えたあのつつましい寝椅子をひっくり返したり、投げ飛ばしたりしている。負傷したデーヴィッドの血がサッサフラスの葉を赤く染めていた。原住民には明々白々のことだが、季節がまだ早すぎるからその色が紅葉であるはずもなかった。攻撃が功を奏したこのしるしを見て、インディアンたちは、途切れた臭跡を再度嗅ぎつけた猟犬たちのような遠吠えを始めた。この勝利の雄叫びをあげた後、洞穴のなかに仕立てた香り高い寝床を分解して、小枝を岩間に投げこみ、大枝をバラバラに崩した。寝床の陰に、長年憎み恐れてきた男の死体が隠れているのではないかと思っているみたいであった。兇暴な顔つきの戦士が隊長のほうへ近寄って、一抱えの小枝を見せ、あちこちの葉っぱについた暗赤色の染みを喜び勇んで指さした。そのときにあげたインディアン特有の歓声は、しきりに「ラ・ロング・カラビーヌ！」と繰り返すので、何を言っているのかがヘイワードにもかろうじてつかめた。ひとしきり勝ち誇って見せた後、この戦士は持っていた枝をそばに積んであった枝の上に投げ捨てた。その枝の山は、ダンカンが第二の洞穴の入り口に作っておいた微々たる目隠しであったが、おかげで隙間がふさがれた。他の者たちも先例にならい、斥候がいた洞穴から枝を引っぱり出してきては、この山の上に積み上げていった。その結果、思いもかけぬことに、自分たちが捜している相手の安全を確かにする手助けをしていた。この防御の備えが粗末であったからこそ、うまく功を奏した。こんなにあわただしくばたばたしているさなかに、たまたま仲間たちの手で積み上げられた山だと誰もが考えているのに、それをわざわざ取り払おうなどと言い出す者は誰もいなかった。

毛布は外から押されてたわみながら、枝は自重で岩の隙間にはまりこみ、がっちりとした障壁をなすにいたって、ダンカンはふたたび安堵のため息をついた。足取りも気持も軽くなって、洞穴の中央へ戻り、はじめに腰かけていたところに座りなおした。そこからは、川に面した開口部からの眺望が得られた。ダンカンがこうして位置を変えているあいだに、インディアンたちは、あたかもいっせいに共通の衝動に駆られてあらたな目的を見出したかのごとく、一団となって洞穴から出ていき、ふたたび川中島の上のほうへ駆けのぼっていく足音が聞こえた。最初に島にたどりついたときの地点へ戻っていったのである。そこでもう一度泣き叫ぶ声があがり、死んだ仲間の亡骸のまわりにふたたび集まったらしいとわかった。

ダンカンはやっと、連れたちに目を向けられるようになった。せっぱ詰まった危険に直面しているうちは、自分の顔つきにあらわれる不安が、もう耐えられなくなっている人たちによけいな心配をさせることにならないかと懸念していたのだ。

「やつらは行ってしまいましたよ、コーラさん！」と小声で言った。「アリスさん、連中は戻っていきました。じぶんたちは助かったのです！　あんな無慈悲な敵の手から救い出されるなんて、ありがたいことに、これもひとえに神様のおかげですよ！」

「では、あたしも神様にお礼申し上げます！」妹は激しい口調で言うと、自分を抱いていたコーラの腕のなかから立ち上がり、熱烈な感謝の念に打たれて身を投げ出すように岩にしがみついた。「神様のおかげで、白髪の父も涙を流さないですみました。あたしが心から愛する人たちの命も救われました――」

ヘイワードも、アリスより気丈なコーラも、アリスが感情に駆られて思わずとったこの振る舞いを見て、心からの共感を覚えた。ヘイワードが心ひそかに極めこんだように、敬虔さが、このときのアリスの若々しい姿体ほど美しい形を帯びてあらわれたことはかつてあるまい。その目は感謝の念にあふれて光り輝き、その頰は本来のバラ色を取りもどしている。表情豊かな顔立ちには、全身全霊で謝恩の願いを伝えたいという気持がこもっている。だが、口を開きかけたとき、発せられるはずだった言葉は、何かあらたな突然の冷気に襲われて凍てついてしまったかのようであった。頰の赤みが消え、死人のように蒼白になった。やさしく潤んでいた目は険しくなり、恐怖のためにしかめられたように見えた。握りあわせ、天に向けてさしのべていた両手は、体の前で水平に突き出され、震える指で前方を指していた。ヘイワードは何ごとかと思って、アリスが手をさしのべた方向にすばやく目をやった。すると、その目がとらえたのは、洞穴の開口部の敷居をなす岩棚の陰から迫り出してきた、ル・ルナール・シュプティルの兇悪獰猛な顔であった。

この驚愕の瞬間も、ヘイワードは沈着冷静であった。相手のうつろな表情から判断して、外気に慣れたその目は、洞穴の奥を覆っている薄暗がりを見透かすことがまだできないでいると見てとった。そこで、洞穴の岩壁の隙間をつたって退避すれば、自分や連れたちは身を隠せるかもしれないとも考えたが、そのとき、ル・ルナールの顔に急に何かに気づいたような表情が浮かんだ。それを見てヘイワードは、もう手遅れだ、見つかってしまったと思った。

それが間違いでなかったことは、相手がしたり顔に、勝ち誇った残忍な笑みを見せたことで確認できたが、なんとも耐えがたく腹立たしいことであった。ダンカンは、頭にカッと血がのぼり、前後の見境もなくして、ピストルを構えると発砲した。銃声はまるで火山の噴火のような轟音を洞穴のなかに響かせた。ピストルから出た煙が、谷からのぼってきた風に吹き払われると、あの不貞な道案内の顔は消えていた。ヘイワードが洞穴の外へ飛び出してみると、ル・ルナールの黒い影がちらりと見えた。低くて狭い岩棚を巻くように逃げていく姿は、まもなく岩陰に隠れて見えなくなった。

野蛮人たちは、岩盤の奥で破裂したような轟音を耳にすると、ぎょっとして押し黙っていた。だが、ル・ルナールが長々とした呼号で事情を知らせたので、その声の届く範囲内にいたインディアンたちはてんでに叫び声で応えた。彼らは大挙して、またもや島の上のほうから騒々しい声をあげながら走り降りてきて、ダンカンが気を取り直す暇もないうちに、もろいながらも防壁をなしていた木の枝を取り崩し、洞穴の両端からつぎつぎに入りこんできた。そしてダンカンとその連れは、隠れていたところから白日の下へ引き出されるにいたり、勝ち誇ったヒューロン族の部隊全員に取り囲まれて立ちつくした。

第十章

「明日の朝は寝坊しそうだ
今晩はだいぶ夜更かしをしてしまったからな。」
『夏の夜の夢』五幕一場、三六五〜三六六行。

ダンカンは、急転直下この窮地に追いこまれて愕然としていたが、気を取り直すと、捕り手たちの様子や行動を観察しはじめた。首尾よく捕らえた敵に気まま放題の仕打ちをするインディアンのいつものやり方に反して、彼らは、震えている姉妹だけでなくダンカンにも、手をかけないようにしていた。ただし、ダンカンの軍服についている派手な飾りには、何人かのインディアンが入れ替わり立ち替わり近寄ってきていじくり、安ピカものを手に入れたがる野卑な渇望もあらわな顔つきを見せた。だが、その機先を制して、前章で触れたあの巨漢の戦士が威厳のある声で手を出すなと命じたので、彼らもおきまりの狼藉におよぶことができないでいたのだ。これを見てヘイワードは、自分たちが何か特別の機会のために温存しておかれるのだなと察知した。

しかしながら、部隊のなかの若くて軽薄な者たちが安ピカものにうつつを抜かしているあいだにも、もっと年季の入った戦士たちは、二つの洞穴のなかの徹底的な捜索を続けていた。そのやり方を見れば、彼らがすでに外へ引きずり出した捕虜だけで満足していないのは明らかであった。ひたすら復讐をめざすこの連中は、つかまえるべき相手がもういないとわかると、やがて男の捕虜のほうへやってきて、まぎれもなくいきりたった調子でラ・ロング・カラビーヌという名前を口にした。ダンカンは、彼らが噛みつくように繰り返す訊問の意味が通じないふりをした。フランス語を知らないデーヴィッドは、しらばっくれる必要もなかった。しまいにはダンカンも、相手のしつこさに嫌気がさしてきたし、あまり頑固に黙秘していたら相手を怒らせてしまうかもしれないと心配になってきて、マグアの姿を探してあたりを見まわした。マグアに通訳させながら答えてやろうと思ったのである。それほど訊問がますます熱を帯びて威嚇的になってきた。

マグアは、一人だけ仲間たちからはずれた振る舞い方を見せていた。他の者たちは、安ピカものを欲しがる子どもっぽい気持に動かされてせっせと動きまわり、斥候のみすぼらしい携帯品まで略奪したり、血に飢えた復讐心もあらわにして、とっくに姿を消した斥候を捜したりしているのに、ル・ルナールときたら、捕虜たちからちょっと離れたところに立って、まるで自分の裏切り行為の目的はもう達したとでも言わぬばかりの、落ち着きはらって得心のいった様子であった。ヘイワードは、つい前日まで自分の案内人だったこの男と目が合ったとたん、平然として陰険なその顔にぞっとし、目をそらした。それでも嫌悪感を押し殺し、顔をそむけながらも、図に乗っている敵に何とか話しかけ、しぶしぶこう言った。

「ル・ルナール・シュプティルはたいした戦士だから、あの連中が何を言っているのか、丸腰の男に教えるのをことわったりしませんよね」

「やつら、森の道知ってる猟師のこと、訊いてる」マグアは崩れた英語で答えた。同時に、自分の肩の傷に木の葉をあてがって縛った繃帯に手を当てながら、残忍な笑いを浮かべた。「ラ・ロング・カラビーヌのことだ！　やつのライフル、いい。目、いつも利く。だけど、ル・シュプティルの命とるためには、あれだって何にもならない、白人の頭《かしら》の短い鉄砲と同じ！」

「ル・ルナールは勇者だから、たたかいで傷を受けたことや、傷を与えた相手を根にもったりしませんよね！」

「あれ、たたかいだったか。疲れたインディアン、サトウの木のとこで、トウモロコシ食うため休んでたのに！　藪のなかに敵しのばせた、だれか！　短刀抜いたの、だれか！　口では平和言いながら、心では血求めてたの、だれか！　斧、土から出てると、マグア言ったか。マグア、それ自分で掘り出したと言ったか」*1

ダンカンは、責めたててくる相手に、そちらこそはじめから裏切るつもりだったではないかとあえて言い返す気にもなれなかったし、相手の恨みをなだめるために陳謝するのもばかばかしかったから、沈黙を守った。マグアはそこで議論を打ち切ってもかまわないし、もう口もききたくないと考えたらしく、さっきちょとがんばって起こした体を、またもとのように岩壁にもたれる格好にもどした。しかし、二人のあいだの話が終わったと見てとったとたんに、それを待ちかねていたインディアンたちは、またもや「ラ・ロング・カラビーヌ」とわめきだした。

「わかるか」マグアは頑として冷ややかな顔つきを変えずに言った。「ヒューロンたち、「長いライフル」の命ほしがってる。それがだめなら、あいつ匿ってるやつらの血、いただくぞってな！」

「あの男はいません――脱出したんです。あいつらの手の届かない遠くまでね」

ルナールは侮蔑をこめた冷酷な笑みを浮かべて言った。

「白人、死んだら平和になると思ってる。だが、インディアン、敵の幽霊でも拷問にかけるやり方、知ってる。あいつの死骸、どこにある。ヒューロンたちに、やつの頭皮見せてやれ！」

「あの男は死んではいない。脱出しただけです」

マグアは信じられないという顔つきで首を振った。

「あいつ、鳥か。翼広げるか。それとも魚か。空気ないとこで泳ぐか。白人の頭《かしら》、本読むからって、ヒューロンのこと、ばかだと思ってるな！」

「魚ではないにしても、「長いライフル」は泳げる。火薬が尽きたとき、ヒューロンたちの目に雲がかかったすきに、川を流れ降りていきましたよ」

「では、白人の頭、何でここに残ってるか」まだ信じられないインディアンは詰問した。「石か。それで底に沈むからか。それとも頭皮熱くなって、頭狂ったか」

「おれが石でないことは、滝壺に落ちて死んだ、貴様のあの戦友に答えてもらえばいいさ。やつにまだ命が残っていたらのことだがな」若いヘイワードは挑発され、つい腹立ちまぎれに、インディアンにもっとも感銘を与えそうな大見得を切ってみせた。「白人の考えでは、卑怯者でないかぎり女性を見捨てて置き去りにしたりしないのさ」

マグアは歯ぎしりしながら聞き取れない言葉を二言、三言口にしてから、大きな声でつぎのように続けた。

「あのデラウェアのやつらも、藪のなか這いまわるのと同じくらいうまく泳げるのか。ル・グロ・セルパン、[*2]どこにいるか」

ダンカンは、カナダでこんなフランス語の呼び名が使われていることを知って、前日同行してくれたインディアンたちが、自分にとっては無名の存在だったのに、敵のあいだではきわめて知られた人物であると気づかされた。そして「あの男も流れに乗ってくだっていったよ」としかたなく答えた。

「ル・セール・アジル[*3]はここにいないか」

「貴様が「敏捷なシカ」という名で誰のことをいってるのか、わからんね」ダンカンはこんなやりとりで時間を引き延ばせるので、内心ほっとしていた。

「アンカスのことだよ」マグアはこのデラウェア語の名前を、英語を話すときよりもずっと発音しにくそうにして答えた。「『跳びはねるエルク』、白人がこのモヒカンの若造呼ぶときの言い方だ」

「どうもおれたちのあいだで名前が混乱してるみたいだな、ル・ルナール」ダンカンは議論をふっかけてやろうとして言った。「フランス語でシカのことはダンというし、セールといえば牡鹿のことだ。エルクならセールでなくてエランだろ」

「そうさ」とル・ルナールは自民族の言葉でつぶやいた。「ペールフェースのやつらときたら、おしゃべり女と同じだ！ やつらは何にでも二つの言葉をあてがいやがる。レッドスキンなら自分自身の言葉だけで言いあらわすのに」そのうえで英語に切り替え、自分の出身地のフランス人たちがつけたいい加減な命名にこだわって言い張った。「シカ、すばやい、だけど弱い。エルク、すばやい、だけど強い。だから、ル・セルパンの息子、ル・セール・アジルだ。あいつ、川、跳び越えて森に入ったではないか」

「貴様があのデラウェア族の若者のことをいってるのなら、やはり川の流れに乗ってくだっていったよ」

インディアンにとって、逃走ということになればどんなやり方もありうると考えられていたから、マグアはいま聞いた話をほんとうのこととして認めた。その認め方のあっさりしていることといったら、価値のない敵を捕らえたところでうれしくもないと言わぬばかりの素振りを重ねて見せつけるようなものだった。しかし、マグアの同僚たちは、それとは明らかに違う受けとめ方をしていた。

ヒューロンたちは、二人のあいだのこのちょっとした対話の成り行きを、彼ら特有の忍耐強さで見守っていた。みんな押し黙り、一隊のなかで口を利く者は一人もいなくなった。ヘイワードが話し終えると、全員がいっせいにマグアへ目を向け、目に物言わせるやり方で雄弁に、話の内容の説明を求めた。通訳たるマグアは川を指さし、結論を知らせた。わずかばかり発した言葉よりも、むしろ身振りで伝えたのである。ヒューロンたちは、事実がだいたい呑みこめると、すさまじい喚声を上げた。いかにがっかりしたかがうかがえた。猛烈な勢いで水際まで走っていき、半狂乱になって空気相手に独り相撲をする者もいれば、水面に唾を吐く者もいた。たたかいに勝った自分たちに当然与えられるべき権利を横取りするなどという、謀反とも思えるまねをしてくれた川に向かって、憤懣をぶちまけているのだ。二、三名は、しかも一隊のなかでもなかなか有力で手ごわそうな者が、まだ手中にある捕虜たちを険悪な目つきでにらみつけていた。その目つきには、ふだんから自制することに慣らされている者たちだからこそかろうじて抑えている狂暴な激情がこもっていた。いまいましさをあらわにして、ひどく脅迫じみた仕草をしてみせる者もいた。姉妹が女性であろうと美しかろうと、少しの遠慮も見せなかった。ヘイワードは、アリスのそばへとんでいこうと死にものぐるいでもがいたが、どうすることもできなかった。彼の目の前で、アリスの肩にふさふさとたれていた豊かな髪が、野蛮人の浅黒い手にからみつく。髪の生え際あたりが短刀でぐるりとなぞられ、頭から美しい髪の毛の部分が剥ぎ取られるときの、身の毛もよだつようなやり方が実演されているようだ。だが、ヘイワードの両手は縛られていたし、彼が身動きしたとたんに、部隊の指揮を執っていたあのたくましいインディアンに肩をつかまれ、万力のような力で締めあげられた。こんな馬鹿力に逆らってもまったく無駄だとすぐに悟ったヘイワードは、運を天にまかせることにした。連れの女性たちには、小声で短い言葉をやさしくかけてやり、インディアンはいつも実行よりも脅しを大げさにするものだからといって安心させようとした。

だがダンカンは、姉妹の不安を鎮めようとしてそんな慰めの言葉を言ったけれど、自分を欺いてそれを信じるほど軟弱な人間ではなかった。ダンカンにはよくわかっていたが、インディアンの首領の権威は、社会契約的な合意にもとづいて成り立っているわけではない。指導者にそなわる精神的な卓越によるよりも、体力的な優越性によって権威が保たれている場合が多かったのだ。したがって、自分たちを取りまく野蛮人の人数が増えるほど、統制がとれなくなる危険も増す。どうやら指揮役と認められているらしい男が、捕虜に手を出してはいけないという厳命を出しているのに、だれか無分別な部下が、友人や親族の死者の御霊に犠牲を捧げたいと言いだしたら、いつその命令が踏みにじられるか、わかったものではなかった。だからダンカンは、うわべは冷静と剛毅をよそおっていたものの、猛々しいインディアンが一人でも、無力な姉妹に必要以上に近づいたり、些細な攻撃にも抵抗する術のない二人のか弱い体に、むっつりしたままじっと視線を注いだりすると、心臓が喉もとまで飛び出てくるような思いがした。

しかし、大いにほっとしたことに、あの指揮役は部下を自分のまわりに呼び寄せて会議を始めた。話し合っている時間は短かった。発言者がほとんどいなかったところから見て、満場一致で結論が出たらしい。少数ながら発言した者たちが、ウェッブの陣営のほうをしきりに指さしている様子からして、どうやらそちらから危険が近づいてくるのを心配していたらしい。おそらくこの心配のために決定がすみやかにくだされ、それに続く行動が早められたのであろう。

この短い会議の最中へイワードは、いちばん恐れていたことがしばし遠のいたとわかって余裕ができたためか、もはや過ぎた交戦のことではいえ、ヒューロンたちが接近してきたときの周到なやり方を振り返って感心した。

すでに述べたとおり、この川中島の上流側はむき出しの岩盤になっていて、あちこちに転がっている数本の流木以外に、身を隠せるような掩蔽はなかった。ヒューロンたちはそのあたりを上陸地点に選び、目的を遂げるために、森のなかカヌーを担いで滝を巻くようにして登ったのである。この小舟に十名あまりが武器を持って乗りこみ、船縁にへばりついてカヌーの進むのに身をまかせたが、とりわけ手練れの戦士二人だけは、剣呑な水路を見通せる姿勢で舵を取っていた。こういうやり方をしたおかげでカヌーは島の先端にたどりついた。そこは、はじめのうちこそ陸に揚がった者たちが命を落とす羽目になった地点だったが、人数にまさり、銃を持ってもいたので、目的は達した。そんなふうに襲ってきたのだということは、ダンカンには自明に思えた。というのも、目の前でヒューロンたちが川中島の上流側からカヌーを担いできて、下流側の洞穴の入り口近くの川面に浮かべたからである。カヌーの移動が終わるやいなや、指揮役のヒューロンは、捕虜たちに舟に乗るように合図した。

ヘイワードは、抵抗するのは不可能だし、文句を言ってもはじまらないので、神妙にしてみせながら、姉妹やまだ茫然としているデーヴィッドの先に立ってカヌーに乗りこみ、さっさと腰を下ろした。ヒューロンたちは、この川の逆巻く急流をくだった経験など、当然ながらなかったにしても、こういうところで舟を操るために必要な川面の見分け方はよくわかっていたから、大きなへまを犯すはずがなかった。カヌーの舵を取る任務のために選ばれた水先案内人が位置についたとたん、全員の乗った舟がふたたび川に乗り出した。舟は滑るように川を下り、たちまち南側の岸につくと捕虜たちはおろされた。そこは、昨夜ダンカンたちが川に舟で乗り出した地点の、ちょうど真向かいに当たる反対側の岸であった。

そこでまたヒューロンたちは、短時間ながら真剣な相談を始めた。その間にウマが、森のなかの隠し場所から近くの木陰に引き出されてきた。最悪の不幸の前兆などとダンカンたちに思わせる悲鳴をあげたあのウマたちである。相談の結果ヒューロンたちは二手に分かれた。先に何度か触れたあの巨漢の指揮役は、ヘイワードの軍馬にまたがると、おおかたの手下を引き連れて川をつっきり、森のなかに消えていった。後に残された捕虜たちには張り番が六名ついたが、その隊長はル・ルナール・シュプティルだった。ダンカンはこのような動きを見ながら、あらたな不安に駆られた。

それまではあさはかにも、インディアンの寛大さには並はずれたものがあるから、自分は捕虜として抑留されているだけで、やがてモンカルムに引き渡されるのだろうと思いこんでいた。みじめな立場に追いこまれた人間は、ほとんど休みなくあれこれ考えるもので、いかにか細く、はかない希望であろうと、それに期待をつないでいるかぎり、想像をたくましくする。ダンカンもまさにそのとおりで、マンローが親としての情にほだされ、国王への忠義を捨てる気になるだろうなどと夢想さえした。というのも、あのフランス軍司令官は、勇気と機略に富むりっぱな人物とはいえ、政治的駆け引きの達人とも考えられていたからである。その種の駆け引きというものは、しちめんどくさい道徳的義務をかならずしも尊重せず、この時代のヨーロッパ外交に汚点をもたらしたこともめずらしくない。

ダンカンがせっせと思い描いたこんな都合のいい空想も、ヒューロンたちの行動を見るとたちまち吹っ飛んだ。巨漢の戦士が率いる一隊は、ホリカン湖の湖尻へ向かう道筋をとっていった。こうなると、自分たちは蛮族に捕らえられ、何の望みもない虜囚として拘禁される以外にいかなる期待も持てなくなった。ダンカンは、最悪の事態をあらかじめ知っておきたいし、こんな危急の場合には金の力を借りてやろうという気にもなっていた。マグアには口もききたくない気持を抑えながら、声をかけた。かつて自分の案内役だった男は、いまや一行の今後の行動を指揮する者らしい威厳のある態度を見せていた。ダンカンはできるかぎり親しげに、内緒の話を持ちかけるような調子でこう言った。

「マグアと話がしたいですな。偉大な頭領にだけ申しあげるべきことなのですが」

マグアは若いダンカンに軽蔑のこもったまなざしを向けると、

「ここで話せ。木、耳ない！」と答えた。

「しかし、ヒューロンたちには耳があるでしょ。民族の指導者が聞くのにふさわしい相談事を耳にすれば、若い戦士たちはのぼせあがってしまいますよ。英国軍人には、マグアが耳を貸してくれないなら口を開かないくらいの分別はありますからね」

マグアは仲間にさりげない口調で声をかけた。仲間たちは、無器用なやり方ながらウマの支度をすることにかかりっきりだった。姉妹を乗せていくつもりなのだ。マグアはちょっと脇のほうへ歩いていき、ヘイワードについてくるよう、そっと合図した。

「さあ話せ。マグア聞くのがいい話なら」

「ル・ルナール・シュプティルは、カナダの父たちからもらったその誉れ高い名にふさわしい人間であると証明してくれましたね」とヘイワードは話を切りだした。「ルナールの頭のよさも、ルナールがこれまでやってくれたことはみんなわれわれのためであるということも、じぶんにはわかっています。褒賞の機会がくるまで忘れはしません。そうですよ！　ルナールは会議に臨んで偉大な頭領であるばかりか、敵の欺き方がうまいことも見せてくれたのです！」

「ルナール、何したか」とインディアンが冷ややかに詰問した。

「何って！　森のなかに敵どもがうようよ野営して待ち伏せており、こっそり通り抜けようとしてもヘビだって見つかってしまうと見破ってくれたじゃないですか。それから、ヒューロンどもの目をたぶらかすために、道に迷ってくれたじゃないですか。もとの部族のところに戻るふりをしたじゃないですか。ルナールをイヌみたいに扱い、ウィグワムから追い出した部族なのに。だから、われわれは、ルナールの意図を察し、それを助けるために、白人が味方を敵と勘違いしているとヒューロンどもに思わせるふりをしてやったじゃないですか。そうじゃないですか。だから、ル・シュプティルが知恵働かせて一族の目をふさぎ、耳を覆ってやったら、やつらは自分たちがかつてル・シュプティルを虐待し、モホークのもとへ追いやったことも忘れてしまったじゃないですか。それでやつらは、ル・シュプティルを捕虜につけて川の南岸に残し、北のほうへ愚かにも行ってしまったじゃないですか。ルナールはキツネのように自分の足跡をたどって引き返し、あの白髪頭の金持ちスコットランド人のところまで娘たちを連れていくつもりじゃないですか。そうでしょう、マグア。じぶんは何もかもわかってます。こんなに頭がよくて忠実なおこないに報いるにはどうしたらいいのか、もう考えはじめてるんですからね。まず、ウィリアム・ヘンリー砦†の首領が、こういう手柄に対しては偉大な族長にふさわしい褒美を出してくれますよ。マグアのもらうメダルは、錫製なんかじゃなくて黄金製でしょうな。火薬入れの角からあふれそうになるほどの火薬をもらう。ホリカン湖の岸辺の小石と同じくらいたくさんの金貨が財布に入ってくる。シカはマグアの手を舐めにくる。逃げても無駄なくらいの優秀なライフルがマグアのものになると知ってるからです！　じぶんは何をあげたらいいか、あのスコットランド人が出す褒美を上まわるようなものは何なのか、わからないけど——そうだ、じぶんはきっと——」

「太陽に近い方角からきた白人の若い酋長、何くれるか」マグアは、ヘイワードが褒美を数えあげたすえに、インディアンのもっとも欲しがりそうなもので締めくくりたいと思いながら迷っているさまを見抜き、追及してきた。

「塩辛い湖にある島でできた火の水[*4]を、マグアのウィグワムの前に流れるくらい贈ってやろうじゃないですか。すると、インディアンの心はハチドリの羽よりも軽くなり、息は野に咲くスイカズラの花よりも甘くなるはず」

ル・ルナールは、ヘイワードがじっくりと進めるこんな巧妙な話を、きびしい顔つきで聞いていた。本来の出自である民族を自分が巧みに瞞着したとヘイワードに言われると、それを聞きながら油断なく厳粛な面持ちを見せた。マグアがヒューロン族から飛び出した原因ということになっている虐待に、そのいきさつの話をダンカンが鵜呑みにしているように見せながら言い及ぶと、マグアの目に抑えがたい怒りの火が燃え上がった。それで、イチかバチかのつもりでこの話を持ち出したダンカンは、正鵠を射たという確信を持てるようになった。だから、相手の復讐心と利欲とを巧妙に結びつける話にさしかかったころには、少なくともマグアの心をしっかりとらえていた。ル・ルナールは冷静に質問し、インディアンらしくいかめしい表情を少しも崩さなかったが、思いにふけるようなその顔つきから見て、ダンカンの受け答えがきわめて的確に組み立てられていたことは明らかであった。マグアはしばらく黙りこんでいたが、負傷した肩の粗末な繃帯に手を当てながら、多少強い調子でこう言った。

「味方、こんな傷負わせるか」

「ほんとの敵に対してなら、そんなかすり傷だけでラ・ロング・カラビーヌがすませるものですか」

「味方に、あのデラウェアのやつら、ヘビのように近づき、体くねらせ、討ちかかるか」

「ル・グロ・セルパンがその気になったら、聞かせたくない相手に聞かれるような物音を立てて近づくものですか」

「白人の酋長、兄弟の顔めがけて、ピストル発射するか」

「本気で殺すつもりなら、的をはずしたりするものですか」ダンカンは、いかにも誠実そうな笑顔を作りながら応酬した。

こんな切り口上の質問と間髪を入れぬ返答のやりとりの後、またしばし考えこむような沈黙が生じた。ダンカンは相手が迷っているとわかった。最後の一押しをするために、また褒美を並べ立ててやろうとしたが、そのときマグアは大きな身振りをしながらこう言った。

「もういい。ル・ルナール、頭いい酋長だ。どうするか、いまにわかる。行け。口閉めておけ。マグア口開くとき、答えわかる」

ヘイワードは、マグアの目が油断なく隊員たちに注がれているのに気づくと、ただちに身を引いた。彼らの隊長とあやしげな結託をしていると見られてはいけないからである。マグアはウマのほうへ行き、仲間が身を入れてなかなかじょうずに支度しているのを大いに喜んでいるようなふりをした。それからヘイワードに、姉妹が鞍に乗るのを助けてやるように手で合図した。マグアは、何かとくにさし迫った必要のあるときでもなければ、めったに英語を使おうとしなかった。

もはや、引き延ばす口実になりそうなことは思いつかなかった。しぶしぶながら指図に従うほかなかった。ダンカンは姉妹がウマに乗るのを助けながら、震えている二人に希望がまだあるとささやいて元気づけた。二人は、ヒューロンたちの野蛮な顔が目に入ってくるのを嫌がり、足もとを見つめるばかりでめったに顔を上げない。デーヴィッドの牝馬は、あの巨漢の頭領が率いる一隊に持っていかれてしまったので、デーヴィッドもダンカンと同様、いやでも歩くほかなかった。しかし、ダンカンは、歩かされるのをそれほど苦にしていなかった。歩くことで、一行の進み方を遅らせることができるからだ。ダンカンはまだしきりにエドワード砦のほうを振り返った。森のなか、そちらの方角から、援軍の接近を告げる物音でもしてこないかと期待していたのである。

準備がすべて整うと、マグアは出発の合図を出し、自ら一行の先頭に立って前進しはじめた。そのつぎにデーヴィッドが続いた。負傷の影響も徐々に薄れて、本来の自分を取りもどしつつあった。その後にウマに乗った姉妹が続いた。脇にヘイワードがついている。まわりを囲むようにインディアンたちが歩き、倦むことも知らぬ警戒を見せながら、列伍を引き締めていた。

このようにして一行は黙々と進んだ。たまに沈黙を破る声は、ヘイワードが姉妹にぽつりぽつりとかける慰めの言葉か、デーヴィッドが魂の苦悩を吐き出し、忍従の謙虚さをあらわすつもりになっている、哀れなうめき声だけだった。進んでいく南の方向は、ウィリアム・ヘンリー砦へ向かうのとはほぼ正反対の道筋であった。ヒューロンたちがはじめに予定していたとおりにマグアが進もうとしていると見えるにもかかわらず、ヘイワードは、先ほど持ちかけておいた誘いがそう簡単に忘れられるとは思えなかった。それに、インディアンがたどる道は曲がりくねるものだと知っていたから、術策を用いようとすれば、進むように見えている方角が目的地に直結するなどとは思わなかった。しかし、限りない森のなか、何マイルもの距離をこのようにして進み、道中がいつ終わるかもはかりしれなかった。ヘイワードは、真上から照りつける太陽の木洩れ日を見つめながら、自分の期待に沿う方へマグアがいつ進路を変更してくれるだろうかとやきもきした。

この佞知《ねいち》に長けた野蛮人はモンカルム軍の支配地域を無事に通過できないと考えて、辺境にある有名な入植地に向かっているのかもしれない、などと空想したりもした。その入植地には、英国王軍の著名な士官であり、六民族連合に気に入られた友人でもある男が、私邸を構えているだけでなく、大きな領地も保有していた。この男、つまりサー・ウィリアム・ジョンソン*5の手に引き渡されるとすれば、カナダの未開地に連れていかれるよりもはるかに好ましかった。だが、たとえサー・ウィリアム・ジョンソンのところへ向かうにしても、森のなか何リーグもの長旅を続けなければならないはずで、そういうことになれば、戦場から一歩一歩遠ざかり、その結果、名誉ある任務を果たせなくなるばかりか、義務さえも果たせなくなるのだった。

コーラだけは、斥候が別れぎわに与えた指示を覚えていた。だから、折あるごとに手を伸ばして、手の届く範囲にある小枝を折り曲げた。だが、インディアンたちが目を光らせているので、目印を残すためのそんな行為は困難でもあり、危険でもあった。やりかけては鋭い目でにらまれているのに気づき、やりそこねたことも少なくなかった。そんなときは、何かに驚いたようなふりをして、女性らしくびくびくしているような手つきをして見せなければならなかった。完全にうまくやれたのは一度、それもたった一度だけだった。大きなハゼノキの大枝を折ったのだ。同時にとっさの思いつきから、手袋を落とした。後から追いついてくれる人たちへの信号になると思ったのだ。だがそれは、引率者のひとりに見つかり、拾いあげられてしまった。そのうえ、このインディアンはまわりの木々の枝も折って、何かの獣が繁みのなかで暴れまわった跡のように見せかけた。あげくの果てにトマホークに手をかけて、この次はもう許さないぞという顔つきでにらみつけた。こうなれば、通った跡にこっそり目印を残していくなどということは、きっぱりやめるしかなかった。

こんなふうに妨害されたために、インディアン部隊の両方でウマが使われていてひずめの跡を残したとしても、二手に分かれた以上、その跡を手がかりにして援軍が追いついてくれるという期待もできなくなった。

マグアのむっつりしてよそよそしい態度にとりつく島でもあったなら、ヘイワードは文句の一つも言っただろう。だがマグアはこの間ずっと、振り返って後続の者たちを見ることもめったにせず、一言も口をきかなかった。太陽だけを頼りに、あるいは、土着の者にしかわからない目立たぬ目印に助けられながら、道筋を見つけていった。松の木ばかりの荒蕪地を抜けたり、ときには肥沃な窪地に入り、小川やせせらぎを渡ったり、なだらかに起伏する丘を越えたりしながら、本能に導かれているかのように的確で、鳥と同じようにほとんど直行する進路だった。ためらったりする様子はまったくなかった。道が見分けがたくなろうと、まったく見えなくなろうとも、あるいは踏みならされてはっきりした形をとろうとも、マグアの歩く速さにも毅然たる態度にも、変化はまったくあらわれなかった。まるで疲れを知らぬようであった。いっしょに進む他の者たちが、足もとの枯れ葉に据えていた視線をたまに上げて前方を見ると、そこにかならずマグアの姿が、木々のあいだに見え隠れする黒っぽい影となって見えた。頭を前屈みにしたまま動かさずに歩き、頭頂にさした軽い羽根が、ひとえに足の速さゆえに生じる空気のそよぎのために揺れていた。

だが、これほどひたすら先を急ぐには、やはりそれなりの目的があったのだ。早瀬が曲がりくねって流れている浅い谷を横切ると、やにわにマグアは丘を登りだした。急峻で登るのが困難な丘なので、姉妹はしかたなくウマをおりて後からついていった。丘の頂にたどりついて見ると、そこは平坦ながら立木はわずかしかなかった。そのうちの一本の木の下に、マグアは自分の体を投げ出した。他の者全員が一刻も早く必要としていた休憩を、まるでまっさきに取ろうとしているようであった。

第十一章

――「あいつを赦すようなら
　　俺たちユダヤ人は地獄堕ちだ！」
　　　『ヴェニスの商人』一幕三場、五一～五二行。

この待ちに待った休息のためにマグアが選んだのは、人工の墳陵に酷似し、アメリカの峡谷にしばしば見受けられる、あのそそり立つピラミッドのような陵丘の一つであった。いまたどりついた丘は高く険しかった。てっぺんは例によって平らだが、片方の山腹は並はずれて荒削りだった。そこが見るからに休憩地として適しているのは、高いうえに独特な形をしているからにほかならなかった。おかげで防御がしやすく、不意打ちを受けることはまずありえなかった。しかしヘイワードは、時間も過ぎて遠くにきてしまったので、もう救援を期待できなくなったと思ったから、このあたりの地形の特徴を見てもあまり関心を持てず、姉妹に慰めや同情の言葉をかけることにもっぱら気を遣った。ナラガンセット馬たちは、丘の頂にまばらに生えている木や藪の葉を食べるがままにしておかれた。馬の飼料になりそうな葉は、一本のブナの木の下にも広がっていた。そのブナの木は枝を水平に広げ、その枝は天蓋のように藪を覆っていた。

休む間もなく転進してきたのに、途中で機会を見つけて、はぐれた子ジカを矢でしとめたインディアンがいた。獲物の肉の上等な部分を切り分け、辛抱強くこの休憩地まで担いできたのである。到着するとすぐさま、調理などというしゃれたことは省略して、仲間といっしょにこの消化のいい食べ物をむさぼりだした。マグアだけはこの忌まわしい食事に加わらないで、一人ぽつんと離れて座り、深い思索にふけっているようであった。

飢えを満たす食物があるというのに、マグアがインディアンにしてはじつにめずらしく、手も出さないで我慢していることに、ヘイワードはやがて着目した。そして若者らしく好意的な見方をあえてとろうとし、マグアは仲間に怪しまれないようなもっともいい案をひねり出すために頭を絞っているのだと考えた。自分からも案を出してマグアのもくろみを助け、褒美の話でもっとつってやれるかもしれないと思い、ヘイワードはブナの木から離れてぶらぶらと、さりげないふうを装いながら、ル・ルナールの座っているところまで歩いていった。

「マグアは、カナダ人の危険からすっかり抜け出そうとして、ずいぶん長時間、日ざらしのままここまでやってきたものですな」ヘイワードは、あたかも二人のあいだにしっかり築かれた内通の関係に、もはや何の疑念も持たないかのような顔で訊いた。「ウィリアム・ヘンリー砦の酋長は、娘たちと会うのにもう一晩待たされたりしないほうが、もっと喜ぶんじゃないですか。また一夜経ってしまえば、娘たちがいなくなったことに心を硬化させて、褒美を出すのに気前が悪くなるのじゃないですか」

「ペールフェイス、夜よりも昼のほうが、子どもかわいいか」マグアは冷たく問い返した。

「とんでもない」ヘイワードは、へまを言ったかなと思い、それなら挽回しなければと焦りながら応じた。「白人は先祖を埋めた場所を忘れるかもしれないし、じっさいよく忘れます。愛するべき者たちや、忘れないと約束した人たちのことを忘れてしまうこともありますよ。だけど、親の子に対する愛情は、けっして消えるものではありません」

「白髪頭の酋長の心、やさしいか。スクオー[*1]たちに生んでもらった赤ん坊のこと、思ったりするか。あの酋長、部下の戦士たちにきびしい。あいつの目、石でできてる！」

「あの人は、怠け者や悪者にはきびしいけれど、まじめでりっぱな部下に対しては、公正で人情あふれる指揮官です。愛情にみちたやさしい親はたくさん知ってますが、あの人ほど子どもに対してやさしい心を持っている父親は見たことないですよ。マグア、あんたが見たのは戦士の前にいるグレイヘッド[*2]だったろうけど、じぶんはあの人が目を潤ませるのも見ましたよ。いまあんたの捕虜になってるあの子たちの話をしたときにね！」

ここでヘイワードは言いさしてしまった。じっと話に聞き入っていたインディアンの浅黒い顔にものすごい表情が走ったのをどう受けとればいいか、わからなかったからである。はじめは、褒美が確実に手に入る保証となりそうな、親としての情愛の深さについて聞かされ、褒賞の約束が現実味を帯びて思い出されてきたのだろうと思えた。だが、ダンカンが話を進めるうちに、悦に入った表情がいやに悪意のこもったものに見えてきて、たんなる貪欲さよりももっと兇悪な情念から生じているのではないかと、不安を覚えずにいられなくなった。

「行け」とマグアは言った。あのぎょっとするような表情を一瞬にして押し殺し、死に神のように落ち着きはらった顔つきになっていた。「黒髪の娘のところに行け。そして言え。マグア、話あるから待ってると。子ども約束したこと、父、忘れないはずだから」

ダンカンはこの言葉を、褒賞の約束が反古にされないように、別の人間からも言質を取っておきたいという意味に解した。それで、疲れて休んでいる姉妹のところまでしぶしぶ行き、コーラに用事を伝えた。

ダンカンはコーラをマグアが待っているところまで連れていく途中、彼女に説明しながら最後にこう言った。「インディアンが欲しがるのはどういうものか、おわかりですね。火薬でも毛布でも惜しみなく渡そうと言ってやらなきゃいけません。でも、あいつのような男がもっとも喜ぶのは火酒ですからね。あなた自身からも何か恵んでやろうなんて言ってやるのも悪くないでしょう。でも、品よくですよ。あなたならどうやればいいかおわかりでしょうが。いいですね、コーラさん。アリスさんの命だけでなくあなたの命も、あなたの落ち着きや気転にかかっているんですからね」

「ヘイワードさん、あなたの命もでしょ！」

「じぶんの命など、たいして価値はありません。もう国王に捧げたものですし、敵にそれだけの力があれば獲得されてしまう賞品みたいなものですから。じぶんを待っている父はいませんし、若気の至りで名声を求めたあまり自ら招いた死にじぶんが行き着いたとしても、悲しんでくれるような友人もほとんどいません。しっ！　あいつの近くまできてしまいました。マグア、貴様が話をしたいというご婦人はこちらにいらしたぞ」

インディアンはゆっくりと立ちあがり、一分近くも黙ったまま身じろぎ一つしなかった。それからヘイワードに下がるように手で合図し、冷ややかに言った。

「ヒューロンの男、女に話するとき、他の者、耳ふさぐ」

ダンカンはその指示に逆らおうとするかのように、なおもそこに残っていたが、コーラが穏やかな微笑を浮かべながら言った。

「お聞きになりましたね、ヘイワードさん。せめて気を利かせて、席をはずしてくださいな。アリスのところへ行って、助かるかもしれないと慰めてやってください」

コーラはダンカンが遠ざかるまで待ってから、インディアンのほうへ向きなおり、声や態度に女性らしい気高さをたたえながら言った。「ル・ルナールがマンローの娘におっしゃりたいというのは何でしょうか」

「いいか」とマグアは言って、コーラの腕をむんずとつかまえた。自分の言葉にコーラの注意を最大限引きつけておこうとしてのことらしい。コーラはこの振る舞いを無言ながら毅然とはねつけ、相手の手から腕をふりほどいた。「マグア生まれたとき、湖のインディアン、ヒューロンの酋長、戦士だった。夏の太陽、二十回出てきて、冬の雪、二十回融かして川にした。それからマグア、ペールフェイスはじめて見た。それまで幸せだった！　その後カナダの父たち、森のなかにやってきた。そして、火の水、飲むこと教えた。それでマグア、ごろつきになった。ヒューロンたち、先祖の墓のあるところから、マグア追い出した。野牛追い立てるみたいに。マグア、湖の岸に沿って逃げた。湖の出口にある「大砲の町」[*3]まで行った。そこでマグア、狩りしたり、漁したりした。するとまたマグア追われた。ついに森のなかまで逃げて、敵の腕のなかにとりこまれた。生まれはヒューロン族酋長のマグア、とうとうモホークの戦士になった！」

「そういう噂は前に聞いたことがあります」とコーラは言いながら、マグアを見守った。マグアは、自分が受けたと思いこんでいる虐待を思い出したために、あまりにも激しく燃えあがってきた激怒の興奮を鎮めようとして、話を中断していた。

「石頭でなかったこと、それ、ル・ルナールの罪だったか。火の水くれたやつ、誰か。マグア悪党にしたやつ、誰か。ペールフェイスだった。おまえと同じ白人のやつらだ」

「あさはかで無節操な人たちがいて、その人たちの顔色がわたしの顔色に似ているからといって、それがわたしの責任でしょうか」コーラは冷静に、いきりたっているインディアンを問いつめた。

「いや、マグア男だ。馬鹿ではない。おまえのような女、燃える水に口つけたことない。偉大な霊、おまえに知恵授けた！」

「それで、あなたの過ちとはいわないまでも、あなたの不幸について、わたしに何をせよ、何を言えとおっしゃるのですか」

「いいか」とマグアは話を始めたときの言葉を繰り返した。もとの真剣な態度に戻っていた。「イギリス人とフランス人の父たち、斧掘り出して戦争はじめたとき、ル・ルナール、モホーク族のたたかいの柱[*4]たたいた。それで、自分の民族を敵にして、たたかいに出た。ペールフェイス、猟場からレッドスキン追い出した。だから、近ごろ、レッドスキンたたかうとき、白人指揮する。ホリカンの年とった酋長、おまえの父、モホークの戦隊の大将だった。おまえの父、モホーク族にあれしろ、これしろと言った。みんな、言うこと聞いた。大将、規則作った。大将の連れてきた戦士たちが住む、テントでできたウィグワムに、火の水飲んだインディアン入ったら、大将、勘弁しないと言った。マグア、馬鹿なことして、火の水に口つけた。熱い水のためにマグア、知らないうちにマンローの小屋のなかに入ってた。グレイヘッド、何したか。あいつの娘、言ってみろ」

「父は命令を忘れず、違反した者を罰して正義をおこないました」と気丈な娘は答えた。

「正義だと！」とオウム返しに言ったマグアは、ひるみもしないコーラの顔を横目でにらみつけながら凶暴な表情を浮かべた。「悪いもの作っておいて、それ罰する、それ正義か！　マグア自分でなかった。マグアの代わりにしゃべったり、動いたりしたのは、火の水だった！　だけど、マンロー、それ信じなかった。ペールフェイスの戦士どもみんないる前で、ヒューロンの酋長、縛られた。そして、イヌみたいに鞭打たれた」

コーラは沈黙を守った。父がこのように軽率にも厳罰に訴えたことを、インディアンにもわかるように弁解してやるには、どう言ったらいいのかわからなかったからだ。

「見ろ！」マグアは、自分の彩色した胸板に軽くかけてあった薄いキャラコを引きちぎるように開いて見せながら、言葉を続けた。「ほら、ここ、短刀や弾丸の傷痕ある――戦士、こういう傷は仲間の前で自慢できる。だけど、グレイヘッド、ヒューロンの酋長の背中に傷痕、残してくれた。こんな傷、白人の模様のついたこの布きれで、スクオーみたいに隠さねばならん」

コーラがふたたび口を開いて、「インディアンの戦士は我慢強くて、体に傷を受けても魂は痛みを感じないし、平気でいると思っておりましたが」と言った。

「チッペワ族[*5]のやつら、マグア杭に縛って、ここザックリ斬った」相手は一つの深傷の痕に指をあてながら言った。「そのときは、マグア、敵どもの顔に笑い浴びせ、言ってやった。そんなひょろついた斬り方するなんて、女みたいだなとな！　マグアの魂、そのとき雲のなかにいた！　だけど、マンローにやられたとき、カバの枝の笞に魂打ちのめされた。ヒューロン、魂まで酔っぱらうことない。いつまでも忘れないぞ！」

「でも、溜飲を下げることだってできます。父があなたにそんな不当な仕打ちをしたというなら、インディアンは侮辱を勘弁することができることを父に見せてやりなさい。そして娘たちを連れ戻してやったらいいでしょう。ヘイワード少佐からも聞いたでしょうけど――」

マグアは頭を振って、褒賞の話を繰り返させなかった。そんなものははじめから馬鹿にしていたのだ。

コーラは胸苦しい沈黙におちいったあげく、「何をお望みですか」と言葉を接いだ。その間、いやでも思い知るにいたったのは、明朗でおおらかすぎるダンカンが、無惨にも野蛮人の狡知に引っかけられたのだということである。

「ヒューロンの男、望むもの——善には善、悪には悪だ！」

「では、マンローから与えられた屈辱をはらすために、その無力な娘たちに復讐しようというのですか。マンローの正面からかかっていって、戦士としての本懐を遂げるほうが男らしいのではありませんか」

「ペールフェイスたちの腕、長い。短刀、切れる」マグアは邪悪なせせら笑いとともに答えた。「ル・ルナール、グレイヘッドの魂つかまえてあるのに、なんでわざわざ出かけていって、あいつの手下の戦士ども構えるマスケット銃の的になるか」

「マグア、どうするつもりなのか、はっきり言いなさい」コーラはひるまず冷静に話さなければと苦心した。「わたしたち虜《とりこ》を森へ連れていくつもりですか。それとも、もっとひどいことを考えているのですか。屈辱を癒し、あなたの心を和らげることのできる見返りか手段は、何かないのですか。せめておとなしい妹は釈放してください。恨みはわたしだけにぶつけてください。妹を無事に帰してたっぷり儲けたらいいじゃありませんか。仕返しのために必要ないけにえは一人だけで我慢してください。娘を二人とも失ったら、年老いた父は気が動転して死んでしまうかもしれません。そうなったら、ル・ルナールの復讐だって満足に遂げられないでしょう」

「いいか」とマグアはまたもや言った。「青い目、ホリカン湖に帰っていい。何あったか、あの年寄りの酋長に報告したらいい。ただし、黒髪の女、先祖の偉大な霊にかけて、嘘つかないと誓え」

「わたしに何を約束しろというのですか」コーラはまだ取り乱しもせず、女性らしい気品躍如として、獰猛なインディアン相手に、心中一歩もひけをとっていなかった。

「マグア、ヒューロンから出てきたとき、妻、別の酋長にとられた。マグア、いまヒューロンと仲直りした。だから、先祖の墓のある大きな湖の岸へ戻る。イギリス軍酋長の娘、連れていく。マグアのウィグワムで、いつまでもいっしょに暮らす」

こんなとんでもない話を持ちだされ、コーラはむかつくものの強烈な嫌悪感に屈せず、気弱な素振りも見せずに答えるだけの自制心を失わなかった。

「マグアは、愛してもいない妻といっしょに暮らして、どこが楽しいのでしょうか。民族も異なれば、肌の色も異なる女を妻にして。マンローから金貨をもらい、だれかヒューロンの娘にそれを贈り物にして歓心を買うほうがいいじゃありませんか」

マグアは一分近くも黙ったまま、その恐ろしい顔つきをコーラの顔に向けて、落ち着かないまなざしを注いでいた。それは、貞潔な女性ならとても耐えられそうもない目つきだった。はじめてそんな目で見つめられた恥ずかしさに、コーラは目を伏せた。先ほどの話よりもさらにもっと衝撃的な言葉を聞かされるのではないかという恐怖に、彼女が身をすくめていると、マグアの極悪な邪気にみちた声がつぎのように答えた。

「マグア、背中焼ける笞受けたから、その痛さ感じてもらう女、どうしても見つける気になった。マンローの娘、マグアの水汲む、トウモロコシ畑耕す、シカ肉料理する。グレイヘッドの体、大砲に守られて眠ってる。だけど、あいつの心、ル・シュプティルの短刀届くところにある」

「化け物！ 狡猾というおまえの名前にふさわしいやつ！」コーラは、親を思う気持ちにもう抑えがきかなくなって叫んだ。「そんな復讐を思いつくのは悪霊しかいない！ でも、おまえは自分の力を買いかぶっている！　きっと思い知るでしょうけど、おまえが捕まえている娘は、正真正銘、マンローの心そのものなのよ。だから、おまえの最悪のたくらみだってはねのけてやるわ！」

この豪胆な拒絶をマグアはニタリと笑って受け流し、話し合いはこれでおしまいと言わぬばかりに、コーラに退散しろという仕草をした。コーラは軽はずみなことを言ってしまったと後悔しはじめていたから、引き下がらざるをえなかった。なにしろマグアはその場をさっさと離れて、健啖な仲間のほうへ行ってしまったのだ。ヘイワードは、興奮しているコーラのもとへ跳んでいき、話し合いの結果がどうなったのか訊いた。遠くから二人の様子をハラハラしながら見つめていたのである。しかしコーラは、アリスを怖がらせたくなかったのではっきり答えず、ただ顔つきだけで、まったく失敗だったことを伝えた。その間も、インディアンたちの動きを少しも見逃さないように、不安そうなまなざしで見つめていた。妹が何度も真剣に、これからどこへ向かうことになるのかと訊いたが、コーラはインディアンの集団を指さすだけで、それ以上何の返答もしなかった。それからアリスを胸に抱き寄せ、抑えきれぬ動揺を見せながら、こうささやいた。

「おお、よし、よし。あの人たちの顔を読んで占ってみてね。いまにわかるから！　いまにわかるわ！」

コーラの挙動や息もたえだえな声は、どんな言葉よりも鮮烈に実情を伝えた。だからまわりにいた人たちの目も、コーラが見つめているほうにたちまち引きつけられてしまった。コーラの目には、運命の瀬戸際に直面したときのみにあらわれるような切迫感がみなぎっていたからである。

胸の悪くなるような食いものをたらふく詰めこんでご満悦のヒューロンたちは、獣のようにだらしなく地べたに寝そべっていた。その集団のそばへいったマグアは、インディアンの頭領らしい威厳のある態度で話しはじめた。マグアが一言発したとたん、聞き手たちは身を起こし、威儀を正して耳を傾けた。マグアはヒューロン語で話したので、ヘイワードたちは、油断のないインディアンたちによって、トマホークを投げれば届く範囲に留め置かれていたのに、話の内容を理解できず、身振りから推測するしかなかった。インディアンなら雄弁に語りながらかならず添える、手話のような身振りである。

はじめのうちは、マグアの口調も身振りも穏やかで冷静だった。仲間たちが話をきちんと聴くようにうまく仕向けておいて、やがて五大湖のほうをしきりに指さしはじめた。それを見てヘイワードは、マグアが先祖の国や同胞の部族のことを話しているのだなと想像した。聞き手たちは何度も「アワワワ！」という喝采の声をあげながら、たがいに顔を見合わせて話し手をほめそやした。ル・ルナールは巧みにも、喝采を笠に着て話を進めた。そして語りだしたのは、あのなつかしい広々とした猟場や幸せな村をあとにして、どんなに長く、苦労の多い旅をしたか、そしてカナダの父たち、フランス人の敵といかにたたかってきたか、ということだった。それから一行の戦士たちの名前をあげて、各人の美点、民族のためにはたした数々の貢献、戦傷、獲得した頭皮の数を並べたてた。話がその場に居合わせた者におよぶと（この狡猾な話者は一人としてもらさなかった）、おだてられた当人は、浅黒い顔を喜悦にほてらせ、言われたとおりであると諾《うべな》って、称賛や確認を身振りで誇示することも辞さなかった。この後マグアは声を落とした。うまく勝利をおさめたときの勲功を数えあげる、勝ち誇って生き生きとしたあの高らかな調子は消えた。マグアが語りだしたのはグレンズ滝のことだった。難攻不落の岩の島、そのなかにある洞穴、無数の急流や渦巻について話した。ラ・ロング・カラビーヌの名前が口にのぼったとたん、この憎むべき敵のあだ名に反応して巻きおこったけたたましい長い怒号が、丘の下の森にこだまして帰ってきて静まるまで、マグアは話を中断した。それから若い軍人の捕虜を指さし、そいつの手で深い峡谷に突き落とされて死んだ、あの人気者だった戦士について語った。それから、中空にぶら下がり、みんなにとってぞっとするような光景を呈しながら死んでいった戦士のことを話したばかりか、そばの若木にぶら下がってその様子を演じるにおよんだ。あのときの戦士がどんなに恐ろしい目にあったか、にもかかわらずどんなに毅然として死んでいったかを再現した。最後に、戦死した味方全員について、それぞれどのように死んでいったか、ざっと話したが、各人の勇気や生前もっとも知られた勲功についても残らず触れた。こうしてできごとを振り返ってみせた後、マグアはふたたび声の調子を変えて、こんどは歌声とさえもいえるような、喉にからむ悲しげな声で、戦死した者たちの妻や子どもについて語りはじめた。妻子の困窮、肉体的にも精神的にも嘗めなければならない苦悩、遠隔の地での死別、しかも、仇討ちも果たしていない不幸について話した。それから突然、とてつもなく迫力のある声を張りあげて、つぎのように締めくくった。

「ヒューロン族はイヌか。こんなことに我慢してるなんて。メノウグア[*6]の妻にだれが言うのか。亭主の頭皮は、魚が持っていったなんて。わが民族はその仇をまだとれてないなんて！　ワッサワティミー[*7]のおふくろに、だれが会いにいけるか。あの口うるさい女に。手を敵の血にまみれさせてもいないのに、会えにいけるか！　年寄りたちに頭皮どうしたって訊かれたら、何と言ってやったらいいのか。白人の頭からとった毛一筋も出せないのに！　おれたちは女どもに指さされるぞ。ヒューロンの名前に黒いシミついた。このシミは血で塗りつぶせ！――」

それ以上マグアの声は聞こえなかった。あたりを満たしてわき起こった怒号にかき消されてしまったからだ。あたかも森にいるのは小部隊でなく、ヒューロン族が勢揃いしたかのような喚声だった。マグアが演説しているあいだ、話の成り行きは、その帰趨に生死がかかっている者たちから見ると、聞き手たちの表情を通じていやになるほどはっきり読み取れていた。マグアが愁傷と哀悼をあらわすと、聞き手たちは同感して悲しみにくれてみせた。マグアの主張には了解の身振りで応じ、手柄話には野蛮人らしく大喜びした。マグアが勇気について語ると、みんなの顔つきはひきしまって精悍になった。被害の話になると、みんなは目を怒りに燃え立たせ、女たちからあざ笑われるぞといわれると、恥じてうなだれた。だが、マグアが復讐の手段に触れたとたん、インディアンの心の琴線が確実に呼応した。その手段はすぐそばにあるとほのめかされただけで、部隊全体がまるで一人の人間であるかのようにいっせいに立ちあがり、狂おしい怒号をあげて、捕虜のほうへ駆け寄ってきたのである。全員一丸となり、短刀を抜いたり、トマホークを振り上げたりして迫ってくる。ヘイワードは、その先頭にいた者と姉妹とのあいだに身を挺し、死にものぐるいで相手に飛びついて、狼藉をしばし食いとめた。この思いがけぬ抵抗のおかげでマグアにも横槍を入れる余地ができた。マグアは口早に何か言い、身振りで懸命に意を伝えながら、部隊の注意をふたたび自分のほうへ引きつけた。例のそつのない話し方で語りかけ、仲間たちの気をそらして、虜囚たちの苦しみを長びかせてやろうともちかけた。みんなはこの唆《そそのか》しに嬉々として従い、たちまち実行に移った。

強靭な戦士が二人ヘイワードに飛びかかってきた。もう一人は、あまり敏捷でない歌の師匠デーヴィッドを取り抑えにかかった。しかし、両人とも簡単に服従せず、勝ち目はなくても必死に抵抗した。デーヴィッドさえ相手を地べたに投げ倒した。ヘイワードも、インディアンたちがデーヴィッドを抑えこんだ後、力を合わせてかかってくるまでは、暴れまわった。そのあげくにヘイワードは縛り上げられ、マグアが墜落していった仲間のまねをしてみせたときに登った、あの若木の幹に括りつけられた。ヘイワードは落ち着きを取りもどすと、一行の者みんなが自分と同じ扱いを受けているのをまのあたりにして、心を痛めた。右側にはコーラが、自分と同じように縛られていた。顔面蒼白、気が立っている素振りだが、敵の出方を読もうとするまなざしには沈着さがうかがえる。左側のアリスは、マツの木に蔓で縛りつけられていた。立っていられないほどわななき震えている彼女の肢体は、縛られているおかげで支えられ、崩れ落ちていくことをかろうじて免れていた。目の前で両手を固く握りしめて祈りをあげる格好をしていたけれども、目は、神のいます天を仰ぎ見てはいない。救ってもらえるとすれば神に頼るしかないのに、思わず知らず赤児のように頼りなげなまなざしを、ダンカンの顔のほうへ向けていた。デーヴィッドは盛んに毒づいていたが、状況の新たな展開を見てとると黙ってしまった。こんなただならぬできごとが起きるなんて、どこか間違っているのではないかと考えこんでいたのである。

ヒューロン族はあらたなやり方の復讐にとりかかっていた。その準備の手際は、何百年ものあいだおこなってきたから慣れたもので、野蛮ながらに巧妙になっている。数名は焚き火をするための薪を集めにいき、一人は松の木を割って端木《はなぎ》を作りはじめた。端木に火をつけて虜の体に突き刺すためである。二本の若木を曲げて梢を地面まで引き下ろした者もいた。はね返ろうとする梢にヘイワードの両腕を縛りつけ、宙づりにしようというのだ。だが、マグアの復讐心は、もっと邪悪な楽しみを追求しようとしていた。

一団のなかでも人一番下卑た者たちが、責めさいなまれる当人たちの目の前で、あのよく知られた悪趣味な拷問の支度に取りかかっているのを横目に、マグアはコーラに近づいていき、この上なく兇悪な顔つきで、彼女を待ちかまえている運命の火あぶりの道具を指さしながら語りだした。

「ヘンッ！　マンローの娘、どうだ。その頭、上等すぎて、ル・ルナールのウィグワムの枕に合わないか。その頭、この丘でオオカミのおもちゃにされてころがされても、そのほうがいいか。その胸、ヒューロンの子どもたちに乳やることできないか。そこにインディアンたちの涎つけてもらえるぞ！」

「その怪物は何を言ってるのですか」ヘイワードは愕然として訊いた。

「何でもありません！」という気丈な答えが返ってきた。「この人は野蛮人です。残酷で無知な野蛮人ですから、自分が何をしているのかわかっていないのです。わたしたちはいまわの息を引き取るときにも暇を割いて、この人のために悔悛とお赦しを願ってあげましょう」

「赦しだって！」マグアは猛りくるってコーラの言葉を繰り返した。頭にきているために、その言葉の意味を取り違えたのである。「インディアンの物覚え、ペールフェイスの腕よりも長い。インディアンの慈悲、ペールフェイスの正義よりも短い！　どうだ。父のとこへ黄色い髪の娘、帰してやろうか。そしたら、おまえ、マグアといっしょに大きな湖までくるか。そして、マグアのために水汲みしたり、トウモロコシ料理したりするか」

コーラは抑えきれぬ嫌悪感に襲われ、マグアを追い払う仕草をした。

「わたしにかまわないでください」その口調の厳粛さのために、野蛮なインディアンもさすがに一瞬たじろいだ。「あなたに口をはさまれると、せっかくのお祈りも台なしになります。わたしと神様のあいだに邪魔が入ってしまいますから！」

しかし、マグアは少しばかり心を動かされたこともすぐに忘れ、あざけるような皮肉の色を浮かべて、アリスのほうを指さしたまま、しゃべり続ける。

「そら！　あの子、泣いてるぞ！　死ぬには若い！　あの子、マンローのもとへ帰せ。白髪頭に櫛入れてやるために。そして、あの年寄りの心に命残してやるために」

コーラはたまらず、まだ幼さの残る妹のほうへ目をやった。妹の目には哀願するような表情があふれ、生身の人間らしい未練があらわれていた。

「あの人、何て言ってるの、お姉様」アリスは震える声で訊ねた。「あたしをお父様のところへ帰すなんて言ってるの?」

姉はしばらく妹を見つめていた。その顔には、相反する激しい感情が入り乱れて動揺するさまが映し出されていた。ついにコーラが口を開いたとき、その口調はふだんの豊かで落ち着いた響きを欠いており、母親らしいとも思えるようなやさしさをたたえた声音になっていた。

「アリス。あのヒューロン族の男は、わたしたち二人とも命を救ってやってもいいと言ってます――いえ、二人だけではありません。ダンカンも帰してやろうと言ってるのです――あなたはもちろん、わたしたちの大切なダンカンも味方のもとへ――わたしたちのお父様のもとへ――子どもをさらわれて打ちひしがれているお父様のもとへ帰してやろうと。ただし交換条件があるというの。わたしが自分のこの頑迷固陋な気位を捨て、あの男の言うことを承諾して――」

そこで声を詰まらせたコーラは、両手を握りしめて天上を仰いだ。苦悩にさいなまれて、神の限りない叡智に教えを乞うかのごとくであった。

「お話を続けて」とアリスは声を大にした。「承諾って、何をなの、お姉様。ああ、そんな話なら、あたしに持ちかけてくれたらよかったのに！　お姉様を救うためなら、お年を召したお父様を元気づけるためなら、ダンカンを帰してもらうためなら、あたし、喜んで死ぬ気よ！」

「死ぬ！」コーラはオウム返しに言ったが、その声は落ち着きを取りもどし、きっぱりした調子になっていた。「死ぬなんてたやすいことよ！　そのかわりに出された条件を呑むことだって、やはりたやすいのかもしれないけれど」話を続けるうちにコーラの口ぶりは、持ちだされた要求の下劣さに思いをいたすにつけ、沈んでいった。「あの男はわたしに未開の地へいっしょに行かせようとしてるのです。ヒューロン族の居住地へ行き、そこで暮らすようにと。要するに、あの男の妻になれというの！　だから、アリス、言ってちょうだい！　いとおしい子！　わたしのかわいい妹！　それにあなたも、ヘイワード少佐、わたしには判断のつかない点について相談に乗って助けてください。命というのは、そんな犠牲を払ってでも贖われなければならないのでしょうか。アリス、わたしを犠牲にしてでも生き延びたいと思う？　あなたもです、ダンカン。教えてください。あなた方お二人でわたしの身の振り方を決めてください。おっしゃるとおりにいたしますから」

「じぶんがですか！」青年は、虚をつかれるとともに憤然として言った。「コーラ！　コーラ！　自分たちの不幸をネタにふざけたことを言いますね！　そんないやらしい条件なんか、二度と口にしないでください。そんなことを考えるだけで万死に値しますよ」

「あなたがそういうお答えをなさることは、はじめからよくわかっていました！」コーラは声をはずませ、頬をあからめた。その黒い瞳には、たゆたう女心がふたたび輝きを放ちはじめた。「アリスはどうなのかしら。アリスのためなら、わたし、もう何も言わずに犠牲になります」

ヘイワードもコーラも息をこらし、全神経を集中して耳をすましたが、アリスの答えはなかった。アリスは、交換条件の話を聞かされたとき、まるでそのか弱く敏感な体をしぼませてしまったように見えた。両腕を体の前でだらりとたらし、指をかすかに震わせていた。顎を胸に埋めるように顔をうつむけ、全身を木にもたせかけていた。繊細な女性が傷ついた姿をあらわす美しい寓意画か何かのように、身動きはまったく見せないものの、意識は冴えわたっていると見える。しかし、しばらくすると、首がゆっくりと左右に動きはじめ、心底とてもたえられない反発の思いを伝えた。

「いや、いや、いや。生きてきたのもいっしょだったように、いっしょに死ぬ方がましよ！」

「それなら死ね！」とマグアは叫んで、怒りに歯がみしながら、抵抗もしていないアリスに荒々しくトマホークを投げつけた。一行のなかでもっとも腰抜けだと思っていたアリスが、このように突如きっぱりと答えたのを見て、堪忍袋の緒を切らしたのだ。斧はヘイワードの面前の空を切り、風になびくアリスの巻き毛をちょっと切り取って、その頭の上で幹に突き刺さったまま反動で震えた。これを見てダンカンはかっとなり、しゃにむに暴れだした。全力を振りしぼって、自分を縛っていた蔓を引きちぎると、別のインディアンに飛びかかった。そのインディアンは、大声をあげながらもっと慎重にねらいをつけて、また斧を投げつけようとしていたのだ。両者は正面からぶつかり合い、つかみ合いながらいっしょに地面に転がった。裸の敵はヘイワードにつかみどころを与えず、するりとすり抜けると、ヘイワードの胸を膝で押さえつけながら上半身を起こし、巨人のような重みをかけて釘づけにした。ダンカンには、宙にギラリと光る短刀が見えた。そのとき、何かが空を切ってかすめていった音が聞こえ、それに続いてというよりはそれと同時に、ライフル銃の鋭い発射音がした。胸にのしかかっていた重みがすっと軽くなったと思ったら、敵の獰猛な顔が、狂おしくもぽかんとした表情に変わるのを見た。それからインディアンはダンカンのかたわらに倒れ、枯れ葉の上で死んでいった。

第十二章

「道化――行ってくるよ、
いますぐに
戻ってくるよ
あっという間に。」

『十二夜』四幕二場、一二〇～一二二行。

部隊の一員が突然このように死んだことであっけにとられ、ヒューロンたちは立ちつくした。だが、味方にあたってしまう危険もものともせずに敵をしとめた狙撃の恐るべき正確さに思いいたり、全員がラ・ロング・カラビーヌという名前を同時に口にしたのに続いて、人間離れしておびえを含んでいるともいえそうな声をいっせいにあげた。この叫びに答える大喝一声が、小さな繁みから聞こえてきた。ヒューロンたちは不注意にもその繁みのなかに、自分たちの銃をまとめてあった。つぎの瞬間ホークアイがその藪から飛び出して、置いてあったところから取りもどしてきたあのライフルを、弾をこめる暇もないまま棍棒がわりに振りまわしながら襲ってくるのが見えた。手当たりしだいにすべてをなぎ倒す勢いである。斥候は大胆迅速に進んできたが、それよりも速く飛んできたのは、軽やかな若々しい姿のアンカスであった。ホークアイを追い越し、信じられないほどの身ごなしと豪胆さでヒューロンたちのまっただなかへひとっ飛び、コーラの前に立ちはだかると、トマホークを振りまわし、短刀をぎらつかせながら、敵を威嚇した。この思いがけぬ不敵な振舞いに気をとられる暇もあらばこそ、骸骨を全身に描いてたたかいの装いを整えた姿のチンガチグックがあらわれ、アンカスのかたわらに立って脅しの構えをとった。このようにつぎつぎに戦意みなぎらせた戦士たちがあらわれるのを見て、虜囚を牛耳っていたヒューロンたちは畏縮し、すでに何度も耳にしたあの独特の驚愕の声を上げてから、有名な恐るべき戦士たちの呼び名を唱えた。

「ル・セール・アジル！　ル・グロ・セルパン！」

だが、ヒューロン部隊の油断も隙もない隊長は、それほどたやすく度を失ったりしなかった。高台の上の狭い平地に鋭い一瞥をくれて、敵の作戦の限界を見きわめると、仲間に鼓舞の言葉をかけながら、身をもって範を示そうと、長い恐ろしい短刀を鞘から抜き、大きな雄叫びをあげて、待ちかまえているチンガチグックめがけて突進した。それを合図に敵味方入り乱れてのたたかいが始まった。どちらにも火器はなかったから、勝敗は死闘の末に決まるほかなかった。至近距離で攻撃の武器をふるい、防御の手段は何もなかったのである。

アンカスはマグアの雄叫びに応じて声をあげながら、敵の一人に飛びかかり、狙いたがわぬトマホークの一撃で相手の頭をかち割って、脳みそを散らせた。ヘイワードは、マグアが先ほど投げつけた若木に刺さっていた斧を引き抜くと、乱闘のただなかへ勇躍駆けよっていった。対峙する人数が等しくなったので、各人がそれぞれ一人の相手と向かい合っていた。敵味方交錯して疾風迅雷のごとく、めまぐるしく渡り合った。ホークアイはまもなく一人の敵を手の届く範囲に追い詰めると、手ごわい武器を一閃、相手のたわいもないへたな受け太刀を打ち崩し、一撃で相手を地べたへたたきつけた。ヘイワードは近づいていくのももどかしく、手に入れたトマホークを思いきって投げた。斧は、ねらったインディアンの額にあたって、一瞬、敵の足をとめた。これでわずかながらも優勢に立って気負いこんだ、若くて性急なヘイワードは、先手をとり続けようと、素手のまま敵に飛びかかった。だがまたたく間に、この対応の無謀さを思い知らされた。ヒューロンの戦士が死にものぐるいで突き出す短刀を懸命にかわすことで、精いっぱいになったからだ。敏捷で油断のない敵をかわしきれないと見たヘイワードは、相手の両手をがっちりつかんで脇に抱え、うまく抑えこんだ。だが、あまりにも力のいる体勢だったから、長くは持ちこたえられそうもなかった。この窮地に陥ったさなか、近くで叫ぶ声が聞こえてきた。

「悪党ども皆殺しだ！　けったくそわるいミンゴなんかに情けかけることないべ！」

つぎの瞬間、ホークアイのライフルの銃床が、ヘイワードの相手のそり上げた頭に打ち下ろされた。この衝撃で相手の筋肉はしぼんでしまったようだった。相手はグニャグニャになって身動きもできず、ダンカンの腕から滑り落ちていった。

アンカスは最初の敵手の頭をかち割った後、飢えた獅子のように、つぎの相手を求めて向きを変えた。五人目のヒューロンは、最初の合戦でたった一人、取っ組み合いを免れていたので、一呼吸おいてから、まわりで全員が死闘を演じているのを見てとると、怨霊のような復讐心を発揮して、中断された意趣返しを仕上げてしまおうという気になっていた。勝ち鬨の叫びを上げながら、無防備なコーラのほうへ飛び出していき、かかっていくことを知らせる物騒な前兆でもあるかのように、刃鋭い斧を投擲した。トマホークはコーラの肩をかすめ、彼女を木に縛りつけていた蔓を断ち切ったので、コーラは解き放たれて逃げだした。インディアンの手をくぐり抜け、自らの安全も省みずにアリスの胸元に飛びつくと、わなわなと震えて思うにまかせぬ指を使い、妹の身柄を拘束していた蔓を引きちぎろうとした。このように純真な愛情から惜しげもなく挺身するおこないを目にすれば、怪物でもないかぎりだれでも手加減したであろう。だが、このヒューロン戦士の心は、同情などに何の縁もなかった。コーラの身を包むように豊かにたれている髪の毛をつかむと、彼女が必死に抱きついていた妹から引き離し、むりやりひざまずかせた。風になびく巻き毛をわしづかみにして、腕をいっぱいに延ばして持ちあげると、コーラの形よく丸みを帯びた頭のまわりを短刀でぐるりとなぞってみせながら、悦に入って嘲笑の声をあげた。だが、こんな猛々しい愉しみにふける暇を得るために支払った代価は、命取りとなるような逸機であった。ちょうどそのとき、この光景がアンカスの目をとらえたのである。アンカスは跳ね上がると、一瞬空中を疾駆したように見えた。そして体を砲弾のように丸めて敵の胸の上に落下し、敵を何ヤードも突き飛ばしたうえに、真っ逆さまに転ばした。そのはずみに、若いモヒカン戦士も相手の横に転がった。二人はいっしょに立ちあがると、渡り合い、たがいに交互に斬りつけた。だが、せめぎ合いはまもなく結着がついた。ヘイワードのトマホークとホークアイのライフルが、このヒューロン戦士の頭骨に打ちおろされ、同時にアンカスの短刀が心臓を貫いたからである。

戦闘は全体としてはもう終わった。ただし、ル・ルナール・シュプティルとル・グロ・セルパンとの対決は長びいて続いていた。この二人の蛮族の戦士は、かつての戦争における振る舞いにより与えられてきたそのあだ名にふさわしいたたかいぶりを、遺憾なく見せつけた。二人が相対すると、たがいに相手の命をねらい、目にもとまらぬ早さでつぎつぎに繰り出される刃をくぐり抜けることに、しばし時が費やされた。突然どちらからともなくガシッと組み合ったかと思うと、いっしょにもつれて地面に転がりはじめ、からみ合ったヘビのようにしなやかに体をくねらせながら格闘した。他の者たちが敵を倒してから見る余裕ができても、二人の老練な闘士が必死で転がりまわっているさまは、もうもうと巻きあげられる土ぼこりや枯れ葉に包まれてよく見えず、たたかっている場所がわかるだけであった。その砂煙はあたかもつむじ風に流されるように、狭い平地の中央から崖っぷちのほうへ移動していった。ヘイワードとその仲間たちは、それぞれ息子として、友人として、助けてもらった者として、異なる動機に駆られてではあれ、思いは一つにしてその場へ走り寄り、二人の戦士を包んでいる砂塵の円蓋を囲んだ。アンカスはそのまわりを走りまわりながら、父親の敵の心臓を短刀で突き刺そうとしたが、うまくいかない。ホークアイのライフルは、いまにも打ちおろされるばかりの構えで振りかざされているものの、動きがとれない。ダンカンはヒューロンの手足をつかまえようとするが、その手に力が入らないみたいだ。ほこりや血にまみれながらすばやく動きまわる二人の闘士は、一体化してしまったかに見えた。死に神に模して彩ったモヒカン戦士の肢体と、ヒューロン戦士の黒っぽい姿とが、目の前ですばやく入れ替わりながらかわるがわる見えてくるので、いつどこで助太刀したらいいのか、わからなかった。たしかに、束の間、マグアの燃えるような目が、言い伝えに語られるバシリスク[*1]の目のように、立ちのぼる砂塵の奥からギラリと光るのも見えた。そしてマグアは、この一瞬の眼光鋭いまなざしで、敵に囲まれての格闘に勝ち目がないことを読み取っていた。だが、その顔に手をかけようとしても、その前にチンガチグックのけわしい顔に取って代わられてしまう。こんな具合で格闘の場は、高台の上の狭い平地の中央から崖っぷちまで動いていった。チンガチグックはついに相手のすきを見つけ、短刀の強烈な一突きを見舞った。とたんにマグアは手をゆるめ、あおむけに倒れて動かなくなった。死んだように見える。チンガチグックはさっと飛び起き、勝利の雄叫びをあげて森の梢に響かせた。

「でかしたぞ！　デラウェアの名誉だ。モヒカンの勝ちだ！」とホークアイは叫び、破壊的な武器である長いライフルの銃床をあらためて振りあげた。「クロスと縁のない男がとどめの一撃くらわしても、モヒカンの名誉傷つけないべ！　頭皮剝ぐ権利、横取りするわけでもないし」

だが、危険な武器が振りおろされようとしたその瞬間に、狡猾なマグアは、すばやくそれをかわし、ゴロゴロ転がっていって崖の縁を越え、落ちたとたんに足をついて立ちあがると、ひとっ飛びで、崖の斜面に張りつくように生えている潅木の藪のなかに飛びこんで身を隠してしまった。デラウェア族の父と子は、敵がてっきり死んだものと思っていたので、驚きの声をあげ、シカを見つけた猟犬のように電光石火、奇声を発しながら追いかけはじめた。だが、斥候は間髪を入れず鋭い独特な声を発して親子の追跡をやめさせ、丘の上へ引き返させた。

「いかにもあいつらしいんでないかい！」と叫んだホークアイは、森で生まれ育った男であり、ミンゴのこととなると偏見をむき出しにして、生まれついて身についた正義感もすっかり忘れてしまう。「嘘つきで信用ならん下司野郎だからな！　陰ひなたないデラウェア戦士なら、堂々とたたかって負けたら、倒れてじっとしたまま、頭ぶち割られるの待ってたべな。だけども、ああいうずるっこいマクアときたら、意地きたなく命にしがみついて、まるでヤマネコと変わらん。ほっとけ――ほっとけってば。たかが一人だべさ。おまけにライフルも弓も持ってないし、味方のフランス軍からも何マイルも離れてる。だから、牙抜かれたガラガラヘビみたいなもんで、これ以上もう悪さできないべ。それができるようになるまでには、砂地にさんざんモカシンの足跡残してどっかに行きつかねばならんべ。おれたちだってそうだけどな。いいか、アンカス」その後はデラウェア語で続けた。「親父さんはもう頭皮狩り始めているぞ！　一まわりして、残りのヒューロンどもを探ってくるがいい。さもないと、別のヒューロンに森のなかへ逃げこまれ、追い立てられて飛び上がったカケスみたいに、ギャーギャーわめかれることになるかもしれんべ！」

そういうと、律儀でねちっこい斥候は、敵の死体をいちいち点検し、冷たくなっている胸を長いナイフで刺して歩いた。その平然とした手口は、獲物の死骸を扱うのとまるで変わらない。しかし、ホークアイよりも先にチンガチグックは、殺されて手向かうこともなくなった敵の頭から、勝利のしるしをすでに剥ぎ取っていた。

だがアンカスは、その性格についてすでに概ね述べてきたように、こういう慣習を否定していたから、生来の思いやりの深さを発揮して、ヘイワードといっしょに女性たちの救出に飛んでいった。そして、アリスをすばやく縛めから解いてやり、コーラの腕のなかにゆだねた。言うまでもないであろうが、姉妹は、ものごとの帰趨を決める全能の神に対する感謝の思いで胸を熱くした。二人が思いもかけずこのような形で一命をとりとめ、たがいを失わずにすんだからである。感謝の念は深く、言葉にならなかった。魂の底からの祈りが、心の奥に秘められた祭壇で、この上なく輝かしく曇りのない灯火となって燃え立っていた。肉親を慈しむ思いもあらたにして、言葉は出ないものの、長く熱烈な抱擁を交わした。アリスは、コーラの前でひざまずいていた姿勢から立ちあがると、姉の胸のなかに体を投げ出し、年老いた父の名を口にしながらむせび泣いた。そのやさしい鳩のような目は希望の光で輝いた。

「あたしたち、助かった！　助かったのね！」とアリスはつぶやいた。「あたしたちのだいじな、だいじなお父様のところへ帰れるのね。お父様は悲しまなくてすむわ！　それにコーラお姉様も。いいえ、たんなる姉じゃない、お母様といってもいい人よ。そのお姉様も助かったのね！　それにダンカン」そう言い足して青年のほうに顔を向け、いうにいわれぬほどの無邪気な笑顔を見せた。「あたしたちのかけがえのない、勇敢で気高いダンカンも、傷ひとつ負わずに切りぬけたのね！」

こんな熱に浮かされたような、ほとんどとりとめもない言葉に応えて、コーラは妹を慈愛で押し包むように、口もきかずにただやさしく抱きしめた。愛の悦びにひたされたこの光景を目にして、男性であるヘイワードも何恥じることなく涙を流した。アンカスは、たたかいを終えたばかりで血まみれのまま、たしかに平然と、一見少しも心を動かされていない傍観者のように立っていたが、その目からはすでに猛々しさが消え、共感の輝きがあふれていた。その素振りは、彼が知性の限界を越えた気高さをそなえ、自分の民族の習わしを脱却しておそらく何世紀も先まで進んでいるとうかがわせた。

このように、みんながそれまでの顚末を思えば当然といえる感情にふけっているあいだ、容易に安心しないホークアイは、この神々しいまでの光景のなかで目障りになっているヒューロンたちの死体にその調和を乱す力が残っていないことを、油断なく確かめていた。そして、得心がいくまでこの作業に従事したあげく、デーヴィッドのところへ行って縛めを解いてやった。デーヴィッドはそのときまで、じつに模範的な忍耐を示して、縛られたままおとなしくしていたのである。

「ホレ」と言って斥候は、最後の蔓を背後に投げ捨てた。「これで手足また動かせるようになったしょ。とはいっても、その手足、神様から授かったまんまで、それ以上の役に立ちそうもないんでないかい。歳はおまえさんと変わらんけどほとんどいつも未開の地で暮らしてきたから、歳の割に経験があるともいえる者から意見されても文句ないというなら、おらの考え、教えてやるべ。こういうことなんだわ。おまえさんの上着にしまってあるそのプープーいう楽器、とっとと馬鹿なやつに売っぱらって、その金で何か役に立つ武器買ったらいいんでないかい。騎兵のピストルでもいいからさ。本気になって努力したら、おまえさんだって少しは進歩するべさ。いままで見てきただけでもわかるって思うけど、ハシボソカラスのほうがマネシツグミよりましでしょ。少なくともカラスは屍肉食って、人の前からきたないものを片づけてくれる。だけど、マネシツグミときたら、その声聞く者たちみんなの耳だまして、森のなかに混乱ば持ちこむだけだべさ」

「いくさには武器とラッパが必要です。でも、勝利の暁には感謝の歌を捧げなければなりません!」と、解き放たれたデーヴィッドは答えた。「友よ」細くてひ弱な手をホークアイのほうへ突き出し、目を潤ませながら、好意をにじませて言い足した。「わたくしの髪の毛が神から授かったところにまだ生えているのは、あなたのおかげです。他の者たちの髪の毛はずっと艶もよく、カールしているかもしれませんが、わたくし自身のものは、それに覆われている脳によく合っているのですから。わたくしがいくさに加わらなかったのは、いやだったからというよりも、異教徒たちに縛られていたからなのです。そなたはたたかいで勇気や腕前を見せてくれました。だから何よりも先にそなたにお礼申しあげます。他のもっとたいせつな務めを果たすのは、その後にします。キリスト教徒からの賛辞を受ける資格があることを示してくださったのですから!」

「こんなの、ちっぽけなことだべ。おれたちについてくれれば、これからなんぼでも見ることになるんでないかい」と答えた斥候は、これほどはっきり謝意を表されて、歌の師匠にたいする態度をぐっと和らげた。「昔なじみのキルディア取って帰ってきたからな」ライフルの銃床をぴしゃりとたたきながら言った。「それだって勝利なんだわ。あいつらイロコイときたらずるっこいけど、手の届かないとこに自分たちの銃おいて、墓穴掘ってしまったべさ。アンカスやその親父に、ふつうのインディアンみたいな辛抱強ささえあったら、悪党どもに一発でなく三発ぶちこんでやれたはずで、そしたらやつら全員片づけれたんだがな。あの逃げ足の速いマグアもその仲間も、いっぺんによ。だけども、こいつは前から定められてた成り行きだし、愚痴ってもしょうがないしょ！」

「よくぞ言ってくれました」とデーヴィッドは応じた。「キリスト教の真髄をとらえた言葉です。救われると定められている者が救われるし、地獄に堕ちると予定されている者は地獄に堕ちるのです！　それこそ真の教義ですし、ほんものの信者にとってきわめて心強く、励まされる教えです」[*2]

斥候はもう腰かけて、まるで子どもの面倒を見る親のように丁寧に自分のライフルを点検していたが、顔を上げると不快感を隠そうともせずに相手をにらみつけ、ぞんざいに黙らせた。

「真の教義か教義でないか知らんが、そんなものは悪党の信じることで、まっとうな人間にとっては呪わしい考えだべさ！　おれが信じれるのは、あっちに逃げちまったヒューロン、ほんとはこの手でやっつけれたはずだってことなんだわ。この目で見たからまちがいないしょ。だから、証拠見ないかぎり、あいつが果報を得て助かったなんて思えん。それに、あそこのチンガチグックが、最後の日に地獄に堕ちることになってるってか」

「そんな大それた教義に何の根拠もありませんし、神のお言葉による裏づけもありません」デーヴィッドは、当時とりわけ彼の地元で盛んにおこなわれてきた、細かな区別立てにすっかり感化されていた。その影響を受けると、神の畏れおおい謎に分け入ろうと熱中するあまり、ほんとうはうるわしいほどに単純な啓示を詮索して、信心の不足を独断で補い、その結果、人間的な常識からものごとを推しはかる人にたいして、非常識だとか不信心だとかと決めつける。「あなたの聖堂は砂の上に立っています。[*3]だから、嵐が一吹きすれば、土台から洗い流されてしまう。そんな、慈悲を否定するような説の典拠を請求します（何かの教説に肩入れする者のご多分にもれずデーヴィッドも、言葉の使い方がいつも正しいとは限らなかった）。聖書のどこに、あなたの言うことを裏づけてくれる言葉がありますか。その章と節を言ってみてください」

「聖書だと!」ホークアイは、文弱にたいする持ち前のさげすみもあらわに言った。「おれが、おまえさんみたいにおばさんのエプロンにしがみついてめそめそする坊やだとでも思ってるのか! この膝の上のりっぱなライフルがガチョウの羽根だってか。火薬入れの角がインク瓶だってか。革製の弾入れが弁当包む横縞のハンカチだってか。書物だなんて! クロスとは縁のない男ながら曠野の戦士であるおれみたいな者に、本なんか何の用があるってか! おれが読むものはひとつしかない。そこに書いてある言葉は単純でわかりやすいから、学校で勉強するまでもないしょ。もっとも、四十年にわたる長い間、一生懸命勉強してきたって自慢してもいいけどな」

「何という題の本ですか」デーヴィッドは相手の言葉の意味を取り違えて訊いた。

「目の前に広げられてるべさ。こいつ手にするやつは、けちくさく独り占めして読んだりするもんか。聞いた話では、神様がいると信じるようになりたくて本読むやつもいるんだって! よく知らんけど、開拓村では、神様の作ったものを人間が歪めてるんでないかい。それで、未開の自然のなかではあんなにはっきりしてることが、商売人や坊さんたちの手にかかると、わけのわからんものにされてしまうんだべ。くる日もくる日もおれにくっついて森のなか歩きまわる気のあるやつなら、目にしたものからきっと、自分が馬鹿だったなあって教わるしょ。なかでもいちばん馬鹿だったのは、親切さにかけても能力にかけても太刀打ちできっこない神様と、肩並べたがってじたばたしてたことだべ」

デーヴィッドは、目の前の論敵が、自然を読むことから信仰の支えを得ているのであって、神学上の教義の微妙な区別などにはいっさいこだわっていないと感づくと、口論をとっととやめてしまった。こんな論争をしても利益にも手柄にもならないと考えたからである。斥候相手にしゃべっているあいだ、デーヴィッドも座っていたが、やがて、いつも携えている小さな本と鉄縁のメガネを取り出し、おつとめを果たそうと構えた。自分の信じる正統派の教義を、意外な相手から攻撃されるということがなかったら、とっくにこのおつとめに取りかかっていたはずだったのだ。デーヴィッドは、じつにアメリカ大陸の吟遊詩人であった。才能豊かな楽人たちが王侯貴族の世俗的な名声を歌っていた昔からは、たしかにずいぶん時代が隔たっているものの、自分の時代と国の精神に応じて活躍する吟遊詩人なのである。だからデーヴィッドは、つい先ほどなしとげた勝利をたたえて、というよりも、感謝を捧げて、いまや持てる本領を発揮しようと身構えていた。ホークアイが話をやめるまで辛抱強く待ってから、デーヴィッドは顔をあげるとともに声をあげ、朗々と呼びかけた。

「さあ、みなさん、野蛮人にして異教徒たる者どもの手からこのようにお救いくださり、恩寵のしるしをお与えくださった神をたたえて、いっしょにうたいましょう。心安まるおごそかな調べ、「ノーサンプトン」[*4]です」

ついで、選んだ歌が載っているページと節をとなえた。それから、いつも教会でやっているように厳粛な面持ちで、ピッチパイプを口に当てた。しかし今回は、いっしょにうたう者は誰もいなかった。姉妹はちょうどそのとき、すでに述べたとおり、やさしい愛情の交歓にふけっていたからである。じつのところ、歌を聞いている者は、まだ腹の虫がおさまらない斥候だけだったが、聞き手が少ないからといって尻込みするようなデーヴィッドではなかった。つかえたり何かにじゃまされたりもせずに、声を張りあげ、賛美歌を始めから終わりまでうたい上げた。

ホークアイはそれを耳にしながら、平然としてライフルの発火石の位置を調節したり、弾をこめたりしていた。この男のふだん眠っているような情緒をかき立てるのは、歌声だけに頼っても無理であり、歌い手が呈する眺めとか、心の通い合った雰囲気とか、付随する要素の助けが必要だった。これほど無神経な聞き手の前で楽才を展《の》ぶ羽目になった吟遊詩人はかつてない。いや、デーヴィッドを吟遊詩人でなく、もっとふさわしい名で呼んだとしても、徒労だった点は変わらない。とはいえ、単純で誠実な動機からうたったことを斟酌すれば、あらゆる讃美称揚にもふさわしい神の玉座までこれほど近づいた調べをうたいあげる者は、世俗の頌歌をうたったいかなる楽人といえどもおそらく一人もいまい。ホークアイは首を振って、何かわけのわからない言葉をつぶやいていたが、せいぜい「喉」とか「イロコイ」とかしか聞き取れなかった。それからその場を離れ、ヒューロンたちから奪った武器を集めて、点検しはじめた。この作業にチンガチグックも加わり、武器のなかから自分と息子のためのライフルを選び出した。ヘイワードとデーヴィッドにさえも武器が渡され、弾薬も全員に行きわたるだけあった。

　武器を選りわけ、戦利品の分配を終えると、斥候は、そろそろ出発しなければならないと言った。すでにギャマットの歌は終わっており、姉妹も興奮をおさえられるようになっていた。姉妹はダンカンとアンカスに助けられながら、けわしい斜面をくだった。先ほど登ったときはまったく別の連中に連れられていった丘からおりてきたが、その頂上はあやうく虐殺の場にもなりかねなかったのである。麓に着いてみると、あのナラガンセット馬たちが藪の葉を食んでいた。姉妹はウマに乗って、ホークアイについていった。絶体絶命の危機を何度も切りぬけて、頼りになることを実証してくれた案内人だった。しかし、いくらも行かぬうちにホークアイは、ヒューロンたちがさっき通ってきた人目につかない小径からはずれ、急に右に曲がって藪のなかに入っていった。せせらぎを渡り、狭い谷あいで数本のミズニレが作っている木陰までできて止まった。

危険な目にあったあの丘の麓からわずか数ロッド移動してきただけである。ウマは浅い小川を渡るのに役だったにすぎなかった。

ホークアイたちは、こうして分け入ってきたこの奥まった場所に何度もきたことがあるようだった。三人は自分たちのライフルを木に立てかけると、落ち葉をかき分け、その下の青い粘土を掘りはじめた。すると、そのなかから、きらめいて澄んだ水がたちまち涌きだし、ほとばしる泉になった。それから、三人のうちの白人は、何かを探してあたりを見まわしたものの、思いがけずそれが見あたらないような仕草をした。

「あのずぼらなモホークのやつらめ、タスカローラやオノンダーガの仲間といっしょにここにやってきて、喉うるおしていったんだべ。ろくでなし、ヒョウタン放り投げていったんだわ！　恩知らずのイヌどもに世話してやったら、そのお返しがこれだもな！　神さまがここに手置いて、吠え声絶えぬ曠野のまっただなかで、やつらのために地底《ちぞこ》から泉わき出させてくださったっていうのに。この水は、植民地じゅうでいちばんでっかい薬屋で売ってる水だってちゃんちゃらおかしいくらいに、体にいい水だ。だけども、見れや！　あの悪党どもときたら、ここの粘土踏みつけて、水場荒らしていったしょ。人間でなくてけだものみたいでないかい！」

アンカスは何も言わずに、ホークアイのほうへ探していたヒョウタンを突き出した。それは、それまでホークアイが癇癪を起こしていたために目に入らなかっただけで、ニレの木の枝にかかっていたのだ。ホークアイはヒョウタンになみなみと水を汲んで、地面が固く乾いているところまで少し退き、そこで腰を下ろして気を静めた。ごくごくと水を飲んでどうやら気が済んだらしく、ヒューロンたちが残していった食べ物の余りをつぶさに調べだした。ずだ袋にそれを入れて腕にかけ、持ってきていたのである。

「ありがとよ、若だんな」ホークアイは空のヒョウタンをアンカスに返しながら、言葉を続けた。「さて、あの暴れ者のヒューロンたちが、待ち伏せして野宿してるとき、どんな暮らししてたか見てやるべ。これ見れや！　悪党どもはシカのどこがうまいか知ってるんだわ！　ちゃんと鞍下肉ば切りとってある。これ焼いたら、この国最高の料理人にも負けないとこだべ。だけども、何もかも生のままだ。あのイロコイっちゅうのは、根っからの野蛮人だからな。アンカス、おれの火打ち石持ってって、火おこしてくれや。こんなに長い道中してきた後だもの、柔っこい焼き肉一口食ったら体力つくしょ」

ヘイワードは、道案内たちがせっせと食事の支度に取りかかったのを見て、ご婦人たちの下馬の手助けをし、二人のそばに寄り添った。血みどろのたたかいを乗り切ったばかりのことで、しばしの休息がとれるのはありがたかった。料理の手はずが進むのを見ながら、ホークアイたちが思いもかけずちょうどいいときに救援にきてくれたのは、いかなる事情によるものだったのか、聞いてみたくなってきた。

「どういうわけであんなに早くこれたのかね。しかも、エドワード砦の守備隊から援軍を出してもらいもせずに」

「川の曲がり角まで行ってたら、おれたち、あんたがたの死骸に葉っぱかぶせに帰ってくるだけで、頭皮がされるの食いとめるには間に合わなかったべな」斥候は平気な顔で答えた。「いや、いや、砦まで行って力消耗したり、機会のがしたりしないで、ハドソン川の土手のかげからヒューロンのやつらの動き見張りながら、手ぐすね引いていてたんだわ」

「では、何が起きたか全部見ていたんだな！」

「全部とはいえないな。インディアンちゅうもんは目がきくから、だますのは楽でないんだわ。だから、見つからないように隠れてたからな。それに、やっかいだったのは、このモヒカンの若造にじっと待たせておかねばならんかったことよ。はあ！　アンカスめ！　おまえのざまといったら、物好き女みたいなまねして、跡つける戦士のやり方でなかったしょ！」

アンカスはホークアイのけわしい顔にちらりと一目くれただけで、口もきかず、反省の色も見せなかった。それどころか、ヘイワードから見ると、このモヒカン青年の態度は、ちょっと反抗的とはいわぬまでも不遜だった。カッとなるところを抑えているのも、この白人の同僚にはふだんから敬意を払っているからというだけでなく、そばにいる他の人たちに遠慮してのことだと思われた。

「ぼくらがつかまったところは見ていたのか」ヘイワードは重ねて質問した。

「いや、聞いてたよ」というのが意味深長な答えだった。「インディアンの叫びっちゅうもんは、森で暮らしてきた人間には、聞いたら意味すぐわかるんだ。だけども、あんたらが舟おりて陸《おか》にあがった後は、おれたち、葉っぱに隠れるようにして、ヘビみたいに這っていかねばならんかった。だから、すっかり見失ったんだわ。それでようやく見つけてみたら、あんたら、木に縛られていて、いまにもインディアン流の皆殺しにされかけてたべや」

「ぼくらが助かったのは神の思し召しだったんだ！　あんたたちが間違わずに跡をつけてきたなんて、奇跡に近い！　ヒューロンたちは二手に分かれたし、どっちの部隊もウマがついていたんだからな」

「そうとも！　あそこでおれたち煙にまかれたんだわ。アンカスがいなかったら、ほんとに跡つけれなかったかもしらん。だけどもおれたち、未開の曠野に入っていく道ば選んだ。あの野蛮人ども、捕虜連れていくならきっとそっちのほうへ行くって判断したからで、その判断は間違ってなかったしょ。だけども、何マイル行っても、おれの言いつけどおり小枝折ったところが一つも見つからなかったときは、自信なくなってきた。足跡がみんなモカシンの跡ばかりだったから、なおさらだったわ」

「ぼくらを引っ張っていったやつらが用心して、やつらと同じ履き物をはかせたからな」とダンカンは言いながら片足をあげて、履いている編みあげ靴を見せた。

「やれやれ！　こすっからいもんだ。やつららしいしょ。もっとも、こっちだって老練だから、そったらありふれた手でまかれるはずないべ」

「それじゃあ、ぼくらが助かったのは、ほんとは何のおかげだというのだい」

「インディアンの血なんか一滴も混じってない白人のこのおれが、認めるのも気が引けるようなことのおかげなんだわ。モヒカンの若造の分別のおかげなんだからな。あいつよりもおれのほうがよく知っててあたりまえなのに、自分の目で見てそのとおりとわかっている今だって、ほんととはなかなか信じれないくらいなんだわ」

「そりゃただならん！　どういうわけなんだ」

「アンカスが生意気にも言ったことにゃ」ホークアイは話を続けながら、女性たちが乗っている牝馬に、好奇のまなざしを向けた。「お嬢さんたちが乗ってるウマは、片側の前後の脚をいっしょに地面につくんだって。そりゃ、おれの知るかぎり、ほかの四つ足のけものの走り方とちがうしょ！　クマだけは別だけどな。だけども、いつもそんなふうに進んでいるウマが、この目で見たとおりここにいるんだわ。その足跡が二十マイルも続いていたから、間違いないしょ！」

「それがあのウマの長所なのさ！　プロヴィデンス植民地[*5]の片隅ナラガンセット湾海岸産で、忍耐力と、こういう独特な歩き方の軽快さで有名なんだから。とはいえ、他の種類のウマでも、この歩き方を仕込まれているのはめずらしくないがね」

「そうだべ――そうだべ」ホークアイはその説明に聞き入ったあげくに言った。「おら混じりっけなしの白人の血ひいてるけど、シカやビーヴァーのことのほうがウマのことよりわかるからな。エフィンガム少佐もりっぱな軍馬たくさん持ってたけど、あんな片寄った走り方するウマなんか見たことないわ！」

「そりゃそうだろう。少佐がだいじにするウマの特長は、ぜんぜん違うからね。それでもこの種類のウマの評価は高くて、見てのとおり、こいつがよく乗せるご婦人がたからおおいに珍重されているのさ」

モヒカンの父子は、火をおこす作業を中断して耳を傾けていたが、ダンカンが話し終えるとたがいに目配せし合い、父親はいつもの驚きの声をあげた。斥候は、あらたに得た知識を消化しようとするかのように考えにふけりながら、もう一度ウマを不思議そうに盗み見た。

「言わせてもらえば、開拓地ではもっとへんてこなものだって目にするべさ！」ホークアイはようやく口をきいた。「自然のものも、人間に使われるようになると情けないことになるもんだな。だけども、片寄った歩き方するにしても、まともな歩き方するにしても、アンカスはウマの動き見抜いたべ。だからその跡つけて、おれたち、木の枝折れてる藪まできたんだわ。片方のウマの足跡近くで藪の外側の枝が上向きに曲がっていたからな。ご婦人が茎から花もぐときみたいにな。だけども、ほかの枝は、力の強い男の手でひきちぎったみたいにグチャグチャに荒らされていたんだわ！　それで、折られた枝をこすっからいクズどもが見つけて、ほかの枝ももいでしまったなって、おれはふんだ。牡ジカが木に角こすりつけたみたいに見せようとしたんでないかい」

「あんたの察しがいいことといったら、ほんとにだまされなかったんだね。じっさいにあったのは、ほぼそんなところだったよ！」

「そんなこと、見抜くのはたやすいしょ」べつに察しのよさをお目にかけたわけではないと思っている調子だった。「片寄った歩き方するウマを見抜くのとは、ぜんぜんわけがちがうべ！　それでおら、ミンゴのやつら、ここの泉めざしているなって感づいたんだわ。あのガキども、ここの水が体にいいって知ってるからな！」

「では、これはそんなに有名なのか」ヘイワードはあらためて興味を引かれたようすで、泉がわき出している目立たない谷間に目をこらした。泉は薄汚い焦げ茶色の土で囲まれていた。

「五大湖の南や東を行き来するレッドスキンで、この水のよさ聞いたことないやつはあまりいないべ。おまえさんも飲んでみるかい」

ヘイワードはヒョウタンを手にとり、水をちょっと飲んでみたものの、まずそうに顔をしかめて残りを投げ捨てた。斥候はいかにもおかしそうながらも声をあげずに笑い、すっかり悦に入って首を横に振った。

「ああ！　慣れっこになってる味がいいってか。おれもやっぱりこれが好きでなかったときもあったけどよ。だけども味がわかるようになって、いまじゃ、シカが塩嘗め場†に行きたがるみたいに、飲みたくてたまらないんだわ。おまえさんがたがスパイス入りワイン好きだっていっても、レッドスキンがこの水好きなのにはかなわんしょ。とくに体が弱ってるときはな。いや、アンカスが火おこしたぞ。そろそろおれたちも腹ごしらえ考えるべ。この先まだ長いし、はるばる旅することになるからな」

唐突に話題を変えて会話を中断すると、斥候はすぐに、食いしん坊のヒューロンたちが余した残り物に飛びついた。ごく簡素な手順で素朴な調理をすませると、ホークアイとモヒカンの父子は粗末な食事を始めた。

これから息の抜けない大仕事に取りかかれるだけの体力をつけようとしている男たちらしく、黙々と脇目もふらずに食べた。

　三人の森の男たちは、必要に迫られて詰めこんだとはいえ、幸いまずくはない食事を終えると、あのひっそりとして人目につかない泉†にかがみこんで、出発前の一口としてその水をたっぷり飲んだ。これこそ、五十年も経たぬうちに付近の湧水とともに、アメリカ中の金持ちやら美女やら文化人やらが、健康と愉楽を求めて大挙押しかけてくる名所になった泉にほかならない。喉を潤したホークアイは、出発のかけ声をかけた。姉妹はふたたびウマに乗り、ダンカンとデーヴィッドはそれぞれライフルをつかんで、姉妹の後についた。斥候は先頭に立ち、モヒカンの父子はしんがりをつとめた。一行は北に向かって小径を急いだ。効能あらたかなわき水は、だれの気にもとめられず近くの小川に流れこむまま、また、死者たちの亡骸《なきがら》は、埋葬の儀礼を受けぬままそばの高地の上で腐乱するにまかされた。これは、森林地帯での戦士にとってはあまりにありふれた運命であり、哀悼や論評を寄せるまでもなかった。

第十三章

「もっと手っ取り早い道を探そう。」

パーネル「死に寄せる夜景詩」[*1]、七行。

ホークアイは、ところどころに谷や高台があらわれる平らな砂地を突っ切る経路をとった。そこは、屈辱をなめたマグアに連れられて、一行がその日の午前中に通り抜けてきた土地であった。太陽はすでに遠くの山の端近くまで傾いていたし、果てしもない森のなかを通るので、暑さはもうあまり苦にならなかった。だから道ははかどり、夕闇が迫ってくる前に、難儀ながらも何マイルもの距離をかせいで引き返してきた。猟人ホークアイは、野蛮人になりおおした者らしく、この原野のなか見分けもつかぬ目印を一種の本能に頼って探しあてながら進むようであった。歩速をめったにゆるめず、立ち止まって考えこむことは一度もない。木々に張りついている苔をすばやく横目で見てとり、ときに目を上げて沈みゆく太陽に視線を注ぐ。つぎつぎにあらわれる小川を徒渉しながら、たえずちらりと目を配って流れの方向をみきわめる。それだけで道を見定めることができて、たいして困難にぶつかることもなかった。やがて森は色合いを変えはじめ、頭上の林冠を彩っていた若々しい緑色が薄れるとともに、一日の終わりのいつもの前触れのように色がくすんできた。

姉妹は、太陽のまわりにあふれ出る金色の輝かしい光輪のなかに随所で紅玉色の筋が綾なすさまを、木の間越しにとらえようと目をみはっていた。その光は、西方の丘の上近くに積み重なっている一群の雲を細く縁取って、あざやかな黄色に染めていた。ホークアイは急に振り向き、壮麗な空を指さすと、つぎのように語った。

「あっちに見えるのは、人間に、食いもの探して体休めれっていう合図なんだわ。自然の送ってくれる信号わかって、空飛ぶ鳥や野走るけものから教わるようにしたら、人間なんぼか賢くなるしょ！　だけども、夜だっていつまでも続かないべ。月が出てきたらまた起きて、出かけんとならん。このあたりのことは忘れれないんだわ。最初の戦争でおれがマクアのやつらとたたかったのは、ここだった。そのときはじめて人間の血流したっけ。血に飢えたげすどもに頭皮はがされないように、おれら、にわか造りの丸太小屋の砦建てたんだわ。目印にまちがいなかったら、ここから左に曲がって何ロッドか行ったところに、それが見つかるべ」

屈強な猟師は、同行の者たちの同意を得るどころか、返辞を聞こうともしないで、クリの若木の密集している茂みのなかへずかずか踏みこんでいった。地面をほとんど覆いつくして繁茂している萌え木の枝をかき分けて進むさまは、記憶に残る何かの目標をいまにも見つけ出せると信じて疑わない男さながらであった。たしかに、この男の記憶に間違いはなかった。イバラのからむ藪を数百フィート突破したあげくに、緑濃い小丘を取りまく原っぱに出た。この小丘のてっぺんには、朽ちかけたくだんの要塞が立っていた。その粗末な、荒れはてた丸太小屋は、緊急事態のさなかに急造されたものの、危険が去るとともにうち捨てられて、寂寞たる森のなかで静かに崩れ落ちようとしている、数ある廃屋の一つであった。それがもはや省みられず、ほとんど忘れられていることにかけては、その築造にいたるいきさつが忘れられているのと変わらない。人間がここを通過し、いくさをしたことを示すこのような記念物は、抗争中の植民地間を隔ててかつての境界をなしていた広大な未開地には、いまだによく見受けられる。このようにしてできた廃墟†は、植民地時代の歴史の記憶と密接に結びついており、まわりの陰鬱な光景にふさわしい性格を帯びている。木の皮で葺いた屋根は、とうに朽ち落ちて土に還っていたが、そそくさと組み立てられた太いマツ材は、依然として元の位置にとどまっていた。とはいえ、建物の一角は重みで傾いていて、いまにもたちまち崩れて、ずさんな造作の残骸になりはてそうであった。ヘイワードやその連れたちは、これほど荒寥たる建物に近づくのをためらっていたが、ホークアイとインディアンたちは、怖がるどころか興味津々の顔つきもあらわに、低い壁で囲まれた内部に入っていった。ホークアイは廃墟の内外を調べながら、つぎつぎによみがえる思い出にふけって興趣尽きないようすだった。他方、チンガチグックは息子にデラウェア語で戦闘の模様をかいつまんで語り、それに勝利した者としての誇りを見せた。若い頃にこの辺鄙な場所でたたかった戦闘の思い出である。だが、もの悲しい調子が誇らしげな話のなかにまぎれこみ、その声はいつものチンガチグックらしく柔らかで、吟唱のように響いた。

その間に姉妹はさっさとウマから下りて、涼しい夕暮れ時にせめて一休みしようとしていた。その場所は安全で、森のけものがあらわれるかもしれないという以外に何の危険もないと信じていたのである。

それほど呑気でいられないヘイワードは、斥候が簡単な下見を終えたと見てとり、「もっと人目につかないところで休むほうがいいのではないかね」と聞きただした。「ここよりも知られていなくて、人もめったにきたことのない場所を選んだらどうかね」

「この砦が建てられたこと知ってて生きてるやつなんか、まずいないべ」ホークアイは物思いにふけって重くなった口調で答えた。「ここでモヒカンとモホークが自分たちの意志でたたかったんだけども、そんな合戦については、本が作られたり、物語が書かれたりすることなんか、まずないしな。あの時分おら若造だったけど、デラウェアに加わって出かけたんだわ。デラウェアが侮辱され、踏みつけにされてるって知ってたからな。四十日間、昼といわず夜といわず、あの餓鬼めら、この丸太小屋のまわり囲んで、おれたちの血を見たがったんだわ。この砦はおれが設計して、建てるのにも手貸したもんだ。忘れてくれたら困るが、こっちはインディアンでないし、クロスとは縁のない人間なんだからな。デラウェアの連中もこれ建てるのに力つくした。十人対二十人でおれたち劣勢だったのにちゃんとたたかいぬいて、人数がほぼ同数になるまで盛り返したっけ。その後で打って出て、あのイヌども一人残らずやっつけたから、やつらの部隊がどうなったか、里に帰って話せたやつなんかいなかったべ。そう、そう、あの時分おら若くて、血見るのにも慣れてなかったから、おれと同じように霊魂のあった人間が、むき出しの地べたに倒れたまま、けだものに食いちぎられたり、雨風にさらされたりするなんて、考えるだけでいやだったんだわ。死んだやつらばこの手で埋めてやったさ。あんたがたが腰おろした、そのちっちゃな土饅頭の下にな。そこの座り心地も悪くないしょ。人間の骨で盛り上げてあるんだけどな」

それを聞いたとたんにヘイワードと姉妹は、草むした墓から立ちあがった。姉妹はつい先ほど恐ろしい交戦の場を切りぬけてきたばかりだというのに、モホーク族の死者たちの墓にそんなふうに気安く腰かけていたとわかると、やはり抑えがたい恐怖感に襲われた。あたりのほの暗さ。うっそうと草深い墓地。そのまわりを囲む藪。藪の背後に息をひそめるように静まりかえって、雲に届くかと思うばかりにそびえるマツの樹林。広大な森林の死のような静寂。こういう情景が一体となって、恐怖をいっそうかき立てた。

姉妹が見るからに震えあがったのを見ると、ホークアイは手を振りながら「あいつらは死んじゃった。何も悪さできないしょ」と言って、物憂げな笑みを浮かべた。「もう二度と雄叫びあげたり、トマホークで襲ったりしないべ！　あいつらばそこに埋めるために力あわせた者のなかで生き残ってるのは、チンガチグックとおれだけなんだわ！　モヒカンの兄弟や家族があのときの戦闘部隊になってたんだけど、いまでは一族の生き残りは、あんたたちの目の前にいる者だけなのさ」

これを聞いていた人たちは思わず、二人のインディアンに目を向けた。一族のわびしい運命に同情して興味を引かれたのだ。二人の浅黒い体は、砦のなかのほの暗い影のなかにまだ見分けられた。息子は父親の話につりこまれて夢中になり、耳を傾けている。その話には、前からアンカスが、勇敢さと蛮族特有の美徳ゆえに尊敬していた者たちの名誉をたたえる逸話がたくさん含まれていた。

「じぶんは、デラウェア族というのは平和を愛する部族だと思ってました」とダンカンは言った。「あの部族の土地の防衛は、あんたが殺したほかならぬモホーク族にまかせて、そのかわりに、みずからはけっして戦争に出なくなったとね！」

「そりゃ、一部はそのとおりだ。だけども、根本のところでは、たちの悪い嘘っぱちなんだわ。そんな取り決めが大昔に結ばれたのは、オランダ人どもの悪だくみのおかげだ。オランダ人は、自分たちが入植した土地仕切る万全の権利持ってた原住民から、武器取りあげたいと考えたんだべ。モヒカンは、デラウェアの一部になってたけれども、イギリス軍と組む必要があったから、そんなばかげた取り引きに乗らないで、男としてたたかう権利手放さなかったんだわ。ほんとうはデラウェアだって、馬鹿なことしてしまったって気づいたあとは、戦争したんだけどな。あんたが目にしてる者こそ、偉大なモヒカンのサガモアと音に聞こえた族長なんだよ！　昔、あの部族がシカを追っていた土地は、オルバニーのパテルーン[*2]が持ってる土地より広かったべな。どこの川渡っても、丘越えても、みんなモヒカンの土地だったっけ。だけども、その子孫にいま何残ってる！　神様がその気になってくれたら、身の丈六フィート分の土地ぐらいは見つかるかもしれん。そしたら、そこで安らかに眠れるべ。頭に鋤の刃が届かないぐらい深く、墓穴掘ってくれるような友だちがいてくれたらだけどよ！」

「もうわかった！」とヘイワードは言った。こんな話を続けていると議論になってしまい、姉妹の安全を確保するのに必要不可欠の友好的関係が崩れるかもしれないと恐れてのことであった。「長い道のりを踏破してきましたね。あんたほど頑丈な体に恵まれている者はめったにいないでしょうな。疲れたりばてたりするなんてことはないみたいで」

「人間の筋肉と骨に頼ってやってるだけだけどな」と言った猟師は、自分のたくましい四肢を無邪気に見まわした。その顔からは、褒められて素直に喜んでいる気持がうかがえた。「入植地にはもっとでかくてがっしりした男もいるけれども、都会のなか何日もかけて捜したって、五十マイル一気に歩けたり、何時間もぶっ続けで猟犬の吠え声についていけたりするやつには、めったにお目にかからないしょ。だけども、体っちゅうもんは人それぞれだ。だから、女子衆《おなご》が、今日みたいにさんざん慣れないこと見たりやったりしたあとで、休みたがるのも無理ないべ。アンカス、泉からきれいな水汲んでこいや。そのあいだに親父さんとおれとでお嬢さんがたのために、このあたりのクリの萌え木ば天幕がわりに張ってから、草や葉っぱでベッド作ってやるからな」

ここで話は打ち切られた。猟師とその仲間たちは、道案内してきた人たちを元気づけ、庇護する支度に立ち働いた。ずっと昔にインディアンたちが一時的な砦を築くのにこの場所を選ぶ理由となった泉から、やがて枯れ葉が取り除かれると、澄んだ水がわき出してきて、草深い丘を流れ落ちてきた。丸太小屋の片隅に屋根がしつらえられて、その土地に特有の大量の夜露をしのぐように処置され、その下に気持ちのよい小枝や枯れ葉が積まれて、姉妹の寝所に仕立てられた。

このようにして森の男たちがせっせと用を足しているあいだに、コーラとアリスは食事をした。その食べ物は、食欲をそそられてというよりも栄養をとらなければならないという義務感から、はじめて口に運べた代物だった。その後二人は丸太小屋の内部に入って、まずその日に受けた神の恵みに感謝を捧げ、それから、その夜も引き続き神のご加護がありますようにと祈った。そのうえで、かぐわしい寝台にか弱い体を横たえた。そして、いやな記憶や予感につきまとわれていたにもかかわらず、体がしゃにむに求める眠りにまもなく落ちていった。明日への期待にだまされて眠れたのでもあった。ダンカンは、廃墟のすぐ外に陣取って、姉妹のそばで寝ずの番をしようと身支度を調えていた。だが、斥候はそれに気づくと、草の上に平気で寝転がりながら、チンガチグックを指さしてこう言った。

「白人の目なんてぶきっちょで節穴だから、そんな見張りできないべ！　モヒカンの戦士が番兵してくれるしょ。だからおれたちは寝るべや」

「じぶんは昨夜、見張りの任務につきながら怠慢なことに寝てしまったであります。だから、兵士らしい働きをしてくれたあんたたちほど休む必要がないです。みなさんお休みください。じぶんが見張りに立ちますから」

「第六〇連隊の白い天幕のなかに寝ていて、フランス軍に対峙してるなら、あんた以上にいい番兵はいないべな。だけども、暗闇のなか、いろんな前触れ出してる未開の森にいては、あんたの判断力もうつけて子どもと変わらなくなるしょ。目開けていようたって続かないべ。だから、アンカスやおれみたいに眠れ。安心して眠ればいいしょ」

じっさいヘイワードも気づいていたが、二人がしゃべっているあいだにアンカスは、土饅頭の横に身を横たえていた。休息にあてられた時間をせいぜい有効に使おうとしているらしい。デーヴィッドもまた、それを見習って横になった。デーヴィッドは、傷からくる熱が強行軍の旅をしたためにますますひどくなり、文字どおり「舌を顎《あぎ》につかしめ」*3られて声も出なくなっていた。ヘイワードは、無益な議論を長びかせたくなかったから、ホークアイに言われたとおりにするふりをして、丸太小屋の壁に背をもたせかけ、なかば就寝の姿勢をとった。ただし心のなかでは、自分があずかっているたいせつな人たちをマンロー自身の手に渡すまでは、ぜったいに目を閉じるものかと決意していた。ホークアイはうまく説き伏せたと思いこみ、まもなく眠ってしまった。その後はまた、この場所に到着したときと同様の深いしじまがこの辺鄙な場所を支配するようになった。

ダンカンはなかなかがんばって、長いこと神経を張りつめ、森からわき起こるさまざまなうめき声に耳をすましていた。あたりがすっかり夜闇に包まれると、ダンカンの目はさえてきて、上空に星が出はじめると、草の上に横になっている仲間たちの姿を見分けられるようになった。チンガチグックの影にも気づいたが、その姿は座ったまま背筋を伸ばし、まわりを囲む黒い壁になっている木々とも見まがうほど身じろぎしない。数フィートほどしか離れていないそばで横になっている姉妹のやさしい寝息も、まだ聞こえている。風に木の葉一枚そよぐこともなく、かすかに動く空気の発するささやきは、ダンカンの耳には聞き分けられない。しかし、しまいにはヨタカの悲しげな鳴き声が、フクロウのうめきと混じり合って、どちらとも区別がつかなくなってきた。きらめく星の光をとろんとした目でときたま探ってみるものの、落ちてくるまぶた越しに見えている気がしているだけ。ときどきはっと目を覚ましては、藪を仲間の哨兵と取り違える。つぎは頭がガックリと肩のほうへ傾いたと思うと、肩は支えを求めて地べたについた。ついには全身から力が抜けて、ぐったりしたまま深い眠りに入る。そのときに見ている夢のなかでは、自分は往時の騎士であり、奪回した王女の休むテントの前で、真夜中の不寝番についていた。これほど身を尽くし、油断なく見張っているからには、王女の寵愛を得るのもまんざら無理であるまいなどという魂胆である。

くたびれていたダンカンは、こんな前後不覚の状態でどれくらい寝ていたものか、自分でもまったくわからなかった。だが、夢を見ることさえとっくに忘れて熟睡している最中に、肩を軽くたたかれて目を覚ました。この合図はちょっと触れた程度だったにもかかわらず、ダンカンは跳ね起きた。夜の帷がおりるとともに見張りをみずから買って出たことが、寝ぼけ頭にも思い出された。

「誰か」とダンカンは詰問しながら、いつも剣をさげているあたりに手をやった。「名乗れ！　味方か、敵か」

「味方だ」と答えたのは、チンガチグックの低い声だった。チンガチグックは上のほうを指さし、木々の隙間からまっすぐ野営地にやわらかい光を投げかけている月を示した。そしてすぐに、片言の英語でつけ加えた。「月、出た。白人の砦、遠い——うんと遠い。もう出発のとき！　眠ってるフランス人、両方の目閉じてるうちだ」

「もっともだ！　そっちの相棒を集めてウマに鞍をつけさせてくれ。こっちの連れに出発の支度をさせるから」

「あたしたち、もう起きてます」建物のなかからアリスの落ち着いた、鈴の音のような声が聞こえた。「それに、ぐっすり眠って元気を取りもどしましたから、いつ出かけても大至急移動できます。でも、ダンカン、長々しい夜を徹してあたしたちのために見張りをしてくれたのでしょう。昨日は一日あんなにいろいろあってお疲れだったのに！」

「いや、まあ、見張っているつもりだったのですが、目が言うことを聞かなくて。じぶんに寄せられた信頼に応えられないことを、二度もお見せしてしまいましたよ！」

「いいえ、ダンカン、ご自分を責めてはいけません」と言って相手の言葉をさえぎったアリスは、ほほえみを浮かべながら暗い建物から出てきた。月の光を浴びて立つその姿の美しさは、生気を取りもどしてあますところなく輝き出ていた。「あなたはご自分のこととなると無頓着で、他人のためには気を遣いすぎるぐらいなのです。あなたはお休みになる必要があります。そのために、もう少しここにいることはできませんかしら。あなたやあちらの勇敢な人たちに一眠りしていただくあいだ、コーラとあたしが喜んで寝ずの番をします。そうさせてくださればほんとにうれしいですわ！」

「羞恥で眠気が吹っ飛ぶならば、じぶんはもう二度と目を閉じないでしょう」不安に駆られた青年はアリスの顔を見つめた。休息を勧めてくれるやさしい言葉の裏に皮肉がこめられているにちがいないと、なかば心配していたのである。だが、彼女の無邪気な顔からは、そんな気配はつゆほどもうかがえなかった。「間違いのない事実は、じぶんの不注意によってあなたを危険のなかに引きずりこんだあげく、兵士に似つかわしく不寝番を務める甲斐性さえ、じぶんにはないということであります」

「そのような落ち度についてダンカンを責めるなんて人は、本人以外におりません。ですから、あちらへいらして寝てください。あたしの言うことも信じてくださらなくちゃ。あたしたち、か弱い女ですけれど、見張りの任務を放棄したりしませんから」

ダンカンは、ばつが悪くても自分の不始末をさらに申し立てざるをえないところだったが、そんな羽目から抜け出せたのは、チンガチグックが叫び、その息子が警戒の色を見せながら何かに目をこらしたからだった。「モヒカンのやつら、敵の音聞きつけたんだべ！」とホークアイがささやいた。一行のほかの者たちとともにすでに起きていて、活動を開始していたのである。「風のなかからだって危険嗅ぎ分けるんだからな！」「いい加減にしてほしいね！」とヘイワードは吐き捨てるように言った。「なにしろ、流血はもうじゅうぶんに見てしまったからね！」

そういいながらもライフル銃を取りあげ、前へ進み出た。自分が付き添っている姉妹を守るために、命を惜しげもなく危険にさらすことによって、犯してしまったちょっとした失態の償いをしようと身構えていた。「あれは、森のけだものが餌を求めて、われわれのまわりをうろつきまわっている音だな！」とヘイワードはささやいた。どうやら遠くから聞こえてくる、モヒカンの親子を警戒させた低い音を耳にしたからである。「しっ！」油断なく構えた斥候が応じた。「あれは人間だ。おれにだってもう足音が聞き分けれる！　おれの耳なんて、インディアンに比べたらちゃちなもんだけどな。あの逃げてったヒューロンのやつめ、モンカルムの野営部隊のひとつと出くわしてから、おれたちの足跡見つけたんだべ。おれだってもうこの場で人間の血流したくないさ」不安で表情を曇らせながら、周囲の暗がりに溶けこんでいる物影に目を配りながら、言い足した。「だけども、やらねばならんことはやらねばならんべ！　アンカス、ウマどもば砦のなかへ引っ張ってけ。それから、あんたたち、その後からついていって、やっぱり隠れてれ。こいつは粗末で古い小屋だけども、弾よけにはなるべ。昔は、ライフルの弾あたる音、夜になるまで立ててたんだから！」

指示はただちに実行に移され、モヒカン父子がナラガンセット馬を廃墟のなかへ連れていった。一行の者も全員、物音をさせないように慎重きわまりない足どりで廃屋に向かった。

近づいてくる足音は、何が来襲するのかということについて、もはや少しの疑問も残らないほどはっきり聞こえるようになった。やがて人の声も混じり、インディアンの方言でたがいに声をかけ合うのが聞こえてきた。その言葉は、ホークアイがヘイワードにそっと教えたくれたことによれば、ヒューロン族の言語であった。ヒューロン族の一団は、砦を囲む藪のなかへウマが入った地点までやってくると、そのときまで追跡の手がかりにしてきたひづめの跡を見失い、明らかに困惑してしまったらしい。

声から判断すると、その場所にまもなく二〇人が集まってきて、たがいにあれこれと推測や進言を騒々しく言い合っているようだった。

「あのろくでなしども、おれたちの弱み知ってるな」と小声で言ったホークアイは、ヘイワードのそばの深い闇のなかに立って、丸太小屋の壁の隙間から外をうかがっていた。「そうでなければ、スクオーみたいにあんなだらだら歩いてきて、しょうもないおしゃべりにふけったりしないべ。ヘビどもの声聞こえるかい！みんな舌が二枚あるけども、脚は一本しかないんだべや！」

ダンカンは、戦闘となると勇敢でも、このように息も詰まるような緊迫した場面では、斥候の持ち前の冷静な言葉に答えることもできなかった。ただライフルをもっとしっかりと握りしめ、丸太の隙間をのぞきこんで、月明かりに照らされている外の様子に目をこらしながら、不安を募らせていた。つぎに聞こえてきたのは、他の者たちよりももっと太い声の、威厳をたたえて話す男の言葉だった。それ以外の言葉が聞こえなくなったのは、その男の命令、いや勧告を受ける者たちが、敬意を払っているしるしだった。それから木の葉のざわめき、枯れ枝の折れる音がしてわかったが、インディアンたちは、見失った足跡を捜して散開しはじめた。追われている者たちにとって幸運だったことに、月光は柔らかな光彩を廃墟のまわりの狭い空き地にあふれさせていたが、深い森の樹下を照らすほど明るくはなかった。だから、森のなかの事物は依然として暗い影に覆われて、見分けがつかなかった。足跡の捜索は成果なく終わった。ダンカンたち一行がたどった道なき道から藪のなかへ入ったときの通路は、きわめて唐突な方向転換だったから、その痕跡は、昏冥の森のなかではいっさい目につかなかったのである。

しかし、やがて聞こえてきたのは、腹の虫がおさまらないインディアンたちが、藪をかき分ける音であった。その音はだんだん、空き地を取り囲む境となっている、クリの若木の密生した藪の内側に近づいてきた。

「くるぞ!」とヘイワードはつぶやいた。丸太の隙間からライフルの狙いをつけようとしている。「近づいてきたらいっせいに撃ってやろう!」

「何もかも暗闇から出さないようにしとけ。火打ち石の音がしても、火薬一粒焼けるにおいがしただけでも、血に飢えた悪党どもが束になってかかってくるべ。神様の思し召しで、頭皮はぎ合ういくさするしかなくなったら、野蛮人のやり方知ってる者にまかしておけや。雄叫び聞いたぐらいでめったに後ずさりなんかしないからな」

ダンカンは背後に視線を移し、姉妹が小屋の反対側の隅にちぢこまって震えているのを見た。モヒカンの父子は、闇のなかで二人の直立した哨兵のように立ち、必要になったらいつでも打ちかかろうと身構え、飛びかかっていきたくてうずうずしているようであった。ダンカンはせっかちな気持ちを抑えて、ふたたび外をうかがい、帰趨を見きわめようと黙って待った。その瞬間、茂みをかき分けて、ヒューロン族の背の高い戦士が一人あらわれ、空き地に数歩進み入ってきた。この男は静まりかえった砦小屋を目にした。その浅黒い顔に月の光が降りそそぎ、驚きとともに好奇の念をあらわにした。インディアンが一驚を喫したときにいつもあげる叫びを発してから、やがて低い声で一人の仲間を呼んだ。

こうして並んで立ったまま、二人のインディアンはしばらく、崩れかけた建物を指さしながら、意味不明のヒューロン語で話し合っていた。それから、ゆっくりと用心しながら近づいてきて、一歩進むごとに立ち止まり、丸太小屋を見つめた。ものの気配に驚いたシカが、好奇心と不安とのせめぎ合いに激しく動揺しているのとそっくりである。一人はやにわに足を土饅頭に引っかけ、それが何なのか確かめようとして身をかがめた。そのとき、ヘイワードの目に映ったのは、ホークアイが短刀を鞘から抜き、ライフルの銃口をさげて狙いをつける仕草であった。青年はそれを見て、自分も戦闘準備をした。戦闘開始は必至と思われた。

二人のヒューロン戦士はすぐそばまで近づいてきた。ウマが一頭でも身動きしたり、鼻息を荒くしたりするだけで、追われている者たちは見つかってしまいそうだった。だが、土饅頭が何であるかということに気づいたヒューロンたちは、あらぬものに気をとられているようだった。二人は言葉を交わした。その声音は低く厳粛で、畏怖のこもった哀悼の思いにとりつかれているかのようであった。あげくのはてにそろりそろりと後ずさりしながら、まるでいまにも死者の幽霊があらわれるとでも思っているような目つきで、廃墟の丸太小屋のものいわぬ壁を見つめていた。ついには空き地の端まで戻っていくと、藪のなかにゆっくり入っていき、見えなくなった。

ホークアイは、銃床が地べたにつくまでライフルをおろし、ほっとしたように長いため息をついて、どうにか聞きとれるほどのささやき声で言った。

「はあ！　あいつら、死人たちにはかしこまるんだわ。おかげで今みたいに、命拾いすることになったべさ。もっとも、こっちもおかげで命拾いしたのかもしらんけどな！」

ヘイワードはその言葉に耳を貸したのもつかの間、返辞もせずに、もっと気になる連中の動きを探ることにふたたび集中した。聞こえてくる音から、あの二人が藪を抜け出していったことがわかった。やがてそのまわりに追っ手が全員集まり、報告に聞き入っているらしい。それから話し合いが数分間続いたが、その熱心で荘重な口調は、最初この場に集まってきたときの騒々しいおしゃべりとは大違いだった。話し声はだんだんとぎれて遠のいていき、しまいには森の奥に消えてしまった。

ホークアイはそれでも動きださず、聞き耳を立てていたチンガチグックから、もうだいじょうぶという合図をもらうまで待っていた。引き上げていくヒューロンの部隊が遠ざかり、物音がすっかり聞こえなくなると、ホークアイはヘイワードに、ウマを外へ引き出して姉妹を乗せるように、身振りで知らせた。支度がすむとすぐに、壊れた門から足音を忍ばせて出ていき、入ってきたのとは逆の方向へ進んで、この地をあとにした。姉妹は、おぼろな月明かりに照らされた空き地から出て、森の暗がりのなかに身を隠す間際に、静まりかえった墓や崩れ落ちそうな丸太小屋をそっと見やった。

第十四章

「番兵——誰《キ・エ・ラ》だ。
乙女——百姓《ペイザン》です、フランスの貧乏人《ポーヴル・ジャン・ド・フランス》。」

『ヘンリー六世・第一部』三幕二場、一三〜一四行。

かつての砦から至急離れようとする途上、一行が森の奥深くに入るまでは、脱出しなければという一念で、小声でさえも言葉を発する者は誰もいなかった。斥候はふたたび先頭に立ったが、その歩みは、敵からじゅうぶんに離れたところまできたあとも、前日よりもっと慎重であった。このあたりの森の地理については、まったく不案内だったからだ。一度ならず足をとめ、仲間のモヒカン父子と相談しながら、上空の月を指さしたり、立木の苔を念入りに調べたりした。そんな寸時の停止の折に、ヘイワードと姉妹は、危険に直面してふだんの倍も敏感になった耳をそばだてた。敵の接近を知らせる何らかの徴候を聞きつけようとしていたのである。だが、そんなことをしても、広大な地域はあたかも永遠の眠りについているかのように静まりかえっていた。森からは物音一つ聞こえてこない。ただ、どこか遠くで水の流れがかすかに音を立てているのみであった。鳥も、けものも、人間も、一様に眠りこけているとしか思えなかった。もっとも、この茫漠たる未開の地のどこに人間が見出せるか、もともとあやしいのだが。しかし、ささやかで微々たる音ながらも小川のせせらぎを耳にして、道案内をしていた者たちは、おちおちしていられなかった困惑から立ち直り、ただちに水音めざして進みだした。

小川の岸に達すると、ホークアイはまた立ち止まった。そしてモカシン靴を脱いでから、ヘイワードとギャマットにも靴を脱ぐように勧めた。それから水のなかに入り、一時間近く河床を歩いた。足跡を残さないようにしたのだ。月はすでに沈み、西の地平線の上にうずたかく積み重なった黒雲の陰に隠れていた。そこで、深くえぐられた河床を曲がりくねって流れる川からまた岸の上にあがり、明るく平らで、砂地ながら樹木も多いところを進みはじめた。ここまでくると斥候はふたたび安心したようだった。あたりの地理を熟知している人間らしく、迷うこともなくさっさと歩いていく。道はやがてだんだん険しくなってきて、山が両側から迫ってきているのが、案内してもらっている者たちにもはっきりわかった。じっさい一行は、山間の峡谷の一つに入りかけていたのだ。突然ホークアイは足をとめた。他の者たちが追いつくまで待ってから口を開いたが、声は抑えられ、緊迫していた。そのために、あたりの静けさや暗さにも影響されて、その言葉はいっそう重みを増した。

「未開の土地で道覚えたり、けものが塩嘗めにいくところや水の流れ見つけたりするぐらいなら、たやすいもんだべ。だけども、この場所見ただけで、あっちの静まりかえった林や岩だらけの山のなかで、大軍が野営してたと言えるやつがどこにいるってか!」

「では、ここからウィリアム・ヘンリー砦まではそう遠くないのだな」とヘイワードは言いながら、斥候のそばへ近寄っていった。

「まだ長くてうんざりするほどの道のりがあるんだわ。こうなったら、いつ、どこから砦に入っていくかというのが大問題になってきたぞ。あれ見れや」と言ってホークアイは、林の向こう側にかいま見える小池を指さした。水面には星影が懐に抱えられるように映っている。「ほれ、「血の池」[*1]だ。おら、ここはよく通ったことがあるばかりか、日の出から日の入りまで敵とたたかったこともある場所なんだわ！」

「ほう！　では、あのさえない陰気な池が、いくさに敗れた勇者たちの墓所というわけか！　名前は聞いたことあるけれど、その岸に立つのははじめてだ！」

「あのドイツ出のフランス人[†]と一日に三回も対戦したっけ！」話を続けるホークアイは、ダンカンに返辞をするというよりも自身の思い出をたどっていた。「わが軍が敵の先遣隊を待ち伏せしてやろうと出撃したら、あいつがすぐそばからあらわれて、おれたちば追われたシカみたいに蹴散らかしてくれたんだわ。峡谷抜けてホリカン湖の岸まで逃げたさ。それから、おれたち結集して、倒れた木の陰に隠れ、あいつに立ち向かった。指揮とったのはサー・ウィリアム――そのときの武勲によりサー・ウィリアムと名乗れるようになったんだけどな。このときの戦闘で、午前中に受けた恥の雪辱してやった！　何百人ものフランス人にとっては、あの日がお天道様の見納めになったべ。そのうえ、やつらの指揮官、ディースカウご本人も、わが軍の手に落ちたしょ。弾傷受けてぼろぼろになったから、もういくさで働くこともできなくなって、自分の国に引き上げてしまったっけ」

「あれはみごとな撃退だったであります！」ヘイワードは、少壮らしい昂ぶりに熱くなって声高に言った。「その評判は、南に布陣していたじぶんらの部隊にもさっそく届いたであります」

「いや！　それで全部けりがついたわけでない。おれは、サー・ウィリアム御本人直々《じきじき》の命を帯びて、エフィンガム少佐から派遣されたんだわ。フランス軍の側面に回りこんで連水陸運路横切り、フランス軍大敗の知らせをハドソン川の砦まで伝える役だ。ちょうどこのあたり、ほれ、林が山のほうへ続いていくとこが見えるべ、あそこらへんにさしかかったところで、援軍がやってくるのに出くわしたんだ。それでおら、そいつら先導して、敵が飯食ってるところまで連れていった。敵はその日の血なまぐさいいくさがまだ終わってないなんて、夢にも思わなかったんでないかい」

「それで不意打ちしたんですね！」

「食い意地張ったやつらが、死ぬのは不意打ちされたためとわかったとすればな！　やっつけられるまで息つく間もなかったんでないかい。だって、やつらは午前中のいくさでおれたちにひどい目あわせてくれたし、やつらの手にかかって友だちや親戚を亡くしたことのないやつなんか、おれたちの部隊にはほとんど誰もいなかったからな。すっかりけりがついたあと、あのちっちゃな池のなかに、死んだやつらば投げこんだんだわ。死にかけたやつらも投げこまれたっちゅう話だけどよ。池の水が血で染まったの、この目で見たさ。大地のはらわたから流れてくる自然の水があんな色になるなんてことは、一度もなかったべな」

「それだって、兵士の墓としては急場しのぎになったし、そこできっと安らかに眠ってくれますよ！　お話によれば、この辺境の地での軍務というものをさんざん見てきたのだから、わかってるでしょうけど」

「おれがか！」と斥候は言って、のっぽの体を直立させながら軍人としての誇りを見せた。「このあたりの丘で、おれのライフルの銃声のこだま響いたことのない丘なんて、そうたくさんはないしょ。ホリカン湖とハドソン川のあいだの土地一平方マイルごとに区切っても、敵の人間であれ、けだものであれ、生きてるやつがキルディアに倒されたことのない区画なんてないべ。だけども、あそこの墓は、あんたの言うとおり静かだといっても、平気ですますわけにいかんしょ。部隊のなかには、安らかに眠ってもらうはずの人間が、まだ息のあるうちに埋められたりしたらかわいそうだって言うやつらもいるしな。たしかなことには、あの夜は急いでたから、医者だってあわてて、生きてるやつと死んでるやつの区別つけれなかったべ。しっ！　池の岸、何か歩いてるのが見えないか」

「こんなわびしい森のなかでじぶんらのように家もなくふらふらしている者なんか、いそうもないですよ」

「ああいうのは、家とか宿所とか気にしないんでないかい。水のなかで過ごしてきたなら、夜露があたっても濡れたりしないべ！」と答えた斥候は、ヘイワードの肩を発作的につかんだ。その手には力がこもっていて、ふだんはあれほど怖れを知らぬ男がどれほど迷信的な恐怖にとりつかれているかを、青年将校に思い知らせた。

「ややっ！　人間の姿してるぞ！　近づいてくるべ！　武器の用意だ、みんな。どんなやつに出くわすか、わからんからな」

「キ・ヴィーヴ」[*2]鋭く断固たる声が飛んできた。それはまるで、わびしく厳かなあの池から発せられた、冥界からの誰何《すいか》のように聞こえた。

「何て言ってるんだべ」と斥候はささやいた。「インディアンの言葉でも英語でもないぞ！」

「キ・ヴィーヴ」さっきと同じ声が繰り返すと、それに続いてきびきびとした動きにともなう武器の音が聞こえ、険悪な形勢になってきた。

「フランス」とヘイワードは大声で言いながら、木陰から前に出て池の岸のほうへいき、歩哨から数ヤードのところまで進んだ。

「どこからきたのか《ドゥ・ヴネ・ヴー》――こんな朝早くからどこへ行くのか《ウ・アレ・ヴー・ドシ・ボンヌ・ウール》」と、相手の擲弾兵が問いつめてきた。その言葉はフランス語で、フランス本国出身の人間らしい訛りを帯びている。

「探検に出てきたんだが、そろそろ寝に帰ろうかと思ってね《ジュ・ヴィアン・ド・ラ・デクヴェルト・エ・ジュ・ヴェ・ム・クシェ》」

「するとフランス国王軍の将校でありますか《エ・ヴ・オフィシエ・デュ・ロワ》」

「もちろんだよ、きみ《サン・ドゥト・モン・カマラド》。植民地の人間だとでも思ったのか《ム・プラン・チュ・プル・アン・プロヴァンシアル》！　おれは軽騎兵隊の大尉だ《ジュ・スイ・キャピテーヌ・ド・シャースール》（ヘイワードは、相手が前線の連隊に所属していることをとくと知っていた）——おれと同行して《ジェ・イシ・アヴェク・モア・》こちらにいらっしゃるのは、あの要塞の司令官の娘たち《レ・フィーユ・デュ・コマンダン・ド・ラ・フォルティフィカシオン》だよ。ははあん、噂は聞いておるな《アハ・チュ・オナ・アンタンデュ・パルレ》！　別の砦の近くでおれがこの方たちを捕虜にしたのだ《ジュ・レ・ゼ・フェ・プリゾニエール・プレ・ド・ロートル・フォール》。それで将軍のところまで連れていくのさ《エ・ジュ・レ・コンデュイ・オ・ジェネラル》」

「おやまあ《マ・フォワ》！　ご婦人方《メダム》。お気の毒なことです《ジャン・スイ・ファシェ・プル・ヴ》」と若い兵士は驚きの声をあげ、品よく帽子に手をやった。「でも《メ》——戦争には運がつきもの《フォルチュン・ド・ゲール》！　お会いになればおわかりでしょうが、われらが将軍は誠実で、ご婦人方にはとても礼儀正しいお方ですよ《ヴ・トルヴレ・ノートル・ジェネラル・アン・ブラーヴ・オンム・エ・ビアン・ポリ・アヴェク・レ・ダーム》」

「それはいかにも軍人らしいことで《セ・ラ・キャラクテール・デ・ジャン・ド・ゲール》」とフランス語で答えたコーラは、みごとな沈着ぶりを発揮した。「さようなら、同胞のお方《アデュー・モナミ》。お勤めが少しでも楽になるようにお祈りいたしますわ《ジュ・ヴ・スエトレ・アン・ドゥヴワール・プリュ・アグレアーブル・ア・ランプリール》」

　兵士はコーラの慇懃さに答えて、神妙に深々と頭を下げた。さらにヘイワードが「おやすみ《ボンヌ・ニュイ》、ご同僚《モン・カマラード》」とつけ加えてから、一行は油断なく前へ進んだ。後に残った歩哨は、しじまに包まれた池の端を歩きはじめた。これほど図太い敵がいるとは、夢にも思わなかったのである。そして、女を目にして、はるかなうるわしき自国フランスを思い出したせいか、心に浮かんだ歌詞を鼻歌でうたいだした。

「ヴィーヴ・ル・ヴァン、ヴィーヴ・ラムール」云々[*3]。

「あんたがあの悪党の言葉わかってくれてよかった！」一行がその場から多少離れたところまでくると、斥候はそうささやいて、ライフル銃をふたたび腕に抱えた。「あのいやなフランス野郎だってことは、おれもすぐわかったんだわ。あいつの話しぶりが味方向けのものだったし、こちらに思いやり見せてくれたからよかったものの、そうでなかったら、あいつの骨も、昔死んだフランス人たちの骨の近くに沈められてたべ」

その言葉をさえぎるように、長く苦しそうなうめき声が小さな池のあたりから聞こえてきた。あたかも今度こそ死者の霊が、墓がわりになっている池のあたりにさまよい出てきたかのようであった。

「たしかに、ありゃ生身の人間の声だ！　いや、あんなにしっかり武器扱える幽霊なんかいるもんでない！」

「人間の声でしたね。だが、かわいそうだが、あの男がまだこの世に生存しているかどうか、疑わしいですね」とヘイワードは言って、あたりを見まわし、チンガチグックが同行の仲間から姿を消していることに気づいた。またもやうめき声が聞こえてきたが、さっきよりもか細く、それに続いて何か重たいものがゆっくりと水に落ちる音がした。そのあとはまたすっかりもとの静けさを取りもどし、陰鬱な池の縁が創世以来の沈黙から目覚めたことは一度もなかったかのようだった。一行が不安に駆られたまま足踏みしているうちに、チンガチグックが藪のなかから滑るように姿をあらわした。この族長は仲間に合流しながら、不運なあの若いフランス兵の血まみれの頭皮を片手で腰帯にはさみこみ、反対の手で、血を吸った短刀とトマホークを鞘に収めた。それからいつもの最後尾の位置についたが、その態度は手柄を立てたと思いこんでいる男のものであった。

斥候はライフルの銃尾を地面につき、銃口に両手をのせて、ものも言わずに考えこみながら立っていた。それから嘆かわしそうに首を横に振りながら、こうつぶやいた。

「ホワイトスキンから見たら、あんなことするのはむごくて人でなしみたいだべ。だけども、ありゃ、インディアンの生まれついての性《さが》なんだわ。だから、やめれったってしょうがないしょ！　だけども、ろくでもないミンゴ相手だったらよかったんだがなあ。本国からやってきたあの陽気な坊やなんかでなくてよ！」

「もういい！」とヘイワードは言った。姉妹は何が起きたのかわかっていないのに、ここで足踏みしているわけに気づいてしまうのではないかとハラハラしながら、ヘイワードはホークアイの思いとほぼ重なる考え方にすがることで、自分が感じている嫌悪感を抑えようとしていた。「やってしまったことは、やらなかったらよかったのにといっても取り返しがつくものではない。これではっきりしたように、このあたりはもう敵の歩哨が立っている領域だぞ。どっちに向かって進もうというのだ」

「そのとおり」ホークアイはふたたびしゃきっと背筋を伸ばした。「あんたが言うとおり、こんなことあれこれ考えても手遅れだべ！　いやはや、フランス軍は懸命に砦囲んでしまったんだわ。この包囲の隙間縫っていくには、よっぽど細い針みたいにならんとだめだべ」

「それに、ぐずぐずやってる暇はないぞ」ヘイワードは上空に視線を走らせ、落ちていく月を覆い隠すように立ちのぼった靄を見た。

「それに、ぐずぐずやってる暇はない」斥候はオウム返しに言った。「やり方は二つある。どっちしても、神様のお加護が頼み、それがないかぎりうまくいくはずないけどな！」

「早く言ってくれ。時間がおしてるんだ」

「一つは、お嬢さん方にウマからおりてもらって、ウマたちは平地に放してやるんだわ。モヒカンの親子ば先に行かせて、そのあとからおれたちが続く。敵の番兵倒して道切りひらく。そして死骸乗り越えて砦のなかへ入る」

「そりゃだめだ――だめだよ！」勇気のあるヘイワードも、この案には待ったをかけた。「兵士ならそんなやり方で道を切りひらくこともできるかもしらんが、あの人たちといっしょではとてもだめだ」

「たしかに、ああいう華奢な人たちには足入れることもできない、血だらけの道ができるべな！」と答えた斥候には、やはりそんなやり方へのためらいがあった。「だけども、そういうやり方も言っておかないと男がすたると思ったんでね。それがだめなら、ここから迂回して、敵が見張り立ててる区域に入らないようにいかんとならん。すぐに西へ曲がって、山のなかに入るべ。あっちに行けば、モンカルムに雇われてる悪魔の手先みたいなやつらだって跡つけてこれないようなとこに、何ヶ月間でもあんたたち匿ってやれる」

「そうしてくれ。大至急だ」

それ以上言葉を交わすことは必要なかった。ホークアイは、「ついてこい」という指図を口にしたのみで、今きたばかりの道を引き返しはじめた。雲行きがあやしく、危険とさえいえそうなところに踏み入ってしまったからだ。一行の足どりは、先ほど言葉を交わしたときと同様に慎重で、音を立てないようにしていた。敵の巡察隊や潜伏している哨兵といつ何時出くわすか、わかったものではなかったからである。ふたたび池の端を黙々と進みながら、ヘイワードと斥候は、あたりの不気味にうら悲しい光景をそっとうかがった。静まりかえった岸辺で先ほど見かけたばかりのあの兵士が大股に歩く姿を探しても、見えるはずもなかった。さざ波が規則正しく打ち寄せるかすかな音は、池がまだ静まっていないことを知らせ、目にしてまもないあの血なまぐさい所業をまざまざと思い出させた。しかしながら、眼下低く広がる水面は、そんなつかの間の陰鬱な場面と変わらずたちまち闇のなかにかき消されて、一行の背後で黒い影に変わっていく他の事物と見分けがつかなくなった。

ホークアイはまもなく、さっききたときの道から逸れ、狭い平地の西側の仕切りとなっている山のほうへ向かった。高い鋸状の稜線が落とす影のなかに後続の者たちが隠れるように道を選びながら、足早に進んでいく。道筋はけわしくなってきた。岩がゴツゴツと突き出し、数多くの渓流が走る地点にさしかかって、歩みはのろくなった。わびしく黒々とした丘にまわりを取り囲まれるようになったが、そのおかげで安全な感じがして、行路のつらさをいくらか償ってくれた。ついには急峻な坂道をのろのろ登りはじめた。岩や立木のあいだを複雑に曲がりくねり、岩を回避したり、木に頼ったりしながら登る道で、未開地で生き残る術を身につけた男たちが切りひらいたとおぼしい形状である。谷底から徐々に高みへ登るにつれ、いつもどおり夜明けの直前に深まっていた闇も薄れだし、いろいろなものが自然によって本来与えられた色合いを取りもどして、はっきり見えるようになった。一行は、痩せた山腹にへばりついている貧弱な林から出て、丘の頂をなしている平たい苔むした岩の上にあがると、日の出を迎えた。朝日は、ホリカン湖をはさんで向かい側に横たわる丘を覆う青々とした松林の上に、赤い顔をのぞかせていた。

ここで斥候は姉妹に下馬するように指示した。それから、疲れきったウマたちの口から轡を、背から鞍をはずすと、山頂付近の藪やまばらな草地からささやかな餌を見つけられるように放してやった。

「それ、行け。自然が恵んでくれるとこで餌探せ。このあたりの山のなかで、おまえたち自身が、腹へらしたオオカミどもの餌にならんよう気つけれや」

「もうウマは必要ないのかね」とヘイワードが訊いた。

「見たらいいべ。自分の目でたしかめたらいい」と言って斥候は、山頂の東側を切り落としたような崖の縁のほうへ進みながら、一行に後からついてくるよう手招きした。「ここからモンカルムの陣まるまる偵察できるみたいに、人間の心たやすくのぞけたら、猫かぶりも少なくなるべな。そしたら、ミンゴがずる賢いったって、正直なデラウェアにはかなわないことになるんでないかい」

一行は崖っぷちに立ってみて、斥候の言うとおりだと一目で納得できた。この見晴らしのいい場所へ連れてきてくれたのも、ちゃんと計算した上でのことだったとわかった。

この山頂はおそらく千フィートの高さがあった。高い円錐形のこの山は、ホリカン湖の西岸に沿って何マイルも続く山脈の手前に、前進基地のように飛び出して隆起していた。この山脈は北上して、湖がとぎれるあたりで対岸の山脈といっしょになり、カナダに入っていく。常緑樹の疎林におおわれた、荒々しい岩だらけの山岳地帯である。一行のすぐ足もとに見えるのは、東西の山脈にはさまれてゆるやかな弧を描く、ホリカン湖の南岸である。その岸から少し離れると、起伏のある高地へつながる。北のほうへ清らかな水面が延びている。そびえ立つ崖の上から望む「聖なる湖」の細長い湖面は、無数の入り江と美しい崎で縁取られ、数えきれないほどの島々を点在させている。数リーグ先で湖面は山陰に隠れたり、あるいは、明るい朝の空気をさえぎるように山奥からゆっくりおりてくる靄に包まれたりして見えなくなる。だが、いったん見えなくなった湖面も、山と山のあいだの狭い隙間からかいま見えて、清らかで広々とした水面がさらに北のほうへ続いていることを知らせてくれる。その先で、はるかなシャンプレーン湖に川を通じてつながっているのだ。南方に延びているのは、これまで何度も述べたあの峡谷、というよりも起伏の多い原野である。山並みはそちらのほうに、なかなか牙城を明けわたしたくないという風情で何マイルかにわたって続いているが、目が届かなくなる前によろめいて、ついには平坦な砂地に呑まれて消えてしまう。このあたりこそ、これまで語ってきた、一行が危ない目にあいながら行ったり来たりした顛末の舞台にほかならなかった。ホリカン湖とその水域をはさんで両側に連なる山脈の無人の森からは、薄靄が渦を巻いて立ちのぼり、あたかも人知れぬ小屋からあがる煙のごとくであった。靄はゆるりと山腹を這いおりてくると、低地の霧のなかにまぎれこんでいった。純白な雲がたった一つ、ぽつんと谷の上に浮かんで、ちょうどその下にある、静まりかえったあの「血の池」の位置を示していた。

湖岸の西寄りに、湖に接するように築かれた長い土塁や低い建物が見え、それがウィリアム・ヘンリー砦であった。長く延びる二本の稜堡は、基礎が水に浸かり、水上に浮いているように見えた。砦の別の側面は深い堀や広い沼地で守られている。砦の周囲は、道理にかなう範囲で木が切り払われていたが、それ以外のところは見渡すかぎり森に包まれている。鬱蒼たる森以外に眼に映るものといえば、眺めを和らげる澄んだ湖面や、うねるように続いている山の端から迫り出している黒っぽいむき出しの岩頭ぐらいしかない。砦の正面に歩哨が数名配置されているものの、敵の大軍に対する見張りに倦み疲れていると見える。城砦のなかを高所からのぞきこむと、寝ずの番にあたっていた男たちの眠そうな姿が見えた。砦の南東側のすぐそばには、塹壕を掘って布陣している部隊がいた。そこは岩地の高台に位置していたから、要塞自体をそこに築いたほうがはるかによかったぐらいである。ホークアイの指摘によれば、その部隊のなかには、つい先日ハドソン川沿岸からやってきたばかりの援軍の連隊もいた。もう少し南へ下った森からは、無数の黒い煙が立ちのぼっていた。泉から発生する清らかな靄とは見まがうはずもなく、やはりホークアイがヘイワードに教えたように、敵軍がその方角に野営している証拠であった。

だが、少壮の武人ヘイワードにとってもっとも気になったのは、湖の南端近くの西岸に見える眺めであった。山の上からは、そこは細長く狭い一郭にしか見えず、大軍が陣を布けるとも思えなかったが、じつはホリカン湖の岸から山裾まで何百ヤードにもわたって、一万の軍勢の展開している白い天幕や銃砲がうかがえた。前面にはすでに大砲が配備されている。一行がそれぞれの感慨にふけりながら、足もとに地図のように広がる景色を山頂から見下ろしているうちにも、砲声がその低地から発せられ、雷鳴のような残響は東側の山にこだました。

「下にいる連中にもちょうど朝がきたとこだな」斥候は深慮遠謀にふけっていた。「見張りに立ってたやつらが大砲ぶっ放して、寝てるやつらば起こしてやりたくなったんだわ。ここに着くのがちょっくら遅かったな! モンカルムはもう、手下のイロコイどもば森中に送りこんでるべ」

「たしかにあそこは包囲されてる」とダンカンは言った。「それでもあのなかに入っていける手は何かないか。砦のなかで捕虜になるほうが、またもやインディアンの手に落ちて引っ張りまわされるよりも、よっぽどましだ」

「見たかや!」斥候は声高に言って、つい、コーラの目を父親のいるあたりに向けさせてしまった。「あの一発で、司令官の家の横っ腹から石が吹っ飛ばされてしまった! いや! あの家がしっかり分厚く作られてたって、あのフランス人どもは、建てたときよりももっとあっさり粉々にしてしまうべ!」

「ヘイワードさん、わたし、自分はのうのうとしていながら、父があんな脅威にさらされている様子を見たら、気分が悪くなりました」豪胆ながらさすがに不安に駆られた娘が言った。「モンカルムのところに行って、砦に入らせてと要求しましょう。子どもの願いを聞き入れないわけにはいかないはずです!」

「あのフランスの将軍のテント見つける前に、あんたの頭の毛はがれているんでないかい! あそこの岸に何千もの舟が空っぽのまま乗り捨てられてるけども、あの一艘でも手に入ったら、将軍のとこまで行けるかもしらんが。はあ! 大砲が使えなくなりそうだわ。向こうから霧がわいてきたからな。昼間だって夜と同じになるぞ。これで、インディアンの矢のほうが鋳型で作った大砲よりも物騒になる。さて、あんたらが尻込みしないでついてくるなら、おら一ふんばりしてみるつもりだ。おれもあの陣地までおりていきたいからな。ミンゴのイヌども何人か蹴散らかしてやるだけでもいいんだわ。あっちのカバの木の茂みの裾に、あいつら潜んでるの見えてるものな」

「尻込みなんかしませんとも！」コーラは毅然と言った。「そういう目的のためなら、どんな危険な目にあってもついていきます！」

斥候はコーラのほうに向きなおり、心の底から素直に讃嘆の思いをあらわす笑みを浮かべて、こう答えた。

「がっちりした体格の目の利く男で、あんたみたいに死ぬの恐れないやつらが千人もいたらなあ！　あんなペラペラしゃべるフランス人どもなんか、一週間もしないうちに古巣まで追い返してやる。とっとと帰って、足かせはめられたイヌどもか、腹ペコのオオカミどもみたいに、ギャーギャー吠えてたらいいんだわ。さて、行動開始だ」コーラから他の者たちに視線を移して言い添える。「霧がどんどんおりてきてる。麓であれに追いついて、隠れ蓑に使おうというなら、もうちょっとしか時間ないべ。いいか、万一おれに何かあったら、いつも左のほっぺたに風が当たるように進んでいけ――いや、それより、モヒカンの父子についていけ。あいつらなら道嗅ぎわけるから、昼間も夜もないんだわ」

それからホークアイは片手を振って、ついてくるように合図すると同時に、急峻な下り坂を楽々と、だがじつは足もとに気をつけながらくだりはじめた。ヘイワードは姉妹の下山を助けた。一行全員、登ってくるのにあれほど苦労した山腹を、あっという間におりてしまった。

先導するホークアイの後について、一行がまもなく麓におりてみると、そこは城砦の西壁に設けられた出撃口のほぼ真向かいだった。姉妹に付き添っているダンカンが追いつくまで待つために、ホークアイが立ち止まった地点からは、城砦そのものまで約半マイルの道のりを残していた。気負いこみすぎていたうえに、地形にも救われたおかげで、一行は、湖をゆったりと南下してきた霧よりも早く、麓におりてきてしまったのだ。そこで、敵の陣営が白い羊毛のマントのような霞に包まれるまで、待機しなければならなくなった。モヒカン父子はこの暇を利用して、森のなかから抜け出し、周囲の偵察に出かけた。二人の後から少し離れて、斥候がついていった。二人の報告をいち早く受けとれるようにしたかったし、直近の地形について自分で少しでも見きわめておきたかったからである。

ほどなく戻ってきた斥候の顔には困惑のあまりに血がのぼり、失望もあらわに、とても温和とはいえない言葉をつぶやいた。

「あの抜け目ないフランス人野郎、おれたちの行く手の真ん前に哨戒線張りやがった。レッドスキンと白人の両方が歩哨に立ってるんだわ。霧のなかすり抜けるどころか、やつらのまっただなかに突っこんでしまうべ！」

「回り道をして危険を回避するわけにはいかないか」とヘイワードは訊いた。「安全なところまで行ったら、またこの道に戻ってくればいい」

「霧のなかで、いったん道から外れたら、いつ、どうやって、もとの道見つけたらいいか、誰がわかるってか！ホリカンの霧は、和平のパイプ[*4]燻らして出てくる煙や、蚊遣火の煙みたいなものでないからな！」

このセリフが終わらないうちに、ドッカーンという音がしたと思うと、砲弾が藪のなかに飛びこんで若木の幹にぶつかり、はね返って地面を転がった。転がるときの勢いは、一度木にぶつかった後だから、ずいぶん殺《そ》がれていた。この恐ろしい使者をもてなすために大わらわの従者よろしく、モヒカン父子は砲弾をすぐに追いかけた。アンカスはいそがしく身振り手振りを入れながら、デラウェア語で熱心に何かを話しはじめた。

「そりゃそうかもしれんな、若造」アンカスの話が終わると、斥候はつぶやいた。「手のほどこしようもない熱病は、歯痛と同じに扱えないべ。では、行くか。霧がきはじめたからな」

「ちょっと待った！」とヘイワードは怒鳴った。「まず、あんたの予想を説明してくれ」

「すぐにすむことだし、期待はあまりできないんだわ。だけども、何もないよりはましだべ。この弾がわかるしょ」斥候は、鉄の塊になった砲弾を足で蹴ってみせた。「こいつが砦から飛んできたときの通り道が地面に刻まれてるべ。だから、ほかの目印が使えなくなっても、こいつの跡探せばいいしょ。もう話はいいから、ついてこいや。そうしないと、砦までの道のりの真ん中あたりまで行ったところで霧が晴れてしまう。そしたら、敵と味方の両方から的にされてしまうべ」

ヘイワードは、今こそほんとうに存亡をかけたときであり、言葉よりも行動が必要だということに気づいて、姉妹を両脇に抱えるようにしながら足早に前へ進んだ。先導する者のかすむ姿から目を離さないようにしていたが、霧のすさまじさについてホークアイが言ったことは法螺《ほら》でなかったことが、やがてはっきりしてきた。二十ヤードも進まぬうちに、たがいに誰だか見分けもつかないほどの靄に包まれてしまったのだ。

一行ははじめに左に曲がってちょっと迂回したから、味方の砦まで残り半分くらいの道のりまできたとヘイワードが思ったあたりで、そろそろ右の方へ向きを変えだした。そのとき、猛々しい誰何の声が耳に飛びこんできた。二十フィート足らずの至近から発せられたようだった。

「そこを通るのは《キ・ヴァ・ラ》誰だ」

「かまわないで進め！」と斥候は小声で言うと、また左の方へ曲がった。

「かまわないで進め！」とヘイワードは復唱した。すると今度は、十人あまりもの声が誰何してきた。どの声も威嚇を含んで恐ろしげだった。

「おれだ《セ・モア》」とダンカンは叫んだ。護衛している姉妹を、導くというよりもむしろ引きずるようにして、大急ぎで前に進んだ。

「馬鹿たれ《ベート》！　おれって！　誰のことだ《キ・モワ》」

「フランスの味方だ《アミ・ド・ラ・フランス》」

「いや、フランスの敵みたいだぞ《チュ・マ・プリュ・レール・ダン・ネンミ・ド・ラ・フランス》。止まれ《アレート》！　さもないと、いいか、貴様を地獄へ送ってやる《ウ・パルデュ・ジュ・トゥ・フレ・アミ・デュ・ディアブル》。だめだ《ノン》！　撃《フ》て。各々方《カマラド》、撃つ《フ》んだ！」

この命令はただちに実行された。五十丁ものマスケット銃が発射され、銃火が霧をつんざいた。幸いなことに、狙いのつけ方は拙劣で、弾丸は、ヘイワードたちが向かっていた方角とはちょっと違うあたりで空を切った。それでも、不慣れなデーヴィッドと二人の女性の耳には、体から数インチしか離れていないすぐそばをかすめていくみたいに聞こえた。ふたたび怒号がして、今度はまた撃てというだけでなく、追いかけろという命令も発せられたことがはっきり聞き取れた。聞こえてきた言葉の意味をヘイワードが手短に訳してやると、ホークアイは立ち止まって、すばやく判断をくだし、沈着冷静にこう言った。

「こっちも撃ち返してやるべし。砦から出撃部隊が出てきたと思って退却するか、援軍を待つかするんでないかい」

思いつきはよかったものの、効果はなかった。フランス軍の耳に銃声が届いたとたん、湖の岸からもっとも離れた森との境界まで平地に展開していた敵軍が活気づき、まるでそこらじゅうからマスケット銃を発砲してくるようだった。

「全軍をわれわれのほうに引きつけて、総攻撃を受けることになるだけじゃないか」とダンカンは言った。

「あんただけじゃなくわれわれの命も助かるように指示してくれよ！」

斥候もそうしたいのは山々らしかった。だが、あわてた上に進路を変えたため、方角がわからなくなっていた。かすかな風をどちらかの頬に感じないかと気をつけてみるも、甲斐がない。どちらの頬の感触も変わらなかった。この窮地のさなかアンカスの目にとまったのは、砲弾の転がった跡にできた溝だった。近くの三つのアリ塚に取り囲まれたあたりの地面が掘り返されていたのだ。

「そいつの向き見せれ！」とホークアイは言うと、身をかがめて溝の方角に一瞥をくれてから、すぐに歩きだした。

フランス兵たちが叫んだり、ののしったり、呼び合ったりする声や、マスケットの銃声が、つぎつぎに絶え間なく聞こえるようになり、どうも周りをぐるりと取り囲まれているみたいに思える。突然、強烈な閃光が目の前を走り、霧が濛々と渦を描きながら巻きあがった。数門の大砲が平地の向こう側で火を噴いたのだ。轟音が山にこだまして重々しく響きわたった。

「こりゃ砦の大砲だわ！」と叫んだホークアイは、くるりと踵を返した。「おれらは、馬鹿みたいにおたおたして、森に向かって突進してたんだわ。マクアたちが短刀持って待ちかまえてるまっただなかへな」

間違いがわかったとたん、一行全員逆戻りするのに全力を振りしぼった。ダンカンは、ためらうことなくアンカスの腕にコーラを託した。コーラもやはりひるむことなく、アンカスに抱きかかえてもらいながら逃げた。追いかけることに熱中して猛り狂ったフランス兵たちは、一行の逃げ道をはっきりつきとめたようだった。一行は殺されないとしても、今にもつかまりそうだった。

「悪党どもに容赦は無用だ《ポアン・ド・カルティエ・オ・コカン》！」がむしゃらに追いかける者の叫びが聞こえた。どうやら敵の部隊長の声だった。

　突然、一行の頭上から「わが勇猛なる六〇連隊の者ども、腰を据えて構えよ！」と呼ばわる大音声が響いた。

「敵が見えるまで待て。狙いを低くして撃つのだ。城砦前の斜堤をなぎ払うようにな」

「お父さま！　お父さま！」霧のなかからつんざくような叫びが聞こえた。「あたしよ！　アリスよ！　お父さまの娘のエルシーよ！　ああ、娘たちを撃たないで！　助けてください！」

「やめぇ！」先ほどの大音声の主が、親としての心痛をたたえた厳然たる口調で大喝した。その声は森にさえも届き、荘重なこだまになって還ってきた。「あの子だ！　神が娘たちをお返しくだされた！　出撃門を開けよ。六〇連隊、城外へ出撃じゃ。銃は使うべからず。わが子羊たちを殺さないようにな！　あいつら、フランスのイヌどもを剣で追い払うのじゃ」

　ダンカンは錆びた蝶番のきしる音を耳にすると、その音を頼りに門のほうへ突進した。彼を出迎えるように、暗赤色の軍服に身を包んだ戦士たちが長蛇の列をなして、城壁前の斜堤のほうへ足早に進んできた。これが英国アメリカ植民地軍の自身の所属大隊であるとダンカンにはわかったので、部隊の先頭に飛んでいき、やがて城砦の前から追っ手を跡形も残さず追い払う働きをした。

　コーラとアリスは、このように不意に放置され、当惑のあまり震えながら一瞬立ちすくんでいたが、話したり考えたりする暇もないうちに、巨躯の将官が靄のなかから飛び出してきて、二人をしっかりと胸に抱きかかえた。この将官は、寄る年波と軍務の労苦のために髪が白くなっているけれども、軍人らしい堂々たる態度は、年齢によって衰えたというよりはむしろ円熟味を加えていた。だが、その青ざめてしわを刻んだ頬には、大粒の熱い涙が流れている。そして、スコットランド人特有の訛りで、こう叫んだ。

「主よ、このご恩に感謝いたしますじゃ！　危険が降りかかるならそれでもかまいませんです。主のしもべたるわしは、これで危険に立ち向かう用意ができましたぞ！」

第十五章

「では我々も奥へ行き、使節に託された事項を確かめよう、
もっとも、私にはその趣旨は察しがつくし明言できる、
そのフランス人が一言もしゃべらなくとも。」
『ヘンリー五世』一幕一場、九五〜九七行。

その後数日間、攻囲された城砦は、物資の欠乏、猛攻撃にさらされ、落城の危機に瀕していた。容赦なく攻めかかってくる包囲軍に太刀打ちできるだけの抵抗手段が、マンローにはなかった。ウェッブは、自軍をハドソン川の岸辺にむざむざと休ませたままで、同胞が苦境に陥っていることをすっかり忘れてしまったかのようである。モンカルムは、連水陸運路沿いの森に隈なく配下の野蛮人どもを送りこみ、その雄叫びや鬨の声が英軍陣営に響きわたった。それを聞いて怖じ気づいたのは、もう包囲を強化するだけでいいという気分になっていたフランス兵のほうであった。

しかし、包囲されている側はちがっていた。指揮官たちの言葉に鼓舞され、模範に見習って勇気を奮い起こし、昔ながらの英国軍の名にし負う働きを見せていた。その意気込みは、司令官の厳格な人柄に見合っていた。フランス軍の将軍は、敵と対決するために未開の地を行軍してきた労苦だけでたくさんと思ったのか、軍略に長けているという評判にもかかわらず、近くの山岳を占領する手を打たずにいた。山から襲いかかれ

ば、籠城している相手を難なく殲滅していたはずで、この地方でもっと後におこなわれた会戦では、そんな山があったら、一時間といえども手つかずにされることはなかったであろう。このような、高台を重んじない戦法、というよりもむしろ山登りの苦労を厭う習性は、この時代の戦争につきものの弱点だったといってもいい。これは、インディアンのたたかい方が単純だったことに起因している。彼らの戦闘の実態や、鬱蒼たる森が戦場だったことのために、砦はめったに築かれず、大砲は無用の長物同然だった。こういう慣行から生じた無頓着さは、独立戦争のころまでも続いた。だから合衆国は、戦略的に重要なタイコンデローガ要塞[*1]を奪われることになった。そのため、バーゴイン[*2]の軍は行く手を阻まれることもなく、当時の国土にとっては心臓部にあたる地域への侵入をはたしてしまった。無知とも慢心ともつかぬこのような呑気さは、今日から見れば不思議なくらいである。かつてはディファイアンス山[*3]のような高地は登攀困難と誇張されていたにしても、現代においては周知のとおり、工兵隊技師が山麓に砦を設計し、将軍が砦防衛の任にあたるのに、近くの高地を意に介さなかったりしたら、とんでもない名折れになる。

　これまで描写しようとしてきた風景は、今では観光客や転地療養者や自然愛好家が、四頭立ての馬車を連ねて走りまわり、見聞を広めたり、体や目の保養を求めたりする景勝地になっている。あるいは、それぞれの目的地めざして、あの人工の水路に着々と舟を進めていくが、そういう運河[*4]が出現したのも、物議をかもした問題にあえてみずからの政治生命をかけた政治家[†]が行政の舵取りを始めてからのことにすぎないから、今日の旅行者は、このあたりの山や川を昔の人びとも自分たちと同じようにやすやすと越えていったなどと思いこんではならない。重砲を一門運んだだけでも、勝利を獲得したのに等しいとみなされることも少なくなかった。それも、大砲に必要な付属物としての弾薬を難路に阻まれずに幸い持参できた場合のことであり、それができなかったら、大砲も始末に悪いたんなる無用の鉄の筒になってしまう。

こういう事情のもとで、ウィリアム・ヘンリー要塞防衛の指揮をとっている果敢なスコットランド人は、運命の分かれ目になりそうな重圧に直面していた。敵将は高地に目をくれなかったにしても、平地の要所を正確に見きわめて大砲を配し、手際のよい砲撃をどしどし仕掛けさせた。包囲された側としては、この攻勢にたいして、未開地にあたふたと築いた不完全な砦で対抗するしかなかったのである。

包囲が始まって五日目、[*5]ヘイワード少佐一行が砦に到着してから四日目の午後、交渉申し込みの太鼓が鳴った機会をとらえ、ヘイワードは湖に面した稜堡の上の胸壁まで出てみた。湖上から吹きわたってくる涼風に一息つきながら、包囲軍がどれほど迫ってきているのか検分しようとしたのだ。堡塁の上をたった一人で見まわっている歩哨を除けば、あたりにはヘイワードしかいなかった。砲兵たちも、激務からしばし解放されたこのひとときを有効に使おうと、そそくさとどこかへ行ってしまったからである。穏やかで心地よい夕刻、澄んだ湖水から届く微風はさわやかで心が安らいだ。砲声や着弾の音がやんだので、自然もまたこのつかの間をとらえて、精いっぱいなごやかで優美な姿を見せてくれるようであった。その姿に日没前の輝かしい光が降りそそがれている。だが、このあたりの風土と季節に特有の強烈な日差しのぎらつきは、すでに失せていた。山々は青々としてみずみずしく、うるわしい。薄靄に包まれて和らいだ光を浴び、淡い陰翳を帯びていた。ホリカン湖の懐に抱かれているような島々には、水面すれすれまで沈んでいるみたいな低いのもあれば、緑色のビロードを敷き詰めた小山のように盛り上がって湖面に浮かんでいるのもある。そんな島々のあいだに見えがくれしながら、包囲軍の太公望たちがのどかに小舟をこぎ出し、鏡のごとき湖面にのんびり舟を浮かべて、静かに釣り糸をたれていた。

活気を帯びながらも静謐な情景であった。自然にまつわるものことごとく甘美で、ひたすら雄大であった。人間の気分や活動に左右される領分は、生き生きとして浮かれていた。

小さな白旗が二本立てられていた。一本は、凸角堡の先端のひとつにあり、もう一本は包囲軍の最前線を占める砲陣にあった。これらが象徴する停戦により、交戦が中断されたのみならず、戦闘員間の敵意までもとぎれたかのようであった。白旗の後ろには、それぞれ英仏両軍の絹製の軍旗が立てられていたが、重たげに垂れさがりがちだった。

百人ほどの若くて陽気なフランス兵がはしゃぎながら、磯辺へ網を引きあげようとしていた。ハラハラするほどすぐそばでは砦の大砲が、今は沈黙しているものの不穏な砲口を見せている。それをよそ目に兵士たちが地引き網に興じてあげる歓声は、東側の山にこだました。湖の魚を味わおうといさんで駆けつける者もいれば、早くも近くの山へ登山に出かける者もいて、フランス国民特有の活発な好奇心を発揮している。しかしながら、フランス兵のなかでも籠城軍の見張りに配された者たちや籠城軍自身は、そういう戯れや娯楽を目にしても、心惹かれつつ傍観するほかない見物人にとどまっていた。いや、じつはあちこちで、見張りについている部隊による歌や踊りの輪ができていた。それにつられて森の潜伏場所から出てきた肌浅黒い蛮族は、遠巻きに見物していた。要するに、何もかもお祭りのような様相を帯びてきた。血なまぐさくあこぎなたたかいの危険や苦しみから一時解放されたにすぎないとは見えない風情だった。

ダンカンはそんな情景を眺めながら、しばらくもの思いにふけっていたが、前章最後で言及したあの出撃門の前の斜堤のほうから、接近する足音が聞こえてきたので、そちらへ目を向けた。稜堡の先端まで歩いていくと見えてきたのは、フランス軍将校に付き添われて砦本部へ帰ってくるホークアイだった。その顔はげっそりと憔悴しきっており、敵の手に落ちたことにこの上ない屈辱を感じているみたいで、すっかりしょげかえっていた。愛用の銃は取りあげられ、シカ革製のひもで後ろ手に縛りあげられてもいた。このところ、降伏勧告をするための使者が白旗に守られながら頻繁にやってきていたから、ヘイワードは、今度もまた降伏を要求しにきた敵の将校だろうと思って、何気ない一瞥をくれたのだった。だが、しおたれた顔をしているものの相変わらずたくましくて背の高い男が、自分の友人たるあの森の男だとわかったとたん、びっくりして飛び上がり、くるりと向きを変えて稜堡から駆けおりると、砦の中心部へ向かった。

しかし、別の声に気をとられ、一瞬、友を迎えに行くつもりだったことも忘れて立ち止まった。凸角堡の内側にいた姉妹の声だった。姉妹はダンカンと同様に、砦に立てこもっていた憂さを晴らして外の空気を吸おうと、胸壁に沿って散歩していたのである。ダンカンは、門外の平地で姉妹と別れて、その身の安全を確保するために飛び出していったあの緊迫の瞬間以来、姉妹と顔を合わせていなかった。別れたときの二人は、心労にやつれ、へとへとにくたびれていた。だが、久しぶりに目にした姉妹は、おずおずとして不安そうではあれ、生気と美しさを取りもどしていた。このような好機に恵まれては、青年が姉妹に話しかけようとして、それ以外の目論見を一時見失ってしまったのも、無理はないであろう。しかし、話しかけようとしたダンカンは、若々しく純真なアリスに先を越されてしまった。

「あら！　サボり屋さん！　卑怯な騎士ね！　付き添っていたお姫様たちを戦場のまっただなかで置き去りにするなんて！　あたしたち、ここで何日間も、いえ、何十年間も、あなたがひざまずきにくるのをお待ちしておりましたのよ。おじけづいて引き返してしまったことを、水に流して赦してくださいってお願いにくるはずと期待してましたから。いえ、引き返したどころじゃなくて、走り帰っていったというほうがあたってるわ——だって、あなたの逃げっぷりといったら、あたしたちのたいせつなお友だちであるあの斥候なら、手負いのシカでもかなわないって言いそうなくらいでしたもの！」

「おわかりでしょうが、アリスはわたしたちが感謝し、ご無事を喜んでいると申しあげていますのよ」もっとまじめで思慮深いコーラが言葉を添えた。「でも、ほんとうのところ、わたしたち、なぜあなたがあんなにさっさとあの場からいなくなったのか、ちょっと解せない気持でいましたの。あそこで娘たちが申し上げるはずのお礼の言葉に、父からの感謝の言葉も重ねてお受け取りいただけたかもしれなかったのに」

「お父さまご自身からお聞きくだされればわかりますが、あなた方のそばからいなくなったとはいえ、じぶんはあなた方の安全をまったく忘れていたわけではありません。小屋が並んでいるあのあたりをどっちが支配するか」と言いながら、近くの塹壕で布陣している軍営を指さした。「それがきびしいせめぎ合いになっていたし、まだ結着がついておりません。あそこを支配する者がまちがいなく、この砦と、砦に入っている者たちとを、その手におさめることになるのです。お別れしてからずっと夜も昼も、じぶんはあそこで過ごしていました。あそこにいるのがじぶんの任務だと考えたからであります。しかし」と言いかけて、顔に無念の色を浮かべた。それを隠そうと努めたものの、うまく隠しおおせなかった。「あのとき軍人にふさわしい振る舞いと信じてやったことが、そんなふうに受けとられると知っていたら、お別れした理由の一端は、面目ないからだったということになるでしょうが」

「ヘイワードさん！——ダンカン！」とアリスは声を高めた。相手のなかばそむけた顔の表情を読み取ろうと身を乗り出したために、紅潮した頬に金髪の前髪がおおいかぶさった。おかげでほとんど隠れていたが、目には涙を浮かべていた。「あたしのあんな軽口を苦になさるなら、もう二度とあんなことは口にしません！

コーラならきっとうまく言ってくれるはずですが、あたしたち、あなたに尽くしていただいたことをちゃんと認めておりますし、深く——熱烈に、といってもいいくらい——感謝しておりますのよ!」

「では、コーラさんもそのとおりとおっしゃってくださいますか」とダンカンは叫んで、顔を曇らせていた影を吹き払うような、喜色満面の笑みを浮かべた。「重みのある姉として何とおっしゃいますか。軍人としての義務を果たそうとしたあまり、騎士としての役割をないがしろにしたことについて、弁護の余地があるとお考えですか」

コーラはすぐに返辞をせず、ホリカン湖の水面を眺めるかのように、湖水のほうへ顔を向けた。青年のほうに向きなおったとき、その黒い目は依然として苦悩の色をたたえていたので、ダンカンはたちまちあらゆる思案も忘れ、ただひたすらやさしく気づかうばかりになった。

「ミス・マンロー! 具合が悪いのですね! お体の調子がよくないのに、じぶんたちはつまらないことをおしゃべりしたりして!」

「何でもありません」と答えたコーラは、女らしい慎みを見せ、相手がさしのべてくれた手をとらなかった。「わたしには、人生の明るい面が見えてきません。無邪気ながら血の気の多いこちらの情熱家さんとはちがうのです」そう言いながらコーラは、愛しそうに妹の腕にそっと触れた。「それは経験の差のためにこうむる罰ですし、わたしの生まれついての不運のせいかもしれません。おわかりでしょう」この後の言葉は、義務感から、もう弱音は吐くまいと決意したかのような調子で続けられた。「ヘイワード少佐、まわりをご覧になったうえで、今後の見通しを教えてください。名誉と軍功を最高の幸せとしている軍人の娘のためにお願いします!」

「いかんともしがたい状況におかれたなかでは、名誉も軍功も損なわれるべきではありませんし、損なわれるはずもありません。しかし、お言葉を聞いて、じぶんは任務を思い出しました。これから勇猛なるお父上のところへ、最後の防衛戦に関していかなる決断をくだされたのか、うかがいに行きます。いかなる運命に出会おうとも、神の御加護がありますように。気高い——コーラ——そうお呼びしてもさしつかえありませんね。そうお呼びせずにいられません」コーラは素直に手を差しだして握手した。とはいえ、その唇は震え、頬はだんだん灰のように白くなっていった。「いかなる運命のもとでも、あなたが女性の鏡であり誇りであると、じぶんは承知しております。アリス、アデュー」——ダンカンの口調はここで讃嘆から愛惜に変わった——「アデュー、アリス。じぶんはまもなくあなたと再会しますからね。きっと人生の勝利者として、歓喜に包まれながらね！」

ダンカンは二人からの返事も待たずに、堡塁からおりる草むした階段を駆け抜け、城砦内の広場をすばやく突っ切って、あっという間に姉妹の父親の前に出頭した。ダンカンが入っていった狭い部屋のなかでは、マンローが心の動揺を隠しきれず、大股に歩きまわっていた。

「ヘイワード少佐、きてくれたのはもっけの幸い。ちょうど呼ぼうとしてたところだったのでな」

「閣下、申し訳ありません。じぶんがあれほど太鼓判を押して推挙した伝令が、フランス軍に拘留されることになろうとは！　まさか、あの男に変節の嫌疑をかけるほどのことはないと思いますが」

「『ロング・ライフル』の忠誠はわしもよう知っており、疑いをいれる余地はない。ただ、あいつもいつもの運からついに見放されたようじゃがのう。モンカルムがあいつをつかまえよった。それで、いかにもフランス人らしいあの嫌味な丁重さで、あいつを送り返してきて、泣ける話を伝えてきたわい。『貴殿がこの人物をどれほど重んじているか承知しているので、いつまでも拘留しておく気にはなれません」などと抜かしよる。まことしやかな言い方よな、ダンカン・ヘイワード少佐。追い詰められている当の本人にあてつけるとは！」

「それにしても、ウェッブ将軍と援軍は――」

「そなた、ここまでくる途中、南のほうを見ても、援軍が見えたりしなかったじゃろが！」老兵は苦々しく笑った。「エヘッ！　そなたも若くて気が短いから、援軍の紳士がたのノロノロした進軍に痺《しび》れ切れたか！」

「では、とにかくこちらに向かっているのでありますか。斥候はそう言ったのでありますか」

「いつ、どの経路をとってくるのか。あいつめ、その点をわしに言い落しおって！　どうやら手紙もあるらしい。まあ、それだけが、この成り行きのなかでホッとする点じゃが。というのは、いつものように気をまわしそうなあのモンカルム侯爵殿ときたら――いいか、ダンカン、ロジアン侯[*6]ならあいつの侯爵の位なんか十余りも買っておるところじゃが――とにかく、その手紙が悪い知らせを伝えるものならば、あのお上品なフランスのムッシューはきっと、わしらにそれを知らせずにいられないはずじゃからな！」

「では、侯爵は、伝令は返すけれども、手紙はおさえているのですね」

「ああ、そうしとる。それもみな、いわゆる「気だてのよさ《ボノミ》」のためというわけでな。あえて教えてやるが、真相を明かせば、やつの祖父さんは、舞踏というやんごとない科学の師匠だったのじゃからな！」

「それにしても、斥候は何と言っておるのでありますか。目も耳も舌もあるでしょうに！　口頭ではどんな報告をしてるのでありますか」

「ああ、そのとおり！　あいつは五体満足だし、見たこと聞いたこと何でも自由に話せるわい。話をまとめれば、こういうことなんじゃ。ハドソン川の岸に国王軍の砦がある。ヨーク公殿下にちなみエドワード砦という名で、そういう砦にふさわしい兵力を存分に擁しておるとな!」

「なのに、われわれの救出のために進軍してくる動きも気配もなかったというのでありますか」

「朝夕の閲兵はしとるそうじゃ。だが、田舎のある馬鹿が――ダンカン、そなたも半分はスコットランド人なら、わかるじゃろが――ある馬鹿がおじやの上に火薬ふりかけても、火にかけたら火薬が燃えただけってな!」[*7] ここでマンローの口調は、辛辣で皮肉っぽい調子からとつぜん、もっとまじめで沈んだ調子に変わった。「それにしても、あの手紙には何か書いてあるかもしれんし、書いてあるにちがいないわい。それがわかったらいいのじゃが!」

「迅速な決断をするべきであります」ダンカンは、ここで指揮官の気分が変わったことに乗じて、そのために面談にきた当初の目的を遂げようと口を切った。「閣下、率直に申しあげますが、砦の外のあの陣地はもう長くは持ちません。砦自体の見通しも、残念ながらあまり変わりません――半数以上の大砲が使い物にならなくなっております」

「それもあたりまえじゃ! 湖の底から引き上げたものもあるし、この地方が発見されたときからすでに森のなかで錆びていたままのもある。はじめから大砲などとはいえない――海賊のおもちゃにすぎない代物もあったわい! 英国から三千マイルも離れているこんな未開地のまんなかに、ウリッジ・ウォーレン[*8]があるとでも思っておるのか!」

「城壁はみるみる崩されていますし、食料も不足しはじめています」ヘイワードは、マンローがまた癇癪を起こしたのもかまわずに、話を続けた。「兵隊たちにも不満や心配の兆しがうかがえます」

「ヘイワード少佐」と言ってマンローは、年長の上官らしい威厳を見せながら若い部下のほうへ向きなおった。「そなたの言うことや、わが部隊のおかれている状況が逼迫していることに気づかないでいたとしたら、わしは、国王に仕えて半世紀、このように白髪をたくわえるようになった甲斐もなかったことになるじゃろ。だが、いっさいは王家の紋章の名誉のために捧げられ、幾分かはわれら自身のために捧げられる。援軍が期待できるかぎり、この砦をわしは守ってみせる。たとえ湖岸で集めた石を弾がわりにして守らねばならんとしてもな。だからこそあの手紙を一目見たいのじゃ。それを見れば、ルードゥン伯爵[*9]が自らの代理としてわが軍に据えていったあの男が、どういうつもりでいるのか、わかるかもしれんからのう」

「それでは、この件でじぶんがお役に立つことはありそうもないと」

「いや、一働きしてもらおう。モンカルム侯爵は、儀礼的なことをあれやこれやと言ってきた上に、砦とフランス軍陣地の中間地点で個人的に会見しないかと、わしに持ちかけてきよった。何か新しい情報を伝えたいというのじゃ。さて、思うに、侯爵と会うことにあまり尻込みしてみせるのはうまくないじゃろ。そこで、高位の将校であるそなたにわしの代役をしてもらいたい。スコットランドの紳士が礼儀の面で、この世のどこかよその国の人間に後れをとったなどと言わせておくとしたら、スコットランドの名誉にかかわるからのう！」

ダンカンは、どちらの国民の礼儀がいいかなどという議論にはまって余計な苦労をするのはやめて、目の前に迫った会見で老兵の代役を務めることを快諾した。そこで、内密の打ち合わせが長々とおこなわれた。そのあいだに青年は、経験豊かで天性明敏な上官から、任務についてさらに細かな指示を受け、それが終わると出発した。

ダンカンは、あくまでも要塞司令官代理にすぎなかったから、対戦中の両軍の長が会見するときにおこなわれるべき儀式は、言うまでもなく省略された。停戦はまだ続いていたから、ダンカンは、上官との打ち合わせが終わって十分も経たないうちに、太鼓の音に送られながら、小さな白旗を掲げて出撃門から出ていった。最前線の哨所に配されていた将校から、いかにもフランス人らしい慇懃な出迎えを受け、それからただちに連れられていった先は、フランス軍を率いる名高い軍人の幕屋であった。

若い使者を迎えた敵の将軍は、幹部将校や一団のインディアン族長に取り囲まれていた。いくつかの部族の族長は戦士たちを引きつれ、モンカルム配下の兵力として出陣していたのである。ヘイワードは、その浅黒い顔をした族長集団にさっと目を走らせ、マグアの敵意に燃えた顔に出くわして、はたと歩みをとめた。その顔は、この奸智にたけた野蛮人の表情によく見られる、落ち着いてはいるが鬱屈してうちとけない面持ちで、ヘイワードを見ていた。ヘイワードは思わず驚きの声をかすかに洩らしたが、すぐに自分の役目や、いま会見しようとしている相手を思い出し、感情の動きをいっさい押し隠して、敵軍の指導者のほうに目を向けた。将軍はすでに一歩前に進み出て、ヘイワードを迎え入れようとしていた。

モンカルム侯爵は、本書で扱っている時期に男盛りの年齢を迎えており、おまけに人生の絶頂期にあった。しかし、このように人もうらやむ身分でありながらも、侯爵は人当たりのいい人物だった。礼儀作法に心を砕くことで有名だっただけでなく、騎士のような勇敢さでも知られていた。もっとも、この勇敢さがあだとなり、この場面からわずか二年後に、エイブラハム平野[*10]で命を落としてしまったのである。ダンカンは、マグアの陰険な顔から目をそらし、フランスの将軍のにこやかで洗練された顔や、貴族の軍人らしい物腰を眺めた。

「ムッシュー」と将軍が声をかけた。「我が輩は幸い至極に存じますが《ジェ・ボク・ド・プレジール・ア》――ありゃ《バー》！　あの通訳は《ウ・エ・セ》どこへ行った《タンテルプレット》」

「通訳は必要ないと存じます、閣下《ジュ・クロア・ムッシュー・キル・ヌ・スラ・パ・ネセセール》」とヘイワードは控えめに答えた。「じぶんはフランス語を多少《ジュ・パルル・アン・プ・》話しますので《フランセ》」

「ああ《アー》！　それは我が輩にとって助かりますな《ジョン・スイ・ビアン・ネーズ》」とモンカルムはダンカンの腕を親しげにとると、他の者たちに聞かれないように幕屋の奥へ連れていった。「あのやくざな蛮人どもが大嫌いでしてな《ジュ・デテスト・セ・フリポン・ラ》。やつらを相手に《オン・ヌ・セ・ジャメ・》してると話が通じなくて困るんですよ《シュル・ケル・ピエ・オン・ネ・アヴェク・ウ》。へえ、こりゃ具合がいい《エー・ビアン》！」モンカルムはこの後もフランス語で話を続けた。「ムッシュー、あなたの司令官をお迎えできれば、それ以上の名誉はありませんけれど、司令官があなたみたいな、りっぱな、そしてきっと気だてがいいにちがいない将校を使者に送ってくれたので、我が輩はとてもうれしいですな」

ダンカンはこのお世辞に気分をよくして、深々と頭を下げた。とはいえ、どんな手管を使われても、イギリス国王の利害を忘れるほどだまされるものかと、悲壮な決意を固めていた。モンカルムは、考えをまとめようとしているかのように、ちょっと口をつぐんでから、つぎのように話を進めた。

「あなたの司令官は勇敢なお人です。我が輩の攻撃をはねかえすだけの力量をじゅうぶんにそなえています。しかし、ムッシュー、もうそろそろあなたがた自身の勇敢さよりも、もっと人命を考慮するべき段階ではありませんか。英雄とは、勇敢さに劣らず、人命尊重の姿勢によっても秀でるものでしょう！」

「じぶんたちは、その両者を不離不即であると考えています」とダンカンは答えて、ほほえんだ。「しかし、閣下が真摯に人命尊重を促そうとなさるなら、それがうかがえるかぎり、これからとくにじぶんらが勇敢さを発揮する必要など生じるとは思えません」

今度はモンカルムがかすかに頭を下げたが、お世辞のお返しなどせずにすませるだけの老獪さを見せ、ちょっと考えてからつぎのように言葉を接いだ。

「我が輩は双眼鏡にだまされていたのかもしれませんな。そちらの砦は、我が輩が思っていたよりも砲弾に耐えるのかもしれません。わが軍の兵力がどのくらいかご存じですか」

「推測がまちまちなのではっきりしませんが、どんなに多くても二万人は越えないでしょう」とダンカンは無頓着に言った。

モンカルムは唇をかみ、相手の真意を見抜こうとして鋭く見据えた。それから、独特の気安さで、自軍の兵力の二倍にも達する見積もりが図星であるとでも言わぬばかりに、つぎのように述べた。

「どうしても軍勢を隠しきれてないとは、わが軍兵士たちの警戒心にたいするお世辞にもなりませんな。軍勢を隠せるとすれば、このあたりの森のなかでこそできそうだと思えるんですけどね」それからモンカルムは、ちゃめっ気たっぷりな笑顔を作りながらつけ加えた。「人命尊重の呼びかけに耳を傾けるのはまだ早すぎるというお考えにしても、あなたのようにお若い方がご婦人を守る義務を忘れてるはずはないと、忖度いたしてかまいませんかな。聞くところによると、司令官のお嬢さん方が、包囲された砦のなかに入られてしまったようですが」

「おっしゃるとおりです、ムッシュー。しかし、お嬢様たちは、じぶんらの足手まといになるどころか、気丈さを発揮して勇気の模範を示してくれてます。ムッシュー・ド・モンカルムほどの百戦錬磨の軍人を撃退するのに断固たる決意だけで足りるとすれば、じぶんは、ウィリアム・ヘンリー砦の防衛を年上のお嬢様に喜んでまかせますよ」

「わが国にはサリカ法典[*11]というすぐれた法令がありまして、そこには「フランスの王冠は槍を錘《つむ》に貶むべからず」と書いてありますよ」モンカルムはやや尊大に、そっけなく言った。だが、すぐにまた、気安くくつろいだ物腰に戻って、こう付け加えた。「りっぱな素質というものはいつも親譲りですから、あなたのおっしゃるとおりだろうと信用しますよ。ただし、さっきも申しあげたとおり、勇気にも限度があり、人命が忘れられてはなりません。ムッシュー、あなたは、砦明け渡しの決断ができる権限を帯びていらしているのでしょうな」

「閣下は、そんな措置が必要になるほど、わが方の防衛力が脆弱であるとご覧になったのですか！」

「こんなふうに攻防戦を長びかせて、あちらにいるわがほうの味方の赤色人種たちを苛立たせているのが遺憾なのです」モンカルムは、相手の質問には取りあわず、厳粛な面持ちで待ちかまえているインディアンの一団のほうをちらりとうかがいながら言った。「現段階ですら、彼らに戦争のしきたりを守らせるのがむずかしくなってきてるのですから」

ヘイワードは口をつぐんだ。つい先頃切りぬけてきたばかりの危険がまざまざとよみがえり、危険をともにした無力な姉妹の姿が目に浮かんで、心が痛んだからである。

「あちらにいるあの人たち《セ・メッシュー・ラ》」相手の弱みをついたと考えたモンカルムは、そこにつけこんできた。「あの連中は、期待を裏切られたとなると何をするかわかりませんからな。彼らが怒り出したらおさえるのはいかに困難か、申しあげるにはおよびますまい。さあ、いいじゃありませんか《エ・ビアン》、ムッシュー！　降伏の条件について話し合いをしましょうか」

「おそれながら申しあげますが、閣下はウィリアム・ヘンリー砦の堅固さや、そこの守備隊の擁している兵力について、誤った認識をしておられます！」

「こちらはケベック攻めをしているわけではなく、土塁でできた砦を落とそうとしているだけですからな。砦の守備隊は、二千三百人の勇ましい連中なのでしょう」というそっけない返事。

「たしかに、わが陣の堡塁は土を積んだだけのものです――ケープ・ダイアモンド[*12]の岩盤の上に立っているわけではありません――しかし、われらが砦の位置するあの湖岸は、ディスカウとその軍を敗北させた地点です。それに、わずかな時間でわが陣まで駆けつけることのできるところに大軍が控えていて、それも守備兵力の一部をなしております」

「およそ六千から八千程度の部隊でしょうが」モンカルムはあまり関心も見せずに言った。「そこの司令官は賢明にも、部隊を出陣させるより砦にとどめておく方が安全だと判断してますよ」

今度はヘイワードの方が、窮して唇をかむ番だった。こちらから買いかぶりすぎは承知の上で持ち出した援軍について、相手が悠々と受け流したからである。両者しばし黙したまま考えこんだ。やがてモンカルムは口を開いたが、使者がやってきたのはひとえに開城の条件を提案するためと信じて疑わないような顔つきだった。他方ヘイワードは、フランスの将軍にあれこれと鎌をかけて、横取りされた手紙からどんなことが知れたのか、突きとめようとしはじめた。しかし、どちらの術策も功を奏しなかった。ダンカンは、長びいて実りのない会見を終えると、退去した。敵将の慇懃さや手腕に関しては好印象を得たものの、知りたかったことについては、わざわざきた甲斐もなくさっぱりつかめないまま帰るほかなかった。モンカルムは幕屋の入り口まで見送りにきて、両陣営の中間地点でただちに要塞司令官との青空会見を開きたいという提案を、あらためてダンカンに託した。

そこで両者は別れ、ダンカンはきたときと同様に、警護の者に付き添われてフランス軍最前線の哨所まで戻った。そこからすぐに砦にいき、自分の司令官の宿舎に向かった。

第十六章

「エドガー――出陣なさる前に、この手紙をご覧ください。」

『リア王』五幕一場、四〇行。

ヘイワード少佐がマンローに会いにいってみると、部屋に同席していたのは娘たちだけだった。アリスはマンローの膝の上に座り、年老いた父親の額にかかる白髪を優美な指で分けてやっていた。そんなお節介にわざと顔をしかめて怒ったふりをする父をなだめようと、その皺深い額にルビーのような唇で接吻する。コーラは近くに腰かけ、そんな様子を心安まる楽しい光景として眺めていた。妹の子どもっぽいいたずらを見つめるその目には、母親のような慈愛がたたえられていたが、この種の母性愛こそ、アリスにたいするコーラの接し方の特徴であった。姉妹がくぐり抜けてきた危険だけでなく、まだこれから降りかかってきそうな危険も、しばし忘れてしまったかのように、家族の団欒にふけって心の慰めを得ている。まるで、短い停戦時間が終わらないうちに、もっともまじりけのない情愛を少しでも味わっておこうとしているかのようだった。安全なその瞬間に、娘たちは恐怖を忘れ、老兵は心労を忘れていた。ダンカンは、帰陣報告を焦るあまりことわりもなくこの部屋に入ってこの場面に出くわし、そのまましばらく気づかれもせずにうっとり見とれていた。しかし、アリスのくりくりとよく動く目は、鏡に映ったダンカンの姿をちらりととらえた。それでアリスは、顔を赤らめて父の膝から跳びおり、大きな声をあげた。

「ヘイワード少佐！」

「あの若いのがどうしたって？　フランス人とちょっと話し合いをしてもらうために送ったのじゃが。おや！　少佐か。そなたは若いし、敏捷なことよ！　さあ、おてんば娘はさがっておれ。おまえのようなおしゃべり女が陣内にはびこってもらわずとも、軍人にはやっかいな仕事がいくらでもあるのじゃ！」

アリスは笑い声をあげながら姉の後を追った。コーラは、この部屋にもう自分たちがいてはいけないのだと見てとり、すぐに退出したのである。マンローは、青年に会見の結果についてすぐに問いただそうとせずに、後ろ手を組み、頭をたれ、考え事にふける人間のような格好で、しばらく部屋のなかを歩きまわった。あげくの果てにやっと顔をあげると、その目には、父としての人情におぼれる涙が浮かんでいた。そして、こう叫んだ。

「ヘイワード、あの子たちはすばらしい娘じゃろ。誰だって自慢したくなるわい！」

「マンロー大佐、今は、閣下のお嬢様たちに関してじぶんが意見を申しあげるべきときではありません」

「わかっておる。そのとおりじゃ」老人は苛立ちながら、相手の言葉をさえぎった。「そなたはここに着いた日に、この問題についてもっと忌憚なく心中を打ち明けようとしておったな。だが、わしはあのとき、結婚のおめでただとか婚礼だとか、浮ついた話をするのは老兵の柄でもないと思っておった。なにしろ、国王の敵が、婚礼の宴席の招かれざる客にもなりかねないような情勢だったからのう！　だが、わしは間違っておった、ダンカン。その点でわしは間違っておったから、今、意見を聞く気になったのじゃ」

「そのようにおっしゃってくださるのはうれしく存じますが、じぶんはたった今、モンカルムからの伝言を携えて――」

「あんなフランス人やその軍勢など、どうでもいいわい！」と短気な老兵は怒鳴った。「やつはまだウィリアム・ヘンリー砦の主君ではないし、ウェッブがしかるべき人物たることを示してくれさえしたら、今後も主君になるはずもない。いいや、少佐、ありがたいことに、わしらはまだそれほど窮しておらんぞ。マンローは追いつめられたから、自分の家族のささやかな縁談を進めることさえできぬ、などと言われてたまるか！　ダンカン、そなたの母親は、わしの親友の一人娘だった。だから、そなたの意見を聞こうというのじゃ。たとえ、ルイ聖王勲位の騎士[*1]が束になり、あのフランスの聖人を先頭にここの出撃門の前に押しかけて、後生だから一言賜りたいと騒ぎ立てても、かまうものか。騎士の位などというものはある程度、砂糖の樽と交換で買い取ることもできるし、二ペニーの値しかない侯爵の位だってある！　アザミ勲位[*2]こそが威厳と古色を兼ねそなえた騎士団であり、まさにまぎれもない「ネーモー・メ・イムプーネ・ラケシット」という騎士道のしるしだわい！　ダンカン、そなたの先祖はこの勲章を受けた者たちであり、スコットランド貴族の華だったのじゃ」

ヘイワードは、上官が、フランス軍の将軍からの伝言に洟も引っかけないと見せることで意地の悪い喜びにひたっていると見てとったので、どうせ長くは続かないとわかっている癇癪がおさまるまで、気のすむようにさせてやろうと思った。だから、この話題については、精いっぱい無関心をよそおって受け答えをした。

「閣下、じぶんがあのときお願いしたのは、ご存じのように、閣下の子息になれたら光栄なのですが、などという大それたことでありました」

「そうだったのう。うまい言い方をしよって。言わんとすることはようわかったぞ！　だが、こちらからも質問させてくれ、少佐。娘にはもう諒解してもらったのか」

「とんでもありません」とダンカンはちょっと熱くなって言った。「じぶんが置かれた立場を利用してそんな目的をとげたりしたら、任務を託された信頼に背き、公私混同をおかしたことになります！」

「紳士らしい考え方じゃのう、ヘイワード少佐。そういう考え方は、時と場合によってはりっぱなものじゃ。だが、コーラ・マンローは、若い娘とはいえ分別があり、高潔な知性を磨いておるから、一人前に扱ってやってかまわんし、たとえ父親のわしでも、子ども扱いしてやらんでいいのだわい」

「コーラですって！」

「そう──コーラじゃろ！　マンローの娘へのそなたの懸想が問題なのじゃろが」

「じぶんは──じぶんは──じぶんは、コーラと言ったつもりはありません」ダンカンはどもりながら言った。

「では、ヘイワード少佐、誰と結婚することについてわしの同意を求めておるのじゃ」老兵は気分を損ねてきっとなり、詰問した。

「閣下にはもう一人、やはりお美しいお子さんがあるではありませんか」

「アリスか！」父親は、ダンカンがコーラの名前をオウム返しに口にしたときの驚きに劣らぬほどびっくりして叫んだ。

「じぶんの願いはそちらの方であります、閣下」

ダンカンはその後黙ったまま、とんでもない結果に行きついてしまうのではないかと身構えた。思いもかけないときに始まったとしか思えない話し合いの結論が出されようとしていたのである。マンローは部屋のなかをしばらく、大股で足早に歩きまわった。こわばった表情を浮かべた顔に痙攣が走り、どうやら全身全霊こめて思いを凝らしていた。ついにヘイワードの真正面で立ち止まると、相手の目をじっと見つめ、唇を激しくわななかせながら、こう言った。

「ダンカン・ヘイワード、わしがそなたに目をかけておるのは、そなたの体に親友の血が流れとるからだし、そなた自身がりっぱな男だからだし、わしの子を幸せにしてくれると思ったからなのじゃ。だが、わしの由々しい懸念があたっておったとわかったら、目をかけるどころか、目の敵にしてくれるわ！」

「じぶんのおこないや考えを理由に、じぶんにたいする見方をそんなに変えるなどということはしないでください！」と叫んだダンカンは、突き刺すようなまなざしに見据えられても、一度も目をそらさなかった。マンローは、みずからの胸のうちに秘めた思いが相手にわかるはずもないということを忘れていた。それでも、青年の毅然とした顔を見て落ち着きを取りもどし、声も穏やかになって、こう続けた。

「ダンカン、そなたはわしの息子になろうというのか。それでいて、そなたが父と呼びたがっておる男の来歴がわかっておらんのだな。まあ、腰かけたまえ。なるべく手短に、わしのこの焼けただれた心の傷を開いて見せてやろうぞ」

すでにモンカルムの伝言は、それを託されて戻ってきた者によっても、それを受けとるはずだった者によっても、すっかり忘れられてしまった。二人は椅子を引き寄せて腰かけた。老兵は、見るからに悲しそうな様子でしばらくもの思いに沈み、青年将校は、じれったい気持ちを抑えながら、うやうやしく拝聴しようと身構えた。ようやくマンローは、つぎのように語りはじめた。

「ヘイワード少佐、もう知っておるであろうが、わしの家系は古くから続く高貴な家柄じゃ。もっとも、その位に見合うだけの財産にはかならずしも恵まれておらんがのう。わしはアリス・グレイアムと結婚を誓ったとき、おそらくそなたと同じような若者だった。アリスは、近在の領主の一人娘でな。だが、あの娘の父親は、この結婚に反対だった。理由は、わしが貧乏だからというだけではなかったがの。だからわしは、誠実な男なら当然するべきことをした。つまり、婚約を娘に返上し、国王軍に従軍して故国を発ったのじゃ。わしは各地をめぐり、さまざまな土地で人の血を流してきた。やがて軍務により、西インドの島に駐在するにいたった。その地で親しくなった女と結婚するのがわしのめぐり合わせだった。その女がコーラの母親じゃ。あのあたりの島で身を立てた紳士の娘だった。女の母親は淑女だったが」と言いかけたあたりで、老人は誇りをあらわにした。「災厄といってもいいが、その女の先祖を遠くまでたどれば、あの不幸なる階級に発していたのじゃ！　劣悪な身分に押しこめられて、ぜいたく好きな連中の欲望をさばいてやるために仕立てられた、あの奴隷という階級にな。ああ、あれこそスコットランドにかけられた呪いじゃよ。貿易頼みの異国などと不自然な合同[*3]をした報いよ。だが、あんな貿易商人どものなかに、おこがましくもわしの子を中傷するようなやつがいたら、父としてのわしの怒りを受けるがいいわ！　ははあ！　ヘイワード少佐、そなたは南部の生まれ[*4]だったな。あちらでは、そういう不運な奴隷たちが劣等人種だなどとみなされておるのじゃろ！」

「きわめて嘆かわしいことに、そのとおりであります」ダンカンは当惑のあまり、もはや視線を落とさずにいられなくなり、顔を伏せた。

「それでそなたは、わしの子にもそういう見方をしとるのだな！　ヘイワード家の血に下賤の者の血が混じるのは——あれほど美しく貞淑な子であっても——潔しとせんというのか」疑心暗鬼にとらわれた父親は、激しい口調で問いつめた。

「そんなばかげた偏見に染まったりするものですか！」とダンカンは応じながらも、人種的な偏見が自分のなかに深く根を下ろし、みずからの人間性の抜きがたい一部になっていることについて意識せざるをえなかった。「そんな不当な差別を犯しているせいにしなくても、じぶんの心が動かされたのはひとえに、マンロー大佐殿、閣下の次女のやさしさ、美しさ、魅力のせいであると言えませんか」

「そなたの言うとおりじゃ」老人の口調はふたたび穏やかになり、哀愁さえ帯びてきた。「あの子は、あの年頃のころの母親に生き写しだからのう。悲しみなど知らなかったころの母親にな。わしは先の妻に死なれてから、その遺産のおかげで素封家となってスコットランドに帰国した。帰国してみるとな、ダンカン、どうじゃ！　婚約を解消して別れたあの女が、その後二十年間も、寂しい独身を守りとおしておったのじゃ。それも、自分を捨てた男のためにじゃ！　それだけではない。わしの裏切りを赦してもくれてのう。それで何の障碍もなくなった以上、わしを夫として迎えてくれたのよ」

「そしてアリスの母親になったのですね！」とダンカンは声を大にして言ったが、その力のこもり方は、マンローがさほど自分の思いにとらわれていなかったら、不快と思っていたかもしれないほどであった。

「そうじゃ。だが、アリスを生むために高い代償を払ってのう。だが、今はもう天国で聖人となっておる。あのように神の祝福を受けて亡くなった者を哀悼したりするのは、墓場に片足を突っこんでいる者には似つかわしくないじゃろ。とはいえ、わしがあれといっしょに暮らしたのは、わずか一年間だった。幸せはほんのつかの間だった。あてもない望みに身を焦がしながら、あたら青春を潰えさせてしまった女の身の上を見せつけられた者にとってはのう！」

苦悩する老人には何となく人を寄せつけないようなところがあり、ヘイワードは慰めの言葉一つかけられなかった。マンローは腰かけたまま相手のいることもすっかり忘れて、痛恨の思いもあらわに顔を歪め、目から大粒の涙を流した。それをぬぐおうともせずに、頬から床へボトボトと落としている。ようやく立ち直ったのは、急に何かを思い出したかのように立ちあがったときである。部屋のなかを一回り歩いた後、軍人らしい威厳を取りもどした様子でヘイワードに向かい、こう訊いた。

「ヘイワード少佐、そなた、モンカルム侯爵からわしあての連絡を何か持ってきたのではないか」

今度は、ダンカンが気を取り直す番だった。ただちに、なかば忘れかけていた伝言をしどろもどろに伝えはじめた。それをここでくわしく述べるまでもないだろうが、伝言は慇懃とはいえつかみどころのない言いまわしであらわされており、フランス軍の将軍は、青空会談を提案しながら、その狙いはどこにあるのか探ろうとしたヘイワードの苦心をあざ笑うかのようだったし、洗練された表現ながら断固たる伝言によって、マンローが直接出向いて会談に応じなければ、今後いっさいの交渉はないものと思えと知らせていた。マンローはダンカンによる詳報に耳を傾けているうちに、みずからの地位にともなう責務を思い出し、父親としてつい取り乱してしまった体《てい》たらくから徐々に脱けだしていった。ダンカンが話し終えるころには、軍人としての誇りを傷つけられて肩怒らせた古兵《ふるつわもの》になりきっていた。

「ヘイワード少佐、もうじゅうぶんじゃ！」老人は腹立たしげに怒鳴った。「フランス人の礼儀作法について一冊の本でもできそうなくらいの話だわい。あの紳士殿がわしに会談しようともちかけてきよったから、有能な代理を送ってやったではないか。ダンカン、そなたは歳若いにしてもりっぱな代理なのだからな。それなのに、やつは思わせぶりな回答を寄越して！」

「代理がそれほど気に入らなかったのかもしれません。閣下、ご承知のとおり、会談の相手として指定されていたのは要塞司令官でありまして、副官ではありませんでした。今度の呼びかけも、その点に変わりはありませんが」

「なに、代理というのは、任命した上官から全権を負託されてるものじゃろが！　マンローと会談したいというのだな！　よし、あの男の言うことを聞いてやる気になってきたわい。やつがかさにかかって降伏を要求してきよっても、わしらが顔色一つ変えないところを見せつけてやるだけでもいいわい！　そういう手を打つのも悪くないかもしれんのう、少佐」

　ダンカンは、斥候が携えてきた手紙の内容をいっときも早く探りあてるのがもっとも肝要と考えていたから、マンローの思いつきに同調し、尻馬に乗った。

「間違いないであります。じぶんらが平気でいるのを目にすれば、モンカルムも自信がなくなるでありましょう」

「まさにそのとおりじゃ。わしの願いとしては、やつには、真っ昼間、強襲部隊を率いてこの砦に押しかけてきてもらいたいところだがのう。それこそ、敵の肝っ玉が据わっているかどうか確かめるには、もっとも間違いのない方法なんじゃ。やつが選んだ砲撃による攻城作戦などより、はるかに好ましいはず。戦闘行為の美しさや男らしさはな、ヘイワード少佐、ムッシュー・ヴォーバン[*5]の技術が使われるようになってから、すっかり形無しになってしもうたよ。先祖たちは、臆病の産物たるあんな科学的戦術なんか見向きもしなかったのだがのう！」

「そのとおりかもしれません、閣下。しかし、今日では、技術に対しては技術で反撃するほかないであります。会見の件については、いかがいたしましょうか」

「あのフランス人と会おうぞ。なに、怖れも見せず、ぐずぐずすることもなくな。わが国王の家来にふさわしく、さっさと会いにいくぞ。さあ、ヘイワード少佐、楽隊に合図の曲を鳴らさせよ。伝令を送って、わしが行くことを敵に知らせよ。それに続いてわしらが、護衛の小隊をともなって出ていくのじゃ。国王の名誉をいただいている者に、それぐらいの敬意は払ってもらわねばならぬからのう。それから、ダンカン、いいか」そこでマンローは、その場に二人しかいないのに声をひそめて、こう付けくわえた。「近くに若干の支援部隊を待機させておくのが賢明かもしれぬぞ。この動きのどたんばで裏切りが起きた場合にそなえてな」

青年将校は命令を果たすために部屋から出た。日暮れが迫りくるなか、とりあえず大至急必要な準備を整えた。わずか数分で二、三小隊を整列させ、旗を持った伝令に出発させて、要塞司令官のお出ましを告げさせた。ダンカンはこれらの手配を終えると、出撃門まで護衛隊を率いていった。門のそばには司令官が身支度して、ダンカンがあらわれるのを待ちかまえていた。部隊出発の儀式としての閲兵がいつものようにおこなわれた後すぐに、老将と若々しい随行員は、護衛兵に守られながら砦から出ていった。

堡塁を出てからわずか百ヤードばかり進むと、会談に臨むフランス軍将軍のお伴をする小部隊が、小川の川床にあたるところに掘った掩蔽壕から姿をあらわしてきた。塹壕は攻囲軍の砲台を連絡しながら砦のほうへ向かって延びていた。マンローは、堡塁を出て敵前に姿をあらわした瞬間から、威風堂々たる歩き方も、落ち着きはらった態度も、きわめて軍人らしく振る舞って見せた。モンカルムの帽子の上になびく白い羽飾りがちらりと見えたとたん、マンローの目は輝き、まだたくましいその巨体には老齢による衰えなどうかがえなくなった。

「部下たちに油断するなと伝えよ」マンローは小声でダンカンに言った。「銃が不発にならぬよう火打ち式発火装置を点検せよとな。フランス王の家来相手では安心できぬからな。しかし、こちらは不安など少しも感じていないさまを見せつけてやるのじゃ。わかるな、ヘイワード少佐！」

その言葉をさえぎるように、接近してきたフランス軍部隊の太鼓が響きわたった。それに即座に答えるようにイギリス軍の太鼓も打ち鳴らされ、双方からまず、白旗を掲げた伝令が出された。ここで慎重なマンローは立ち止まり、後ろに従えた護衛部隊からあまり離れないところで待ちかまえた。伝令同士の簡単な応接がすんだのを見届けた後、モンカルムは足早ながらも優雅な歩調でマンローのほうへやってくると、老軍人に敬意を表して脱帽し、羽飾りが地面につくほど帽子を低く振りおろした。マンローの風格は威圧的で雄々しかったにしても、フランス軍の将軍のような鷹揚さにも、婉曲にことを運ぶ優美さにも欠けていた。両者ともしばらくものも言わず、たがいに相手を興味深そうにじろじろ見つめ合っていた。それからモンカルムが、地位も上だし、会見を申し入れた側でもあったから、先に口火を切った。ありきたりのあいさつを述べた後、ダンカンの方を見て相手の功労に謝する微笑を浮かべ、ずっとフランス語で話しながら、こう言った。

「ムッシュー、この場に付き添っていらしてくださり、うれしいかぎりです。おかげでいつもの通訳に頼らなくてすみますからな。あなたが間に立ってくだされば、我が輩はまるで英語をしゃべっているみたいに安心できますよ」

ダンカンは褒め言葉に礼を述べた。モンカルムは、敵の護衛隊にならって自分のすぐ後ろまでついてきた護衛隊のほうを振り返り、こう言った。

「さがっておれ《オン・ナリエール》、者ども《メ・ザンファン》——暑くてかなわん《イル・フェ・ショ》、ちょっと離れてくれ《ルティレ・ヴ・アン・プ》」

敵への信頼を示すこの行為を、ヘイワード少佐も見ならおうとしたが、その前に平地のまわりに視線を走らせると、浅黒い野蛮人の集団がいくつも目に入って不安に襲われた。インディアンたちは平地を囲む森のはずれにたむろし、会見の成り行きを見届けようと目を光らせている。

「ムッシュー・ド・モンカルムには容易にご理解いただけるでしょうが、われわれの立場には違いがありまして」と言いながらダンカンは、多少ばつの悪い思いで、インディアンたちを指さした。この油断ならぬ敵が、ほとんど切れ目なくぐるりとまわりを取り囲んでいるのが見えた。「じぶんたちが護衛隊をさがらせたら、ここでは敵のなすがままになってしまいますから」

「ムッシュー、「フランス紳士《アン・ジャンティヨム・フランセ》」があなたの安全を保証すると誓っているのですから、ご安心ください」と答えたモンカルムは、嘘のないことを見せようとして心臓部に片手をあてた。

「いいでしょう」とダンカンは言ってから、護衛隊の指揮をとっていた将校に指示を与えた。「さがっておれ。会談の内容が聞こえないところまでさがって、命令を待っておれ」

この雲行きを目にしてマンローは不安をあらわにし、どうしてそんなことをするのか、そくざに説明を求めずにいられなくなった。

「信用しているふりをするほうが得策ではありませんか、閣下。ムッシュー・ド・モンカルムはわれわれの安全を保証すると誓っています。だからじぶんは部下に、ちょっとさがれと命じたのであります。将軍の保証をこちらも大いに信用していると示すためであります」

「それでいいのかもしれんが、わしはのう、ああいう侯爵、やつらの呼び方ではマルキ*6などという手合いの言うことは、あまり信用しておらん。ああいう貴族が称号を与えられたのはあまりにも安っぽい特許によってておるから、ほんとうの名誉を示すしるしといえるかどうか、あやしいものじゃ」

「お忘れになっては困りますが、閣下、この会談の相手は、ヨーロッパでもアメリカでもりっぱな手柄を立てたことで知られる軍人なのであります。あれほど名高い軍人からの保証を疑うわけにいきません」

老人はしかたがないという素振りを見せたが、その硬い表情には、あくまでも不信の念を払拭できない思いがまだあらわれていた。その不信感は、裏付けとなるような証拠が目の前にいる人物に見出されるから生じたわけではなく、むしろ一種の遺伝として受け継いだ敵国フランスにたいする侮蔑の念に根ざしていた。少時こんな会話が小声で交わされているあいだ、モンカルムはしんぼう強く待っていたが、会話がとぎれると二人に近寄り、会談の本題を持ち出した。

「ムッシュー、あなたの上官殿にこの会見を申し込んだわけは、きっと納得していただけるであろうと信じているからであります。すなわち、上官殿は、王君の名誉のために必要なあらゆることをすでになし終え、もはや人命尊重を優先すべしという説得に耳を傾ける用意がおありだと、我が輩は信じるものです。上官殿の籠城戦は勇ましく、望みが残っている限り続けられたと、我が輩は今後いつまでも証言するつもりであります」

この皮切りの言葉をダンカンが通訳すると、マンローは威厳をくずさないながらも礼をじゅうぶんに尽くして、こう答えた。

「ムッシュー・モンカルムにそのような証言をしていただけるのはありがたいにしても、そのお言葉にふさわしくなるくらいにもっとたたかいを続けたら、証言の価値はさらに高まるでしょうな」

ダンカンがこの答えの意味を伝えると、フランスの将軍はほほえんで、こう述べた。

「勇敢さに免じていまこれほど寛大な措置を申し出ているというのに、これをお断りになれば無用な強情ということになりますよ。ムッシューには、我が輩の陣営をごらんになりたければ、ご自身の目でわが軍勢を閲《けみ》し、これに抵抗しても無駄だと確認していただいてもよろしいのですが」

これをダンカンが通訳するとすぐに、スコットランド人たるマンローは少しも臆することなく答えた。「フランスの国王にりっぱな軍隊がついておるのは、承知しております。しかし、わが国王にも、それに劣らぬ勢力の忠実な軍隊がついております」

「わが軍にとって幸いなことに、手近なところまではきていませんけれどね」モンカルムはつい意気込んだあまり、通訳の言葉を待たずに英語で答えた。「戦争には運というものがあります。これにたいしては、勇敢な男ならば、敵に立ち向かうときと同じ勇気をふるって屈従するものですぞ」

「ムッシュー・モンカルムが英語の達人だとわかっていたら、じぶんはへたな通訳をさせられることなどお断りしていたはずであります」ダンカンはむっとしてとげとげしく言った。先ほどのマンローとのやりとりがすぐに思い浮かんだのだ。

「申し訳ありません、ムッシュー」と応じたモンカルムの日焼けした頬には、かすかな赤みがさした。「外国語を理解するのと話すのとでは大きな違いがあります。ですから、この後もどうか通訳してください」それからちょっと間をおいた後、つけくわえるように言った。「このあたりの高地は、メッシュー、そちらの砦をあらゆる角度から偵察するのに好都合です。ですから、砦の弱点についてわたくしは、おそらくあなた方に負けないくらいに熟知しております」

「そこのフランス軍の将軍に、ハドソン川まで見える双眼鏡でも持っておるのか、訊いてみるがいいわい」マンローは傲然と言い放った。「ウェッブの部隊がいつごろ、どのあたりからくると知っておるのか、訊いてみるがいい」

「それはウェッブ将軍自身に説明してもらいましょう」と答えた慇懃なモンカルムは、やにわに開封ずみの手紙を取り出すとマンローへ差しだし、こう述べた。「ムッシュー、それをご覧になればおわかりでしょうが、ウェッブ将軍の動向は、わが軍をおびやかしそうもありませんな」

マンローは、ダンカンが通訳するのも待たずに差しだされた手紙をひったくった。その内容にいかに重大な期待をかけていたかが露呈するような勢いだった。文面を急いで目で追っていくうちに、軍人らしい傲岸な表情は深い悲しみの顔つきに変わっていった。唇がわななき、手から手紙が落ち、首がうなだれた。一撃で希望を打ち砕かれた男そのものの姿である。ダンカンは地面から手紙を拾いあげると、無断で中身を見る非礼を詫びもせずに、さっと目を通してその酷薄な主旨を読みとった。上官ウェッブは、要塞防衛を激励するどころか、さっさと降服するように忠告していたのである。単純明解な言葉で述べられた理由は、一兵たりとも援軍を送れないからということであった。

「これには小細工の跡がありません!」ダンカンは書状を内外もれなく調べた上で声高に言った。「これはウェッブの署名であります。敵に奪われた手紙にちがいありません!」

「あの男はわしを裏切りおったな!」マンローがようやく吐き捨てるように言った。「恥辱などというものに縁のなかった家の戸口に不名誉を送りこんできおって! わしの白髪頭の上に恥を積み上げてくれたわ!」

「そんなふうにおっしゃってはいけません! じぶんらはまだ砦の主であり、自身の名誉を手放してはいないのですから! 敵がわれわれの命を買おうというのであれば、代価が高すぎたと思わせてやりましょう!」

「きみ、礼を言うぞ!」老人は気を取り直して言った。「今度という今度はマンローに義務を思い出させてくれたわい。砦に戻って、胸壁の裏にわれらが墓を掘ろうぞ！」

「メッシュー」モンカルムは雅量のある気遣いを見せながら二人に一歩近寄り、声をかけた。「我が輩がこの手紙を利用して勇敢な者たちを辱め、自分の偽の名声を築くつもりだなどとお考えなら、ルイ・ド・サン・ヴェラン*7という人間をあなた方は何もわかっていないことになりますよ。ここを立ち去る前に、我が輩の提示する条件をお聞きになればいいではありませんか」

「このフランス人は何を言っておるのか」老マンローは詰問した。「本部からの手紙を携えていた斥候を捕えたというので、手柄顔をしとるのか。敵を脅すのに言葉に頼りたいなら、ここの包囲を解いてエドワード砦まで行き、その前に陣取ったらいいわい！」

ダンカンはモンカルムの言ったことを説明した。

ダンカンが説明を終えるころには冷静さを取りもどしたマンローは、「ムッシュー・ド・モンカルム、お話をうかがいましょう」と言い足した。

「砦を維持することは、もはや不可能です」と寛大な敵将は言った。「わが王の利害にとって、あの砦は破壊しなければなりません。しかし、あなた方やあなた方の勇敢な部下たちに関しては、軍人として大切にしている特権を何一つ剝奪したりしません」

「軍旗はどうなるでありますか」とヘイワードは問いただした。

「イギリスへ持ち帰り、貴国の王様に見せてあげたらいいでしょう」

「武器は！」

「持っていってください。あなた方がいちばん上手に使えるものでしょうから」

「砦明け渡し後、出ていくときの軍の行進は」

「あなた方の名誉にもっともかなったやり方ですべておこなってくだされば けっこうでしょう」

ここでダンカンは振り返り、これらの提案を上官に説明した。それを聞いたマンローはあっけにとられ、あまりにも並はずれた予想外の寛大さにすっかり感動してしまった。

「ダンカン、きみは行ってくれ。この侯爵といっしょに行ってくれ。まさに侯爵らしい人物じゃ。侯爵の幕屋まで行って、すべての打ち合わせをしてきてくれ。わしは長らえて老年になってから、まさか目にするとは思わなかったことを二つも見ることになったわい。イギリス人でありながら味方の支援に尻込みする人間もいるということ。それに、フランス人でありながら廉直で相手の弱みにつけこまない人間もいるということをな！」

そう言いつつ、古兵はふたたびガックリと首をうなだれ、砦のほうへのろのろと戻っていった。その失意のたたずまいは、不安のうちに待ちかまえていた要塞守備隊に不吉な事態の前触れを示していた。

その後マンローの傲岸な精神は、この思いもよらぬ衝撃からついに立ち直れなかった。あの瞬間から毅然たる性格が変わりはじめ、まもなく訪れた死にいたるまで、その影響がこの男につきまとった。ダンカンは要塞明け渡しの条件をつめるために、その場に居残った。やがて夜の最初の見張り当番は、砦にダンカンが戻ってきて司令官とひそかに面談した後すぐにまた出ていく姿を認めた。そのあとで、戦闘停止命令が公表された。すなわち、マンローが講和に署名をし、その取り決めによって、城砦は夜明けとともに敵に明けわたされるというのであった。砦の守備隊は武器、軍旗、携行装備を保持してよいことになっており、したがって、軍隊の見方によれば、名誉も保たれたのである。

第十七章

「織れや竪糸《たていと》、糸は紡《つむ》がる。
織布はいま織られたり、事は終わりぬ。」
グレイ「詩仙」三の一（第三段）、九八および一〇〇行。

ホリカン湖の未開の岸辺に宿営して敵対する両軍は、ヨーロッパのもっとも開けた平野で対峙するのとあまり変わらない様子で、一七五七年八月九日[*1]の夜を過ごした。敗北した側はなりをひそめ、重苦しく打ちひしがれていたが、勝利した側は勝ち誇っていた。だが、悲嘆にも歓喜にも限度があった。朝番の見張りが立つずっと前から、このあたりのはてしない森の静寂を破る音といえば、最前線の哨所で浮かれて騒ぐ若いフランス兵の陽気な叫びや、定められた時がくるまでは敵を一歩も近づけまいとして砦の見張り番が誰何するけわしい声ぐらいしかなかった。夜明け前のものうい時間になると、ときたま発せられていたそんな威嚇の声もさすがにやみ、「聖なる湖」の岸に軍勢がそのとき現に眠っているというしるしは、耳をすましたところで何一つ聞こえなくなっていた。

まさにこの深いしじまの支配する時間帯に、フランス軍営の大きな幕屋の一つから一人の男が、入り口にかかっていた垂れ幕を押しのけて、天幕のなかから屋外へ出てきた。男はマントにくるまっていたが、それは森の冷気から身を守るつもりでまとったにしても、男の正体を隠すのにも役立っていた。男は、眠っているフランス軍司令官の護衛についていた擲弾兵のそばを、とがめられることもなく通り抜けた。擲弾兵は、軍隊式の恭順をあらわす例の敬礼をした。男は小さなテント村を足早に通り過ぎ、ウィリアム・ヘンリー砦のほうへ向かった。この誰ともしれぬ男は、道すがら出会う数々の哨兵にもてきぱきと受け答えただけでなく、不審に思われることもないようだった。重ねて質問されもせず、その都度いつも通行を許されたのである。

男はこのように手短ながらも頻繁な足止めを食った以外は黙々と進み、陣営の中央から最前線の哨所まで行った。そのあげく、敵軍の砦にもっとも近い持ち場で見張りに立っている兵士に近づいていった。そばまでいくと、いつもの誰何を受けた。

「誰だ《キ・ヴィーヴ》」

「フランス」と応答。

「合い言葉は《ル・モ・ドルドル》」

「勝　利《ラ・ヴィクトワール》」ささやき声でも聞こえるほど近くまで寄って言った。

「結構です《セ・ビアン》」と答えた哨兵は、かまえていたマスケット銃を肩に担ぎなおした。「朝早いお出かけですね《ヴ・ヴ・プロムネ・ビアン・マタン》、閣下《ムッシュー》！」

「警戒を怠るわけにはいかんからな《イ・レ・ネセセール・デートル・ヴィジラン》、きみ《モ・ナンファン》」男はそう言うと、マントを襟元でかき合わせ、兵の顔を間近からのぞきこみながら通り抜けて、そのまま英国軍の砦のほうへ進んでいった。兵士はぎょっとした。深々と頭を下げてうやうやしくお辞儀をしたので、その拍子に前に倒れた銃はガチャガチャと鳴った。ふたたび銃を担ぎなおすと、向きを変えて持ち場の巡回に歩きだし、声を押し殺すようにしてこう言った。

「ほんとに油断してたらだめだな《イル・フォ・エートル・ヴィジラン　アン・ヴェリテ》！　伍長だって一睡もしないだろうよ《ジュ・クロワ・ク・ヌ・ザヴォン・ラ・アン・カポラル・キ・ヌ・ドール・ジャメ》！」

将官は、哨兵が不意をつかれてつい口走った言葉を耳にした素振りも見せず、すたすたと歩いていき、そのまま二度と引き止められもせずに、湖岸の低地に降り立った。そこは、砦の西側の湖水に接して築かれた稜堡まであと少しという、危険なくらいに近づいた位置だった。薄れてきた月の光でも、あたりの物影はぼんやりながらじゅうぶんに見分けられた。だからこの将官は、立木の幹を背にしてその影にまぎれるそなえ怠らず、しばらく木にもたれていた。そこから、黒々と静まりかえって立ちはだかるイギリス軍の要塞をじっくり観察しているようであった。胸壁あたりを探るその目は、たんなる好奇心で見物にきた人のものではなく、要所要所に注がれて、軍事的なしきたりに通じていることをうかがわせるし、敵への不信感から偵察にきたらしいと見える。ようやく気がすんだか、視線は上方に移り、夜明けを待ちかねるかのように、東の山の頂上のほうへ向けられた。それから、踵を返して帰りかけたが、そのとき、もっとも近くの凸角堡からかすかな音がして耳をとらえたので、足をとめた。

折りしも、胸壁の縁に近づいてくる一つの人影が見えた。人影は壁際に立ち止まると、どうやらこちらも、遠くのフランス軍の陣営のテント村を観察している。それから頭を東へめぐらし、やはり日の出を待ちかねているようであった。それからその人影は土塁から身を乗り出し、鏡のように広がっている湖面を見つめているらしい。湖面は水面下に天空が広がっているかのように、幾千もの星を映しだしていた。このようにイギリスの要塞の胸壁にもたれて思いに沈んでいる男の憂鬱そうな気配、その時刻、その巨漢ぶりを考え合わせれば、それが誰だか、見守っている人にとって疑問の余地はなかった。大事をとらねばというだけでなく、盗み見をしては申し訳ないという思いからも、湖岸にいた男はこのあたりで退散しようという気になり、そのために慎重に木の幹の裏側へまわりこんだ。だがそのとき、また別の音が耳をとらえたので、ふたたび足をとめた。その音は、ほとんど聞き取れないほど低い水音で、それに続いて小石を踏む足音が聞こえてきた。つぎの瞬間、黒い人影があたかも湖のなかから湧いたようにあらわれ、もはや音も立てずに陸にあがってくるのが見えた。その人影は、将官自身が足をとめたところからほんの数フィートの近くまでやってきた。それからライフル銃がそろりと持ちあげられ、鏡のような水面を背景にして視野を横切った。だが、それが発射される前に、将官の手が発火装置の火打ち石を押さえた。

「ハッ！」とそのインディアンは声をあげた。かつての上官にたいする狙撃が、まさかと思うやり方で思いもよらず阻止されてしまったのである。

フランス軍の将官は黙ってインディアンの肩に手をかけると、一言も発しないまま少し離れたところまで引っぱっていった。同じところでぐずぐずして言葉を交わしたりしていたら危なかったかもしれないし、少なくともどちらかが相手を殺そうとしていたようにも思われた。立ち止まってからモンカルムは、マントを開いて自分の軍服と、胸にさげたサン・ルイ十字勲章を見せて、きびしく問い質した。

「これはどういうことだ！　イギリス軍とおまえのカナダの父たるフランス軍とが、斧を土に埋めたことを知らないのか」

「ヒューロンどうすればいいか」インディアンも、流暢とはいえないまでもフランス語で話した。「頭皮手に入れた戦士は一人もいないのに、ペールフェイスどもが仲直りするなんて！」

「何を言う！　ル・ルナール・シュプティル！　つい最近まで敵だった者を味方にしようとするあまり、どうやらちょっとはやりすぎているのではないか！　ル・ルナールがイギリス軍とのたたかいの柱をたたいてから、太陽は何度沈んだか」

「その太陽は今どこにいる。山の向こう側だ。だから暗くて寒い。だがまた出てくれれば、明るく暖かになる。ル・シュプティルは部族の太陽だ。ル・シュプティルと味方の民族のあいだには雲がかかり、多くの山でさえぎられていたが、今はル・シュプティルが輝いている。だから空は晴れる！」

「ル・ルナールが一族にたいして力を持っていることはわたくしもよく知っている。なにしろ、昨日は頭皮をとられそうになっていた連中が、今日は焚き火を囲む会議の場で、敵だったはずの当の相手に耳を傾けるのだからな！」

「マグアは偉大な頭《かしら》だ！」

「そのことを証明してもらおう。一族の者たちに、新しい味方にたいしてどう振る舞えばいいのかを教えてくれればいいのだ！」

「両カナダ[*2]を支配する族長が部下を森のなかへ連れてきて、土で築いた館に大砲撃ちかけたのは、何のためか」と陰険なインディアンは詰め寄った。

「砦を制圧するためだ。わが主君はこの土地を所有しており、おまえの父たる我が輩に、イギリス人の不法占拠者どもを追い払えと命じられた。イギリス人どもは去ると承諾したから、もはや敵とは言えぬ」

「それはけっこうだ。だが、マグアが斧とったのは、それを血で染めるためだ。まだピカピカ光ってる。それが赤くなったら、埋めてやろう」

「だがマグアは誓ったではないか。フランスのユリ[*3]を汚すようなことはしないと。しょっぱい湖越えた国の偉大な王の敵はマグアの敵。王の友はヒューロン族の友だと誓ったはずだ」

「友だと！」インディアンはオウム返しに言って嘲笑った。「マグアの父ならマグアの助太刀になってくれ」

モンカルムは、自分がかき集めた好戦的部族にたいする影響力を保つには、力ずくではなく譲歩してみせなければならないと思い、相手の要望に不承不承ながら耳を傾けた。マグアはフランス軍司令官の手をとると、自分の胸に残る深傷の痕に指をあてさせ、勝ち誇るように訊いた。

「父はこれがわかるか」

「戦士であればだれでもわかるわい！　これは鉛の弾が刻んだものであろう」

「それなら、これは！」と続けたインディアンは、くるりと背中を見せた。いつも着用しているキャリコ製のマントは脱いであった。

「これは！――いや、ひどい傷痕だ！　だれにやられたのか」

「マグア、イギリス軍のウィグワムで寝泊まりしてたときつらい目にあった。笞の跡が残っているのだ」とマグアは答えてうつろな笑い声をあげたが、その笑いも、息づまるほどの狂暴な怒りに駆られている胸中を隠せなかった。それから急にインディアンらしい威厳を取りもどして、「行け。部下たちに、停戦になったと指示したらいい。ヒューロンの戦士にどう話したらいいかは、ル・ルナール・シュプティルがわかってる！」

それ以上話したり返事を待ったりしてやるものかとばかりに、マグアは何も言わずにライフル銃を腕に抱え上げると、陣営を通り抜け、自分の一族がひそんでいる森の方へ歩いていった。歩みを進めるあいだ数ヤードごとに哨兵からの誰何を受けたが、マグアは兵士らの呼びかけをまったく無視して、むっつり押し黙ったままずんずん進んでいった。それでも哨兵らが見過ごし、殺そうとしなかったのは、ひとえに、その態度や歩き方も依怙地な豪胆さも、いかにもインディアンのものらしいとわかっていたからであった。

モンカルムは、マグアが去ったあとも長い間、同じ低地に居残って憂鬱に沈み、手に負えない味方から見せつけられたばかりの憤怒について深く考えこんでいた。将軍の名聞がおぞましいできごとによって傷つけられたことは、前にも一度あった。*4 今度もまたあのときと酷似した状況に陥っていたのだ。考えこむうちに、目的を遂げるためには手段を選ばない者が背負いこむことになる重大な責任を感じ、心痛に襲われた。人間の力ではとてもさばききれないような手先を動員してしまったために招いたあらゆる危険が、気になってしかたなかった。やがてモンカルムは、このような勝利を迎えようとしているのに、あれこれ考えるなんて弱気でしかないと思いなおし、自分の幕屋の方へ戻りはじめた。途中、全軍に向けて起床の号令を出せと指示した。

フランス軍の太鼓が鳴りはじめたとたん、それに応えるかのように砦のなかからも軍鼓が響きはじめた。やがて軍楽がわき起こって谷間にあふれ、小太鼓の伴奏もかき消すばかりに、ワクワクするような活気ある調べを長々と奏でた。勝者のホルンは明るく華やかな音色をとどろかし、フランスの部隊いちばんのろまもさすがに持ち場につくまではやまなかった。だが、英国軍の横笛がかん高い音色の合図を発しはじめたら、ホルンはたちまち鳴りをひそめた。そのうち夜は明けて、フランス軍が整列し、将軍による閲兵の用意を終えるころには、まぶしいほどの陽光に武器甲冑がきらめいていた。そこで、もうすでに知れわたっていた勝利が、あらためて公式に宣言された。砦の城門の守備隊に選ばれるという栄誉に浴した部隊は、任に赴くために、司令官に先立って縦列行進を始めた。この部隊が到来したという合図が送られ、砦の明けわたしにともなう慣例の手続きが、指示に従って実施された。両軍の砲陣からまともににらまれている場でおこなわれたのである。

在米イギリス軍陣内の様相はまったく異なっていた。警報の横笛が聞こえるやいなや、強制されて撤収する部隊に見られるあわただしさをすっかりさらけ出した。兵士たちはむっつりしたまま、弾をこめていない銃を担いで隊列を組みはじめた。それまでの戦闘で血が沸き立っている兵士らは、この汚名をそそぐ機会をひたすら待ち望んでいた。この不名誉に傷つけられた誇りは、軍人としての作法を守るというたてまえのもとに押しかくしているものの、依然として痛みを抱えている。女、子どもは、わずかに残った荷物を担いだり、家族の守り手を探して兵隊たちの顔を見上げたりしながら、あちこち走りまわっていた。

マンローは、黙りこくった部隊のなかに姿をあらわした。端然としていたが、落胆は隠せなかった。この不運に男らしく堂々と耐えようと努力していたとはいえ、思いもよらぬ打撃に心の底まで打ちのめされたことは明らかだった。

ダンカンは、悲しみにじっと耐えているその痛切な姿に心を打たれた。自分の任務をすませたのでこの老人のそばへ急いで駆けつけ、何か具体的なことでお役に立てることはないか、訊いてみた。

「娘たちはどうしておる」というのが、短いながら万感のこもった答えだった。

「えっ！　あの人たちの便宜を図るための手配はまだしてないのでありますか」

「今日わしは一介の兵士にすぎんのだよ、ヘイワード少佐。ここにおる者どもみなの面倒を、わしの子ども同然に見てやらねばならん」

ダンカンはもうそれ以上聞くまでもなかった。一刻も猶予ならぬと見きわめ、姉妹を捜しにマンローの住まいへ飛んでいった。行ってみると姉妹はすでに出発の支度をととのえ、低い小屋の敷居に立っていた。そのまわりには、わめいたり泣いたりしている女たちが集まっていた。そこに集まっていれば護衛をつけてもらえる可能性がもっとも高いと本能的に察知したからである。コーラは頰蒼白く、顔に不安の念を浮かべていたが、いつもの毅然とした態度に少しも変わりはなかった。だが、アリスの目は腫れあがり、長い間激しく泣いていたことをあからさまにしていた。とはいえ、ダンカンを迎えてまぎれもない喜びを見せたことにかけては、二人に相異はなかった。ただしこのときは、めずらしいことにコーラが最初に言葉を発した。

「砦は敵の手に渡りましたね」と言い、寂しそうな笑みを浮かべた。「でも、わたしたちの名誉が失われたわけではないのでしょうね!」

「今までにまして赫赫たるものであります! だが、マンロー嬢、今は他人のことよりもご自分のために手だてを講じるべきであります。軍のしきたり――いや、誇り――あなたご自身もとても重んじている、あのほかならぬ誇りゆえに、お父上とじぶんはしばらく部隊と行動をともにしなければなりません。したがって、こんな難局にともなう混乱や不慮の場合にそなえて、あなたがたをお守りする者がどこにいるかと!――」

「どなたも必要ありません」とコーラは答えた。「このようなときに、あのような父の娘に危害を加えたり侮辱したりする者なんかいるもんですか!」

「あなた方を放ってはおけませんよ」とたたみかけながら、ダンカンは気ぜわしくあたりを見まわした。「国王軍最高の連隊を指揮するためとはいえね! お忘れになってはいけません、アリスはあなたのように気丈には生まれついていないのです。誰にもわからないほどの恐怖を、あの人は味わうことになるかもしれないではありませんか」

「そのとおりかもしれませんわね」コーラはふたたび笑みを浮かべたものの、先ほどよりもさらに悲しそうであった。「ほら、聞こえるでしょ。偶然のおかげながら、いちばん必要なときに友人がいてくださいます」

ダンカンは耳をすませ、コーラの言おうとしていることがすぐにわかった。東部のいくつかの植民地でよく知られている賛美歌を、低い声で真剣にうたう声が聞こえてきたからである。それを耳にするとダンカンはすぐに、となりの建物の部屋へ入っていった。そこはそれまで住んでいた人たちがもう出ていって、空き家になっていた。そのなかにデーヴィッドがいた。それまでも唯一の頼みとしてきた表現手段である歌声によって、敬虔な思いを吐露しているところだったのである。ダンカンは歌が終わるまで待っていたが、デーヴィッドの手の動きがやんだのを見て終わったことを確認してから、相手の肩に手をかけて自分の存在を知らせ、用件を簡潔に説明した。

ダンカンの説明を聞き終えると、「わかりましたとも」とイスラエルの王ダビデのひたむきな弟子は言った。「お嬢様方はとても端正でいい声です。それに、わたくしたちはあんな危ない目をいっしょにくぐり抜けてきたのですから、平穏なときにもいっしょにいるのがふさわしいでしょう。わたくしがあの方たちの面倒を見ます。その前に朝のお勤めをすまさなければなりませんが、それもあとは頌歌を残すのみですから。あなたも唱和してくださいますか。拍子はいつもの四分の四拍子、節は「サウスウェル」[*5]です」

それからデーヴィッドは、賛美歌集の小冊を差しだすと、あらためて曲のキーをピッチパイプで入念に定めた。ふたたびうたいはじめて終わるまでのその確乎不抜の気配ときたら、とても待ったをかけられそうもなかった。ヘイワードは、歌が終わるまで待つほかなかったので、デーヴィッドがメガネをはずし、賛美歌集を片づけるのを見届けてから、話を再開した。

「あなたの任務は、ご婦人方に失礼にも近づいてくるやつが一人もいないように気をつけることであります。けしからんことをたくらんでくるやつがいるかもしれないし、あの方たちの勇敢な父親の不運を侮辱したりあざけったりするやつがいるかもしれません。この任では、あの方たちの住まいで働いていた召使いたちからも支援してもらえますからね」

「わかりましたとも」

「インディアンや敵軍の狼藉者たちが邪魔してくるかもしれません。その場合は、砦明け渡しの条件を突きつけて、そいつらのおこないをモンカルムに報告するぞと脅しつけてやってください。ひとこと言ってやればじゅうぶんでしょう」

「それでじゅうぶんでなくても、わたくしはここに、効き目のあるものを持っておりますからな」と答えたデーヴィッドは、柔和さと自信が奇妙にいりまじった素振りで、持っていた本を見せた。「ここにある言葉は、適度に強め、きちんと拍子に合わせて唱えてやれば、いや、大音声で聞かせてやれば、もっとも始末に負えない暴れ者でも鎮めてくれますよ。


「いかなればもろもろの国人は騒ぎ立ち――」[*6]

「もういい」ヘイワードは、デーヴィッドが突然歌いだしたのをさえぎって言った。「話はわかりましたね。さあ、それぞれの任務にとりかかることにしましょう」

ギャマットは快く同意し、二人は連れだって姉妹に会いに行った。コーラは、この新たな一風変わった護衛役を、少なくとも丁重に迎えた。アリスの青ざめた顔さえ、生来のちゃめっけを取り戻して明るくなり、ヘイワードの心遣いに礼を言った。ダンカンはこの折りをとらえて、事情の許すかぎり自分は最善を尽くしたと言って安心させた。心配するにはおよばないと思うし、危険などないと請け合った。それから朗報として、自分は先鋒隊を指揮してハドソン川の方へ数マイルも進んだらすぐに引き返し、またお二人に同行するつもりだと話した。そしてただちに立ち去った。

出発の合図はすでに発せられ、イギリス軍の隊列は先頭から動きだした。姉妹は合図の音を聞いて身を固くし、まわりを見まわして、フランス軍の擲弾兵の白い制服に目をとめた。早くも砦の門を固める部署についた部隊であった。その瞬間、とつじょ巨大な白雲が頭上をかすめたような気がして、見上げてみると、大きなフランス軍旗がそばでたなびいていた。

「行きましょう」とコーラは言った。「ここはもうイギリス軍将校の子弟にふさわしい場所ではありません」

アリスは姉の腕にしがみつき、二人は行進するフランス軍の隊列から離れた。二人を取り巻くように集まっていた大勢の人たちもいっしょに動きだした。

門を通りすぎるとき、フランスの将校たちは、二人の地位を知っているものだから、しきりにペコペコお辞儀をした。しかしながら、いかにもフランス人らしく、いやらしいと受け取られるかもしれないと察して、色目を使うのは控えていた。乗り物や役畜はことごとく病人や負傷者の専用になっていたから、コーラは、そういう人たちを押しのけるくらいなら、疲れても徒歩で行こうと決めていた。それどころか、この未開の地では必要な運搬手段がないために、怪我をして衰弱した兵士が多数、不自由な足を引きずりながら、隊列の後ろからついていくほかなかったのが実情である。それでも全員が移動していた。弱ったり傷を負ったりしている兵たちはうめき声をあげ、苦しんでいた。同僚たちは口も利かず、沈んでいた。女、子どもたちは恐怖におののいていたが、何が怖いのか、自分たちにもわかっていなかった。

混乱しおびえきった群衆は、砦の土塁のなかから出て身をさらし、広々とした平地に踏み出すと、周囲の光景が一目で見渡せるようになった。右手のやや後方で少し離れたところに、フランス軍の部隊が武器を携えて立っていた。モンカルムは、自軍の守備隊が砦の占拠を終えた後ただちに全軍を集結させたのである。フランス軍は、敗軍の行進を食い入るように見つめていたが、静まりかえっていた。軍人の名誉に関する取り決めに違反するようなことはせず、運が悪かっただけの敵にたいし勝ち誇って愚弄したりすることもなかった。イギリス軍側は総勢三千近くにのぼり、ゆっくりと平地を横切っていった。平地の中心に近づくにつれ、しだいに間を詰めながら、行進のめざす地点めがけて収斂していった。その地点は、高い木が立ちふさがる行く手に一箇所、木が切りはらわれている場所で、そこからハドソン川まで続く道路が森のなかへ入っていく地点である。その両側に延々と続く森の前には、暗雲さながらインディアンがずらりと並んでいた。インディアンたちは、敵が通っていくのを見つめ、まるでハゲワシのように遠くから獲物のすきをうかがってうろついているふうであった。襲いかかるのをかろうじて踏みとどまっているわけは、優勢な軍がそこにいてにらみをきかしているからにすぎなかった。なかには、敗残の軍の隊列に潜りこむのもいて、不満そうにむっつりして歩きまわっていた。今のところはまだ手を出さないけれども、行進していく大集団を興味津々で観察していた。

ヘイワードが先頭に立っている先鋒隊は、すでに森を通る狭い道路に達して、のろのろと樹間に消えていこうとしていた。そのときコーラは言いあらそう声を耳にし、一群の落ちこぼれ兵に目がいった。植民地生まれの一人のごろつき兵が、持ち場も忘れてかってに隊列から離れ、かっぱらいを犯すという軍律違反のために、かっぱらった当の品を没収される罰に処せられようとしていたのである。この男は頑健な体つきなうえ貪欲きわまりなく、せっかく手に入れた品をおとなしく手放そうとはしなかった。この騒ぎに口出しする者たちが二手からあらわれた。かっぱらいをやめさせようとする側と、それを助長しようとする側とである。声が高くなり、怒気を含みはじめた。すると、少し前まではほんの十人あまりしか見かけられなかったインディアンが、あたかも魔法でも使ったかのように、百人ほどにふくれあがった。まさにそのときコーラの目に飛びこんできたのは、マグアの姿であった。マグアはインディアンたちのあいだを滑るように動きまわりながら、あの恐るべき雄弁を巧みにふるって説得した。大勢の女、子どもたちは足をとめ、驚いてばたつく小鳥のように、身を寄せ合ってうろうろしていた。しかし、マグアの熱意はやがて功を奏し、それぞれに別れた集団はゆっくり前進しはじめた。

インディアンたちはもう引き下がって、敵軍の通過を邪魔せずに許そうと思っているように見えた。だが、女性の一群が近くにくると、一人の粗暴でしつけの悪いヒューロン族が、派手な色のショールに目をつけた。このインディアンは、何のためらいもなくそれをひったくろうと近づいた。ショールを持っていた女性は、この服飾品が惜しいからというよりもむしろ怖くなって、ねらいをつけられたショールで赤ん坊をくるむと、しっかりと胸に抱きしめた。コーラがこの女に、そんなものはあきらめなさいと忠告するつもりで口を開きかけたとたん、インディアンはショールをつかんだ手を放し、泣き叫ぶ幼児を女の腕からもぎ取った。母親は、まわりにいた強欲な者たちにあらゆる持ち物をひったくられるのもかまわず、ものぐるおしい勢いで突進し、子どもを取り返そうとした。インディアンは残忍な笑いを浮かべ、取り換えてやってもいいぞと言わぬばかりに片手を差しだした。だが、身の代をつり上げようとしているみたいに、別の手で赤ん坊の足を持って頭の上で振りまわした。

「ほれ——ほれ——そら——みんな——何でも——どれでも!」女は息を切らしながら叫び、震えて言うことをきかない手で、身につけた小さな服飾品をつぎつぎに引きちぎって見せた。「みんな持っていって。でも、赤ちゃんだけは返して！」

インディアンは、そんな無価値なくずには目もくれなかった。ショールがもう別のインディアンの手に落ちたことを見てとると、それまでの兇悪ながらもからかうような笑みから表情が変わり、狂暴さをむき出しにした喜色を浮かべたかと思うと、幼児の頭を岩にたたきつけ、痙攣している遺骸を母親の足もとへ投げ出した。一瞬、母親は絶望という名の彫像のように立ちつくし、変わりはてた姿を気が狂ったように見下ろした。ついさっきまで胸に抱かれ、ほほえみかけてくれたあの子のむくろを。それから天を振り仰ぎ、このような悪行を犯した者に呪いあれと神に祈るかに見えた。だが、そんな祈りを口にする罪は免れた。ヒューロン族の男が、ショールを手に入れられず頭にきたうえ血を見て逆上したために、女の脳天にトマホークを打ちおろして、功徳を施したからである。母親はこの一撃でガクッとひざまずき、倒れながらも死に際に子どもにすがったが、その献身的な愛は、生きているときに子どもに注いだ愛と変わらなかった。

事態がどう転ぶかわからなくなったそのときに、マグアは両手で口を囲み、身の毛もよだつ決定的な雄叫びをあげた。あちこちに散開していたインディアンたちは、この耳慣れた叫びを聞いて、かかれの合図を聞いた猟犬がいっせいに飛び出すように動きだした。そしてすぐに、かつて人間の口から発せられたこともないような叫び声が、四方の平地や森のなかに響きわたった。それを聞いた者たちは、血も凍るような恐怖を覚えた。その恐怖は、最後の審判に吹き鳴らされるラッパの音を聞いたらさもありなんと思えるほどの恐ろしさだった。

雄叫びに応えて、猛り狂った二千人以上ものインディアンが森から飛び出し、本能的な機敏さを発揮して、死の舞台となる平地に突進した。その後に続いて現出した胸の悪くなるような恐ろしい光景について、くわしく述べるのは控えよう——殺戮があらゆるところでおこなわれ、しかもそのありさまたるや、おぞましく気味の悪いことこのうえなく、ことわまりなかった。抵抗は殺戮者たちをあおるだけだった。犠牲者たちは、憤怒に駆られた暴行ももう手の届かなくなった死した後もなお、すさまじい打擲《ちょうちゃく》をさんざん加えられた。流血は、堰を切ってあふれ出た急流にもたとえられよう。血を見て興奮し逆上したインディアンのなかには、地べたにひざまずいてまっ赤な血の川に口をつけ、思いきり啜っては、地獄の悪鬼のように打ち興じる者もいた。

イギリス軍の訓練された兵隊はすぐに密集隊形を組み、かまえた隊列の正面を見せることによって襲撃者を威圧しようとした。この試みはある程度成功したが、インディアンたちをなだめようというむなしい期待から、弾をこめていないマスケット銃を奪われるままになった者たちが多すぎた。

このような惨状のなか、時間の経過に気づくだけの余裕は誰にもなかった。十分くらいだったかもしれない（何十年にも思えた）が、姉妹は恐怖に打ちのめされ、ほとんどどうすることもできずに、その場にくぎづけになっていた。最初の一撃が打ちおろされたとき、姉妹といっしょについてきた女たちが悲鳴をあげながら、二人のまわりに押し寄せて一団をなしたので、逃げだすこともできなかった。だが、全員とはいわぬまでもほとんどの女たちが、恐怖に駆られて逃げだしたり、あるいは殺されたりして、姉妹のまわりからいなくなっても、敵の振りあげるトマホークをかわしていけるような逃げ道は見あたらなかった。四方八方から叫び声やうめき声、諫める言葉や呪いの言葉がわきあがっていた。このときアリスは父の巨体を見かけた。平地を足早に歩いて、フランス軍の方へ行こうとしていた。マンローはじっさい、いっさいの危険をもかえりみず、モンカルムに会いにいこうとしていたのである。事前に条件として要求しておいた護送の措置をきちんととってほしいと、手遅れながら言いにいくつもりであった。ギラギラ光る斧やさかとげのついた槍などが五十本ほども、命知らずのマンロー向けて突き出されたが、さすがの蛮族どもも、激昂していてさえ、マンローの身分や沈着さに敬意を払っていた。この古兵はまだ強靭さをとどめている腕で、危険な武器を払いのけたのだ。あるいは蛮族どももも、ほんとうにやってのけるだけの勇気はどうやら誰も持ち合わせていず、殺傷行為を真似て脅そうとするだけで、みずから武器を引っこめる者もいた。幸運にも、復讐に燃えるマグアはマンローを見つけ出そうとして、仇が脱け出したばかりの部隊のなかを捜しまわっていた。

「お父さま――お父さま――あたしたち、ここよ！」とアリスは金切り声をあげたが、父は姉妹に気づいた様子もなく、ほど遠からぬところを通り過ぎていった。「お父さま、ここまできてちょうだい。あたしたち、死んでしまうわ！」

叫びは、石の心も融かしてしまいそうな言葉と声で繰り返されたが、応答はなかった。いや、一度は老父がその声を耳に入れたように見えた。立ち止まって耳をすましたからだ。だが、そのときにはアリスがすでに気を失い、倒れてしまっていた。コーラは妹の横に座りこみ、生気をなくした妹のうえに覆いかぶさるようにして、介抱に精を出していた。マンローは耳をすましても当てはずれだったので首を振り、司令官としての重責を果たすことに専念しようと歩みだした。

「お嬢さん」とデーヴィッド・ギャマットが言った。この男は無力で役に立たなかったとはいえ、自分に託された信任を投げ捨てることなど、夢にも思いつかなかったのだ。「これは悪魔の祝祭です。キリスト教徒がこんなところでぐずぐずしていてはいけません。さあ、立って。逃げましょう！」

「行ってください」とコーラは言った。まだ気絶している妹を見つめていた。「お逃げください。あなたがいてくださっても、わたしにとってもう何にもなりませんから」

デーヴィッドにはコーラの決意の固さがわかった。その言葉とともに示された、あっさりとしていても断固たる挙動を見たからである。デーヴィッドはしばし、まわりのいたるところで地獄の儀礼じみた行為にふけっているインディアンたちを見つめていた。そのうちに、のっぽの体はますます背筋が伸び、胸がふくらみ、四肢がはりつめ、抑えがたい感情に動かされて、話し方に力がこもってくるようであった。

「あのユダヤの少年が竪琴の調べと聖なる歌の言葉によって、サウル[*7]にとりついた悪鬼を制しきれたとすれば、ここで音楽の威力を試してみてもいいかもしれません」

そこでデーヴィッドは声を精いっぱい張りあげ、力強く歌いはじめた。その声は、この血なまぐさい戦場の喧騒をも圧するほどであった。護衛のついていない姉妹のいるほうへすっ飛んできて、着衣をぶんどり頭皮を持ち帰ろうとしたインディアンは一人や二人でなかったが、動じることを知らぬ奇妙な人物が持ち場にがんばっているのを目にすると、立ち止まって聞き入った。はじめはあっけにとられていたが、やがて感じ入って、これほど勇敢でない別の獲物をめざした。みずからの死出の歌をうたっているこの白人戦士の豪胆さには感心したと、悪びれもせずに言い捨ててから離れていった。デーヴィッドは、うまくいったと思いこんで元気づき、聖なる歌のおかげと信じてこの影響力をさらにもっと広げようと、全力こめてうたった。そのただならぬ歌声は、遠くにいた一人のインディアンの耳朶に触れた。あちこちの集団をつぎつぎにものすごい勢いで駆けまわって、くだらない有象無象に手をかけることは潔しとせず、もっとわが名にし負う餌食を求めていた男、マグアであった。かつて捕虜にしていた者たちをふたたび思うがままにできると見てとると、喜びの叫びをあげた。

「こい」とマグアは言って、汚れた手をコーラのドレスにかけた。「ヒューロンのウィグワム、まだ空いてる。こんなところよりましではないか」

「さがれ！」とコーラは一喝し、マグアのぞっとするような顔から目をそむけた。

インディアンは、血煙の立つ手を持ちあげながらせせら笑い、こう答えた。「これは赤い。だが、これは白人の血だ！」

「化けもの！　おまえの魂は血に染まっている、大量の血に。おまえのせいで、こんなひどいありさまになったではありませんか」

「マグア偉大な酋長だ！」勝ち誇った蛮族が答えた。「黒い髪、マグアの部族のところへ行くのだ！」

「行くもんですか！　殺したければ殺しなさい。そして復讐したらいい」

マグアは一瞬口ごもった。それからアリスのぐったりした華奢な体を抱きかかえると、さっと走りだし、森をめがけて平地を突っ切っていった。

「お待ちなさい！」コーラは金切り声をあげながら、がむしゃらにマグアを追いかけた。「その子を放しなさい！　ひとでなし！　何するのよ！」

だが、マグアはコーラの声に耳を貸そうとしなかった。というよりも、自分が優位に立っているとわかり、一歩も譲るまいと決めていたのである。

無我夢中のコーラの後ろからギャマットは、「行かないで――お嬢さん――行かないでください」と叫んだ。「聖なる歌の効験があらわれだしていますから。まもなく、このいまわしい騒ぎもおさまりますよ」

デーヴィッドは、今度は自分が耳を貸してもらえないことを知り、狂乱のコーラを忠実に追っていった。

追いながらふたたび声を張りあげて賛美歌をうたい、長い腕を振りまわしてせっせと拍子をとっていた。そんなふうにしてコーラとデーヴィッドは、逃げまどう人たちや負傷者や死者のあいだを縫うように、平地を通り抜けていった。猛々しいマグアにとってはアリスを担いで通っていくのに何の支障もなかったが、コーラはいつ何時、敵の蛮族の一撃で倒されても不思議はなかった。そうならなかったのはひとえに、コーラの後ろにつきまとう奇怪な人間がいたからだ。あっけにとられたインディアンたちから見ると、この男には狂気という守護霊がとりついていると思われたのである。

マグアは、もっとさし迫った危険を回避するだけでなく、追跡からも逃れる術をわきまえていた。森に入って深い峡谷をおりていき、すぐにナラガンセット馬を見つけ出した。姉妹たちが砦まで乗ってきて、つい先日乗り捨てたウマである。それが、マグアに劣らず兇悪な顔つきのインディアンに手綱を押さえられて、マグアの到着を待っていた。マグアはアリスを片方のウマの背に乗せると、コーラにもう片方のウマに乗れと合図した。

コーラは自分を捕囚にした男のそばにきてぞっとしたにもかかわらず、平地で繰りひろげられている血なまぐさい地獄絵から逃げ出せて、とりあえずほっと一息ついた。だが、あの流血の現場がまったく目に入らないというわけにはいかなかった。コーラは指示された鞍に乗り、妹の方へ腕をさしのべた。その切々たる愛情にあふれた願いは、さすがのマグアも聞き入れないわけにいかなかった。それでマグアは、アリスをコーラと同じウマに乗せるとその轡をとって出発し、森の奥深くへ入っていった。デーヴィッドは、殺す価値もない人間とみなされてすっかり無視され、おいてけぼりにされたと悟ると、マグアたちが残していったウマにまたがって、のろのろながら、悪路の許すかぎり精いっぱいの追跡に乗り出した。

やがて道は山へ向かう登り坂になった。そのために馬上の揺れが激しくなり、失神していた妹が正気に返りそうになるので、コーラはその介抱に心を砕く一方で、平地からまだ聞こえてくる悲鳴に耳を奪われてもいた。そのため、どこへ向かっているのか気にしている余裕はなかった。しかし、平らな山頂に到着し、東側の崖っぷちに立ってみると、そこは前に一度、もっと親切な斥候に案内されてやってきたことのある場所だった。姉妹はマグアの指図でウマからおりた。囚われの身であるにもかかわらず、恐怖と切り離しがたいと思われる好奇心に駆られて、姉妹は足下のむかつくような光景に目をみはらずにいられなかった。

残忍な行為が依然として歯止めなく続けられている。いたるところで敗残の人なだれが、容赦ない迫害者たちの前を逃げまどっていた。ところが、キリスト教国の王に仕える武装部隊ともあろうフランス軍は、どうにも説明のつかない感情鈍磨におちいって、びくとも動かず立ちつくしていた。そのために、軍司令官の、他の点では申し分なくきれいな紋章に、ぬぐいがたい汚点が残されたのである。物欲が復讐心にまさるようになるまでは、誰にも死の剣をとどめられなかった。やがて復讐もすみ、じっさい、負傷者の悲鳴や殺人者の怒号がまばらになって、恐怖の叫び声も、ようやく姉妹の耳に届かなくなるか、凱歌をあげる蛮族どもの轟々たる長いつんざくような雄叫びに呑みこまれるにいたった。†

第十八章

「どうぞ、何なりと。
よろしければ名誉ある殺人犯、とでも、
私のしたことは憎しみから出たのではなく、すべて名誉のためでした。」
『オセロー』五幕二場、二九四〜二九五行。

前章で叙述したというよりもむしろちょっと触れただけにとどめた、血なまぐさく非人間的な場面は、「ウィリアム・ヘンリー砦の虐殺」[*1]というふさわしい呼び名で、植民地史に特筆大書されている。これよりも早くに起きたよく似たできごとのために、フランス軍のこの司令官の名声には汚点が残されていたが、今度の事件でその汚点はますます深まった。この司令官は若くして栄光に包まれた死を遂げたにもかかわらず、汚点が完全にぬぐい去られることはなかった。それも時が経つとともに忘れられかけてきている。だから、モンカルムがエイブラハム平野で英雄的な死を遂げたことを知っている多くの人も、彼が道徳的勇気の点ではいかに劣っていたかということを、まだ知らずにいる。だが、道徳的勇気を欠いていては、いかなる人間もほんとうに偉大ではありえない。このわかりやすい実例をもとにして、人間としては卓越した者にも欠点がありうることを証明するために、長々と書きつづることもできるかもしれない。豊かな情操、気高い礼節、騎士道精神にあふれた勇気の持ち主でも、利己心というぞっとするような病にかかれば、せっかくのそういう美徳を無駄にするということを示したり、人格の些細な特質においてすぐれていても、原理原則が方便よりも大切であると証明するべきときに期待に反するような人物を、世間に暴露してやったりするのもいいであろう。だが、そういう課題は本書のめざす目標を超えている。それでも、歴史の女神は愛の女神と同様に、勝手な思いこみでみずからの英雄を輝かしく描きがちだから、ルイ・ド・サン・ヴェランも後世から、勇ましい祖国防衛者としてのみみなされることもありうる。他方、オスウィーゴ川[*2]やホリカン湖で彼が冷酷にも傍観していたことは、忘れられてしまう。ミューズ姉妹の一柱[*3]にこんな弱点があることを大いに遺憾としつつも、われわれはこの女神の聖なる領域からただちに撤退し、もっとつつましい天職のほどよい矩《のり》の範囲にとどまることにする。

砦攻略から三日目の一日も暮れようとしていた。だが、物語を進める都合上、われわれはまだ「聖なる湖」の岸辺にとどまらなければならない。前章で最後に描いた砦周辺の情景は、暴力と叫喚にみちていた。それがもう静寂と死に支配されている。血にまみれた征服者たちはすでに立ち去っていた。フランス軍の陣営は、つい先日まで、勝利に酔いしれる軍隊らしいどんちゃん騒ぎで沸きかえっていたのに、今はもう静まりかえって人影も見えないテント村になっていた。砦はくすぶる焼け跡の廃墟になっていた。焦げた垂木、破裂した大砲の残骸、崩れた石垣が土塁を覆い、混沌としていた。

不気味な変化が季節にも生じていた。太陽が厚い雲の陰に隠れて暑くなくなり、何百もの死体は、八月の猛暑のなかで黒ずんだあげく、時ならぬ十一月並みの突風にさらされ、おぞましい姿勢のまま硬直しはじめていた。丘の上を北方へ漂っていると見えていた真っ白い靄が、今は渦を巻きながら嵐の勢いで戻ってきて、みっしり空を覆う薄暗い雲になっていた。ホリカン湖は、舟でにぎわう鏡のような水面もどこへやら。そのかわり、まるで不純物を汚染された岸辺に腹立たしげに投げ返すみたいに、緑色の荒波も岸に打ちつけていた。それでも、澄みきった湖はまだ神秘的な美しさをいくぶんとどめていたが、その水面に映るのは、不吉な空から注がれる陰鬱な薄明かりだけだった。いつもなら景色の目ざわりなところを隠し、荒々しさを和らげてくれる、あのしっとりとして肌にやさしい空気は消え、北風が湖上をはるばる吹き抜けてきた。その風のがさつで潤いのなさときたら、見方しだいで情趣が変わったり、空想にふけるよすがになったりする余地など、情景に少しも残していなかった。

平地の緑は焼き払われ、稲妻に打たれたかのように見えていた。だが、その荒れはてた地面のあちこちに深緑色の草が萌え出ていた。人血で肥沃になった土壌がはじめてもたらした植物である。この辺り一帯の風景は、好ましい光の下で快適な気温に恵まれて眺めたらなかなかきれいだったのに、今は何だか人生をあらわす絵のように見えた。事物がこの上なく正確ながら無情な色合いを帯びて見え、しかも輪郭を際だたせる陰翳に欠けていたからだ。

ちょっとでもそよぐ風が吹きすぎたあとから、あちこちで枯れ草がポツリポツリと頭をもたげた。けわしい岩山が地肌をむき出しにしていた。何か慰めになるものを探して、どこまでも広がる虚空を見つめてみても無駄だった。黒っぽい雲がモクモクと空に広がり、視線をさえぎっていたからである。

風が不規則に吹いていた。ときには、低く地面を掃くように吹き、死者の冷たい耳にうめき声でささやいているのかとも思えるが、つぎの瞬間には、鋭く悲しげな音を立てて舞いあがり、森のなかへ突入していって、通り道に散っていた枯れ葉や枯れ枝を空中に巻きあげた。葉や枝が降りかかるなかを、飢えた大ガラス数羽が風とたたかっていた。だが、大ガラスたちは、足もとに広がる樹海を風が通り過ぎるやいなや、死体を胸くそ悪い餌にしてついばもうと、めいめいうれしげに舞いおりた。

つまり、そこは荒廃して殺伐たる風景を呈していたのである。まるで、不敬にもこの場に立ち入った者ことごとく、死に神の容赦ない一撃に打ちのめされてしまったかのようだった。だが、死に神による立入厳禁の御達しも解除された。今しも、風景をそこなうのに手を貸すあの醜悪な行為に走る連中が去って以来はじめて、血のかよった人間があえてこの場に近づいてきた。

それはすでに述べたとおり、砦陥落後三日目、日没一時間前のこと。ハドソン川へ続く道が森へ入るあたりで、樹間の切り通しからあらわれたのは、五人の男の人影だった。廃墟と化した砦の方へ進んでいく。はじめのうちは、ぞっとするような眺めの地に入っていくのは気が進まないのか、あるいは、恐ろしいできごとがまた起きることを心配しているのか、おそるおそるノロノロした足どりだった。一行の前を行き先鋒をつとめていたのは、インディアンらしい用心深さと身ごなしを見せる、ほっそりした姿の男だった。小高いところがあるとかならず登っていって偵察し、それから後続の者たちに、いちばん安全と思われる道筋を身振りで指し示した。後続の者たちも、森のなかでの交戦に不可欠な警戒心や深慮遠謀において不足はなかった。そのなかの一人はやはりインディアンで、一行の脇を少し離れて歩き、森の端に気をつけていた。どんな些細な危険の兆候も見抜いてしまう、経験豊かな偵察力を持っていた。残りの三人は白人だが、着ているものは形も色も、いま取りかかっている危険な目的にふさわしい身なりにやつしていた。目的とは、未開の地で、休息中の軍営のすぐそばに近づいていくことであった。

湖岸までの途中つぎつぎにあらわれる身の毛もよだつ光景に、一行の各人はさまざまな反応を示した。その反応の違いから各人の性格がわかる。先頭を行く若者は平地を突っ切って軽やかに歩く途中、切り刻まれた死体に厳粛なまなざしをこっそり投げていった。自分の感情をおもてに出さないようにしていたが、まだ経験が浅くて、死体から受けた急激強烈な衝撃を隠しきるのは無理だった。しかし、年長のインディアンはそんな弱みに縁がなかった。一団の死人のそばを通っても眉一つ動かさず、長年頻繁に経験した者だけが見せることのできる平然たる目つきをしていた。白人たちの感じ方も、一様に悲しみにひたっていたとはいえ、それぞれ異なっていた。白髪で顔に深い皺があり、軍人風の態度や歩き方をする男は、身なりこそ木樵に扮しているものの、戦場の光景に慣れていることが明らかだった。それでも、常軌を逸した残酷な殺され方の死体を目にすると、なりふりかまわず大きなうめき声を上げた。老人のそばについていた青年は震えていたが、老人を思いやって自分の感情を殺そうとしているようだった。しんがりから遅れがちについてくる白人は、一行のなかでどうやらただ一人、他人の目を気にしたり結果を慮ったりせずに、思ったままを口に出した。凄惨きわまる遺骸を、目をそむけたり体を震わせたりする仕方も知らぬげにまじまじと見つめたあげく、憎悪のこもった低い声で罵り、敵の犯した罪にたいする怒りをあらわにしたのである。

読者のみなさんにはすぐおわかりだろうが、これらの人物はそれぞれ、モヒカン族の父子とその白人の仲間である斥候、それにマンローとヘイワードであった。それはまさに、わが子の探索に出てきた父親に、姉妹の安否に命運がかかっている青年と、すでに述べた数々の難局において有能さと忠実さを見せてくれた、勇敢で信頼できる森の住人たちが付きそう一行であった。

先に立っていたアンカスは、平地の中央までくると大きな声をあげた。それで仲間は一団となってその場に集まった。若き戦士が立ち止まったところには、見分けもつかぬような死体になりはてた女たちが、ひとかたまりになって転がっていた。その吐き気を催すような惨状にもかかわらず、マンローとヘイワードは、腐りかけた死体の山の方へすっ飛んでいった。見るに堪えないからといって失せるわけではない愛執に動かされて、色もさまざまな着衣の切れ端のなかに、捜している者たちの名残が少しでもないか、調べるのに余念がない。調べたあげくにまもなく、手がかりになるようなものがなくてホッとしたが、そのかわり、最悪の事実がわかるのとほとんど変わらないほど耐えがたい、覚束なさに包まれる不安を嘗める羽目に追いこまれた。二人は、痛ましい死体の山のそばで、ものも言わず思いにふけってたたずんでいた。そこへ斥候が近づいてきた。悲しい光景を目にして顔に怒りを浮かべながら、森から出てきてからはじめてまともな口を利き、大きな声で話しだした。

「ひどい戦場はなんぼでも見たことあるし、血に染まった道はなんぼでも歩いたことあるけど、ここぐらい悪魔のやり口がはっきり残ってるとこは、見たことないわ！　復讐はインディアンの人情だべ。おれのこと知ってるやつなら誰だってわかってるとおり、おらの血筋にクロスはない。だけど、これだけは言ってやる——天主様の前で、吠え声絶えぬこの曠野でも霊験あらたかな主のお力借りて、この場でな！　あいつらフランス人どもがまた弾の届くところまで近づいてきたら、このライフルが承知しないから！　火打ち石が火花とばし、火薬が点火するかぎりはな！——トマホークや短刀なら、生まれついて使い方知ってるやつらに使わせておくけど」それからホークアイはデラウェア語で言い足した。「チンガチグック、どう思う。ヒューロンのやつらは自分の村の女たちに、雪が降ったときの自慢話にこのことを話したりするのか」

モヒカン族酋長の浅黒い顔に、怒りが一瞬ひらめき、短刀を鞘から引き抜きかけた。だがそのあと、死体の山から黙って顔をそむけると、ほとばしる激怒の情にとらわれたことなどなかったかのように、すっかり落ち着きを取りもどした顔つきになった。

「モンカルム！　モンカルムめ！」それほど自制心が強くない斥候は、怒りがおさまらずに言い続けた。「生きてるうちにやったおこないが何もかも、一目で見通されてしまう時がくるっちゅう話だべ。しかも、人間の不確かさなんかとは無縁の目でな。魂にいつ上から最後の審判がくだされるかしれないのに、この世に生まれてこの場で起きたこと見てたりしたら、ただですまんべ！　あれっ――おら、白人の血流れてる男だが、あっちに倒れてるのはレッドスキンだ。自然からちょうだいした頭の毛はがれているぞ！　あいつ見てこいよ。おまえと同じデラウェアかもしれん。そしたら、ちゃんとした戦士として埋めてやらんとならんべさ。サガモア、おまえの目見たら、何言いたいかわかるよ。秋の風でこの血のにおい吹き飛ばされないうちに、ヒューロンのやつ一人血祭りにあげて、仕返ししたらいいしょ！」

チンガチグックは頭皮をはがれた死体に近づいていった。それをひっくり返してみると、六部族連合、あるいは六民族連合と呼ばれているインディアンのうちの、一部族に属することを示すまぎれもないしるしが見えた。この部族は、イギリス軍の一翼を担っているとはいえ、チンガチグックの部族とは不倶戴天の敵だった。チンガチグックはいまわしい相手のしかばねを蹴っ飛ばし、けものの屍骸を捨てていくときと変わらない冷淡さで横を向いてしまった。その仕草を見て斥候は、死体が何者だったかを理解した。それからまたごく慎重に足を運びながら、あいかわらず腹立たしげにフランス軍司令官こきおろしの弁を続けた。

「人間ば山ほどいっぺんに片づけるなんて、そったら大それたことは、全知全能のお方でないかぎりやったらだめだ。だって、あのお方だけが最後の審判くださんばならんてわかっているし、天主様の創造なさった生き物補充できるやつなんか、ほかにいるってか。最初に殺したシカ食べ終わらんうちに二頭目殺すのは罪だべ。これから前線へ進軍するとか、待ち伏せするとかの場合は別だけどな。戦士同士が少人数で堂々ときびしいたたかいしたっちゅうなら、また話は別だ。白人に生まれついたか、インディアンに生まれついたかによって、ライフル持って死ぬか、トマホーク持って死ぬかの違いはあっても、死ぬのは戦士の天命だからな。アンカス、こっちこい。カラスにはミンゴの死体食わせておけばいいしょ。これまで何度も見てきたからおら知ってるけど、カラスはオナイダ[*4]のやつの肉大好きなんだ。そのカラスにも、天から授かった好みにふけらせてやったらいいわ」

「ハッ！」とアンカスは大きな声をあげ、つま先立ちになって前方に目をこらした。この声と仕草に驚いたカラスは、別の餌の方へ飛んでいった。

「おい、何だ」と斥候は小声で言いながら、のっぽの体を屈めて、獲物に飛びかかろうとするパンサーのように身構えた。「ぶんどり品さがしてはいずりまわってるフランス兵だったらおもしろいんでないかい。今日はキルディアに、いつもよりずっと遠くまで射程伸ばしてもらえるべ！」

アンカスは一言も答えずにその場から走りだし、あっという間に一本の潅木まで飛んでいくと、引っかかっていた緑色のヴェールを取り上げて、勝ち誇ったように頭上で振った。そのヴェールはコーラの乗馬服の一部だった。アンカスの動きや、振りまわしている布切れ、ふたたびあげた叫びに引き寄せられ、一行全員たちまちそのまわりに集まった。

「わしの子じゃ！」マンローは早口に狂おしく言った。「わしの子を返してくれ！」

「アンカス、取りもどす」という、そっけないけれどもじんとくるような返辞。

アンカスが朴訥ながら衷心で請け合うと言ったのに、マンローには響かなかった。布切れをつかんで手のなかで丸めながら、潅木の藪をこわごわ見まわしている。そのさまは、まるで藪にひそんでいる秘密に恐れおののくと同時に、期待をかけるかのようだった。

「ここらには死体がありません！」とヘイワードが言った。「襲撃はこっちのほうにはまわってきてないようであります」

「そりゃ明らかだべ。上の曇り空よりはっきりしてるしょ」斥候は少しも動じない。「いや、あの娘か、あの娘さらったやつらが、この藪通り過ぎていったんだわ。だって、あの布はおれも憶えてるけど、あの娘が、誰だってうっとりするような顔隠すのにかぶってた布だからな。アンカス、おまえの言うとおりだ。黒い髪はここにいたんだわ。そして、びっくりした子ジカみたいに森のなかに逃げていったんだべ。逃げれるのに、殺されるまでぐずぐずしてるやつなんかいるもんか！　あの子が残していった目印探すべ。インディアンの目にかかったら、ハチドリが空中に残した跡だって見つけれるって思えるくらいなんだから！」

そそのかされたアンカスは勢いよく出かけていき、斥候の話が終わるか否かのうちに、森に入るあたりから何かを見つけたと叫んできた。一行は一刻をあらそうように駆けつけ、ヴェールの端切れがもう一片、ブナの木の下枝に引っかかっているのを見つけた。

「あわてるんでない、あわてるなって」斥候は、長いライフルを垣の横木のようにおろし、意気込むヘイワードの前をさえぎって言った。「これからどうしたらいいか、もうわかったしょ。きれいな足跡乱したらだめだ。一歩急ぎすぎたために、何時間も後れをとるってことになるかもしれんからな。だが、手がかりはつかんだ。それだけはまちがいないべ！」

「よくぞやった！　あっぱれじゃ！」とマンローは叫んだ。「あの子たちはそこからどっちへ行ったのじゃ。どこにおる」

「どういう道をとったかは、場合によって違うんでないかい。娘さんたちだけで行ったとしたら、まっすぐ行けないでぐるぐるまわりそうだから、ここからまだ十マイルあまりのあたりでうろうろしてるかもしれん。だけども、ヒューロンか、フランス側のどこかのインディアンにつかまってるとしたら、もうカナダとの境近くまで行ってるべな。だからってどうってことないけどな！」と斥候が言い足したのは、自分の言葉に相手がひどく動揺し消沈したさまを見て、気をまわしたのである。「こっちにはモヒカンの親子とおらがいるから、だいじょうぶだ。何百リーグ行ってしまったとしても、きっと見つけてやる！　そっと行け、そっとだって、アンカス。おまえ、そんなにじりじりして、開拓村のやつと変わらんな。軽い娘はほんのかすかしか足跡残さないってこと忘れてるべ！」

「ハッ！」とチンガチグックが声をあげた。森の裾を縁取る下生えにどうやら人が通ってできたらしい隙間を熱心に調べていたのだが、そこですっくと身を起こし、気味悪いヘビでも目にしたような様子で足もとを指さしていた。

「おや、これは明らかに男の足跡だ！」とヘイワードが、指し示された箇所の上にかがみこんで言った。「水たまりの端を踏んでいったな。まちがいない。お嬢さんたちは捕虜になってますね！」

「そのほうが、曠野で腹すかしてほっつき歩いているよりましでないかい。それに、そのほうがたくさん足跡残してくれるべさ。そっちが五十個の火打ち石出すなら、こっちはビーバーの毛皮五十枚賭けてもいいが、そのモヒカン親子とおれは、今月中にやつらのウィグワムに踏みこんでやる。アンカス、足跡に顔近づけて、そのモカシンから何がわかるか言ってみれ。だって、そいつは見たらすぐわかるけどモカシンの跡だ、靴の跡でないべ」

アンカスは足跡の上にかがみこんだ。そのまわりの落ち葉を払いのけ、せちがらくなってきた近ごろの金融業者があやしげな約束手形を調べるのとあまり変わらないくらい入念に吟味する。腑に落ちるまで調べたあげく、ひざまずいていた姿勢からようやく立ちあがった。

「さて、小僧」と待ちかまえていた斥候は訊いた。「どうだい。その証拠から何かわかったかい」

「ル・ルナール・シュプティル！」

「は！　またあの暴れ者の悪党か！　あいつの悪さは、キルディアがやさしい言葉かけてやるまでやみそうもないしょ」

ヘイワードは、明らかにされた情報が間違いなさそうだとしぶしぶ認めながらも、信じないというよりも一縷の希望をかけて、つぎのように言ってみた。

「モカシンなんてどれも同じようなものじゃないか。もしかしたら間違いじゃないのか」

「モカシンがどれもこれも同じだってか！　人の足なんてみんな同じようなものだっちゅうほうが、まだましだべ。だけども、誰だって知ってるとおり、大きな足もあれば小さなのもある。幅の広いのもあれば細いのもある。甲高もあれば平たいのもある。指が内反りになってるのもあれば外反りになってるのもあるべ！　モカシンがそれぞれ違うのは、本がそれぞれ違ってるのと同じこと。もっとも、本読めるやつで、モカシンの跡がわかるのはめったにいないがな。それはそれでけっこうでないかい。それぞれの人間に生まれつき得意なところがあることになるんだから。アンカス、おれにも見せれや。本でもモカシンでも、一人の意見だけで決めるより二人の意見つきあわせてみるのは悪くないべ」斥候はかがみこんで検分したあと、すぐに言った。「おまえの言うとおりだわ、小僧。こいつは、前におれたちが追跡したときに何度も見たのと同じしるしだ。それに、あいつは折りさえあれば酒飲むべ。呑兵衛になったインディアンは、まともなインディアンよりもベタ足で歩くようになるもんなんだわ。白人でもレッドスキンでも、足ふんばって歩くのが酔っぱらいの質《たち》だからな。長さも幅もぴったりだわ！　サガモア、これ見てくれや。あんた、グレンズ滝からあの体にいい泉までおれたちが悪党ども追跡してたときに、何度もあいつの足跡測ってたべ」

チンガチグックは求めに応じ、さっさと調べ終わると立ちあがって、静かな口調でただ一言、「マグア」と言った。

「よおし、これで決まったしょ。黒い髪とマグアがここを通っていったんだわ」

「それで、アリスはいなかったのか」とヘイワードが詰問した。

「あの子の手がかりはまだ見つからないね」と斥候は答えながら、木や茂みや地面を細かく見て歩いた。「あれは何だべ！　アンカス、あっちのイバラの藪に引っかかってるもの持ってきてくれや」

アンカスが言われたとおり持ってきたものを受けとると、斥候はそれを高くかざして、いつもの声なき大笑を見せた。

「あの歌の先生のプープーいう武器だ！　これで司祭さんの通った跡も手がかりにできるべ。アンカス、よたよた歩く六フィート二インチもあるやつ支えるのに間に合うだけ大きな足の靴跡探せ。あの先生も、うるさくうたってばかりいないで少しはましな仕事もやってくれだしたから、まんざらでもないと思えてきたわ」

「少なくとも、託された任務は忠実に果たしていますね」とヘイワードは言った。「おかげでコーラとアリスに付き添う友がいることになります」

「そうだな」と言ってホークアイは、ライフル銃を地面に立ててそれにもたれ、見るからに軽蔑のこもった態度になった。「娘たちの歌にはつきあってくれるべ！　だけども、シカ殺して娘たちに食わせることできるか。ブナの木についた苔見て道選んだり、ヒューロンの喉かき切ったりできるか。できないとしたら、歌で勝負したとたんネコマネドリ†にも引けとるべ。どうだ、小僧、歌の先生の靴跡見つかったか」

「ここに、靴を履いている人の足跡らしいものがありますね。これはあの友人の足跡ですかね」

「葉っぱに触るのはそっとやれ。そうでないと足跡崩してしまうべ。それか！　それは足跡だ。だけども、黒い髪の足跡だべ。あんな偉そうでりっぱな大男のものにしては小さいしな！　歌の先生のかかとくらいの大きさしかないしょ！」

「どこじゃ。わしの子の足跡を見せてくれ！」と言いながらマンローは藪をかき分け、消えかけた足跡の上に、愛おしそうにかがみこんだ。それは、華奢な体つきの人がさっと通り過ぎたときに残していった足跡だったが、それでもまだはっきり見えていた。老いた軍人はそれを見つめていたが、やがて目がかすんできた。かがんだまま立ちあがろうともせず、ヘイワードが見ている前で、娘の残した痕跡に熱い涙を落としていた。感極まって今にも醜態をさらしそうになった老兵の気をそらしたいと考えたヘイワードは、斥候にこう言った。

「もう間違いのない証拠がつかめたのだから、先へ進もうじゃないか。捕虜になっている人たちにとっては、こんなとき、ほんのつかの間の時間も限りなく長く思えるものだからな」

「いちばん早いシカがいちばん遠くまで逃げるとは限らんのだわ」ホークアイは、目に入るいろいろなしるしから目をそらさないで答えた。「わかったのは、あの暴れ者のヒューロン野郎——それに黒い髪——それに歌の先生がここ通ったことだ。だけども、黄色い髪で青い目の娘はどこだ。小柄だし、姉さんの肝っ玉とくらべたら雲泥の違いだけど、見た目にきれいで、話してると気持ちのいい子でないかい。誰もあの子のこと気にかけないなんて、あの子には贔屓がついてないんだべか」

「とんでもない、何百人だってつくはずですよ！　これからあの人を追いかけていこうというのじゃないか。じぶんひとりになっても、あの人が発見されるまでぜったいに捜索をやめるもんか！」

「そういうことなら、おれたち、別な道に分かれていかんとならんかな。だって、あの子の足がいくら軽くて小さいたって、ここ歩いた跡はないんだから」

ヘイワードはたじろいだ。先へ進もうと意気込んでいた勢いも、たちまち消え失せたようだった。斥候は、相手がこんなふうに突然ためらいを見せたことにかまわず、ちょっと考えこんでから、こう言った。

「この未開の地には、そういう足跡残せる女は、黒い髪か妹しかいない！　黒い髪がここにいたっちゅうことはわかってるけど、妹の足跡はどこにある。このもっと先に進んでみるべ。それでも何もわからんかったら、平地にもう一度戻ってきて、別な手がかりをたぐってみないとならん。アンカス、前進だ。落ち葉から目離すな。おら、藪に目つけていくからな。親父さんは地面に鼻くっつけるみたいにして行ってもらうことにする。さあ、出発。太陽が山の端に隠れはじめてるしょ」

「じぶんにできることはないでありますか」ヘイワードが必死に追いすがって訊いた。

「あんたにか！」斥候はインディアンの仲間たちといっしょに、前もって指図しておいたやり方にしたがって、すでに歩きだしていた。「そうだな。あんたはしんがりについてきたらいいべ。足跡踏みつけないよう気つけてな」

一行が大して進まないうちに、インディアンたちが立ち止まった。地表に残る何かのしるしを、常にもまして鋭く光らせた目で見つめているようだった。父と息子は、ともにそのしるしに目をみはって感心したり、いかにもうれしそうにたがいの顔を見合わせたりして、早口に大声で話し合っていた。

「ちっちゃな足跡見つけたな！」と叫んだ斥候は、自分の役目も投げ出して、父子のそばへ駆けつけた。「こりゃ何だ！　この場に待ち伏せ部隊が待機してたな！　いんや、ちがう。国境《くにざかい》あたりで最高のライフル賭けてもいいが、ここにいたのはまた、あの片寄った走り方するウマたちなんだわ！　これで謎は全部解けたしょ。何もかも真夜中の北極星みたいにはっきりしてる。そうだ、ここで娘さんたちはウマに乗ったんだわ。あそこの若木にウマがつながれて待ってたんだ。あっち行けば、カナダまでさっとつながる道が北に向かって開けてるんだからな」

「だけど、アリス――つまり、妹の方のマンロー嬢のいた形跡はまだないですな」とダンカンは言った。

「アンカスがたった今地べたから拾ったピカピカ光る小間物は、そうでないってか。そいつをこっちに渡せ、小僧。おれたちにも見えるようにな」

ヘイワードはそれがアリスお気に入りの装身具だとすぐにわかった。あの虐殺事件の起きた運命の朝に、それが愛しい人の美しい首からさがっていたことを、恋する人間に特有の執拗な記憶にとどめていたのだ。ヘイワードはこのたいせつな宝石をひったくった。それがアリスのものだとヘイワードは打ち明けたものの、首飾りはたちまちダンカンのときめく心臓の近くに大事そうにしまいこまれてしまった。それがどんなものなのか見たがっている斥候の目に届かないところに消えてしまったあとも、斥候は地べたに落ちたと思って探したが、その甲斐もなかった。

がっかりしたホークアイは「チクショウ！」と言って、銃床で落ち葉をかき分けるのをやめた。「目が弱ってきたら、年とった確かな証拠だべ。あんなにピカピカ光ってたガラクタだったのに、それが見えんとはな！　まあ、なあに、いぶした銃身のねらいをつけることはまだできるし、おれとミンゴのやつらとのいざこざにけりつけるにはそれでじゅうぶんだべ。それにしても、見失ったのは惜しい。もとの持ち主にちゃんと持っていってやるだけだとしてもな。持っていってやるには、長い道のりを端から端まで乗りきることになるな――だって、今ごろはもう、太いセントローレンス川の向こう側か、もしかしたら五大湖さえも越えて連れてかれてるんでないかい」

「だからこそ、ぐずぐずしてるわけにいかんでしょう」とヘイワードは応じた。「先へ進もうじゃないか」

「若気と血気は五十歩百歩ってな。リス狩りに出かけようとか、ホリカン湖にシカ追いこもうとかしてるわけでないしょ。幾日幾晩も野営しながら曠野突っ切っていくんだ。人間がめったに足踏み入れたこともないし、本に頼るような知識では無事に進んでいけないようなところにな。インディアンがそういう遠出するときは、かならず焚き火囲んでタバコ一服しながら相談するんだわ。おら純血の白人だけども、このことについてはインディアンの習わし敬うね。考え深くて賢いやり方だと思うわ。だからここから引き返し、あの廃墟になった砦で焚き火して夜やり過ごすべ。朝になったら元気が出てきて、一人前の男らしく仕事に取りかかれるべ。おしゃべり女やあわてん坊の小僧みたいなまねしないでな」

ヘイワードは斥候の語気から、言いあらそっても無駄だとさとった。マンローはまたあの無気力におちいっていた。武運つたなく敗軍の将に貶められた先日のできごと以来とりついていた症状であり、それを脱してわれに返るのは、どうやら何か新しい強烈な刺激でも受けたときだけであった。ヘイワードはしかたがないので老軍人の腕をとり、インディアン父子や斥候の後からついていった。三人はもう、平地まで出てくるときにたどった道を引き返しはじめていた。

第十九章

サレーリオ「おい、いくらこ違約したからって、まさかあの人の肉を取りはしないだろう
——取ってなんの役に立つ？」
シャイロック「魚を釣る餌になる。腹の足しにはならんが、腹いせの足しにはなる。」
『ヴェニスの商人』三幕一場、五一〜五四行。

廃墟となったウィリアム・ヘンリー砦のわびしさに夕闇がいっそう拍車をかけはじめたころ、一行はその砦のなかに入った。ただちに斥候と相棒のインディアンたちは、そこで一夜を過ごす支度に取りかかった。だが、熱心で脇目もふらぬその仕事ぶりはかえって、つい先ほど目にしたただならぬ悲惨な光景に、さすがの百戦錬磨の者たちも度を失ったことを物語っていた。黒こげになった壁に垂木が数本立てかけられ、アンカスがその上に粗朶をはさのように載せると、一時しのぎの宿にはなった。アンカスは仕事を終えると、その粗末な小屋を指さした。ヘイワードはこの身振りの意味を了解し、マンローをそのなかへやさしく案内した。娘たちを思って悲しみに暮れている老人をひとり小屋に残して、ダンカンはすぐに戸外へ戻った。上司には休むようにすすめておきながら、自分は感情が昂ぶって、休む気になれなかった。

ホークアイとインディアンたちは焚き火を熾《おこ》し、干した熊肉を取り出して質素な夕食をとった。そのあいだにダンカンは、崩れかけた城壁の縁まで行って、ホリカン湖の水面を眺め渡した。風は静まり、波はもう

穏やかになって一定のリズムを刻みながら、城壁の下の砂浜に打ち寄せていた。雲は走りすぎてくたびれたかのように、きれぎれになっていた。重たげな雲は黒い塊となって地平線の近くに集まっていたが、軽い流れ雲はまだ湖面の上を走ったり、鳥たちがちりぢりにねぐらの上で舞うみたいに山の頂のあいだで渦巻いたりしていた。赤く火のように燃える星が一つ、ただよう雲のあいだを縫ってときおりあらわれ、どんよりとした空にけばけばしい輝きを添えた。まわりの山の懐はもう濃い闇ですっかり覆われ、平地は訪れる人もない広大な納骨堂のようにひっそりしていた。そこに納められた数多の不幸な者たちの眠りを妨げる音も声もなかった。

これまでのできごとにぞっとするほどつり合っているこの光景を、ダンカンは魅入られたように見つめながら長い間たたずんでいた。土塁の内側で小さな焚き火を囲んで座っている森の住人たちから目を移し、空にまだたゆたうかすかな光を眺めてから、死者が眠るあたりの、分け入ることも許さないような濃密な闇を長いこと不安げに見つめた。その闇はやるせない虚空のようでもあった。やがてその闇のなかから、説明のつかない音が聞こえてくるような気がした。とはいえ、あまりにかすかで忍びやかな音なので、何の音なのかわからないだけでなく、ほんとに音がしているのかさえあやしくなるほどだった。不安に駆られた気のせいかと自嘲したダンカンは、湖水の方へ向きを変え、揺れ動く水面にぼんやり映っている星を眺めて忘れようとした。それでもありがたくもないことに、過敏になった耳はつとめをきちんと果たして、何かの危険が潜んでいることを警告してくれるみたいだ。ついには、足早に歩きまわる音が闇を貫いてはっきり聞こえてくるような気がしてきた。もはや不安を押さえることができなくなって、斥候にそっと声をかけ、土塁の上の自分がいるところまで登ってきてくれと頼んだ。ホークアイはライフルを腕に抱え、求められるままに登ってきたが、平然と落ち着きはらっていて、ここにいれば何の心配もないと確信していることが明らかだった。

「聞こえるか」と言ったダンカンのすぐ横まで、相手はわざわざ近づいてきていた。「平地の方で押し殺したような物音がする。モンカルムは、勝ちとった要害の地からまだ完全撤退していないのかもしれない」

「じゃあ、耳の方が目よりも頼りになるってか」斥候は少しも動ぜずに言った。熊肉の一切れを口のなかに入れたばかりで、食べながらしゃべるものだから、歯切れ悪くノロノロした言い方になった。「おら、この目であいつが全軍率いてタイ[*1]にご帰館するの見たんだわ。とにかくフランス人ちゅうやつら、うまいことやってのけたときは家に帰って、成功祝うために、女どももいっしょに踊ったり浮かれたりするのがすきなんだから」

「さあ、どうかね。インディアンは戦争になるとほとんど眠らないし、分捕り品が残っているから、仲間が引き上げたあとでも、単独行動するヒューロンが一人ぐらいうろうろしてるかもしれないじゃないか。焚き火は消して見張りを立てたほうがいいのじゃないか——ほら！　ぼくの言ってる音が聞こえるだろ！」

「インディアンが墓のそばうろつくことなんてめったにない。殺しはなんぼでもするし、どんな手段だって気にしないで使うけれどもな、ふつうは頭の皮はいだら気がすむんだわ。よっぽど頭に血のぼって腹立てたとき以外はな。いったん魂が脱けてしまった相手には、敵意なんか忘れてしまう。死んだやつはそのままそっと眠らせておくだけでいいってな。魂といえば、少佐、あんたの意見では、レッドスキンの天国と、おれら白人の天国は、まったく同じところなのかね」

「まちがいない——まちがいない。また聞こえたぞ！　それともあれは、ブナの梢の葉音だったのかな」

「おらの意見としては」とホークアイは話を続けながら、ヘイワードが指さした方向にちょっと顔を向けたものの、上の空で、別に気にするふうでもなかった。「極楽っちゅうのは幸福のためにあると思うんだわ。人間はそれぞれの気質や生まれついての性《さが》に応じて、そこで楽しくやっていけるんだべ。そこから推して、死んだら、言い伝えにあるとおりすばらしい猟場に行けると信じてるレッドスキンも、まんざらまちがってないしょ。そういうことなら、クロスに縁のない男にとっても別に悪いはずはないんで、過ごすところは――」

「また聞こえた！」とダンカンがさえぎった。

「そうか、そうか、食いもののないときも、食いものありあまってるときも、オオカミちゅうやつは図々しくなるもんでな」斥候はこともなげに言った。「見分けがついてそうするだけの暇さえあれば、あいつらめ、悪魔の皮かき分けてもあさっていったりもするんだわ！　それにしても、少佐、あの世の暮らしの話だけどな。開拓村の牧師さんがたから聞いた話では、天国は安息の場所だってな。まあ、楽ちんってどういうことか、人それぞれの考えはちがうんでないかい。神さまの思し召しに逆らうつもりで言うんでないけど、牧師さんがたのお説教に出てくるような天国のお屋敷に閉じこめられたりするのは、おらから見たら、あまり楽ちんだなんて言えそうもないしょ。おら生まれつき、動きまわって獲物追いかけるのが性に合ってるからな」

ダンカンは、聞こえた音の正体を教えてもらって安心したので、斥候がしきりに持ちだしたがっている話題につきあう余裕ができ、こう答えた。

「人間最後の大きな変化にまつわる思いをどう説明したらいいか、むずかしい問題ですね」

「そいつはたしかに変化だべ。ずっと野天で暮らしてきた男にとってはな」と朴訥な斥候は応じた。「ハドソン川の源で朝飯食って、眠るときにはモホーク川の轟々と流れる音枕にする、そんなこと度知れずやってきた男にとってはな！　だけども、おれたちの仕える天主様は慈悲深いってわかってるからホッとするんだわ。

たとえ仕え方は人によってそれぞれ違ってるし、大きな曠野でたがいに隔てられてる者同士——あそこで動いてるのは何だ」

「あんたが言ってたオオカミどもが走ってるのではないか」

ホークアイはゆっくり頭を振ると、ダンカンに身振りでついてこいと指図し、焚き火の光が届かないところまで連れていった。こうして警戒態勢を整えると、斥候は神経を張りつめて、長い間じっと耳をすました。先ほど思いがけず聞こえてきてぎょっとした低い音が、もう一度聞こえてこないか探っていたのである。だが、聞き耳を立てても甲斐はなかった。何も聞きつけることのできないまましばらく経ったあと、ホークアイはダンカンにささやいた。

「アンカスを呼ばんとならんな。あいつはインディアンらしい五感してるから、おれたちの耳に届かない音でも聞こえるかもしれん。おら、白人だから、インディアンみたいなまねできないんだわ」

モヒカン族の若者は、父と小声で話をしていたが、フクロウのうめくような声を聞きつけると、はっと頭を上げた。それからパッと立ちあがり、その音がした場所を突きとめようと、黒い影になっている土塁のほうをうかがった。斥候はもう一度フクロウの鳴き真似をした。その後いくばくもなくしてダンカンに見えてきたのは、用心深く胸壁に沿って自分たちのいるところまで忍びよってくるアンカスの姿だった。

ホークアイが二言三言、デラウェア族の言葉で用件を伝えた。アンカスは呼ばれた理由がわかったとたん、草地にパッと身を伏せた。そこで息をひそめてじっとしているとしか見えなかった。ヘイワードは若い戦士が身じろぎもせずに伏せているさまにびっくりし、どのようにして音を聞きとろうとしているのか見きわめようと何歩か進んで、それまで目を離さずに見つめていた地面に伏せた黒い影を、上からのぞきこんだ。そしてはじめて、アンカスの姿が消えてしまったことに気づいた。見つめていると思っていたのは、土塁の凹んだところにできた黒い影でしかなかったのである。

「アンカスはどうなったんだ」愕然として後ずさりしながら訊いた。「ここに身を伏せたのをこの目で見たんだ。まだここに伏せていると思って疑いもしなかったんだがな」

「しっ！　声が大きい。誰が聞き耳立ててるかわからんべ。ミンゴのやつら勘がいいからな。アンカスなら平地へおりていったよ。もしマクアのやつらがこのあたりにいたとしたら、たたかう相手として不足のない男に出くわすべ」

「モンカルムはインディアンの手下を全員引き払ってはいないっていうんだな！　連れの者たちに伝えよう。戦闘準備できるように危険を知らせるんだ。こちらには五人いるし、実戦の経験がないなどというのは一人もいないんだから」

「命が大事なら、誰に知らせてもだめだ！　サガモアを見てみろ。インディアンの大酋長らしく、焚き火のそばに悠々と座ってるべ！　暗闇のなかからこそこそねらってくるやつらだって、サガモアの顔見たら、こっちがもう、危険が近づいてるって気づいてるとはわからんしょ！」

「しかし、やつらが酋長を見つけるかもしれんじゃないか。そしたら、酋長がやられてしまう。あの焚き火に照らされて、全身すっかり丸見えだから、最初に確実にやられてしまうぞ！」

「たしかにあんたの言うとおりだな」と答えた斥候は、いつになく不安をあらわにした。「だけども、どうすることもできないべ！　ちょっとでもこっちが警戒している様子見せたら、迎え撃つ構えもとれないうちに攻撃しかけられるべ。サガモアは、おれがアンカスに送った合図で、何かくさいぞとわかってるしょ。ミンゴが近くにいるぞと教えてやるべ。あいつもインディアンなら、どうしたらいいかわかるんでないかい」

斥候は口に指を二、三本当てて、シューシューという低い音を出した。これを聞いてダンカンは、最初はヘビの音かと思って、脇へ飛びのいた。チンガチグックは座って頬杖をつき、一人でもの思いにふけっていたが、自分の名前になっているヘビが威嚇する音を聞きつけた瞬間、頭をまっすぐに立て、黒い目であたりをすばやく見まわした。おそらく意志に反して急な身動きをしたのはこのときだけで、そのあと驚いたり警戒したりする動作はいっさい見せなかった。ライフル銃には手をつけず、まるで気にもとめていないかのような顔をしているが、手の届くところに置いてある。トマホークは、休む邪魔にならないように腰帯にゆるくさしてあったのだが、今はもう、いつも装着している位置から滑り落ちてしまい、地べたに転がっている。ぐったりした姿勢で、心身ともに緊張を解いて休んでいるみたいに見える。抜け目なく、また考えこんでいるような格好をして見せている。ただし頬杖の手は代えたが、それもまるで片手が疲れたので交替しただけというようにさりげない動きだった。そのままの姿勢で動静をうかがっている。インディアン戦士でなければ誰も発揮することのできないような冷静さと度胸を見せていた。

それでも、モヒカン族の酋長は、不慣れな人には眠っているようにしか見えなかったにしても、じつは鼻孔を広げ、耳の聞こえをよくしようとしてか頭を片側に少し傾け、目の届く範囲のものすべてにたえずすばやい視線を走らせていることが、ヘイワードにはわかった。

「たいしたやつでないかい！」とホークアイはささやいて、ヘイワードの腕をつついた。「あいつ、ちょっとでもあやしい顔つきしたり動きしたりしたら、おれたちの企み台なしにして、やつら悪党どものいいようにされちまうってわかってる——」

この言葉をさえぎるように、ライフル銃の火花と銃声が起きた。閃光に包まれたのは、ヘイワードが感心して見とれていたチンガチグックのいたあたりだった。あらためて見直してみてわかったが、チンガチグックはどさくさにまぎれて姿を消していた。他方、斥候は、いつでも発砲できる状態のライフルを前方に向けてかまえ、敵が目に入ってくる瞬間を今か今かと待っていた。だが、チンガチグックの命を脅かそうとして効のなかった狙撃たった一発だけで、襲撃は中止されたようだった。一度か二度、遠くの藪のざわめきが聞こえてきた。何者とも知れぬ者たちが藪をかき分けていくような音だった。するとすぐにホークアイが、あれは「オオカミどもの駆けずりまわり」だと教えてくれた。オオカミは、自分たちの縄張りだと思っていたところに誰か入りこんできたので、あわてて逃げだしたというのだ。そのあとしばらくじりじりしながら息を殺していると、何かが水のなかへ飛びこむ音がして、その直後に、さっきのとは別のライフルの銃声が聞こえてきた。

「ほれ、アンカスが撃った！　あの小僧の持ってる銃はいいんだわ！　おらにはあの銃声がわかる。父親が子どもの言葉わかるのと同じことだべ。だって、あの銃は、もっといいのが手に入るまで、おらが持ってたやつだからな」

「これは一体どういうことなんだ！」とダンカンが詰問した。「ぼくらは見張られている。どうも命までねらわれてるみたいじゃないか」

「あっちに散らばってる燃えさし見たらわかるしょ。何か恵んでくれたちゅうわけではないべな。だけど、こっちのインディアンは何の被害もなかったたって言ってくれるんでないかい」と答えた斥候は、ふたたびライフルを腕に抱えて、チンガチグックの後を追った。ちょうどそのときチンガチグックは、土塁に囲まれた内側にふたたびあらわれ、焚き火の光の届くところに引き返してきたのである。「どうかね、サガモア！　ミンゴのやつら、本気でおれらにかかってきてるのか。それとも、はぐれカラスみたいなやつだけなのか。戦闘部隊の尻追っかけては、屍骸の頭の皮はいでスクオーたちに持っていき、ペールフェイスと勇ましくたたかった証拠だなんて法螺吹くのがいるからな！」

チンガチグックは静かに元の場所に座り、一言も返辞をしなかった。それから、銃弾があたってはねとばされた燃えさしを調べた。その銃弾で命を落としていたかもしれなかったのである。あげくのはてに、指を一本突き出して、英語でただ一言「ひとり」と答えただけである。

「おらもそう思ってたよ」とホークアイは答えて、腰をおろした。「そいつは、アンカスがかかっていく前に湖に飛びこんでしまったから、あとでまちがいなく、すごい待ち伏せやったなんて大口たたくんだべ。相手はモヒカンの戦士二人と白人の猟師一人だったなんてな——こんな小競り合いでは将校なんて役立たずで、ものの数に入れてもらえんからな。まあ、大口たたかせておけ。どこの民族にもいつだって正直なやつがある程度いて、理屈に合わない法螺吹くようなはったり屋なんか相手にされないもんだが、マクアのなかにはそういうまともなのがあまりいないちゅうのも事実でなあ！　あの悪党の撃った弾、あんたの耳かすめたべ、サガモア」

チンガチグックは、弾丸が撃ちこまれたあたりを平然と興味なさそうに見やってから、前と同じ姿勢をとった。こんな些細なできごとでは揺らぎそうもない落ち着きを見せていた。ちょうどそのときアンカスが、焚き火の放つ光の輪のなかにすっと入ってきて、父親と同様に超然として腰をおろした。

以上の経緯をヘイワードは、興味津々、驚嘆しながら観察していた。あたかも森の住人たちには、ヘイワードがいくら神経をとがらせてもとらえきれない秘密をつかむ何か不思議な力がそなわっているとしか思えなかったからである。白人の若者なら、あの平地の暗闇のなかで起きたことを伝えようとして、おそらくは大げさに話したがり、熱を入れてペラペラしゃべったりするところなのに、若いインディアン戦士のアンカスは、みずからのおこないに語らせるだけでじゅうぶんだと考えているようだった。たしかにこんなときは、インディアンにとって手柄を自慢するような暇もなかったし、そんな場合でもなかった。だから、ヘイワードがつぎのように訊かなければ、このことについてはその場で一言も触れられずに終わっていたであろう。

「敵はどうなったんだ、アンカス。あんたのライフルの銃声が聞こえたから、無駄じゃなかったと期待してたんだが」

若い族長は狩猟服の懐を開け、髪の毛のついた頭皮を黙って取り出して見せた。勝利のしるしとして持ってきたものである。チンガチグックは頭皮を手にとり、しばらくじっくり調べていた。それから、精力的な顔つきに嫌悪の情を浮かべて頭皮を放り出し、「オナイダ！」と吐き捨てるように言った。

「オナイダだって！」とオウム返しに言った斥候は、それまでインディアンの仲間たちに見ならって無関心を装い、ことの次第に興味を示さなかったのに、ここでにわかに前に進み出て、この血まみれの武功章を見ようという異様な熱意を見せた。「クソッ、オナイダがおれらねらってるとしたら、いやなやつらに包囲されることになるしょ！　さあて、白人の目には、この皮、他のインディアンの頭の皮と何の違いもないと見えるべ。けども、こいつはミンゴの頭からはぎとったものだってサガモアは断言してる。いや、こいつの部族名まで言いあててるしょ。まるで頭の皮が本の紙で、髪の毛一本一本が字であるみたいに、やすやす読みとってしまうんだわ。キリスト教徒の白人はいったいどんな権利があって、学があるだなんて自慢できるんだべ。

いちばん賢い白人だって読めないような言葉読めるのは野蛮人だっちゅうのに！　小僧、おまえは何て言う。こいつはどこの部族の者だった」

アンカスは目を上げて斥候の顔を見ながら、独特な穏やかな声で答えた。

「オナイダ」

「やっぱりオナイダか！　一人のインディアンが断言したら、そのことにたいてい間違いない。だけども、仲間に裏書きしてもらえたら、それは聖書の言葉と変わらんのだわ！」

「この哀れな男は、ぼくらをフランス人と間違えたんだ！」とヘイワードは言った。「さもなければ、味方の命ねらうはずないだろう」

「モヒカンの化粧してる男ばヒューロンと間違えるってか！　それなら、モンカルム軍のあの白い制服着た擲弾兵ば「英国王軍アメリカ植民地人部隊」の赤服兵と間違えるのと変わらんべ。いや、いや、このヘビ野郎は自分の役目わかってたし、襲撃したときに勘違いなんかしてない。だって、デラウェアとミンゴは憎み合ってるから、たとえ白人同士のけんかでどっちについてたたかいに出かけようが、そんなこと関係ないからな。そういうこと言えば、オナイダもおれのご主人様たる英国王に仕えてたって、この悪党が運悪く邪魔なんかしたら、おらろくに考えもせずに、こいつにキルディアぶっ放してたべ」

「そんなことしたら、わが国が締結した条約に違反したことになるし、あんたの沽券にもかかわることになってたぞ」

「人間、どこの民とでも深くつき合いだしたら、その民が正直で、その人間が悪党でないかぎり、たがいに親しくなっていくべ。たしかに、白人の悪知恵のために、いろんな部族が大混乱にたたきこまれて、敵か味方かわけがわからなくなってる。だからヒューロンとオナイダは同じ言葉話して、同じ部族といってもいいくらいなのに、たがいに頭の皮とりあってるし、デラウェアは仲間割れして、少数はデラウェア川のほとりでやる大会議の焚き火にとどまり、ミンゴのやつらと同じ側に立ってたたかっているけど、大多数はカナダに行ってしまい、昔から抱いていたマクアの連中にたいする敵意忘れようとしてる――そんなわけで、何もかもが混乱してしまい、戦争のなかにもあったつりあいはすっかり崩れてしまったんだわ。だけども、インディアンの本性《ほんしょう》が、白人の政策変わるたびに変わるなんてことないしょ! モヒカンとミンゴの関係は、白人とヘビの関係みたいなもんなんだわ」

「そんな話を聞かされるとは残念だ。イギリスの領土内に暮らす原住民は、イギリスが正しくて開放的だとわかったから、戦争になれば心から味方しないではいられないのだと思ってたのに」

「なに、白人たちの戦争なんかよりも自分たちのたたかいが大事だっちゅうのは、あたりまえでないかい。さて、おれ自身はどうかと言えば、正義が大事だと思ってる。だから――ミンゴが憎いなんて言わん。だって、そんなこと言うのは、おらの肌の色にも宗教にもふさわしくないかもしれんからな――それでもやっぱり繰り返して言ってやるが、ここそこ忍びよってきたこのオナイダの男にキルディアの一発見舞ってやれなかったのは、ただ夜だったせいでしかないんだわ」

そう言ってから、純朴ながら強情なホークアイは、まるで自分の理屈の説得力に満足したかのように、相手にそれがどれほどの効果をあげたかはさておいて、焚き火から顔をそむけ、かってに話を打ち切ってしまった。ヘイワードは胸壁のところまで引き下がった。森のなかの戦闘に不安を覚え、あまりにも不慣れだったので、あんな油断ならない襲撃の標的になりそうな焚き火のそばに安心しているわけにいかなかったのである。しかし、斥候とモヒカン父子にとって、そんなことはなかった。三人は鋭敏で長い経験を積んだ視力や聴力のおかげで、ふつうなら誰でもだまされそうな場合でもうまく凌《しの》いでいける力をそなえていたから、いったん危険を突きとめてしまうと、それがどれほど大きな危険か、どれくらい続くのか、見きわめをつけることができた。三人とも自分たちの安全をつゆほども疑っていないようで、そのことは、やがて席をしつらえて、今後の方針を協議するために車座になったそのようすからもうかがえた。

ホークアイの話に触れられたとおり、この時代にはインディアン各民族間の区別、いや、部族間同士の区別さえも、猖獗をきわめる混乱に見舞われていた。言語の共通性や、もちろん先祖の共通性は強い絆だったのに、それがいたるところで断ち切られていた。そういう事態の結果の一つとして、デラウェア族とミンゴ(六民族連合に所属する部族の総称)が同じ陣営に属してたたかい、他方ミンゴが、自分たちと先祖を同じくしていると信じられているヒューロン族の頭皮を狩ろうとしているのだった。デラウェア族は内部分裂さえ起こしていた。モヒカン族のサガモアは、先祖の土地を愛するあまり、エドワード砦で軍務についた少人数の一隊を率いてイギリス国王の旗の下にとどまっていたが、サガモアの属するデラウェア族の圧倒的大部分は周知のとおり、モンカルムの同盟軍として戦場に出ていた。この物語ではまだじゅうぶんに明らかにされていないとしても、読者のみなさんもおそらくご存じのように、デラウェア族、またの名レナペ族は、かつてはアメリカ東部および北部諸州大部分を支配していたあの有力な先住民の元祖と称していた。モヒカン族は、このデラウェア族のなかの古く誇り高い一族だったのである。

ホークアイと二人のインディアンは、同族同士が敵対し、ほんらい敵だったはずの部族を味方につけてたたかうように仕向ける繊細複雑な利害の違いはもちろん完全に承知の上で、今や方策を検討する気になったのだ。これほどさまざまな部族が対立しあっているインディアンのまっただなかを切りぬけていくには今後どのように行動すればいいのか、相談しようというのである。ダンカンにもインディアンの習俗についてある程度知識があったから、焚き火に薪があらたにくべられ、ホークアイを含めて三人の戦士がきわめて厳粛に威儀を正し、渦巻く煙のなかに座を占めたわけがわかった。ダンカンは、稜堡の内側でおこなわれているこの協議のようすをうかがいながらも、外側から万一危険がやってこないか見張ることのできる凸角堡の先端に腰を据え、結論が出るのを待ってできるだけ辛抱していた。

チンガチグックは、集中を促すようにしばし沈黙した後、パイプに火をつけて、タバコを吸いはじめた。パイプの火皿は地元産の柔らかな石に奇妙な彫刻をほどこしたもので、柄は木をくりぬいたものだった。気持が安まるいい香りの煙をたっぷり吸いこむと、そのパイプを斥候に渡した。こんなふうに各自三回ずつ吸うまでパイプがまわされ、その間深い沈黙を破る者はいなかった。それが終わると、三人中の最年長で最高位のサガモアは、穏やかで威厳のある言葉を二言、三言発して、検討すべき問題を提起した。これに答えて斥候が発言し、それにまたチンガチグックが応じた。すると、その意見にホークアイは反論した。だが、若いアンカスは長幼の序をわきまえ、黙って聞いているだけだった。しまいにホークアイは慇懃にアンカスの意見を求めた。話者それぞれの物腰からヘイワードが察したところ、意見が対立している議論の片側に父と息子がつき、白人はそれと反対側に立っていた。口論はだんだん熱を帯びてきて、論者たちはいくらか感情的になりかけているのが目に見えてきた。

親しい者同士の論争ながらしだいに激しくなったけれども、論争している者たちは自制心を働かせ、礼儀を守っていた。これを見たら、もっとも上品なキリスト教徒たちも、会合で話し合いを穏便に進めるということについて、ためになる教訓を学べたかもしれない。牧師たちが集まる会合でさえも、これをお手本にできたかもしれない。アンカスの言葉も、老練な父の聡明な言葉と変わらぬほど真摯に受けとめられた。三人ともせっかちになったりするどころか、相手の言ったことをよく考えようとしているみたいにしばらく沈思黙考したあげく、はじめて反論するのであった。

モヒカン父子は自分たちの言語を話していても、きわめて直截で自然な身振りを添えるので、話の内容についていくのは、ヘイワードにとってあまり困難ではなかった。それと反対に、斥候の言っていることはよくわからなかった。ホークアイは白人だという誇りにまだとらわれているので、冷ややかでさりげない話し方をひけらかしがちだったからだ。それは、あらゆる階級のイギリス系アメリカ人が、昂ぶらないで話すときの話し方である。インディアンたちが何度も森の小径を身振りであらわしていることからして、陸路で追跡しようと主張していることは明らかだった。それにたいして、ホークアイが何度かホリカン湖の方へ腕を振って見せたのは、水路を行こうと言ってることを示していた。

どう見てもホークアイの旗色は悪そうで、彼の主張を却下する方向で議論の結着がつきそうになった。そこでホークアイは立ちあがり、冷ややかな態度をかなぐり捨てた。いきなりインディアンのような物腰になり、インディアン流の雄弁術を総動員しだした。片腕を振りかざして太陽の軌道をなぞり、それを繰り返すことによって、目的達成までに必要な日数を身振りであらわした。それから、岩や河川を越えていく長くて苦しい道のりを示した。何も知らずに眠っているマンローの老齢やひ弱さを、誤解しようもないはっきりした符丁で指摘した。ダンカンは、自身の能力さえも軽んじられていることを見てとった。斥候が手のひらを突き出し、オープン・ハンド[*2]というダンカンのあだ名を示したからだ。ダンカンは味方のインディアンたちのあいだで、気前がいいことにちなんでこの名で呼ばれていたのである。つぎに表現されたのは、軽快で優雅な動きを見せるカヌーであった。これと対照的に大げさに真似て見せたのは、衰弱してくたびれ果てた人間のよろよろした足どりである。最後に、オナイダ族からはいできた頭皮を指さし、どうやら、さっさと出発して足跡を残さないようにしなければならないと、せき立てているようだった。

モヒカン父子はまじめに、話し手の感情に合わせて表情を変えながら聞き入っていた。相手の確信にしだいに影響されていき、ホークアイの発言が終わるころには、その一言一言にいつもの賞讃の叫びを添えるようになっていた。要するにアンカスとその父親は、ホークアイの考えにすっかり鞍替えし、その前まで自分たちが主張していた意見を投げ捨ててしまったのである。その公平無私で虚心坦懐なことといったら、もしどこかの偉大な文明国家の代議士だったならば、一貫性がないとされて永久に評判を台なしにし、まちがいなく政治生命を失う羽目に陥ったことであろう。

討論していた問題に結着がついたとたん、論戦やそれに付随してやりとりされたあれこれの言葉は、結論をのぞいてすべて忘れられてしまったようである。ホークアイは、相手の感に堪えないまなざしをわざわざ見返してみずからの勝利を確認しようともせずに、消えかけた焚き火の前にのっぽの体を行儀よく横たえ、目を閉じて眠ってしまった。

モヒカン父子は、それまで他人のために尽くすばかりで過ごしてきたけれども、ここでやっと多少は解放されて、このひとときを逃さずに少しでもくつろごうとした。チンガチグックは、インディアン族長としての厳粛で近づきがたい体面をさっさと捨てて、やさしく戯れるような口調で息子に話しかけた。アンカスは父の親しげな素振りをうれしそうに迎え、斥候の高鼾で寝入ったとわかる前から、二人の態度はすっかり変わっていた。

このように笑ったり慈しんだりしているときの父子の言葉は、まるで歌っているようだった。だが、この言語がいかに音楽的であるかを、その旋律を聴いたことのない人にもわかるように説明することなどできない。二人の声、とりわけ息子の声の音域はすばらしく、もっとも低音のバスから、女性的とさえいっていいほどのきれいな音色にまでおよんでいた。父は、息子のしなやかで軽々とした身ごなしを目で追いながら喜びをあらわにし、息子がくすくす笑うと、かならずそれにつられてほほえんだ。こういうやさしい父親としての思いにかまけているときのサガモアは、表情も和らぎ、獰猛さなど少しもとどめていない。体に描いた死に神の図案は、向かうところ死と惨禍をもたらしてやるという猛々しい宣告のしるしであるどころか、おどけた仮装のように見えた。

親子でいい気分にひたって一時間ほど過ごした後、チンガチグックはやにわに眠たくなったと言いだし、頭まで毛布をかぶって地べたに横になった。アンカスの陽気さはたちまち消えた。父の足を温めるように丹念に焚き火をかき集めてから、アンカスも、廃墟になった砦のなかで寝るところを探した。

森の暮らしの経験豊かな人たちがこのように安心しきって寝たのを見て、ヘイワードも心強い思いをあらたにしつつ、ほどなく彼らを見ならった。そして、破壊された砦のなかで横になった者たちは、夜が明けるまでまだたっぷりと時間のあるうちに、周囲の平地ですでに骨をさらしはじめながら眠れる大勢の者たちと変わらぬほどの、深い眠りに落ちたようだった。

第二十章

「アルバニアの地よ！　汝に目を向けさせて欲しい、
荒くれ者を育てる荒々しい乳母よ！」
バイロン『チャイルド・ハロルドの巡礼』[*1]第二歌第三十連、五〜六行。

空にまだ星がまたたいているころ、ホークアイは、寝ているマンローとヘイワードを起こしにきた。二人はその夜を過ごした粗末な仮小屋の入り口から低い声で呼ばれ、その声がまだ消えるか消えないうちに、マントをはねのけて立ちあがった。覆いの下から出てみると、斥候がすぐそばで二人を待っていた。この利発な案内人はあいさつがわりに、口をきくなという合図をしてみせただけだった。

二人が近寄っていくと、ホークアイは小声で言った。「お祈りの文句考えておいたらいいんでないかい。あんたがたがお祈り捧げる神さまは、どんな言葉だってわかるしょ。口にしたのだけでなく、心のなかで思ったのも通じるんだべ。お祈りしても声に出してはだめだ。白人は森のなかにふさわしい声めったに出せないからな。あの情けない歌の先生がいい見本だべさ。さあ、こっちの堀通って行くべ」と言いつつ、城砦の幕壁《まくかべ》の方へ向かった。「歩くときは気つけて、落ちてる石や木材踏みながら進んでいってくれや」

そんな特別な注意をして警戒しなければならない理由が二人にはわからなかったが、一行は言われたとおりにしてホークアイの後に従った。土塁の三方を囲む乾壕《からぼり》に入ると、そのなかは、壊された砦の瓦礫でほとんど埋めつくされそうになっていた。それでも二人は気をつけながら瓦礫を乗り越え、我慢強く斥候についていって、ついにホリカン湖の砂地の岸までたどりついた。

「イヌみたいに鼻がきかないかぎり、この跡つけてこれるやつはいないべ」斥候は手こずった道を振り返ってみて、満足そうに言った。「トンズラしようとしてる者たちが、草地踏んでいったりしたら危ないけども、木材や石にはモカシンの足跡残らんからな。軍靴はいてたら、ほんとうは心配だったしょ！　だけども、ちゃんと細工した鹿革はいてるから、岩の上だったらたいてい安全に歩けるんだわ。アンカス、カヌーば陸地まで引っぱってこいや。この砂地は、モホーク川沿いに暮らしてるドイツ人たちのバター[*2]と同じくらいすぐに跡残ってしまうからな。そっとだ、小僧、そっとだよ。砂浜に触らんようにな。そうでないと、おれらが砦から出ていくのにどっちの道とったか、やつらわかってしまうべ」

アンカスは用心してカヌーを岸に近づけ、斥候は瓦礫からカヌーまで板を渡して、二人の将官に乗船するよう合図した。それが終わると、ホークアイはあたりを砦の残骸が散らかっている状態にせっせともどしながら後ずさりし、ひどく恐れているらしい足跡を少しも残さずに、カバの樹皮を張った小さなカヌーにうまく乗りこんだ。インディアンたちが慎重にカヌーを漕いで砦からだいぶん離れるまでは、ヘイワードは口をつぐんでいた。舟は鏡のような湖面を進んで、東側の山が投げかける大きな黒々とした影のなかに入った。そこでヘイワードは訊いた。

「何でこんなにこそこそとあわてて出ていかなければならないんだ」

「オナイダ一人殺したためにこんなきれいな水の湖にまた血が流れることになったら、目が二つついてるあんた方にもわかるんでないかい。アンカスがやっつけたあのこそ泥みたいなやつのこと忘れたのかい」

「とんでもない。しかし、あいつは一人っきりだったって言ったじゃないか。死人なんか恐れなくてもいいだろ！」

「そのとおり、あいつが悪さしたのは一人でだったさ！　だが、インディアンちゅうもんはたくさんの戦士仲間がいるから、自分の血流してても仕返ししてくれるやついないなんて心配しなくてもすむんだわ。敵にもとっとと断末魔の叫びあげさせもしないで、ほったらかされることなんてないからな」

「しかし、われわれがいれば――マンロー大佐の権威がおよんでいる場では、イギリス側のインディアンなら、いきりたったところでまさか手を出せまい。まして殺された男は当然の報いを受けただけなのだからな。そんなつまらんことで、追跡の道筋からはずれて脇道に入ったわけではないだろうな」

「あのこそ泥のお仕えする王様が立ちはだかってるからったって、あいつのライフルから飛び出してきた弾がそれてくれるってか！　カナダの総大将だっちゅうあのお偉いフランス人は、何でヒューロンにトマホーク埋めさせなかったんだ。白人の言葉にインディアンの本性押さえこめるだけの効き目あるって言うんならよ」

これに反論しようとしたヘイワードをさえぎるように、マンローのうめき声が聞こえてきた。それでもヘイワードは、老いた上司の悲嘆に敬意を表してちょっと口をつぐんだものの、話をむしかえした。

「モンカルム侯爵は、神にお赦しを請うしかないような過ちを犯したんだ」と青年は厳粛に言った。

「よしよし、そういうふうに言うなら筋が通ってる。宗教から見ても、事実から見ても、その方がまともな言い方だ。降参して出ていくイギリス勢からインディアンたち遠ざけるために、両者のあいだにフランス軍の白い制服着た部隊が割って入っていくのと、腹立ててるインディアンに、「息子よ」なんて呼びかけで始めるような言葉で、短刀やライフル持ってること忘れてくれなんて口説くのとでは、大違いだべや。いやはや」みるみるうちに後方へ退いていき、もはやかすんでいるウィリアム・ヘンリー砦の岸辺を振り返りながら、斥候はいつもの声なき朗笑を見せた。「おれらの足跡は水の上に残してやったしょ。あの悪党ども、魚と仲良くなって、この晴れた朝、誰が舟でこの水の上渡っていったか教えてもらえたら別だけど、そうでもないと、やつらどっち行けばいいか決めかねているうちに、おれらはホリカン湖渡りきってしまうべ」

「前方にも敵、後方にも敵では、行く手は危険にみちた旅になりそうだな！」

「危険！」とオウム返しに言ったホークアイは落ち着いていた。「いいんや、危険なんかぜんぜんないしょ。だって、耳すまして目光らせてたら、やつらよりも二、三時間は先越せるべ。そうでなくて、ライフル使うことになっても、こっちには、この国境《くにざかい》あたりじゃ誰にも負けないくらい銃の扱い知っているのが三人いるからな。いいんや、危険なんてないしょ。まあ、あんたが穏やかでないって言いそうなことは起きるんでないかい。こぜりあいとか、前哨戦とか、そんな茶々が入るかもしれん。だけども、どこだって身隠せるところあるし、弾薬もたっぷりあるしょ」

おそらく、危険にたいするヘイワードの見積もりと斥候の見積もりとでは、かなり開きがあった。ヘイワードはもう言い返そうともせず、カヌーが水上を滑るように数マイル進むあいだ、黙って座っていた。夜明けとともに、舟は湖の瀬戸†にさしかかり、そのあたりに浮かぶ無数の小島のあいだを縫って、忍びやかにすばやく進んでいった。モンカルムが自軍を率いて退却していったのも、この水路だった。だから、部隊の後方援護や落伍兵回収のために、インディアン部隊の一部が伏兵として残されていないともかぎらなかった。だからカヌーの一行はいつもの習わしどおり油断なく、物音を立てないようにして水路を通っていった。

チンガチグックは櫂を休めた。アンカスと斥候は軽舟を操り、曲がりくねって迷路のような瀬戸を通り抜けていった。そのあたりでは、少し進むごとに、行く手に何か予期せぬ危険が突如あらわれるようにも思えた。カヌーの進行につれつぎつぎにあらわれる小島や潅木林に、サガモアは目を配っていた。もう少し見通しのきく水域に入ると、狭い瀬戸の上に張り出たむき出しの岩や岸まで迫った森に、鋭い視線を向けた。

ヘイワードは、この状況で抱いて当然の不安に駆られるばかりでなく、このあたりの美しさにも心を奪われ、どっちつかずの気持に揺れながら見とれていた。そのうち、大して根拠もないのによけいな心配をしていたかなと思いかけたころ、チンガチグックの合図に応え、漕ぎ手の動きが止まった。

「ハッ！」とアンカスは叫んだ。父がふなばたを軽くたたいて危険の近いことを知らせたのとほとんど同時だった。

「今度は何だ」と斥候は訊いた。「湖は風なんか吹いたことないみたいにつるんとしてるし、何マイルも先まで見えてる。水面にアビの黒い頭一つ見えないしょ」

チンガチグックはゆっくり櫂を持ちあげ、目を離さずに見つめていた方角を指した。ダンカンはその方向を目で追った。前方数ロッドのところに、低木林におおわれた小島がまた一つ見えていたが、人が足を踏み入れたこともなかったかのごとく静謐と思われた。

「島と湖水しか見えないじゃないか。きれいな景色だなあ！」とダンカンは言った。

「しっ！」と斥候がさえぎった。「よおし、サガモア、あんたのやることはいつも無駄がない！　ありゃちょっとかげってるようにしか見えんけど、変でないかい。少佐、あの島の上に湧いてる靄が見えるべさ。霧とはいえんべ。薄い雲一筋かかってるみたいだものな」

「湖面から水蒸気が立ちのぼってるんだ！」

「そんなことは子どもでもわかるべ。だけども、靄の縁に見える黒っぽい煙は何だ。低い方で漂っていて、ハシバミの藪からあがってるみたいでないかい。ありゃ焚き火の煙だべ。おらの見るところ、チョロチョロ燃やしてるだけの焚き火なんだわ」

「じゃあ、あそこまで行って確かめてみようじゃないか」とダンカンはじれったそうに言った。「あんなちっぽけな島に野営できる人数なんか、たかが知れてるだろ」

「あんた、インディアンのずるがしこさがどんなものか、本で読んだ知識や白人らしい如才なさに頼って考えてたら、殺されないとしても立ち往生してしまうぞ」と答えたホークアイは、そのあだ名にかなった鋭い目で島の気配を探っていた。「どうしたらいいか、おれに言わせてもらえるなら、二つのうちどっちかだっていうことになるべな。一つは、引っ返して、ヒューロンのやつら追っかけるなんてきれいさっぱりあきらめ――」

「とんでもない！」ヘイワードは、みずからが置かれている状況にしては大きすぎる声で怒鳴った。

「まあ、まあ」ホークアイはあせる相手をなだめようと、あわてて制止の手つきをした。「おらも気持ちはあんたと変わらん。ただ、考えれることぜんぶ言っておかないと、おらの年の功にも似合わんと思っただけだべ。引っ返さないとなれば、突破する以外ないしょ。瀬戸にインディアンかフランス兵がいたら、あちこちの高いところから襲ってくるやつらのあいだすり抜けていかねばならん。おれの言うことあたってるか、サガモア」

インディアンはこれに応えて櫂を水に入れ、カヌーを発進させただけだった。この男が舟の進路を決める役目についているいじょう、その振る舞いだけで考えはじゅうぶんに伝わった。そこで全員が力いっぱい漕ぎだし、あっという間に、それまで見えなかった、島の北岸全体が見えるところまできてしまった。「ほれ、やつらがいる。やっぱり気配どおりだべ！」と斥候はささやいた。「カヌー二杯に焚き火一つが見える！　やつらは靄に包まれてまだよく見えてないんだわ。そうでないとしたら、いやな雄叫びが聞こえてくるはずだものな。みんな、力合わせれ――やつら尻目にして、もう少しで弾届かなくなるとこまできてるからな」

この言葉をさえぎるように、ライフルの聞きなれた銃声がして、弾丸が瀬戸の穏やかな水面を跳ねながら飛んでくると同時に、島からかん高い叫びが起きて、通過しようとしていたカヌーが見つかってしまったとわかった。つぎの瞬間カヌーに駆けこむヒューロン族数名の姿が見えた。二艘のカヌーはたちまち踊りあがるように水上を滑りだし、追跡してきた。それは、やがて始まる一戦の恐ろしい前触れだった。それを目にしても三人の案内人たちの顔や身ごなしには、ダンカンが見るかぎり何の変化もあらわれなかった。ただ、櫂の漕ぎ方がいっそう大きく、息の合ったものになっただけで、おかげで小舟は命と意志をそなえた生き物でもあるかのごとく、跳ぶように進んでいった。

「やつら近づかせるな、サガモア」ホークアイは漕ぎつづけながら、左の肩越しに後ろを見ていた。「あれ以上近づいてこないように漕いでいれ。やつらヒューロンには、この距離で使いものになるような銃ないべ。だけども、キルディアは狙いつけれるんだわ」

斥候は、モヒカン父子にまかせても必要な距離は保てると確認すると、時機をうかがいながら櫂を脇に置いて、あの恐るべきライフル銃を取りあげた。三度ほど銃尾を肩に当て、今にも銃声が響くと予期されたにもかかわらず、その度に銃をおろし、敵をもう少し近づかせろとインディアン親子に頼んだ。ついに、正確で厳密を期す目にも納得がいったか、左腕を伸ばして銃身を支えながら、ゆっくりと銃口をあげていった。そのとき、舳先に座を占めていたアンカスの叫び声がして、ホークアイはふたたび射撃を中断した。

「今度は何だ」とホークアイが訊いた。「おまえがあんな声出すから、ヒューロン一人命拾いさせてしまったべ。それでもしょうがないってか」

アンカスは、少し前方にあらわれた岩場の岸を指ししめした。そこからもう一艘の戦闘用カヌーが飛び出し、ダンカンたちめがけてまっしぐら、行く手をさえぎるように進んできたのだ。もはやせっぱつまった危険に追いこまれたことは一目瞭然。わざわざ言葉で言うまでもなかった。斥候はライフル銃を振り捨て、櫂を取りなおした。チンガチグックはカヌーの舳先をやや西の方へ変えて、この新手の敵をかわそうとした。その間も、喜び勇んだ奇声が聞こえてくるので、後ろから追いかけてくる敵にも気をとられた。この急場のなかで、それまで無気力に萎えていたマンローもさすがに活気を取りもどした。

「湖岸の岩場まで乗りつけようぞ」歴戦の勇士らしい貫禄を見せて言った。「蛮族どもと一戦交えるのじゃ。ルイ[*3]一族の家臣の言うことなんか、わしもわしの部下も、もう金輪際信用せんぞ！」

「インディアンとの戦争で勝ちたいちゅうなら、あまりいい気になってたらだめだ。インディアンの知恵見ならわんとな。サガモア、舟の向き変えて、もっと岸と並ぶように行け。悪党どもに一杯食わしてやるべ。やつら、きっとおれたちに追いつこうとして、遠回りするんでないかい」

ホークアイの予想どおりだった。ヒューロンたちは、追跡相手をまともにめざしていくだけでは追いつけそうもないと見てとると、目標の斜め先へ向けて針路を修正したのだ。あげくのはてに、斜角をだんだん広げていったので、まもなく二艘のカヌーは二百ヤードの間隔をおいて平行に並走しはじめた。こうなったら速さ比べである。カヌーの船足はきわめて速く、湖面は舳先でめくれて小さな波を立てた。舟はスピードに乗って小躍りするするように進む。ヒューロンたちがすぐに発砲してこなかったのは、全員で漕がなければならなかったうえに、このように上下に揺れていたためでもあろう。逃げる方は全力で漕いでいたので体力が長くはもたないし、追っ手の方が人数にまさっていた。ダンカンが不安を覚えながら見ていると、斥候は、逃走の助けになる何かいい手がないかと探してでもいるかのように、あたりを心配そうに見まわしだした。

「太陽からちょっと離れるほうへ向き変えれ、サガモア」と負けん気の強いホークアイは言った。「やつら、ライフル撃つ役に一人割くみたいだ。こっちは一人撃たれて怪我しただけでも、みんな頭の皮はがれてしまうべ。太陽から離れる方へ寄れ。あの島はさむように行くべ」

この応急策もまんざら無効でもなかった。少し先に細長く低い島が一つあって、二艘のカヌーがそれに近づいていくにつれ、追いかけている方は島を避けるために、相手の反対側にまわるほかなくなった。斥候とモヒカン父子はこの機会を逃さず、藪の陰に隠れたとたん、すでにけた外れと見えていた力漕にさらに輪をかけてがんばった。島の先端の岬を過ぎた二艘のカヌーは、全力疾走する猟犬のように島陰から飛び出したが、逃げている方が先に立っていた。とはいえ、並走していたときよりも間隔は短くなり、相互の位置関係は変わっていた。

「アンカス、ヒューロンのカヌーのなかからこいつ選んだなんて、カバの木の皮張った舟のことがよくわかってたしょ」そう言いながら斥候がニヤリとしたのは、ついに逃げおおせる見込みが少し開けてきたからというよりも、競争に勝てて会心の思いを味わえたかららしい。「あいつら、また全力で漕ぎだしてるわ。おれたちも、頭の皮はがれないようにするには、いぶした銃身やねらいの確かな目に頼らないで、平たい木の櫂使ってがんばるべ！　大きく掻いて、力合わせれ」

「連中は一発撃つ構えだ」とヘイワード。「カヌーは縦に並んでるから、的をはずしそうもないぞ」

「それならカヌーの底に伏せれ。あんたと大佐はな。それだけ的が小さくなるべ」と返す斥候。

ヘイワードは微笑を浮かべながら答えて――

「戦士たちが銃火にさらされているのに、位のいちばん高い者が身を隠したりしたら、しめしがつかないだろ！」

「いやはや！　そんなもの、ここでは白人の勇気にすぎんべさ！　白人の考えちゅうのはそういうのが多すぎるんだけど、理屈に合わんのでないかい。体さらしたって何の役にも立たないこぜりあいで、サガモアやアンカスが掩蔽探すかどうか迷うってか！　クロスと縁のないおれだって、そんなこと考えないんだわ。戦闘がいつも広々したところで堂々とやるもんなら、フランス軍は何のためにケベック要塞建てたんだ」

「あんたの言うことはまったくそのとおりだがね、われわれにはわれわれの習わしがあるから、お望みどおりの真似はわれわれにはできないのだよ」

　ダンカンがこの言葉を言い終わらないうちに、ヒューロン族の一斉射撃の音が響き、弾丸がまわりに飛んできた。アンカスが振り返り、ダンカンとマンローを見た。若い戦士の顔には、敵がそばまで近づいていて、みずからも大きな危険にさらされているにもかかわらず、白人たちが好きこのんで弾丸に身をさらしたりするばからしさに、ただただあきれていると書いてある。ダンカンにはそうとしか思えなかった。チンガチグックはたぶん白人の考え方をもっとよく知っていたためか、カヌーの針路を定めるための目標に据えた目を、ちらりともダンカンの方へ向けたりしなかった。やがて一発の弾丸が、チンガチグックの操っていた軽くて磨き上げた櫂にあたり、その櫂を前方の空中高くまではねとばした。ヒューロン族は歓声をあげ、この隙にまた発砲してきた。アンカスが漕ぎつづけてそのまま速度も落とさずにカヌーを進めたので、チンガチグックは自分の櫂を取りもどした。チンガチグックは櫂を高く振りかざし、モヒカン族式の雄叫びをあげてから、ふたたび命がけの競漕に力の限りを尽くした。

「ル・グロ・セルパン」、「ラ・ロング・カラビーヌ」、「ル・セール・アジル」と騒々しく叫び立てる声が、追いかけてくるカヌーからいっせいにわき起こり、追跡に拍車がかかったようだった。斥候はキルディアを左手につかむと、それを頭上にかざし、敵に向かって勝ち誇るように振りまわした。蛮族はこの侮辱に答えて怒号をあげ、すぐにまた発砲してきた。弾丸は湖面にパラパラと落ち、一発はふなばたの樹皮を貫通した。この危機のさなかにも、モヒカン父子には少しも取り乱したところが見えなかった。微動だにしない顔には期待も狼狽もうかがえない。だが、また振り返った斥候は、いつもの声なき笑いを見せながら、ヘイワードにこう言った。

「悪党ども、自分らの鉄砲の音聞いて喜んでるんだべ。だけども、揺れるカヌーからまともに狙いつけれる目は、ミンゴなんかについてるはずないんだわ！　見れや、あの馬鹿ども、漕ぎ手から一人はずして弾ごめ専門にしてる。なんぼ少なく見ても、やつらが二フィート進むあいだにこっちは三フィート進んでるんでないかい！」

ダンカンはそんな甘い見積もりでいい気になって、斥候らと同じように安閑としているわけにはいかなかった。だが、こちらの舟の扱いがまさり、あちらは漕ぐことだけに専念していないこともあって、目に見えてこちらの旗色がよくなってきたのがわかり、ほっとした。ヒューロン族はすぐにまた発砲してきた。一発の弾丸がホークアイの櫂の水かきにあたったが、大禍なかった。

「これがいいとこでないかい」櫂にできた小さな凹みをめずらしそうに調べながら、斥候は言った。「これなら赤ん坊の皮もむけなかったしょ。ましておれらのような、かっかしてるうちに罰当たりなことやった大人なら、なおさらだ。さて、少佐、あんたがこの平べったい棒っこで漕いでくれたら、おれはキルディアに物言わせてやるべ」

ヘイワードは櫂をつかむと、技術の不足を意気込みで補いながら漕ぎはじめた。ホークアイはライフル銃の点火薬を点検したあと、すばやくねらいをつけて発砲した。追跡の先頭を切っていたカヌーの舳先に立ち、やはり銃を構えていたヒューロン族の男は、後ろへ倒れて、銃を水のなかへ取り落とした。しかし、つぎの瞬間、この男は立ちあがった。とはいえ、その周章狼狽ぶりはあらわだった。ヒューロンの仲間たちも漕ぐのをやめ、追跡してきたカヌーは寄り集まったところで停止してしまった。チンガチグックとアンカスはこの隙に呼吸を整えたが、ダンカンはひたすら辛抱強くせっせと漕ぎつづけた。父親と息子はたがいに、相手が銃弾で負傷しなかったか確かめようと、冷静ながらも探るような視線を送っていた。両人とも、あのような危急のときに、弾があたったからといって叫んだり騒いだりしてはならないと承知していたからである。サガモアの肩からは、血が大きなしずくをなしてボトボトとしたたり落ちていた。これをアンカスがじっと見つめていることに気づいたチンガチグックは、手で水をちょっとすくい上げ、血を洗い流した。そんなふうにあっさり処理することで怪我は軽いと伝われば、それでよしとしたのである。

「ぼちぼちやれ、ぼちぼちだよ、少佐」と言った斥候は、すでにライフルを装填しなおしていた。「少し離れすぎちゃったから、ライフルのいいとこ見せてやれなくなったべ。それに、見れ、あそこであいつら会議開いてるしょ。射程内までやつら引き寄せてやるべ——距離測ることにかけちゃ、おれの目信用してくれてもいいんでないかい——悪党どもに、ホリカン湖の向こう端まで追いかけさせてやるんだ。そのあいだ、やつらの弾なんかこっちにかすり傷負わせるのが関の山だって保証するよ。キルディアなら三度に二度は命中なんだけどな」

「われわれの使命を忘れたのか」ダンカンはまめまめしく漕ぎつづけながら反駁した。「後生だから、この隙に距離をかせいで、敵を突きはなすことにしようじゃないか」

「子どもらを返せ」とマンローがしゃがれ声で言った。「父親の苦悩を弄ぶのはもういい加減にして、わしの子どもをもどしてくれろ！」

長年いつも上官の命令に従ってきたので、斥候には恭順の大切さがしみついていた。遠くのカヌーを最後に未練がましくちらりと見やってから、ホークアイはライフルを手放し、ばてているダンカンに代わって再度櫂を握った。そして、疲れを知らぬ体力で漕ぎだした。モヒカン父子もそれに調子を合わせて漕いだ。だから、またたく間に敵から大きく水をあけていき、ヘイワードは安堵の胸をなで下ろすことができた。

湖は幅が広くなりはじめ、舟は広い水域のなかを通っていく。両岸には、前と同じように高くてけわしい山々が並んでいるが、島は少なくなり、避《よ》ける苦労はなかった。櫂の動きは整然として乱れを見せなくなった。漕ぎ手たちは、死の瀬戸際のような追跡を切りぬけたばかりだというのに、まるでスポーツでスピードを競っているみたいに平然と漕いでいた。じつはそれほど緊迫した、いや、命がけともいえるような状況なのに、がんばっているとも見えなかったのである。

用心深いチンガチグックは、用向きに従えば西岸に沿って行きそうなところを、山地をめざす方角へ舟を向けた。その山の向こう側にある難攻不落のタイコンデローガ要塞に、モンカルムは自軍を率いて引き上げたと知れていたのだ。ヒューロンたちはどう見ても追跡をあきらめたようだったから、こんな極端な用心をする理由はなさそうだった。それでも、チンガチグックは方角を変えずに何時間も漕ぎつづけて、湖の北端近くの入り江にようやくたどりついた。ここでカヌーを浜に乗り上げ、全員が上陸した。ホークアイとヘイワードは近くの絶壁によじ登った。そこからホークアイは、眼下に広がる湖水を見渡したあげく、小さな黒い物体をヘイワードに指ししめした。それは、数マイル先の岬の近くに浮いていた。

「あれが見えるか。さあ、あんたならあの点は何だと言うかね。この曠野で、白人の経験だけ頼りにして道見つけないとならんかったら、どうする」

「しかし、あんなに遠くて小さいのだから、はっきりしたことは言えないけれど、鳥じゃないか。生き物なんてことあるかな」

「りっぱなカバの木の皮張ったカヌーなんだわ。荒っぽくて油断ならぬミンゴが漕いでるしょ！　神さまは森で暮らす人間に、視力の助けになる道具がある開拓村のやつらには必要もないような目授けてくれた。だけども、どんな人間の目だって、こんなときにおれたち取りまいてるような危険が何もかも見えるっちゅうわけないしょ。あの悪党ども、日が落ちたあとの飯が気になってるふりしてるけど、暗くなったとたん、猟犬が臭いの跡つけてくるみたいに、まちがいなくおれたちの跡つけだす。やつらはまいてやらんとな。そうでないと、ルナール・シュプティルの追跡なんて無理でないかい。こういう湖って、水面にいる獲物ねらうときなんかは便利だけどもな」斥候は心配そうな顔であたりを見まわした。「魚でないかぎり隠れ場ないんだわ。開拓が二つの川筋[*4]から離れて奥地まで広がってきたら、このあたりはどうなるべ。猟も戦争もおもしろくなくなるんでないかい」

「何かちゃんとした理由もはっきりしないのに、ぐずぐずするのはやめてくれないか」

「おら、あの煙が気にくわん。あのカヌーの上に張り出している岩からモヤモヤと出ているのが見えるべ」うわの空の斥候は、相手の言葉をさえぎって言った。「おれたちでないやつらがあれ見たら、きっと意味わかるんでないかい！　まあ、そんなこと言ってもどうにもならん。今はしゃべってないで動かんとならんしょ」

ホークアイは見下ろしていた絶壁の上から離れて、物思いにふけりながら、湖岸までおりていった。見てきたことを仲間にデラウェア語で伝え、それから短時間ながらも熱心に相談していた。相談がまとまると、三人はただちにあらたな決定を実行に移した。

三人はカヌーを水上から持ちあげ、肩に担いで運んだ。森のなかに入り、なるべく目につくような幅の広い跡をつけて進んだ。まもなく小川にぶつかり、それを渡ってさらに前進すると、大きなむき出しの岩盤にさしかかった。ここまでくるともう足跡は残りそうもない。そこから三人は、小川まで細心の注意を払って後ろ向きに歩いていった。その後は小川の川床をたどって湖までもどり、そこですぐにまたカヌーを浮かべた。あの岬からは見えないところで、岸には覆いかぶさるような低木が密生しており、それがかなり長く連なっていた。そんな山川草木を利用して身を隠しながら、我慢強くせっせと漕いで舟を進めた。やがて、再度上陸してもだいじょうぶだろうと斥候が言うところまできた。

その場に身を潜め、夕闇でものの輪郭がはっきりしなくなって、よく見えなくなるまで待っていた。それからふたたび出発して、暗闇にまぎれながら西岸めざし、音を立てずにすばやく漕ぎ進んだ。めざす山のゴツゴツした輪郭は、ダンカンの目には定かに見分けがたかったが、チンガチグックは、目標にしていた小さな入り江に舟を進入させた。練達の水先案内人らしい自信と腕前を見せてくれたのである。

舟はふたたび持ちあげられ、森のなかへ運びこまれると、藪で念入りに覆われて見えなくなった。一行は武器と荷物を身につけた。これでいよいよ出発の用意ができたと、ホークアイはマンローとヘイワードに告げた。

第二十一章

「そんなとこに誰かもぐりこんでたら、蚤みたいにつぶしてやる。」

『ウィンザーの陽気な女房たち』四幕二場、一五〇〜一五一行。

一行が上陸した地点は辺境地帯で、今日でも合衆国の住民にとっては、アラビアの砂漠やタタールの草原よりも未知の土地である。不毛で起伏の多い地域であり、ハドソン川、モホーク川、セントローレンス川の水域からシャンプレーン湖の水域を分けている。この物語の時代がすぎた後この地域のまわりには、米国にみなぎる果敢な精神によって開かれた入植地が取りまき、富み栄えるようになっているが、奥まって原生林の広がるこの地域そのものに足を踏み入れる者は、いまだに猟師か蛮人ぐらいしかいない。

しかし、ホークアイとモヒカン父子は、この広大な未開地の山や谷を何度も踏破していたから、不便や困難に慣れた人間らしく、足の向くままためらいもせずにこの奥地へ突き進んでいった。一行はこのやっかいな道を何時間も苦労して歩きとおした。星を目印にしたり、川の流れの方向に沿っていったりした。ようやく斥候が止まれと号令をかけ、インディアンたちと何やら相談したのもつかの間、三人は火を熾しはじめ、その場で一夜を過ごすためのいつもの支度にかかった。

マンローとダンカンは、これをお手本に、自分たちよりも経験豊かな部下たちが悠然としているのにあやかって、一抹の不安は抱きつつも恐怖におののくことなく眠りについた。一行がふたたび旅に出るころには、露が消え、日の光が靄を吹き払って、森のなかに鮮烈な光を注いでいた。

　数マイル進んだあたりで、先頭に立っていたホークアイの足どりは、ぐっと慎重で警戒を強めたものになった。頻繁に立ち止まって立木を調べたり、小川を渡るときにはかならずその流れの水量や速度や水の色を丹念に観察したりした。自分の判断だけでは決めかねて、チンガチグックの意見を何度も真剣に求めるようになった。二人が相談しているときにヘイワードが見ていると、アンカスは黙って辛抱強く立っているけれども、おそらく興味津々聞き耳を立てているのだろうと思われた。ヘイワードは若い族長に、今後の道筋についてどう考えているのか意見を聞いてみたくてしかたなかったが、冷静で気品のある相手のたたずまいを目にすると、相手もやはり自分と変わらず、一行のなかの年長者の博識や聡明さにすっかり頼っていると納得できた。斥候はようやく英語で話しだし、すぐに、自分たちが困った状況におちいっていると説明した。

「ヒューロンたちの帰り道が北めざしてるの見たら、長年の経験なんかなくても、やつらが谷づたいに、ハドソン川とホリカン湖のあいだ通っていくつもりだなってわかったわ。カナダのほうへ流れていく川の水源にぶつかるまでいって、そこから川たどれば、フランス人たちの国のまんなかへ入っていくしょ。だけども、スカルーン川[*1]のすぐそばのここまできてるのに、足跡が見えなくなったんだわ！　人間の能力なんてあてにならんもので、おれら、ちゃんと追跡してこなかったのかもしれん」

「まさか、そんな間違いをしでかすなんて！」とダンカンは叫んだ。「きた道を戻りながら、もっとよく目をこらして歩いてみよう。アンカスは、こんな窮地で何か言ってくれないのか」

　モヒカン族の若者は父親をちらりとうかがったが、物静かで控えめな姿勢を変えず、沈黙を守った。チンガチグックは息子の視線に気づき、手で合図して発言を許した。この許可を得たとたん、アンカスの顔つきは、まじめくさった表情から、教えることができるのはうれしくてたまらないというような表情に変わった。シカのように跳びだしていき、数ロッド先の小丘の傾斜に駈けのぼった。悦に入って立ち止まったその足もとには、いかにも何か重い動物が通ってまもない跡でもあるかのように、土が掘り返されていた。みんなはこの意外な動きを目で追っていたが、アンカスの得意になっているさまを見て、自分たちの追跡が功を奏したとわかった。

「これが足跡だべ！」と斥候は大声をあげながら、その場所まで行った。「小僧はいい目してるし、脳みそもいいんでないかい。年の割にはな」

「知っててこんなに長く黙ってたなんて、気が知れないな」とダンカンは、ホークアイのすぐそばまでいってつぶやいた。

「許しも得ないでしゃべったりしてたら、もっとおかしなもんだったしょ！　いやいや、あんたがた若い白人って、本からものごと憶えて、知識の量は読んだページの量で測ったりするもんで、知識でも足でやる競走と同じに、おやじさん追い抜けるなんて勘違いしたりするんでないかい。だけども、経験がもの言う場合は、学者だって年の功っちゅうもの思い知らされて、年長者にはちゃんと花持たせるべ」

「ほら！」とアンカスは言って、南北にわたってまざまざと残っている足跡を指さした。「黒い髪、霜の方角*2に行った」

「これ以上きれいに残ってる跡追っかけるなんて、猟犬にも経験ないしょ」と言うなりさっそく斥候は、見つけてもらった跡を追って先を急いだ。「こりゃいいあんばいだわ。すごく具合いい跡だから、地べたに鼻くっつけなくてもいけるしょ。ほれ、あの片寄った歩き方するあんたらのウマが二頭とも、ここ通ってる。このヒューロンはまるで白人の将軍みたいな旅の仕方してるんでないかい！　あいつ、罰があたって頭狂ったんだべ！　目光らしてれ、サガモア、車の跡でもみつかるから」斥候はあらためて湧いてきた満足感にひたりながら、振り返って笑って見せた。「もうすぐあの馬鹿つかまえてみたら、馬車に乗って旅してたりするんでないかい。しかも、後ろから、国境《くにざかい》あたりでいちばんいい目したのが三人、追っかけてきてるっちゅうのに」

斥候の機嫌はいいいし、陸地をまわれば四十マイル以上もある距離をかせいで追跡した結果は思いのほかうまくいったし、一行はみんな多少の希望を抱けるようになった。足どりは速まり、大道を行く旅人のように何のためらいもなく進んでいった。岩や小川や堅めの地面にさしかかって追跡の手がかりがとぎれても、斥候は少し先に続く跡をたしかな目で見つけ出し、うろうろ手間取ることはほとんどなかった。マグアが谷を通っていかなければならないと思ったらしいことは確実だったから、跡をたどるのはずいぶん楽だった。おおよその通り道は推しはかることができたのである。インディアンが敵から逃げようとするときにかならず用いる術策を、マグアもすっかり捨ててはいなかった。小川があったり、都合のよさそうな地形になったりしている所では、しょっちゅうごまかしの足跡をつけたり、急に折り返したりしていた。だが、追跡している者たちはめったにだまされず、だまされたとしても、時間的にも距離的にも骨折り損をしないうちに、誤りに気づくことができた。

午後も盛りを過ぎる頃には、一行はスカルーン川を渉り、傾きかけた太陽を追っていった。高台からおりて、急流が奔《はし》る低地まできてみると、ル・ルナールの部隊が休止した跡に出くわした。泉のまわりに火の消えた燃えさしがころがり、シカ肉の食い残しが散乱していた。立木にはウマが葉っぱを食べた跡がはっきりと残っていた。ちょっと離れたところにへイワードは、小さなにわか造りの休憩所を見つけ、そこでコーラとアリスが休んだにちがいないと考えて、せつない思いに駆られながらその場を見つめた。だが、地面は踏み荒らされ、あたりに人間とウマの足跡がありありと見えているのに、足跡はここでぷっつりと途絶えていた。

ナラガンセットの馬蹄の跡は容易にたどれたが、どうも乗り手もなく、餌を探す以外の目的もなくうろついていただけのようであった。アンカスは父親といっしょに、ウマの通った跡を懸命に追いかけていたが、ウマがついさっきまでいたことを示す証拠についにたどりついた。アンカスはホークアイとチンガチグックにそのことを知らせてから、さらにその先へ跡をたどっていった。年長の者たちが状況分析の話し合いをしているうちに、アンカスは、あの二頭のウマを引いてふたたびあらわれた。ウマは何日間もかってに走りまわるがままに放置されていたかのごとく、鞍は壊れ、馬衣は汚れていた。

「これはどういうことだ」とダンカンは言い、真っ青になって周囲に目を走らせた。まわりの藪や木の葉から、何かぞっとするような秘密を伝えられるのではないかと恐れてでもいるみたいだった。

「追跡はおしまいだってこと、そして、おれらは敵の国に入ったってことでないかい。あの悪党、追いつめられてたら、お嬢さん方がウマたち連れていきたいなんて言ったとたん、お嬢さん方の頭の皮はがれてたべ。だけども、敵が迫ってきてたわけでないし、こんないかついウマたちがついてたし、髪の毛一本傷つけてないべ。あんたの考えてることはわかってる。そんなこと考えるなんて、白人の恥でないかい。ミンゴだって、トマホークで女殺すことはあるにしても、女辱めたりするなんてことない。[*3] そんなこと考えたりするやつは、インディアンというものも、森の掟も何もわかってないんだわ。いやいや。フランス側のインディアンがもうこのあたりの山に入ってきて、ヘラジカ狩りはじめてるそうだ。あいつらのキャンプの臭い届くあたりまで、おれらきてしまったんだもの。あいつらがきたっておかしくないしょ。このあたりの山のなかでは、朝晩時告げるタイの大砲の音が毎日のように聞こえてくるんだわ。フランス人は、おれらの王様の植民地とカナダのあいだに新しい国境線引こうとしてるからな。たしかにウマはここにいるけども、ヒューロンどもはもういないわ。だから、やつらがどの道に行ったか探すべ」

ホークアイとモヒカン父子は、真剣に仕事に取りかかった。円周数百フィートの範囲を分割し、各人の分担を決めて捜索した。だが、何も見つからなかった。足跡は無数にあるが、それもみんな、どこに出かけようという気配も見せずにそのあたりをぶらついている者が残したようにしか見えなかった。斥候とその仲間は前後に並んでゆっくり進みながら、この休憩場所をもう一回り調べたあげく、ふたたびまんなかに集まったが、始めたときから何の進歩もしていなかった。

「こんなこすっからいやり方って、悪魔の仕業と変わらんわ！」とホークアイは声を高めた。助っ人たちのがっかりした顔を見たからだった。「本気でやらんとだめだ、サガモア。泉のとこから始めて、地面全体しらみつぶしに調べるべ。一族のとこに帰ったマグアに、おれは足跡残さない足の持ち主だぞ、なんてほら吹かせたりするもんか！」

斥候はお手本をしめしながら、意気込みもあらたに探査に取り組んだ。落ち葉は一枚残さずひっくり返した。小枝はどけ、石は持ちあげてみた——インディアンの狡猾さからすれば、そういったものを隠れ蓑に使いながら、自分たちの歩いた跡を一歩一歩隠すために、とてつもない忍耐と律儀さを発揮することもめずらしくないとわかっていたからだ。アンカスはきびきび動いて自分の持ち場をいちばん先に調べ終えようとしていたが、しまいに、泉から流れ出ている濁ったせせらぎに土を盛って流れを変えた。水がせき止められてむき出しになった細い川床が乾いてきたら、アンカスはすぐにかがみこみ、鋭いまなざしを注いで物色しだした。まもなく歓声を上げ、成果のあったことを知らせた。みんながそこに集まると、アンカスは、湿った川底に残っていたモカシンの跡を指さした。

「この小僧ときたら、モヒカンの誉れとなるしょ！」とホークアイは言って、さかんに感心しながらその足跡を見つめた。博物学者がマンモスの牙とかマストドンの肋骨でも見つけたときと変わらない感嘆ぶりだった。「そうとも、ヒューロンにとっては癪の種になるべ。だけども、こいつはインディアンの足跡でないしょ！　かかとに体重がかかりすぎてるし、つま先が角張ってる。まるでフランス人の踊り手が一人まじっていて、ぴょこぴょこ跳んでかかと打ち合わせるフランス族みたいな足跡でないかい！　アンカス、急いでもどって、歌の先生の足の大きさ測ってきてくれや。あの丘の斜面の前にあるあっちの岩のちょうど反対側に、先生のきれいに残った足跡があるから」

アンカスが言いつけられた用を足しにいっているあいだ、斥候とチンガチグックは足跡を丹念に調べていた。測ってきてもらった大きさは合致した。それでホークアイは、この足跡はデーヴィッドのものであり、靴をまたモカシンに履き替えさせられたのだと、躊躇なく断言した。

「もう何もかんも読めたぞ。ル・シュプティルが小細工するとこ、この目で見てたみたいにはっきりとな。歌の先生は、声と足がでっかいぐらいしか取り柄ないから、先に歩かされたんだわ。他の連中は先生の足跡を踏むように歩いて、同じ足跡に見せかけていったんだべ」

「しかし」ダンカンは叫んだ。「足跡がないじゃないか、あの――」

「お嬢さん方の、だべ」と斥候は相手をさえぎって言った。「悪党はお嬢さん方の運び方見つけたんだわ。追っ手をうまくまいたと思えるまで、そうやって運んでいったんだべ。大して遠くまで行かないうちに、あの娘たちのめんこい足跡がまた見つかるのにきまってるから」

そこで一行は、つぎつぎにあらわれる足跡に目をこらしながら、小川に沿って進みだした。せき止められていったん向きを変えた流れも、やがてもとの川床に戻ってきたが、ホークアイたちは両岸に目を配りながらもそのまま前進した。足跡は川底に隠れているとわかっているので、見えなくなっても平気だった。半マイル以上も行ったところで、小川は大きな乾いた岩の根方を洗うように流れていた。ここでヒューロンたちが川からあがったのではないかと、一行は歩みをとめて調べた。

調べてみてよかった。きびきびと動くアンカスがまもなく、苔の筵に残る一個の足跡を見つけたからだ。どうやらインディアンの誰かがうっかり踏んだらしい。この足跡の向きに沿って、近くの藪に分け入っていき、泉に着く前までに見たのと同じくらいはっきりと残る新しい足跡に出会った。アンカスはまた歓声を上げ、この幸運を仲間に知らせた。それでただちに探索は打ち切られた。

一行がその場に集まると、斥候は「はあ、こりゃインディアンらしい企みだわ」と言った。「白人が見たってわからなかったべ」

「先へ進まないのか」とヘイワードはつめよった。

「あせるな、あせるな。道はわかったけど、雲行きがどんなあんばいか、掘り下げてみるのがいいんでないかい。そうするのはおらの勉強なんだわ。神さまが手の内見せてくれるこういう本なおざりにしたら、ものごとわかるようにならんべ。何もかんもはっきりしてるけど、一つだけわからんことがある。あの悪党が足跡残さない道行ったとき、お嬢さん方運ぶためにどんな手使ったかってことだ。なんぼヒューロンでも男の意地があるから、おなごのか弱い足濡らすようなことするはずないしょ」

「これがその難問の説明に役立つかな」とヘイワードは言って、輿のようなものの残骸を指さした。それは、木の枝をぞんざいに組み合わせ、蔓で結わえてあったが、もう無用とばかりに邪魔もの扱いされて捨てられたようだった。

「説明になるしょ！」ホークアイは顔を輝かした。「あの野郎どもときたら、一分進んだだけで、何時間も使ってその足跡消そうとするんだから！　なに、あいつらがつまらんねらいのために、そんなふうにして一日無駄にしたのも、おら見たことある。ほら、ここにモカシン履いたのが三人と、ちっちゃな靴履いた二人の足跡あるべ。こんな小さな足で旅できる人間がいるなんて、おったまげてしまうわ！　アンカス、鹿革のひも貸してくれや。この足の大きさ測っておくべ。あれまあ、子どもの足と変わらん。だけども、あの娘たちは背も高いし、美人なのになあ。神さまは神さまなりの深いお考えがあって、いろんな人間に依怙《えこ》なお恵みなさる。このことは、なんぼこの世に満足しきってるやつだって認めるべ！」

「わしの娘たちのか弱い足では、こんな苦難の道を乗り切れそうもないわい！」とマンローは言って、親らしく愛おしげに自分の子らの頼りない足跡を見つめた。「この寥々たる地で気も失いかけておるにちがいない」

「そんな心配なんか裏付けるものないしょ」斥候はゆっくり頭を振りながら答えた。「力は入ってないけど、しっかりまっすぐ歩いてる足跡だし、大して長い距離でない。ほれ見れ、かかとはほとんど地面についてもいないし、黒い髪はあそこで、根っこから根っこまでちょっと跳んだんだわ。いやいや、おれにわかるが、このあたりでは娘さん二人とも気失いそうになんかなってない。ところが歌の先生のほうは、足が痛くなって膝ガクガクしだしてる。足跡にはっきり出てるしょ。そこで足滑らしているし、このあたりではあっちへふらふら、こっちへふらふらしてるわ。ほれ、そこでもまた、まるでかんじきでも履いてるみたいな歩き方でないかい。やれやれ、喉ばっかり使ってるやつは、脚鍛えることができないんだべなあ！」

このような確実な手がかりから、森林生活の経験豊かな男は磨いた英知を発揮して、やすやすと真相を読みとっていった。その自信に満ちて厳密な言い方ときたら、まるでできごとをすべて目撃していたかのようだった。一行の者たちは、そんな断言を聞いて元気づき、単純ながらじつに明晰な推理に納得した。それで、小休止してあわただしい食事をすませると、ふたたび出発した。

食事を終えると斥候は、沈みかけた太陽をちらりと見上げてから、足早に歩きだした。それについていくには、ヘイワードもまだ元気なマンローも、全力で足を運ばなければならなかった。たどる道筋は、前に述べたあの川床に沿っていた。ヒューロンの連中ももう足跡を隠さなくなっていたから、追跡する側は足跡を確かめるために手間取るまでもなくなった。しかし、一時間足らずでホークアイの歩速はめだって落ちてきた。それまでのようにまっすぐ前を見据えるのではなく、危険が迫っていると感じているかのように、左右にきょろきょろ疑いの目を配りはじめた。やがてまた立ち止まり、他の者たちが追いつくのを待った。

「ヒューロンのやつらの臭いがするぞ」とモヒカン父子に言葉をかけた。「梢のあいだからぽかっと広がってる空が見えてきたし、やつらの陣地のすぐそばまでさしかかってるからな。サガモア、右側の丘の斜面を行ってくれ。アンカスは左側の川に沿って行ってもらおう。おれは足跡つけていく。何か起きたら、合図にカラスの鳴き声三回まねろ。カシの枯れ木のちょうど向こう側で、カラスが一羽バタバタしてるの見たからな——やつらの陣地に近くなったという、も一つのしるしだ」

インディアンの親子は一言も答えず、それぞれの道をたどりはじめた。他方ホークアイは、二人の白人といっしょに油断なく進んでいった。まもなくヘイワードは、案内人のかたわらに寄っていった。これほど苦労し、不安に駆られながら追いかけてきた敵を、いち早く一目見たくてじりじりしていたのだ。ホークアイはヘイワードに、森の縁までそっと行ってから待っているように指示した。森の端は例によって茂みに囲まれていた。ホークアイは、ちょっとはずれたところに見える何かあやしいものを調べてみたいというのだ。ダンカンが指示されたところへ行ってみたら途端に目に飛びこんできたのは、目新しいというよりは奇怪な光景だった。

何エーカーにもわたって木が切り倒されており、この開墾地に夏の夕陽のやわらかな光が降りそそいでいたのだ。その光は、森のなかの薄暗さとはみごとな対照をなしていた。ダンカンが立っていたところからほど遠からぬところで、小川の幅が広がって、山にぐるりと囲まれた低地全体を覆う小さな湖のように見えていた。この広い盆地の湖水からひとすじの滝が流れ落ちている。滝の水の流れは端正にして静穏であり、自然の造化でなくむしろ人造のものと思えるほどであった。この湖の周囲に土でできた住居が百あまりも立っていて、なかには水につかっている家もあり、水位がいつもよりあがっているみたいに見える。建物の丸屋根は、雨露をしのぐだけのものにしてはみごとすぎるくらいの造りである。そこに見られるきちょうめんさや計画性は、インディアンが狩猟やいくさといった一時的な目的のために使う仮小屋と比ぶべくもないことはもちろん、彼らの通常の住居にかける手間と比べても、比較にならなかった。要するに、これを村と呼ぼうが町と呼ぼうが、この建物群は、建造法からしても仕上げの美しさからしても、ふつうインディアンの慣習にしたがって造られる建物について白人が有していた先入見とは、大きくかけ離れていたのである。しかし、住んでいた者たちはこの村を棄ててしまったようで、がらんとしていた。少なくともはじめは、ダンカンにはそう思えた。だが、ついに人影がいくつか見えてきたようだ。匍匐前進でダンカンのほうへ近づいてくる。列をなして何か重いものを引きずっているみたいだ。何か恐るべき武器かもしれない。たちまち不安に駆られた。ちょうどそのとき、浅黒い顔がいくつか建物からあらわれたと思ったら、たちまち大勢が一帯を占める気配がした。しかし、動きまわる者たちの身ごなしはすばやく、物陰から物陰へ滑るように移動するので、怒っているのか遊んでいるのか見きわめる隙もない。ダンカンはこんなあやしげな、わけのわからない行動をする相手にぎょっとして、カラスの鳴きまねの合図を発しようとしたが、そのとき、近くの木の葉がざわめき、目がそちらに引きつけられた。

ダンカンはぎょっとして、本能的に数歩あとずさった。そしてよく見ると、百ヤードも離れていないところに、見たことのないインディアンがいたのである。そこでたちまち分別を取りもどし、みずからの命を危険にさらすことになるかもしれないカラスの鳴きまねなどはせずに、相手の動きを見張りながらじっとしていた。

冷静に観察したらすぐにわかったが、相手はダンカンに気づいていなかった。このインディアンもダンカンと同じように、集落の低い家屋群や、住民の忍びやかな動きに首をひねり、考えこんでしまっているようだった。どんな表情をしているのか見きわめることはできなかった。不気味に顔料を塗りたくった化粧に隠れて、素顔がよくわからないからだ。とはいえ、ダンカンには、獰猛というよりは憂いに沈んだ顔であるように思えた。頭は例によって、てっぺんの髪の毛だけを残してきれいに剃ってある。髪の毛からは、色あせたタカの羽が三、四本だらりと垂れている。おんぼろのキャリコ製マントが上半身を包み、下穿きにはありきたりなシャツが使われていたが、ふつうはもっとたっぷり布が用いられる箇所にシャツの袖が代用されていた。脚はむき出しで、イバラのために痛々しいほど傷ができている。だが、足もとはりっぱな鹿革のモカシンでかためられている。この人物は全体にわびしくみじめな外見を呈していた。

ダンカンが男の姿に気をとられているうちに、斥候が音も立てずに忍びより、そっとそばまでやってきた。

「やつらの村か陣地にたどりついてしまったようだな」とダンカンはささやいた。「あそこにやつらの仲間が一人見えてる。われわれの行く手をはばむやっかいなところにいるぞ」

ホークアイはぎくりとして、肩からライフルをおろした。そして、ダンカンの指さしたほうを見ると、くせ者が目に入ってきた。ホークアイは恐るべき銃口をかまえながら、長い首を前へ突き出した。そうすることで、もともと鋭い目の足しにでもなりそうな格好であった。

「あの糞餓鬼はヒューロンの者でないし、カナダのどこの部族でもないしょ！　それでも、着てるもの見たらわかるしょ、あの悪党が白人からかっぱらってきたんだべ。やれやれ、モンカルムは進撃に備えて森じゅうさらったんだな。それで、血に飢えて人殺ししたがってるインディアンどもかき集めたんだべ！　あいつ、どこにライフル持ってる、それとも弓持ってるの見えるか」

「武器は持っていないみたいだ。それに悪いことをしそうにも見えないな。あんたも見ただろうけど、湖のまわりでこそこそ動きまわってるあいつの仲間に、あいつが合図でも送れば別だけど、そうでなければ心配するまでもなさそうだな」

斥候はヘイワードのほうに向きを変え、一瞬まじまじとみつめて、あからさまにあきれた顔をしてみせた。それから口を大きく開けて、腹の底から遠慮なく笑いこけた。ただし、危険な場面を長年くぐり抜けてきたおかげで身についた、あの声なき独特の笑いだった。

「湖のまわりでこそこそ動きまわってる仲間だって！」と、ホークアイは相手の言葉をオウム返しに言ったあげくに、こう言った。「開けた土地で学校に通って子ども時代過ごしたっちゅうのは、大したもんでないかい！　それにしてもあの悪党、脚が長いし、油断ならん。あんた、あいつに銃で狙いつけて見ててくれ。おら、後ろから藪通り抜けて忍びより、生け捕りにしてやる。何があっても撃つな」

ホークアイがもう藪のなかに半分入りかけたころになって、ヘイワードはあわてて手を伸ばし、ホークアイを引き止めてこう訊いた。

「あんたが危ない目にあいそうになっても、撃ったらだめだというのか」

ホークアイは一瞬、何を訊かれているのかわからないというような顔をして相手を見ていた。それからうなずき、やはり声にこそ出さないものの笑いこけて、こう答えた。

「思いっきりぶっ放してくれや、少佐」

つぎの瞬間、ホークアイは木陰に姿を消した。ダンカンはじりじりしながら数分間待っていると、ふたたび斥候の姿を目にした。再度あらわれたホークアイは、地べたを這っていた。地べたと着衣はほとんど見分けがつかない。めざす獲物の真後ろに迫っていく。残り数ヤードまで接近すると、音も立てずにゆっくりと立ちあがった。そのとき、水面をたたく何かの大きな音が数回響いた。ダンカンはそちらに目を向けると、黒っぽい姿をしたものが百ほどもいっせいに飛びこみ、大して広くもない湖の水面を波立たせたのが見えた。ダンカンは銃を取りなおし、ふたたび近くのインディアンのほうへ視線を移した。水音を聞いて警戒するどころか、何も気づかぬインディアンは、夕闇迫る湖のまわりで起きた騒ぎにやはり目を向け、愚かしい好奇心に駆られたように、首を前に突き出していた。そのあいだにもインディアンの頭上には、ホークアイのあげた手が迫っている。だが、その手は、これといった理由もないのに引っこめられ、ホークアイはまたあの声なき笑いに長々と打ち興じた。独特のいかにもおかしくてたまらなそうな笑いがとまると、ホークアイはねらった相手の喉を絞めるどころか、肩を軽くたたいて、大きな声でこう言った。

「やあ、おまえさん、どうした！　ビーバーに歌教えたいってか」

「そうですとも」相手は待ちかまえていたかのように答えた。「ビーバーは神さまから、お恵みいただいた天分をさらに高める力まで与えられているのですから、神さまを讃える声だって授けられるかもしれないではありませんか」

第二十二章

ボトム「みんな揃ったか？」
クインス「ああ、揃った。どうだ稽古場にはもってこいだろう。」
『夏の夜の夢』三幕一場、一〜三行。

ヘイワードの驚きは想像してくだされば けっこう、ここで描写するまでもないであろう。忍びよってきたインディアンだと見えていたものが、急に四つ足のけものに姿を変え、湖だと思っていたものが、ビーバーの作った池[*1]だとわかったのである。滝と思いこんでいたのは、あの勤勉にして器用な四足獣によって構築された堰だった。また、あやしい敵だと思ったのは、聖歌の師匠にして頼りになる友、デーヴィッド・ギャマットだった。ヘイワードは、デーヴィッドがいるからには姉妹も無事にちがいないと、思いがけず回復できた期待に胸はずませながら、身を隠していた場所からためらうことなく飛びだし、その場の主役を演じている二人のそばへ走り寄った。

ホークアイは、おかしくてたまらない気持をなかなかおさえられずにいた。されるがままのギャマットをむんずとつかまえ、ことわりもなくぐるぐるまわして後ろ向きにしたり前向きにしたりして、こんな衣裳を着せてくれるなんてヒューロンどもも大したものだなどと、繰り返し言い放った。それから相手の手をとり、おとなしいデーヴィッドの目に涙が浮かぶほどぎゅっと握りながら、インディアンの仲間入りができたことを喜んだらいいと言った。

「あんた、ビーバーに発声練習つけてやろうとしてたんだべ！　あのこざかしいやつら、もう音楽ぐらいなかば知ってるんでないかい。たった今あんたも聞いたとおり、やつら尻尾で拍子とるんだわ。水たたいてくれた潮時もちょうどよかった。あのとき水音しなかったら、キルディアのほうがあいつらより先に音出してたかもしらんからな。読み書きできる人間でも、年功積んだビーバーより馬鹿なやつらは見たことある。だけども、声出すことにかけては、ビーバーは生まれつきからっきしだめなんだわ！――こんな歌は、あんた、どう思う」

それからカラスの鳴き声を、あたりの空気をつんざくように響かせた。それを聞いてデーヴィッドは、自分の繊細な耳をおおった。ヘイワードさえも、その鳴き声の正体がわかっているくせに、空を見あげてカラスの姿を探した。

「わかったしょ」斥候は笑いながらも話を続け、合図を聞いてさっそく駆けつけてくるモヒカン父子を指さした。「こういうのこそ音楽だべ。自然のよさがそなわってるんだわ。このおかげで、役に立つライフルが二丁おれのとこまで駆けつけてくれるしょ。もちろん短刀やトマホークもな。それはさておき、あんたは無事だってわかったから、今度はお嬢さんらがどうなったか教えてくれや」

「異教徒の捕虜になっています」とデーヴィッドは答えた。「精神的には大いに動揺していますが、体は健勝にして息災ですよ」

「二人ともそうなのか」とヘイワードはやきもきしながら訊いた。

「そのとおり。道中はきつく、食料は乏しかったものの、それ以外にこぼしたくなるようなことはありませんでしたね。もっとも、こんなふうに捕虜として遠くまで連れられてきたことで、気分が害されたのは事実ですが」

「やれ、ありがたい知らせじゃ！」とマンローは身を震わせて叫んだ。「それではわしの子どもたちは、連れ去られたときと変わらぬ、汚れなき天使のような乙女のままで帰ってくるのじゃな！」

「すぐに取り戻せるかどうかはわかりませんがね」デーヴィッドは自信なさそうに応じた。「あの蛮族どもの首領はよこしまな心を持っていますし、神のお力にすがらなくてはとても制しきれませんよ。わたくしは寝ても覚めてもあいつに聞かせてみたのですが、調べも歌詞も効き目がなかったようでして」

「あの悪党はどこにいる」斥候はぶっきらぼうに口をはさんだ。

「今日は手下たちを連れてヘラジカ狩りにいってます。聞いたところでは、明日はこの森のもっと深くまで入っていって、カナダの国境近くまでめざすらしいですよ。年上のお嬢さんはこの近くの部族のところへ連れていかれました。その部族の村が、あちらの山頂に見える黒い岩を越えたあたりにあるんです。年下のお嬢さんはヒューロン族の女たちにあずけられています。その住まいは、ここから二マイル足らずの台地にあるんです。斧で切り開くかわりに火で森を焼き払い、住めるようにした場所です」

「ぼくのアリス、あの気のやさしいアリスが！」ヘイワードがつぶやいた。「お姉さんがそばにいてくれるという心の慰めも奪われたのか！」

「そのとおり。でも、賛美歌をうたって神を称え、神に感謝を捧げれば、悩める心の慰めになるのですから、お嬢さんも苦しまないですんでいますよ」

「では、うたう気までなくしてはいないのだな」

「地味で荘重な曲はうたってますよ。もっとも、いたしかたないこととはいえ、いくらわたくしが励ましても、お嬢さんはほほ笑みよりも涙を浮かべてるほうが多いのですがね。そんなときには、わたくしも聖歌を押しつけるのは控えてますが、それでも、心がじゅうぶんに通い合う、和やかな、ホッとするときも少なくありません。野蛮人どもがわたくしたちの張りあげる声にたまげたときなどはね」

「それにしても、あなたはどうして、見張りもつけられずにかってに歩きまわるのを許されてるんですか」

デーヴィッドは謙虚に見えるように表情を取りつくろいながら、神妙に答えた。

「わたくしごときウジ虫みたいな人間に取り柄などありません。しかし、聖歌の力は、わたくしたちが乗りこえてきたあの血なまぐさい戦場での争乱のさなかでは失墜したものの、その後盛り返し、異教徒の魂をも揺り動かすようになりました。それでわたくしは自由に動きまわってもよいことになったのです」

斥候は笑った。それからおでこを意味ありげにコツコツたたき、不思議なくらいにデーヴィッドが放任されているわけを、おそらくもっと納得がいくように説明しようとして、こう言った。

「インディアンはぜったい瘋癲《ふうてん》につらくあたったりしないんだわ。だけども、あんたは好きなとこどこでも行けるっちゅうに、なして来た道とって返さなかったんだ（リスの足跡みたいにわかりにくいわけでもないべ）。エドワード砦までもどって知らせたらよかったしょ」

斥候は、したたか剛健な自分の性格が誰にも真似できないものであることも忘れたからであろうが、デーヴィッドにはとても果たせそうもない責務を持ちだした。だが当人は、神妙な面持ちを大して変えぬまま、おとなしくこう言っただけである。

「キリスト教徒の暮らしているところに帰りたいのはやまやまでしたが、わたくしに託されたか弱い魂のあとを追わずにはいられなかったのです。たとえ、偶像崇拝にふけるイエズス会の連中がのさばってる地域に入っていくことになろうとも、あの二人が囚われの身で嘆き悲しんでいるうちは、引っ返すことなんかできませんでしたよ」

デーヴィッドのまわりくどい言いまわしはあまりわかりやすくはなかったが、その目に浮かんだ真情や誠実な顔つきにあふれた輝きは、取り違えようもなかった。アンカスはそばに近づいていって、ほれぼれしたような目つきでデーヴィッドに見とれた。チンガチグックはいつものきりっとしまった声をあげて、賞讃の意をあらわした。斥候は頭を振りながら、つぎのように言い返した。

「人間が歌の稽古ばかりして、他のましな才能ないがしろにするなんて、神さまが望んだりするもんか！だけどもこいつは、青空のもと、きれいな森のなかでものごと覚えるはずの時分に、どこかの馬鹿女の手で育てられてしまったんだべ。ほれ、あんたのこのプープー笛、おらこれで火でもおこそうと思ってたけど、大事にしてるみたいだから返してやるわ。せいぜい吹いたらいいしょ！」

ギャマットはピッチパイプをうれしそうに受けとったが、自分が果たしている重大な責務にそぐわないようなはしゃぎぶりは控えていた。それから、ためしに自分の声に合わせて何度か笛を吹いて、音が狂っていないことを確かめると、これまで何度も述べたあの袖珍本に載っている歌のなかでも、もっとも長いのを一曲選んで、その数節を本気で吟じようとする構えを見せた。

しかし、ヘイワードはそれをあわててさえぎり、いっしょに囚われていた姉妹がどうしていたか、また、今はどうしているのか、質問を続けた。聞きただしはじめたときにはつい興奮してしまったが、そのときよりは落ち着いて的を射る訊き方になっていた。デーヴィッドは自分の宝物を思いのこもった目つきで見やりながらも、質問に答えないわけにいかなかった。年老いた父親が見るからに心配そうにいろいろ尋ねるので、なおさらだった。斥候も、折りをとらえては核心を衝く質問を出さずにいなかった。途中、デーヴィッドが取りもどした楽器でちょっと凄みのある音を鳴らしたりするものだから、何度も中断があったものの、ひたすら重要な目的――姉妹の奪回――を成し遂げようと追ってきた者たちにとって役に立ちそうな、だいたいの事情についての情報は、このようにしてつかめたのである。デーヴィッドの話は単純で、わかった事実もわずかなものだった。

マグアは、退却を始めてもだいじょうぶと思えるときまで、山の上で待機していたということだった。それから山を下り、ホリカン湖西岸の経路沿いにカナダに向かったのである。奸智にたけたマグアは道にくわしく、追っ手が迫ってくる危険もないことを百も承知していたから、先を急ぐこともなく、道中は大して苦労しなかった。デーヴィッドの飾り気のない話から推察できるところでは、どうやら彼は囚われていたというよりも、しかたなく同行を許されていただけらしい。マグアといえども、大霊にとりつかれて頭のおかしくなった人にたいしてインディアンが抱くあの崇敬の思いをすっかり捨てきれてはいなかったのである。夜になると、囚われていた姉妹は厳重に保護された。森の湿気にやられて病気にならないようにというだけでなく、逃げ出さないように見張られてもいたのだ。泉に着くと、すでに見たとおりウマを放した。それから、もうはるばる遠くまできたというのに、前にも述べたような目くらましを施して、引き上げていった場所に通じる手がかりを一つ残らず消した。ヒューロン族の陣営に到着するとすぐにマグアは、めったに違えることのないやり方どおり、捕囚を分散させた。コーラは、近くの谷に一時的に宿営している一部族のもとへ送られた。ただし、その部族の呼び名や立場について満足に答えられるほど、デーヴィッドはインディアンの習慣や歴史について知っているはずもなかった。彼にわかったのは、この部族が先日までのウィリアム・ヘンリー砦遠征には加わっていなかったこと、それに、ヒューロン族同様モンカルムと同盟しているということ、好戦的なヒューロン族とは警戒しつつも友好的な関係を結んでいるということ、一時的にせよそんな緊密なながらも不本意なつき合いをする羽目になったのは成り行きのせいらしいということだった。

　モヒカン父子と斥候は、デーヴィッドのとぎれとぎれで不得要領な話に耳を傾けていたが、話が進むにつれて明らかに引きこまれていった。コーラがあずけられた部族の暮らしぶりについてデーヴィッドが説明しはじめると、斥候はふいに口を差しはさんだ。

「そいつらの短刀がどんなだったか見たかい。イギリス型だったか、それともフランス型だったか」

「そんな御飾りなんかに頭はまわりませんでしたね。それより、お嬢さん方の装身具を思い浮かべて心を慰めてましたから」

「そのうち、インディアンの短刀はくだらん御飾りだなんて思わなくなるべ」斥候は、相手の迂闊さをすっかり馬鹿にした顔つきで答えた。「そいつらはトウモロコシのご馳走食べてたかい――それとも、そいつら部族のトーテム[*2]がどんなだったか、ちょっとはわかったかい」

「トウモロコシは何度もたらふくご馳走になりました。粒をミルクにひたしてくれるので、口当たりもいいし、消化もいいんですな。トーテムって何のことですか。でも、それがインディアンの音楽に何か関係してるなら、インディアンがそれをどうしてるかなんて詮索するまでもありません。あの連中は神を称える歌にもけっして加わらないくらいですから。まるで偶像崇拝の徒のなかでももっとも罰当たりな種族みたいですな」

「そんなこと言うなんて、インディアンのことわかってないんだわ。ミンゴだって、ほんものの霊験あらたかな神さま崇めてるんでないかい！　インディアン戦士は自分ででっち上げた偶像拝んでるだなんて、そういうのは白人がこしらえたたちの悪い嘘の皮にきまってるし、おら、自分が白人で恥ずかしいと言いたくなるわ。たしかにやつらは、悪党どもと折り合いつけようとしてあくせくしてる――かなわない敵が相手なら誰だってそうするべ――だけども、ほんとうにすがってるのは、まっとうな大霊からのお恵みとお助けだけなんだわ」

「そうかもしれませんな。しかしわたくしは、連中が奇怪面妖なものの姿を絵の具で描いて化粧してるのをこの目で見ましたからな。連中がそういうものを敬い、念入りに描いているのを見ると、どうも不遜な信仰の感じがしましたね。なかでもとりわけ汚らわしく、いやなのがありまして」

「それはヘビだったかい」斥候はすかさず問いただした。

「似たようなものですが、這いまわるおぞましいカメの姿でしたよ！」

「ハッ！」じっと聞き耳を立てていたモヒカン父子は、声を合わせて叫んだ。他方、斥候は、重大とはいえけっしてありがたいとはいえないことを知らされたみたいに、頭を振った。チンガチグックはデラウェア族の言葉で話しはじめた。その話し方は落ち着き、堂々としていたから、言葉が通じない者たちさえもたちまち引きつけられた。チンガチグックの身振りはいきいきとして、ときには力強かった。あるときは腕を高く上げてからおろしていき、まとっているマントを軽くはねあげて、胸の上に指を一本立てた。この動作によって、言わんとすることの証拠を示しているようだった。ダンカンはその動きを目で追い、チンガチグックの浅黒い胸に、もう薄れているものの、たった今名指された動物が青い顔料できれいに描かれているのを見てとった。

多くの部族を抱えていたデラウェア族が激しいいさかいの末に分裂したことについては、ダンカンも小耳にはさんでいたが、それが脳裏に浮かんだ。だが、口を出せる機会がくるまで遠慮していた。あの分裂が問題なのではないかと確かめたくてうずうずしていたが、我慢も限界にさしかかってきた。ところが、詮索したがっているダンカンの気持を出し抜いて、斥候が説明しはじめた。チンガチグックの言葉に耳を傾けていた姿勢から向きなおると、こう言ったのである。

「神さまのご機嫌しだいで、おれたちにとって良くも悪くもなりそうなことがわかったぞ。サガモアはデラウェアのなかでも高貴な生まれで、カメのトーテム信じる種族のなかの大酋長なんだわ！　歌の先生の話からして、先生の見た連中にその種族の一部が混じってるのは確かだ。先生がラッパみたいに喉鳴らすために使った息の半分でも使ってうまく聞き出してくれたら、戦士が何人ぐらいいたかわかったんでないかい。とにかく、おれらは危なっかしい道に踏みこんじゃったぞ。離ればなれになった味方は、頭の皮ねらってくる敵よりもかっかっとしてるのが多いからな！」

「もっとはっきり説明してくれ」とダンカンは言った。

「話せば長い、気の重くなるようないきさつなんだわ。思い出したくもないな。あんなひどいことになってしまったのは、だいたい白人が仕組んだからだ。それは打ち消しようがないしょ。もっとも、そのおかげで、インディアン同士がトマホーク振りあげるたたかいは終わって、ミンゴとデラウェアが足並み揃えるようになったんだけどもな」

「では、コーラがあずけられたインディアンは、デラウェア族の一部*3だろうというんだな」

斥候はそのとおりというようにうなずいた。しかし、いやな話はもうこれ以上続けたくないという素振りだった。せっかちなダンカンは、がむしゃらな姉妹救出策をいくつも出しはじめた。マンローはどうやらそれまでの気の抜けたような状態から立ち直り、若い部下の無謀な計略に聞き入った。従順に耳を傾けているその姿は、白髪や年功にそぐわなかった。だが、斥候はしばらく黙って、恋に燃えている若者に少々ガス抜きさせた後、軽挙妄動の愚を何とかわからせ、これはきわめて冷静な判断と胆力を必要としている課題であると説き伏せた。

「先生に何食わぬ顔してもう一度もどってもらったらいいんでないかい。そしたら、小屋のなかでぶらぶらしてるふりしながら、お嬢さんたちにおれらが近くまできてるって知らせてもらうんだわ。そのあとで、こっちから合図送るから、その合図で先生に出てきてもらったら、様子がわかって相談できるべ。先生、カラスの鳴き声はわかるしょ。ヨタカのフィップアウィルという鳴き声とはちがうからね」

「あれはいい声の鳥ですな」とデーヴィッドは答えた。「やわらかなもの悲しい調子で鳴くやつでしょう！もっとも、リズムはちょっとあわただしく、拍子とるのがへたですけどな」

「先生が言ってるのは、ウィシュトンウィシュという、別の種類のヨタカなんだわ。まあ、いいや、あっちのほうが好きだったら、先生に送る合図はあっちの鳴き声にしてやる。だから、忘れないでくれよ。ヨタカの声が三度続けざまに聞こえたら、藪のなかに入ってきてもらいたいんだわ。ヨタカなら藪のなかにいても――」

「ちょっと待った」とヘイワードが割りこんだ。「ぼくが付き添っていこう」

「あんたが！」ホークアイは思わず叫んだ。「お天道さま拝むのが飽きたってか」

「デーヴィッドが生きてることで証明されてるとおり、ヒューロン族だって慈悲見せることもあるじゃないか」

「そうとも。だけどもデーヴィッドは喉が使えるべ。正気の人間なら誰も真似したくないくらいにな」

「ぼくだって狂人の真似くらいできる。大愚の真似だって、英雄の真似だってね。要するに、愛する彼女を助けるためなら、何だってできるんだ。反論はもうやめてくれ。ぼくはもう心に決めてるのだから」

ホークアイは一瞬、あきれてものも言えずに青年を見つめていた。だが、ダンカンは、それまで相手の手並みのよさや働きのすばらしさに気おされて、唯々諾々と言いなりになってきたのに、ここにきて上官としての面目を取りもどし、かんたんに逆らえない迫力を見せるようになっていた。どんな諫言にも耳を貸すものかと言わぬばかりの身振りで手を振ってから、多少言葉を和らげて話を続けた。

「変装の手段があるだろう。ぼくを変装させてくれ。必要なら色を塗って化粧してくれたっていいんだ。つまり、何でもいいから——うつけ者にでも仕立ててくれ」

「おらみたいな人間が言うのも何だけど、神さまほどの凄い手でこしらえてもらった者が、今さら変わる必要なんかないしょ」斥候は納得できずにつぶやいた。「あんたら、戦場に部隊送り出すとき、せめて本部のしるしや場所がわかるようにしておくのがいいって思うしょ。味方がいつどこで味方に会えるかわかるようにするためだべさ」

「いいから、聞いてくれ。囚われのお嬢さんらに忠実に付き添っていったこの先生から聞いたとおり、あっちのインディアンには二つの部族が混じっている。それぞれ異なる民族に属しているとはいえないまでもね。デラウェア族の支族だろうとあんたがいう連中といっしょにいるのは、あんたらが「黒い髪」と呼んでる人だ。もう一人の妹のほうが、わが軍の公然たる敵ヒューロン族といっしょにいることは確かだ。ぼくみたいに若いし地位のある者は、こっちの敵に挑戦するのが筋だ。だから、あんたがインディアンの仲間といっしょに行って、姉のほうを救い出せるように交渉してくれ。そのあいだにぼくは妹のほうを助け出してみる。それができなければ死ぬまでだ」

ダンカンの目は少壮の軍人としての自覚に燃え立ち、その影響で姿勢まで堂々としてきた。ホークアイはインディアンの術策に通じていたから、そんな冒険をすることの危険性を予想できないはずもなかったが、この唐突な決意をどう挫いたらいいのか見当がつかなかった。この計画には、ホークアイ自身の向こう見ずな性格や、無茶な冒険をひそかに好む気持をくすぐるところがあったのかもしれない。そういう気持は年功を積むごとに強まり、ついには、ある程度の偶然や危険なしには生きがいを感じられなくなってきたのだ。ダンカンの計画に反対するどころか、急に気分が変わって、それを実行に移すことに賛成しはじめた。

「さあ」ホークアイは上機嫌な笑みを浮かべて言った。「水場に行こうとしてる牡ジカには、先まわりしてからないとだめで、後追いしてもうまくないべ！　チンガチグックは、技術将校のかみさんに負けないくらいいっぱいいろんな絵の具持ってる。あのかみさん、それ使って紙に景色描いたりするけど、山はまるで黴けた干し草の堆《にお》みたいだし、青空はまるで手が届くみたいに見えちゃうんだわ——それくらいの絵の具ならサガモアだって使えるしょ！　あの丸太に腰掛けれ、そしたら、ぜったいに嘘でないけど、あんたはすぐに、生まれついて頭のおかしなやつにしてもらえる。しかも、なあに、お好みどおりのおかしなやつにな」

ダンカンは言われたとおり腰をおろした。すると、それまで話に耳を傾けていたチンガチグックは、さっさと仕事に取りかかった。インディアン特有の技巧には何でも昔から通じているチンガチグックは、インディアンたちに人なつこくておふざけ好きな人間のつくりと見られそうなおどけた化粧を、手早くじょうずにほどこした。戦意を秘めていると受けとられそうな隈は一つも入らないように気をつけていたし、その一方で、親しみを覚えてもらえそうなこしらえを工夫した。つまり、戦士らしい容貌はことごとく消去して、道化に変装させたのである。そういう化粧をするのは、インディアンのあいだではめずらしいことではなかった。だから、ダンカンは身なりがすでにじゅうぶんな扮装になっていたし、フランス語をしゃべることもあり、タイコンデローガからやってきて、フランス軍と同盟している味方の部族のあいだをうろちょろしている呪術師であるといっても通用するだろう。そう考えても、たしかにあまり不条理でもなかった。

ダンカンの化粧が存分に仕上がったころに、斥候はあれこれと親切な助言を与えた。合図についての打ち合わせやら、双方が首尾よく目的を達した場合に落ち合う場所の指定やらである。マンローはヘイワードと別れることが意に染まなかった。それでも、別行動をとることに異を唱えず、おとなしくしていた。もっとまともな精神状態だったら、その直情径行の性格からして、けっして黙っていなかったはずである。斥候はヘイワードを傍らへ引っぱっていき、マンローをチンガチグックに託してどこか安全なところに残していくつもりだと話した。そのあいだにアンカスといっしょに、デラウェア族にちがいないと思われる連中のなかに入っていって捜索してみるというのであった。そのあとで再度警告や助言を繰り返し、最後に、ダンカンが深く感動したほどの厳粛さと情味をこめて、つぎのように言った。

「さてと、達者でな！　あんたが見せてくれた根性は気に入ったぞ。若さの賜物だからな。血気盛んで肝っ玉すわってるやつだからなおさらなんだわ。だけども、はったりでなく、ほんとのことだけ言うのが身上の男の意見も聞けや。あんたが精いっぱい男らしさ発揮したり、本から蓄えたのよりもずっと切れる知恵見せたりしたところで、ずるいミンゴの裏かいたり、ミンゴの勇気の上いったりするとはかぎらんぞ！　達者でな！　ヒューロンのやつらにあんたが頭の皮ひんむかれても、しっかりした戦士二人も味方につけてるおらが約束してやるから、安心したらいい――仕返しはかならずしてやるから。あんたの髪の毛一本について一人の割で殺してやるわ！　いいかい、若様、あんたの作戦がうまくいくように祈ってるからな。何といっても、よかれと思ってやってくれるんだから。それに、覚えておきな。悪党ども出し抜くためなら、ほんとは白人の性に反してるような手使ったって、罪にならないってな」

ダンカンは、しかたなしに送り出してくれる朋輩としっかり握手して、老人の連れをよろしくともう一度頼み、相手の無事を願う言葉を返してから、デーヴィッドに出かけようと合図した。意気軒昂として危険をものともせずに出かけた青年を、ホークアイはすっかり感心してしばらく見つめていた。そのあげく、疑懼もあらわに頭を振るとくるりと向きを変え、残った一行を従えながら森のなかに入っていって、姿を隠した。

ダンカンとデーヴィッドは、ビーバーが森を切り開いて作った貯水池の縁を通り、その空き地を突っ切っていった。まことに朴実で、いざという場合にいささかの助力も期待できそうもない連れと二人きりになってみると、ダンカンは、請け負った任務のむずかしさをはじめて実感するにいたった。荒涼たる文明未踏の地にぐるりと囲まれ、それがどこまで続いているのやら、暮色にますます陰鬱さが深まる。ビーバーがたくさん棲んでいるとわかったあの家並みも静まりかえって、不気味さを漂わせている。ダンカンは、すばらしい建造物や、そこに暮らしている頭のいい動物の自衛策として築かれたさまざまな工夫を見つめているうちに、この広大な原始の森ではけだものさえも、人間の理性にも引けをとらないほどの本能をそなえているのかと痛感した。こうなると、とてもやり抜けそうもない大仕事に粗忽にも乗り出してしまったと気づき、不安を覚えずにいられなくなった。そのとき目に浮かんできたのは、アリスの姿だ。アリスの苦しみ、アリスが現に直面している危険を思うと、自分が危地にさしかかっていることなどすっかり忘れてしまった。ダンカンはデーヴィッドに励ましの声をかけて、若さと進取の気性あふれる足どりも軽く、元気よく進んでいった。

貯水池の縁をほぼ半周したのち水辺から離れて、それまでたどってきた川床よりもやや高いところまで登りはじめた。そこからさらに半時間足らずで、また空き地の端に行きついた。そこもやはり、どう見てもビーバーによって切り開かれた広場だった。あの利口な動物は、どうやら何かの不都合が生じたためにこの空き地を捨て、いま棲んでいるもっと居心地のいいところへ移ったものと見える。ダンカンは、立木のあいだから空き地に出れば人目につきやすくなるのがいやで一瞬ためらい、おのずと歩みをとめた。危ない橋を渡る前にひそかに、いざという場合にそなえ、あらかじめ力を蓄えておこうとする行為である。立ち止まったおかげで、まわりにすばやく目を配り、あたりの様子を見きわめることができた。

空き地の向こう側の小高いところから小川が流れてきて、岩瀬をなしていた。その近くに、丸太や粗朶や土を組み合わせて作られた粗末な小屋が六十棟ほど見受けられた。小屋の配置はでたらめで、なりふりなど少しもかまわずに建てられたとしか思えない。つい先ほど見たばかりのビーバー群棲地のすっきりしてこぎれいな家並みと比べると、実際こちらのほうがはるかに劣っていた。それでダンカンは、先ほど目にして驚嘆したのと変わらないほどの奇怪なものに邂逅するかもしれないと思いはじめた。この予想どおり、黄昏のほのかな光に浮かび上がってきたのは、二、三十もの人影であった。小屋の前に繋っている丈の高い雑草の陰から人影がつぎつぎに立ちあがったかと思うと、また身を屈めて、まるで地中の巣穴に潜るみたいに身を隠す。その姿をつかの間とつぜん目にしたかぎりでは、ありきたりの血肉をそなえた人間というよりは、暗影となってほのめく物の怪か、魑魅魍魎《ちみもうりょう》のたぐいのように思われる。やせ細った裸体が一瞬かいま見えた。両腕を闇雲に振りまわし、つぎの瞬間には虚空のみ残して消えてしまう。その人影は別の離れたところに急にあらわれたり、それが残した虚空にはまた同じように摩訶不思議な姿の別の人影があらわれたりする。デーヴィッドはダンカンが足をとめたのに気づき、何に目を奪われているかを見てとると、相手にこう話しかけて、多少は落ち着かせてやった。

「このあたりには、肥沃なのに耕されていない土地のような子たちが大勢いましてね。自慢するという罪を犯すつもりはありませんが、言わせていただけるなら、わたしはここらの異教徒の住まいに滞在するようになってから、よい種《たね》をいっぱい路傍に播いてきたんですよ」

「インディアンというものは、汗水たらして農業に従事するよりも、狩りを好むでしょうがね」と応じたダンカンは、デーヴィッドの話していることの意味に気づいていず、相変わらず不思議の念にとらわれながら人影を見つめていた。

「神を称える歌声をあげるのは、魂にとって汗水たらす労働というよりも喜びですよ。でも悲しいかな、あの子たちはせっかくの声を持ち腐れにしてましてな！　あれくらいの年頃で、賛美歌の素質にあれほど豊かに恵まれている子に出会ったことは、これまでめったにありません。たしかに、その才能をあれ以上おろそかにする子がいないのも事実ですがね。わたしはここにもう三晩も泊まっていますが、そのあいだ三回もあの腕白どもを集めて賛美歌を教えてみたんです。ところがその度に、わたしの指導に応えてぞっとするような雄叫びや吠え声をあげてくれたんですよ！」

「誰のことを話しているんですか」

「悪魔のようなインディアンの子たちのことですよ。あそこで暇つぶしにくだらないお化けごっこをしているあの連中のことです。ああ！　ここのだらしないインディアンたちときたら、しつけというものの大切さがほとんどわかってないんですからな！　カバの木にことかかない地方にいながら、それで笞を作って子どもをしつけているのは見かけないときてる。[*4]　それだもの、驚くにあたりませんが、神が恵んでくれたもっともたいせつな才能も、こんな叫び声出したりするために悪用されるんですよ」

ちょうどそのとき、子どもたちが発した、森をつんざくような鋭い叫び声にたまらず、デーヴィッドは耳をおおった。ダンカンは、妖怪なんか信じたみずからをあざ笑うかのように口をひん曲げて、きっぱりこう言った。

「前進するぞ」

歌の師匠は、耳に手を当てたまま指示に従い、二人連れだって、デーヴィッドがときには「ペリシテ人の天幕村」[*5]などと呼んだりするインディアン集落へ向かった。

第二十三章

「鹿を狩りたてる時には、
狩猟規約の定める特権を与えて、
猟犬をけしかけたり矢を番《つが》える前に、
距離と時間との猶予を、逃げる獲物に許してやるのは当然だが、
こそこそうろつく狐なら、係蹄《わな》にかかろうが斬られようが、
何処で何時どうして殺されたって誰も構うものはない。」
スコット『湖の麗人』[*1]四の巻第三〇連、一四～一九行。

インディアンの陣営には、修練に勝る白人の陣営とは異なり、めったに戦士の見張りが立っていない。インディアンはどんな敵に対しても、その接近を遠くから予知できるので、だいたいは、森のさまざまな兆候に気をつけているだけでだいじょうぶと思っているし、もっとも恐れる敵からは、遠くて困難な道のりによって隔てられたところに宿営するのである。だが、その宿営をねらう者は、油断なく張りめぐらされた偵察網をたまたまうまくすり抜けてさえしまえば、本陣近くでかまえている見張り番に出くわすことなどめったにない。フランス軍と同盟関係にあるこのあたりの部族は、日ごろそういう布陣に慣れていることに加え、先日の攻撃で敵をこっぴどくやっつけたばかりだったから、英国王軍配下のインディアンから襲撃を受けるな

どとは心配していなかった。

だから、ダンカンとデーヴィッドが、前章に述べたふざけたまねに興じている子どもたちのまっただなかについ入ってしまったときも、二人がやってくるなどという事前情報はまったく届いていなかった。だが、子どもたちは二人に気づいたとたん、全員が申し合わせたように鋭く警戒の叫びをあげた。それからさっと身を沈め、まるで魔法のように二人の視野から消えてしまった。こわっぱどもの黄褐色の裸身は、時刻も時刻だっただけに、枯れ草にまぎれて見分けがつかない。はじめのうちはあたかもほんとうに大地に飲まれてしまったかのようだったが、ダンカンが驚愕しつつもさらに目をこらしてそのあたりをうかがうと、くるくるとよく動く黒い目玉がいたるところに見えてきた。

相手がもっと分別のある大人だったら、どんな目で監視されていたことか。それを思うとぞっとして、少壮の軍人も一瞬、勇気を奮い起こすどころか退却しそうになった。しかし、ためらいをさらすにはもう遅すぎた。子どもたちの叫びを聞きつけた戦士が十数名、いちばん近くの小屋の戸口にあらわれ、むっつりとした猛々しい一団をなして立っていた。自分たちの陣営のただなかに思いがけずあらわれた人物がそばに寄ってくるのを、いかめしく待ち受けている。

デーヴィッドはこの集落にある程度慣れていたので、多少の邪魔が入っても頓着しない勢いで、当の小屋のなかへ入っていった。この集落ではいちばん大きな建物で、木の皮や枝で作った粗末なものながら、ここの部族がイギリス領土に接する境界地域での駐在期間中に会議や集会をするための施設だった。ダンカンは、その建物の敷居に立ちはだかっていた蛮族どもの浅黒くたくましい体のあいだをすり抜けたとき、平気な顔をしていなければならないのに、そんな真似はできそうもないような気がした。だが、しっかりしていないと命も危なくなるとわきまえ、デーヴィッドの分別を頼りに、そのすぐ後ろにくっついていった。歩きながらも、この期におよんでどうするべきか、懸命に考えをまとめようとしていた。こんな荒々しく手ごわい敵と思いもかけずじかに接してみると、血も凍る思いがした。だが、何とか気持を落ち着け、内心をおくびにも出さぬ顔つきで、建物の真ん中まで進み入っていった。悠々としているギャマットを見ならい、小屋の隅に積み上げてある香りのいい枝の山から一束抜きとってきて、黙ったままその上に座った。

じっと様子をうかがっていた戦士たちは、自分たちのあいだを闖入者が通り抜けて奥まで進むのを目で追い終えるやいなや、出入り口から屋内へ引き返し、闖入者を取り囲むように集まってきて、この見も知らぬ客人が今にも厳かに口を開くのではないかと、その瞬間を待ちかねているような気配だった。のんきにかまえて、奇怪な建物の柱にもたれている者のほうがはるかに多かったが、最年長で最高位にある族長三、四名は、他の者たちよりも少し前に出て、土間に腰をおろした。

室内には一本のたいまつが燃えさかり、その赤い炎はゆらめきながら、戦士たちの顔や姿をつぎつぎに照らし出す。ダンカンはその明かりを頼りに、ここの主人たちの表情から、自分がどんなふうに迎えられようとしているのかを読みとろうとした。だが、目の前にいる者たちの冷ややかな挙措に直面しては、いかに思案してもつかみきれなかった。前に出てきている族長たちは地べたに視線を注いでいるだけで、ダンカンにはほとんど目もくれない。敬意を払っているとも思えるような態度だが、不審を抱いているあかしともとれる。背後の暗がりにいる連中はもっと無遠慮だった。ダンカンはやがて、自分が盗み目で探られていることに気づいた。人品や身なりのすみずみまでじつにこまかに詮索されている。表情から読み取れる感情、身振り、化粧の仕上がり具合、服装にいたるまで、もれなく俎上に載せられ、あげつらわれる。

ようやく、隅の暗いところから一人の男が進み出てきた。この男の髪にはもう白いものが混じりはじめているものの、筋骨たくましく、足どりもしっかりしていて、まだまだ男子の面目を保っていることがわかる。暗いところに引っこんでいたのは、おそらく、気づかれないように観察しようとしていたからだろう。この男が口をききはじめた。ワイアンドット語[*2]かヒューロン語を使ったのでヘイワードには通じないが、言葉にともなう身振りから判断して、腹立ちまぎれの言葉ではなく、慇懃な言葉をかけてくれているらしい。ヘイワードは頭を振って、言葉が通じないから答えられないと身振りで伝えた。

「兄弟たちのなかに、フランス語か英語を話せる者はいないか」とヘイワードはフランス語で訊いて、誰かうなずいてくれないかと期待しながら、まわりの者たちの顔を一つ一つ見ていった。

ヘイワードの言葉を理解しようとしてか、顔をあげた者は一人、二人にとどまらなかったが、答える者はいなかった。

フランス語の達者なダンカンは、できるだけ簡単なフランス語でゆっくりと話を続けた。「賢くて勇敢なこの民族のなかに、「大王《グラン・モナルク》[*3]」が自分の子らに話すときに使う言葉を理解する者は一人もいないなんて、考えるだけで悲しくなるね。インディアンの部下たちにそれほど軽んじられていると知ったら、「大王《グラン・モナルク》」の心も重くなるのじゃないか！」

この後、重苦しい沈黙が長いあいだ続いた。そのあいだも、この言葉を聞いてどう思ったのかをうかがわせるような身動きも、目の表情も見られない。ダンカンは、インディアンたちにとっては沈黙が美徳であることを知っているので、その風習に唯唯として従い、この機に乗じて考えを整理していた。ついに、先ほど話しかけてきたあの戦士が、カナダ植民地のフランス語を使って、つぎのようなぞんざいな詰問で応じるにおよんだ。

「われらが偉大なる父は、民に語るときにヒューロン語を使うか」

「父は子らのあいだに何一つ差別を設けない。肌の色が赤かろうが、黒かろうが、白かろうが、同じに扱う」とダンカンは言い逃れた。「もっとも、勇敢なヒューロンにはとりわけ満足しているのだが」

油断のないこの族長は、さらに問いかけた。「五夜前まではイェンギーズ[*4]の頭で成長続けていた頭皮をおれたちが何枚はいできたか、伝令から知らされたら、どんなふうに言うと思うか」

「それは父の敵だったのだから」ダンカンは思わず身震いしながら言った。「よかったと言うにちがいない――わがヒューロン族はたいしたものだとね」

「われらがカナダの父はそう思わんさ。部下のインディアンに褒美やれる日を楽しみにしているどころか、過ぎたことばかり気にしてる。死んだイェンギーズは気にするくせに、ヒューロンには目もくれない。それはどういうことだ」

「あの方のように偉大な武将は、言葉にあらわすよりももっと多くのことを考えている。敵が追ってこないかどうか確かめるために、後ろを振り返るのだ」

「死んだ戦士のカヌーがホリカン湖に浮かんだりするものか」と暗い答えが返ってきた。「父はデラウェアの言うことばかり聞いている。デラウェアはおれたちの味方じゃない。だからあいつら、父の耳に嘘ばかり吹きこんでいるのだ」

「そんなはずはない。いいか。医術を知っているこのわたしに、あの方のたいせつな子、五大湖のインディアン、ヒューロン族のもとへ行け、そして病人がいないか訊ねてまいれ、とお命じになったんだからね！」

医者だと聞いて、一同また沈黙に包まれた。ダンカンはこの役柄を演じることにしていたのである。この言葉がほんとうか嘘かつきとめようとするように、一同がいっせいにダンカンを注視した。そのまなざしの冷徹鋭敏なことといったら、詮索される当人としては、どうなることかと不安のあまり背筋が寒くなった。しかし、先ほど話しかけてきたあの男にまたもや言葉をかけられたおかげで、その場をしのぐことができた。

「カナダ植民地の抜け目ないやつらが、肌に色塗ったりするもんか」ヒューロンの男は冷ややかに話を続けた。「やつら、顔が白いと自慢してるのを聞いたことがあるぞ」

ダンカンは落ち着きはらって答えた。「インディアンの酋長は白人のところへ行くとき、バッファロー革の服を脱いで、贈ってもらったシャツを着ていくではないか。わたしの兄弟のインディアンが化粧してくれたので、わたしもそのままのかっこうでここにきたのだ」

インディアンに敬意を払うこの言葉の受けがよかったことは、小声でかわす快哉のざわめきでわかった。あの年長の族長が賞讃の意を身振りであらわすと、大部分の同僚たちもそれに和して片手を前に出し、短い歓呼の声をあげた。ダンカンは、これで検分から解き放たれそうだと思い、安堵の胸をなで下ろせるようになった。自分が演じているとおりの医者であると裏づけてくれそうな、単純で無理のない話はもう用意できているので、最後までうまくいきそうだという気がしてきた。

もう一人の戦士が、客人のあっぱれな説明にうまく返答してやろうと思案してか、ちょっと沈黙を守っていたが、そのとき発言を始めようとした。戦士が口を開きかけたその瞬間、低いが恐ろしい音が森のほうから響いてきた。すぐあとを追いかけるように、今度は高くて鋭い叫び声が、哀調きわまるオオカミの遠吠えそっくりに長々と続いた。突然このぞっとするような叫びを耳にして、ダンカンは思わず立ちあがった。絶叫に震えあがってしまい、ほかのことはいっさい意に介さなくなっていた。一方、戦士たちは一団となって建物の外へ飛び出していった。戸外では人びとが大声をあげ、森のなかからまだ響いてくるあの気味の悪い叫びも呑みこまれそうな騒ぎになっていた。ダンカンはもうじっとしていられなくなり、座を離れるとまもなくこの人だかりのただなかにまぎれこんだ。そこには、この陣営内に滞在している者たちがほとんど全員集まっていた。男も女も子どもたちも、年寄りや病人も、元気者や剛の者も、うちそろって出てきていた。大声で叫ぶ者もいれば、狂喜して手をたたいている者もいる。何か予期せぬできごとに誰もが心躍らせ、狂態を演じていた。ヘイワードは、はじめのうちこそこの騒ぎに肝をつぶしたが、様子を見ているうちにまもなく事情がわかるようになった。

天空にはまだ夕明かりが残っていて、林冠の黒影にところどころ穴があいたように夕空がかいま見えているのは、この集落から未開の森の奥深くへ入っていく何本かの道が走っている場所である。そんな道の一つを通って森を抜け、戦士たちが一列に並んでやってきて、家並みのほうへゆっくり近づいてきた。先頭の戦士は短い棹をささげもっていた。あとでわかったことだが、この棹には人間の頭皮が数枚ぶらさがっていた。ダンカンが先ほど耳にしてぎょっとした声は、白人たちが昔から的確にも「死の呼び声」と呼んでいたものだった。何度も繰りかえし叫んだのは、やっつけた敵の人数を味方のみんなに知らせるためである。本から得た知識に助けられてヘイワードも、これぐらいまでは何とか説明がつけられた。自分たちの取り調べが中断したのは、出撃して勝利をおさめた戦闘部隊が思いもよらぬときに帰ってきたためだとわかったから、不安や恐怖がすっかりおさまったたし、おかげで都合よく自分たちは放り出され、そっちのけにされたので、内心しめしめと喜んだ。

帰還してきたばかりの戦士たちは、家並みまで数百フィートのところにくると立ち止まった。死者への哀悼も勝者の凱歌も同時に表現するための、あの哀調にみちて恐ろしげな叫びは、ぴたりとやんでいた。一行のうちの一人が、大きな声で呼ばわりはじめた。その言葉には凄みなどまったくなかった。ただし、その言葉を聞き取れる同族の者たちにとっては、凄みたっぷりのあの叫びと変わらない意味を帯びていたのだ。こんなふうにして伝えられた知らせを受けとったときに、蛮族がいかに有頂天になったか、的確にあらわすのは困難である。集落全体が一瞬にして激烈な狂躁の場と化した。戦士たちは短刀を抜いて振りまわしながら、通り道をはさんで二列に並んだ。帰還した部隊のいる場所から家並みまで続く列である。スクオーたちは、棍棒やら斧やら、手当たりしだいの武器を手にとり、もうすぐ始まる残酷なゲーム[*5]に加わろうと、目の色変えて駆けつける。子どもさえも例外でない。武器を振るえそうもないチビどもは、父親の腰からトマホークを引っこ抜くとそっと列のなかに入っていって、親たちの野蛮なやり方をちゃんと見習おうとする。

大きな粗朶の山が開墾地のあちこちに積み上げられ、慎重な老女が火をつけてまわった。これから始まる見ものを照らし出すのに不足がないだけの焚き火をおこしているのである。炎が立ちのぼると、夕日の光よりも明るく輝き、そのためにまわりの事物は、輪郭を鮮明にすると同時に醜怪さを強めた。その光景は一枚のみごとな絵を現出していた。額縁の役割は、開墾地の縁に並んで立つ黒っぽいマツの大樹が果たしていた。遠景には帰還した戦士たちが位置し、その少し前に男が二人立っていた。二人はこれから始まるゲームの主役として、他の者たちから引き離されたようである。二人の表情の見分けがつくほど光は強くなかったが、それでも、二人の心境が正反対であることははっきりわかった。一方はしっかり背筋を伸ばして立ち、運命に英雄らしく立ち向かおうと覚悟しているのに、他方は、まるで恐怖のために麻痺したか、羞恥に打ちのめされたかのようにうなだれていた。豪傑肌のダンカンは、前者にたいして強い讃嘆と同情の念を覚えた。とはいえ、そんな気持を伝える機会は見つかりそうもなかった。それでも、相手の振る舞いをつぶさに見てとろうと目をこらしていた。みごとに均整のとれた敏捷な体つきに見とれながら、あれならだいじょうぶと思おうとした。あのように堂々と腹の据わった気構えの持ち主には、こんな苛酷な試煉を無事にくぐり抜けることも可能だとすれば、前方に見えるあの若い捕虜にも、これからあの通路を駆け抜けるという艱難を、無事突破できる希望が持てるかもしれない。ダンカンは、ヒューロンたちが黒々と人垣をなしているそばへ、思わず近寄っていった。息が詰まりそうだった。その場の情景にすっかり目を奪われていた。ちょうどそのとき合図の号令がかけられた。すると、それまで寸時あたりを支配していた静けさが破られ、前よりもはるかに凄まじい叫喚がわき起こった。二人の捕囚のうち、しおたれていたほうはじっとしたままだったが、もう一人のほうは号令とともにシカのような活発さですばやく飛び出した。だが、打ちかかろうと列を作って待ちかまえていた連中の裏をかき、列のあいだを走り抜けはしなかった。人垣で作られた危険な通路に入りかけたと見せて、一撃も受けないうちにくるりと向きを変え、子どもたちの列のうえを飛び越えて、たちまち恐ろしい通路の外側の安全なところまで出ていってしまった。まんまとしてやられていきりたった大勢のヒューロンたちは呪詛の声をあげ、全員総崩れとなってあたりに散らばった。

燃えあがる焚き火が十あまり、すでにその場をけばけばしく照らし出していた。そこはまるでこの世のものとも思えぬ汚らわしい闘技場のようで、悪霊どもが血なまぐさい不埒な儀式をおこなおうと集まってきているように見える。背景にうごめく人影は、目の前をすっとよぎる亡霊のようで、空を切るように意味もなくむちゃくちゃに手を振りまわしていた。炎のそばを通りかかった者たちは、怒りに燃えあがる顔を照らし出され、狂暴な激情をあらわに見せつけた。

言うまでもあるまいが、復讐に飢えるこんな敵がうじゃうじゃいるさなかでは、脱走者には息つく暇もなかった。森のなかへ逃げこめそうに見える瞬間もあったが、彼を連行してきた部隊全員がその前に立ちはだかり、情け知らずの処刑人たちのまっただなかへ追い返した。逃げる男は、角を振り立てるシカのように向きを変えると、燃えあがる炎のなかを矢のように突っ走り、群衆のあいだを走り抜けて傷ひとつ負わずに、開墾地の反対側まで達した。ここでもまた、ヒューロン族のなかでも年配の切れ者数名に行く手をさえぎられ、向きを変える。再度群衆のなかに飛びこんだのも、群衆の目というものは節穴であることにつけもうとしてか。そんなふうに何度か変化があったが、そのつどダンカンには、この敏捷で勇敢な見知らぬ若者もこれまでと思われた。

わけのわからない混乱に巻きこまれ、もみくちゃになっている大勢の人影以外には、何もはっきり見分けられなかった。ギラリと光る短刀や太い棍棒を頭上まで振りあげる腕がときおり見えるが、どうやら闇雲に打ちおろされているだけだった。女たちのつんざくような悲鳴や、戦士たちの猛々しい雄叫びが、その光景をいっそう凄まじく見せていた。ダンカンは、死にものぐるいで空中に跳ね上がるすばしこい姿をときどき目にして、あの捕虜が驚くべき身体能力をまだ保っているという希望的観測を抱いた。突然、黒山のような人だかりが後ずさりして、ダンカンのいるほうへ近づいてきた。こちら側にいた女、子どもは、奥の方に密集していた集団に押されて地べたに倒れた。その混乱のなかにあの捕虜がまた姿をあらわした。しかし、これほどの難局に人間の力はいつまでも耐えられるはずがない。そのことが本人自身にもわかっているようだった。男は、群衆のなかにつかの間生じた間隙を縫って、戦士たちのなかをすり抜けると、森へ逃げこもうとして、ダンカンから見ると最後の奮闘としか思えない、死にものぐるいの力を振りしぼった。まるでダンカンから危害を加えられる心配はないとわかっているみたいに、ダンカンのそばをかすめるように逃げていった。それまで力を温存していた長身のたくましいヒューロンが、そのすぐ後ろに迫り、致命的な一撃を加えようと武器を振りかぶった。ダンカンが片足を突き出すと、気負いこんでいたインディアンはそれにつまずいてもんどりを打ち、ねらっていた相手の行く手の何フィートも前に転がった。相手はこれにつけこみ、考えるよりも早く行動に移った。ダンカンの目の前でふたたび流星のごとくひらりと身を翻したのだ。つぎの瞬間、ダンカンがわれに返って、あの捕虜はどこに行ったか、あたりを見まわしてみると、あの公会堂のような建物の入り口の前に立つ彩色された小さな門柱[*6]に、じっともたれかかっているのが見えた。

ダンカンは、逃げる手助けをしたことで自分の命が危うくなるかもしれないと心配になり、その場をとっとと離れると、住居のほうへ向かう群衆のあとを追いかけた。群衆は、何かに取りかかってやり遂げられなかった集団によく見られるように、むっつりとふさぎこんでいた。ダンカンは好奇心に駆られ、というよりも魅力を感じたからかもしれないが、あの捕虜に近づいていった。そばに寄ってみると、男は、身を守ってくれるあの門柱に腕を巻きつけ、さんざん走りまわったあとらしく乱れて荒い息をしていたが、苦しんでいるそぶりをいささかも見せまいとしている。昔からの不可侵の掟によって、門柱に身を寄せているうちは攻撃されず、今後の運命については部族会議で審議決定されることになっている。しかし、その場に集まってくる者たちの感情から推しはかれるとすれば、審議の結果がどうなるか、難なく予見できた。

思いを遂げられなかった女たちは、うまく逃げおおせたよそ者に向かって、ヒューロン語で使われるありとあらゆる悪罵を投げかけた。男の奮闘を嘲り、あんたの足は手よりも働くねとか、矢や短刀の使い方も知らないくせに翼もらえそうじゃないかとか、恨みがましく愚弄した。捕虜は何を言われても応えなかった。ただ、威厳と尊大さが混じり合った独特の態度を見せつけるだけにとどめていた。相手が運よく逃れたばかりか落ち着きはらっているのですっかりいきりたった女たちは、意味もない言葉をわめき散らしては、耳障りな叫び声をあげはじめた。ちょうどそのとき、事前に抜かりなく焚き火をおこしてまわったあの利口なスクオーが、人混みをかき分けてあらわれ、捕虜の前に陣取った。この老婆のむさくるしくしなびた体つきは、人間とは思えない狡猾さをそなえた人物にふさわしいといってもよい。女は薄い着衣を後ろへはねあげながら、痩せこけた長い腕を前に突き出して侮蔑し、相手に通じやすいレナペ語を使って、大声にしゃべりはじめた。

「こりゃ、デラウェアめ!」女は相手の面前で指を鳴らしてから言った。「おまえの民族は女の一族じゃろ。鉄砲よりも鍬もってるほうが似合ってるわ! おまえのとこの女どもが生むのはシカじゃ。クマとか、ヤマネコとか、大蛇が生まれたりしたら、おまえたち逃げ出すんじゃろ! ヒューロンの娘たちはおまえにペチコート作ってやるぞ。旦那も探してやるわい」

この罵倒に続いて、野卑な爆笑が起きた。そのなかには、年若い女性たちの美しくよく響く笑い声も融け合って、意地の悪いあの老婆のしわがれ声と妙に調和していた。だが、よそ者の捕虜は、女たちの悪口雑言にも超然としていた。首を据えたまま、目の前に誰がいても気づきもしないかのような顔をしていた。ただ、女たちの背後で歩きまわっている戦士たちの暗い影のほうに、たまに昂然と目をやるのみである。戦士たちは、何も言わずにその場の様子を不機嫌そうに見守っていた。

老婆は捕虜の冷静沈着ぶりに業を煮やして、両手を腰にあて肘を張る挑戦的な姿勢になり、あらためて罵りだした。ほとばしり出るその言葉は、うまく英語に訳して印刷にするわけにはとてもいかぬたぐいのものだった。だが、この罵詈《ばり》も効き目がなかった。ヒューロン族のなかでも悪口雑言の達人として有名なこの女も、本気で口角泡を飛ばし、頭に湯気を立てて見せたものの、このよそ者のびくともしない居ずまいに何の変化をもたらすこともできなかった。その冷淡さには、見ていた他の者たちもじっとしていられなくなった。そこで、子どもから大人になりかけたばかりの一人の若者が、口悪女の手助けをしようと、捕虜の前でトマホークを振りまわしはじめた。空々しい大口をたたいて、女の嘲りに加勢しようとする。すると、捕虜は焚き火のほうに顔を向け、若造を見下げるような目つきで見た。それは侮蔑にもまさる表情だった。つぎの瞬間には、またもとどおり門柱に寄りかかる姿勢にもどった。だが、この一瞬の姿勢の変化のおかげで、ダンカンはこの男と目を交わすことができた。その毅然とした鋭いまなざしの持ち主は、アンカスだったのである。

ヘイワードは驚愕のあまり息を呑み、友の危機に打ちのめされて、たじたじとあとずさった。身を震わせながらも、何かの拍子に震えているわけに感づかれて、虜囚の命運を縮めるなどということにならないようにした。しかし、そんな心配はさしあたり無用だった。ちょうどそのとき、激昂した群衆をかき分けて一人の戦士があらわれたのである。この戦士は、決然とした身振りで女、子どもたちをさがらせ、アンカスの腕をつかんで、公会堂の戸口のほうへ連れていった。酋長全員、および有力な戦士多数がそのあとから続き、小屋のなかに入った。じっとしていられなかったヘイワードも、その一団に何とかまぎれこんで、見とがめられることもなく入りこんだ。

入室した者たちは、部族のなかでのそれぞれの地位や権勢に見合う席次を決めるのに数分を要した。先ほどの検分のときの席次とほぼ同じになった。広い部屋のなかで年長や上位の酋長たちが悠々と座を占めたあたりは、燃えさかるたいまつの強烈な光に照らし出されている。年下や下位の者たちは奥まった地べたに並び、くま取りを塗った浅黒い顔を薄暗がりのなかにぼうっと浮かび上がらせている。小屋の真ん中、天井の煙出しの穴から、きらめく星一つ二つが見えているその真下に、アンカスが立っていた。冷静で、いかめしく、端然としている。その気高く傲岸なたたずまいに、捕まえた側の者たちも感銘を受けた。虜囚の姿をしきりにうかがう一座の者たちの目には、懲らしめてやろうという意向が薄らいだわけではないにしても、この見知らぬ相手の豪胆さにたいする驚嘆の色がはっきりあらわれていた。

さっきダンカンが目にした、人の列のあいだを死にものぐるいで駆け抜ける試煉にアンカスと並んで引き出されたもう一人の男の場合は、様子が違っていた。男はアンカスといっしょに走るどころか、走ったときにわき起こった大騒動の始めから終わりまで、恥辱や不面目を象徴する偶像のように、縮みあがったまま動かなかったのだ。誰に手招きされたわけでもなければ、誰ににらまれたわけでもないのに、男もやはり小屋のなかに入ってきた。まるで運命に尻押しされたかのようで、どうやらいかなる運命にも逆らわずに従う気らしい。ヘイワードは、隙のできしだいこの男の顔をのぞきこんでみた。またもや自分の知っている顔を見出しはしないかと、ひそかに不安に思っていたからだ。だが、知らない人間の容貌だった。さらに不可解なことに、その顔には、ヒューロン族戦士の彩色がびっしりほどこされていた。それにしては、この男は自分の部族に混じるどころか、大勢のなかで一人ぽつんと孤立し、力なく背を丸めてすくみあがっている。まるでなるべく場所をとるまいとしているみたいだ。全員それぞれ席に着き、室内が静まりかえると、先述したあの白髪の族長が、レニ・レナペ族の言語で声高に話しはじめた。

「デラウェアよ。おまえは女のような民族の一員ながら、男である証しを見せてくれた。食べ物をやろう。

だが、ヒューロンとともに食事する者は、その仲間にならなければならない。朝日が昇るまで休むがよかろう。明朝、最終決定を伝えることにする」

「おれは夏に、七日七晩何も食わずにヒューロンを追跡したこともある」アンカスは冷ややかに答えた。「レナペの子たちは、食うのにぐずぐず暇かけたりせずに、正義の道を旅していけるのだ」

「わしの手下の若いのが二人、おまえの仲間を追いかけている」相手は、捕虜の大見得など眼中にないかのような調子で言った。「二人が戻ってきたら、わしらの賢人たちがおまえに言うことになる――生かすか殺すかをな」

「ヒューロンには耳がないのか」アンカスはせせら笑った。「このデラウェアは捕虜になってから二度も、なじみのある銃声を聞きとったぞ！　あんたの若い衆は戻ってこないね」

こんな不敵な言いぐさに、一座は寸時むっつりと黙りこんでしまった。ダンカンは、アンカスが斥候の恐るべき銃のことをいっているとわかったので、覇者たちがこの言葉を聞いてどう反応するかを見きわめようと、身を前に乗り出した。だが、族長は顔色一つ変えず、こう反駁しただけだった。

「レナペがそれほどしたたかだというなら、なかでももっとも勇敢な者がどうしてここにいるのだ」

「逃げ出した卑怯者のあとを追っているうちに、罠にかかってしまったのだ。抜け目ないビーバーだって捕まることもあるさ！」

アンカスは反論しながら、あの孤立していたヒューロンを指さした。だが、あんな情けないやつにそれ以上目をくれてやるのもいやだと言わぬばかりの素振りだった。この反論を聞き、その素振りを見て、一座は激しい動揺を見せた。指さされただけの男に衆目が集まり、すごむような小声が群集のあいだで交わされた。

不吉な声は戸口の外まで広まり、女や子どもまでも押し入ってきたから、室内の見物人たちは肩と肩を触れ合わせ、好奇心に駆られて熱くなった顔を隙間なく並べていた。

その一方で年長の酋長たちは、真ん中に集まって、簡単な言葉を交わしながら話し合っていた。どんな一言も、言わんとすることを簡潔に力強く伝える。それからふたたび深い沈黙がその場をしばらく支配した。一同は全員、この重苦しい沈黙に続いて重要な判決がくだされることを承知していた。人垣の輪の外側に立っていた者たちは、つま先だってのぞきこもうとしていた。裁かれている本人でさえ、結末を知りたいという欲望に駆られて恥もつかの間忘れ、卑屈な顔をさらして、酋長たちの集まっているあたりに心配そうなまなざしを送った。ついに沈黙を破ったのは、すでに何度も言及した年長の戦士だった。この年寄りは立ちあがると、びくとも動かぬアンカスのそばを通り抜け、悠揚迫らぬ態度で、裁きを受ける者の前に立った。このとき、前にも述べたあのしなびた老婆が、ゆっくりと踊って横滑りするように進み、お呪《まじな》いと思われるわけのわからない言葉をつぶやきながら、たいまつを持って中央へ出てきた。そんなところに出てくるのは僭越の極みであるにもかかわらず、黙認されていた。

老婆はアンカスに近づくと、燃えさかるたいまつを突きつけ、アンカスの顔にほんのわずかでも恐怖の色が浮かぶのをあばきたてようとしているかのようだ。モヒカン族の戦士は、確固不動、傲岸不遜の居ずまいのままだった。探りを入れる老婆の顔に目もくれもせず、遠くをじっと見据えている。まるで目の前の邪魔ものを透視して、その先の未来に視線を注いでいるみたいだった。その顔を心ゆくまでためつすがめつした老婆は、ちょっとうれしそうな表情を浮かべてアンカスから離れ、今度は同胞部族の不埒者にたいして同様の辛辣な検視をするにおよんだ。

ヒューロン族の若者は、いくさのための化粧をしたままの軽装で、みごとな体を惜しげもなくさらけ出していた。たいまつの光にこの男の四肢や関節はすみずみまで照らし出され、恐怖のあまりにたまらず筋肉がのたうつ様を目にしたダンカンは、ぞっとして目をそらした。老婆はこの痛ましく恥ずべきありさまを見て、低い怨声《えんせい》をあげはじめた。そのとき先述の族長が手を出して、老婆をそっと押しのけた。

「リード・ザット・ベンズよ」[*7]と族長は裁かれる青年の名前を呼び、折り目正しい言葉で話した。「大霊はおまえを見目うるわしくお作りになったが、生まれてこなかったほうがよかったようだ。村のなかでは大口たたくが、いくさに出ると静かなものだ。わしの部下でたたかいの柱にトマホークを、おまえほど深々と打ちこむ者はいない——イエンギーズに打ちこむときには、おまえほどそっと打ちこむ者もいないが。敵はおまえの背中を覚えているが、おまえの目の色は見たこともない。敵に三度もかかってこいと呼ばれたのに、おまえは三度とも応えそこねた。おまえの名前はもう二度と、おまえの部族のなかで呼ばれることもないだろう——すでに忘れられてしまったのだからな」

族長はこんな言葉を、一言一言相手の胸に刻むようにゆっくりと間をおきながら発した。そのあいだ裁かれる側は、相手の地位や貫禄に敬意を払って、顔をあげていた。その表情には羞恥や恐怖や自尊心がせめぎ合っていた。その目は内心の苦悶を伝えるかのように細められたまま、まわりにいる者たちを見まわした。この人たちの言葉に今後の自分の評判がかかっている。そう思ったせいか、自尊心が一瞬せめぎ合いを制した。若者は立ちあがると胸をはだけ、自分にたいする仮借なき裁き人がすでに突き出していた、きらめく鋭い短刀を目もそむけずにみつめた。その短刀が心臓をゆっくりと貫くあいだも、若者は笑みさえ浮かべていた。あたかも、死が思っていたよりも怖いものでないとわかり、喜んでいるかのようだった。そして、微動だにせず佇立していたアンカスの足もとに、どさりとうつぶせに倒れた。

あのスクオーは大きな悲鳴をあげると、たいまつを地面にたたきつけた。そのために何もかも暗闇に呑みこまれてしまった。観衆は身を震わせながら、困惑したお化けさながら、いっせいに小屋からそっと出ていった。そしてダンカンは自分だけが、インディアンの裁判でほうむられた若者のまだ血をほとばしらせている屍とともに屋内に残されたと思った。

第二十四章

「賢人はかく語った。諸王はさっさと
会議をお開きにして、侍大将のいうことにしたがう。」
ポープ『イリアッド』[*1]第二巻、一〇七～一〇八行。

ダンカンは、一瞬後には自分の間違いに気づいた。腕をむんずとつかまれたと思ったら、耳もとでささやくアンカスの小声。

「ヒューロンなんかイヌだ！　卑怯者の血流れるの見たからって、戦士びくともしない。グレイヘッドもサガモアも無事だ。ホークアイのライフル眠ったりしない。さあ、行け――アンカスとオープン・ハンド、ここでは他人だ。これ以上話してたら、まずい」

ヘイワードはもっと話を聞きたかったが、アンカスに戸口のほうへそっと押しやられた。二人が仲間だと知れたら危ないと諭されたようなものである。ダンカンは是非もない事情に屈し、しかたなくその場をのろのろと離れて、近くにたむろしていた人だかりのなかにまぎれこんだ。開墾地の焚き火は消えかかり、ものも言わずにうろつきまわる色浅黒い人影に、ほのかな頼りない光を投げかけていた。ときおり高くなる炎が発する光は小屋の内部まで射しこみ、ヒューロンの死体のそばに依然としてアンカスがすっくと立っている姿を照らし出した。

やがて一団の戦士がふたたび室内に入り、また出てきて近くの森へ亡骸を運んでいった。ダンカンはこの顚末を見届けたあと、家々のあいだをさまよい歩いたが、とがめられもせず、人目を引くこともなかった。危険を冒してこんなところに飛びこんできたお目当てであるあの女性の手がかりが何か見つからないか、懸命になっていたのである。ヒューロン族が消沈している現状からして、その気になりさえしたら、逃げ出して仲間のところに戻るのもたやすかったはずだ。だが、アリスの安否が気にかかることに加え、アンカスのことも、それほどでないにしてもやはりあらたな気がかりになってきて、その場を離れられなくなっていた。だから、いつまでも小屋から小屋へ歩きまわり、なかをのぞいてみたのだが、ますます落胆が深まるばかり。ついには集落残りくまなく捜しまわった。これほど無益な捜索はあきらめることにして、もう一度公会堂まで引き返し、デーヴィッドを見つけて聞き出してやろうと考えた。不安にさいなまれるのはもうたくさんだと思ったのである。

裁きの場でもあり、処刑の場でもあるとわかったあの公会堂にダンカンが行ってみると、興奮はもうおさまっていた。戦士たちはふたたび集まり、おっとりタバコを燻らしはじめていた。先日ホリカンの湖頭に遠征したときのめぼしいできごとについて、厳粛な調子で語り合っている。戻ってきたダンカンを見て、その正体や来訪の目的があやしげだったことを思い出しそうなものなのだが、警戒の色はおもてに見せない。これまでのところ、ついさっき起きた恐るべきできごとは、ダンカンにたいする見方をやわらげてくれたから、ダンカンはその感触だけを頼りに、この思いがけぬ利点にうまくつけこんでやるのがいいと確信できた。

ダンカンはためらいも見せずに小屋のなかにずかずかと踏みこんでいき、主人たちの振る舞いにみごとにつりあう威厳を示しながら席に着いた。さっと見渡して探りを入れただけでわかったことには、アンカスはもといたところにまだじっとしているけれども、デーヴィッドは戻っていない。アンカスは、そばにいる若いヒューロン戦士に見張られているだけで、それ以外に何の拘束も受けていなかった。とはいえ、狭い戸口の片側の柱には、武装した戦士が一人寄りかかっていた。その他の点では、この囚われ人は放任されているようである。それでも、会話には加えてもらえず、生命と意志を有する人間というよりは、みごとに鋳造された銅像か何かのように見える。

ヘイワードは、自分がその手中にはまってしまったこの種族が、目にもとまらぬ速さで処刑をやってのける恐ろしい実例を目撃したばかりだったから、へたに出しゃばって目立つような真似をする気にはなれなかった。正体がばれたらたちまち殺されるかもしれないのだから、口をきくより黙って考えているほうがよほどましだと思った。このように賢明な決断をしたにもかかわらず、あいにく相手は放っておいてくれなかった。ダンカンが利口にもやや引っこんだ暗がりに着席してまもなく、フランス語を話すもう一人の年長の酋長が、こう話しかけてきたのだ。

「カナダのわが父は、子どもたちのことを忘れていないのですな！　ありがたいことです。わしの部下の若い衆の妻に、悪霊に取り憑かれたのがいまして。頭のいい異邦人のあなたなら、悪霊を追い払えますかな」

ヘイワードは、こんな、悪霊に取り憑かれたと信じられている患者に厄払いの呪術で対処するインディアンの慣行について、ある程度の知識をもっていた。だから、こういう事態を利用すれば目的に近づけるかもしれないと、すぐに見抜けた。つまり、まさにこの瞬間にこんな依頼を受けるとは、これ以上ありがたいこともないほどだったのである。しかし、自分の役柄として想定されている呪い師の威厳を保たなければならないとわきまえていたから、心のときめきを抑え、役柄にふさわしく謎めかして答えた。

「霊にもさまざまいて、お呪いで退散するのもいれば、強すぎてこっちが太刀打ちできないのもいる」「わが兄弟！　えらい悪魔払いなのでしょう」と奸智にたけたインディアンは言った。「とにかくやってみてくださいませんか」

身振りで承知したことを伝える。ヒューロン族の酋長は請け合ってくれたことに満足して、ふたたび煙管《きせる》をくわえ、その場をはずす折をうかがいはじめる。ヘイワードは、インディアンがやせ我慢してでももったいをつけるという非情な習わしに染まっていることに内心向かっ腹を立て、いらいらしながらも、酋長が衒う平然たる態度に負けないほどの無関心を装った。だがじつは、病を得た女性は、酋長のごく近い親族だったのだ。数分間がのろのろと過ぎていった。インチキ医者を演じてみようという者にとっては、この停頓が一時間にも思える。それから酋長は煙管を置き、着衣を胸元でかき合わせて、病人のいる小屋へ案内しようとする気配を見せた。ちょうどそのとき、たくましい体つきの戦士が戸口に立ちはだかり、息をこらしている一座のあいだを音も立てずに通り抜けると、ダンカンが座っていた低い粗朶山の片端に腰かけた。心のはやるダンカンは、隣に座った男に目をやり、抑えがたい恐怖にとらわれて鳥肌が立った。間近に腰かけたのはマグアだったのである。

この一目置かれていたしたたかな酋長が突然帰還してきたために、席を立ちかけていたヒューロン族の酋長は立ちそびれた。一座のなかで数人がすでに消えていた煙管に火をつける。他方、帰ってきたばかりのほうも、一言も口をきかぬまま腰帯から自分のトマホークを引き抜き、トマホークの先についている火皿にタバコを詰めると、空洞になっている柄を通して喫煙しはじめた。その無頓着さときたら、まるで苦労の多い長旅の狩りに二日間も出ていて留守だったことなどなかったかのようである。そんな具合で十分間も経ったであろうか。ダンカンには十年間にも思われた。戦士たちは雲のような白煙にたっぷり包まれたころに、ようやく口を開いた。

「ようこそ!」と一人が言った。「ヘラジカは見つかったかね」

「若造どもが獲物の重さによたよたしているわ」とマグアは応じた。「リード・ザット・ベンズを狩猟隊の出迎えに行かせたらいい」

禁じられた名が口にされたとたん、張りつめた深い沈黙が訪れた。煙管をくわえていた者たちは、その瞬間に何か不純なものを吸いこんだみたいに口から煙管を落とした。煙は戦士たちの頭上で小さな渦を巻き、螺旋を描きながら立ちのぼって、小屋の屋根にあいている穴からさっと出ていった。穴の下あたりの煙は消えて、そこにいた者たちの浅黒い顔がはっきりと見えるようになった。おおかたは顔を伏せて地面を見つめている。ただし、一座のなかでも年下で下っ端の者数名は、興奮のためにギラギラ光る目玉をぎょろつかせ、白髪のインディアンのほうをにらんでいる。このインディアンは、部族最高位の酋長二人にはさまれる座に着いていた。このインディアンの態度にも服装にも、それほどの高位のしるしといえそうなところは何もなかった。態度はむしろ落ちこんでいる様子で、インディアンのたたずまいとしては目立ったところがない。服装は、この民族の凡夫が日常身につけているのと同じようなものである。このインディアンもまわりのおおかたの者たちと同様に、一分間以上も顔を伏せていた。だが、ついにあたりを横目で盗み見て、自分が一同の注目の的になっていることに気づいた。そこで立ちあがり、みんなが静まりかえっているなか声を発した。

「あれは嘘でした。わしには息子などおらんのです! あの名前で呼ばれていた者は、誰も覚えておりません。あいつの血は薄く、ヒューロンの体に流れている血とは違います。悪辣なチッペワ族のやつにわしのスクオーがだまされて生んだ子ですわい！　大霊がおっしゃるには、ウィス＝エン＝ツシュの家系は絶えるそうです――あの子も、自分の血に混じる悪い種族が自分とともに滅びると知って喜んでおりますよ！　わしも終わりですわい」

こう話した男は、あの卑劣な若いインディアンの父親だった。まわりを見まわし、自分の克己心を褒めてくれる者はいないかと探しているみたいに、聞いていた者たちの目をのぞきこんだ。だが、同胞の苛酷な慣習により、このか細い老人にはあまりにもきびしい措置がすでにくだされていた。老人の目の表情は、その比喩と虚勢にみちた言い分とは矛盾していた。また、皺だらけの顔は苦悩のために痙攣していた。老人は苦々しい勝利を楽しむかのように一分間ほど立ちつくしてから、一同の視線を浴びてむかついたのか、向きを変え、顔を毛布で覆いながら、インディアンらしく足音も立てない歩き方で小屋から立ち去った。そして、自分と同じように年老いてわびしく子もない妻と、人目を忍んで慰め合おうと、自宅へ帰っていった。

インディアンは、性格上の美点も欠点も遺伝によって受け継がれると信じているものだから、老人が立ち去るのを黙って見送った。そのくせこの後酋長の一人は、もっと文明開化した社会に暮らす者たちの多くが喜んで真似てもおかしくないような、りっぱなしつけの賜物たる貫禄を見せながら、若者たちが目にしたばかりの遺憾な椿事を忘れさせようとばかりに快活な声をあげ、帰ってきたばかりのマグアに礼を尽くして、こう言った。

「デラウェアが、ミツバチの巣を探すクマみたいに、わが村のまわりをほっつき歩いていたぞ。だが、ヒューロンがぼうっとしているところなど誰に見せるものか！」

マグアは、雷襲来の前触れとなる黒雲よりももっと暗く額を顰め、大声で言った。

「五大湖のデラウェア[*2]だな！」

「いや、ちがう。やつらがもともと暮らしていたデラウェア川のほとりで、今でもスクオーのペチコートはいているやつらだ。そのうちの一人が、われらの部族のそばにやってきた」

「こちらの若い衆はそいつの頭の皮はいだのか」

「そいつの脚は速かった。とはいっても、腕はトマホークよりも鋤もたせるのにお似合いだがな」と答えた相手は、身じろぎもしないアンカスを指さした。

マグアは、周知のとおりデラウェア族にありあまる遺恨を抱いていたのに、その一員が囚われの身で拘束されていると知っても、軽佻浮薄な女みたいに一目見ようと躍起になるどころか、タバコを燻らし続けた。みずからの狡知や雄弁がただちに必要とされていないときにいつも保っている、あの考え事にふけってでもいるみたいな態度である。年老いた父親が息子について語った話を聞いてわかった事情に、ひそかに驚いていたにもかかわらず、問いただそうともせず、もっと適切な機会に訊いてみようと自制していた。マグアは、じゅうぶん時間をおいてからはじめてパイプの灰をはたき落とし、トマホークを腰帯のもとの位置にさして、腰帯を締め直した。それから立ちあがると、背後の少し離れたところに立っていた捕囚のほうへ、はじめてちらりと視線を投げた。一見ぼうっとしているみたいに見せながらも油断のないアンカスは、マグアの動きが目に入ったとたん、明るい方へ体の向きを変えたので、二人の目が合った。豪胆武骨なこの二人は、たがいに相手の目をにらみつけ、炯々《けいけい》たる眼光に見据えられても少しもひるまない。アンカスは、追いつめられたトラのように体をふくらませ、鼻孔を広げた。その姿勢のまま身じろぎもせず、一歩も引かぬ様は、ちょっと想像力を働かせるだけで、モヒカン族のたたかいの神をかたどった精緻完璧な彫像とも見えるほどであった。鼻や頬をうごめかすマグアの顔は、もっとしなやかだった。その獰猛な喜悦の表情にあらわれていた挑みかかるような激しさは徐々に薄れていき、腹の底から発したような声であの手ごわい名前を呼んだ。

「やあ、ル・セルフ・アジルではないか！」

このよく知られた名前が発せられたとたん、居合わせた戦士はそれぞれはじかれたように立ちあがった。そして、何ごとにも動じないはずのインディアンたちが、つかの間とはいえ、驚愕のあまり取り乱した。憎しみの的でありながら一目置いている敵の名前を、オウム返しにみんながいっせいに叫んだ声は、公会堂の外にまで届いた。戸口近くにたむろしていた女、子どもは、その名前を口にしてこだまのように返し、そのあとに続いて別のつんざくような悲鳴が響いた。その悲鳴が終わらぬうちに、戦士たちはすっかり落ち着きを取りもどした。一同は、ついあわててしまったことを恥じるかのように席に戻ったが、それでもまだしばらくは、自分たちが捕まえた虜《とりこ》に目を奪われて好奇の目をぎょろつかせていた。同胞のなかでも最高の誇り高い戦士に打ち勝ち、あっぱれな武勇を幾度となく見せつけてくれた敵はどんな戦士なのか、見届けたいという衝動に駆られているのだ。

アンカスは、みずからの優越にご満悦の態だったが、凱歌をあげるかわりに穏やかなほほ笑みを浮かべるだけだった——時代や民族が違っても侮蔑の気持ちのあらわれであることにかわりない笑みである。マグアはその表情を読みとると、腕を振りあげ、囚われ人のほうへ突き出した——腕輪についている銀製の軽やかな飾りが、腕の動きにつれてチャラチャラと鳴る。その姿勢のまま遺恨のこもった口調で叫んだが、それは英語だった。

「モヒカンめ、死ね！」

「癒しの水とて、死せるヒューロンをよみがえらせはしない！」アンカスは、音楽のように響くデラウェア語で答えた。「さかまく川がやつらの骨を洗っているわ！　ヒューロンの男はスクオーだし、女はフクロウだ。さあ——ヒューロンのイヌども呼んでこい。戦士を拝みにこいとな。おれは鼻が曲がりそうだ。卑怯者の血のにおい嗅がされてな！」

最後の一言は効果覿面、相手の心に突き刺さった。ヒューロン族の多くは、捕虜が話す異族の言語を理解できたし、マグアもやはり解した。この奸智にたけた蛮人は、アンカスが余計な反感を買ったことに気づくと、たちまちそこにつけこんできた。着ていた薄い鹿革の衣服を片肌脱ぎにして腕を突き出し、危険にして巧みな弁舌をにわかにふるいはじめた。一度は部族から離脱しただけでなく、抜きがたい弱点をときおりあらわにしたこともあったから、マグアの同胞にたいする影響力はかなり殺がれていたとはいえ、この男が勇敢で弁が立つのは確かだった。マグアは、聴衆がいないところではけっして発言しないし、発言すれば必ずといっていいくらい、自分の意見への同調者を獲得した。しかも、この場での熱弁は生来の才能に頼るだけでなく、激しい復讐心からも勢いを得ていた。

マグアは、グレンズ滝の島で襲撃したいきさつについて再度語った。仲間が死んだこと、最強の敵に逃げられたことなどだ。それから、捕囚たちを連れていった山の特徴や位置を説明した。娘たちにたいして抱いていたとんでもない企みや、言い寄ってはねつけられたことについては一言も述べず、話をとばしてラ・ロング・カラビーヌの一行に不意打ちされて味方が全滅したことについて語った。ここでマグアは一息入れ、死んだ仲間に哀悼を捧げるふりをしながら、まわりを見まわした——だが、じつは、自分が切り出した話がどんな効果をあげているか、うかがっていたのである。いつものように、みんなの目は自分の顔に釘付けになっている。みんな生ける彫像のように身を固くして、身じろぎ一つせず、話に聞き入っていた。

ここでマグアは、それまで明瞭に力強く、昂ぶった話し方をしていたのに、急に声を落として、死者たち生前の功に言いおよんだ。インディアンの共感を呼びそうな美点については、一つも言い落とさない。獲物を追跡して失敗したことのない仲間もいたし、敵の追跡に倦むことを知らぬ仲間もいた。勇敢なのも、気前がいいのもいたなどと語る。つまり、話をうまく組み立てて、家系が少数に限られている民族のなかでは、必ず誰かの心の琴線が震えるようにあらゆる調べを万遍なく発したのである。

「あの若者たちの骨はどこだ」マグアは話を締めくくろうとしていた。「ヒューロンの埋葬地にあるか！　ご存じのとおり、そこにはない。若者たちの魂は、沈む太陽のほうへ飛んでいき、もう大湖をわたって、猟の楽園まで行ってしまった。だが、食糧も銃も短刀もモカシンもなく、生まれたままの裸で何のそなえもなく発っていった。こんなことがあっていいのか。魂が正義の者たちの国に入っていくときに、腹すかしたイロコイや、男らしくもないデラウェアのようであってもいいのか。それとも、味方に会いにいくときに、手に武器を持ち、衣服を身につけているべきではないのか。ワイアンドットはどうなったのかと、われらが祖先は思うだろう。子孫を見て顔を曇らせ、出ていけと言うだろう。ヒューロンの名を騙るチッペワがきたんだろとな。同胞諸君、死んだ者たちのことを忘れてはならない。レッドスキンは永遠に覚えているものだ。わが若者たちへの届け物を、ここにいるモヒカンによろめくほど担がせて、あとを追わせようではないか。若者たちは支援を求めてわれらに呼びかけている。われらの耳には届かないとしてもな。忘れないでくれと言ってるぞ。このモヒカンの霊が重荷にあえぎながらついてきたのを見れば、若者たちにもわれらの変わらぬ気持ちが伝わる。そうすればあの若者たちも悲しまずに旅を続けるだろうし、われらの子どもたちも「父親たちが味方にやってあげたように、ぼくらも父親たちにしてあげなければならない」と言うだろう。イェンギー[*3]なんか何だ。やつらを何人殺したって、大地は白っぽいままだ。ヒューロンの名を汚した血の痕は、インディアンの血でしか塗りつぶせない。このデラウェアを殺そう」

こんな大演説を、ヒューロン族の雄弁家らしい雄渾な言語で力こめてぶちあげたその効果は、誤解される余地もなかった。マグアは、親族縁者の情に聴衆の宗教的迷信を巧みにからめたから、同胞の死霊に犠牲を捧げなければならないという慣習によってすでにその気になりかけていた一同は、復讐を望むあまりに人間性の片鱗もなくしてしまった。とりわけ一人の戦士は狂暴獰猛な風貌の男で、演説の言葉に焚きつけられたことをあらわにしていた。激情にまかせて百面相をしていたと思ったら、悪鬼のような形相になった。マグアが話し終えるとこの戦士は立ちあがり、魔神のような怒号をあげながら、たいまつの光を反射してギラギラ光るほど磨き立てた斧を頭上で振りまわした。その行動と怒号はあまりにも唐突だったから、血に飢えた行為を制止する言葉をかけるいとまもない。まるで閃光がその手から放たれたように見えた。と同時にその光は、黒っぽく強靭な一筋の影と交差した。光は投ぜられたトマホークであり、影はマグアがそれをさっと腕で払った軌跡であった。マグアの油断のないすばやい動きのおかげで、斧の狙いは何とかそれた。鋭利な刃物が、アンカスの頭頂に房をなす髪の毛につけてあったいくさのしるしとなる羽飾りを切りとっていき、小屋のもろい壁を突き破って飛んでいった。何かものすごい機械で発射されたみたいな勢いだった。

ダンカンはこの危機一髪のできごとを見て、はじかれたように立ちあがった。心臓が喉から飛び出しそうになった。友のためにいかなる犠牲も払う覚悟でいたのだが、狙いがはずれたことが一目でわかったので、戦慄は讃嘆に変わった。アンカスは依然として敵の目を見据えたまま立っていた。感情を超越しているみたいな表情である。この恨みのこもった突然の攻撃にも、大理石に劣らぬ冷静沈着な顔つきで応じた。そして、そのおかげで自分は助かったというのに、まるで相手の技倆不足を憐れむかのようなほほ笑みを浮かべ、蔑みの言葉をデラウェア語で二言、三言つぶやいた。

「そんなやり方ではだめだ！」マグアはアンカスの無事を確かめてから言った。「こいつの恥を日の光のなかにさらしてやらなければな。こいつがぶるぶる震えるざまをスクオーどもに見せてやれ。さもなければ、われらの復讐も児戯に等しいことになる。さあ——こいつを静かなところへ連れていけ。デラウェアの男が夜に眠れるか、見てやろう。そして朝になったら、死んでもらうのだ！」

囚人の見張り番にあたっていた若衆が、すぐにアンカスの腕を縛りあげ、不気味な深い沈黙に包まれた小屋から外へ連れ出していった。アンカスは、戸口まですたすたと歩いていったが、敷居のあたりで立ちふさがりそうになってはじめて足をとめ、くるりと振り返った。車座の敵どもを見まわすその傲岸なまなざしには、まだ絶望していない表情がうかがわれて、ダンカンは胸をなで下ろした。

マグアは思いどおりにことが運んだので安心したか、心に秘めた企みに気をとられすぎていたのか、これ以上詮索しようとしなかった。マグアのすぐ隣にいた人間が何者かということは気にもとめず、マントをひるがえし、胸元でかき合わせながら、やはり小屋から出ていった。もし探られたら、ダンカンも一巻の終わりになっていたかもしれない。ダンカンは怒りをつのらせ、生来の気丈さに支えられ、アンカスの身を案じて気負っていたとはいえ、油断ならないくせ者の敵がいなくなってさすがにホッとした。演説によってかき立てられた興奮も徐々におさまってきた。戦士たちは各々座席に戻り、室内にはふたたびタバコの煙が立ちこめた。およそ半時間ものあいだ、言葉を発する者もよそ見をする者もいない――荒々しい騒擾の起きるたびにその後、重々しく瞑想にふけるような沈黙が続くのは、きわめて衝動的なくせに自制心も強い人間の集団であるインディアンによくあることなのである。

ダンカンに病人を診てくれと頼んでいたあの酋長は、パイプを吸い終えるとようやくこの場を離れる気配を見せ、今度はうまく出ていけた。そのとき、医者ということになっているダンカンに指で合図して、ついてこいと伝えてくれた。ダンカンはもうもうたるタバコの煙をくぐり抜けて戸外に出ると、やっとさわやかな夏の夜のきれいな空気を吸えそうなので、ひとかたならずホッとした。

酋長は、さっきヘイワードが、アリスの手がかりを求めても何も見つけられなかったときに歩きまわった家並みのなかには入っていかず、手前で脇道にそれて、ひたすら近くの山の麓へ向かった。その山は、駐屯地として設営されたこの集落を見下ろしている。麓には藪が広がっており、くねくねと曲がった細い道を通って進んでいかなければならなかった。森を切り開いたところでは、また男の子たちが集まって遊んでいた。自分たちだけで、門柱まで駆けつけようとする虜を真似た鬼ごっこに興じて走りまわっていた。この遊びをなるべく本物らしくしようとして、いちばん肝っ玉の据わった子どもが熾きを運んできては、まだ燃え残っていた薪の山に火をつけた。そんな焚き火の炎が、酋長とダンカンのたどる道を照らし出し、あたりの索漠たる光景がいっそうすさんで見えてきた。二人は岩がむき出しの山腰《さんよう》までもう少しのところまで進み、その真ん前に広がる草地に入って突っ切ろうとした。ちょうどそのとき、焚き火にあらたな薪がくべられたので、燃えあがった炎の光は遠くまで届いた。光は白い山肌に反射して麓に注ぎ、黒っぽく奇怪な姿の生き物を浮かび上がらせた。それが二人の行く手に、思いがけずも立ちふさがったのである。

インディアンは進むべきか否か迷ったみたいに立ち止まり、ダンカンがそばにくるまで待っていた。はじめはじっとして動かないように見えた大きな黒い塊は、やがて、ダンカンには説明のつかないような恰好で動きだした。炎がまたもや高く上がり、よりどぎつい光でその物体をとらえた。こうなるとさすがにダンカンにも、それの見分けがついた。座りこんでいるようでありながら、休みなく横ににじりより、そのために上体をたえず揺らしているこの動物は、クマだったのだ。大きなものすごいうなり声を上げ、ときにはギラギラした目玉も見えそうだが、それ以外に敵意を示す動きは見せない。ヒューロンの酋長は、注意深く観察した後、少なくとも、この風変わりな闖入者が襲ってくる心配はないと自信が持てるようになったようで、何も言わずに再度同じ方向へ歩きだした。

インディアンがクマを飼うのはめずらしくないと知っていたダンカンは、この部族のペットか何かが食いものを探して藪のなかに入ってきたのだろうと思い、酋長のあとについていった。そばを通ってもまったく襲われなかった。ヒューロンの酋長ははじめこそ、この妙な客の本性をつきとめようと慎重に警戒していたのに、この化け物に近づいて接触しそうになるとろくに見向きもしなくなり、さっさとすれ違っていった。だが、ヘイワードは当然ながら、背後から襲われはしないかと心配で、ときおり振り返らざるをえなかった。二人の後ろからクマが体を揺すりながらついてくることに気づき、不安はおさまるどころでなかった。ヘイワードが酋長に声をかけようとしたそのとき、酋長は樹皮で葺いた扉を開けて、山の土手っ腹に口を開けている洞窟のなかに入っていった。

これであっさり振り切ることができそうなのでホッとしたダンカンは、酋長のあとに続き、頼りない扉で戸口を閉め切ろうとした。ところが扉はクマに引っぱられ、ダンカンの手からもぎ取られた。たちまちクマの毛むくじゃらの体が戸口をふさいでしまった。岩間にまっすぐ延びた長い廊下のようなところに入ってしまったので、引き返そうとすればクマにぶちあたる。この窮地をしのぐには、なるべく酋長から離れないようにして前進するしかない。クマはすぐ後ろでしきりに吠え、ときには大きな前足を体にかけてくる。ダンカンがこれ以上洞窟の奥へ行かないように、引き止めているみたいでもあった。

こんな異様な状態が続けばいつまで神経がもったことやら、なんとも言いがたい。だが、幸いなことにまもなく息抜きできた。行く手からはずっと光が漏れてきていたのだが、光源のあるところまでたどりついたのである。

大きな岩窟には、いくつもの部屋それぞれの目的に合わせてぞんざいながらも造作が加えられていた。部屋のしきりは素朴だが巧みに作られていた。石、枝、樹皮を組み合わせてできている。上部にあいている穴から日中は光が射しこみ、夜は焚き火やたいまつが太陽のかわりとなる。この洞窟のなかに酋長は、だいじなものを運びこんであった。とくにヒューロン族全体にとっての貴重な品々がおいてある。そこに、超自然的な力にとりつかれていると信じられたあの女性も担ぎこまれたらしい。岩壁に囲まれているほうが、木の葉でおおっただけの小屋のなかにいるよりも、魔物にとりつかれにくいと思ったのだろう。ダンカンと酋長が最初に入った部屋は、もっぱらこの女性の病室に使われていた。女性の寝床のかたわらに酋長が近寄っていった。寝床のまわりを女たちが囲んでいたが、ヘイワードの驚いたことに、どこに消えたか気になっていたデーヴィッドが女たちのただなかにいた。

病人の状態は、一目見ただけで偽呪医にもすぐわかったが、とても手をくだせそうもなかった。横たわったまま麻痺しており、視界をよぎるものに反応もせず、当人にとっては幸いにも、苦しみも感じていない。

ヘイワードは、瀕死の重病人のために悪魔払いの儀式をしてやっても、それが功を奏するか否か当人にはわからないからつまらないなどと文句を言うどころではなかった。だましてやろうとしてやってきたことで多少は感じていたやましさもたちまち消えてしまい、自分の役柄をうまく演じることに集中しはじめた。ところが、こちらに先んじて、音楽の力で魔物を追い払おうという試みがなされていることに気づいた。

デーヴィッド・ギャマットは、魂をこめて歌いだそうと立ちあがってかまえたところだったのだが、そのとき外から人が入ってきたのでちょっと待っていた。間をおいてからピッチパイプで基調を定めておいて、賛美歌をうたいはじめた。賛美歌の効果にたいする信念こそが成否を決するのであれば、その歌は奇跡を起こすかもしれなかった。インディアンたちはデーヴィッドを頭が弱いと見ていたから、最後までうたわせておいた。ダンカンも出番が遅くなってホッとしていたから、歌をさえぎるつもりなどさらさらなかった。すると、曲の区切りで伸ばす声がダンカンの耳に残っているうちに、その調べに和して別な声が背後から聞こえてきたので、ダンカンはぎょっとして飛びのいた。その声は人間のものとも、幽霊のものともつかなかった。振り返ったダンカンの目に映ったのは、洞窟の片隅の暗がりに尻をおろして座っているクマの毛むくじゃらの姿だった。あのクマがそこで、いかにもクマらしい落ち着きのなさでたえず体を揺すりながら、歌に合わせて低いうなり声をあげていたのだ。その声は歌詞にはなっていないものの、旋律はデーヴィッドの歌にどことなく似ていた。

こんなおかしな唱和に気づいたデーヴィッドの反応は、いちいち描写するよりも想像していただくほうがいいだろう。自分の目が信じられないみたいに眼を見はり、驚きのあまりすぐに声を失ってしまった。ヘイワードに重要な情報をそっと伝えようと考え抜いて用意した計略も、念頭からすっかり吹っ飛んだ。デーヴィッドとしては、驚いたためだと信じたかったところであろうが、じつは恐怖に近い感情に襲われたためである。動転したデーヴィッドは、つい大きな声で「あの女《ひと》があなたをお待ちですよ。すぐ近くにいらっしゃいます」と叫んでしまった。そして、そそくさと洞窟から出ていった。

第二十五章

スナッグ 「ライオンのセリフはできてるのかい？　だったらくれないかな。おれ、憶え
　が悪いから。」

クインス 「即興でやればいい。吠えるだけだから。」

『夏の夜の夢』一幕二場、六六～六九行。

その場の光景は、滑稽さと厳粛さが奇妙にいりまじっていた。クマは、疲れも知らぬかのように相変わらず体を揺すり続けている。ただし、デーヴィッドの歌を真似ようとするおかしなうなり声は、デーヴィッドが姿を消したとたんにやめてしまった。前章で示したとおり、ギャマットは英語で叫んだのだが、ダンカンには、その言葉に何か隠れた意味がこめられているように思えた。とはいえ、まわりを見まわしたところで、その言葉がひそかに何をさしていたのか、見当はつかなかった。しかし、そんなことに頭をめぐらせている暇もあらばこそ、酋長はさっさと病人の寝床まで行き、付き添っていた女たち全員に退室を求める仕草をした。女たちは、見も知らぬ呪医のお手並みを拝見しようとそこに集まっていたのである。女たちはしぶしぶながら黙って指図に従い、出ていくときに閉めた扉の音が、自然にできた廊下のような洞窟にうつろに低く響いた。その音が消えると酋長は、人事不省の娘を指さして、こう言った。

「さあ、わが兄弟の呪力を見せてくれ」

このようにはっきりと請われると、ヘイワードは演じている役柄の職務を果たしてみせなければならず、少しでもぐずついたりすれば危険なことになるかもしれないと不安になった。だから、ない知恵を振りしぼって、お呪いやぶざまな儀式を始める支度にとりかかった。インディアンの呪術師は、そういうやり方で無知や無力を隠蔽するのが常である。だが、ヘイワードのへたくそなまねごとがクマの猛々しい吠え声で中断に追いこまれなかったら、どうしていいかわからないままに、何かとんでもない間違いをおかさないとしても、きっとあやしまれるような振る舞いをしていたことであろう。ヘイワードは三度まねごとをやりかけては、そのたびにクマからのおかしな邪魔が入って始めることができなかった。しかも、回を追うごとに吠え声はますます獰猛で恐ろしくなっていった。

「したたかな悪霊どもがじゃまくさいと言ってるのだな」とヒューロンの酋長は言った。「おれは出ていく。兄弟、この女はおれの部下のなかでもいちばん勇敢なやつの妻だ。間違いのないように手当てしてやってくれ」それから、機嫌の悪いクマをなだめるような手つきをしながら「静まれ」と言い足した。「おれは出ていくからな」

酋長は言葉どおり出ていった。これでダンカンは、手のほどこしようもない病人と危険な猛獣がいるだけの、荒涼としてわびしい洞穴のなかに取り残されてしまった。クマは、いかにもこのけもの特有の賢そうな身振りで、インディアンの去っていく足音に耳をすましていた。やがてまたあの扉の閉まる音が響いてきて、酋長も出ていったことがわかった。するとクマはくるりと向きなおり、ダンカンのそばへよたよたやってきて、人間のように上体を立てたまま無理なく腰をおろした。ダンカンは襲われることを本気で心配し、抵抗するための武器が何かないかと、不安に駆られながらあたりを見まわした。

しかし、クマはどうやら急に気分が変わったようだった。不機嫌なうなり声をあげたり、気色ばんだ様子を見せたりしなくなり、毛皮におおわれた全身を、まるで体内で奇妙な発作でも起きているがごとくに激しく震わせたのだ。笑っているみたいに歯をむき出した口から鼻づらあたりを、前足のばかでかい爪で無器用にひっかいている。ヘイワードが油断なくその動きに目をこらしていると、怖い顔つきのクマの首がカクンと片方に傾いた。そしてなかからあらわれたのは、斥候の実直そうなたくましい顔だった。その表情はホークアイ独特の笑い方で、いかにもおかしそうに笑いこけていた。

「シッ！」とホークアイは言って、ヘイワードが驚きの声をあげそうになるのをそつなく抑えこんだ。「あのげすどもが近くにいるしょ。お呪いにしては変な音ちょっとでも立てたら、いっせいに戻って襲ってくるべさ！」

「こんな仮装なんかして、いったいどういうつもりだ。何でこんなとんでもなく危ない橋を渡ってきたんだ！」

「はあ！　理屈に頼って計算ずくでやっても、ちょっとした行きちがいで台なしになることも多いべ。まあ、話というものはいつだって順序があるから、はじめから筋道立てて話してやるけどな。あんたと別れたあと、司令官とサガモアにビーバーの古い巣に入ってもらったんだわ。あそこなら、エドワード砦の守備隊に守ってもらうよりも安全に、ヒューロンの目かすめることできるからな。というのも、ずっと北西のほう[*1]のインディアンは、毛皮交易のやつらとまだあまり交渉がないものだから、今でもビーバーはたいせつにしていて近づかないんでね。二人に隠れてもらったあと、アンカスとおれは、あんたに約束したとおり、あっちの陣地へ乗りこんでいったんだわ。アンカスに会わなかったかい」

「痛恨の極みながら！——捕虜になって、日の出とともに死ぬ定めと宣告されている」

「そんなところでないかって心配してたんだ」斥候は自信が揺らぎ、笑いを忘れた口調になった。だが、生来のきっぱりした声をすぐに取りもどして、話を続けた。「あいつが運の悪い目にあってるからこそ、おらここにきたんだわ。あんなだいじな子、ヒューロンどもに渡してなるものか！　あの悪党どもめ、「ロング・カラビーヌ」なんて呼ばれているこのおれも、「跳ねるヘラジカ」といっしょに同じ柱に縛りつけれたら、千載一遇の好機とばかりに大喜びするべな！　ただし、なしておらにそんな名前つけたのか、さっぱりわからん。キルディアとあのカナダの軍隊が使ってるカービン銃とでは、性能に似たとこなんかちっともないのにな。パイプ作るのに使う石[*2]と火打ち石との差ぐらいちがってるしょ！」

「本題からはずれないように話してくれないか」ヘイワードはじれったそうに言った。「ヒューロン族がいつ戻ってくるかしれないのだからな」

「あいつらのことは心配ない。呪い師っちゅうものは、開拓村でぶらぶらしてる牧師と変わらん。たっぷり時間かけても文句言われないんだ。宣教師がこれから二時間お説教始めようってときと同じで、おれたちも邪魔されることないしょ。ところで、アンカスとおれは、村に帰ってくる途中のげす野郎どもの一行と出くわしたんだわ。アンカスは若い。斥候にしては深追いしすぎたな。いや、そうはいっても、血気盛んな年頃だから、責めるわけにもいかんしょ。それに、やっぱり、ヒューロンどもの一人が卑怯者だったから、逃げると見せて待ち伏せしやがったんだ！」

「それにしても、血気盛んのために高い代償払ったものだな！」

斥候は意味ありげに自分の喉を手で切る真似をしてから、「あんたの言わんとすることはわかるよ」と言いたげにうなずいた。そのあとで、声は高めたものの、要領の得ない点ではあまり変わらない話し方でしゃべり続けた。

「アンカスが連れられていっちまったあと、あんたにも想像つくかもしれんが、おらヒューロンにかかっていったんだ。部隊から離れたやつ一人か二人相手に小競り合いさ。だけども、そんなことどうだっていいべ。そんなわけで、おら、悪たれども撃ち殺してから、そのあとは邪魔にも会わずに、小屋の並んでる近くまできたんだわ。すると、どういう風の吹き回しか、運よく出くわしたのは、ヒューロンのなかでいちばん名高い呪い師が、クマに仮装することに夢中になってるところでな。やつがどこかに悪魔払いの大仕事に出かけるときにクマになりすますってことは、おら知ってたからね——こうなりゃ、幸運どころでないしょ。今思えば、ありゃ、神さまの特別な思し召しだべ！　とにかく、おつむきっちりたたいてやったら、インチキ野郎はのびてしまって、当分動きそうもなかった。目さましても騒がないように、夕食代わりにクルミ少しばかり置いといて、そいつを二本の立木のあいだに縛りつけた。それで、こっちが仮装の毛皮失敬して、クマの真似することにしたんだわ。侵入作戦開始っていうわけでな」

「それで、みごとにクマ役を演じたってのか！　あの演技見たら、ほんもののクマだって真っ青だったかもね」

「なあに、少佐」おだてられた森の住人は応じた。「ああいうけものの動き方や性質はどうあらわせばいいのか、おれが知らないとしたら、原始の森でこんなに長年見てきた人間としては、物覚えの悪いぼんくらだっちゅうことになるんでないかい！　これがヤマネコか、大きくなったペインター[*3]の真似したっていうなら、りっぱな演技だなって褒めてもらう価値もあったさ！　だけども、あんなノロクサしたけものの真似したところで、たいして褒められるような芸当でないべ。もっとも、そうだからこそ、クマは大げさに真似しても通用するんだ！　そう、そう、誰もが知っててやるわけでないけども、自然ちゅうものはそっくりに真似するよりも、大げさに真似するほうがたやすいのかもしれんな。いや、おれらの仕事はまだすんでないしょ！かわいいお方はどこにいる」

「知るもんか。村中の小屋をしらみつぶしに調べてみたけど、あの人がこの部族に囚われている形跡は何一つ見つからなかったんだ」

「歌の先生が出ていくときに言ったこと聞いたべ――「あの女《ひと》があなたをお待ちですよ。すぐ近くにいらっしゃいます」って言ったしょ」

「ここにいる死にそうな女のことを言ったのだろうと考えるほかなくてね」

「あのアホタンキョウ、おっかながって、ろくに口もまわらなかったけども、もっと大事なこと言うつもりだったんでないかい。こっちに、村一つそっくり隠れてしまいそうなぐらいの壁があるぞ。クマはよじ登るものだ。だから、あの壁によじ登って、向こう側覗いてみるべ。こんな岩のなかにハチが巣作って蜜ためてるかもしれんしょ。おらクマだから、甘いものには目がないのもあたりまえだべ」

斥候は部屋の仕切り壁をよじ登りながら振り返ると、自分の軽口に吹き出して見せた。自分がなりきっているけものの無器用な身ごなしを真似て、這い上がっていく。だが、てっぺんに達したとたん、声を出すなという合図をしたかと思うと、目にもとまらぬ素早さで滑りおりてきた。

「あの娘がいる」と斥候はささやいた。「あの扉から入ったところにいるんだわ。くよくよしてるから一声かけてやりたかったけども、こんな怪物の恰好見せたら泡食ってしまうべ。とはいっても、その点では少佐だって、顔に色塗ったくってるから、見てくれはあまりいいとは言えないしょ」

ダンカンはカッとして飛び出しかけていたのだが、そんな頭を冷やすような言葉を浴びせられて、すぐに踏みとどまった。

「じゃあ、ぼくはそんなにひどい顔してるのか」とダンカンは無念そうに言った。

「オオカミぎょっとさせたり、英国王軍アメリカ植民地人部隊に突撃あきらめさせたりするほどではないけどもな。あんたがもう少しましな顔してたときのこと、おら知ってるからさ。縞の入ってるその顔だって、スクオーたちには悪く思われないけども、白人の血流れてる娘たちなら、やっぱり白人らしいほうが気に入るんでないかい。ほれ、ここに水があるしょ」と言って指さしたところには、岩をつたいおりてきた湧き水がたまってできた小さな澄んだ泉があり、その水はまたそばの割れ目から流れ出ていた。「サガモアがつけてくれた色は、それでたやすく落とせるべ。あんたが戻ってきたら、今度はおれが新しい化粧してやるさ。開拓村の伊達男がひっかえとっかえ服変えるみたいに、呪い師ちゅうもんは化粧変えるのもめずらしくないからな」

まわりくどい森の住人がそれ以上あれこれ理屈を言うまでもなく、教唆されたことが実行に移された。ホークアイが話し終わらないうちに、ダンカンは水を使いはじめたのである。恐ろしげな、気味の悪い隈取りは、たちまちきれいに洗い落とされ、青年はふたたび本来の顔形《かおかたち》に戻った。こうして、思いをかけた女性と顔を合わせる支度をととのえると、連れを尻目にさっさと出ていき、教えられた戸口を通って姿を消した。斥候はその出ていく姿を見送りながら悦に入り、うなずいたり、幸運を祈る言葉をつぶやいたりした。それから粛々とヒューロン族食糧貯蔵庫の実態調査に取りかかった――この洞窟はさまざまな目的に用いられていたが、狩猟の獲物を保存する所としても使われていたのである。

ダンカンの行く手を示してくれるものとしては、遠くでチラチラしている光しかなかった。だが、この光は、恋する人にとっては北極星に等しい役を果たしてくれた。これに助けられ、希望を取りもどすことのできる避難港に入っていくことができた。そこは洞窟のなかにしつらえられたもう一つの部屋でしかなかったが、そこはもっぱら、ウィリアム・ヘンリー要塞司令官の娘というきわめて重要な捕囚を、安全に収容する用途に供されていた。室内には、あの悲運の砦から運んできたおびただしい略奪品が散乱していた。探し求めた女性は、この雑然たる品々に取り囲まれて、青ざめ、不安におののき、おびえきっていたが、それでも可憐であった。このようにダンカンがやってくると心構えしておくように、デーヴィッドはアリスに教えさとしていたのである。

「ダンカン！」とアリスは叫んだ。みずからの声音に震えあがったような声である。

「アリス！」とダンカンは答えると、委細かまわずトランクや箱や武器や家具のなかに飛びこみ、アリスのそばへ駆けよった。

「あなたはけっしてあたしをお見捨てにならないとわかっておりました」と言って、打ちひしがれていた顔に一瞬の輝きを取りもどし、ダンカンを見あげた。「でも、おひとりですの！　このようにご配慮くださるのはありがたいのですが、まったくおひとりだなんて、思ってもおりませんでしたわ！」

ダンカンは、アリスが身を震わせるあまり、立っていられそうもないことに気づくと、そっと手を貸して座らせた。そうしながら、本書で述べてきたいきさつをかくかくしかじかと説明してやった。アリスは息づまるほど一心不乱に耳を傾けた。衝撃に打ちのめされた父親の悲しみについては軽く触れる程度にして、しかも、アリスの自尊心を傷つけないように気をつけて話してやったのに、アリスはまるでこれまで泣いたことがないかのように、娘としての傷心から滂沱の涙を流した。しかし、ダンカンがやさしく慰めると、やがて最初の感情の爆発は静まり、冷静とはいえないにしても、気をそらすことなく最後まで話を聞けるようになった。

「さて、アリス。あなたにはまだしっかりしていてもらわなければなりませんよ。経験豊かでかけがえのないわれらの友人、あの斥候の助けを借りたら、ここの蛮族の手から脱出できるかもしれませんが、あなたには力の限りを尽くしてもらわなければならないでしょう。いいですか、忘れないでください。尊いお父上の腕のなかに飛びこもうというのですからね。あなたの幸せだけでなくお父上の幸せも、これからのあなたの尽力しだいで決まるのですよ」

「あたしのために何でもしてくれたお父さまのためなら、あたしだってがんばれないはずはありませんわ！」

「それに、ぼくのためにもですよ！」とダンカンは続け、相手の手を包むように取っていた両手にそっと力をこめた。

これに反応してアリスがあどけない驚きの表情を見せたことに気づいたダンカンは、もっとはっきり言っておかねばならないと思った。

「こんなところで、ぼくの勝手な気持をお話しするのはおかしいし、今はそんな場合でもありませんが、ぼくの心が抱えているような重荷は、いつまでもそのままにしておけるものではないのです！　困難にともに直面することほど、人の絆を強めるものはないとも言います。あなたの不運を気づかう思いには、お父上とぼくとのあいだで少しも違いはありません」

「それに愛しいコーラのこともでしょう、ダンカン。まさかコーラをお忘れでないでしょうね！」

「お忘れでないでしょうですって！　もちろん、忘れてなんかいません。女性にたいしてこれまであまり感じたこともないような、痛ましく思う気持ちにひたっていました。お父上は子どもを分け隔てしたりしません。でも、ぼくは――アリス、こんなこと言っても悪く思わないでください。ぼくにとってコーラがどのくらい大切な人なのか、ちょっとはっきりしなくなって――」

「それなら、姉のすばらしさをご存じないのですわ」とアリスは言って、あずけていた手を引っこめた。「姉はいつもあなたのことを、いちばんのご友人であるといってお噂していますのに」

「あの方は友人であるというのは、ぼくもそのとおりだと思いますよ」とダンカンはあわてて答えた。「それ以上の存在であるといえたらいいのですが、でも、アリス、ぼくは、あなたとは友人以上のたいせつな身近な間柄にさせてもらいたいと申し出て、お父上からのお許しを得ているのです」

アリスは激しく身を震わせた。一瞬のあいだ、顔をそむけ、女性らしい感情におぼれかけた。だが、間もなく心の動揺は去り、内心の整理をつけるのは無理だとしても、女性らしいたたずまいを取りもどした。

「ヘイワード」とアリスは相手の顔を真正面から見つめて言った。その表情は、見る者の心を動かさずにはおかないあどけなさと頼りなさをたたえている。「お父さまの前にあたしを連れていって、直接お許しをいただけるようにしてくださいな。それまでは、これ以上あたしにせまったりしないで」

「これ以上は申しあげるべきではないでしょうが、ここまでは申しあげずにはいられなかったのです」とダンカンが答えようとしたその刹那、軽く肩をたたく者がいた。ぎょっとして立ちあがりざま振り向いてみると、闖入者と鉢合わせした。そこに、色浅黒く意地悪い顔をしたマグアがいたのである。野蛮人がこのとき発した野太くしわがれた笑い声は、ダンカンの耳には悪霊のいまわしい嘲笑のように響いた。とっさにむらむらとわいてきた憤激にまかせて行動していたら、生死をかけた格闘の帰趨に自分たちの運命をゆだねることになったであろう。だが、武器と呼べるようなものも持ち合わせず、狡猾な敵がどれほどの手勢を率いているのかもわからないし、今までにもまして愛しく思う人を守らなければならない立場にあったから、イチかバチかのたたかいを挑むつもりは、抱くよりもはやく捨ててしまった。

「お目当ては何なのですか」とアリスは言って、おとなしくみずからの胸をかき抱き、マグアに対するときにいつも見せる冷ややかでよそよそしい素振りになった。ヘイワードの無事を案じて不安に震える心の内を押しかくそうと懸命なのだ。

インディアンは笑いもそこそこに、いつものいかつい顔つきに戻っていた。とはいえ、ダンカンの燃えるような目ににらみつけられて、油断なくあとずさった。それから少時、二人の虜をじっと見つめたあと、横歩きにドアに近寄っていって、かんぬきをかけた。そのドアはダンカンが入ってきたのとはちがう戸口だった。それでようやく、突然マグアがあらわれたわけがわかった。自分たちはもうこれまでと思ったダンカンは、アリスを抱き寄せた。このような連れとともに死ねるのならば、あまり悔いも残らないと感じ、運命を見据えてやろうと覚悟を決めていた。だが、マグアはそくざに襲おうとはしなかった。まずあらたに捕虜にしたダンカンを閉じこめておく手だてをとろうとしているのは明白だった。洞穴のまんなかでじっとしている二人には目もくれず、自分が入ってきたときに使った秘密の戸口から出られないように、がっちりとふさいでしまった。ヘイワードは、作業するマグアの姿からひとときも目を離さず、依然としてアリスの華奢な体を抱いたまま、毅然と立ちつくしていた。これまで何度も裏をかいてやった敵に今さら情けを請うなどというようなことは、誇りが許さなかったし、効果も期待できなかった。マグアは戸口をふさぐ作業をやり終えると捕虜に近づいてきて、英語でこう言った。

「ペールフェイス、頭いいビーバーに罠かける。だが、レッドスキン、イェンギーズの捕まえかた知ってるぞ!」

「ヒューロンめ、やるなら最悪の制裁やってみろ!」ヘイワードはのぼせあがって叫んだ。自分の命にはアリスの運命もかかっていることをつい忘れている。「貴様も貴様の仕返しもとるに足らん」

「白人、柱に縛りあげられても、そんな大口たたけるか」とマグアは言いつつ、せせら笑いを浮かべて、相手の虚勢にいささかも欺かれていないことを見せつけた。

「いまここでやってもらおう。貴様一人の前でも、貴様の同胞全員の前でも、びびったりするものか!」

「ル・ルナール・シュプティルなめたら承知しない! これから行って、若い衆連れてくる。ペールフェイスが拷問受けても、どれくらい勇敢に笑っていれるか、見せてもらうからな」

そう言いながらマグアは向きを変え、ダンカンが入ってきた戸口から出ていこうとした。そのとき獣《けだもの》のうなり声が聞こえてきたので、立ち止まった。戸口にクマの姿が見えていた。相変わらず落ち着きなく上体を左右に揺さぶりながら座っている。マグアは、病に伏した女の父親同様しばらくじっと目を注ぎ、その正体を見きわめようとしているようだった。マグアはもともと部族の土俗的迷信など信じていないし、クマらしく見えるものも呪い師のなじみの扮装だと見抜いたとたん、平然と無視してその横をすり抜けていこうとした。だが、相手のうなり声はますます大きくなり、今にも襲いかかってきそうな勢いなので、また二の足を踏んだ。それでも、もうこんな戯れにかかずらってはいられないと急に思い立ったかのようで、決然と進みはじめた。マグアの前まで出てきていたクマもどきは、そのままじりじりとあとずさっていく。しまいにまたあの戸口までさがったところで、ほんもののクマがするのとそっくりのやり方で仁王立ちになり、空を切るように前足を動かした。

「おどけものめ!」マグアはヒューロン語で怒鳴った。「出ていけ。ふざけるのなら女、子どもを相手にやれ。大のおとなの知恵に茶々入れるものではないぞ」

マグアは再度、てっきりヤブの呪医と思っていた相手の横をすり抜けようとした。腰帯からさげた短刀やトマホークを使うぞと脅して見せるのもおとなげないので、やろうとしない。突然クマは腕、いや脚というべきか、要するに前肢でマグアを抱えこんだ。その力の強いことといったら、音に聞こえたレスリングの荒技「ベア・ハグ」つまりクマ絞めにも劣らぬ強靭さ。ヘイワードはホークアイの身を案じつつ、息を詰めたままことの次第を見つめていた。まずは抱いていたアリスから離れ、近くの荷物の結束に使われていた鹿革の紐を取りあげた。そして、敵がホークアイの鉄腕に抱きすくめられ、両腕の自由がきかなくなったと見るや、飛びかかっていってそのまま縛りあげた。このように述べる暇にも足りぬ瞬時に、腕も脚も革ひもでがんじがらめにしてしまったのである。さすがのマグアも身動きできなくなると、斥候は絞め技を切り上げ、ダンカンが敵を手も足も出せなくしてあおむけに転がした。

この思いもかけぬ不意打ちを受けながら、マグアは激しくもがいたものの、声一つあげなかった。ついには、自分よりもはるかに強靭な筋骨の持ち主につかまったと観念してしまった。だが、ホークアイがこの策略の真相を教えてやろうと、毛むくじゃらのクマの頭部をはずし、みずからのいかつい緊迫した顔を敵の眼前にさらしてやると、何があっても泰然としているはずのマグアも慚愧に堪えず、つい、こういう場合にいつも発するあの声をあげた。

「ハッ！」

「やあ！　ようやく口きけたか！」勝者は平然と言った。「さあ、その口使われておれらやられたりしたらたまんないから、遠慮なく口封じしてやるしかないべ」

ぐずぐずしている暇はなかったから、斥候はさっそく喫緊の予防措置をとる作業に取りかかった。猿ぐつわをかませてしまえば、この敵手も「戦力外《オル・ド・コンバ》」とみなしてさしつかえなくなった。

「この悪党はどこから入ってきたんだべ」いっときも無駄にしない斥候は、一仕事終えるとすぐに詮索しはじめた。「あんたと別れたあと、おらのそば通り抜けていったやつは誰もいなかったんだが」

ダンカンは、マグアが入ってきた戸口を指さしたが、そこには障害物が積み上げられているので、すぐには通っていけそうもなかった。

「では、お嬢さんに付き添ってついてきてくれ。残った戸口から森まで突破するほかないべ」

「それは無理だ！　恐怖に打ちのめされている。どうしようもなくなっているんだ。アリス！　ぼくのたいせつなアリス。しっかりしてください。これから脱出するのですよ。だめだ！　こちらの言うことはわかるのに、言われたとおりにすることができないんだ。せっかくだが、行ってくれ。ひとりで逃げてくれ。じぶんにかまわずに！」

「どんな道にも終点がある。どんな難問からも教訓は引き出せるしょ！　ほれ、娘をこのインディアンの服に包め。全身すっぽりくるんでしまうんだ。いやいや、そんなちっこい足、曠野にはむいてないしょ。その足見えただけで、誰だかばれてしまうんでないかい。すっぽりだ。それであんたが抱いて、ついてきてくれ。

あとはおらにまかせれ」

ダンカンは、ホークアイのセリフからおわかりいただけるとおり、言われるがままにてきぱき行動し、ホークアイが言い終わるのと同時にアリスの軽い体を抱き上げると、斥候の後ろからついていった。病床の女は、先ほどダンカンたちが出てきたときと変わらずひとりぽっちで寝ていた。その場をすばやく通り抜け、自然にできた廊下づたいに洞窟の出入り口に達した。樹皮で葺いた小さな扉に近づくと、外からざわめきが聞こえてきて、病人の知人や親族が集まってきていることがわかった。病人のところにまた行ってもいいという許可がおりるのを、辛抱強く待っているのだ。

「おらがしゃべったら」ホークアイがささやいた。「おらの英語はホワイトスキンのほんものの言葉だから、悪党どもに敵がいると教えてやることになる。だから、少佐、あんたがあの訳のわからん言葉でしゃべってやれ。悪霊を洞穴のなかに封じこめたと言うんだ。それで、これから女ば森へ連れていって、体力つける根っこ探しにいくとこだってな。精いっぱいうまく真似れよ。こいつは、悪魔払いがいかにも言いそうな手順なんだから」

どうやら戸外のひとりが扉の奥から漏れてきた音に聞き耳を立てているらしく、扉が少し開いた。それで斥候は、指示を与えるのをやめざるをえなかった。立ち聞きしていた者を追い払うためにものすごいうなり声を一声あげてから、大胆に木の皮の扉を開け放って外へ出ると、クマの真似をしながら進んでいった。ダンカンはそのすぐ後ろについていき、まもなく、女を気づかう二十人ばかりの親族縁者に取り囲まれてしまった。

人の輪にちょっと隙ができると、女の父親が、女の夫らしい男といっしょにそばまでやってきた。「兄弟よ、悪霊を追い払ったか」と父親は詰問した。「腕に抱えているのは何か」

「おまえの子だ」とダンカンは威厳を保ちながら答えた。「病魔は娘さんから出ていった。岩のなかに封じこめてある。娘さんをよそへ運び出すのだ。また悪魔に取り憑かれないように、娘さんに体力をつけさせるためだ。太陽がまた昇ったら、娘さんはそちらの若だんなのウィグワムにもどしてやろう」

父親が異邦人のフランス語の意味をヒューロン語に訳して知らせると、集まっていた者たちはひそひそ話をしながら、この知らせを満足そうに受けとめた。父親たる酋長はダンカンに手を振って、娘を連れていくがいいと合図した。それから、毅然たる声で言い放ったのは、つぎのような高邁な言葉だった。

「行くがいい――わしは男だ。岩屋のなかに入っていって、悪い魔物とたたかってやる！」

ヒューロンの酋長の合図に喜んで従い、人垣から離れかけていたヘイワードは、この言葉を耳にすると、あわてて立ち止まった。

「わが兄弟よ、気でも狂ったか！」とダンカンは声を大にして言った。「迷惑というものを考えないのか！病魔に出会うではないか。そうしたら病魔は兄弟に取り憑くか、外へ逃げてしまう。娘さんを森まで追いかけてくるぞ。いや――わが子たちよ、外で待ってなさい。悪霊が出てきたら、棍棒でたたきのめすのだ。悪霊はずる賢いから、大勢が待ち伏せしているとわかったら、山のなかに潜んでしまうはずだ」

こんなおかしな警告でも思い通りの効果をあげた。父親と夫は洞窟に入っていかず、トマホークをかまえると戸口に陣どって、病める親族を苦しめたはずの悪鬼に、いつでも復讐できる態勢をとったのだ。女や子どもたちもその気になって、灌木から折りとった枝や石ころを手に身構えている。偽の呪術師たちは、この隙に乗じて姿を消した。

ホークアイはここまで、インディアンが抱いている迷信につけこんで作戦を立ててきたのだが、他方では、聡明な酋長たちのなかには、迷信をたてまえ上は否定しないものの、じつは信じていない者もいると承知していた。だから、ぐずぐずしている場合でないことは重々わかっていた。敵どもがいかにばかげたことを信じていようと、また、そのおかげでこちらの策略が功を奏してきたとはいえ、目端の利くインディアンに少しでもあやしいと思われたら最後、絶体絶命の窮地に追いこまれるだろう。そう考えたホークアイは、なるべく人目につかない道を選んで迂回し、集落に入るのは避けた。まだ小屋から小屋へ歩きまわっている戦士たちが、燃え尽きかけた焚き火に照らし出されて、遠景のなかに浮かびあがっていた。だが、子どもたちは、遊びをやめて毛皮の寝床に潜りこんだか、もう見えない。あれほどあわただしく、重大なできごとにみちた今宵の狂躁と興奮も、夜半の静けさに包まれて、すでにおさまりかけていた。

アリスは、生き返るような外気に触れて元気を取りもどした。もともと弱っていたのは精神力というより体力だったから、それまでの経緯についてあらためて説明を受ける必要はなかった。

「もうあたしに歩かせてくださいな」森のなかに入ると、人知れず顔を赤らめながらアリスは言った。いつまでもダンカンに抱かれていることを恥じていたのだ。「ほんとうに元気になりましたから」

「いいえ、アリス、まだ無理ですよ」

乙女は身をふりほどこうとして、おもむろにもがいた。ヘイワードはやむをえず、たいせつなお荷物をおろした。クマの真似をしていたホークアイにとって、愛する人を抱いているヘイワードのうっとりしている気持など、まったく理解しがたいものであることは確かだったし、恥ずかしさにわななないているアリスの純真な乙女心も、おそらく理解を超えていただろう。だが、もうだいじょうぶと思えるほど集落から遠のいたところまでくると、ホークアイは歩みをとめ、自分がお得意にしている方面の話に入った。

「この道行ったら小川に出る。小川の北側の土手を滝に着くまで行け。そこから右側の山に登ったら、別のインディアン部落の焚き火が見えるんだわ。そこに行って、助けてくれって言ったらいい。ほんもののデラウェアだったら、助けてもらえるしょ。あのお嬢さん連れて遠くまで逃げるのは、今すぐには無理だべ。ヒューロンが跡つけてきて、十マイル行くか行かないうちにおれらの頭の皮はいでしまうんでないかい。さあ、行け。神さまに無事祈れ」

「それであんたは！」ヘイワードは心外にたえず、問いつめた。「まさかここで別れるなんて言わんだろうね！」

「ヒューロンどもが、デラウェアの誇り生け捕りにしてるしょ。モヒカンの高貴の血引く最後の戦士が、やつらに囚われてるんだわ！　あいつのために何かしてやれることがないか、おら見に行ってくる。少佐、あんたの頭の皮はがれてたら、おら、約束どおり、その皮についてた毛一本につき一人のヒューロン倒してたべな。だけども、若いサガモアが杭に縛られてるとなったら、インディアンどもに、クロスと縁のない男の死に方も見せてやるべ！」

たくましい森の男が、ある意味では養子といってもよいアンカスのために一身をなげうとうと言い出したのを聞かされても、ダンカンは自分がなおざりにされたと腹を立てたりはいささかもしなかったけれども、反対する理屈をいろいろ並べ立てて、思うだに無謀な企てを思いとどまらせようとした。アリスもヘイワードに加勢し、うまくいく見込みがないだけで危険ばかり大きなそんな目論見は忘れるように説き伏せようとした。だが、二人の饒舌も誠意も通じなかった。斥候は二人の言葉に耳を傾けながらも辛抱しきれない様子で、ついには話を打ち切ろうとして、つぎのように反駁した。その口調を聞いただけでアリスはすぐに口をつぐみ、ヘイワードはもうこれ以上諫めたところで無駄だと悟った。

「聞いた話によると、若い頃の男が女に吸いつけられる気持になることがあって、親父が息子に感じる絆よりも強いんだってな。そのとおりかもしれん。おら、自分と同じ肌の色した女が暮らしてるところには、めったに行ったことないからな。だけども、開拓されたところでの生まれついての人情は、そんなものなんだべさ！　あんた、このお嬢さん連れ出すために、命も何もかも賭けたしょ。きっとその底には、そういう人情が動いてたんでないかい。おらときたら、あの若造にライフルの真価教えた。あいつはそれによく応えてくれたんだわ！　血みどろのいくさで何度もあいつと肩並べてたたかった。片っ方の耳にあいつの銃声が聞こえ、もう片っ方の耳にサガモアの銃声が聞こえてるかぎり、おら、後ろから敵にやられたりしないってわかるんだ。冬も夏も、夜も昼も、おれたちいっしょに曠野ほっつき歩いて、同じ釜の飯食ったり、交替で見張りしながら寝たりしたもんだ。おらが近くにいたのにアンカス拷問にかけられたなんて言われてたまるか――おれら、何色の肌してようが、みんな同じ天主さまに統率されてるんでないかい。天主さまに証人になってもらうべ――あのモヒカンの若者ば、朋友《ぽんゆう》に助けてももらえないまま死なせたら、仁義というものがこの世からなくなったり、キルディアが歌の先生のプープー笛と変わらん武器になったりしてしまうしょ！」

ダンカンはつかんでいた斥候の腕をはなした。斥候はくるりと背を向けると、すたこら集落のほうへもどっていった。その遠のいていく後ろ姿をしばし見つめたあげく、目的は遂げたものの心は遺憾の念にたえないヘイワードは、アリスをともなって、離れたところにあるデラウェア族の村へ通じる道をたどりはじめた。

第二十六章

ボトム「ライオンも俺にやらせろ。」

『夏の夜の夢』一幕二場、七〇行。

ホークアイは断固たる決意に燃えていたものの、これから背負いこもうとしている困難や危険を百も承知していた。集落へ戻る道々、敵の警戒や疑心の先を越すために何かいい方策はないかと、もともときれるうえに研ぎすまされた頭脳を振りしぼった。敵の抜け目のなさは、けっして侮れない。それはわかっていた。ホークアイがマグアや呪術師を殺さなかったのは、ひとえに白人としての自負のなせる業である。殺したりするのはインディアンの本性にはかなっているとしても、血筋にいささかのクロスも混じっていないことを誇りにしている一族の子孫にはまったく似つかわしくないと思っていなかったら、身の安全を図るために、まずマグアや呪術師を血祭りにあげていたであろう。そういうわけで、生け捕りにした敵を縛りあげた蔓や革紐がまだ解かれていないことに望みをかけながら、集落のど真ん中までまっすぐに突き進んでいった。

建物群に近づくと、足どりはさらに慎重になった。警戒心をみなぎらせた目は、敵のものであろうと味方のものであろうと、あやしい動きを一つも見逃さなかった。集落のはずれにほかの建物から少し離れて、荒れはてた小屋が一軒立っていた。作りかけたままほったらかしにしたみたいな荒れようだ——薪とか水とかのような、何かたいせつな必需品が不足したために見捨てられたのかもしれない。しかし、その小屋の破れ目越しにかすかな光が漏れており、ボロ屋であるにもかかわらずそこに誰かいるらしいとわかる。そこで斥候は、敵の本隊に襲いかかる前に前進基地を探ろうとする思慮深い将軍さながら、この小屋のほうへ進んでいった。

ホークアイは、なりすましているクマらしく四つん這いの恰好で、小さな戸口までいった。そこから内部をうかがうことができた。のぞいてみると、そこはデーヴィッド・ギャマットが収容されている場所だとわかった。信心深い歌の師匠は悲しみや不安に包まれ、神の御加護をひたすら祈る気持を抱いたまま、この小屋に引き上げてきていたのだ。これまで述べてきたような次第で、デーヴィッドの不格好な姿がホークアイの目に入ってきたその瞬間にこの男がひとりぽっちで深く考えこんでいたのは、ほかならぬ斥候のことだった。ただし、変装を真に受けて、斥候を本物のクマだと思いこんでいた。

デーヴィッドは、古代に奇跡が起きたことをいかに盲信していたにしても、現代の道徳を何か超自然的な力に頼って立て直そうなどという考え方には与していなかった。言い換えれば、バラムのロバ[*1]は口をきくことができたと信じているにしても、クマが歌えるかということになれば、多少懐疑的だった。しかしながら、後者の奇跡を、自分自身の精妙な耳でじっさいに確認したばかりではないか！　デーヴィッドの態度物腰にはどことなく、混乱しきった精神状態があらわれていた。デーヴィッドは粗朶の山に腰かけ、その山からときどき枝を二、三本引き抜いては、目の前の小さな焚き火に投げ入れながら、憂鬱な瞑想にふける姿勢で頬杖をついていた。この音楽信者の衣裳は、そのはげ上がった頭にビーバー製の三角帽をかぶった以外、前章で描出したのと変わるところがなかった。その帽子も、ヒューロン族の食指を動かすにはいたらない代物にすぎなかった。

デーヴィッドが今これほどまじめに考えこんでいるのはどういう問題なのか、病める女の枕元に立って果たしていた役割をさっさと投げ出してしまったあのときの様子を思い出してみれば、利巧なホークアイには見当がついた。ホークアイはまず小屋の周りをぐるりと見てまわり、この小屋が孤立しているし、収容されている人物が人物なので、訪れる者はいそうもないことを確かめてから、低い戸口をくぐり抜け、ギャマットの面前に姿をあらわした。二人は焚き火をはさんで対峙した。ホークアイが上体を起こして座ると、二人は一言も言葉を発せずにたがいを見つめ合い、そのまま一分近くも経った。あまりにも突然に意外なことが起きたので、デーヴィッドの——世界観などとは言うまい——信仰や信念が揺らぎかけたほどである。ピッチパイプをまさぐり、音楽で悪魔払いでもしようというつもりか、どっちつかずの面持ちで立ちあがった。

「黒くてあやしい怪物め!」デーヴィッドは震える手で眼鏡をかけながら、まさかのときにはかならず頼りになるもの、つまり詩篇の賛美歌集を取り出そうとした。「おまえが何なのか、どういうつもりなのかは、わたくしにはわからん。だが、教会のもっともしがないしもべのひとりに危害を加えようなどと考えているなら、イスラエルの若者の霊感あふれる言葉に耳を傾け、悔い改めるがよい」

クマは毛むくじゃらの腹を揺すると、聞きなれた声で答えた。

「そのプープー笛は片づけれ。喉はおとなしくさせておけ。やさしくてわかりやすい英語の単語五つくらい言うだけで、今は一時間わめくのと変わらん効き目あるんでないかい」

「何者だ」とデーヴィッドは問詰した。やろうとしていたことはすっかり忘れ、ほとんど息が詰まりそうになっていた。

「あんたと同じ人間だ。あんたと同じように、血筋にクマやインディアンからのクロスなんかない男なんだわ。その手に持ってるばかばかしい楽器取りもどしてくれた相手のこと、もう忘れてしまったってか」

「こんなこと、ありうるものでしょうか」と答えたデーヴィッドは、真相がわかりはじめて、息が楽になっていた。「異教徒のなかで過ごしてきたあいだに不思議なことはたくさん見ましたが、ほんとうに、これほどびっくりしたことはありませんぞ！」

「なあに、ほれ」ホークアイは、クマの頭のかぶり物をはずして実直な顔を見せ、相手のまだあやしんでいる気持を鎮めようとした。「この肌見たらいいべ。片っ方のお嬢さんほど白くないとしても、雨風に打たれたり日差しあたったりしたせいで赤くなってるだけで、レッドスキンらしいところは少しもないしょ。さあ、仕事に取りかかるべ」

「まず、あの乙女子がどうなったか教えてくだされ。それと、勇敢にもあの娘を取りもどしにきたあの青年も」

「ああ、二人はあの悪党どものトマホークから、幸いにも逃げ出せたわ！　それよりも、あんた、アンカスの行方知ってるか」

「あの若者は捕縛されています。死刑を宣告されてるのじゃないかと心配です。ほんとうに痛ましいことですが、あんなに気性のいい若者が神の教えも知らぬまま死んでいくんですかな。だからわたくしはしかるべき賛美歌を見つけて――」

「あいつのいるところまで案内できるかい」

「むずかしくはないでしょうが」デーヴィッドはためらいがちに言った。「あなたが行ったりしたら、不幸な羽目に陥っているあの若者のためになるよりも、かえってひどいことになりはしないか、そこが大いに心配ですがね」

「しゃべるのはもういいから、案内してくれ」とホークアイは言うと、またクマの頭部をかぶり、身をもって手本を示すためにすぐに小屋から出た。

二人が歩を進めるうちに斥候が確認したところでは、デーヴィッドがアンカスの居場所を知ったのは、頭が弱いとみなされているために自由に動きまわれたおかげだけではない。見張りの一人が、ちょっと英語を解するのでキリスト教に改宗させる対象者としてデーヴィッドに目をつけられ、取りたてられたかわりに何かと便宜を図ってくれたためでもあった。このヒューロン族の男が、親しくなったデーヴィッドの宗教的目論見をどれほど見抜いていたかは疑わしい。だが、野蛮人とて文明人と同じで、自分だけ目をかけられると気をよくするものだから、今述べたような効果があらわれたのである。このような事情を斥候が純朴なデーヴィッドからどんなふうに聞き出したか、それをここで再現するまでもないだろうし、必要な事実をすっかり把握し終えてからいかなる指示を与えたか、それをこの場でくどくど説明することもしない。物語が進むにつれて、読者にはすべてがじゅうぶんに明らかになるであろう。

アンカスが閉じこめられている小屋は、村のちょうど真ん中に立っていて、人に見とがめられることなく出入りするには、おそらく他のどの小屋よりもむずかしい位置にあった。だが、ホークアイには、少しでも身を隠そうなどという気がなかった。自分のクマの扮装やその真似をする能力に自信満々で、めざす小屋までもっとも人目につきやすいところをまっすぐに通っていった。しかしながら、これほど人目をしのぶことをないがしろにしているようではあれ、夜も更けた折でもあり、かなり人目は避けることができた。子どもたちはもう眠りこけていたし、女たちもみんな、大多数の戦士ともども小屋に帰って夜を過ごしていた。アンカスが収容されている獄舎の戸口近くに、戦士が四、五人ばかりたむろしている。ものうげながらも、虜囚の挙措をじっとうかがっているのだった。

そこにいた戦士たちは、ヒューロン族最高の呪術師のものとしてなじみ深い扮装に身を包んだ人物といっしょにギャマットがあらわれたと見ると、二人を通すためにさっさと道をあけた。とはいえ、立ち去る気配はなかった。それどころか、その場にあくまでも踏みとどまる気になっているのは明らかだった。この二人がやってきたとなれば、当然始まると予想される謎めいた悪魔払いの儀式に好奇心をそそられているのだ。斥候はヒューロン族にヒューロン語で話しかけたいところだったが、そんなことはとてもできるはずがないので、話をするのはすっかりデーヴィッドにまかせるほかなかった。デーヴィッドは純朴であるにもかかわらず、与えられた指示をきっちり守って、指示を与えたホークアイが期待していたよりもはるかにみごとにやってのけた。

「デラウェア族は女です!」デーヴィッドは、自分の話す英語を少しは解する戦士に大声で語りかけた。「わが愚かなる同胞のイェンギーズがデラウェア族に、トマホーク手にとり、カナダにいる父たちを襲えと命令しました。やつらは自分が女であることを忘れてしまったのですな。兄弟は、ル・セルフ・アジルが杭に縛りつけられて、ペチコート返してくれと、ヒューロン族の前で泣いて頼むのを見たいと思いませんか」

相手は、同意を意味する強い調子で「ハッ」と叫んで、積年の憎悪と恐怖の対象だった敵がそんな弱音を吐く場面に立ち会えたら本望だと伝えた。

「では、そこをどいてくだされ。そうしたら、こちらの達人さまがあのイヌをとっちめてくれますから! ほかの兄弟たちにも伝えてくだされ」

話を聞いたヒューロンの戦士は、デーヴィッドの言ったことを仲間に説明した。すると、みんなもこの折檻の目論見に聞き入り、未開の精神にこそ見出せそうな、いじめの方法の手が込めば込むほどよしとして満足する性向をあらわにした。戦士たちは出入り口から少しさがって、呪術師とされている人物に入れと手招きした。だが、クマは入っていかず、座りこんだままうなり声をあげた。

「達人さまは、ご自分の息が兄弟にかかると、兄弟の勇気も奪ってしまうことになると心配なさっているのです」デーヴィッドはヒントを受けとめ、うまく託《かこつ》けた。「みんな、もっと離れてくだされ」

ヒューロンの戦士たちは、勇気を奪われたりしたらこの上ない災厄だと思っているので、一団となって退き、声が届かないところまで離れた。とはいえ、小屋の戸口を見張ることはできるところにいた。そこでホークアイは、戦士たちもこれで安全になったから安心だとでも言わんばかりに立ちあがり、小屋のなかに入っていった。内部は、囚われているアンカス一人がいるだけで、静まりかえって薄暗かった。明かりといえば、調理のために熾した焚き火の、消えかかった燃えさしが放つ光しかなかった。

アンカスは奥まった隅にいて、手足を頑丈な蔓で痛々しいほどきつく縛りあげられ、体を伸ばして後ろに寄りかかっていた。このモヒカンの若者は、恐ろしげなけだものがまず姿をあらわしたとき、一瞥だにしなかった。斥候はデーヴィッドを戸口に立たせ、ヒューロンたちに見られないように見張らせておいた。それでも、自分たちが人目を免れていると確信できるまでは、クマの扮装を続けるほうが賢明だと考えた。だから、話しかけたりせずに、クマのおどけたしぐさを真似てみせることに苦心した。モヒカンの若者ははじめのうちこそ、敵が自分を虐待し、度胸を試してやろうとして、ほんもののけだものを送りこんできたのかと思ったが、ヘイワードから見たらあれほど迫真の演技に見えたしぐさのなかに、すぐに偽物だとわかる欠点を見抜いた。もっと上手に真似ることができるアンカスに自分の演技を蔑まれていると知ったら、ホークアイはおそらく、少々腹立ちまぎれにこの道化芝居を引き延ばしていたであろう。だが、若者の目にあらわれた蔑みの表情は、どのようにも解釈できたから、傑物の斥候は、そんなふうに見られているという悔しさを味わずにすんだ。だから、前もって打ち合わせてあった合図がデーヴィッドから送られてくるとすぐに、クマの猛々しいうなり声に代わって、低いシューシューというヘビの声を発した。

アンカスは小屋の壁にもたれて、いやになるほどへたくそな物真似は見ている気にもなれないというかのごとく目を閉じていたが、ヘビの音が小屋のなかで聞こえるとたちまち起きあがった。四方に目を配り、頭を低くしてあちこちをうかがったあげく、毛むくじゃらの化け物に鋭い目を据えた。その目はまるで魔力によって金縛りになったかのように、じっとして動かない。そこでふたたびあの音が発せられ、クマの口から出てきていることがはっきりした。若者はまた小屋の内部をぐるりと見まわし、もう一度クマに目を据えると、低音の押し殺した声で言った。

「ホークアイだな!」

「縛め切ってやれ」とホークアイは、ちょうどそのとき小屋のなかに入ってきたデーヴィッドに言った。

歌の師匠は命じられたとおり蔓を切った。それでアンカスは手足が自由になった。その一方でクマの毛皮が乾いた音を立てていたが、まもなく毛皮を脱ぎ捨てた斥候が、もとの人間の姿に戻って立ちあがった。モヒカンの若者は、ホークアイがどんな手を打ってきたのか、直観的にわかったようである。意外の念を示す声も表情も二度とあらわさなかった。ホークアイは、何本かの革紐をほどくだけで毛むくじゃらの着ぐるみを脱ぎ捨てると、ギラリと光る長いナイフの鞘を払い、アンカスに持たせた。

「ヒューロンどもが外にいる。油断するな」

そう言うと同時にホークアイは、アンカスに渡したのと似たような武器に手をかけて、含みのある顔つきをした。両方の短刀はともに、敵のまっただなかでその夜斥候が獲得してきた戦利品であった。

「行こう！」とアンカスは言った。

「どこへ」

「カメ族のところだ――われらと祖先をともにする部族だ！」

「ああ、若いな」と斥候は英語で言った。あらぬことを考えたりしていると、つい英語が出てくるのだ。「たしかに、同じ血引いてるべ。だけども、長いあいだ離れて暮らしてきたから、血の色がちょっぴり変わっちまってるんでないかい！　戸口でしびれ切らしてるミンゴどもはどう始末するんだ！　あっちには六人いる。こっちの歌の先生はものの数に入らないしょ」

「ヒューロンのやつらははったりばかりだ！」とアンカスは蔑みをこめて言った。「やつらのトーテムはヘラジカだ。でも、走りっぷりはカタツムリだ。デラウェアはカメの子孫だ。でも、シカよりも速い！」

「ああ、若造。おまえの言うことにも一理ある。駆け比べになったら、ヒューロン全員抜いてしまうべ。二マイル一気に競走しても、やつらのうちの誰かが声の届くとこまで追いつかないうちに、おまえはあっちの村に着いてしまって、息もふつうに戻ってるしょ！　だが、白人の才覚は足よりも腕にあるんだわ。おらときたら、ヒューロンのやつでももっとましなやつでも、頭かち割ってやれるけども、競走となったらかなわん」

アンカスはすでに戸口に近づき、先頭切って飛び出そうと身構えていたのだが、そこでためらいを見せ、ふたたび小屋の隅に戻ってきた。だがホークアイは自分の念頭を占める思いに取りつかれていて、アンカスの行動にも気づかぬまま、相手に向かって話すというよりは独り言を続けた。

「なにしろ、こっちがついていけないからといって、連れの足引っぱったりするのは理不尽だ。だから、アンカス、おまえは飛び出していったらいいしょ。おらまた毛皮着て、足の遅い分、たぶらかしで切りぬけてみるわ」

モヒカンの若者は応答せず、黙って腕組みしたまま、小屋の壁を支えている柱の一本にもたれていた。

「ありゃ」斥候は目をあげて相手を見ると、こう言った。「なしてぐずぐずしてる。悪党どもは最初のうちおまえ追っかけていくから、おらにはちゃんと余裕できるべ」

「アンカス行かない」という穏やかな応答。

「なしてだ」

「父の兄弟といっしょにたたかう。そして、デラウェアの味方とともに死ぬ」

「ああ、若造」とホークアイは言うと、鉄のような指でアンカスの手を握りしめた。「おれ置いてけぼりにしたら、モヒカンというよりミンゴみたいになるとこだったしょ。だけども、逃げれっておれが言ったのは、若い者のほうがふつうは命惜しむものだからな。ようし、いくさでは、精いっぱいの勇気出してもかないそうもないときは、敵の裏かいてやらんとならんのだわ。この毛皮着れ――おまえだってクマの真似ならおれに近いくらいうまいんだべ」

この点にかんして各自の能力がどの程度のものか、アンカスがひそかにどう考えていたにしろ、その謹厳な表情には、自分のほうが上手だと考えている気色はあらわれていなかった。何も言わずクマの着ぐるみを要領よくまとうと、その後どういう行動に出るべきか、年長の仲間が出す指図に従おうと待ちかまえた。

「さて、先生」とホークアイはデーヴィッドに言った。「着てるもの取り替えっこしたら、あんた大助かりだべ。曠野の住人みたいな恰好には慣れてないからな。ほれ、おらの狩人用の上着と帽子使え。あんたが身につけてる毛布と帽子、おれに渡せや。その本や眼鏡、それにプープー笛もおれに預けれ。具合がも少しよくなって、いつかまた会えたら、全部お返しするし、おまけにお礼も言ってやるから」

デーヴィッドは言われたとおりいくつかの持ち物を差しだした。いろいろな点から見て、この交換でデーヴィッドは確実に得をしたわけではないにしても、このときの潔さは、物惜しみしないその性格に面目を施したはずだ。ホークアイは借りた衣裳をさっさと身につけた。油断なく動くその目を眼鏡で隠し、頭にビーバー革の三角帽をのせると、二人の背丈は似たようなものだったから、星明かりのもとでは斥候も歌の師匠としてたやすく通用しそうだった。こうした準備を終えると、斥候はデーヴィッドと向かい合い、別れぎわの指示を与えた。

「おっかなくてたまんないんだべ」ホークアイはぶっきらぼうに訊いた。指示を与えてやる前に、全体の状況をきちんとつかんでもらおうとしたのだ。

「わたくしの職業は穏和なものですし、わたくしの気性は、謙遜して言うわけではありませんが、慈悲と愛にひたすら向いているのです」デーヴィッドは、自分の男らしさにこれほど露骨にけちをつけられて、さすがにちょっとかちんときていた。「しかし、誰に訊いていただいても結構ですが、わたくしはどんな苦境に追いこまれても、主にたいする信仰を忘れたことは一度もありません」

「あんたがいちばん危ない目にあうのは、野蛮人どもがだまされたと知った一瞬だべな。そのとき頭かち割られさえしなかったら、あんたは瘋癲なんだから、殺されることない。そしたら、自分のベッドで死ねると心待ちにしても間違いないんでないかい。ここに残るなら、この薄暗いところに座って、アンカスの代わりしていてくれ。頭切れるインディアンがだまされたことに気づくときまでな。気づかれたら、さっき言ったとおりイチかバチかの瞬間がくる。だから、自分で決めたらいい。飛び出して逃げるか、ここに残るかだ」

「わかりました」デーヴィッドはしっかりした声で言った。「わたくしはあのデラウェア族の男の代わりになってとどまりましょう。あの男はわたくしのために、勇敢に命を惜しまずたたかってくれましたから。これくらいのこと、いや、これ以上のことだって、お役に立つようにがんばります」

「男らしいこと言ったな。もっとましな教育受けてたらもっとりっぱな仕事しそうな男みたいでないかい。頭さげて座り、両膝立てて引きつけておけ。へたな姿勢してると、正体ばれるのが早くなりすぎるから。なるべくもの言うな。もの言うときは、あんたらしい大声でいきなりわめいてやったらいいべ。そしたら、あんたにはまともな男らしい責任とれないってこと、インディアンどもも思い出すしょ。だけども、まさかそんなことしないと思うが、もしやつらがあんたの頭の皮はいでも、心配するな。アンカスとおれがそんな仕打ちさせて放っておくものか。正真正銘の戦士、頼りになる友らしく、復讐してやるからな」

こんなことを請け合って二人が出ていこうとしていることに気づき、デーヴィッドは「待ってくだされ！」と言った。「わたくしは、いまわしい復讐の教えなど説かなかった方の、しがない卑しい弟子なのです。だから、わたくしがやられても、わたくしの霊魂に犠牲を捧げようなどとはしないでくだされ。むしろ、手を下した者たちを赦してやってくだされ。殺害者たちのことを忘れられないとおっしゃるなら、その者たちの心が啓かれ、死後にも幸福が訪れるように祈ってあげてくだされ！」

斥候はぐらっときて、考えこむ顔つきを見せた。

「そういうのは森の掟とはちがう！　とはいえ、きれいでりっぱな考え方でないかい！」こう言った後、深いため息をついた。ずっと昔に放棄した立場に未練を残して漏らした、最後のため息の部類だったかもしれない。そして、こう付け加えた。「おれも、血筋のクロスとは縁のない男らしく、できればそういう教えに従いたいとこだ。もっとも、インディアンといっしょにやっていくのは、あんたがキリスト教徒の仲間内でやってるほどたやすいとは限らんけどもな。あんたに神さまの御加護がありますように。きちんとものごと考え、死後のことといつも見据えてるんだから、あんたがたどっている道はあまり間違ってるとは思えないね。生まれついての性《さが》や、いろんな力に振りまわされる育ちでものごと決まる場合が多いとしてもな」

斥候はそう言いながら引き返して、デーヴィッドと慇懃に握手した。友愛こめたこの仕草のあとですぐに小屋から出ていった。その後ろからついていったのは、演技者が交替したばかりのクマである。

ホークアイはヒューロン族に見られているとわかったとたん、デーヴィッドのぎこちない動きを真似て、のっぽの背筋を精いっぱい伸ばし、拍子をとるみたいに腕を振りまわして見せた。そして、デーヴィッドの賛美歌を真似ているつもりの声を張りあげはじめた。この微妙な冒険が成功するために幸いだったのは、ホークアイの聞き手となった者たちの耳が、楽音の協和というものにとんと慣れていなかったことである。さもなければ、こんなみじめな歌声はおかしいと、間違いなく見破られたであろう。黒々とした一団をなす蛮族どもに危険なくらい近づかなければ先へ進めなかったから、斥候の声は接近するにつれ、ますます大きく響いた。いちばん近づいたときに、英語を話すヒューロン戦士が腕をのばして、歌唱の師匠だと思っている相手を引き止めた。

「デラウェアのイヌ、どうした」とヒューロンは言って、前屈みになり、とぼしい光を頼りに相手の表情を読みとろうとのぞきこむ。「あいつ、おっかながってるか。ヒューロンの戦士、やつのうめき声聞かしてもらえるか」

そのとき、いかにもほんものみたいなクマの猛々しいうなり声が発せられた。そのためにヒューロンの若い戦士は手を引っこめ、脇に飛びのいた。目の前でよちよち歩いているのはほんもののクマではないし、たんなる物真似でもないと、あらためて確かめているみたいだった。ホークアイは、油断ならぬ敵に自分の声が悟られるのではないかと心配していたので、この横槍にまんまと乗じ、あらためて声を張りあげた。その歌いっぷりたるや、もう少し文明開化された社会に行けば、おそらく「バカわめき」とでも呼ばれそうなものだった。しかし、そんな歌声も、じっさいに耳にしている者たちにとっては、頭に異常をきたしていると思われるような者にインディアンが惜しみなく寄せる敬意を、またひとしきりかき立てるだけだった。インディアンたちは小さく一かたまりに集まってさがり、二人を呪術師と何かに取り憑かれたお伴だと思いこんで通してやった。

アンカスと斥候は建物のあいだをしっかりした足どりで堂々と通り抜けていったが、その歩調を維持するには、並大抵でない度胸を要した。見張りの者たちが、おまじないの効果を見きわめたいという好奇心に駆られ、怖さも忘れてあの小屋に近づいていったことにすぐ気づいたから、なおさらである。デーヴィッドがちょっとでも愚かな真似をしたり、辛抱しきれなかったりしたら、二人の正体がばれてしまうかもしれない。斥候の安全を確保するには、どうしても拍子に合わせてリズムをとらなければならなかった。大声で歌い続けるのが得策だと考え、ホークアイが大声をあげるので、通り過ぎる小屋小屋の戸口には、何ごとかと外をうかがいに出てくる野次馬が増えていった。敵の戦士が、迷信[*2]を実行に移してみようとしてか、警戒のためか、黒い影となって目の前を横切ったことも一度か二度はあった。しかしながら、行く手をさえぎることはなかった。おもに夜闇と大胆な振る舞いのおかげで、ことはうまく運んだのである。

二人は危ない橋を渡り、集落を通り抜けた。もうすぐ森の茂みに身を隠せそうなところまできたそのとき、アンカスが閉じこめられていた小屋から、長く大きな叫び声が響いてきた。モヒカンの若者ははたと足をとめ、身につけている毛皮の着ぐるみを震わせた。アンカスは、まるでクマが何か死にものぐるいの行動に出ようとしているみたいな真似をしてみせたのだ。

「待て！」と斥候は言って、アンカスの肩をつかんだ。「もういっぺん叫ばせたらいいしょ！ 泡食って騒いだだけだべ」

だが、立ち止まっている場合ではなかった。つぎの瞬間、集落中のあちこちからいっせいに叫び声があがり、闇を満たしたからだ。アンカスは毛皮を脱ぎ捨て、自身のみごとな体をあらわにした。ホークアイはアンカスの肩を軽くたたくと、前に立って滑るように進みだした。

「こうなったら、やつらに追っかけさせたらいいしょ！」と斥候は言うと、藪の下からライフル銃二丁と弾薬を引っぱり出した。そして、アンカスに銃を一丁渡しながら、キルディアを颯爽と手にとった。「追っかけてきたら、少なくても二人ぐらいには、死に目見せてやるべ」

それから二人は、獲物をいつでも迎え撃てるようにそなえた猟師のように、銃を下げ銃《さげつつ》にかまえて突進し、すぐに真っ暗闇の森のなかに呑みこまれていった。

第二十七章

アントニー「はい、忘れずに。
シーザーがこうせよとおっしゃれば、即実行されます。」
『ジュリアス・シーザー』一幕二場、九〜一〇行。

アンカスを閉じこめた小屋のまわりにたむろしている野蛮人たちは、これまで述べてきたとおり、待ちかねるあまりに呪術師にたいする恐れも忘れ、焚き火の光がかすかに漏れてくる壁の割れ目のほうに、胸ときめかせながら油断なく忍びよっていった。しばらくは、デーヴィッドの影をアンカスのものと取り違えていた。だが、ホークアイがまさに心配していたことが起きてしまった。歌の師匠はのっぽの体を縮めているのにくたびれて、下肢を少しずつ伸ばしていき、あげくのはてに、不格好な片足で焚き火の燃えさしを蹴飛ばしてしまった。はじめのうちこそヒューロン族の戦士たちは、アンカスが魔術のためにそんなぶざまな姿に変えられたのかと思った。しかし、見られているとは知らないデーヴィッドが、顔の向きを変えて、虜囚の傲岸な面構えどころか、おとなしい間抜け面をさらけ出すと、妄信の徒たるインディアンもさすがに魔術のせいだとは思えなかったようだ。いっせいに小屋のなかに飛びこんでいき、少しの手加減もせずに捕虜につかみかかると、ただちに扮装をはぎとってしまった。このときの叫び声が、脱走した二人の耳に最初に届いたものだった。それに続き、怒り狂って報復の念に燃える叫喚が発せられた。デーヴィッドは、二人の友の逃亡を掩護しようとしっかり決意していたものの、みずからの最期を迎えるときがきたと思わずにいられなかった。本も笛も手もとになくなったので、こういう場合にもめったに失いはしない記憶に躊躇なく頼り、ばかでかい声で情熱こめて高唱しだした。葬儀に歌う賛美歌の出だしをうたうことで、あの世まですんなりと行けるように努力したのである。おかげでインディアンたちは、デーヴィッドの頭がおかしいことを思い出し、すんでのところで殺害を思いとどまると、戸外に飛び出していって、前章で述べたように村中の人びとをたたき起こした。

インディアンの戦士は、防御施設と呼べるようなものを恃むことがないので、睡眠中も戦闘態勢をくずさない。したがって、非常警報が発せられるやいなや、二百人もの軍勢が起きあがり、戦闘でも追跡でも必要に応じてすぐに取りかかれる構えに入った。虜の脱走がすぐに知れわたると、部族全員一丸となって、公会堂のまわりに押しかけた。酋長たちからの指示を待ちかねている。このような、瞬時に機転を利かす必要が生じた場合、たいていいつも狡猾なマグアのお出ましが望まれる。だが、マグアは名前を呼ばれても姿をあらわさないので、みんなはあたりをうかがいながら首をひねった。そこで使いの者がマグアの小屋までひとっ走り、存否を確かめに行かされた。

他方、若衆のなかでももっとも足が速く、もっとも利発なのが数名、森に囲まれたこの集落をひとまわりして、隣人とはいえ日ごろから不信の的であるデラウェア族に何かあやしい動きがうかがえないか、確かめてくるように命じられた。女、子どもたちはあちこち走りまわっていた。つまり、この陣営全体が、またもや埒もなく狂暴な混乱の図を呈したのである。しかし、この無秩序の騒動もしだいにおさまっていった。しばらくすると、最年長で最有力の族長たちが公会堂に集まり、厳粛な評定を始めた。

まもなく大勢の声がして、一隊が帰ってきたと知らせた。何らかの情報を持ち帰ってきて、思いもかけぬ事態に追いこまれたわけを解き明かしてくれるかもしれないと期待された。戸口あたりにいた群衆は道をあけ、何人かの戦士が公会堂に入っていった。この一行に連れられてきたのは、斥候に縛りあげられたままほったらかされていた、あの哀れな呪術師だった。

この男のヒューロン族のあいだでの評判は千差万別で、その神通力を心底から信じている者もいれば、ペテン師だとみなしている者もいたが、このときばかりは全員が耳そばだててこの男の話に聞き入った。呪術師の話があっさり終わると、病床に伏していた女の父親が前に進み出て、自分の知っていることを手短にてきぱきと語った。二人の話から、これからの捜索をどのように進めればいいか手がかりがつかめた。この手がかりをもとに行動が、蛮族らしい抜け目のなさで早速開始された。

お目当ての洞窟まで、みんながどっとかってに駆けつけるようなことはしない。頭分のなかから思慮分別に秀で、意志堅固な者十名が選ばれ、捜査にあたらせられた。一刻も無駄にできなかったから、選抜がなされたとたん、使命を受けた者たちは一団をなして立ちあがり、一言も口をきかずに公会堂から出ていった。洞穴の入り口に到着すると、先頭に立っていた年下の男たちは年長者に道を譲り、天井が低く暗い廊下を全員そろって進んでいった。公のためになるなら命を投げ出す覚悟の戦士らしく毅然としながらも、今まさに立ち向かおうとしている敵がいかなる力を有しているのか、心ひそかに怪しんでもいた。

洞窟の入り口からいちばん近いところにある房室は物音もせず、薄暗かった。女はあいかわらず同じところで、同じ姿勢のまま寝ていた。一行のなかには、「白人の呪医」とされる人物によって女が森へ運ばれていくのを目撃したと言い張る者たちもいるのに。父親が語った話と真っ向から食い違う、こんな打ち消しようのない証拠を目にしては、父親にみんなの視線が集まってもしかたない。父親の酋長は、暗黙の非難を受けていらだち、娘がここに寝ているという不可解な事実に内心面食らって、寝床のそばまで近づいていくと、かがみこんで顔をのぞきこみ、現実とは思えないとでも言いたげな表情を見せた。娘は死んでいたのだ。

死を前にしたときの自然な感情が、その場をしばし支配した。年老いた戦士は目をおおって悲しみに暮れた。それから落ち着きを取りもどすと、仲間に面と向かい、屍《しかばね》を指さしながら、ヒューロン語でこう言った。

「わしの手下の妻がこの世を去った！　大霊が子たるわしらにたいしてお怒りだぞ」

悲嘆にみちた託宣は、厳かに静まりかえった一行に受けとめられた。ちょっと間をおいてから、一人の年長者が何か言いかけた。その刹那、黒っぽい物体が隣の房から、みんなのいる部屋の真ん中まで転がりこんできた。いったい何ものが飛び出してきたのか見当もつかなかった。その場にいた者たちは全員あとずさり、びっくりして見つめていた。するとその物体は、明かりのほうへ向きなおって立ちあがり、ゆがんでいたとはいえ、凶暴な渋面を見せた。それはマグアの顔だった。それが明らかになると、一同いっせいに奇異の念を声にした。

しかし、マグアのありさまを見てとるや、間髪入れず何名かが短刀を抜いて、手足の縛めや猿ぐつわを断ち切った。マグアは身を起こすと、巣穴から出てきた獅子のごとくに全身をゆさぶった。手は発作的に短刀の柄をまさぐるものの、言葉は何も発しない。あたかもとりあえず怨みをぶちまけてやる相手でも探すかのように、一座の者を睥睨《へいげい》した。

アンカスやホークアイにとって、さらにデーヴィッドにとってさえ、こんなときにマグアの手の届くところにいなくて幸いだった。このときばかりは、息も詰まるような激怒に駆られているので、手のこんだ残忍なやり方で殺そうなどという悠長なことは、ぜったいに言うはずもなかったからだ。どっちを見ても味方の顔しか見つからず、怒りをぶつける相手がいないために、マグアは歯がみしてやすりのような音を立てるだけで、激情を呑みこんだ。その場にいた者はみんなこのむき出しの怒りに目をくれ、すでに気も狂わんばかりになっているマグアの機嫌をさらに損ねてはいけないという思いから、しばらく何も言わずにやり過ごしていた。だが、頃合いを見て最年長者が口を開いた。

「友よ、敵を見つけたのだな！　その敵は、ヒューロンが仇討てるほど近くにいるのか！」

「デラウェアの野郎め、死ね！」マグアは雷のような声で怒鳴った。

含蓄を孕んだ長い沈黙が再度その場を支配した。それから、しかるべき気遣いを見せたうえで、さっきと同じ人物が声を発した。

「あのモヒカンは足が速いし、跳ぶのもうまい。だが、わしの部下どもが追いかけている」

「あいつ、逃げてしまったのか」と詰問したマグアの声は低音で野太く、腹の底からわき起こってきたようだった。

「悪霊がわしらのなかにまぎれこみ、わしらの目がくらまされて、あのデラウェアの男が見えなくなったのでな」

「悪霊だと！」マグアはオウム返しに言って嘲った。「『さかまく川』でおれの部下たちを殺したのも悪霊、『癒しの泉』で部下の頭皮はいだのも悪霊か。ル・ルナール・シュプティルを縛りあげたのは、今度は誰だっていうんだ」

「友よ、誰のことを言ってるのか」

「肌は白いくせに、ヒューロンに負けない肝っ玉と抜け目なさを持ってるイヌのことさ――ラ・ロング・カラビーヌだ」

この恐るべき名前が出てきたとたん、インディアンたちはいつものように浮き足だった。だが、思いをめぐらす余裕があったから、戦士たちは、手ごわく大胆な敵が自分たちの陣営の奥深くにまで入りこんできて、危害をなしていったのだと思いいたる。こうなると、不安は憤怒にとってかわられた。たった今マグアのなかで煮えたぎっていた激情の嵐は、仲間たちに突然乗りうつった。激怒に歯ぎしりの音を立てる者もいれば、叫び声にして反感をぶちまける者もいる。さらにはまた、怒りの種になった対象を打ちすえるかのように、虚空を狂おしくたたく者もいる。だが、この出し抜けの感情の激発は、やはり同じくらい急に静まってしまい、何ごともないときにインディアンがかまえてみせる、あのむっつりと取り澄ました態度にもどった。

マグアは、やはり思いをめぐらす余裕ができたおかげで態度を変え、重要な問題を扱うのにふさわしい貫禄のある思案や振る舞いのできる人物みたいな顔をしはじめた。

「陣営に戻ろう」とマグアは言った。「みんながわれわれを待っているぞ」

仲間たちは暗黙のうちに同意し、一行は全員洞窟から出て公会堂へ戻ってきた。一同は着座するとマグアに注目した。この振る舞いからマグアは、みんなが自分にことの次第を説明するように求めていると了解した。そこで立ちあがると語りだしたが、嘘偽りを言ったり、包みかくしたりは少しもしなかった。ダンカンとホークアイのしかけた策謀が、すっかり暴きたてられたのは言うまでもない。だから、もっとも迷信深い者にとっても、どうしてああいうことになったのか、わけがわからないなどという余地はなくなった。もう明々白々のことだが、自分たちは、面目丸つぶれにもすっかりだまされ、愚弄されたに等しかったのだ。マグアが話を終えてもとの席に着くと、そこに集まっていた者たちは、――陣営の戦士ほとんど全員が集まっていたのだが――座ったままたがいに顔を見合わせ、敵の大胆さにもみごとな首尾にも度肝を抜かれたという表情をした。しかし、つぎに検討されたのは、いかにして仕返しの機会を見つけるべきかということだった。

逃亡者たちを捜索する追っ手がまず増派された。それから酋長たちが重要な謀議に熱中した。年長の戦士たちはさまざまな案をつぎつぎに持ちだした。マグアはうやうやしく黙ったまま、それに耳を傾けていた。この抜け目ない蛮人は策士ぶりと自制をすでに取りもどし、いつもの慎重さと技巧を発揮しながら目的に向かって進みはじめた。発言する気のある者がそれぞれの思いを述べ終えるとはじめて、マグアは自分の意見を出す構えを見せた。その意見がさらに重みを増したのは、すでに伝令が何人か戻ってきて、これまで敵を追跡した結果について報告していたからである。報告によれば、敵は、隣地に陣営をかまえている信用ならぬ同盟軍デラウェア族を頼って、安全を図ろうとしていることに疑いの余地はない。この重要な情報を入手したことにつけこんで、マグアはみずからの計略を仲間に慎重に説明した。するとその計略は、マグアの雄弁と老獪さからしたら当然の成り行きだが、誰一人異論を差しはさむ者もなく採用された。その計略は、およそつぎのような見方や動機にもとづいて立てられていた。

前にも述べたとおり、姉妹はヒューロンの村に到着したとたん、だいたいいつも踏襲されるやり方に従って別々に引き離された。アリスの身柄を拘束しておくのが、コーラに言うことをきかせるいちばんいいやり方だということを、マグアは早くから見抜いていた。だから、二人を引き離した後、マグアはアリスを手もとに置いておき、もっとも目をつけていたコーラを、同盟している部族にあずけておいたのだ。この措置は一時的なものにとどめるつもりだった。インディアンがいつも用いる手はずにしたがっただけでなく、隣人のデラウェア族におもねるつもりもあってとった措置だった。

マグアは、蛮族のなかでめったに衰えることのないあの復讐心にたえず衝き動かされながらも、もっと先を見通した個人的な利害もないがしろにしなかった。若い頃に愚行をおかし、裏切りを働いたために、長年苦労して贖罪しなければ、本来所属していたヒューロン族のなかで信用を回復してふたたび重職に就けるようにはなれない。それに、インディアン部族のなかでは、信用を失ったら誰にも相手にしてもらえなくなる。そういう微妙で気骨の折れる境遇にあって、マグアは自分の影響力を高めるためにいかなる手段も辞さなかった。そして、これまでの功績のなかでももっともうまくいったのは、強大で油断ならぬデラウェア族と情実を通じたことだった。これにうまく成功したおかげで、めざしていた信用回復が完全にできた――ヒューロン族といえども、人間は自分の能力を他人に評価されたとおりに評価するものだという、人間につきまとうあの圧倒的な性向を少しも免れていなかったからだ。

マグアは部族全体のために尽くしているように見せかけながらも、自分の個人的な野望をけっして見失ってはいなかった。この野望は、想定外のできごとのために遂げることができなくなっていた。せっかく捕まえた虜もみんなマグアの手の届かないところに行ってしまった。おかげで、ついこのあいだまで恩に着せてやっていた相手に、こちらから頭を下げなければならない立場に追いこまれていた。

酋長たちのなかには、デラウェア族を不意打ちにしようという、腹黒い背信行為の計略を提案する者も何名かいた。デラウェア族の野営地を占領し、一気に虜を奪回しようというのである。たしかに、自分たちの名誉や利害を重んじ、戦死した同胞の冥福を祈るためには、どうしても多少は敵を血祭りにあげ、さっさと復讐を遂げなければならないという点で、異論はなかった。だが、これほど危険で成否も不確かな計画を論破することは、マグアにはお茶の子さいさいだった。いつもの手管でそんな計画の危うさや誤謬を暴きたてた。あらゆる異論には対立する忠告を突きつける形で、有無を言わせぬところまで追いつめておいてから、ようやくみずからの企てを披露するにおよんだ。

まず最初に、聞き手たちをおだてることから始めた。注意を引きつけるためには、けっして間違いのないやり方である。ヒューロン族が無礼者たちを罰するために勇猛果敢にたたかった事例を数々あげながら、ついでに、聡明さを発揮したことについてもべた褒めした。聡明さは、ビーバーと他のけものとの大きな違いであり、また、けものと人間との、さらにけっきょくは、とくにヒューロン族と他の人類との、大きな違いをなしていると論じた。思慮深さという特質をさんざん持ちあげておいてから、ヒューロン族が目下直面しているこの状況において、この特質をいかに活用すべきかを明らかにするという課題に取りかかった。マグアが言うには、一方には、ヒューロン族の偉大な白人の父たるカナダ総督[*1]がおり、子らのトマホークがあまりにも血塗られてしまったので白眼視しだしている。他方には、ヒューロン族と変わらない勢力を有しながら異なる言語を話すデラウェア族がおり、ヒューロン族と利害を異にし、ヒューロン族を快く思っていないから、何か口実さえ見つかれば、偉大な白人の総督と組んでヒューロン族を辱めることもためらわないであろう。それからマグアが持ちだしたのは、ヒューロン族の陥っている窮状である。これまで軍務についた報酬として期待していいはずの報酬を受けとっていないし、自分たち本来の猟場や故郷から離れて遠くまできているし、こんな危なっかしい状況に追いこまれている以上、もっと頭を働かせる必要があり、衝動的に動かないほうがいいと弁じた。年配の者たちはマグアの慎重論に感心しているのに対し、勇猛にして卓越した戦士の多くはそんな技巧に走るやり方を小馬鹿にしている。これを見抜いたマグアは抜け目なく、戦士たちお気に入りの話題をぶり返した。ヒューロン族の聡明さによってもたらされた成果を晴れがましく並べたて、これこそ敵に対する完全にして最終的な勝利にほかならないと言いきって見せた。さらに、これまでの成果を油断なく引き継いでいけば、ヒューロン族が故あって憎んでいる者たちすべてを絶滅できようとさえ示唆した。要するに、好戦的なやり方と術策に頼るやり方を混ぜ合わせ、はっきりしていることと漠然としていることをつなぎ合わせて、年寄りと血気にはやる者両者にとりいり、どちらにも期待を残しておいたので、どちらもマグアの真意をつかみかねたのである。

このような事態を引き起こすことのできる弁舌家ないし政治家は、後世にどう評価されようとも、同時代の人びとにもてはやされるのがふつうである。だれもが、じっさいに語られたことよりも多くの意味をその話から読みとり、まさに各人が理解できたこと、あるいは、自分の願望につられて期待していることこそ、隠れた意味であると思いこんだのである。

こういう都合のいい状態では、マグアが会衆をうまく丸めこめたとしても驚くにあたらない。ヒューロン族は慎重に行動することに同意し、衆議一決、ことを進めるにあたって指示する権限を、かくも賢明にしてわかりやすい方策を提言してくれた酋長の裁量にゆだねることにした。

これでマグアはさんざん奸智を働かせ、企てに乗り出すにあたって抱いていた一つの大きな目的を達した。同胞から見捨てられたという失地は完全に回復された。今や自分は、作戦を指揮する立場にさえ引き上げられている。じじつ、支配者になっていた。人気を保っていけさえすれば、自分たちが敵地にいるあいだはとくに、どんな王にも負けない独裁的な権力をふるうことができる。したがって、評定に応じるような体裁はかなぐり捨てて、自分の職務にまつわる威厳を保つのに必要な、権威を帯びたいかめしい態度をとるようになった。

　情報を集めるために伝令が四方へ送られた。スパイがデラウェア族の陣営に近づいて探りを入れるように命じられた。戦士たちは解散し、それぞれの家に戻ったが、すぐにでも軍務に舞い戻らねばならないと承知させられていた。女、子どもは家に引っ込んでいるように言いつけられ、静かにしているようにと警告された。マグアは以上の手配を終えると、集落を通り抜けながらあちこちに立ちより、ご機嫌を取っておいたほうがいいだろうと思われる者たちと会見してまわった。前からの味方とはいっそう気脈を通じ、どっちつかずの者は味方につけ、誰にも不満を持たせないように気を配ったのだ。その後で自分の小屋へ向かった。ヒューロン族から追放されたときに捨てた妻は他界していた。子どもはなかったから、小屋に住んでいても、今やいっしょに暮らす者は一人もいなかった。その住まいは、前にデーヴィッドが収容されていた、あの村はずれの荒れはてた小屋にほかならなかった。マグアはデーヴィッドをしかたなく引き取り、たまに顔を合わせるときには、横柄な優越感もあらわに相手を見くだして、ろくに目もくれなかったのである。

　マグアは指揮の仕事に一段落つけた後、この小屋のなかに引っこんだ。しかし、他の者たちが眠っているあいだも、一睡もしなかったし、寝ようともしなかった。このあらたに選ばれた指揮官の動きを観察しようというほどの物好きがいたとしても、小屋の片隅に座っている姿を目にしただけであろう。小屋に入ったときから戦士に再集合するように指示した時刻まで、今後の行動計画について思いをめぐらせている。ときおり小屋の隙間から風が吹きこんでくる。焚き火の残り火が放つ揺らめく光が、一人ぽつねんと黙りこくった男を照らす。これを見たら、この色浅黒い野蛮人こそみずからのよこしまな思いにふけり、悪事を企んでいるさなかの魔王である、などと思いこんだとしても不思議ではなかっただろう。

しかし、夜明けにはまだまだ早いころから、村はずれのマグアの小屋に、戦士がつぎつぎに入ってきて、ついにはその数二十人にのぼった。各人自分のライフル銃やその他の武具を携えてきた。とはいえ、化粧はいずれもいくさ化粧ではなかった。見るからに猛々しい男たちが入ってきても、あいさつ一つ交わすことはない。屋内の暗い影のなかに座る者もいれば、彫像のように動かずに立ったままの者もいる。やがて、指名された者全員が集合した。

するとマグアは立ちあがった。進めの合図を出し、先に立って歩きだした。戦士たちは一人ずつ指導者の後についていく。「インディアン縦隊」[*2]という呼び名で有名になった、あの一列縦隊を組んでいる。戦争という、魂を揺さぶるような営みにたずさわる他の者たちとはちがってこの一行は、地味で人目にもつかぬ態で陣営からこっそりと出ていった。死にものぐるいにたたかって沸き立つような名声を獲得しようと勇む戦士というよりは、音もなく進む幽鬼の一団に似ている。

マグアはデラウェア族の野営地へ直行する道を選ばなかった。曲がりくねった小川沿いに下流のほうへ部隊を率いていき、ビーバーの作った小さな湖の岸辺にさしかかった。あの聡明勤勉な動物が森の木を倒して切り開いた空き地に入るころには、夜が明け初めた。マグアはかつて着ていた衣裳をふたたび取り出してきて、それをまとっていたが、この装束はなめした革をキツネの姿に似せて仕上げてある。これにたいして、同行している一人の酋長は、自分固有の象徴つまり「トーテム」としてビーバーを銜い、そのしるしを身につけていた。この男が自分の同族だと思っている動物の棲む大集落を、何のあいさつもせずに通り過ぎたりしたら、とんでもない罰当たりなことをしたことになる。だから男は立ちどまり、まるで人間に語りかけているみたいにやさしく親しげな言葉をかけた。ビーバーをいとこと呼び、自分が守ってやっているからこそおまえたちは無事に過ごせているのだぞ、と言い聞かせる。なにしろ、強欲な毛皮取り引き商どもが大勢押しかけてきて、インディアンたちにビーバーを仕留めてこいとあおっているのだから。これからも守ってやるから、ありがたいと思えと言った。それから、自分がたずさわっているこの出撃に触れ、配慮おさおさ怠りなく遠回しな言い方ながら、聡明なことで有名なおまえたちの知恵を多少とも、親族たるこのおれに分けてくれないかと持ちかけた。†

こんな奇妙なことを口説くインディアンがしゃべっているあいだ、仲間たちはその言葉に大まじめに耳を傾けていた。けものに話しかけたりするのはおかしいなどとは、どうやら誰も思っていないようだった。一、二度、水面の上に顔を出すビーバーの黒い影が見えた。するとヒューロン族の者たちは、話しかけても無駄ではない証拠と考えて喜んだ。話が終わったちょうどそのとき、大きなビーバーが自分の住まいの戸口から頭を出した。その棲み家の土壁はボロボロに崩れていたから、そこにビーバーが棲んでいるとは、インディアンたちにも意外だった。ビーバーに言葉をかけていたインディアンは、こんなふうに気安く顔を出してくれるなんて大吉のしるしにちがいないと受けとめた。それにしてはちょっぴりあわただしげにビーバーは引っこんでしまったのだが、それでもインディアンはお礼とあいさつの言葉をたっぷり献上した。

マグアは、この戦士に同族への誼《よしみ》を尽くさせるためにじゅうぶんな時間を割いてやったと思えるまで待ったあげく、ふたたび進めの合図を出した。インディアンたちが列を作り、ふつうの人間には足音が聞き取れないような歩き方で去っていくと、さっきの大柄なりっぱな顔つきのビーバーが、またもや隠れ家から頭を出した。ヒューロン族一行の誰かが後ろを振り返ったら、このビーバーが、人間の理性とも区別しがたい聡明さと好奇心をうかがわせながら、自分たちの動きを見つめているのがわかったはずだ。じっさい、その知恵のまわり方があまりにも人間に近いことは明白で、どうして動物がそんなふうに振る舞うのか、どんなに経験を積んだ者が見ても説明できなかっただろう。だが、ヒューロン族一行が森のなかに消えた瞬間、いっさいの説明がついた。あのビーバーが棲み家から全身をあらわし、毛皮の仮面をはずすと、そこにチンガチグックの謹厳な顔があらわれたのである。

第二十八章

「手短かに頼む、見てのとおり取り込んでいるのでな。」
『から騒ぎ』三幕五場、四～五行。

　これまで何度も話に出たデラウェア族、いや正確にいえばデラウェア族の片割れは、ヒューロン族の一時的な滞在地のすぐそばに当面の陣営をかまえており、ヒューロン族とほぼ等しい勢力を擁していた。ヒューロン族と同様こちらの部族も、モンカルムに恭順して英国王領に侵入し、モホーク族の猟場を蹂躙していた。ただし、デラウェア族からの支援がもっとも期待されたときに、インディアンたちによく見られる不可解なそっけなさを見せて、進軍をやめてしまっていた。フランス軍は、同盟していたはずのデラウェア族がこのようにとつぜん離脱したわけについて、さまざまに解釈していた。しかし、昔の条約を無視できない気持ちに勝てなかったのだろうというのが、有力な見方になっていた。あの条約によって、デラウェア族はかつて軍事を六民族連合にまかせ、保護される立場におかれていたので、当時主君と頼みにしていた部族に今さら対決する気になれないのだと。デラウェア族自身が、インディアンらしいぶっきらぼうさで、モンカルムからの使者に一方的に通告してすませた言い方によれば、デラウェア族の斧はなまってしまったので、それを研ぐ時間が必要だというのであった。カナダの頭領はそつがなく、頼りにならない味方をへたにきびしく扱って敵にまわすよりは、我慢してご機嫌を取っておくほうが賢明だと考えた。

すでに述べたように、マグアが一隊を率いて、ビーバーの集落から森のなかへ音も立てずに消えていったあの朝、デラウェア族の野営地に日の出の光がさっと降りそそぐと、まるで昼日中いつもの仕事にいそがしく追われているみたいにいそがしく立ち働く人びとが見えてきた。女たちは小屋から小屋へ駆けずりまわり、朝食の支度にいそしんでいる。健康維持に必要な滋養のあるものを作ろうと奮闘している者も少しはいるが、多くは手を休めて、知り合いたちと口早にささやきあっている。戦士たちはいくつかの集団を作ってくつろいでいる。しゃべるよりは思いにふけっている者のほうが多い。たまに言葉を発しても、深く考え抜いたことを口にする者のような話しぶりである。小屋小屋のまわりに狩りの道具がたくさん見えるが、狩りに出かける者はいない。あちこちで戦士が武器を点検しており、けもの以外の敵に出会いそうもない場合には滅多に見せないほど、やけに入念である。そして、ときたま一団の戦士がいっせいに、集落の真ん中にある大きな静まりかえった小屋のほうへ目を向けた。あたかもそのなかに、みんなの念頭を占めている何かがおさめられているような具合だった。

こんな光景が続いているうちに、この集落が位置する平らな岩盤のいちばん端に突如一人の男があらわれた。武器を持っていないし、地が強面《こわもて》のいかめしい顔つきも、化粧で強調されているどころかやわらげられていた。男はデラウェア族からよく見えるところまでくると立ちどまり、友愛を示す身振りをした。片手を天に向かってさしのべ、それから心をこめてその手を胸に当てたのである。村の住民はこのあいさつに答えて、歓迎の言葉をささやいた。そして、男と同じ身振りをして、もっと近くへこいと促した。男はこの手招きに意を強くして、しばし佇んでいた天然のテラスのような恰好の岩棚の縁から歩み寄ってきた。男は朝焼けの空を背景に逆光を浴びた姿をくっきりと浮かびあがらせながら、集落の中央まで悠々と入ってきた。近づいてくるあいだ聞こえてくるのは、腕輪や首輪についた銀製の飾りや、鹿革のモカシンの縁飾りについている鈴の、カチャカチャと鳴る音だけだった。男は途中、戦士たちの近くに通りかかるたびに丁重なお辞儀をした。だが、女たちには目もくれない。さしあたっての用件には、女たちの出る幕はないと言わんばかりだった。男が近づいていく先にたむろしていた一群の戦士は、いずれも尊大に構えているところから見て、有力な酋長たちの集まりであることが明らかだった。その前まで歩を進めると、このよそ者は立ちどまった。ここでデラウェア族の大物たちは、目の前に立つ敏活な人物こそ、ヒューロン族のあの名だたる酋長ル・ルナール・シュプティルその人であると見てとった。

よそ者にたいする出迎えは、油断を見せず、ものものしく無言のうちにおこなわれた。正面にいた戦士たちはわきへさがり、もっとも弁の立つ同僚のほうへ向かう道をあけた。北部インディアンの言語ならどれでも話せる同僚である。

「英明なるヒューロンの方、ようこそ」このデラウェア族の渉外役はマクア語で話しだした。「わざわざいらしてくださったのですから、あなたの兄弟たるわれわれ湖の部族におつきあいいただき、いっしょに「サッカトゥシュ†」を召し上がってもらいますぞ！」

「いただきますとも」とマグアは答え、東方の王族みたいなもったいぶったお辞儀をした。

デラウェア族の渉外役は手をさしのべて相手の手首をとり、再度親しみをこめてあいさつした。それからこの酋長は客人を自宅へ招き、朝食を相伴してくれと言った。招待は受け入れられ、二人は年配の戦士三、四人に付き添われながら、静かに立ち去った。あとに残された者たちは、マグアがこんなふうにとつぜん訪れた理由を知りたくてうずうずしていたが、そんな焦りは仕草にも言葉にもいっさい見せなかった。

この後、質素な食事をするつかの間、交わされる話は愚にもつかぬことばかりで、マグアがつい先日やった狩りのことに限られていた。この客人の訪問をこともなげに受けとめて接待にあたっているデラウェア族の酋長たちのように泰然自若としていることは、どんなに育ちのいい白人にもできなかったであろう。ところが、そこにいる者たちはみんな、訪問には何か秘密の目的があり、しかも自分たちにとって重大な用件がからんでいるにちがいないと、余すところなくわかっていたのだ。全員の食欲が満たされると、スクオーたちは木皿や瓢箪を片づけた。そこで両者は、巧妙な腹の探り合いにかかる構えに入った。

「わが偉大なるカナダの父は、子たるヒューロン族にまたもやいい顔をしてくれましたか」と、デラウェアの渉外役は訊ねた。

「いつそうでないことがありました！」とマグアは応じた。「わがヒューロン族を「最愛の者たち」と呼んでいるのですからな」

デラウェアのほうは、それが嘘っぱちであると知ってはいたが、真に受けたような顔をしてうなずいてから、さらに続けた。

「ヒューロンの若い衆たちのトマホークは、ずいぶん血に染まりましたな」

「そのとおり。だが、もう血はぬぐってありますが、たたかいにそなえて研いではありません――なにしろ、イェンギーズ軍は死んでいなくなりましたし、隣にいるのはデラウェアなんですからね」

相手は、友好関係を確認するこの言葉を聞き届けたと手で合図して、そのまま口をつぐんだ。するとマグアは、イギリス人虐殺の話が出たことでふと思い出したみたいな顔で、こう訊いた。

「わたしのあずけた捕虜は、兄弟たちに迷惑かけていませんか」

「あの女は迷惑ではありません」

「ヒューロンとデラウェアとはたがいに近くに住んでいますし、自由に往き来しています。あの女が兄弟たちに迷惑かけるようなら、わが部族のスクオーたちのところへ送り返してください」

「あの女は迷惑ではありませんよ」デラウェア族の酋長は、前よりももっと強い口調で答えた。

あてがはずれたマグアは、数分間何も言わなかった。しかし、コーラを取りもどそうとしたこの瀬踏みがはねつけられたことを気にもしていないふりをしていた。

マグアはようやく口を開くと、「デラウェアが山のなかで狩りをするときに、わたしの部下たちから、窮屈な思いをさせられたりしていないでしょうね」と訊いた。

「レナペは、自分たちの山は自分たちで仕切ります」相手はやや傲岸な調子で答えた。

「それは結構！　公正こそレッドスキンの神髄！　インディアンがたがいに争って、トマホークを磨いたり、短刀を研いだりする必要なんかありません！　ペールフェイスが、花咲く季節にやってくるツバメよりももっと大勢押しかけてきてるというのに」

「そのとおり！」これまで黙って話を聞いていた者たち二、三人が、いっせいに声をあげた。

マグアは、自分の言葉にデラウェアが共鳴して軟化するのを待つかのようにしばらく間をおいてから、こう言い足した。

「森のなかに見慣れぬモカシンの足跡はありませんでしたか。白人どもの足跡を嗅ぎつけはしませんでしたか」

「カナダの父にはきてもらったらいい！」と相手ははぐらかすようなことを言った。「子らはいつでも迎えることができますからな」

「あの偉大な頭領がくるときは、インディアンとともにウィグワムで和睦のタバコを吸うためです。ヒューロンもあの方は歓迎すると言いますよ。だが、イェンギーズときたら、腕は長く、脚は疲れを知らぬ！　わたしの部下たちは、デラウェアの村の近くでイェンギーズどもの足跡を見たと思っていましてね！」

「レナペは眠って見落としたりしませんよ」

「それなら結構。目を開けている戦士には敵が見えるはず」とマグアは言うと、相手の警戒を解くことができていないと見てとり、また話題を変えた。「兄弟におみやげを持ってきてあげました。デラウェアは戦争に出かけません。いくさをよしとしないからです。だが、デラウェアと手を組んでいるヒューロンは、隣に住んでいる仲間のことを忘れたりしませんよ」

言葉巧みなマグアは、このように気前のいい話を持ちだすと立ちあがって、目のくらんだ相手の前に、もったいぶって贈り物を並べた。主として、ウィリアム・ヘンリー砦で虐殺した女たちからはぎとってきた、たいして価値もない装身具類である。抜け目ないマグアは、そのなかからどれを選んで誰に渡すかという選択にあたっても巧妙だった。比較的値打ちのあるものは、家に招待してくれた酋長を含む最有力の戦士二人に与え、下座の者たちには安物を、勘所を押さえた調子のいいお世辞を添えて配ったので、文句を言う者は誰もいなかった。要するに、この儀式めいた贈呈の場は、誰もが儲けものをした上におだてられて、すっかりうれしくなるように仕組まれていた。マグアに声をかけられた者たちが恩恵にあずかり、甘言を呈されて、すっかり悦に入ってることは、その目を見ただけでやすやすと読み取れた。

マグアのこのような的確絶妙な術策は、ただちに効果を発揮せずにすまなかった。デラウェア族の者たちはいかめしい顔つきを忘れ、がらりと愛想がよくなった。とりわけ小屋の主人は、戦利品のなかから自分に与えられた豪勢な分け前を、しばらくいかにも満足げに眺めていたあげく、またあの言葉をもっと力をこめて繰りかえした。

「兄弟は英明なる酋長です。ようこそ！」

「ヒューロンは友人のデラウェアが大いに気に入ってるのです」とマグアは答えた。「当然のことでしょう！同じ太陽のもとで同じ肌の色になったのですし、どちらの部族の心正しい者たちも、死後は同じ猟場で狩りをすることになるのですから。レッドスキン同士は仲良くして、白人どもに油断しないようにするべきなのです。兄弟は森のなかでスパイが入ってきてることに気づきませんでしたか」

相手のデラウェアの男は、英語で「硬い心」という意味の名前であり、これをフランス人たちは「ル・クール・デュール」と訳していたが、この名前の所以となったあの頑迷一途なところは消えていた。顔つきが見るからにやわらかくなり、素直な答え方をするようになった。

「野営地のまわりに見慣れないモカシンの跡がありましたね。足跡はあちこちの家のなかにまでついていましたよ」

「兄弟はイヌどもをたたき出したのでしょうな」マグアは、先ほどはなぜはぐらかしたのか、などとは言わずに訊ねた。

「そんなことしてはうまくない。レナペの子らにとって、よそ者はいつも歓迎なのですから」

「よそ者はそうでしょうが、スパイはそうはいかないでしょう！」

「イェンギーズは女をスパイにして送りこむのですか。ヒューロンの酋長は、いくさで女を捕虜にとったと言ったではありませんか」

「ああ言ったのは嘘ではありません。イェンギーズ軍は斥候どもを送りこんできてます。あいつらはヒューロンのウィグワムに入ったのに、誰からも歓迎してもらえなかったんですよ。それでデラウェア族のところまで逃げてきたんです——やつらに言わせれば、デラウェアは味方だって。デラウェアの心はカナダの父から離れているって言ってるんです！」

この面当ては核心をついた。もっと進歩した段階にある社会においてなら、マグアが練達の外交官としての評判をとるのに役立ったにちがいないような当てこすりであった。デラウェア族は先頃の遠征から離脱したために、自身も重々承知しているとおり、フランス軍に同盟した勢力のなかで非難の嵐を浴びていたし、今後の行動も警戒と不信の目で見られることになると痛感させられていた。こういう成り行きが自分たちの将来にきわめて有害な影響をもたらしかねないと予想できるほどの、因果の重みにたいする深い洞察が欠けていた。デラウェア族の遠くの故郷、猟場、何百人もの女、子どもは、部族の主力軍勢とともに、じつはフランス領内にあった。だから、このドキリとするような当てこすりを言われて、マグアの狙いどおり、泡を食ったとまではいわなくてもはっきり抗弁せずにいられなくなった。

「父にわしの顔を見てもらいたい」とル・クール・デュールは言った。「心変わりなどしていないとわかるはずです。たしかに、わが部族の若い衆は戦争に出撃しなかった。夢で行くなというお告げを聞いたからです。けれども、みんな、偉大な白人の頭領を慕い、敬っています」

「最悪の敵が子らの野営地で保護されていると聞いたら、あの方は何て思いますかね！　われらの仲間の血にまみれたイェンギーが、あんたがたの焚き火の前に座ってタバコふかしているって知ったら！　あの方の味方をあれほど大勢殺したペールフェイスが、デラウェアのなかを闊歩しているって！　それ、それ——わが偉大なるカナダの父はバカじゃないですよ！」

「デラウェアが恐れるイェンギーなんてどこにいるんですか！　わが部下を殺したやつとは誰のことですか！　わが偉大な父の不倶戴天の敵とは誰ですか！」

「ラ・ロング・カラビーヌのことさ」

この有名な男の名前を聞いて、デラウェアの戦士たちはびくっとした。その驚きようからつい露呈したのは、フランス軍と同盟しているインディアンのあいだであれほど名の知れた人物が、自分たちの手の届くところにきていることを、そこではじめて知ったという事実である。

「兄弟は何を言ってるのですか」とル・クール・デュールは詰め寄った。動転しているため、その口調からは、インディアンらしいいつものそっけなさがすっかりなくなっていた。

「ヒューロンは嘘つきませんぞ」とマグアは冷ややかに答えると、部屋の壁に頭をもたせかけ、黄褐色の胸の前で襟をかき合わせた。「デラウェアは捕虜を点検してみたらいいんです。レッドスキンともペールフェイスともいえないような肌の男が見つかるはずです」

相手はしばらく黙ったまま考えこんでしまった。それから座をはずし、仲間たちと相談したあげく、あらたに部族の最有力者何人かを呼び集めるために、使者を送り出した。

戦士が続々と到着し、そのつど、マグアがつい先ほど流した重要な情報を知らされた。みんな一様に驚き、いつもの低い、喉の奥から発せられたような声をあげた。この知らせは口から口へ伝えられ、ついには陣営全体が大騒ぎになった。女たちは仕事の手を休め、話に夢中になっている戦士たちの口から漏れる言葉を一言も聞き漏らすまいとした。男の子たちは遊びもそっちのけに、父親たちのあいだに平気な顔で割りこんでいった。父たちは、憎むべき敵のずぶとさにあきれ、しきりに声をあげている。それを耳にしながら、男の子たちは父たちの顔を、敬いつつもの問いたげに見あげた。つまり、やりかけていたことをさしあたって何もかもほったらかし、部族のなかの誰もがインディアン特有の流儀で、自分の思いを好きなだけあけっぴろげにしてみせたのである。

興奮が少しおさまってくると、年配の者たちは、これほどやっかいで体裁の悪い場面に追い詰められて、どうすれば部族の名誉と安全を守れるかということを真剣に検討する気になった。このようにみんなが右往左往しているあいだ、マグアは、まわりの者たちの大騒ぎにとりかこまれながらも、自分の席から離れなかった。それどころか、小屋の壁にもたれる先ほどからの姿勢のままじっと動かず、あたかもどういう結末になろうと知ったことではないとでも言わんばかりに、無頓着な顔をしていた。しかし、自分を接待してくれた連中がこれからどうするつもりかをつきとめるために、どんな手がかりも見逃すまいと、油断なく目を光らせていた。いま相手にしている連中の本性を知りぬいていたから、どう出てくるかはことごとく予想がついた。デラウェア族の意向なら、連中自身が決めかねているうちからたいていつかめた、とさえ言えるかもしれない。

デラウェア族の評定は短時間で終わった。それが切り上げられると、あちこちでざわざわしだして、この後すぐに部族全体の厳粛な正式集会が開催される予定であると明らかになった。その種の集会はごく稀なことで、何か決定的な重要性を帯びた場合にのみ招集される。まだ超然として座ったまま、協議の行方を眈々とうかがっていたマグアは、この雲行きを見てとり、自分の提案した措置が最後まで実行に移されることになると察した。そこで小屋を出ると、何も言わずに陣営の正面のほうへ歩いていった。そこにはすでに戦士たちが集合しはじめていた。

半時間も経った頃、女、子どもを含めて全員がようやくそれぞれの席に着いた。時間がかかったのは、これほど厳粛でただならぬ会議を開くには、それなりの慎重な準備が必要と考えられたからである。だが、デラウェア族の陣営が築かれた敷地を懐に抱えこんでいる山の頂の上に、日が昇って顔をのぞかせる頃には、大部分の者たちが着席を終えていた。山の端の立木の陰から降りそそぐ太陽のまぶしい光は大集団を照らし出したが、そこに集まった会衆は、朝っぱらからおそらくどこの誰にも負けないほど大まじめで、集中し、真剣であった。その数およそ千人を超えていた。

これほど本気になった野蛮人たちの集まりでは、機も熟さないうちに目立とうとしてあせるような者は一人もあらわれるはずがない。自分の名声を高めるために聴衆をあおって、せっかちな、おそらくは誤りにみちている議論を展開しようと意気込んで立ちあがるような者などいないのである。そんな軽率で僭越なことをすれば、そそっかしいやつだという悪評に一生つきまとわれることになる。会議の課題をみんなの前に提起する役目は、もっぱら最年長のいちばん経験のある男性にまかされていた。そういう人物が口火を切らないかぎり、いかに武勇の誉れ高い者も、生まれついての才能豊かな者も、雄弁家として名のある者も、ものを言っていいとはみなされていない。この会議の場合、発言する特権を有する老戦士は、事柄の重大さに打ちのめされたかのように黙りこくっていた。議論開始は遅れ、会議に先立って頭を冷やすために必ず守られるいつもの沈黙の時間はとっくに過ぎていた。それでもあせったり、度を失ったりするような徴候は、ごく幼い少年すら見せなかった。誰もがじっとうつむいていたが、ときおり目をあげて、ある小屋を見やる者もいた。しかし、その小屋には、他の小屋と比べて格別ちがったところなどない。ただ、雨風を防ぐためにとくに念入りに作ってあった。

そしてとうとう、大群衆を浮き足立たせるような低いささやき声が聞こえてきた。全員がはじかれたように立ちあがった。その瞬間、あの小屋の扉が開いて、そこから男が三人あらわれ、会議場にゆっくりと近づいてきた。三人とも年寄りで、前から会議の場にいた最長老よりもさらに年上だった。とりわけ、真ん中にいて、両脇の連れに支えられている老人は、人間がめったに到達できそうもないほどの年齢に達していた。かつて杉のようにスラリと背の高かった体は、今や百歳以上の人生の重みに耐えて曲がりかけていた。インディアンらしいしなやかで軽快な足どりは失せ、そのかわり、地面を一歩一歩踏みしめてのろのろと進むほかなくなっていた。その浅黒く皺だらけの顔は、肩までふさふさとさがっている白髪と、独自の精悍な対照をなしていた。その髪は、最後に刈ってからすでに何世代も経ったと語っているかのようだった。

この老人は、そのとてつもない年齢と一族にたいする引力や影響力とを考え合わせれば、大長老と呼ぶのがふさわしいであろうが、豪華壮麗な服装を身につけていた。とはいっても、あくまでも部族の簡素な慣習に従っている身なりである。衣は毛を抜いた最高級のなめし革でできていた。その革には、かつていくさでなしとげたさまざまな偉業をあらわす象形文字のような図柄が描いてある。胸にはいくつもメダルがさがっている。分厚い銀製もあれば、金製のも一、二個混じっている。長い生涯のうちにいろいろなキリスト教徒有力者から贈られたものである。金の腕輪や足輪もはめている。戦場に出なくなって久しいので髪の毛が伸ばし放題になっている頭には、編んだ紐を王冠のように巻いてあり、その紐には細くて輝きのいい金糸が編みこんである。それがきらめくまわりには三本のダチョウの羽が、雪のように白い髪の毛の色と鋭い対照をなす漆黒に染めあげられて、光彩を放っている。トマホークは銀の装飾でおおわれ、短刀の柄は純金の角のように光り輝いていた。

　崇敬の対象となっているこの人物が突然あらわれたことによってわき起こった、最初の歓喜のざわめきが少し静まるとともに、「タメナンド」†という名が口々にささやかれだした。マグアは、この聡明高潔なデラウェア族長の名声を何度も聞いたことがあった。名声は高まり、ついには、大霊とひそかに意思疎通できる稀有な能力を有するという評判さえ生まれていた。そのおかげで今やその名は、ちょっと変形されただけで、広大な帝国植民地全体にたいする想像上の守護聖人を指す名前として、この族長のかつての領土を簒奪した白人たちに受け継がれている。それほど有名だったから、マグアは人混みを夢中でかき分けて、この人物の顔をもっと近くから拝ませてもらえるところまで出ていった。この人物のくだす決定しだいで、自分の運命に深甚な影響が及びそうだからである。

　大長老は目を閉じていた。あたかも、人間の欲情のなせる業をあまりにも長年目撃してきたために、もうくたびれたとでも言っているかのようだ。肌の色は、およそまわりにいる者たちとはちがっていた。もっと華やかで、色が黒い。黒いわけは、全身に入れ墨で描きこんである、複雑だが華麗な模様の繊細で入り組んだ線に、肌がおおわれているからである。大長老は、マグアがそばに近づいたにもかかわらず、黙ってじっと見つめているマグアに目もくれずに通り過ぎていき、左右に付き添っている古老たちに支えられながら、群衆を見下ろす高みまで進んでいった。そこで、同胞が取り囲む中央の席に腰をおろし、君主の威厳と父のような風情をただよわせた。

　この世ではなくむしろあの世の存在といってもいい人物が、このように思いがけずあらわれたので、一族郎党は何ものにもまさる敬愛を表しながら迎えた。おもだった酋長たちは控えていたが、失礼のない頃合いを見計らってやがて立ちあがると、大長老に近づいていった。そして大長老の手をとり、それを恭しく自分たちの頭にのせて、祝福してくれるように懇願しているかのような恰好になった。年下の者たちは、大長老の衣に触ったり、そのそばに寄ったりするだけで満足した。かくも高齢、高潔で雄々しい人がかもし出す雰囲気を喫したいからだ。そんなもったいない恩恵に浴したいなどという気になれるのも、若い戦士のなかでもとびきりすぐれた者たちだけで、大多数の群衆は、これほど敬愛を集めている人の姿を一目見るだけでもじゅうぶん幸せだと思っている。このような愛情と尊敬を示すあいさつを終えた酋長たちは、ふたたびそれぞれの席に戻った。そして野営地全体がまた静寂に包まれた。

しばらくすると、タメナンドに付き添っていた古老の一人が小声で、二、三人の若者に何か命令した。若者たちは立ちあがると会衆から離れて、小屋のなかに入っていった。その朝ずっと人びとの注目の的になっていたあの小屋である。ほどなく若者たちが小屋から出てくると、この厳粛な会議が開かれるもとになった人間たちを護衛しつつ、中央のほうへ向かって進んでいった。群衆は細い道をあけ、護送された一行が通りすぎたあとはふたたび間を詰めて、分厚い密集した人垣で審問の場を取り囲んだ。

第二十九章

「会衆が席に着くと、皆を見下ろすように立ちあがった
アキレスは、人びとの王に語りかけた。」
ポープ『イリアッド』第二巻、七七〜七八行。*1

連れ出されてきた俘囚たちの先頭にはコーラが立っていた。姉らしいやさしさを見せながら、アリスと腕をからませていた。まわりにずらりと恐ろしげな野蛮人たちが立ち並び、今にも襲われそうなのにもかかわらず、この高貴な心をもつ乙女は、青ざめて不安に満ちたアリスの顔から目を離そうともせずに、みずからの安否をなおざりにしている。二人のかたわらにはヘイワードがいた。二人のことを心配し、これから何が起きるかまったくわからないこの状況では、自分の恋人のほうが大事だなどと考える余裕などなくしていた。ホークアイは少し後ろにさがって立っていた。ヘイワードや姉妹たちも捕虜であることには変わりないからといって、自分よりも高い身分の人たちだということは忘れずに、へりくだっていたのだ。アンカスの姿はなかった。

会場がふたたび静まりかえった。大長老の両脇に着席した古老のうちの片方が、いつもの深い沈黙を長々と守ったすえに立ちあがると、きわめて明晰な英語で声高に、こう詰問した。

「囚われた者のうち、ラ・ロング・カラビーヌとはどちらか」

ダンカンも斥候も答えなかった。だが、ダンカンは、黙りこくった黒山のような会衆に目を走らせると、マグアのまがまがしい顔を見出し、思わず一歩たじろいだ。この悪賢い蛮人が何かこっそり策を弄したために、自分たちはここに連れ出されたのだとすぐに察知し、あいつの悪だくみを阻止するために全力を尽くそうと決意した。インディアンが即決即断で処罰をくだす場面を一度目にしたが、今度はホークアイが同様に扱われる場面を見せられることになるのかと思い、ぞっとした。思いをめぐらすいとまもあらばこそ、せっぱつまったダンカンは即座に、自分に降りかかる危険もかえりみず、かけがえのない友をかばってやろうと決心した。しかし、ダンカンが口を開く前に、先ほどと同じ質問が、もっと大きな声で、さらに明晰な言葉で繰りかえされた。

「われわれ二人に武器を貸せ」ダンカンは横柄に答えた。「あそこの森に連れていけ。そこでわれわれの銃の腕前を見せてやるから、それで答えがわかるはずだ！」

「こいつが、われわれの耳にまで名前がとどろいている戦士だな！」と言って相手の酋長は、ヘイワードにじっと視線を注いだ。有名になったのは傑物だからか偶然のせいか、あるいは、お手柄のせいか悪行のせいか、いずれにしても名のある人物をはじめて目にするときは誰でも禁じえないと思われる、あの燃えあがるような好奇心がその目に浮かんでいた。「何で白人がデラウェアの野営地にきたのだ」

「必要があってのこと。食糧や宿や味方を求めてきたのだ」

「そんなはずはない。森には獲物がいっぱいだ。戦士には、雲一つない空の下ならどこでも泊まれるし、デラウェアはイェンギーズの敵ではあれ、味方などではない。でたらめ言え――口は達者でも、心はからっぽではないか」

ダンカンは、これ以上何を言えばいいのかわからなくなって、口をつぐんでしまった。だが斥候は、それまでのやりとりにじっと耳をすましていたが、しっかりとした足どりで前に進み出てくると、こう言った。

「ラ・ロング・カラビーヌなんて呼ばれても、おら返辞しなかったのは、恥ずかしいからでもおっかないからでもないんだわ。正直者に、恥ずかしいもおっかないもないしょ。ただし、人に勝手な名前つける権利がミンゴのやつらにあるなんて、おら承知できないね。こういう点については、友だちなら、人の生まれついての性に気つけてくれるべ。よりにもよって、ミンゴのつけた名前ときたら、でたらめなんだから。キルディアは銃腔に溝刻んだライフルだから、カラビーヌなんかでないもの。だけども、親からナサニエルという名つけてもらい、自分たちの名のある川筋に住んでるデラウェアたちからはホークアイという称号いただいて、そのうえ、イロコイからは、いちばん関係の深い本人が了解もしてないのに、かってに「長いライフル」などと呼ばれてる男っていうのは、このおれさまのことよ」

その場にいた者全員は、それまでダンカンをむずかしい顔でじろじろ眺めまわしていたのに、この言葉を聞いたとたんにたちまち、この有名な呼び名のあらたな僭称者の、鉄のように引き締まってそびえ立つ体に目を向けた。これほど名誉ある名前を自分のものだと主張する者が二人もあらわれたところで、たいして驚くにはあたらなかった。インディアンのなかにもそういう詐称者は、稀とはいえ、いないわけではなかったからだ。だが、厳正な裁きに取りかかろうとしているデラウェア族にとって、どちらが本物か間違いなく見分けることは、決定的に重要であった。数人の老酋長がひそひそと相談していたが、どうやらこの件について客のマグアに訊いてみようと決めたようだった。

「兄弟は、ヘビがわれらの野営地に潜りこんだと言いましたな」と酋長がマグアに言った。「どちらがそのへビですか」

マグアは斥候を指さした。

「賢明なデラウェア族ともあろう方が、オオカミの吠える戯言を信じるのですか!」ダンカンは、宿敵の悪辣なたくらみをますます確信して叫んだ。「イヌはけっして嘘をつきませんが、オオカミが真実を語るなんて聞いたことありませんぞ!」

マグアの目はめらめらと燃えあがった。だが、冷静さを失ってはいけないと急に思い出し、無言のまま相手を蔑むようにプイと顔をそむけた。インディアンは賢いから、こんな異論が出たところで理非曲直がわからなくなるはずがないと安心していたのだ。マグアは間違っていなかった。さっきの慎重なデラウェアの酋長が、再度仲間と手早く相談してから、きわめて丁重な言葉遣いで、マグアに酋長たちの決定を伝えた。

「兄弟は嘘つき呼ばわりされました。味方であるわれわれは腹が立ちました。兄弟が嘘ついていないということを見せてあげたいと思います。さあ、捕虜たちに銃を渡せ。どっちがほんとのラ・ロング・カラビーヌか、証明してもらうのだ」

マグアは、自分が信用されていないからこんな措置がとられると百も承知していたが、さも自分を重んじてくれてうれしいというような顔をして、どうぞ続けてくれという身振りをした。斥候のような射撃の名手なら、自分の言葉に嘘はないことを証明してくれるはずだと考え、たかをくくっている。銃がただちに、仲間同士で腕を競わされる二人に渡された。二人が命じられたのは、立っているところからおよそ五十ヤード離れている木の切株にたまたま載っていた土器をねらって、座っている会衆の頭越しに撃てというのだ。

ヘイワードは斥候と競うなどと思っただけで、内心ニヤリとしてしまったが、マグアの真意をつきとめるまでは、何としてもラ・ロング・カラビーヌになりすましてやろうと腹を決めていた。精いっぱい注意をこめてライフルを構え、三度もねらいをつけ直してから、引き金を引いた。弾丸は切株の、土器から数インチしか離れていない箇所をかすめた。すると、会場からいっせいに感嘆の声があがった。射撃の腕前がみごとであると認められたらしい。ホークアイさえ、思っていたよりも上手だなと言わんばかりにうなずいた。だが、喝采を博した射手と勝負する構えを見せるどころか、ライフルにもたれるようにして突っ立ったまま、すっかりもの思いに沈んでいるみたいに一分間以上もじっとしている。とはいえ、こんな瞑想にいつまでもふけらせてくれはしない。先ほど銃を渡してくれた若いインディアンがホークアイの肩に手をかけ、ひどくつたない英語でこう言った。

「ペールフェース、あれ、当てる、できるか」

「できるとも、おい、ヒューロン野郎!」と斥候は叫ぶと、右手に持った短いライフル銃を振りかざし、まるでそれが芦の葉でもあるかのように軽々とさばきながら、マグアに向かって威嚇した。「なあ、ヒューロンめ、おまえなんかすぐにでも撃ってやれるぞ! この世のなんぼ偉いやつにも、邪魔だてさせるもんか! ハトねらって天翔るタカでも、今のおれがおまえ捕らえてるほどでないべ。おまえの心臓に一発ぶちこむ気にさえなったらな! なして撃たないかってかい! なしてだと!——おらの白人の生まれついての性が許さないからなんだわ。それに、やさしくて罪もないお嬢さん方に災い引き寄せるかもしれんからな! だから、おまえにも神さまらしいものがいるなら、心のなかでそいつに礼言っとけや——ありがたいって思わんとおかしいしょ!」

斥候が顔を赤くし、目を怒らせ、体もはちきれんばかりに腹を立てているのを目にすると、その言葉を聞いた者たちはみんな心底で震えあがった。デラウェア族一同息を殺して、どうなることかと見守っていた。だが、マグア当人は、ホークアイがほんとうに撃たずにすませられるかどうかあやしいと思っているくせに、身じろぎもせずに落ち着きはらっていた。会衆に取り囲まれて身動きならず、まるでその場に根の生えたように立ちつくしている。

「あれ、撃て」斥候のかたわらにいたデラウェアの若者が、ふたたび言った。

「何撃てだと、バカ野郎！――どれだよ！」ホークアイは、まだかっかとしたまま頭上で銃を振りまわしながら怒鳴った。とはいえ、その目はもはやマグアをねらっていなかった。

「みずからが騙るあの戦士にほかならぬと言うなら、的のもっと近くに当ててみるがいい」と老酋長が言った。

斥候は声を立てて笑った――ホークアイの笑い声など聞いたことがなかったから、ヘイワードはぎょっとした。それから斥候は、左手を腕いっぱいに突き出して、その手に銃身をどさりと落とすと同時に、まるでその衝撃で暴発したみたいに発砲した。すると土器はこっぱみじんになり、四方に飛び散ってしまった。それとほとんど同時に、ライフル銃が地べたに転がる音がした。斥候がその銃を蔑むように放り出したのである。

こんな不思議な芸当を見せられて、はじめのうちはみんな心を奪われてポカンとしていた。それから、会衆のあちこちから小声のつぶやき声が起こり、それがだんだん高まっていって、ついには見物人たちの強い反感のこもったどよめきにふくれあがっていった。前代未聞の妙技を見せてもらってありがたい、と言いきる者もいないわけではなかったが、大多数の者たちは、命中したのは偶然の結果だと思いたがっていた。へイワードは、自分がホークアイになりすますには都合のいい見方に、躊躇なく肩入れした。

「あれは偶然です！　ねらいもつけずに撃てる人なんて、いるはずないでしょう！」

「偶然だと！」いきりたったホークアイが言葉尻をとらえた。いかなる目に会おうとも、自分の正体を隠したりするものかと躍起になり、もう一歩もゆずろうとしなくなっている。だからヘイワードが、インディアンたちに誤解させておけとそっと合図しても、まったく通じない。「あそこにいるあの嘘つきのヒューロン野郎も、あれが偶然と考えてるってか。あいつにもう一丁の銃渡してやって、逃げも隠れもしない一騎打ち、おれとさせてくれたらいいんだわ。そしたら、神さまの目にも、おれらの目にもはっきりわかるように、二人で結着つけてやる！　少佐、あんたと勝負つける気なんかないからな。おれらは同じ白人だし、同じ主人に仕えてるんだから」

「あのヒューロンの男が嘘つきだということは、あらためて言うまでもない」とヘイワードは冷静に言った。「あんたのことをラ・ロング・カラビーヌだなんて抜かしたのは、あんた自身も聞いてたじゃないか」

自分こそ本人であると証明するのに夢中なあまり、すっかり融通がきかなくなったホークアイが、つぎにどんな無茶なことを言いだすか、わかったものではなかった。だが、ちょうどそのとき、デラウェア族のあの老酋長がまた口を差しはさんだ。

「雲からおりてきたタカは、その気になったら戻っていけばいい。二人に銃を渡してやれ」

今度は斥候も気負ってライフルをひったくった。だが、マグアは、射撃の名手の行動を油断なく見張っていたが、もう自分がねらわれる心配はないと見てとった。

「さあ、こいつらデラウェア族の目の前で、どっちがうまいかはっきりさせるべ」と叫んだ斥候は、これまで引き金を引いて多くの命を奪ったあの指で、銃床の端をはじいた。「あそこの木にぶら下がってる瓢箪が見えるかい、少佐。あんたが国境守備隊にふさわしい射撃の腕前してるなら、あの瓢箪割って見せてくれや」

ダンカンは標的を見てとると、もう一度腕試しをしようと身構えた。瓢箪はインディアンが使うありきたりの小さな容器で、それがマツの小木の枯れ枝から鹿革の紐でぶら下げられていて、距離はたっぷり百ヤードはあった。うぬぼれとはおかしなもので、この若い軍人は、野蛮人の審判たちからお褒めをいただいても何の益もないとわかっていながら、やっぱり勝ってみせたくてたまらず、こんな腕試しを急にすることになったわけを忘れてしまった。すでに見たとおり、ダンカンの腕前もなかなかのもので、今度こそ全力を尽くそうと張り切っていた。結果しだいで生死を分ける場合にもまして、入念慎重にねらいをつけた。発砲したとたん、銃声と同時に三、四人のインディアンの若者が飛び出していき、弾は標的の片側をかすめて木にあたっていると、大声で知らせた。戦士たちはこぞって感嘆の声をあげ、それからもの問いたげな目を転じて、競争相手の動向をうかがった。

「英国王軍アメリカ現地人部隊にしては、なかなかの出来でないかい！」と言ったホークアイはふたたび笑ったが、今度はいかにもおかしくてたまらなそうな独特の声なき笑いだった。「だけども、おらの鉄砲がそんなふうに的はずしてばかりいたら、今ごろご婦人方のマフになってるテンどもも、まだ森で生きてるべな。そうだ、あの世にいっちまった極道なミンゴたちだって、今の今も国ざかいあたりで悪さしてるはずだ。あの瓢箪の持ち主のスクオーに、ウィグワムに戻ったら代わりの瓢箪があったらいいんだけど。あいつはもう二度と水入れとけなくなるからな！」

斥候はそんなことを言いながら、詰めた火薬を揺すってならし、撃鉄を起こした。話し終えると片足を後ろへ引き、地べたに向けていた銃口をゆっくりあげていった。その動きはよどみも乱れもなく、ぴたりと決まっていた。銃身が水平になると、そのまま一瞬動きが止まり、ぶれも修正も生じない。まるで射手もライフルも石像のようになった。つかの間のこの静止状態のうちに銃は火を噴き、閃光とともに弾丸を発射した。インディアンの若者たちがまた飛び出していったが、あわただしく検分したあげくがっかりした顔をして見せたことから推して、どうやら弾痕が見つからないようだった。

「何だ」と老酋長は斥候に言った。すっかり愛想が尽きたという口調だった。「おまえはイヌの皮をかぶったオオカミだ。こちらが話をしたい相手はイェンギーズの「長いライフル」なのだぞ」

「はあ！　その名のもとになった銃があったら、あの革紐切って、瓢箪壊さないで落としてやることもできたんだが！」と答えたホークアイは、相手の口調にもたじろいだ様子を少しも見せなかった。「バカどもめ、このあたりの射撃の名手で通っている者が撃った弾探すなら、的のまわりでなくて、なか見ないとだめだ！」

インディアンの若者たちは、ホークアイの言ったことの意味をただちに察した――このときホークアイはデラウェア語で話したからだ――そこで瓢箪を木からひったくるようにおろすと、歓声を上げながら高々とさしあげた。底に開いた穴を見せたのだ。弾丸は、瓢箪の上のほうのふくらみに開けられた注ぎ口から入り、底まで貫通していた。こんな思いもかけぬ腕前を見せつけられて、その場にいた戦士全員の口から大きな歓声がわき起こった。これで決着はつけられ、ホークアイがあの恐ろしい名前の持ち主だと、完全にはっきりした。再度ヘイワードに注がれていた好奇のまなざしは、ようやく斥候の日焼けした顔に向けられた。斥候は、まわりを取り囲んでいる純真素朴な人びとにとって、たちまち最重要な注目の的になっていた。とつぜんわき起こった騒々しい歓声がやや静まると、老酋長が訊問を再開した。

「おまえはなぜわたしに知らせまいとしたのか」とダンカンに言った。「デラウェアは愚かだから、パンサーの子とネコとの区別もつけられまいとでもいうのか」

「あのヒューロンの男がたれこみ鳥だということを、デラウェア族は見抜けていないからだ」ダンカンは、インディアンと同じように比喩に頼る言い方をしようと努めた。

「よろしい。人をだまそうとするのは誰か、糾明してみよう」老酋長はそこでマグアに目を向けて言った。「兄弟、デラウェアに説明してくれ」

マグアはこのように迫られ、目論見を有り体に述べろと言われて立ちあがると、油断のない足どりながらも堂々と車座の中央へ進み出て、虜たちに面と向かって立ち、発言する構えを見せた。だが、口を切る前に、まわりを取り囲んでいる者たちをゆっくりと見まわした。話に耳を傾けようとしている相手しだいで表情を変えていくようだった。ホークアイには、敵意を抱きながらも敬意のこもった一瞥を投げた。ダンカンには、打ち消しようのない憎悪にみちた顔つきを見せた。消え入りそうなアリスの姿には、ほとんど目もくれない。だが、きりっとして威厳を保ち、それでいて麗しいコーラの姿に目を移したときは、一瞬そのまま見つめて、言いようのない表情を浮かべた。それから、腹黒いたくらみを胸に秘めつつ、カナダ地域のフランス語でしゃべりはじめた。この言語なら、聞き手の大部分の者たちに通じると承知してのことである。

「人間を作った大霊は、人間の肌の色にいろいろな変化をつけてくれた。のろまのクマよりも黒いのもいるが、そういうのは奴隷になるのがいいと大霊は言って、ビーバーのように一生働くように命じた。南風が吹いてくると、しょっぱい大湖の岸辺に奴隷の群を乗せて出入りする大きなカヌーから、バッファローの鳴き声にも勝るほどの、奴隷どものうめく声が聞こえてきそうだ。森のオコジョよりも蒼白い顔した人間に作られたのもいる。こういうやつらは商売人になるように定められた。女に対してイヌのように振る舞い、奴隷に対してオオカミのように振る舞うようにな。大霊はこの連中にハトのような性質を与えた。疲れを知らぬ翼をだ。若くて、木の葉よりも数多く、大地をむさぼり尽くすほど貪欲なやつらなのだ。ヤマネコの猫なで声そっくりの言葉を話し、心臓はウサギみたいに臆病だ。ブタのような狡猾さ、(キツネとは大違いだ)、ヘラジカの脚よりも長い腕。言葉巧みにインディアンをだます。インディアン戦士を金で雇って、自分たちの代わりに戦争させる。大地の恵みをかき集めるのに知恵を働かせる。しょっぱい大湖から五大湖の島々まで、自分の土地だと言って抱えこむ。食いしんぼが過ぎて体を壊している。神はじゅうぶん恵んでくれているのに、何もかも欲しがる。そういうやつらがペールフェイスだ。

「大霊はあの太陽よりももっと明るく赤い肌の人間も作った」とマグアは話を続け、上空でギラギラと光る太陽を指さした。その姿はきまっていた。太陽は、山の端の朝霧から抜けだそうとしていた。「自分の気に入るように作ったのだ。そして、この陸地も作って、それを木で覆い、獲物で満たして、そのままそっくり赤い肌の人間どもにくださった。風が森に空き地を作ってくれて、太陽や雨が果実を実らせた。それがどんなにありがたいことか、雪がやってきて教えてくれた。旅をするのに道路なんか必要だったか！　山々のあいだをよく見て行けばいいのだから！　ビーバーが仕事するあいだ、赤い肌の人間は木陰に身を伏せて眺めていた。夏になれば涼しい風が吹き、冬になれば毛皮で温かくなった。赤い肌の人間はたがいに戦争をするとしても、それは自分たちが男であることを示すためだった。みんな勇敢で、心正しく、幸せに暮らしていた」

ここでマグアは間をおいて、またまわりに目を走らせた。自分の話が聞き手たちの心に届いているかどうか、見きわめようとしているのだ。どこを見ても、自分に目を釘付けにされた顔があった。顔をしゃんとあげ、鼻の穴を大きくしている。その場にいる者全員が、インディアンの受けた不当な仕打ちを是正するためなら、独力でも立ちあがることができるし、少しもひるみはしないと思っているみたいである。

「大霊は赤い肌の子たちにいろいろな言葉をくれた」マグアは低く、物静かで、哀愁に満ちた声で話を続けた。「どんな動物でも赤い肌の子たちの言葉がわかるように、大霊がそうしてくれたのだ。いとこのクマといっしょに雪のなかで暮らすようにしてもらった者たちもいれば、極楽の猟場に近い落日のそばに暮らすようにしてもらった者たちもいた。大きな湖のまわりの土地に住むようにしてもらった者たちもいたが、大霊の愛するもっとも偉大な部族には、しょっぱい湖の砂浜が与えられた。この愛でられし部族の名を、兄弟たちよ、ご存じか」

「レナペだ！」二十人ばかりが間髪を入れずいっせいに叫んだ。

「それこそレニ・レナペだった」とマグアは言って、この部族のかつての栄光に敬意を表し、一礼して見せた。「レナペとはそういう部族だったのだ！　太陽はしょっぱい水から昇り、甘い水に沈むまで、けっしてレナペから姿を隠さなかった。だが、森の部族のヒューロンであるこのおれが、どうして聡明な部族にその部族の言い伝えを教えてやらねばならんのか。どうして部族のこうむった傷手を当人たち自身に思い出させてやらねばならんのか。部族のいにしえの偉大さ、その勲《いさお》、その栄光、その幸せの日々を——その損失、その敗北、その不面目を、むしかえしてやらねばならんのか。それを自分の目で見、事実だと知っている者が、この部族のなかに一人もいないのか。おれの話は終わりだ。舌がもう動かない。心が鉛のように重くなっているからだ。おれは聞くほうにまわるぞ」

マグアがとつぜん話を打ち切ると、その場にいた者たちは高徳のタメナンドのほうへいっせいに顔を振り向け、視線を注いだ。大長老は、着席してからそのときまで口を開かず、生きている気配さえほとんど見せなかった。弱々しげに体を屈して座ったままで、斥候の射撃の腕前があざやかに証し立てられた、会合当初のあの場面のあいだも、まわりに誰がいるのかわかっていないように見えた。しかし、朗々と響くマグアの声音には、聞こえているような素振りを示し、ときには耳をそばだてるかのごとく顔をあげさえした。だが、周到なマグアがレナペの名前を口にすると、老人の瞼はあがり、聴衆を見やったが、そのうつけて生気のない表情は、亡霊の顔と思われてもしかたのないようなものだった。ようやく、立ちあがろうとする気配を見せ、両脇に控えていた者たちに支えられた。その立ち姿は、衰弱のためにふらついているものの、堂々として威厳を帯びていた。

「レナペの子らに呼びかけたのは何者じゃ！」その低音のしわがれた声は、聴衆が息を殺して静まりかえっているおかげで、驚くほどよく通った。「過ぎたことどもについて語るのは何者じゃ！　タマゴがウジ虫になる――ウジ虫がハエになる――そして死んでいくじゃろうが！　デラウェアに、古き良き時代のことについて語ったりするのは何のためじゃ。今残ってるものについてマニトウ[*2]に感謝するがいいのじゃ」

「お話ししたのはワイアンドットの者です」とマグアは言って、相手が立っている粗末な演壇へ近づいていった。「タメナンドの味方です」

「味方じゃと！」とオウム返しに言った賢人の額には、険悪な皺が刻まれていた。そこに、壮年の頃の恐ろしい目つきにあらわれていたあの苛烈さをかいま見せていた。「ミンゴが大地を支配してるというのか！　ヒューロンが何でここにいるのじゃ」

「正当な理由があってです。捕虜を兄弟たちにあずけてあるので、返していただくためにきたのです」

タメナンドは介添人の一人のほうへ首をめぐらせ、その男からかんたんな説明を聞いた。そのあと、返還を求めるマグアに向かい、値踏みするようにじっと見つめた。そのあげく、不本意そうな低い声で、こう言った。

「正義は偉大なるマニトウの掟じゃ。さあ、皆の者、客人に馳走するがいい。それが終わったら、ヒューロンの者よ、そなたの持ち分を受けとって、立ち去るがいい」

この厳粛な裁定をくだすと、大長老は腰をおろして、ふたたび目を閉じた。あたかも、目に入るこの世の事物を見るよりも、自身の豊かな経験の思い出にふけるほうが楽しいとでも言いたげである。大長老の決定に対しては、デラウェア族のなかのいかに豪胆な者でも、反対することはおろか、不満を漏らすことさえできない。タメナンドの宣告がすむやいなや、四、五人の若い戦士がヘイワードと斥候の背後に近寄っていって、みごとな早業で二人の腕に革紐をかけ、たちまち縛りあげた。ヘイワードは、気を失いかけている大切な人にかまけるあまり、縛りあげられてしまうまでは何をされようとしているのか気づかなかった。ホークアイは、敵方についている部族でもデラウェア族ならまともな連中だと思っていたから、されるがままにおとなしくしていた。それにしても、タメナンドとマグアの先ほどの対話で用いられた言語が完全に理解できていたら、ホークアイはそれほどおとなしくしていなかったかもしれない。

マグアは勝ち誇った表情で、聴衆をぐるりと眺め渡してから、目論見を遂げることに取りかかった。男たちが抵抗できなくなっていると見てとり、自分がいちばん目をつけている女に顔を向けた。コーラが落ち着いてしっかりしたまなざしでにらみ返してきたので、マグアはたじろいだ。そこで、前にも使った手を思い出して、アリスを支えていた戦士の腕からアリスを抱き上げると、ヘイワードについてくるように手招きし、取りまいていた群衆に道をあけるよう合図した。だが、コーラは、マグアが予期していたように衝動的に追いかけてはこず、大長老の足もとへ駆けよると、大きな声で叫んだ。

「心正しく、徳高いデラウェアの御方、あなた様の叡智と力にわたしたちはおすがりいたします！　あそこにいる、言葉巧みな非道の怪物の言うことなぞに、お耳を貸さないでくださいませ。あなた様のお耳に偽りを吹きこみ、血に飢えた思いを遂げようとしているのですから。長いこと生きていらして、世の中の悪をご覧になってきたのですから、哀れな者たちに降りかかる災厄を食いとめる策がおありのはずです」

老人の瞼は重たげにあがった。そしてふたたび顔をあげ、聴衆を見た。懇願する者の甲高い声が耳のなかで響くかたわら、目はゆっくりとコーラのほうへ動いていき、ついにその姿をとらえると、じっとそこに据えられた。コーラはひざまずいていた。両手を固く組み合わせ、胸にしっかり押しつけて、美しい生きた女人像のようにじっとしたまま、タメナンドの、老けてはいても堂々として神々しいほどの威厳のある顔を見あげていた。老人の顔つきは徐々に変わっていった。呆然としていた表情は失せ、娘に心を動かされるにつれ、あの知性が多少戻ってきて、目が光りはじめた。百年ほども前にデラウェア族の数多の戦士団を燃え立たせた若き指導者だったころの才知が復活してきたのだ。介護の手も借りず、いかにもやすやすと立ちあがると、鋭く詰問した。その声を耳にした者たちは、あまりにもしっかりした口調に息を呑んだ。

「そなたは何者じゃ」

「ただの女です。そうおっしゃりたければ、憎むべき人種の一員――つまり、イェンギーです。でも、あなた様にたいして悪事を働いたことは一度もありませんし、ご同胞に対して害をなすことなど、たとえ望んだとしてもできるような者ではありません。助けてくださいとお願いしているのです」

「わが子らよ、申してみよ」大長老はまわりの者たちを指さしながら、しわがれた声で言った。ただし、その目は、ひざまずいているコーラの姿に据えられたままだった。「デラウェアはこれまでどこに野営してきたか」

「イロコイ族の領分たる山のなかです。ホリカン湖の清い水面《みなも》を越えてきました」

「焼けつくような夏が何度も来ては去っていったわ。わしの川から汲んだ水を最後に飲んでからな。ミコン[†]の子らは、白人のなかでももっとも正しい人たちじゃ。だが、あの人たちも渇いて、あの川を自分たちのものにしてしまった。それでも、こんなところまでわしらを追いかけてきたのか」

「わたしたちは誰も追いかけてはいません。欲しがっているものなど何もありません」とコーラは答えた。「捕囚になったわたしたちは、意に反してあなた様のところへ連れてこられたのです。それで、自分たちの仲間のところまで無事に行かせてくれるようにお許しを求めているだけなのです。あなた様はタメナンドではありませんか──この人たちの父──裁《さば》き司《づかさ》──預言者ともいえるような方なのではありませんか」

「わしはタメナンドじゃ。数えきれぬ日々を送ってきたのじゃ」

「およそもう七年も前のことでしょうか、あなた様の部族のひとりが、このあたりの国境《くにざかい》で白人の頭領[*3]に捕らえられたことがありました。捕らえられた人は、善良にして公正なタメナンドの血を引いていると申しておりました。「行くがいい」とその白人は言いました。「おまえの血筋に免じて逃がしてやる」と。その英国軍戦士の名前をご記憶ではありませんか」

「記憶といえば、わしがまだ無邪気な子どもの頃じゃ」大長老は、めっぽう長生きした人らしい記憶をたぐりながら答えた。「海辺の砂浜に立っておったところ、大きなカヌーがやってきたのじゃ。ハクチョウよりも白く、ワシが何羽も連なったよりも大きな翼のついたのが、太陽の昇る方からやってきた――」

「いいえ、そうじゃありません。わたしがお話ししてるのは、そんなに遠い昔のことではありません。あなた様の率いる戦士のなかでいちばん若い人でも覚えているころのことで、わたしの親族があなた様の親族にほどこした情け深い扱いのことをお話ししているのです」

「では、イェンギーズとダッチマンがデラウェアの猟場をめぐってたたかったとき[*4]のことか。あのころタメナンドは酋長じゃった。そして、はじめて弓をあきらめ、ペールフェースの雷を使うようになった――」

「いいえ、そのころよりもずいぶん後のことです。つい昨日のことをお話ししているのです。もちろん、お忘れではないでしょうね！」

「つい昨日のことじゃったよ」と老人は、哀切きわまる調子で応じた。「レナペの子らがこの世の主人じゃったのは！　しょっぱい湖の魚たちも、鳥も、けものも、森のメングウェどもも、レナペをサガモアと認めていたものじゃ」

コーラは失望してうなだれた。話が通じないうらめしさに一瞬身もだえした。それから艶《あで》やかな面を上げ、目を輝かせながら、大長老その人の声にも劣らぬ神々しい口調で言葉を接いだ。

「タメナンド様は、人の子の父親ではないのですか」

老人は壇上からコーラを見下ろし、やつれた顔に穏やかな微笑を浮かべてから、会衆全員をゆっくりと見まわし、こう答えた。

「この民族全体の父じゃよ」

「わたしは何も自分のためにお願いしてるのではありません」と言いながら、コーラは両手をとっさに胸に押し当て、頭を垂れた。そのために、艶のある黒髪が乱れ落ちて肩にかかり、恥ずかしさに赤らんだ頬をほぼ隠した。「わたしの先祖の呪いはその子たるこのわたしにも、高徳の酋長様、あなた様やあなた様のご一族に劣らず及んでいるのですもの！　でも、あそこにいる子は、これまで神のご不興を買ったためしがありません。あの子は、年老いてもう先の長くない男の娘なのです。それはもう多くの人たちに愛され、喜びを与えています。善良そのものでかけがえのない子ですから、あの悪党に好きにさせるわけにはいきません」

「わしは知っておるが、ペールフェースどもは横柄で欲張りじゃ。大地を所有するなどと言いだすばかりか、白人の屑さえもインディアンのサチェム*5よりましな人間じゃとも言いだしおる。やつらは、純血の白人でない女を連れこんで家内にしようとする輩が仲間内からあらわれると、イヌやカラスみたいにぎゃあぎゃあ騒ぎ立てる」大長老は話に熱が入ってきて、聞いている相手が気持を傷つけられ、恥ずかしさのあまり頭が地べたにつきそうになるまでだんだんうなだれていく仕草を見せても、斟酌しようとしなかった。「じゃが、マニトウの面前であまり偉そうなことは言わぬがいい。やつらは日の昇るあたりからこの土地に入ってきたが、やがて日の沈むほうへ消えていくかもしれぬ。わしは、イナゴが葉っぱ食い荒らして丸裸にしてしまった木にも、かならず花咲く季節がくるのを何度も見てきたわい！」

「そのとおりでしょうね」とコーラは言って、光沢のあるヴェールを払いのけ、茫然自失の態からわれに返ったように長いため息をつきながら顔をあげた。その燃えるような目は、死に神のように青ざめた顔色とは対蹠的だった。「でも、何故なのでしょう――いいえ、そんなことを尋ねるのは、わたしたちに許されていないのですね！　けれどももう一人、あなた様の前にまだ引き出されていないデラウェア族の人が残っております。あのヒューロンに勝ち誇らせ、引き上げさせる前に、その人の話を聞いてやってください」

タメナンドがまさかというような顔をして、まわりを見た。付き添いの片割れがそれに気づいて、具申して曰く――

「ヘビ――つまり、イェンギーズに雇われているレッドスキンのことなんですよ。拷問にかける予定で、留置してありますが」

「ここへ通すがいい」とタメナンドは言った。

それからタメナンドはもう一度座席に身を沈め、深い沈黙に包まれた。若い部下たちが指示に従うためにその場を離れると、周囲の森からかすかな朝風に揺すられた木の葉の音がはっきり聞こえてくるほど静まりかえった。

第三十章

「ならぬとおっしゃるようなら、法律もくそもない！
ヴェニスの法律《おきて》は骨抜きだ。
是非ともお裁きを——お答えは、いただけますか？」
『ヴェニスの商人』四幕一場、一〇一～一〇三行。

静寂は不安をかき立てながらも暫し続き、粛として声はなかった。やがて人垣が揺れ、通り道を開けてからふたたび輪を閉じると、その真ん中にアンカスが立っていた。それまで満場のまなざしは、自分たちの英知の源を探ろうとばかりに大長老の顔に釘付けになっていたのだが、たちまち向きを転じて、虜囚のスラリとしてしなやかな完全無欠の体躯に見入り、ひそかな賛嘆の色を浮かべた。だが、このモヒカン族の若者は、誰の前に引き出されようとも、衆目を一身に浴びようとも、少しも動じる気配を見せなかった。周囲ぐるりをじっくり見定めようと見まわしながら、敵意にみちた酋長たちの険しい顔を、まるで好奇心に駆られた子どもたちのひたむきさと変わらぬまっすぐな視線で見返していった。だが、昂然と目を移していったすえにタメナンドの姿に行きつくと、他のものはもういっさい忘れたかのようにその姿をピタリと見据えた。それからゆっくりと、足音も立てずに、大長老のいる演壇のすぐ前まで進んでいった。そしてじっと相手を見つめているのに見向きもされないままそこに立ちつくしていると、ようやく一人の酋長がタメナンドに、アンカスがいることを知らせた。

「囚人《めしうど》はマニトウにどの言葉で語るのじゃ」と大長老は、目を開けもせずに訊いた。

「先祖と同じ言葉です。デラウェア語でです」

このようにとつぜん思いもかけぬことを知らされた会衆は、猛々しい太いうなり声をあげた。癇癪を起こしはじめたライオンの咆哮——やがて爆発する怒りの不気味な兆し——に喩えてもおかしくないような声であった。タメナンドもやはり衝撃を受けていたが、あらわれ方は異なっていた。片手で目を覆い、恥ずべき存在を目の前から消してしまおうとでもしているみたいだった。そして、今耳にしたばかりの言葉を、低いしわがれ声で繰り返した。

「デラウェア語とな！　わしも長らえたために、レナペが会議の焚き火から追い払われて、支族ごとにちりぢりになるのを目にする羽目になった。まるで群を崩されたシカのように、イロコイの山々に散っていったものじゃ。天から送りこまれた風でさえも手をつけなかった谷の森を、異人どもが斧で切り払うのも見てしまった！　山を駆けまわるけものや、木の上を飛ぶ鳥が、人間のウィグワムのなかで暮らすのも見てきた。だが、デラウェアともあろう者が、まるで毒蛇さながら、みずからの同胞の野営地に忍びこんでくるほど落ちぶれたのは、これまで一度も見たことないわ」

「たれこみ鳥どもがさえずったのです」アンカスは、歌うような声を美しく響かせて応じた。「それをタメナンドは、真に受けてしまったのですね」

賢人ははっとして小首をかしげた。空耳とも思えるほどはかなく聞こえた何かの調べを探るかのようだった。

そして「タメナンドは夢を見ているのか！」と叫んだ。「わしの耳に届いたのは誰の声じゃ！　冬の時代は引き返していったというのか！　レナペの子らにふたたび夏が訪れるというのか！」

デラウェア族の預言者の口からこのようなとりとめのない言葉がほとばしり出ると、敬意に包まれた厳粛な沈黙が周囲を支配した。同胞たちはタメナンドがしょっちゅう何か超越的な存在と相談していると思っていたから、この意味不明の言葉を、いつもの神秘的な語り合いがまた始まったしるしと受けとめて、この結果どんな託宣が示されるのか、おそるおそる待ちかまえていた。しばらく辛抱強く待っていたものの、古老の一人は、この賢人が目下の問題を失念してしまっていることに気づき、虜囚が控えていることをあらためて知らせようとして、憚《はばか》りながらもこう言った。

「デラウェアの名を騙る者が、タメナンド様に何と言われるかと案じてビクビクしております。イェンギーズにけしかけられると、吠えながら獲物を追いかけてくる猟犬のようなやつです」

これにたいしてアンカスは、まわりの者たちをにらみつけながら、「それならおまえたちは、フランス人からシカの屑肉をもらってうれしそうに鳴くイヌっころではないか」と応じた。

この痛烈で、急所をついたともいえる逆捩じを食わされて、二十人ほどの戦士たちがパッと立ちあがり、いっせいに短刀を振りかざした。だが、怒った戦士たちを一人の頭領が身振りで制して静まらせた。このときタメナンドがまた発言する素振りを見せていなかったら、そうはかんたんに収まらなかったかもしれない。「デラウェアの者とな」と賢人はふたたび口を開いた。「おまえはその名にそぐわないではないか。わが民は長年日の目を見ることなく過ごしてきておる。同胞が雲に閉ざされているというのに、それを見捨てていくような戦士は、二重の意味で裏切り者じゃ。マニトウの掟が正義じゃ。それはたしかなこと。川が流れ、山がそびえるうちは、また、木々に花が咲き、散っていくうちは、マニトウの掟を正義としなければならぬ。皆の者、この男はおまえたちの思うようにするがいい。正義にかなうようにこの男を扱うのじゃ」

タメナンドがこの最終裁定の言葉を述べ終わるまでは、誰もがじっと身を固くし、息をひそめていた。だが、裁定が下ったとたん、まるで全部族が声を合わせて復讐を求めるような大喚声がわき起こった。容赦ない仕打ちを加えるつもりであると知らせる不吉な前兆だった。そんな凶暴な怒号が長々と続くまっただなか、一人の頭領が甲高い声で、虜囚を火あぶりの拷問に処すべしと叫んだ。人垣は崩れて、騒々しさが歓呼の声と交錯しながら広がり、あたふたと支度が始められた。ヘイワードは自分を取り抑えている者たちと必死にもみあい、ホークアイは独特の思い詰めた表情で、不安に満ちた目を周囲に走らせた。そしてコーラはふたたび大長老の足もとへ身を投げ出して、助けてくださいとまたもや懇願した。

こんなせっぱつまった状況のなかでもアンカスは一人、終始落ち着きを失わなかった。目もそらさずに火あぶりの準備を眺めていたし、拷問を実行する者たちに引っ立てられる段になっても背筋を伸ばし、ひるむ様子を見せなかった。獰猛野蛮さにかけていずれ劣らぬ拷問執行人たちのなかでもとりわけ乱暴な男が、アンカスの狩猟服の上衣に手をかけると、一気に体から引きちぎった。それから狂気じみた歓声を上げ、逆らいもしない相手に飛びかかって、火あぶりの柱まで連れていこうとした。だがその瞬間、この男には人間らしい感情などひとかけらもないと見えたのに、とつぜん連行するのをやめてしまった。あたかも超自然的な存在がアンカスのために手を差しのべたかのようである。アンカスに手をかけた男の眼球は、眼窩から飛び出すばかりになっている。口はあんぐり開け、驚愕のあまりに全身が凍ったようだ。それから片手をゆっくりと慎重にあげていき、虜囚の胸を指さした。そのまわりに押しかけた仲間たちもやはりびっくりしたらしく、指さされた箇所に一同じっと目をこらした。そこには、虜囚の胸にあざやかな青い色できれいに描かれた入れ墨の、小さなカメの図像が見えていた。

その瞬間アンカスは、勝ち誇ったように穏やかな笑みを浮かべた。それからやおら傲然と凛々しく腕を振り、押しかけてきた連中を追い払うと、王のような威厳をたたえながらデラウェア民族全員の前に進み出て、会衆のざわめきを圧倒する声で、こう語った。

「レニ・レナペの者たちよ！　わたしの氏族こそこの世の支え！　そのほうたちのか弱い部族は、わたしの甲羅の上に乗っているだけだ！　デラウェアの者が用意できるような火が、カメの子孫たるわたしを焼いたりできるものか」そこで、自分の肌に彫られた素朴な紋章を誇らしげに指さしながら、さらにこう言い足した。

「このような血統を引く者の血を浴びれば、そのほうたちの熾す火など消えてしまう！　わたしの氏族こそあちこちの民族の父祖なのだぞ！」

「そのほうは何者じゃ！」タメナンドは立ちあがって詰問したが、虜囚の言葉の意味によりも、耳にしたその驚くべき口調に気をとられていた。

「アンカスです。チンガチグックの息子です」その答え方は神妙だった。会衆に背を向けると、相手の品格や年齢に敬意を表して頭を垂れて、「偉大なウナミス†の子孫です」と言った。

「タメナンドの最期は遠くないわ！　昼がとうとう夜になるときがきたのじゃ！　マニトウに感謝しよう。焚き火を囲む会議でわしの座が空席になったら、そこに座ることのできる者がここにあらわれてくれたのじゃから。アンカスとな。アンカスの子があらわれたのじゃな！　死を迎えようとしているワシの眼に、昇ってきた太陽を見せるがいい」

若者は演壇の上へ、身軽ながら誇らしげな足どりで登った。その姿が誰の目にも見えるようになったので、満場の群衆は色めきたった。タメナンドは腕を伸ばしてアンカスを引き寄せ、そのみごとな顔立ちのすみずみまで見定めようと、古き良き時代を懐かしむように飽きもせず見つめた。

あげくの果てに、惑乱した預言者は「タメナンドは子どもに返ったのじゃろか！」と叫んだ。「あれほど何度もくぐり抜けてきた冬の時代は夢にすぎなかったのじゃろか！　わしの民が流れる砂のようにバラバラになっていったのも、イェンギーズが木の葉よりも多くなってきたのも、夢じゃというのか！　タメナンドの矢など、子ジカも恐れはしない。タメナンドの腕は、カシの木の枯れ枝みたいにしなびてしもうた。カタツムリと競走しても負けるじゃろ。それなのに、アンカスが目の前にいるとは！　タメナンドとアンカスとがいっしょに、ペールフェース相手の戦に出陣したときあのままじゃ。あのアンカス、モヒカン部族のパンサーにして、レナペ族の長男、モヒカン族最高の智者たるサガモアが！　デラウェア族の皆の衆、はっきり言ってくれろ。タメナンドは冬が百回過ぎるあいだ眠っていただけか」

この言葉の後、会場は深い沈黙に包まれて静まりかえった。民衆が大長老の謦咳を心底重んじていることが、そこに如実に示されていた。みんな、どうなることやらと息づまる思いで耳をすましているものの、投げかけられた問いに答えるだけの思い切りは誰もつけられなかった。しかしアンカスは、お気に入りの子どものようないつくしみのこもったまなざしでタメナンドの顔に恭しく見入っていたが、みずからの高い地位が認められたことに乗じて、答える役目を果たした。

「タメナンドの友が軍勢を率いて出陣して以来、四人の戦士が生まれ、死にました。カメの血筋につながる頭領は少なくありませんでしたが、チンガチグックとその息子を除いて全員、生まれる前の故郷である大地に戻ってしまったのです」

「そのとおりじゃ――そのとおりじゃ」と賢人は応じた――記憶がさっと戻ってきて、そのために、心躍る刹那の幻もすっかり消えた。そしてたちまち、自分の民族の赤裸な来歴を思い起こした。「わしらの陣営の物知りたちがよくしていた話では、「不易の」部族の戦士が二人、イェンギーズの山中にいるとのことじゃった。デラウェア族の会議の焚き火を囲む席のなかで、その二人の座がずっと空席だったのは何故なのじゃ」

この言葉を聞いてアンカスは、まだ敬意を表してちょっと垂れていた頭をグイと反らし、大勢の者たちに聞こえるように声を大にして、自分の一族がたどってきた生き方をその場で説明し尽さぬばかりの勢いで語りはじめた。

「わたしの一族は昔、塩辛い湖が怒りの声をどよめかしているのを耳にすることができる土地で暮らしておりました。当時はそのあたりを支配するサガモアの一族でした。しかし、ペールフェースがどこの川でも見かけられるようになったので、シカを追って奥地へ入り、デラウェア族の名のついた川までやってきました。するとデラウェア族はいなくなっていたのです！　ほんのわずかの戦士だけしかそこに残っていず、慕わしい流れの水を飲んでいました。そこでわたしの父祖たちはこう言いました。「ここで狩りをすることにしよう。この川の水は流れていって、塩辛い湖に注ぐ。日の沈むほうへ行けば、真水の大湖に注ぐ川に出会う。そんなところに住めば、モヒカンの人間は、真水の泉に入れられた海の魚のように死んでしまう。マニトウが支度をととのえて、来いと言ってくれたら、この川をたどって海まで戻り、もう一度故郷を取りもどそう」と。デラウェアのみなさん、カメの子孫はそう考えていたのです！　わたしの一族は、沈む太陽ではなく、昇る太陽に目を向けているのです！　太陽がどこからくるかは知っていますが、どこへ行くのかは知りません。これでもうおわかりでしょう」

レナペの者たちはアンカスの言葉に、迷信だからこそ真に受けるときの畏敬の念をこめて耳を傾け、若きサガモアが話にまとわせた比喩的表現にもひそかな魅力を感じていた。アンカスは、この手短な説明がどう受けとめられたかを慧敏に観察し、聴き手たちが納得していると見てとると、はじめは肩肘張っていた態度を少しずつやわらげていった。それから、タメナンドの演壇のまわりに集まって沈黙している群衆の背後のほうを見やって、捕縛されているホークアイにはじめて気づいた。アンカスは立っていたところから勢いよく飛び出し、人垣をかき分けて友人のそばへ駆けつけると、腹立たしそうにその縛めを自分の短刀で手早く切った。その後で、周囲の人垣に道をあけるように指図した。インディアンたちは何も言わずに道をあけてから、ふたたび演壇を囲んで輪になり、アンカスがあらわれる前と同じ位置に戻った。アンカスは斥候の手を引いて、大長老の足もとまで連れていった。

「父なるタメナンドよ。このペールフェースをご覧ください。心正しい男であり、デラウェア族の友です」

「ミコンの息子なのかな」

「そうではありません。イェンギーズにはよく知られた戦士にして、マクアにとっては恐るべき敵です」

「手柄をあげて勝ちとった名前は何というのじゃ」

「わたしたちはこの男をホークアイと呼びます」アンカスは、タカの目という意味のデラウェア語の言葉を使って答えた。「ねらいをつけるその目に狂いが生じることはないからです。ミンゴのやつらには、この男に戦士を大勢殺されていることに由来する名前のほうが知られています。やつらにとってこの男は「長いライフル」です」

「ラ・ロング・カラビーヌのことじゃな！」と大声をあげたタメナンドは、目を開けて斥候を見つめながら、険しい口調で「息子よ、この男を友と呼んだりするのはまちがいじゃ！」と言った。

「友たることを身をもって示してくれる者は、友と呼んでもいいでしょう」若い頭領はごく穏やかな口調で答えたが、一歩も譲らぬ気配だった。「アンカスがデラウェアに迎え入れてもらえるならば、ホークアイもいっしょにお願いします」

「あのペールフェースはわしの部下たちを殺した。あの男の名が有名なのも、レナペを討ち取ったからこそなのじゃ」

「ミンゴがそんなことデラウェアの耳に吹きこんだとしたら、そいつは自分がたれこみ鳥だって証明しただけだ」斥候は、こんなでたらめな誹謗にはそろそろ反論するべきときだと考え、相手に通じるインディアン語で話しはじめた。とはいえ、インディアンらしい比喩表現を用いるのはなるべく控え、ホークアイ独特の理屈に訴えた。「じぶんはマクアを殺したことがある。おれはそんなこと否定しようとするような男ではない。たとえマクアの焚き火を囲む会議の場に引き出されたってな。だが、デラウェアを、そうと知っていてこの手であやめたことがあるなどというのは、おれの生まれついての性にそなわる分別に反する話だ。デラウェアやその係累なら誰とだって仲よくするのが、おれの主義なんだからな」

デラウェア族戦士たちは低い声の喝采を交わし、たがいに顔を見合わせて、自分たちのこれまでの誤りにはじめて気づいたような表情を浮かべた。

「あのヒューロンの男はどこじゃ」とタメナンドは憤然と問うた。「あの男はわしの耳に何を吹きこみおったのじゃ」

マグアはこの呼び出しに応えて、不敵な面構えで大長老の前まで歩み出たが、アンカスが勝ち誇っていたあいだこの男はどんな気持でいたことか、描写するよりも想像していただくほうがはるかにましであろう。

「公正なるタメナンド様」とマグアは言った。「ヒューロンのわたしがお預けしている捕虜たちをお返しくださるでしょうな」

「わしの兄弟の息子よ、どうなのじゃ」タメナンドはル・シュプティルの暗い顔から目をそむけ、もっと聡明そうなアンカスの顔に目を転じてほっとしたみたいな口調で言った。「この客人は、覇者としての権利によりおまえを捕虜にできる者なのかな」

「この男にそんな権利はありません。パンサーは女どものしかけた罠にかかることがあっても、強くて、罠から飛び出す術を心得ています」

「ラ・ロング・カラビーヌはどうじゃ」

「ミンゴを笑いものにしていました。ヒューロンめ、失せろ。帰っておまえの村のスクオーどもに、クマがどんな色だったか訊いてみるがいい！」

「わしの野営地にいっしょにやってきた、あの見たことのない白人と娘はどうじゃ」

「どこへでも好きなところへ行かせてやるべきです」

「では、このヒューロンの男が連れてきて、わしの部下たちに預けた女はどうなのじゃ」

アンカスは答えなかった。

「さて、ミンゴがわしの野営地に連れてきた女はどうなのじゃ」タメナンドは心配そうに繰り返した。

「あの女はおれのものだ！」とマグアは叫ぶと、アンカスに向かって拳を振りまわし、勝ち誇った。「モヒカンめ、あの女がおれのものだということは、貴様だってわかってるな」

「息子は何も言わぬのじゃな」と言ったタメナンドは、悲しそうに顔をそむけた若者の表情を読みとろうとしていた。

「そのとおりです」という小声の返辞。

この後しばし緊迫した沈黙が続いた。そのあいだに、ミンゴの要求の正当性を会衆がしぶしぶながら認めたことは明らかになっていった。裁定を一身にゆだねられている賢人は、ようやく口を開き、しっかりした声でこう言った。

「ヒューロンの者よ、立ち去るのじゃ」

「公正なるタメナンド様、わたしはきたときと同様に手ぶらで帰るのですか」狡猾なマグアは訊いた。「それとも、デラウェアの信義あふれるおこないのおかげで返していただいた捕虜を連れてですか。ル・ルナール・シュプティルのウィグワムは空っぽです。自分で手に入れた女を使って強くなれるようにしてください」

老人はしばらく考えこんでいた。それから、かたわらに付き添っていた年寄りのほうに首をかしげて訊いた。

「わしの耳はふさがっておらぬか」

「ちゃんとあいております」

「このミンゴは酋長じゃろか」

「この男の民族のなかで最高の地位です」

「娘よ、そなたはどうするのじゃ！　偉い戦士がそなたを妻にしてくれる。行くがいい――そなたの種族が絶えるわけではないのじゃから」

「絶えるほうが千倍もましですわ」と恐怖に打ちのめされたコーラが声を振り絞った。「そんな汚辱にまみれるくらいなら！」

「ヒューロンの者よ、この娘の心は白人の父祖のテントから出ようとしておらぬ。気の進まぬ娘を迎えても、ウィグワムが不幸になるだけじゃぞ」

「この女は白人のものの言い方をしているのですよ」マグアは痛烈な皮肉をこめた顔つきで自分の獲物を見ながら答えた。「交易商の種族に生まれ育ったもので、駆け引きして何とかよさそうに見えるものを手に入れようとするんです。タメナンドに裁定をくだしていただきましょう」

「ワンパムを持っていきなされ。さすれば、わしらからの贔屓も得られよう」

「マグアがここへ運びこんできたもののほかは、何もここから持ち出しませんよ」

「では、そなたの獲物を連れて立ち去れ。偉大なるマニトウは、デラウェアが不当なおこないをするのを許さないからのう」

マグアは進み出ると、自分が捕らえた俘虜の腕をむんずとつかんだ。まわりのデラウェア族は何も言わずに退いた。コーラは抗っても無駄と思ったか、運命に逆らわずにマグアについていく覚悟をした。

「待て、待ってくれ！」とダンカンが叫んで、飛び出してきた。「ヒューロンの人よ、頼むから慈悲を！貴公が、ヒューロン族の誰も見たことないほどの富豪になれるくらいの身代金を払ってやろう」

「マグアはレッドスキンだ。ペールフェースのビーズ玉なんかほしくない」

「金、銀、火薬、鉛——戦士が必要としているもの何でも、貴公のウィグワムに持っていってやる。最高の酋長にふさわしいものなら何でもだ」

「ル・シュプティル、すごく強い」とマグアは叫んで、何の抵抗も示さないコーラの腕をつかんだまま、手をはげしく振りあげた。「復讐する！」

「全知全能の神さま！」とヘイワードはわめきながら、断腸の思いで両手を揉みしだいた。「こんなことが許されていいのでしょうか！　正義の人タメナンド、あなたのお情けにあずかれませんか」

「デラウェア族としての決定はくだされた」と答えた賢人は、心身ともにくたびれきって、目を閉じるなり、自分の席にドカリと座りこんだ。「男たるもの、二言はないのじゃ」

「酋長がいったんしゃべったこと取り消して、時間の無駄遣いしたりしないのは、賢いし、理にかなってるんだわ」とホークアイは言いながら、ダンカンに黙っているように合図した。「だけども、どんな戦士でも、自分の捕まえた虜の頭にトマホーク振りおろす前にじっくり考えてみるのも、分別のあることでないかい。なあ、ヒューロン、おら、あんたが好きでない。それに、ミンゴとなれば誰だって、おれはあまり容赦してやる気になれんのだわ。こう言ってもいいが、この戦争がすぐに終わらないとしたら、あんたの仲間の戦士たちは、まだなんぼでも森のなかでおれと一戦交えることになるしょ。だから、よく考えてみれや。陣に帰るときに虜にして連れていくのは、あんなご婦人なんかでいいのか、それとも、おれみたいな、丸腰で行ったらあんたの国中のやつらが大喜びするような男のほうがいいのか」

「「長いライフル」よ、女のために命捨てるというのか」マグアはすでにコーラを連れてその場から出ていく構えだったのに、ここでちょっとためらうかのように問い返した。

「いや、いや、そこまでは言ってないしょ」ホークアイは、自分の提案にマグアが見せたまんざらでもない反応を見抜くと、当然の思慮を働かせて、代償を値切った。「この国境あたり最高の女と取り替えっこでも、男盛りで腕っこきの戦士渡すなんて、つりあいとれないべ。おれが譲ってもいいと言ってるのは、冬営地にひっこんでやってもいいってことだ——今はまだ、木の葉が色づくまで少なくても六週間はある時期なのによ——おまえがその娘手放してくれるという条件でな」

マグアは頭を横に振ると、人垣に向かっていらだたしそうに、道をあけろという仕草をした。

「そうか、それなら」斥候は、決心がつきかねているように考えこみながら、言い足した。「おまけにキルディア捨てるという条件もつけてやるか。年季入ってる猟師の言うことは聞いておいたらいいしょ。あの銃はこのあたりで比べるものがないくらいいいんだから」

マグアはやはり返事もせずに、相変わらず人垣を押し分けようとした。

「もしかしたら」と斥候はたたみかけたが、相手が取り引きに応じようとしないとわかるにつれて、冷静を装っていた化けの皮もはがれて焦りはじめた。「おまえの部下たちにあの銃の真価おらが教えてやるっちゅう条件だったら、おれたちのあいだのわずかな溝も埋まるんでないかい」

ル・ルナールはものすごい剣幕で、道をあけろとデラウェア族の者たちに命じた。マグアを取りまいてアリのはい出る隙間もないほど詰めかけ、これほど友好的な提案なら強硬な相手も耳を貸すのではないかと期待してまだぐずぐずしていた連中に、おまえたちが敬う「預言者」の無謬の裁可をもう一度仰いでやろうかと言わんばかりの顔つきをして威した。

「決定が出てしまったことは、遅かれ早かれそのとおりになるしょ」ホークアイがアンカスに見せた表情は、遺憾ながら相手に太刀打ちできなくなったことを認めていた。「この悪党、強み握ってること知っていて、手放そうとしないんだわ！　じゃあ、達者でな、坊主。おまえは、血筋の上では親類にあたる者たちに受け入れられたわけだから、インディアンとのクロスに縁がなくてもおまえの仲間になった誰かさんと同じぐらい、そいつらも頼りになってくれたらいいしょ。おらも遅かれ早かれ死ぬことになるんでないかい。だから、おれが死んだってわめくようなやつがまずいないってのは、いい塩梅なんだわ！　どっちにしたってあの鬼ども、おらの頭の皮、手に入れる見込みじゅうぶんあったし。それなら、一日や二日早まったからって、永遠に続く時間考えたらたいして違いない。元気でな」武骨な森の男は顔をそむけながらそう言ったが、すぐにまた、なごり惜しそうに若者と向き合った。「アンカス、おまえもおまえの親父さんも、おら大好きだった。おたがい、肌の色はまったく同じというわけでないし、生まれついての性《さが》もだいぶ違ってたけどもな。サガモアに伝えてくれや。いちばん困ったときでも、おら、親父さんのこと忘れたことなかったってな。それから、おまえも猟がうまくいったときなんかに、おれのこと思い出してくれや。それからな、坊主、これは間違いないことだけどもな、天国が一つだろうと二つだろうと、あの世には、正直な者たちがふたたび出会える道が一本あるんだわ。ライフル隠しておいたから、見つけて持っていけ。おらの形見としてとっておいてくれや。いいか、若造、おまえの生まれついての性からして、仇討ちしてもいいんだべ。そのときは、あのライフルにちょっくらもの言わせて、ミンゴやっつけたらいいしょ。おらがいなくなった怨みはらして、気持がすっとするべ。ヒューロン野郎、おまえの言ったとおりにしてやる。その女を放せ。おれがおまえの虜になってやる」

この太っ腹な申し出を聞いた会衆のあいだにはざわめきが走り、控えめな声ながらも、あっぱれと言っているのがはっきり聞き取れた。デラウェア族のなかでもっとも血の気の多い者たちでさえ、進んで犠牲になろうとしたホークアイの男らしさにたいする賛嘆の念をあらわにした。マグアは足をとめた。そして、いわば人に気を持たせるかのように、つかの間の迷いを見せた。しかしその後、コーラを見やったその目の表情に、凶暴さと恋慕の情とが奇妙にいりまじったかと思うと、そこで揺るがぬ決断がつけられた。

マグアはそっくり返ってせせら笑い、申し出をはねつけて見せると、落ち着いた声でこう言った。

「ル・ルナール・シュプティルは偉大な酋長だ。一度決めたら迷わない。さあ、くるんだ」コーラを引っぱっていこうとして、その肩にいかにもなれなれしく手をかけた。「ヒューロンの者はぺちゃくちゃしゃべらない。行くぞ」

娘は誇り高い女らしい慎みを見せてあとずさった。無礼を働かれてその黒い目は燃え上がり、こめかみには、雲間から太陽が顔をのぞかせたようにさっと紅が走った。

「わたしはあなたの捕虜です。時がくればついていく覚悟はできています。たとえ殺されようともです。だから、無理に引っぱっていこうとしないでください」冷ややかにこう言ってから、すぐにホークアイのほうに向きを変えて言い足した。「心意気のりっぱな猟師さん！　心からお礼申しあげます。せっかくのお申し出も無用でしたし、わたしにしても受け入れるわけにはいきません。でも、別の形で助けていただけませんか。わたしの身代わりになるなどと気高いことをおっしゃってくださるよりも、もっとありがたいのですが。卑しめられてぐったりしているあの子をご覧になって！　あの子を見放さずに、文明人の暮らす土地に届けてやってくださいな」斥候のいかつい手を握りしめる。「あの子の父親がお礼をさしあげるはずだなどとは申しません――あなたのような方は人間からの褒賞などに見向きもしないでしょうから――でも、父は感謝し、礼賛するはずです。そして、心正しく年老いた者から礼賛されることは、天にましますまし神さまの目から見てもきっとりっぱなこととして認められます。この恐ろしいときにわたしも父の言葉を聞けたらいいのですが！」コーラは声を詰まらせ、一時口をきかなかった。それから、気を失っている妹を支えていたダンカンに一歩近寄った。声を低めて話を続けたが、真情と女らしい慎みとの激しい葛藤をうかがわせていた。「あなたが娶る宝物を大事になさってくださいなんて、わたしが申しあげるまでもありませんわね。ヘイワード、この子を愛してやってください。この子には欠点がたくさんあるにしても、愛してくだされば そんなもの、どうということもなくなるはず。この子は誰よりも親切で、やさしく、可愛らしくて、善良です。心身ともにしみ一つついていません。きわめてやかましい人だけが目くじらを立てるような汚点もないのです。あの子はまっさらのきれいな子です——ああ！　なんてほんとにきれいなんでしょう！」アリスの純白の額を、それほど白くはなくても美しい手で悲しげになで、眉あたりまで垂れていた金髪をそっとかき分ける。「でも、この子の魂は肌にも負けずまっさらで、しみ一つないのです！　お話ししたいことはたくさんあります——冷静だったら言えそうもないことも言ってしまうかもしれません。でも、わたしとあなたのことは言わないことにしましょう——」コーラの声は聞き取れなくなった。妹の上に屈みこみ、長く熱烈な接吻をした後、身を起こした。顔色こそ死人のようだが、燃えるような目に涙一つ浮かべもせずにマグアに向きなおると、先ほどと同じように毅然とした口ぶりで言った。「これでもういいです。お望みならわたしはあなたについてまいります」

「ああ、行くがいい」ダンカンは、アリスを一人のインディアン娘に託してから怒鳴った。「マグア、行け。出ていったらいいさ。ここにいるデラウェア族の人たちは、掟にしばられておまえを引き止めることができないんだ。しかし、このおれには——おれにはそんな掟に従う義理なんかないからな。さあ、出ていけ、非道きわまる怪物め——何でいつまでもぐずぐずしてる！」

追いかけるぞというこの脅しを聞いたときのマグアは、えもいわれぬ表情を見せた。はじめのうちは残忍な喜びをあらわにしたが、やがてたちまちしかつめ顔を取りもどし、狡猾な冷静さを装った。

マグアは「森は誰でも入っていける。オープン・ハンドだって入ってきたらいい」と答えるだけにした。

「待て」と叫んだホークアイは、ダンカンの腕をつかまえて、力ずくで引き止めた。「この鬼野郎がどんなこすからい手使うか、知らんのだべ。おびき寄せられ、待ち伏せされたら、あんたの死は——」

「ヒューロンの者よ」とアンカスが口をはさんだ。アンカスは、デラウェア族仲間の厳格な習わしを尊重し、それまで成り行きをじっと見守るだけで黙っていたのである。「ヒューロンの者よ。デラウェアの裁定はマニトウから受けたものだから守る。だが、太陽を見よ。ツガの梢にかかっているな。少し待ってやるから、好きな道通ってどこにでも行け。太陽が昇って梢越えたら、みんなでおまえの跡追う」

「カラスがほざいてやがる！」とマグアはわめき、嘲笑した。「どけ」マグアが人垣に向かって手を振ると、会衆はゆっくりと道をあけてマグアを通した——「デラウェアがはいてるはずのペチコートはどこにやった！やつらの弓や鉄砲はワイアンドットに渡せ。そしたら、口にするシカ肉や、畑に蒔くトウモロコシぐらい恵んでやる。イヌめ、ウサギめ、盗人め——唾ひっかけてやる！」

マグアの捨て台詞を聞かされた者たちは、死人のように不気味に静まりかえっていた。他方、勝ち誇ったマグアは、罵詈雑言を口にしながら指一本触れられることもなく、森のなかへ消えていった。その後ろにコーラが黙々と従っていた。それでもマグアは、客人に礼を尽くすという、インディアンの犯すべからざる掟に守られていたのだ。

第三十一章

フルエリン「子供や荷物まで殺しゅとは！　こいつは明白な兵法違反じゃ。言語道断の悪逆非道じゃ。よろしいか、貴君は良心にかけてしょうは思わんか？」

『ヘンリー五世』四幕七場、一〜四行。

敵のマグアと捕囚になったコーラが見えなくなるまでは、誰もが、ヒューロン族に加勢する何かの魔力に魅入られてその場に釘付けになったように、身動きできずにいた。だが、その姿が消えたとたん、群衆は激情につきうごかされ、猛烈に勇み立つにいたった。アンカスは演壇に登ったままコーラの姿を目で追っていたが、そのドレスの色も森の木々に溶けこんで見分けがつかなくなった。するとアンカスは壇から降り、口もきかずに人だかりを突っ切って、先ほどまで潜んでいたあの小屋のなかに入ってしまった。謹厳で気の利く戦士たち数名が、過ぎゆくアンカスの目に怒気がみなぎっていることを見て取ってその跡を追い、小屋までついていって作戦立案に加わった。この後タメナンドとアリスはお伴に付き添われて退席し、女、子どもたちは解散を命じられた。これに続く緊迫したひととき、陣営はハチの巣をつついたような騒ぎになった。一同ひたすら指導者の登場と指示を待っている。危急存亡の出撃に長駆いつでも発つ構えだった。

ついにアンカスの小屋から若い戦士が一人出てくると、厳粛な行進でもしているみたいにしゃちほこばって歩み、テラスのような岩棚の割れ目に根を下ろした若いマツの木まで行くと、その幹の皮をはいだ。そのあげく、出てきた小屋に戻ったが、この間一言も口をきかなかった。続いてもう一人の戦士があらわれ、若木から枝を払い落として、丸裸に光り輝く幹†だけを残していった。三番目に出てきた戦士は、この柱に色を塗って暗赤色の縞模様をほどこした。デラウェア族の将帥たちが戦意を表明するときにおこなうこのような手順は、小屋の外で待っていた戦士たちによって終始、険悪不吉な沈黙のうちに受けとめられた。最後にアンカスその人がふたたび姿をあらわした。腹巻きと脛当てを身につけている以外はいっさいの着衣を脱ぎ捨て、整った容貌の半分を黒の顔料で恐ろしげに塗り隠してある。

アンカスはたたかいの柱に向かって、威厳のある足どりでゆっくり近づいていった。そしてそのまま踊りのステップに入り、柱のまわりをめぐりはじめた。古式にのっとった舞踊に似ていなくもない動き。同時に大きな声をあげ、荒々しく奇怪なたたかいの歌を吟じた。声調は人間の声音とも思えない。ときには小鳥の鳴き声にもまごうほど哀愁にみち、切々と訴えるような調子だが、つぎの瞬間にはいきなり音域が変わり、聞く者を戦慄させるほど力強い低音になる。歌詞はあまりなく、繰り返しが多い。神への祈願ないし讃歌のようなものから始まって徐々に戦士の目論見を告げるに及び、そして冒頭と同様の、大霊への請願で締めくくられる。アンカスの用いる含蓄に富み音楽的な言語を翻訳できるとすれば、この頌歌の意味はつぎのように解しうる。

　マニトウ！　マニトウ！　マニトウ！
御身は偉大なり——善意なり——英明なり——

マニトウ！　マニトウ！
御身は公正なり！

　　大空に、雲中に、おお、わたしには見える！
無数の斑点——無数の黒点——無数の赤い点——
天空に、おお、わたしには見える！
無数の雲。

　　森のなかに、風に乗って、おお、わたしには聞える！
鬨の声、長い雄叫び、そして叫び声——
森のなかに、おお、わたしには聞える！
高らかな鬨の声！

　　マニトウ！　マニトウ！　マニトウ！
わたしは弱し——御身は強し——わたしは鈍《のろ》し——
マニトウ！　マニトウ！
わたしを助けたまえ。

詩の一連とも呼べそうなまとまりには区切りがつけられ、そこでとりわけ高く長い声が張りあげられる。その声は、歌い終えたばかりの一節の情趣に独特の彩《あや》を添える。最初の区切りでは厳粛に、崇敬の思いを伝えようとしていた。第二連は状況を叙述し、警告とも受けとれそうであった。第三連は有名な、身の毛もよだつようなたたかいの雄叫びであり、それが戦場のあらゆる物音を一つに混ぜ合わせたような声となって、若い戦士の口からほとばしり出た。最後は第一連と同じように、謙虚に請い願う主旨である。アンカスはこの歌を三回繰り返し、踊りながら柱をやはり三回まわった。

アンカスが一周したところで、レナペ族の一人の廉直で人望のある頭領が、アンカスにならって踊りはじめた。ただし、吟じる調べは似ていても、歌詞は独自の内容である。この後、戦士たちがつぎつぎに踊りの輪に加わって、多少とも名を知られ、権威を有する者はやがて全員そのなかに入りまじるに及んだ。こうなると、とてつもなく不気味な光景が現出した。頭領たちの猛々しい顔つきのすごみに輪をかけるように、しわがれ声がまじりあうぞっとするような詠唱。まさにこのとき、アンカスはトマホークをたたかいの柱に深々と打ちこみ、叫びをあげた。それは、自身のための戦闘開始の号令といえるかもしれない。この行為により、これから出かけようとしている遠征で自分が主将の任につくと宣したのだ。

これが合図となって、デラウェア族の眠っていた情熱が呼び覚まされた。これまで若さゆえに遠慮していた若者が百人ほども、敵に見立てられたマツの木に向かって殺到し、粉々に砕いてしまった。ついには地中に張った根を残すのみで、幹はすっかりなくなった。この騒動の最中、苛酷きわまる戦闘行為が木の端くれに対してしかけられた。まるで木が生身の人間であるみたいに、残虐な手口で責めさいなまれる。頭皮をはいだり、鋭い斧を投げつけたり、短刀でとどめを刺したり。要するに、そんな真似に熱中、狂喜することで、この遠征はデラウェア族にとっての戦争であると宣戦してみせたのである。

アンカスはたたかいの柱に一撃を加えるとすぐに踊りの輪から離れ、見あげて太陽をうかがった。太陽は昇って、マグアとの休戦が終わる高さに達しかけていた。まもなくアンカスはそのことを明確な身振りで知らせるとともに、大きな声で呼びかけた。すると、興奮していた群衆はいっせいに戦争のまねごとをやめ、かんだかい歓声をあげながら、現実のもっと危険にみちたたたかいの準備に取りかかった。

陣営の様相がまたたく間に一変した。武装といくさ化粧をすでに終えていた戦士たちはじっとしていた。まるでいつになく感情をあらわにするわけにいかない、とでも言わぬばかりである。他方、女たちは小屋から飛び出してきて、喜びの歌や嘆きの歌をうたった。二つが妙に混じり合って、ほんとうは喜んでいるのか嘆いているのか、よくわからなかった。しかし、手をこまねいている者はいなかった。いちばん大事な品を運ぶ者もいれば、子どもたちや、老人、病人を運ぶ者もいる。森のなかへ移動するのだ。森は山腹に広げた緑の絨毯のように、青々と輝いていた。タメナンドもそのなかへ退いた。短時間ながらアンカスとのしみじみとした会見を終えてから、落ち着きはらって移動していった。アンカスとの別れに賢人は、長年行方不明だったあげくにやっと再会できた子から離れる親のような気後れを見せた。他方ダンカンは、アリスを安全なところまで見送ると、斥候を捜した。その顔には、迫りくるたたかいをやはり待ちこがれていることがあらわれていた。

だが、ホークアイは、たたかいの歌やインディアンのいくさ支度には慣れっこになっていたから、目の前で繰りひろげられる光景に何の興味も示さなかった。ただ、戦士たちの人数や力量を見定めようとして、たまに見やるだけ。戦士たちはときどき、アンカスに従って戦場に出る覚悟ができていると知らせる合図を送る。それでホークアイもすぐに得心した。すでに見てきたとおり、若い将アンカスの力強さのおかげで、デラウェア族の戦闘能力のある者一人残らず、たちまち結集していた。この重要な問題がこうもうまく解決されたと確認したうえで、ホークアイはインディアンの少年に、キルディアとアンカスのライフルを取りに行かせた。デラウェア族の野営地の近くまできたときに武器を隠しておいた場所まで行かせたのだ——武器を隠したことには二重のねらいがあった。虜囚としてつかまえられたとしても武器を温存しておけるし、未知の連中のなかに入っていくときに、身を守ったり食糧を手に入れたりするための手段を携えているよりも、無力な困窮者と見られるほうが有利だからだ。きわめて大事にしているライフルを取りにいってもらう者を選ぶにあたって、斥候はふだんの警戒心を少しも忘れていなかった。マグアがここまで部下も連れずにやってきたはずはないとわかっていたし、森のあちこちからヒューロンのスパイたちが、新たな敵の動静を探っていることも承知していた。だから、自分で銃を取りにいったら命取りになっただろうし、戦士に取りにいかせても同じことだ。だが、子どもなら、銃を取りにいったと気づかれないうちは危ない目に会うこともないであろう。ヘイワードがそばに行ってみると、斥候は、少年に取りにいかせた結果を待ちながら粛然としていた。

少年は的確な指示を与えられていたし、なかなか目端が利いたから、こんなだいじな用をまかされた誇りや、大仕事を甘く見る若い者らしい期待に胸ふくらませながらも、さりげない風を装って空き地を通り抜けると、森に向かった。森には、銃を隠してある地点までやや遠いところから入った。だが、藪の葉陰に隠れた刹那、その浅黒い体はまるでヘビのようにスルスルと動いて、めざす貴重品のほうへ進んでいった。首尾は上々、少年はつぎの瞬間姿をあらわすと、集落が広がっている岩棚の麓に続く狭い空き地を矢のように走り抜けた。両手に一丁ずつ銃を持っている。岩棚の裾まで無事にたどりくと、そこから、信じられないような身のこなしで岩壁をはいあがる。そのとき、森から一発の銃弾が飛んできて、斥候の警戒していたことを裏づけた。少年はこれに応えて、か弱いながらも嘲りの声をあげたが、たちまち二発目の銃弾が、さっきとは別の角度から少年めがけて飛んできた。その一瞬後、少年は岩棚の上に立ちあがった。勝ち誇って銃を高々と振りかざす。そのあげく、こんな輝かしい任務を与えてくれた名高い猟師のもとへ、征服者然として向かった。

ホークアイは使いに出した少年がどうなるかハラハラしていたくせに、いざキルディアを受けとるとすっかり夢中になって、他のことは暫し念頭から拭い去ってしまった。目利きらしいやり方で銃を点検し、火皿を十回から十五回ほども開けたり閉めたりしたり、火皿に劣らず重要な発射装置の他の箇所もあちこち動かしてみたりしていたが、それが終わってから少年のほうに顔を向けて、とてもやさしく、怪我はないかと訊いた。子どもは晴れがましい顔でホークアイを見あげただけで、返事をしなかった。

「ありゃ！　そうか、小僧、あいつらの弾が腕かすったしょ！」斥候は我慢強い少年の腕をとった。腕には銃弾で肉が深くえぐられてできた傷があった。「なに、ハンノキ砕いてちょっぴりつけたら魔法みたいに効くんだわ。さしあたりは、繃帯代わりに勲章みたいなワンパムで巻いてやるべ！　ずいぶん早くから戦士の仕事始めたもんだな、勇ましい坊主め。墓に入るまでにいっぱい名誉の負傷もらえそうでないかい。頭の皮はいだことのある若いやつら何人も知ってるが、こんなりっぱな傷痕見せれるのはいないしょ！　さあ、もういい」腕の傷を包みおえる。「おまえ、酋長になれるぞ！」

少年は歩きだした。その出血を自慢すること、見栄っ張りの廷臣が赤綬を誇るよりも甚だしい。同じ年頃の仲間のあいだを闊歩し、みんなからの称賛と羨望の的になった。

しかし、このときのように重要な用件が山積している状況では、こんな子どもっぽい手柄に目をとめ、褒めたりするようなおとなはいなかった。気が立っていなかったら、おだててくれたはずなのだが。とはいっても、この子のおかげでデラウェアの者たちは、敵の位置や目論見を知ることができた。そこで、元気はよくても非力な子どもなどではない、任務にもっと適した剛の者からなる一隊が、偵察にきている敵を追い払うように命じられた。目標はすぐに達せられた。ヒューロン族の者たちは見つけられたと知ると、自分たちのほうから引き上げていったからだ。デラウェア族の一隊は、自分たちの野営地を守るのにじゅうぶんな距離がとれるまで追跡したあげく、道半ばで停まってつぎの指令を待った。敵の待ち伏せをくらう怖れがあったからだ。双方ともに身を隠しているので、一帯はまたひっそり静まりかえり、人気《ひとけ》のない森のいつもの穏やかな夏の朝と変わらなくなった。

物静かとはいえ今や遅しと意気込むアンカスは、頭領たちを集めて、指揮下の戦力をいくつかに分けた。ホークアイを、百戦錬磨にしていつも信頼に足るインディアン戦士に等しい人物として紹介した。これが承認されたと見ると、自身に劣らぬ敏活、練達、気鋭の戦士二十名ほどをホークアイの指揮下につけた。ヘイワードについてもイェンギーズの軍指揮官であることをデラウェア族にわからせたうえで、やはり同数の兵力をヘイワードにまかせようとした。だが、ダンカンは、斥候のそばで遊撃手として行動したいから、そんな指揮権を持たされるのは御免こうむると言った。このような手配をすませてから、アンカスは、それぞれの状況に応じてさまざまな任務をインディアンの頭領に割り振った。それから一刻の猶予もなく、出発命令を出した。これに従って二百人以上の部隊が、黙々とながら意気揚々と動きだした。

森のなかへ入っても、何ものにも行く手を阻まれなかったし、誰にも会わなかった。警戒を強めることもなければ、必要な情報を得ることもできない。そのまま、味方の斥候たちが潜伏している地点まできてしまった。ここで止まれの命がくだり、頭領たちが招集されて「ささやき声の協議」がなされた。この評定でさまざまな作戦案が出されたが、気負い立つ主将の気持ちにはどれもそぐわなかった。アンカスは自分自身の思うがままに振る舞えたら、手勢に一気呵成の突撃をさせ、イチかバチかの決着をつけようとしたであろう。だが、そんな戦法は、同胞がこれまで慣れ親しんできたやり方や考え方と真っ向からぶつかることになる。そこでアンカスは、そのときの気持からしたら薬にもしたくないような慎重策をしかたなくとることにし、他の者たちからの助言に耳を傾けた。だが、コーラの身に危険が迫り、マグアがのさばっていたことをまざまざと思い浮かべては、はらわたの煮えくりかえる思いにさいなまれていた。

埒もない話し合いがダラダラ続いているうちに、敵のほうからやってくる独りぽっちの男が見えた。どうやら、休戦交渉の任を帯びた使者とも思わせるほど足早に近づいてくる。しかし、デラウェア族が話し合いをしている隠れ場から百ヤード足らずまで近づいてきたところで、この正体不明の人物は、どうしていいかわからないみたいにためらいはじめ、ついには立ち止まった。部隊全員が、どうしたらいいのか指示を仰ぐかのように、アンカスに目を向けた。

「ホークアイ」とアンカスは低い声で言った。「あいつ、ヒューロンのやつらと二度と話せないようにしてしまえ」

「あいつの寿命もこれまでだべ」とぶっきらぼうに斥候は言うと、木の葉の隙間にライフルの長い銃身を差しいれて、慎重に急所へのねらいをつけた。だが、引き金を引かないでまた銃口を下げると、独特な笑いにかまけだした。「あの野郎ばミンゴと間違えるなんて、おらもおちたもんだわ！　だけどもな、どこに弾ぶちこんでやろうかと思って、あいつのあばら探ってたら――アンカス、何が見えたと思う――あの音楽の先生の笛でないかい！　だから、とどのつまり、みんながギャマットと呼んでる男だ。あいつ殺したって誰の得にもならんし、生かしておいたら、舌はうたうしかできないわけでもないから、おれらの役に立ってくれるかもしれないしょ。あの正直者の声がまだ使いものになるとしたら、もうすぐ話してもらうべ。しかも、キルディアの声聞かされるよりもずっとましだってあいつも思うにきまってる、このおれの声で訊いてみるさ」

こう言うとホークアイは、ライフルをかたわらに置いて、藪のなかを這っていった。そして、デーヴィッドの耳に声が届くところまで近づいていき、ヒューロンの陣営のなかで披露したあの音楽上のたしなみを、今度はもっと安全に、格好をつけて、ふたたび披瀝してみせた。ギャマットの鋭敏な耳は、めったなことでは聞き違えたりしない。（それに、じつを言えば、こんな雑音を立てる真似なんか、ホークアイ以外の誰にもできそうもなかった。）だからデーヴィッドは、前にも一度聞かされたこともあり、誰の歌声か、もうわかったのである。哀れな先生はどうやら、困りはてていた状態から立ち直ったようだった。声のする方角をつきとめた――デーヴィッドにとって、砲声を手がかりに砲列をつきとめるのとたいして変わりないくらいたやすい仕事――その末にデーヴィッドはまもなく、隠れていた歌手を見つけ出した。

「ヒューロンのやつらがあれ聞いたら、何て言うべ！」斥候は笑いながら相手の腕をとり、後方へ引っぱっていった。「悪党どもの耳に届いたら、瘋癲が一人でなくて二人いるって言うんでないかい！　さて、ここまできたらだいじょうぶ」アンカスとその仲間を指し示して、こう付け加えた。「さあ、ミンゴが何たくらんでるのか、話してくれや。ふつうの英語でな。声上げたり下げたりしないでだぞ」

デーヴィッドはまわりの頭領たちの獰猛な顔に目をむき、声もなくあっけにとられていたが、見知った顔も見えることで安堵し、やがて筋道の通る答えができる程度には落ち着きを取りもどした。

「異教徒たちはかなりの人数で出てきておりますぞ。あいにく、よこしまなことを考えているようですな。けだもののようにわめき散らし、神に背く乱痴気騒ぎにふけりながら、穢らわしい声を出していたのが、つい一時間足らず前、連中の根城でのことです。あまりにひどいので、じつのところわたくしは、安らぎを求めてデラウェア族のところまで逃げ出してきたわけでして」

「あんたはもっと早くこっちにきてたとしても、同じような騒ぎ聞かされて、ゆるくないのはあまり変わりなかったんでないかい」斥候はちょっとそっけなく答えた。「だけども、それはさておき、ヒューロンのやつらどこにいる」

「連中は森のなかに隠れ、待ち伏せしておりますぞ。ここから連中の村まで行く途中に大勢潜んでおりますから、みなさん、すぐに引き上げるほうが賢明ですよ」

アンカスは、自身の率いる部隊が隠れている木立のほうをちらりと見やってから、敵の名前を口にした。

「マグアは?」

「連中といっしょにいますよ。デラウェア族のところに預けてあった娘御を連れてきましてな。あの子を洞穴に入れてから、まるで猛り狂ったオオカミみたいな剣幕で、蛮族どもの頭目の地位におさまってしまいました。何であんなにいきりたったのか、わかりませんがね!」

「お嬢さんを洞穴においていったと言うんですね!」とヘイワードが口出しした。「洞穴はわれわれも行ったことがあるからわかる、よかったですね。何とかして、すぐにも助け出そうじゃありませんか」

アンカスは真剣に斥候の顔をうかがってから、こう訊いた。

「ホークアイ、どうする」

「ライフル持ったの二十人預けてくれや。おら、右へまわって川沿いに行き、ビーバーの小屋のそば通って、サガモアと大佐に合流する。そしたら、そのあたりから鬨の声聞かせてやるわ。この風に乗ったら、一マイルぐらい先の声でもたやすく聞こえるべ。それ聞こえてきたら、いいかアンカス、やつらの正面つくんだ。やつらがこっちの射程に入ってきたら、襲撃してやる。老練の辺境人という評判にかけて誓ってやるが、おれらの射撃でやつらの戦列は、トネリコの弓みたいにぐんにゃり曲がってしまうべ。その後でやつらの村に攻め入って、洞穴から女連れ出すべ。これでヒューロンもお終いでないかい。白人流の戦法にしたがって、一斉攻撃で一気に方つけてもいいし。そうでなかったら、インディアン流に物陰から狙撃するやり方でもいいしょ。少佐、この作戦は軍学なんかたいして頼りにしてないぞ。だけども、勇気と辛抱あったらちゃんとやれるんだわ」

「気に入った」とダンカンは叫んだ。斥候の頭のなかではコーラの救出が第一の目標になっているとわかったからである。「おおいに気に入ったよ。ただちに始めよう」

短時間の相談で計画を練り、いくつかに分けた部隊にそれぞれの任務を呑みこませた。いろいろな暗号を打ち合わせたあげく、頭領はそれぞれ与えられた持ち場へ散っていった。

第三十二章

「だが、悪疫もおさまらず、屍を焼く火は増える一方となろう、
偉大な王が身代金も受け取らずに、
黒い目の乙女をその父のクリュセースに返してやらなければ。」
ポープ『イリアッド』第一巻、一二二〜一二四行。

アンカスがこのように部隊を配置しているあいだ、森は、全能の創造主の手を離れたときと同じくらい静まりかえり、評定に集まった者たちを除けば人っ子一人いないように見えた。森のなかはどちらを見ても、木陰で薄暗いながらも遠くまで見通すことができたが、安らかに眠っているような風景を乱すようなものは何一つ見あたらなかった。ブナの木の葉陰で小鳥が飛びまわる音があちこちから聞こえ、ときにはリスが木の実を落として、一瞬ハッとした部隊の者たちの目を引くものの、そんな横槍が消えるとたちまち、頭上を過ぎゆく風のささやきが聞こえてくる。風が吹きわたる森の梢は、この広大な地域をどこまでも、川や森にさえぎられないかぎりとぎれることなく、緑豊かに起伏をなして続いている。原始の森のなか、敵の集落をめざすデラウェア族の行く手は、まるで人跡未踏でもあるかのように、深いしじまが垂れこめていた。だが、ホークアイは斥候という仕事柄、一行の先頭を行きつつ、これから立ち向かおうとする相手が何者であるかをじゅうぶんにわきまえていたから、この油断ならない静寂を真に受けてはいなかった。

斥候は配下の小隊が結集したのを見届けると、キルディアを小脇に抱え、ついてこいという無言の合図を送ってから、一行を率いて何ロッドも引き返し、さっき渉ってきた小川の川床へおりた。そこで立ち止まり、油断なく張りつめた戦士たち全員がそばにくるまで待ってから、デラウェア語で訊いた。

「この小川をたどっていったらどこへ行くのか、誰か知ってるか」

デラウェア族の一人が手を出して、指をV字形に開いて見せながら、答えた。

「たどっていけば、太陽が沈まぬうちに、この小川は大きな川につながる」そして、合流地点の方角を指さしながら、「二つの川が合わさって、ビーバーが棲めるくらい広くなる」と言い足した。

「そんなところだろうと思っていたよ」と斥候は応じてから、目をあげて林冠の隙間越しに山のほうを見た。「流れの方向や山の格好から見当がつく。皆の者、川の土手の陰に隠れながら、ヒューロンの気配がするところまで進むぞ」

部下たちは諾意を伝えるいつものかけ声を発したが、一部の者は、隊長がみずから先頭に立って進みだそうとしていることに気づくと、何か具合の悪いことがあることを目で知らせた。ホークアイはその目配せの意味を察して振り返ってみると、一行の後をついて歌の師匠がこんなところまできていた。

「わかってるのか、あんた」斥候はいかめしい口調で言った。その態度には、重責を意識した高飛車な姿勢が出すぎていたかもしれない。「これは、決死の任務のために選抜された奇襲隊なんだわ。指揮まかされてるこちとらには、誰かさんみたいにへっちゃらな顔で言うわけでないけども、ひとりも遊ばせておく気なんかないからな。五分もしないうちに、おれら、ヒューロンの野郎の体ば、そいつが生きてようが死んでようが、踏み越えていくちゅうことにならんとも限らんべ。三十分も先の話でないことは確かだ」

「どういうつもりか、お話を聞いてわかったというのではありませんがね」と応じたデーヴィッドの顔はやや紅潮し、ふだんおっとりしている目もギラギラさせて尋常でない。「あなたたちを見ると、シケムの一派とのたたかいに出かけたヤコブの子たちのことが思い浮かびましてな。[*1] 主に愛でられた一族の女を、よこしまにも妻に娶ろうとした敵にたいして立ちあがったのですからな。ところでわたくしも、あなたが救い出そうとしている娘さんとはるばる旅をして、苦楽もずっとともにしてきたんですよ。だから、胴丸に身を固めて剣ひっさげた武人《もののふ》ではないにせよ、あの娘さんのために一矢報いてやりたいと心から願っておるわけでして」

斥候は、こんな妙ちくりんな加勢がどんな結果をもたらすか量りかねたか、戸惑いを見せたあげく、こう答えた。

「何の武器の使い方も知らんべ。あんたライフル持ってないし、いいかい、ミンゴのやつらときたら、やられたら倍にして返してくるんだからな」

「傲岸残忍なゴリアテ[*2]ではないでしょうがね」デーヴィッドは、ちぐはぐな色のぶざまな着衣の下から石投げ紐を取り出した。「わたくし、あのユダヤの少年のお手本を忘れてませんからな。このいにしえの戦闘道具は、子どもの頃にさんざん練習したものでして。その頃の腕前はまだ残ってるかもしれませんぞ」

「そうか！」ホークアイは、鹿革の紐と袋からなる投石器を冷ややかな蔑みのまなざしで見やりながら言った。「そいつは、矢が飛んできたり短刀で襲われたりしたときには役に立つかもしれん。だけども、あのメングウェのやつら一人一丁ずつ、銃腔に溝つけてあるりっぱな鉄砲もってるんだわ。フランス人からもらったやつだ。とはいっても、あんたは、弾飛んでるなか歩いても怪我しない天才みたいだし、これまで運にも恵まれてたから――少佐、あんたのライフルの撃鉄、起こしたままになってるしょ。早まって一発撃っただけで、頭の皮二十枚も無駄にはがれてしまうぞ――歌の先生、ついてきたらいいしょ。でかい声あげるときなんかに役に立ってもらえるからな」

「ありがたいことですな」デーヴィッドは、イスラエル王ダビデと同じように、小川からつぶてによさそうな小石を拾いだした。「人をあやめたくてうずうずしているわけではありませんが、追い返されていたら、わたくしの気がすまなかったでしょうからな」

「いいか」斥候は自分の頭の、ギャマットの怪我がまだ治りきっていない箇所にあたるあたりを、意味ありげに軽くたたきながら言った。「おれらがここに来たのはたたかうためであって、うたうためでないからな。みんなで鬨の声あげるまでは、口きくのはライフルにまかせておけや」

デーヴィッドはうなずいて、了解したことを伝えた。そこでホークアイは部下たちの様子をもう一度確めるように見やってから、前進の合図を出した。

進路は河床を一マイルほどたどっていった。両岸は切り立った崖になっているし、流れを縁取る厚い茂みもあるし、見つかる危険はあまりなかったが、インディアンの部隊が不意討ちに出るときの用心を何ひとつ怠らなかった。戦士は崖に沿って歩くというよりは這うように進み、ときどき森のなかをうかがう。数分おきに部隊ははたと立ち止まり、敵軍の物音がしないか耳をすます。その耳は、多少とも文明に慣れた人間には思いもよらぬほど鋭敏である。しかし、何事もなく歩を進め、小さな流れが大きな川に注ぎこむ地点に着いた。それまで、進入を悟られた気配はみじんもなかった。ここで斥候はまた立ち止まり、森の様子を探った。

「いくさにはもってこいの日和になりそうだわ」とホークアイはヘイワードに英語で話しかけてから、ちらりと雲を見上げた。雲は空を覆いはじめていた。「日射しがきつくて銃身ぎらついたりしたら、狙いつけるのに具合悪いからな。何もかもいい塩梅でないかい。やつら風上にいるから、やつらの立てる音や煙がこっちに届く。それだけでもずいぶんありがたいしょ。こっちは一発撃ってもすぐに煙が後ろに飛んでくし。だけども、この先は、体隠せる物陰なんかなくなる。ビーバーがこのあたりの川に何百年も暮らしてるもんで、やつらの餌場からダムのあるとこまでは、見てのとおり、幹の皮はがれた切り株並んでるだけで、生きてる木なんかまずないしょ」

ホークアイはこのように手短な言い方ながら、行く手の景色をじつはなかなか的確に言いあらわしていた。川の幅は一定でなく、岩場の間隙を奔るあたりでは細くなったり、低地では大きく広がって池といってもいいような淀みをなしたりしている。その両岸いたるところに朽ち木があり、いまにも崩れ落ちそうな頼りない幹で支えられているものから、頑丈な樹皮をはがされて間もないものまで、さまざまな腐朽程度を見せているが、不思議千万なことに、樹皮がなくなれば樹木の生命力は失われるのである。そんな枯れ木の林のなかところどころに、とっくの昔にこの世を去った世代を記念するかのように、低く山積みになったまま苔むした長い原木が横たわっている。

こういう細かな点もすべて斥候は、これまで誰もそんなものに向けたことがないような細心の注意を払って観察した。川のわずか半マイルほど上流にはヒューロンの陣営があることはわかっていたから、見えない危険に神経をとがらせる者らしい気がかりもあらわに、敵の姿の片鱗も見えないことにひどくいらだっていた。突撃の命令を出し、集落に奇襲をかけてみたいという気になったりしたが、そこは歴戦のつわもの、そんなことをしてみてもいたずらに危険を冒すだけだと気づき、すぐに思いとどまった。それで、必死に耳をすましました。別れたアンカスのいるあたりから何か争いの物音でも聞こえてこないか、じりじりするような不安に駆られる。だが、聞こえるのは風の音ばかり。森の奥で嵐の兆しらしい突風が吹きはじめたのだ。ついには、経験を踏まえた分別もかなぐり捨て、いつにもなくじれったさに駆られて、結着をつけてしまおうと決意し、部隊が敵の目についてもしかたがないと覚悟を決めて、慎重ながらも着々と川をさかのぼっていくことにした。

斥候は偵察しているあいだ、藪に隠れるようにして立っていたが、部下たちは川の合流地点で小川の川床にまだ身を伏せていた。だが、ホークアイが小声ながらもはっきりと前進の号令をかけると、部隊全員がそっと岸にあがっていって、まるで黒っぽい幽霊のようにものも言わず、ホークアイのまわりをかためた。ホークアイは目指す方角を指でさししめすと、先に立って進みはじめた。一行はその足跡を正確にたどりながら一列縦隊をなして付きしたがい、ヘイワードとデーヴィッドを別にすれば、たった一人の人間が歩いたみたいな足跡を残していく。

しかし、一行が物陰から出て進みはじめたとたん、うしろから十挺あまりのライフルが一斉に射かけてくる音がして、デラウェアの戦士が一人、シカが撃たれたように空中に飛び上がると、大の字に倒れてしまった。完全にこときれていた。

「はあ！　こったら悪さしかけてくるんでないかって心配してたんだわ！」斥候は英語でそう言ってから、インディアンの言葉に切り替えて機敏に命じた。「者ども、掩蔽に退避だ！　攻撃開始！」

この言葉に応じて部隊は散開した。ヘイワードは驚愕から立ち直る間もなく、気づいてみたらデーヴィッドと二人きりで突っ立っていた。幸いなことにヒューロン族はもう逃げ腰になっていたから、撃たれずにすんだ。だが、いつまでもボケッとしていられないことはわかりきっていた。斥候は率先して、木の陰づたいに前進しながら発砲し、退却する敵に追い討ちをかけていた。敵は少しずつ後退していく。

ヒューロン族の先遣隊はどうやらごく少人数だったらしい。しかし、味方の方へ退却していくにつれ、人数が増え続けていった。ついには、撃ち返してくる銃の数が、攻めるデラウェア族の部隊のと同じではないにしても、ほとんど匹敵するまでになってきた。ヘイワードは戦闘のまっただなかに飛びこみ、仲間たちを真似て物陰に身を隠しながら、自分のライフルを矢継ぎ早に撃った。撃ち合いは激しくなり、双方動けなくなった。両軍とも木の陰になるべく身を隠していたから、負傷者も出なかった。じっさい、狙いをつけようとするとき以外は、姿をまったく見せないのだ。だが、戦況は、ホークアイとその一行にとってだんだん不利になってきた。先見の明に秀でた斥候には危険が見えているのだが、どう対処したらいいかわからない。退却は踏みとどまるよりも危ないと悟ったものの、見ると、敵の一部がまわりこんでこちらの横手から攻めてくる。そのためにデラウェア族の側は体を隠すのに大わらわで、銃を撃つどころでなくなってきた。しだいに敵軍に取り囲まれそうだと思えてきたこの難局に、頭上をおおう穹窿のような森の梢にこだまする鬨の声や武器の物音が聞こえてきた。アンカスが待機していたところからわき起こった響きである。その位置は、ホークアイとその一行がたたかっている戦場よりも一段低い、窪地のような場所だった。

そこで戦端を開いてくれたおかげでたちまち形勢は一転し、ホークアイたちは大いにほっとした。どうやら、ホークアイが率いた奇襲作戦は、敵がはじめから警戒していたために失敗したのだが、その代わり敵は、ホークアイたちの作戦の目的や部隊の規模を誤解してこちらに力を割きすぎ、アンカスの猛攻を迎え撃つための備えが手薄になったようだ。それが事実であるとわかるのは、森のほうから聞こえてきた攻撃のどよめきが低地から集落めがけて一挙に接近してきただけでなく、こちらを悩ましていた攻め手の軍勢がみるみる減り、本隊が持ちこたえようとしている戦線の支援に駆けつけていったからである。そちらが防衛の主戦場になったことは、もはや明らかだった。

ホークアイは、部下たちを奮い立たせるために声を上げ、真っ先に飛び出していって、突撃の号令をかけた。このような粗野な戦闘における突撃とは、主に掩蔽から掩蔽へ移動しながら敵に近づいていくことであり、部下たちはただちにこの指示に従って、うまく進んでいった。ヒューロン族は後退を余儀なくされ、たたかいの場ははじめの見通しのきくところからまたたくまに移っていって、追われる側が藪に身を隠せるところまでたどりついた。ここで撃ち合いは長引き、激しくなって、どう結着がつくのかわからなくなった。デラウェア族は誰も斃《たお》されていないとはいえ、地の利に劣るところに釘づけにされ、傷を負って血を流す者が増えはじめた。

この窮地のさなかホークアイは、ヘイワードが隠れている木の陰までどうにか行き着いた。部下たちの大部分は、右手の少し先の声の届くところにおり、隠れている敵めがけてつぎつぎに発砲していたが、さっぱり成果はなかった。

「少佐、あんたはまだ若いしょ」と言った斥候は、それまでの奮闘にちょっとくたびれ、キルディアの銃床を地面につけて、銃にもたれた。「だからこの先いつか、あいつら悪たれのミンゴどもと一戦交えるときの指揮とることもあるんでないかい。ここでインディアン式のいくさのこつ見たらいいべ。こつっていってもだいたいは、手の早さ、目が利くこと、それにうまく隠れることぐらいなんだわ。さあ、あんた、ここで英国王軍アメリカ現地人部隊の指揮とってるとしたら、こんな場合にどんなふうに動かすつもりだ」

「銃剣で突破させるね」

「やあ、白人らしい理屈いうもんだわ。こんな曠野でそんなことしたら、何人生き残れるか、考えてみれや。いんや――ウマだべ」話を続けながら斥候は、考えこんでいるみたいに首を横に振った。「ほんとは認めたくないけども、こういうこぜりあいではそのうちウマが結着つけるようになるべな。けだものでも人間より上手《うわて》だから、けっきょく頼るのはウマってことになるんでないかい！ 蹄鉄つけたひずめでレッドスキンのモカシン踏ませたらいいんだ。そしたら、ライフル一発撃ったきりで、もう弾こめる暇もなくなるしょ」

「そんなことはまた別のときに話せばいいだろう」とヘイワードは答えた。「突撃しないのか」

「一休みするときの時間つぶしに、ためになることちょっと考えてみたりしたって、別に罰当たるわけでないべ。突撃するってか。そんなやり方はあまり気に食わんな。そんなことしたら、頭の皮一、二枚ただでくれちまうことになるべ。でもなあ」と言い足しながら小首をかしげ、向こう側で起きている戦闘の音に聞き入る。「アンカスに力貸してやるとしたら、おれらの目の前にいるこいつらば片付けてやらんとだめだ！」

それからくるりと向き直り、すばやく決然とした口調でインディアンの部下たちに呼びかけ、デラウェア語を大声で話した。その言葉に答えて各戦士は一声叫び、合図に応じてさっと移動すると、ホークアイが隠れている木のまわりに集まった。ヒューロン族は、目の前でそれだけの戦士が一度にちらりと姿を見せたものだから、あわてて銃を撃ったが、的を外してしまった。デラウェア族の者たちは息つく間もなく、餌食に飛びかかるパンサーのように跳びはねて、森のほうへ飛び出していった。ホークアイは恐るべきライフルを振り上げながら先頭をきり、その姿で部下たちに気合いを入れた。ヒューロン族のなかでも老獪な者数名は、無駄弾を撃たせようとした策略に惑わされなかったから、この段になって近くまで引き寄せておき、正確に狙いをつけて発砲してきた。そのために、斥候の心配は的中し、有能な部下三名が斃された。だが、この痛手も、突進の勢いを押しとどめるにはいたらなかった。デラウェア族は猛々しい本性をむき出しにして、敵が隠れていた物陰へ飛びこんでいき、激しい突撃の余勢を駆って相手の抵抗を一掃してしまった。

取っ組み合いのたたかいが続いたのは瞬時でしかなかった。突撃されたほうはさっさと退却し、藪の反対側までさがるとその陰にしがみついて、追いつめられた獲物がよく見せるのと変わらない頑強さを発揮した。勝敗の帰趨がまたわからなくなってきたこのきわどいときに、ヒューロン族の背後でライフルの銃声が響き、そのあたりの森の切れ目に広がるビーバーの営巣地のなかの古巣のどれかから、一発の弾丸が音を立てて飛んできた。この銃声に続いてさらに、身の毛もよだつ凄まじい雄叫びが聞こえてきた。

「それ、サガモアがもの言ってるわ!」とホークアイは叫んでから、自分も大音声をあげて雄叫びに答えた。「これでやつらは挟み撃ちだべ!」

この結果ヒューロン族はたちまち浮き足立った。遮蔽物がない方向からの攻撃を受けて士気をくじかれた戦士たちは、いっせいに狼狽の声をあげつつ算を乱して空き地に飛び出した。もはや逃げることしか念頭になかったのである。そんな挙に出た結果、追いかけてきたデラウェア族に撃たれたり、斬りつけられたりして、多くの者が斃れた。

ここで斥候とチンガチグックが再会をはたした様子や、ダンカンがマンローに生き逢って胸つまらせた場面は、くわしく述べるまでもないだろう。簡潔に手早く言葉を交わしただけで、双方とも事情が呑みこめた。それからホークアイは、配下の部隊にサガモアを紹介すると、司令権をこのモヒカン族の頭領に譲った。チンガチグックは隊長の地位に就いたが、血筋からいっても経験からいってもその資格じゅうぶんだったたし、命令をくだすインディアン戦士に必ずそなわっている堂々たる威厳を漂わせていた。チンガチグックは部隊を率い、斥候の足跡をたどりながら茂みを抜けて引き返させた。途中、部下たちはヒューロン族の死体から頭皮を剥ぎ取ったり、戦死した仲間を葬ったりした。そのあげくに、ホークアイがここならいいと立ち止まっていた場所まで追いついた。

先ほどの一戦で精力を使い果たした戦士たちが集結したのは多少広い平坦地で、まばらながらも立木があるので、掩蔽を見つけるのに苦労しなくてもよかった。その土地の正面はやや急な斜面をなして谷へつながっている。見下ろすと、数マイルにわたり、樹木におおわれて日の差さない細長い谷が見えた。この暗い密林のなかで、アンカスがヒューロンの主力部隊とまだ戦闘中なのであった。

チンガチグックたちは谷を望む崖っぷちまで歩み寄ると、修練を積んだ耳をそばだて、戦闘の物音を聞きとろうとした。森深い谷の上を数羽の鳥が飛びまわっている。騒ぎに驚いて人知れぬ巣から飛び立ったのだ。あちこちには、大気ともう区別がつかなくなっているような薄煙が立木の上まで立ち昇って、たたかいが激しく、動きがとれなくなっている場所を示している。

「合戦がこっちへ昇ってくる」とダンカンは言って、あらたに銃声が起きた方を指さした。「不意を突きたくても、これではやつらと真正面から鉢合わせだな」

「やつらはあの窪みの方に曲がるべ。あっちの方が木多くて隠れやすいからな。そしたらやつら、おれらに脇見せることになるしょ。サガモア、行ってくれや。ぐずぐずしてたら鬨の声あげる暇もなくなるしょ。若いやつら連れていけ。おら、この一戦は、肌の色が同じ戦士たちといっしょにたたかうことにするわ！　どういうつもりかわかるべ、モヒカン。ヒューロンがこの高台からおまえの後ろにまわろうとしたって、キルディアに物言わせもしないで通してやる気はないからな」

チンガチグックはもう一度息を凝らして、戦況をうかがった。戦域は急速に移って、高台の方へ昇ってくる。デラウェア族が優勢だという確かな兆しである。だが、嵐の先触れとして降ってくる雹のように、味方の弾がパラパラと足もとの枯れ葉に落ちてきはじめ、敵ばかりか味方も近づいてきたとわかるまでは、チンガチグックはその場を離れようとしなかった。ホークアイと三人の白人は数歩さがって木陰に身を隠し、成り行きを冷静に見守った。こんな場面でこれだけ落ち着いていられるのはひとえに、年季が入っているおかげである。

やがてライフルの銃声が森のなかでこだませず、森の外の開けたところで響いているみたいに聞こえてきた。すると、森のはずれまで追われてきたヒューロンの戦士たちがあちこちからあらわれ、空き地に入って、最後の抵抗をするための場所に集結しだした。他の者たちもつぎつぎに加わると、立木などを盾にして横に長い列を作り、捨て鉢の意固地を見せるかまえになった。ヘイワードはじりじりして、チンガチグックの方をしきりに見やったが、そちらは平然とした顔つきで岩に腰かけているだけだった。まるでたたかいを見物するためにそこに陣取ったかのように、状況観察に余念がなかった。

「いまこそデラウェアの部隊が打って出るべきだよ!」とダンカンは言った。

「ちがう、ちがう」と斥候は答えた。「味方の匂いがしてきたら、あいつは自分がここにいると知らせてくれるのさ。ほれ、ほれ、やつらはあそこに並んでるマツの木の陰に集まっていくべ。巣に戻ってきたハチみたいでないかい。あれあれ、どす黒い顔してあんなふうにかたまってたら、スクオーだってやつらのどまんなかに弾撃ちこめるしょ!」

その瞬間、雄叫びがあがって、チンガチグックとその部隊が発射した銃弾で、十名あまりのヒューロン族が甦された。それに続いて起こった喊声に応えて森のなかから響きわたった一人の雄叫びは、まるで千人の喉から声を合わせて発せられたみたいに空気をびりびりとふるわせる大音声だった。ヒューロン族は怖じ気づき、戦列を中央から分断される形で逃げ出した。アンカスが森から姿をあらわし、ヒューロン族が放棄した空き地に、百人ほどの戦士を率いて入ってきた。

若き頭領は手で左右を指し示しながら、逃げ出した敵の行方を部下たちに教えた。部下たちは追跡するために散った。交戦は二箇所に分かれ、どちらの戦線でも勝ち誇ったレナペの戦士たちが、二手に潰走して森のなかにまた逃げこもうとするヒューロン族を激しく追撃するたたかいになった。一分も経ったろうか、すでに物音はちりぢりに分散して遠のき、森の穹窿に反響してだんだん聞き取りにくくなっていった。ところが、ヒューロン族の一小部隊は逃げ隠れしようともせず、追いつめられたライオンのごとく腹立たしげにのろのろと後ずさりながら、高台へあがってきた。チンガチグックとその手下が先ほどまで待機していた場所だったが、交戦の場にもっと近づこうとして部隊が出ていったあとは空っぽになっていた。そこへあがってきたヒューロンの部隊のなかですぐに目についたのはマグアだった。その猛々しく残忍な風貌においても、依然として漂わせている傲岸な威厳においても、きわだっていた。

アンカスは追撃に夢中になるあまり、自分が孤立無援になるほど、ほとんどの手勢を敵の追跡に向かわせていた。しかし、ル・シュプティルの姿を目にしたとたん、他の敵はどうでもよくなった。雄叫びをあげて部下の戦士六、七人を呼び戻すと、無勢であることなどものともせずに、マグアの部隊めがけて駆けだした。その動きを注視していたル・ルナールは、ほくそ笑んで立ち止まり、迎え撃とうとかまえた。相手が若気の至りから無分別に襲ってくるとは願ったり叶ったりと思ったそのとき、また別の怒号がして、救援に駆けつけてくるラ・ロング・カラビーヌが見えた。白人の仲間たちが全員ついてくる。マグアはくるりときびすを返すと、さっさと逃げ出し、崖を登りはじめた。

再会の挨拶を交わしたり、たがいの無事を慶んだりする暇もあらばこそ、アンカスは味方が駆けつけてくれたことにも気づかぬまま、疾風のごとく追跡を続けた。体をさらすなとホークアイが呼びかけたのも耳に入らず、モヒカンの若武者は敵の剣呑な銃火に真っ向から立ち向かっていく。やがて敵は、追っ手に劣らぬ駿足で逃走に転じるほかなくなった。幸いなことにこの駆け競べは長くは続かなかったし、白人たちが陣取っていた場所は地の利に恵まれていた。さもなければアンカスは、味方全員を尻目にまもなく敵に追いついて、みずからの無鉄砲さの犠牲になっていたところである。だが、そんなひどいことにならぬうちに、追う者と追われる者がいまにも絡みそうになりながら、ワイアンドットの集落になだれこんでいった。

ヒューロン族の者たちは自分たちの住処を目にして奮いたち、駆け競べにも飽きて、公会堂のまわりで踏みとどまると、死にものぐるいの抵抗を試みだした。そこに襲いかかった攻め手の勢いと破壊力は竜巻さながらであった。あっという間のことながら、アンカスはトマホークを、ホークアイは銃を、そしてマンローさえもたくましさの残る腕を振りまわして暴れまくった。足もとにはたちまち敵の屍がゴロゴロと横たわる。それでもマグアは、大胆不敵にも身をさらけ出しつつも、あらゆる攻撃の手をかいくぐって生き延びていた。古代叙事詩に謳われた伝説の英雄が神々の庇護を受け、不死身でいられたのと変わらない。機を見るに敏なこの頭領は、仲間たちが斃されたのを見て、怒りと失意がたっぷりこもった絶叫をあげると、かろうじて生き残った部下二人を伴い、その場から脱兎のごとく遁走した。死者たちから勝利のしるしとして頭皮をはぐという、血なまぐさい振る舞いにふけっているデラウェア族などには目もくれなかった。

しかしアンカスは、それまで敵味方入り乱れるなかでマグアと対決しようとして果たせなかったので、今度こそ追いつこうと飛び出していった。ホークアイ、ヘイワード、デーヴィッドはその後をやはり追い続けた。斥候には、アンカスの行く手の少し前方にライフルの銃口を向けておくぐらいしかできなかったが、それはアンカスにとって魔法の盾で守られているのと何ら変わりのない効き目があった。マグアはいったん立ち止まり、失われた手下たちの復讐をしようと、ふたたび最後の決戦に臨むような気配を見せたが、それもつかの間だけで、すぐにその気をなくすと、藪のなかへ飛びこんだ。さらに追っ手の追跡を受けながら、前に述べたあの洞窟に入っていって、突如姿を消した。ホークアイはアンカスを気遣って何とか発砲を控えていたのだが、これを見て嬉々たる声を上げ、もう獲物は間違いなく手に入れたぞと大声で言いきった。追っ手は奥行きの深い洞窟の狭い入り口のなかに走りこみ、ちょうどヒューロン族一行の逃げていく背中をちらりと目にした。洞穴のなかの天然の廊下や地下室をマグアたちが通り抜けていく先々で、何百人もの女、子どもたちの泣き叫ぶ声がわき起こる。かすかな頼りない光に照らされた内部は、地獄の薄闇同然に見えた。そのなかで、哀れな幽霊や残忍な鬼どもが大勢うごめいているようだ。

それでもやはりアンカスは、たった一つの目的に命をかけているみたいに、マグアに目を据えて、見失いはしなかった。ヘイワードと斥候も依然としてそのあとに続いていた。アンカスと同じくらい激しいとはいえないまでも、やはり激昂に衝き動かされていた。だが、暗くて陰鬱な通路は曲がりくねって、逃げていく戦士たちの姿はだんだん見えにくく、ともすれば見失いそうになってきた。そして、相手にうまくまかれてしまったと思った瞬間、通路の奥のほうで白衣の翻るのが見えた。その通路は山の上のほうへ通じているようである。

「あれはコーラだ！」とヘイワードは叫んだ。戦慄と歓喜がないまぜになったような声だった。

「コーラ！　コーラ！」アンカスも名前を呼んで、シカが跳ねるように突進した。

「ありゃあの娘っこだわ！　元気出せや、お嬢さん。いま行く――いま行くからな」

こうして囚われの人を一目見たおかげで十倍も励みを得た追っ手たちは、あらためて勢いづいた。だが、足もとはゴツゴツして穴だらけであり、ところによっては通れそうもないくらいだった。アンカスはライフルを放り出すと、がむしゃらに突き進んだ。ヘイワードも調子に乗ってその真似をしたが、一発の銃声が聞こえて、二人ともすぐにその軽挙妄動ぶりを思い知らされた。岩窟の通路の向こう側から、ヒューロン族が隙《すき》を見て発砲したのだ。その弾丸はモヒカンの若武者にかすり傷さえ負わせた。

「追っていかないとだめだ！」と言った斥候は必死に飛び出してきて、アンカスとヘイワードを追い越した。「こんなに離れてたら、つぎつぎに狙い撃ちされるだけだべ。ほれ、見れ。あいつら、娘っこつかまえて盾代わりにしてるしょ！」

この言葉は無視された。というよりも、誰の耳にも届かなかった。それでも、ホークアイを見習った二人は、信じがたいほどの奮闘を見せて逃走者たちに接近し、コーラが二人の戦士に引きずられていくのを目にした。マグアは逃走経路や方策について指示を与えていた。ちょうどそのとき、この一行四人の影が、洞窟の出口に見える空を背景にしてくっきり浮かび上がったと思ったら、姿を消してしまった。アンカスとヘイワードは、喪失感のあまり気も狂いそうになり、それまでもすでに発揮していた超人的な力業をさらに倍加して洞穴から山腹に這い出し、逃げていく者たちの後ろ姿をちらりととらえるのに何とか間に合った。その方角は山頂をめざし、危険で骨の折れる道筋が続くことに変わりはなかった。

斥候はライフルが邪魔になったし、コーラへの思いが二人ほど強くなかったからかもしれないが、ちょっと後れをとってしまった。アンカスはといえば、ヘイワードの先に立っていた。そんな順番に並んで進み、岩や崖やその他の障害物を驚くべき速さで乗り越えていった。別のときに異なる事情のもとでやろうとしても、とても無理だと思われたにちがいないような離れ業だ。だが、そのおかげで無鉄砲な青年たちにも読めてきたとおり、ヒューロン族の者たちはコーラという足手まといのせいで追いつかれそうになっていた。

「止まれ、ワイアンドットのイヌめ！」とアンカスは叫び、マグアに向かってまばゆいトマホークを振りかざした。「女であるデラウェアが止まれと言ってるんだ！」

「もうこれ以上は行きません」とコーラは言うと、岩棚の上でだしぬけに立ち止まった。そこは山頂にほど近く、深い絶壁の上に張り出している場所だった。「お望みならわたしを殺したらいいでしょう。いやらしいヒューロンの人。わたしもうこれ以上歩きませんから！」

コーラをしょっ引いていた者たちは、悪鬼が悪さをするときに覚えるとされる瀆神の喜悦を顔に浮かべながら、かまえていたトマホークを振り上げた。だが、その腕をマグアはいきなり抑えた。このヒューロンの頭領は、部下たちからもぎ取った武器を絶壁の下へ投げ捨ててから、自分の短刀を抜いて、コーラに面と向かった。男の顔には、葛藤する情熱が激しくせめぎ合っている様があらわである。

「女よ。選べ。ウィグワムか、それともル・シュプティルの短刀か！」

コーラはマグアに目もくれず、ひざまずいて天を仰ぐと、両腕を空にさしのべた。そして、遠慮がちながらも真情を吐露する口調でこう言った。

「わたしはあなたさまのもの！　最善と思し召すとおりにしてくださいませ！」

「女よ」とマグアはしゃがれ声で繰り返した。コーラの穏やかに澄みきった目を引こうとするが、一瞥も与えてもらえない。「選べ」

だがコーラは、この言葉に耳を貸さなかったし、聞こえてもこなかった。マグアは全身をわななかせながら短刀を高く振りかざした。だが、疑念にとりつかれているみたいに途方に暮れた顔つきで、またそれを下におろしてしまった。それからふたたび内心の葛藤を見せると、また鋭利な刃物を振り上げた――だが、まさにそのとき頭上で裂帛《れっぱく》の叫び声が聞こえ、アンカスがあらわれた。逆上のあまりわれを忘れ、恐ろしいほどの高さから岩棚に飛び降りてきたのだ。マグアはひるんで一歩下がった。すると部下の一人がこの隙に乗じて、自分の短刀をコーラの胸に突き刺した。

勝手な真似をしたあげくすでに逃げ腰になっている手下に、マグアはトラのように飛びかかった。だが、飛び降りたアンカスの体が、同士討ちしようとしていた二人のあいだに割って入ってきた。これに妨げられて意に沿わぬことになったうえ、コーラ殺害を見せつけられたばかりで忿懣やるかたないマグアは、足もとに転がってきたアンカスの背中に短刀を突き立てた。この卑劣な行為に及ぶと同時に、この世のものとも思えない叫びを発した。だがアンカスは、手負いのパンサーが敵に立ち向かうように、一撃を受けたあと立ち上がり、消えかかる最後の力を振り絞って、コーラ殺しの下手人を打ち倒した。そのあとル・シュプティルに向かうと、険しい目つきで食い入るようににらみつける。そのまなざしには、力が残ってさえいればさんざん懲らしめてやるのにという思いがこもっていた。マグアは、逆らうこともできなくなったアンカスの力ない腕をつかむと、その胸を短刀で三度ほど刺した。それでアンカスは、消えることのない侮蔑をこめた目つきで敵を見据えたまま、相手の足もとに倒れて息絶えた。

「慈悲を知らんのか！　ヒューロン」へイワードは、恐慌をきたして息もつまりそうになりながら、高所から叫んだ。「情けをかけてやれ。そうしたらおまえも情けをかけてもらえるんだぞ！」

勝ち誇ったマグアは、血まみれの短刀をかざして振りまわし、助命を請うへイワードに見せつけた。そして発した勝ち鬨は、きわめて獰猛にして乱脈な狂喜にひたり、粗暴なたたかいのすえに告げられた凱歌だったから、千フィートも下の谷で戦闘中の者たちの耳にも届くほどだった。これに応える大音声が斥候の口から発せられた。それとともにのっぽの図体が見え、マグアのほうへするすると近づく。まるで空中を歩く能力でもあるかのように大胆果敢な足取りで、危険ながれの岩場をつたっていくのだ。だが、無情な虐殺現場にこの猟人がたどりついた頃には、岩棚の上には死人たちしか残っていなかった。

ホークアイの鋭い目は、それらの遺体に一瞥をくれてから、目の前の登攀困難な懸崖をさっとうかがった。すると、山の端の目もくらむような崖っぷちに立つ人影が見えた。威嚇するようなかまえで両腕を振り上げている。ホークアイはみずからの危険をもかえりみず、ライフルをかまえてこの人影に狙いをつけた。だが、その人影は、崖の下を逃げていくヒューロンの頭上に岩を投げ落とし、そのあとで怒りに燃える顔を岩陰からあらわして見せた。その顔は清廉なギャマットのものだったのである。そのあとマグアが岩間から出てきて、最後までついてきた手下の死体を平然と踏み越え、大きく口を開けた岩の割れ目をひとっ跳びすると、デーヴィッドの手が届かない道筋をたどって岩壁を登っていき、あとひとっ跳びで絶壁の上にたどりつき、安全を確保できるというところまで漕ぎつけた。しかし、そのひとっ跳びをする前にマグアは立ち止まり、斥候に手を突き出しながら怒鳴った。

「ペールフェースはイヌだ！　デラウェアは女だ！　マグア、やつらを岩の上に残していく。カラスの餌だ！」

しゃがれた笑い声をあげてから、マグアは懸命の跳躍をしたが、目標まではわずかに届かなかった。崖っぷちの灌木に両手でしがみつけただけだ。ホークアイは、跳びかかろうとするけもののようにかがみこみ、はやる気持ちを抑えきれずに全身を震わせていた。狙いをつけようとしたライフルの銃口が、風になびく木の葉のように揺れたほどである。抜け目ないマグアは、無駄骨を折って消耗しないように、だらりと腕を伸ばして木につかまったままぶら下がり、足がかりになる突起を足で探り当てた。それからあらためて全力を振り絞り、崖っぷちに膝をかけようと這い上がって、もうすぐ目的を達しそうになった。まさにそのとき、敵が体を精いっぱい縮めたのを見ると、斥候は肩に銃をあて、狙いをつけたものの、すっかり気負いこんでいた。それでも、銃が火を噴いた一瞬には、まわりの岩にも負けないほど不動のかまえになっていた。マグアの腕は力を失い、体が少しのけぞった。それでも膝はまだ崖っぷちにかかったまま。仮借なき面貌で敵をにらみつけ、片手を振り上げて不屈の挑戦を見せつけた。だが、つかまっていた木から手が離れ、つぎの一瞬には、空を切って真っ逆さまに落ちていく浅黒い体が見えた。あげくの果ては、断崖にへばりついている藪をかすめて矢のように落ちていき、木っ端微塵になるしかなかった。

第三十三章

「彼らはたたかった――勇敢な者らしく長きにわたり巧みに、
ムスリムの屍を山のように積み上げた。
彼らは勝利した――だがボザリスは斃れた、
全身から夥しい血を流しながら。
生き残った少数の同志たちは見た、
勝ち鬨が響きわたり、
紅に染まった戦場が制せられたたときにボザリスがほほえんだのを。
それから死に赴いてまぶたを閉ざしたのを。
夜の眠りにつくかのように穏やかに、
あたかも日没に閉じる花のように。」

ハレック「マルコ・ボザリス」[*1]三七〜四六行。

翌日、夜が明けるころには、レナペ族全員が喪に服していた。戦闘の物音は消え去って、一族が抱えていた往時の恨みは思う存分晴らし、メングウェの集落を一掃することで最近のいさかいに決着をつけた。ヒューロン族が陣営をかまえていたあたりに漂う黒くくすぶる煙はおのずから、この浮浪の部族の運命をあますところなく象徴していた。また、何百羽ものカラスがわびしい山頂の上で相争ったり、森のあちこちで騒がしい群れをなしながら飛びまわったりするおぞましい狂躁によって、いくさに斃れた屍の所在を指し示していた。つまり、辺境地帯での戦争を多少とも見慣れた者の目には、インディアンの復讐戦に伴う無情な仕打ちを物語るまぎれもないしるしが、容易に見わけられたはずだった。

それでも太陽は昇ってきて、部族あげて悲嘆に暮れるレナペを照らした。勝利を祝う勝ち鬨も凱歌も聞こえはしなかった。残忍な頭皮集めにかまけ、他の者たちより遅れてようやく帰ってきた者たちも、血なまぐさい使命をやり遂げた成果たる不気味な戦利品を投げ出して、敗戦した民族のようにうちひしがれた同胞が営む弔いに加わった。誇りも歓喜も恥辱にとってかわられ、戦闘に臨むときの激越きわまる感情ももはや薄れて、もっとも深く混じりけのない悲しみに変わっていた。

どこの小屋も空っぽだった。近くの戸外の一角を取り巻いて分厚い人垣をなしている衆は、誰もが厳粛な面持ちだった。命あるものことごとくがそこにやってきて、すでに全員が集まり、深く厳かな沈黙に包まれていた。地位や年齢もまちまちで、男も女も一つになって、仕事や役割もさまざまな人びとが、生身の体からなる垣根を形作っていたが、心はただ一つの感情にひたされていた。みんなの目は人の輪のまんなかに注がれていた。そこにおいてあるものが、それほど強く誰をも惹きつけていた。

デラウェア族の少女が六人、スラリと長い黒髪をゆったりと胸のあたりまで垂らした姿で、たがいに離れて立っていた。まったく目立たず、わずかにときおり、甘い香りの薬草や森の花を、香ばしい木で作った担架に撒く仕草によって、そこにいると気づかれるのみである。担架の上には、情熱的で高邁でしかも高潔だったコーラの亡骸が、インディアンの装束をかぶせられ、安置されてあった。全身、素朴な衣に幾重もおおわれて、その顔はもはや人びとの目に触れることもなくなった。足もとには、うちひしがれたマンローが座っていた。年老いた頭が地べたにつかんばかりに垂れている。神の思し召しによりこうむった痛手は甘受するほかないと思いながらも、皺が深く刻まれた額には心のなかにわだかまる苦悶を浮かべている。人目を忍ぶにも、こめかみあたりにしどけなく垂れる白髪で、懊悩の色をわずかに隠しているだけである。その傍らにはギャマットが、柔和な顔を日射しにさらして立っていた。その目を心配そうにさまよわせて、古めかしくも聖なる箴言に満ちたあの袖珍本と老人とを見比べながら、何とかして慰めの言葉を探してやりたいと心の底から願っている。ヘイワードも近くの木にもたれて立っていた。突然こみ上げてくる悲しみをこらえるためにあらん限りの力を振り絞り、何とか男としての面目を保っていた。

だが、この一団の人びとの悲しみや嘆きは想像に難くないとしても、同じ空き地の反対側にたむろしているもう一方の集団の悲痛さには、遠く及ばなかった。集団のなかに、まるで生きているみたいな姿勢でいかめしく、きちんと手足をそろえて座らされているアンカスが見えた。その身には、部族の富が許す最大限の豪華な装具をまとっている。頭にはふさふさした羽根飾りが揺れている。おびただしい数のワンパム、頸甲《あかべよろい》、腕輪、メダルなどが体を飾り立てている。とはいえ、光を失った目やうつろな表情は、これらの装いが物語るはずの手柄話とはあまりにも釣り合っていなかった。

この屍の真正面にチンガチグックがいた。武器も持たず、いかなる化粧も飾りも身につけていない。ただ、むき出しの胸板に消し去りがたく刻まれた種族の紋章が、あざやかな空色を見せている。デラウェア族が全員集合を終えるまでの長時間、このモヒカンの戦士は、息子の冷たくなった抜け殻のような顔をじっと見つめ続けていた。そのまなざしは微動だにせず、姿勢も身じろぎ一つ見せなかったから、死者と区別がつかないほどだった。ただ、父親の浅黒い顔にはときおりさっと思い詰めた表情が浮かぶのにたいして、息子の顔には死者らしい静けさがいつまでも居座っているだけだった。

斥候はそのすぐそばにいた。敵に対しては百発百中の自分の銃にもたれ、思いにふけっている様子である。タメナンドは古老たちに支えられながら近くの壇上に登っていった。そこからは、黙して悲しみに沈んでいる同胞一同を見渡せるのだった。

人垣でできた輪の内側に入ったばかりのところに、異国の軍服をまとった一人の軍人が立っていた。人垣の外にはその軍人の軍馬が、やはりウマにまたがった一群の召使いたちに囲まれて控えていたが、そのさまは、いまにもどこか遠くへ旅に出ようとしているかのようであった。この見かけない軍人の身なりからすると、カナダ側の司令官側近の重臣らしいとわかる。となれば誰にも察しがつくであろうが、この軍人は、味方についているインディアン部族間の諍いを食い止めるには到着が遅すぎて、自分が帯びていた和平調停の使命も、同盟者たちの短慮性急さのために水泡に帰したと知り、この結末を黙って見守るしかなかったのである。

その日の午前の時間も残り少なくなってきた。それでも会衆は夜明けから依然として息をひそめ、静寂を保っていた。それほどの長時間、悲痛な思いが垂れこめるなか、息を殺したすすり泣きぐらいしか声をあげる者はいなかったし、手足一つ動かす者もいなかった。ただときたま、死者を偲んで心こもった素朴な供物が捧げられたのみである。浅黒く身じろぎもしない姿が一人残らず石像に化したごとくに見える。これほどの没我のたたずまいを保てるのは、インディアンの剛毅な忍耐心や自制心のたまものにほかならなかった。

デラウェア族の賢人がようやく片手を前に出して、付き添いの者たちの肩により掛かりながら立ち上がった。いかにも弱々しく、いま壇上によろめいている男が前日同胞の前に立った男と同一人物であるにしては、すでに一時代も経過してしまったとしか思えないようなありさまだった。

「レナペの者たちよ！」とタメナンドは言った。脱力感のつきまとうその口調は、預言者の責務に耐えているかのように聞こえる。「マニトウは雲の陰に顔をお隠しになられておる！　おまえたちから目を背け、耳をふさいでおるのじゃ。お答えもしてくださらぬ。おまえたちにはマニトウのお姿も見えんじゃろうが、くだされた審判は見てのとおりじゃ。心を開くがいい。さすれば真《まこと》がわかるはず。レナペの者たちよ、マニトウは雲の陰にお隠れじゃ！」

この簡潔ながらも恐ろしい宣告が群衆の耳に届きはじめると、崇めたてまつる大霊が人間の口など借りずに言葉を発したかのごとく、深い畏敬に満ちた沈黙が支配した。そして、畏縮して慎んでいるまわりの人びとに比べれば、木石に等しくなったアンカスでさえ命ある存在に見えるほどであった。しかし、最初の衝撃が徐々に薄らいでいくにつれ、低いささやき声が洩れはじめ、死者を称える一種の頌歌に変わった。それは女性たちの歌声で、胸迫るほど静かで悲しげな調べだった。歌詞に決まったつながりがあるわけではないが、一人が歌い終わるとまた別の女が引き継ぎ、自分の感情やその場の雰囲気にふさわしい言葉で、賛辞とも哀悼ともつかぬことを思い思いにあらわしていくのである。一人での詠唱をさえぎるように、ときおり全員が一斉に大きな悲嘆の声をあげる。その間、コーラの棺台のまわりにいる少女たちは悲しみに我を失ったみたいに、亡骸を覆う草花をむしり取る。しかし、悲しみが少し和らぐと、清純温厚を象徴する植物はもとのところへ、思い直したようにやさしく投げ返される。詠唱の言葉は、全員からわき起こる嘆きで何度も中断されるためにつながりがはっきりしなくなるものの、翻訳してみたらきっと、流れのある一連の意味を有する歌詞として、実質的にはちゃんとした聖歌と変わらなかったのかもしれない。

一人の若い女性が、地位と素質ゆえに選ばれた役目を果たして、死去した戦士の美質を遠回しに称えはじめた。その表現には東洋風のイメージが文彩として用いられていたが、このようなイメージこそインディアンがおそらくアジア大陸の果てから携えてきたものであり、それだけで、新旧両世界の古代史がつながっていることを示す証拠になる。この女性はアンカスを「モヒカンのパンサー」と呼んだ。露の降りたところを歩いても足跡を残さない男だったし、その目は星よりも輝き、いくさのときの雄叫びはマニトウの雷《いかずち》のように轟いたと述べた。アンカスに生みの母を忘れないようにと諭し、こんな息子を持って幸せに思っているにちがいないと重々言い聞かせた。霊界で相まみえたら、デラウェア族の娘たちが息子の墓で涙を流し、お母さんがうらやましいと言っていたことを伝えてほしいと頼んだ。

その後を受けて言葉を継いだ女たちは、もっとやさしく穏やかな調子で、女性らしい繊細さや気遣いを見せながら、異人の乙女に言い及んだ。アンカスとほとんど同時にこの地上から去っていったのは大霊の思し召しのまぎれもないあらわれだから、これをないがしろにするわけにはいかないと言う。アンカスには、コーラにやさしくしてやり、おのれのような戦士をいたわるのに必要な作法がわかっていないことに思いやりをもってやりなさいと勧める。コーラの並ぶもののない美しさや高貴な決意について長々と述べながらも、やっかみなどはおくびにも出さず、卓越した美質をひたすら愛でるとされる天使さながらである。そういう資質に恵まれているだけで、インディアン女性としての素養に多少欠けるところがあっても、それを補ってあまりあるはずだと言い足す。

それからさらにしかるべく続けた別の女たちが、低くささやくような声でコーラ本人に語りかけて、やさしさと愛情のこもった言葉をささげた。軽やかな気持ちでいるように、将来の暮らしに不安を持たないように説き勧める。どんな必要も満たしてくれる猟師が道連れなのだし、あらゆる危険から守ってくれる戦士がついているのだから、コーラの旅はきっと愉快で、負担も軽いはずだ。かつての知り合いや父祖の土地と縁が切れるからといって、いたずらに悔やんではいけない。「レナペの死後の猟場」には、心地よい谷や、清らかな小川、かぐわしい花があり、「ペールフェースの天国」に劣らないと請け合う。連れ合いが何を欲しているかということにいつも気を配るように、そして、二人のあいだには、何事もお見通しのマニトウによって定められた相異があるということを忘れないようにと忠告する。それから女たちはいっせいに声を張り上げて、アンカスの気性を詠唱した。アンカスが高貴で、男らしく、雅量に富んでいたと言いきる。いずれも戦士にふさわしい長所であり、若い女性が惚れこむのも当然の資質である。ごく遠回しで微妙な比喩に託しながら、自分たちがアンカスの知遇を得たのはつかの間でしかなかったけれど、女性としての本能的な勘で、見向きもされていなかったことはわかっていたと漏らす。デラウェア族の娘たちは誰もアンカスの目を引きつけることができなかったのだ！　アンカスは、かつて塩辛い湖の岸辺に君臨していた一族の子孫であり、父祖の墓のそばに暮らす同胞のもとへ帰りたがっていた。そういう望みはりっぱというほかないではないか！　コーラは他の白人同胞よりも純にして貴《あて》やかな血筋を引いている。それは誰の目にも明らかだ。森のなかでの暮らしにつきまとう危険や試練にも渡り合っていける。それはこれまでの振る舞いを見ればわかる。だから、いまやコーラは「この大地を統べる賢き神意」によって、心の通い合う友と出会い、永遠《とわ》に幸せでいられるところへ移されたのだ、と女たちは言い添えた。

この後、声調と主旨がまた転換し、近くの小屋で泣いているアリスが謳われるにいたった。女たちはこの乙女を雪に譬えた。雪と変わらず清純にして純白、まばゆいほどだが、夏の猛暑のなかでは溶けなんばかり、冬の霜にあたっては凍てつかんばかり。女たちは、若い頭領へイワードの目にはアリスが美しいと映っていることをつゆ疑わなかった。この青年の肌も悲嘆も、アリスとそっくりではないか。だが、女たちが、贔屓をあからさまに口にするようなことは断じてなかったにしても、哀悼を寄せるコーラほどアリスを高く買っていないことは明らかだった。それでも、アリスの類い稀な魅力にふさわしい讃辞が献げられた。巻き毛は豊穣なブドウの蔓に譬えられ、目は青い空、肌の輝きは日光にきらめき影一つない雲にも勝るとうけがわれた。

このような歌が続くあいだ、鬱々たる調べのみが聞こえた。その調べをさえぎる、というよりはむしろ引き立たせるのは、ときにわき起こる悲痛な泣き声であり、それは芝居におけるコロスに等しいといってもい い。デラウェアの戦士たちは、魔法をかけられたみたいにじっと耳を傾けていた。その雄弁な表情の変化を見れば、どれほど深く真摯な追悼の念に打たれていることか、一目瞭然であった。デーヴィッドさえも臆することなく、美しい歌声に耳を傾けた。そして、歌声がやむまでずっと目をみはり続け、すっかり魅了されたことをうかがわせていた。

斥候は白人たちのなかで一人だけ歌詞の意味を解したので、思いにふけっていた姿勢からやや身を起こし、顔を傾げて、女たちが歌い継ぐ言葉の意味をとらえようとした。だが、コーラとアンカスの来世における道行きが説かれるに及び、首を横に振った。女たちの素朴な思いこみの誤りを見透かしたような顔である。そのあげく、また銃にもたれかかり、弔いの儀式が——これほど深い感情のこもった営みを儀式と呼んでいいかどうかはさておき——終わるまで、その姿勢を崩さなかった。へイワードもマンローも、耳にした途方もない歌声の意味を解さないので、幸いにも取り乱さないですんだ。

歌に聞きほれ心を動かされていたインディアンたちのなかで、チンガチグックだけは別だった。詠嘆の調べが最高潮に達したときでさえも、チンガチグックの表情はずっと変わらず、こわばった顔の筋一つ動かさなかった。息子の冷たくなったむくろしかこの世に存在しないかのごとく、また、視覚以外の感官がすべて凍りついてしまったかのごとく、じっと目を据えたきり、長年愛おしんできた息子の顔を見納めようとしていた。まもなくその顔も、永遠に目にすることができなくなろうとしていたのだ。

葬儀も進み、戦士が登場する段となった。武勇の誉れ高く、特に前日のいくさでめざましい働きを見せた戦士である厳粛な風貌の男が、群衆のなかからゆっくり進み出て、死者の亡骸近くに立った。

「ワパナチキ*2の誇りたる者よ、おまえはなぜ行ってしまったのだ！」戦士はアンカスの死せる耳に語りかけた。あたかも土塊《つちくれ》同然となった体にも生ける人間の能力が残っているかのごとくである。「おまえの一生は、木々に光を降り注ぐ太陽のようなものだった。おまえの栄光は、昼日中の日射しよりも赫々と輝いた。若き戦士よ、行ってしまったのか。だが、百人ものワイアンドットたちが、霊界へ入るまでのおまえの行く手からイバラを伐り払ってくれるからな。戦場でおまえの勇姿を目にしたことのある者なら、おまえが死ぬなんて信じられないくらいだ！　あのようにたたかいに飛びこんでいくやり方をこのウッタワに教えてくれた者は、これまで誰もいなかった。おまえの足はワシの翼のようだった。腕はマツが落とす枝木よりも重かった。声はマニトウが雲のなかから語りかけてくる雷鳴のようだった。ウッタワにはもううまく言いあらわせない」愁いに満ちたまなざしであたりを見ましてから、さらに言い添えた。「それに、心が鬱《ふさ》いでたまらない。おまえはなぜ行ってしまったのだ、ワパナチキの誇りたる者よ！」

この後を受けて他の者たちも順々に声をあげた。ついには、同胞のなかで地位が高く、弁が立つ者たちはほぼ全員、他界した頭領の御霊に献げる讃辞を歌ったり語ったりした。それが終わると、ふたたび息詰まるような深い沈黙がその場の隅々まで支配した。

やがてささやかな低音が聞こえてきた。遠くから届く楽音に伴う、押し殺したような助奏のようだった。風に乗ってかろうじて聞こえくるにしても、それでもまだあまりにも幽かなので、何の音か、また、どこから発せられた音か、判然としないままにとどまる程度なのである。しかし、これに続いてつぎつぎに新たな調べが、少しずつ音階を高めながら聞こえてきて、長く引き延ばして何度も繰り返される感嘆詞のようなものから、しまいにはようやく歌詞らしいものに変わっていくのが耳に入ってきた。チンガチグックの口がわずかに動いているので、それは父親の口ずさむ哀悼歌であるとわかった。誰もチンガチグックに目を向けたり、じれったがっている素振りを見せたりしなかったけれど、顔を上げて耳をすましている会衆の挙動からも明らかなように、みんなは聞きとろうと夢中になっていた。それほど一心不乱に耳をそばだてるさまは、ほかならぬタメナンドの言葉を聞こうとするときと変わらない。だが、いくら耳をすましてもよく聞きとれなかった。歌はようやく意味が通じるほどに高まったかと思うと、徐々にかすれておぼつかなくなり、ついには一陣の風に吹き消されたかのように聞きとれなくなってしまった。サガモアは口をつぐみ、黙したまま一点を見つめて身じろぎもせずに座りこんで、全能の手になる被造物であっても形をそなえているだけで、魂を欠いているみたいに見えた。この様子を見たデラウェア族一同は、チンガチグックには哀悼歌を献げきるだけの気力がまだ戻ってきていないと察し、聞き耳を立てるのをやめると、インディアンらしい気遣いから、異郷の娘の葬儀に専念する風を見せた。

一人の年長の頭領が、コーラが安置されているところを取り巻いていた女たちに合図した。この指示に従い、女たちは棺台を肩まで担ぎ上げると、しずしずと進みだした。行進しながら、ふたたび故人をたたえる挽歌を詠唱する。ギャマットはそれまで葬儀を、いかにも邪教らしいやり方とみなしながら熱心に観察していたのに、この段にいたって、呆然としているマンローの耳元に顔を近づけ、そっと声をかけた。

「お子様のご遺体が運ばれていきますぞ。あの後についていって、キリスト教にのっとった埋葬がおこなわれるように見届けてやりませんか」

マンローは、この世の終わりを告げるラッパ[*3]が耳元で鳴り響いたかのように跳び上がり、不安げなまなざしですばやくまわりを見渡してから、質素な行列について歩きだした。軍人らしい足取りながら、父親としての苦悶に打ちのめされそうになっている。白人仲間はそのまわりを固めるように歩き、同情と呼ぶには深すぎる悲しみに暮れていた――あの若いフランス軍士官さえ行列に加わり、佳人の哀切な薄命に心打たれた面持ちを湛えている。だが、レナペ族の男たちは、部族の女たちが下々にいたるまでみんな、泥臭いながらも整然としたこの行進に加わっていってしまうと、相変わらず物言わず、荘厳で、不動のアンカスの亡骸を取り囲むようにふたたび寄り集まった。

　コーラの墓所に選ばれた土地は、塚のような小山の上だった。そこに一群のマツの若木が根を下ろし、墓らしい侘びしげな木陰がおのずとできていた。女たちはそこまでやってくると、担いでいた棺をおろしたが、そのまま何もしないでいつまでも控えていた。インディアン特有の辛抱強さと慎み深さから、このような措置で気がすんだと、もっとも深く悲しんでいる者たちにはっきり言ってもらえるまで待っているのだ。斥候だけはそういう習慣を理解していたから、やや間をおいてからようやく、インディアンの言葉でこう言った。

「娘さんたちには大変お世話になりました。白人たちは感謝しております」

女たちは自分たちの誠意を認めてくれたこの言葉に満足し、遺体を棺に移しにかかった。棺はカバの樹皮で作られた精巧端正なものだった。それから棺は暗い墓穴のなかにおろされた。屍が人の目に触れぬよう、掘り返したばかりの土を埋め戻し、木の葉やその他自然のありふれたもので跡を隠す儀式は、やはり素朴なやり方で黙々ととりおこなわれた。だが、このような悲しい、思いやり深い作業がここまで進んでから、心やさしい女たちは、この後どこまでやったらいいのかわからないとでも言いたげに、もじもじしはじめた。弔いの儀式がそこまできたところで、ふたたび斥候が女たちに声をかけた。

「娘さんたちはもうじゅうぶんに尽くしてくれました。ペールフェースの霊には、食べ物や衣類のお供えをしなくてもいいのです――ペールフェース生まれついての性《さが》はペールフェースの天主さまが定めたものですから」と言うと、デーヴィッドをちらりと見やった。デーヴィッドは聖歌合唱を呼びかけようというつもりらしく、例の本を広げだしている。それでホークアイは、「どうやら、キリスト教のやり方にくわしい人が一声発するようです」と言い足した。

女たちは神妙に傍らに退いた。葬儀の主役の座からおり、その後の進行をおとなしく目をこらして観察する側にまわったのだ。デーヴィッドが賛美歌をうたって敬虔な思いをあらわすことに熱中しているあいだ、びっくりしたり、かりかりしたりする素振りは少しも見せなかった。まるで異国の言葉の意味がわかるみたいに耳を傾け、その言葉が伝えている悲しみと希望と諦めの入りまじった感情を実感しているような顔つきだった。

歌の師匠は、先ほど目にしたばかりの葬儀の光景に感動していたし、もしかしたら自分が心に秘めていた思いにも動かされたのか、いつにもまして熱心に歌った。豊かな声を精いっぱい張り上げた歌声は、娘たちの柔らかな声と比べても引けをとらなかった。それに、その節回しは抑揚にまさっているうえに、少なくとも特に聞かせたい相手の耳には、意味の通じる歌詞がついているだけ説得力があった。歌が終わると、始まったときと変わらぬ荘重で厳粛な静けさが戻った。

しかし、歌の最後の装飾音が消えて静まりかえると、聞き入っていた女たちは故人の父親に遠慮がちな視線をそっと送り、控えめながらも全体に落ち着きをなくして、一言何か言ってもらいたいと考えている気配を示した。マンローは、おそらく人間に耐えうる最大の試練を果たすべきときが自分にもやってきたとわきまえたようである。脱帽して白髪をさらすと、自分を取り巻く内気で物静かな人だかりをぐるりと見まわした。その顔には、落ち着きを取り戻した表情がうかがえた。それから、斥候に手で合図して通訳を頼むと、こう言った。

「こちらの親切でやさしい女子衆に申してくれ。切ない思いを抱え、老いぼれてきた父親が、みなさんに感謝いたしますとな。われらみなが、たとえ違った呼び方はしても崇めていることでは変わらないあの至高のお方は、みなさんのご厚意をお忘れにならないじゃろ、そう伝えてくれ。そして、あのお方の玉座のまわりにわれらが、男女の違い、身分の違い、肌の色の違いにとらわれずに集う日は、遠からずやってくるじゃろとな！」

斥候は、老兵が震え声で語るこんな言葉に聞き入っていたが、最後まで聞き届けると、そんなことを伝えても無駄だと考えているみたいに、ゆっくり首を振った。

「そんなこと言ったら、雪が冬にこないとか、木が葉っぱ落として丸裸のときに太陽がいちばん強く照る、なんて言うようなもんでないかい！」

それから女たちに向かうと、相手の理解力にもっとも見合っていると考えられる言い方で、マンローの謝意を伝えた。マンローはすでに深くうなだれ、またふさぎの虫にすっかりとりつかれていた。このとき、前に述べたあの若いフランス軍士官が、勇をふるってマンローの肘にそっと触れた。悲嘆に暮れる老人が振り向いたとたん、フランス人はインディアンの若者たちの一団を指し示した。この一団は、軽いながらも厳重に覆いを掛けた輿を担いでやってきたところだった。フランス人はそれから、太陽の方を指さした。

「わかりました」とマンローは応じた。気丈さをむりに装った声だった。「おっしゃりたいことはわかりました。これは天の思し召し、わしは甘受いたします。コーラ、わしの子よ！　切ない思いに胸ふたがれる父の祈りが通じるならば、あの世で幸せになるはずじゃ！　さあ、みなさん」と言いながら、あっぱれな自制心を見せてまわりの者を見まわす。とはいえ、その老いた顔に浮かぶ苦悩の色は、隠れようもなかった。「ここでわしらがなすべきことはもう何もない。ここから出ていこうではないか」

ヘイワードはほっとしてこの呼びかけに従った。そこにいつまでもいれば、今にも心の箍《たが》が外れそうな気がしていたからである。しかし、一行がウマに乗ろうとしている暇に、斥候と握手することができた。そして、前に約束していたとおり英国軍駐屯地でまた会おうと再確認した。それで気がすむと、鞍に跳び乗ってウマに拍車をかけ、輿のそばまで駆けつけた。その輿のなかにアリスがいることをうかがわせるのは、外にかすかに洩れてくる、押し殺したようなすすり泣きの声だけだった。こうして、首をふたたび深くうなだれたマンロー、悲しげに黙りこくったままその後に従うヘイワードとデーヴィッド、衛兵を率いて付き添うモンカルムの副官が去っていき、ホークアイを除く白人全員は、デラウェア族の者たちの前を通り過ぎると、やがてこの地域の広大な森林のなかに呑みこまれてしまった。

だが、森林に暮らす純朴な住民デラウェア族は、かかるいきさつで集落にやってきて一時的に滞在した異人たちと、ともに同じ苦難を切り抜けたおかげで心を通わせたために、両者を結ぶ絆はなかなか切れなかった。白人の乙女とモヒカン族の若き戦士にまつわる言い伝えは、冗長な夜や果てしない行軍の退屈をまぎらすために、あるいは、血気盛んな若者たちの報復心をかきたてるために、長年語りつがれていった。そんな重みのある出来事のなかで脇役を演じた者たちも、忘れられはしなかった。その後、デラウェア族と文明社会とのあいだのつなぎ役を何年間も果たしてくれた斥候から、いろいろ訊きだして教えてもらったところによれば、グレイヘッドはあの後すぐに父祖の待つ天国へ呼び寄せられた——世間の誤信によれば、武運に恵まれなかったことを気に病んで死んだという話である。また、オープン・ハンドは、グレイヘッドが遺した娘をペールフェースの植民地域の中心にまで連れ帰ったそうだ。そして、あの娘はそこに落ち着くと、ようやく涙を流さなくなり、明るい性格に似つかわしい晴れやかな笑いを浮かべるようになったということだ。

しかし、そういう話は時が経った後のできごとであり、この物語の範囲を超えている。肌の色の同じ人たちに置き去りにされたホークアイは、哀惜の情にほだされるまま、先ほどの場所へ戻っていった。理屈にかなう結束のいかなる絆も及ばぬほどの強い執着にとらわれていたのである。埋葬前のアンカスの顔を最後見納めに一目見るのには、ぎりぎり間に合った。デラウェア族の者たちがもう遺骸に最後の裘《かわごろも》をかぶせようとしていた。いかつい森の男が名残を惜しんでいつまでも見つめていることを慮り、顔に覆いをかぶせる手はしばらく休められた。見つめ終わった頃、遺骸は密封され、二度と開けられることはなくなった。それから、先ほどコーラのためにおこなわれたのと似た葬送の行進が始まり、アンカスの仮の墓のまわりにデラウェア族が全員集合してきた——仮の墓というわけは、アンカスの遺骨はいつか将来、自身の一族が眠る土地に改葬されるべきだからである。

心の動きのみならず身ごなしにおいても、人びとの反応は一糸乱れず同調していた。前に述べたとおり、同じように悲しみに沈んだ表情を浮かべ、同じように黙りこくり、同じようにもっとも近親のチンガチグックへの敬意を表し、埋葬の場を取り囲んでいた。亡骸は太陽の昇る方角に向けて、眠る姿勢で安置された。死出の旅にそなえて、武器や狩りの道具が傍らに添えられた。亡骸を土から守る棺には穴が穿たれていた。必要な場合に霊魂が、地上での住処だった肉体と通じ合えるようにしてあるのだ。なおかつ、棺全体は野獣の本能によっても突きとめられないように、掘り返されて荒らされないように、インディアン特有の巧みな技で埋め隠された。手作業を伴う儀式はそこまでで終わり、会葬者たちはみんな心のなかでの儀礼に及んだ。

チンガチグックがふたたび衆目を集めるようになった。まだ一言も語っていないとはいえ、名だたる頭領である以上、このような注目を受けながら、何か慰めともなり、心の糧ともなるような言葉を贈らずにすむまいという期待がその場にみなぎっていた。峻厳に自制心を働かせていた戦士は人びとの願いに気づいて、先ほどまで衣服に深く埋めていた顔を上げ、しっかりしたまなざしであたりを見まわした。それから、固く結んでいた口を開き、長い葬儀のなかではじめてはっきりとものを言った。

「わが兄弟たちは何ゆえに嘆き悲しむのか！」自分を取り囲んでいるうちひしがれた戦士団を見やりながら、チンガチグックは言った。「わが娘たちは何ゆえに泣くのか！　若者が幸せな猟場へ旅だったというのに！　一人の酋長が名誉ある天寿を全うしたというのに！　息子はりっぱだった。息子は本分に忠実だった。息子は勇敢だった。それを否定する者がいようか。マニトウはそういう戦士を必要としていたのだ。それで息子を呼び寄せたのだ。アンカスの息子にして、アンカスの父親であるこのわたしは、「ペールフェースの切り拓いた森のなかで、皮をむかれて立っているマツの木」だ。わが同胞はしょっぱい湖の岸辺からも、デラウェア族の山々からもいなくなってしまった。だが、この部族の大蛇も耄碌したなどと誰に言わせるものか！　わたしは一人きりになったが――」

「いんや、ちがう」とホークアイが叫んだ。みずからも自制心を発揮して、友人の硬い表情を食い入るように見つめていたのだが、自分の心情に照らしてもうそれ以上黙っていられなくなったのだ。「いんや、サガモア、一人きりでないぞ。おれたちの肌の色から受けついだ生まれついての性は同じでないかもしれないが、神様はおれたちが同じ道を旅するようにはからってくれたのだ。おれには家族がいないし、おまえと同じように、同胞もいないと言ってもいいかもしれない。アンカスはおまえの息子で、生まれはレッドスキンだった。だから、血筋から言えばおまえのほうが近いかもしれない――だが、あれほど何度もいくさで肩並べてたたかい、平和なときには並んで寝たあの若者を、おれが忘れるなんてことがあるとしたら、肌の色や生まれついての性がどうあれ、おれたちみんなをお造りくださった方におれが忘れられてもしかたがない。おれたち、あの子とは一時的にお別れすることになったが、サガモア、おまえは一人きりなんかじゃないぞ！」

つい熱い思いに駆られて斥候がさしのべた手を、埋めた土もまだ新しい墓をはさんで、チンガチグックは握りしめた。そして、友情を確かめあうこの姿勢のまま、たくましく、何ものも恐れぬ二人の森の住人は、ともに頭を垂れ、熱い涙を足もとに落として、降りしきる雨のようにアンカスの墓を濡らした。

このような感情のほとばしりが、このあたりでもっとも名高い二人の戦士によって演じられる場面は、列席者たちの恐ろしいほどの静寂のうちに受けとめられたが、その沈黙を破ってタメナンドが声を発し、会葬者の解散を命じた。

「もうじゅうぶんじゃ！　レナペの子らよ、立ち去れ。マニトウの怒りはまだおさまっておらぬ。タメナンドが何ゆえにこんなところにとどまっていなければならんというのじゃ。ペールフェースが今は地上の支配者じゃ。レッドマンの時代はまだ戻ってきていない。わしは長生きしすぎた。朝には、ウナミスの息子たちがうれしそうにピンピンしているのを見たというのに、夜にならぬうちに、聡明なる種族たるモヒカン族最後の戦士を見送るほど永らえてしまったとは！」

完

原註と訳註

本文中で†印がついている箇所の註は、作者クーパー自身が書いた原註である。
＊印がついている箇所の註は、訳者が付した訳註である。なお、原註のあとに（訳者補註）を付した箇所もある。
註番号の後の［ ］内の数字は本文の頁数を指す。

題辞

＊1［p. 5］イギリスの文豪ウィリアム・シェイクスピア（一五六四〜一六一六）の戯曲。引用は「褐色の肌のムーア人」モロッコ大公のセリフ。本書各章の題辞に多用されているシェイクスピアの戯曲からの引用の訳は、いちいち註で記さないまま、いずれも松岡和子訳『シェイクスピア全集』（「ちくま文庫」（筑摩書房、一九九六〜二〇二一）から借用する。

初版はしがき

＊1［p. 7］現在のメーン州にあたる地域最長の川。流域は先住民ペノブスコット族の勢力範囲であった。
＊2［p. 7］現在の米国首府ワシントンを通ってチェサピーク湾に注ぐ川。
＊3［p. 7］「東部地域の人びと」という意味のインディアンの語にもとづく呼び名。クーパーはアルゴンキン語族を漠然と指す名として用いているようである。
＊4［p. 8］のちに説明があるとおりイギリス人がデラウェア川と命名した川。
＊5［p. 8］インディアンが建造した独特の木造家屋で、ときには長さ一〇〇メートルにも及ぶ矩形の長屋。共同住宅や

集会所として用いられた。そのなかで開かれる会議のときに焚き火を囲んで車座になるのは、先住民の習わしであった。また「ロング・ハウス」は、一つ屋根の下に異なる部族が共存するという意味をこめて、イロコイ民族連合をあらわす譬喩としても用いられた。

＊6 [p. 8] 現在のニューヨーク州にあたる地域最長の川で、アディロンダック山地に発し、南下してニューヨーク市マンハッタン島でニューヨーク湾へ注ぐ。

＊7 [p. 8] モヒカン族の名は今日世界中で知られているが、マヒカンニあるいはマヒカン族の異称であり、マヒカン族とモヒーガン族とは同じアルゴンキン語族に属するとはいえ、クーパーによるここでの解説とは異なって別の部族である。マヒカン族はもとはハドソン川上流域に勢力圏をもっていた先住民であるのに対し、モヒーガン族は大西洋岸ニューイングランドの先住民であった。モヒーガン族は、一七世紀イギリスからの植民者と友好的な関係を維持し、植民団が敵対的な先住民を駆逐するときに重用された。ここではモヒーガン族に対する植民者の好意が、発音上類似したモヒカン族に投影されたのかもしれない。マヒカン族はレニ・レナペあるいはデラウェア族と同盟関係に入ったが、モヒーガン族はマヒカン族ともデラウェア族とも同盟関係を結んだことはない。ちなみに、前作『開拓者たち』に老人として登場するチンガチグックはモヒーガン族とされ、ジョン・モヒーガンとも呼ばれる。

＊8 [p. 9] イロコイ諸部族のこと。クーパーは、インディアン諸部族を大きく「ワパナチキ」と「メングウェ」に分けているが、これはどうやらアルゴンキン語族とイロコイ・ヒューロン系の語族の区別に依拠している。しかし、実際の部族関係は語族だけで分かれていなかった。すぐ後に出てくる「マクア」や「ミンゴ（おもに西方に移住したイロコイからなる）」は「メングウェ」の転訛であって、クーパーがここで述べているほど特別な蔑称ではなかったと見られる。「序説」一三ページ、及び第七章一〇九ページ原註参照。

＊9 [p. 9] イロコイ五民族連合はイギリスからの植民者が北米に到来する以前、一六世紀には存在していたといわれる。合衆国の連邦形態はイロコイ民族連合に倣ったとみなされることもある。

＊10 ［p. 9］インディアン特有の表現で南の方角を意味する。タスカローラ族は元来五大湖周辺の部族だったが、一六世紀に南下し、今日のヴァージニア、南北カロライナあたりに住みついた。

＊11 ［p. 10］ジョン・ゴットリーブ・アーネスタス・ヘッケウェルダー（一七四三〜一八二三）は、十一歳で家族とともにイギリスからアメリカに移住し、のちにモラヴィア教会宣教師としてインディアンのなかで布教に従事した。インディアンに関する著書を何冊か発表したが、そのなかでは自らが教化したデラウェア族つまりレナペに肩入れする論述が目立つ。クーパーのインディアン観は、ヘッケウェルダーの著書から学んだ痕跡が色濃く出ているとされる。

序説

＊1 ［p. 12］北米先住民の言語は複雑多様であり、数百の独立した言語があるとされる。これについての学術的研究は、一八一六年にアメリカ哲学会がはじめて組織的に取り組んで以来今日にいたるまで営々と続けられ、いくつかの語族に分ける試みがなされてきたが、クーパーの執筆当時にはまだまだ不明な点が多かった。

＊2 ［p. 13］モーセは古代イスラエル指導者。『旧約聖書』の最初の五書は「モーセ五書」と呼ばれ、モーセの著書とされた。そのなかの第一の書「創世記」は世界創造について述べている。

＊3 ［p. 14］この「序説」を執筆した時点（一八三一年）には、ナッティ・バンポーが登場する小説として本書のほかに、『開拓者たち』（一八二三年）、『大草原』（一八二七年）がすでに発表されていた。

＊4 ［p. 15］クーパーが知る地元オトシーゴ湖在住の猟師デーヴィッド・シップマンは、ナッティ・バンポーのモデルとみなされることもあった。

＊5 ［p. 15］この一節に言及される地名などについては本文と註を参照されたい。

＊6 ［p. 15］「本書で言及される諸部族」は、事実として今日も存続し、「すっかり消えて」はいない。

［一八五〇年の追記］

＊1　［p. 16］一七一四年から一九〇一年まで君臨したイギリス王朝。レーク・ジョージないしジョージ湖とは、ウィリアム・ジョンソン［後出］が一七五五年、この地における戦役に際して、当時の英国王ハノーヴァー家のジョージ二世にちなんでつけた名である。

第一章

＊1　［p. 19］現在のバーモント州とニューヨーク州の州境に横たわり、カナダでセントローレンス川へ注ぐ、南北に細長い湖。全長約二〇〇キロメートル。

＊2　［p. 19］カトリック教会の男子修道会の一つ。カナダ先住民のなかでの布教活動に熱心で、ニューイングランドのプロテスタントから憎まれ、恐れられた。

＊3　［p. 19］本書「序説」の「追記」で触れられている「ラック・デュ・サン・サクルマン（聖体の湖）」という呼称の省略的な呼び方。「サン・サクルマン」とはフランス語で「聖体」の意味であり、本来は聖餐に用いる聖別されたパンとブドウ酒のこと。

†［p. 19］インディアンの各民族はそれぞれ別個の言語ないし方言を話したから、同じ場所に民族ごとに異なる地名をつけるのがふつうであった。もっともその呼び名はほとんどすべての場合、その土地の特徴を叙述する言葉である点では変わりがなかった。だから、この美しい湖水の呼び名としてその岸辺に暮らす部族が用いていた地名を字義どおりに訳したら、「湖の尻尾」ということになるであろう。ジョージ湖などという、今日では正式名になっているとはいえ、俗っぽい名称で知られるこの湖水は、地図で見るとたしかにシャンプレーン湖の尾のような形をしている。そこにこの地名の由来があった。［一八三一年版原註］

＊4　［p. 19］距離をあらわす単位。一リーグは約三マイル、四・八キロメートル。

＊5 ［p. 19］米国東海岸に沿って連なるアパラチア山系のうち、ペンシルヴェニアあたりからヴァージニアくらいまでの山地。この山脈の西側アレゲニー川とオハイオ川に沿って、一七五三年からニューフランス総督デュケーヌ・ド・メヌヴィルの指揮によりいくつかの砦が築かれた。なかでもデュケーヌ砦はイギリス軍を悩ませたが、一七五八年にイギリス遠征軍が接近したときにフランス軍はこの砦を破壊して撤退した。その跡地にイギリス軍が築いたのがピット砦であり、今日のピッツバーグの礎である。

＊6 ［p. 20］「戦争」とは、イギリスとフランスのあいだで世界各地の植民地を争奪した七年戦争（一七五六～六三年）の一部でありながらも、いちはやく開始されていた北米の植民地をめぐってたたかわれたフレンチ・インディアン戦争（一七五四～六三年）のことである。したがって、「勃発した後三年たったころ」とは「一七五七年」を意味する。

† ［p. 21］ワシントンのことである。ワシントンはヨーロッパからきた将軍に、うかつにも危険に飛びこもうとしていると警告したのに容れられず、この危険に実際に巻きこまれるや決断力と勇気を発揮して、英国軍の生存者を救った。この戦闘でワシントンが勝ちえた名声こそ、のちに彼がアメリカ独立派の軍司令官に選ばれることになる主たる要因であった。ここで述べておく値のある事情としては、全米にワシントンの当然の名声が鳴り響いているのに、この戦闘に関するヨーロッパ側の記録には彼の名前さえ触れられていないということがある。少なくとも、筆者が記録を漁ったかぎりでは、その名を見つけられなかった。このように、かつての母国は、あんな統治制度のもとにあるせいで、名声さえも搾り取ってしまうのである。［一八三一年版原註――合衆国初代大統領ジョージ・ワシントン（一七三二～九九）は、二十歳代の若さでフレンチ・インディアン戦争において軍人として活躍し、この原註に触れられているデュケーヌ砦からの退却戦（一七五五）で英国軍を救った功により、特に名声を得た。「ヨーロッパからきた将軍」とはエドワード・ブラドック（一六九五～一七五五）のこと。（訳者補註）］

＊7 ［p. 22］フランスの軍人ルイ・ジョゼフ・モンカルム・ド・サン・ヴェラン侯爵（一七一二～五九）。フレンチ・インディアン戦争ではカナダの仏国植民地ヌーヴェル・フランスにおけるフランス軍総司令官だったが、ケベックの戦闘で戦

死。

＊8 [p. 22] 一八世紀アメリカで、（インディアンに対して白人の）人数が多くて優勢であることをあらわすインディアン風の譬喩として頻用された常套句。

＊9 [p. 22] 当時の英国王ジョージ二世の孫たちのことである。いずれものちの国王ジョージ三世の弟であり、エドワード（一七三九〜六七）はヨーク公、ウィリアム・ヘンリー（一七四三〜一八〇五）はグロスター公になった。

＊10 [p. 22] フレンチ・インディアン戦争時の英国王軍准将ダニエル・ウェッブ（?〜一七七一）。ウェッブの配下にはマンローのモデルかもしれないジョージ・モンロー少佐がいた。

＊11 [p. 23] フランス語でデュケーヌ砦の意。デュケーヌ砦については一九ページ「アレゲニー山脈」訳註＊5参照。

＊12 [p. 23] 史実としては、八月一日にウェッブは、ジョン・ヤング少佐の率いる分遣隊にウィリアム・ヘンリー砦支援の指令を与えた。ダンカン・ヘイワードはこのジョン・ヤングにあたるという説もある。

＊13 [p. 26] 元来は中国南京で製造されたとされ、のちに世界各地で産するようになった木綿生地で、黄色に染めてあった。

＊14 [p. 26] 後ほど言及されるピッチパイプのこと。楽曲の主音を決めるための笛。

＊15 [p. 27] コネティカットのテムズ川沿岸にニューロンドンという港町がある。

＊16 [p. 27] コネティカットの中心的な港湾都市。「ヘーヴン」とは「港」という意味の普通名詞であり、地名「ニューヘーヴン」とは「新しい港」の意。

＊17 [p. 27]『旧約聖書』「創世記」六〜八章参照。

＊18 [p. 27]『旧約聖書』「ヨブ記」三九章二一節および二五節の引用。以下、『聖書』からの引用は『旧新約聖書』（日本聖書協会、一九七四）による。

＊19 [p. 28] 先住民が武器、生活用具、儀式用具として用いる軽量の斧をあらわすアルゴンキン語の単語。

＊20 [p. 29] 左右同じ側の前後肢を同時に上げて進む上下動の少ない歩き方。左右逆の前後肢を上げる歩き方は斜対歩と

いう。側対歩は、人間のいわゆる「ナンバ走り」の手足の使い方と同じ歩き方で、キリンやゾウなど大型哺乳類に見られる。ウマも、日本の在来種やここに登場するナラガンセット種などは側対歩が生来身についているというが、他種のウマでも訓練で側対歩ができるようになる。

第二章

＊1 [p. 32] イロコイ五（六）民族連合に属する有力な部族。フレンチ・インディアン戦争ではイギリスに味方した。

† [p. 32] ニューヨーク植民地の北西部に居座っていたインディアン諸部族には、昔から同盟が結ばれていて、はじめは「五民族連合」と呼ばれていた。のちにもう一つ別の部族が加盟を認められ、そのときから「六民族連合」という呼び方に変わった。当初の構成は、モホーク族、オナイダ族、セネカ族、カユーガ族、オノンダーガ族であった。六番目にあたるのはタスカローラ族である。今でもこれら諸部族の残党は、州によってそれぞれに保証された土地に暮らしている。しかし、その人たちも日々少しずつ姿を消していく。死去していくためか、あるいは、生活習慣に都合のよいところへ移転していくためである。これらの並外れた人びとの生き残りは、何世紀も住んでいた地域からまもなくすっかりいなくなり、残るは名のみばかりということになるであろう。ニューヨーク州には、モホーク族とタスカローラ族を除いてこれら諸部族すべての名が郡名として残っている。州第二の川はモホーク川と名づけられている。

[一八三一年版原註──「初版はしがき」九ページの説明も参照せよ。（訳者補註）]

＊2 [p. 33] インディアンはたたかいに勝利したしるしとして、日本の武士が敵の首を切り落として持ち帰ったのと同様に、敵の頭皮をはぎとって持ち去る習わしだった。

† [p. 33] ロードアイランド州には、ナラガンセットと呼ばれる湾がある。かつてその海岸に暮らしていた有力なインディアン部族にちなんで、そのように呼ばれる。動物界においてときに自然が見せる、偶然ないし説明困難ないたずらの結果、かつてナラガンセット馬という名でアメリカ中に知れわたった品種のウマがあらわれた。小型で、アメリカで

ふつう栗毛と呼ばれる色をしており、歩き方が独特であった。この品種のウマは、その頑健さとゆったりした身ごなしのために、乗馬用のウマとして大いに珍重されたし、今でも人気がある。足運びもしっかりしていたので、「新国土」のでこぼこした土地の旅行にやむをえず出かける女性たちは、ナラガンセット馬をこぞって求めた。［一八三一年版原註――西欧各地から持ちこまれたウマが交配され、一七世紀にロードアイランドで新品種「ナラガンセット・ペイサー」（「ペイサー」は「側対歩馬」という意味）が作り出されて、アメリカ各地で愛用されたほか、西インド諸島へも輸出された。その後この品種の系統は、一九世紀前半で絶えた。（訳者補註）］

＊3 ［p. 34］淡褐色の小型のシカ。

＊4 ［p. 35］側対歩のウマの普通駆け足ないし駆歩。

＊5 ［p. 37］ギリシャ、ローマ神話における太陽神。詩歌、音楽などをつかさどる。

＊6 ［p. 38］シェイクスピア『ヴェニスの商人』五幕一場「心に音楽を持たない人間、／美しい調べにも心を動かされない人間は／謀反、陰謀、略奪にしか向いていない」のもじりによって、その裏の意味をこめている。

＊7 ［p. 39］イスラエル第二代の王。音楽に秀で、琴や詩にもすぐれていたとされる。『旧約聖書』中の「詩篇」の多くはダビデの作になると考えられていた。

＊8 ［p. 40］一六四〇年にマサチューセッツ湾岸植民地で初版が出版され、その後長年にわたって版を重ねた通称『ベイ・サーム・ブック（湾岸詩篇賛美歌集）』のこと。ピューリタンの集会で用いる『旧約聖書』「詩篇」直訳に曲をつけたもの。

＊9 ［p. 40］賛美歌の歌詞をのせるために用いられた一定の旋律の呼び名。いろいろな詩篇がいくつかの既成の譜曲に割り当てられ、一種の替え歌のようにして歌われた。『ベイサーム・ブック』一七四四年版に付録として収められた「旋律一覧表」に記載されているいくつかの譜曲のなかからどの旋律を選ぶかが、歌唱をはじめる直前に呼び名で指定される。

＊10 ［p. 41］『旧約聖書』「詩篇」第一三三篇。

＊11 [p. 42] ジョージ・フレデリック・ヘンデル（一六八五～一七五九）は、ドイツ生まれでイギリスに帰化した作曲家。

第三章

＊1 [p. 44] アメリカの詩人ウィリアム・カレン・ブライアント（一七九四～一八七八）による詩。

＊2 [p. 45] 小説で扱われる歴史上の事件との整合性を考えれば、ここは「七月」ではなく「八月」とあるべきところ。第一章訳註＊12及び第十七章訳註＊1参照。

† [p. 45] 北米の戦士は、全身から毛を引き抜き、頭のてっぺんに小さな一房の髪の毛だけを残していた。自分が打ち倒された場合に、敵が頭皮をはぎ取るのに便利なようにするためであった。頭皮は勝利を確証するために許された唯一の戦利品であった。したがって、相手を殺すよりも頭皮を剝奪することの方が重要であるとみなされた。死体を損壊することを名誉として重視する部族もいた。こういう慣行は、大西洋岸の諸州に暮らすインディアンのあいだではほとんどなくなっている。[一八三一年版原註――今日「モヒカン刈り」などと呼ばれる髪型の原型である。（訳者補註）]

† [p. 46] 狩猟用上着ははでな野良着である。ふつうのものより短く、縁飾りや飾り房がついている。色は森の色調に似せてあり、保護色の役割を果たすように工夫されている。アメリカ軍ライフル銃隊員はたいていこれを着用してきた。この着衣は、現代の服装でもっとも人目を惹くものの一つである。狩猟用上着は白色である場合も多い。[一八三一年版原註]

＊3 [p. 46] 先住民が貨幣または装飾に用いた数珠のような帯状の貝殻玉をあらわすアルゴンキン語の単語。

＊4 [p. 46] 先住民が柔らかい鹿革で作る靴を意味するアルゴンキン語の単語。

† [p. 46] 軍隊のライフル銃は短く、猟師のライフル銃は例外なく長い。[一八三一年版原註]

† [p. 47] ミシシッピ河のこと。斥候が言及している伝承は、大西洋岸諸部族に広く信奉されている。インディアンの来歴には不明な点が少なくないが、状況証拠からアジア発祥と推定されている。[一八三一年版原註]

＊5 [p. 47]「海」を意味するインディアン風の表現。

＊6 [p. 47] インディアンのことをあらわすインディアン風の表現。「赤い人」という呼び方はインディアンの赤銅色の肌色からくるとも、あるいは赤い塗料を用いたいくさ化粧からくるともいわれる。

＊7 [p. 47] 白人を意味するインディアン風の表現。「青白い顔」という意味であり、白人の肌の色をさす。

＊8 [p. 48] ホークアイの本名は、小説中で呼ばれることはめったにないが、ナサニエル（愛称ナッティ）・バンポーという。

＊9 [p. 49] インディアンの言い方で南を意味する。

＊10 [p. 50] 先史時代にオハイオ川流域からアレゲニー山脈にかけて勢力圏を築いた民族。巨人族であったと伝えられ、古墳のような土塁の遺跡を各地に残したためにマウンドビルダーと呼ばれる。西方から移住してきたレナペとイロコイが、ある段階で同盟してアレゲウィとたたかい、アレゲウィを滅ぼしたという言い伝えがあった。アレゲニーという名は、アレゲウィに由来する。

＊11 [p. 51] インディアンは、和平を誓うための象徴的な儀式としてトマホークを土中に埋めた。

＊12 [p. 51] 白人にとっての神に相当する、インディアンにとっての超越的な存在をこの言い方で表現している。

＊13 [p. 51] 酒のこと。インディアンには酒をたしなむ風習がなかったので酒に弱く、そこにつけこんだ白人によって酒におぼれさせられて、身を滅ぼすことが多かったと言われる。

＊14 [p. 52] アルゴンキン語で「最高首長」という意味の語。

＊15 [p. 52] この名は、北米におけるイギリス植民地にとって重要な役割を演じた実在のモヒーガン族首長アンカス（一五八八?～一六八三?）を想起させる。モヒーガン族のアンカスは、ニューイングランドの植民地がはじめて経験した対インディアン戦争であるピークォット戦争（一六三六～三七）において植民地軍の同盟者となり、ピークォット族殲滅を助けた。その後もアンカスはイギリス人に協力し、白人にもっとも忠実なインディアン指導者のモデルとして長年さまざまな形で顕彰されてきた。

＊16 ［p. 54］ 一フィートは一二インチ、約三〇・五センチメートル。

＊17 ［p. 54］ 一ヤードは三フィート、約〇・九メートル。

＊18 ［p. 55］ 以後この小説のなかでホークアイは幾度となく、自分は「クロス」と縁がないと力説するが、「クロス」は「異種交配」の意味であり、したがって「クロスと縁がない男」とは純血の白人であることを誇示する表現である。だが、「クロス」には「十字架」という意味もあり、そうなると、「クロスと縁のない男だ」と主張するのはキリスト教徒であることを否定し、皮肉にもインディアン同然の人間であると認めることになる。つまり、この語句には相反する二重の意味がひそんでいる。

＊19 ［p. 55］「レッドマン」（第三章訳註＊6参照）と同義だが、「ペールフェース」と釣り合うのはむしろ「レッドスキン」のほうかもしれない。

第四章

＊1 ［p. 58］ 一ロッド＝五ヤード半＝約五メートル。

＊2 ［p. 59］ ヒューロン湖北岸からオンタリオ湖北岸あたりまでの先住民。イロコイ族と同一の語族に属しているが、両部族間には前から抗争があった。ヒューロン族はフランスとの同盟関係があり、イロコイ連合の諸部族はイギリスと同盟するか中立の立場を表明するかしていたから、クーパーがヒューロンとイロコイとをほとんど同一視するのは事実に反する。

＊3 ［p. 60］ インディアンの言い方で、交戦権を放棄して他部族の保護を受ける平和主義に依るインディアン部族のこと。デラウェア族がイロコイ連合の保護のもとに入ったいきさつについては、「初版はしがき」九ページの説明、及び第五章八〇ページでホークアイが「オランダ人とイロコイ族」の「悪だくみ」で結ばせた「条約」について説明しているくだりを参照されたい。

＊4 [p. 61] 一七五五〜五六年に結成された部隊で、のちに英国王軍ライフル軍団と呼ばれた。一七五七年にはフォート・エドワード守備軍に編入され、連隊の少佐がジョン・ヤングであった（第一章訳註＊12参照）。

＊5 [p. 61]『開拓者たち』では老人として登場するエドワード・エフィンガム少佐。『開拓者たち』で老いたナッティ・バンポーは、かつての戦争で少佐の部下として働いた思い出に触れている。

＊6 [p. 61] ジョージ・ワシントンを思わせる出自であり、この箇所はヘイワードが一部ワシントンにそのモデルを負っている根拠とされる。

† [p. 65] この話の舞台は北緯四二度あたりに位置しているが、それくらいの緯度の地域では、黄昏が長く続くことはない。［一八三一年版原註］

＊7 [p. 66] マグアの別名。フランス語で「明敏なキツネ」という意味。

＊8 [p. 66] インディアンの言い方では、同盟している白人を「父」と呼ぶ。したがって、「カナダの父たち」とはフランス人のことになる。

＊9 [p. 66]「小屋」を意味するインディアン語。

第五章

＊1 [p. 79] グレンズ・フォールはエドワード砦から六マイル上流に位置する滝であり、一七八八年にジョン・グレンがこの滝を水力資源として利用するために買い取ったときに命名したのだから、物語中のこの時点でこの名はまだなかったはずである。第六章八八ページ原註を参照されたい。

＊2 [p. 80] フレンチ・インディアン戦争でイロコイはおおよそイギリス側についたが、実際は中立的であり、フランス軍と同盟したのは、一部のモホーク族など西方のイロコイ勢力のみである。また、ホークアイの言に反し、デラウェア族の大部分は、この物語の後半で描かれているとおり、フランス側についた。

†［p. 80］読者には、ニューヨークが最初はオランダの植民地だったということを思い出していただきたい。［一八三一年版原註──オランダ西インド会社は一六二四年、マンハッタン島にニューアムステルダム植民地を建設し、一六六四年、第二次英蘭戦争でイギリスに敗北した結果この植民地を失った。（訳者補註）］

†［p. 80］インディアンの主要集落を、ニューヨーク州の白人たちは今でも「城」と呼んでいる。たとえば現在の「オナイダ族の城」は散村にすぎないが、この呼び名が広く使われている。［一八三一年版原註］

＊3［p. 80］ニューヨーク植民地のこと。

＊4［p. 81］「主はエジプトのういごを……」『旧約聖書』「詩篇」第一三五篇八〜九節。

第六章

＊1［p. 83］スコットランドの詩人ロバート・バーンズ（一七五九〜九六）の詩。引用訳は中村為治訳『バーンズ詩集』（岩波書店、［一九二八］一九九五）から。

†［p. 86］アメリカ人の野卑な言い方では、料理の調味料を「風味」などと呼び、調味料そのものを言う代わりにその効果を言うことであらわす。本書では話し手のそれぞれの境遇に応じて、このような田舎じみた言葉遣いをさせている。たいていは現地の言葉遣いそのままであるが、場合によっては登場人物が属する特殊な階級にのみ見られるきわめて独特な言葉遣いである。この箇所では、斥候はこの言葉で「塩」を意味している。一行は幸いにもこれを持ち合わせていたのである。［一八三一年版原註］

＊2［p. 86］北米原産クスノキ科の樹木で、その乾燥樹皮、根皮は強壮剤、香料に用いられる。

＊3［p. 86］高級家具用の材木「マホガニー」について聞きかじったホークアイが、この未知の語を自分なりに解釈してかってに作った言い換えであり、「私のギニア・ブタ（革）」ぐらいの意味になる。

†［p. 88］グレンズ滝はハドソン川に注いでいる。川らしい流れの始まり、つまり、川が一本マストの帆船にも航行でき

るようになりはじめるあたりから、四、五〇マイル上流に遡ったところにある。このピクチャレスクで注目すべき小瀑流について斥候が述べている描写は、概ね正確である。ただし、この水流を文明生活に応用しようとしたために、その美しさは目に見えて損なわれてしまった。岩盤からなる島と二つの洞穴は、そこを訪れる旅行者のあいだで有名になっている。島は今日では、川をまたぐようにして滝の真上に突き出た橋のようになっているからである。ホークアイの好みを理解するためには、人びとは、たいていもっともおもしろくないものを大事にするのが常であるということを思い起こしてみたらいい。だから、古くから開けた国ならたいへんな手間暇かけて保存しようとするような森やその他の環境を、新しい国ではたんにいわゆる「改良」の名のもとに台なしにしてしまうのである。［一八三一年版原註］

† ［p. 89］インディアンの話す言葉の意味は、強勢や声調に大きく左右されている。［一八二六年版原註］

＊4 ［p. 90］スプルース（トウヒの木）の枝や葉やつぼみを砕いたものを発酵させた飲み物で、壊血病の予防になると考えられていた。

＊5 ［p. 91］「忍耐」という意味の名前であり、この「女房」の性質とはおよそ反対の意味をあらわす名前ということになる。

＊6 ［p. 91］植民地での戦争には、英国本国から派遣された正規軍を増強するために植民地現地人部隊が召集された。フォート・エドワード守備隊には実際コネティカット植民地住民の兵が大勢いた。

＊7 ［p. 91］マスケット銃などのこと。ライフル銃とは異なり、銃腔内部に施条がなく、銃としての性能は劣る。

＊8 ［p. 92］デーヴィッドという名前は、『旧約聖書』「詩篇」の作者とされる第二代イスラエル王ダビデに由来し、その英語発音である。

＊9 ［p. 93］「詩人」とはダビデであり、「イスラエルの王」とは、ダビデを臣下として重用しながらその才を妬んで迫害に及んだ初代イスラエル王サウルであるが、ここで言及されている「詩篇」ないし賛美歌を特定することはできなかった。

＊10 ［p. 97］「アリス」のスコットランド系愛称。

第七章

＊1 ［p. 99］英国の詩人トマス・グレイ（一七一六〜七一）の詩。引用訳は福原麟太郎訳『墓畔の哀歌』（岩波書店、［一九五八］一九七六）から。

＊2 ［p. 99］ギャマットのセリフは、『旧約聖書』「列王紀略上」八章四四節ないし二〇章三九節の言いまわしを借りているようである。

＊3 ［p. 100］南北アメリカに広く棲息したネコ科大型肉食獣。今日の米国東部では絶滅に瀕している。

† ［p. 109］ホークアイが敵をいろいろな名で呼んでいることにお気づきであろう。ミンゴとかマクアとかは軽蔑をこめた呼び名であり、イロコイというのはフランス人がつけた名称である。インディアンは、異なる部族間で他部族に言及する場合にめったに同じ呼び方を用いない。［一八三一年版原註――この呼び方についての理解の仕方の問題点については、本書「初版はしがき」訳註＊8を参照されたい。（訳者補註）］

第八章

＊1 ［p. 117］ホークアイ愛用のライフル銃につけた呼び名。「シカ殺し」という意味。

第九章

＊1 ［p. 129］前出トマス・グレイによる劇詩断章。

＊2 ［p. 131］もとはラテン語箴言。テレンティウス（紀元前一九〇？〜一五九）とキケロ（紀元前一〇六〜四三）が、言いまわしは多少異なるものの同趣旨の箴言を書いている。

＊3 〔p. 133〕 賛美歌の歌詞をのせるために用いられる出来合いの旋律のうちの一つを指す名称。第二章訳註＊9参照。
＊4 〔p. 135〕 フランス語で「長い騎兵銃」の意味。フランス同盟側のインディアンたちがホークアイにつけた別称。「カラビーヌ」は英語の「カービン」にあたり、元来は騎兵用のマスケット銃を意味する。

第十章
＊1 〔p. 143〕 先住民のあいだでは、和平のしるしにトマホークを地中に埋めるという象徴的行為がとられる（第三章訳註＊11参照）。それに対して、トマホークを地中から掘り出せば、交戦の意志を表示することになる。
＊2 〔p. 144〕 フランス語で「大蛇」の意味。チンガチグックのフランス語別称である。
＊3 〔p. 144〕 フランス語で「敏捷な雄鹿」の意味。アンカスのフランス語別称である。
† 〔p. 151〕 インディアンの重要人物にメダルを贈って懐柔しようとするのは、昔から白人の慣行であり、インディアンは野蛮な着衣にメダルを飾る。英国人が贈るメダルには君臨中の国王の肖像、米国人が贈るメダルには在任中の大統領の肖像が刻印されている。〔一八三一年版原註〕
＊4 〔p. 152〕 西インド諸島のサトウキビを原料にしたラム酒を意味するインディアン風な言い方。
＊5 〔p. 155〕 モホーク河谷の早くからの入植者で、モホーク族の女性を妻とし、モホーク語を習得してイロコイ族と親密になったあげく、フレンチ・インディアン戦争でイロコイ連合をイギリス側に抱きこむとともに、軍功をあげたために男爵に叙せられた植民地の英雄（一七一五～七四）。モホーク川沿岸にフォート・ジョンソンを築いてインディアン諸部族と活発に交渉し、一七五六年には英国政府から任命されてインディアン管理局長官になった。『開拓者たち』第一章でホークアイは、ジョンソンに従って戦争に出陣したことがあると語っている。

第十一章

＊1 ［p. 159］白人のあいだでは「北米インディアン女性」のことを意味するが、もとはナラガンセット族の言葉で「女」の意味。

＊2 ［p. 159］「白髪頭」の意味で、インディアンがマンローにつけた別称。

＊3 ［p. 161］ケベックのこと。「湖の出口」とは五大湖が流れ出るセントローレンス川のこと。

＊4 ［p. 162］北米インディアンの風習で、戦闘に出かける前に戦意を高めるために、村の広場に立てた柱にトマホークなどで打ちかかる儀式がおこなわれる。それに使われる柱のこと。

＊5 ［p. 163］正式にはオジブワ族。アルゴンキン語族に属し、スペリオル湖周辺に勢力圏を有した部族。

＊6 ［p. 168］戦死したヒューロン族戦士の名前。

＊7 ［p. 168］戦死したヒューロン族戦士の名前。

第十二章

＊1 ［p. 179］アフリカの砂漠に住み、ひとにらみまたはひと息で人を殺したという、伝説上の爬虫類動物。

＊2 ［p. 184］死後救済される者は神によってあらかじめ決められているとする、カルヴィニズム神学の真髄である予定説を端的に述べた言葉であり、デーヴィッドがニューイングランドの聖職者らしく厳格なピューリタンであることを示しつつ、ホークアイが（並びに作者もクーパーも）抱くその神学への懐疑を皮肉に洩らすきっかけを呈する。

＊3 ［p. 184］『新約聖書』「マタイ伝」七章二六節「砂の上に家を建てたる愚かなる人」からの引喩。

＊4 ［p. 186］賛美歌の歌詞をのせるために用いられる出来合いの旋律のうちの一つを指す名称。第二章訳註＊9参照。

＊5 ［p. 191］政教分離と対インディアン政策を批判したためにマサチューセッツ湾植民地から追われた宗教指導者ロジャー・ウィリアムズが、ナラガンセット族などの援助を受けて一六三六年に開いた植民地。のちにロードアイラン

ド植民地の一部となる。
† [p. 193] アメリカの森に棲む動物の多くは、岩塩が湧出する泉に集まる。これはこの地方の言葉で「塩嘗め場」と呼ばれる。これは、けものが塩分を得るために、地面にあらわれる岩塩を嘗めに行かずにいられないことに由来している。こういう塩嘗め場は猟師にとって絶好の穴場であり、そこへ通じるけもの道で獲物を待ち伏せするのである。[一八三一年版原註]
† [p. 194] 以上の出来事が起きた舞台は、現在ボールズトン村のある場所である。ボールズトンはアメリカの二大鉱泉行楽地の一つである。[一八三一年版原註——今日有名な鉱泉保養地サラトガに近い(訳者補註)]

第十三章
＊1 [p. 195] アイルランドの詩人トマス・パーネル(一六七九〜一七一八)による詩。
† [p. 197] 筆者は数年前、オンタリオ湖畔にあるオスウィーゴ要塞跡の廃墟近くで狩りをした。獲物はシカであり、そこから五十マイルの奥地までほとんど途切れなく広がっている森が猟場であった。その森のなかで思いがけぬことに、六台から八台ばかりの攻城梯子が、たがいに至近距離で並んで放置されてあるのに出くわした。粗末な作りで、すっかり腐っていた。こんなところにこんなものがこれほどたくさん集められたのはなぜだろうかと不思議に思い、近くに住む老人に説明を求めた。
一七七六年の戦争でオスウィーゴ要塞は英国軍におさえられていた。この砦を奇襲するために、原始の森を二百マイル突破する遠征隊が派遣されたことがあった。どうやらアメリカ軍は、砦から一、二マイルまで迫った前記の場所までたどりついたときに、自分たちの進撃がすでに見透かされており、退路を断たれる危険に瀕しているとはじめて知ったようである。攻城梯子を放り出して、とっとと退却してしまった。その攻城梯子が三十年間手つかずのまま放置され、そんな風に投げ出された場所に残っていたのである。[一八三一年版原註]

＊2 ［p. 199］「パテルーン」正しくはパトルーンとは、ニューヨークがオランダ治下にあった頃の名残でオランダ語起源の言葉であり、荘園的特権を得ていた大地主のこと。

＊3 ［p. 202］『旧約聖書』「詩篇」第一三七篇六節。

第十四章

＊1 ［p. 212］一七五五年九月の「ジョージ湖のたたかい」における激戦地で、二百以上の死体が投げこまれたといわれる池がある。

† ［p. 212］ディスカウ男爵のことで、フランス軍に従軍していたドイツ人である。この話の時期よりも数年前に、この将校はジョージ湖岸で、ニューヨーク植民地ジョンズタウンのサー・ウィリアム・ジョンソンに打ち負かされた。［一八三一年版原註――ルートヴィッヒ・アウグスト・ディスカウ男爵（一七〇一～六七）は一七五五年「ジョージ湖のたたかい」を指揮し、フォート・エドワードでの会戦でイギリス軍に敗れて捕らえられた。（訳者補註）］

＊2 ［p. 214］フランス語の誰何の言葉。「そこにいるのは誰か」の意。以下、フランス軍哨兵とヘイワードやコーラとの会話はフランス語で書かれているが、この訳では長いフランス語のセリフは日本語に訳し、原文ではフランス語になっていることを示すために発音のルビをふることにする。

＊3 ［p. 215］フランスの古い行進歌「ヴィーヴ・ラ・コンパーニュ」のリフレイン部。「ぶどう酒万歳、恋愛万歳」という意味。

＊4 ［p. 224］インディアンの風習では和平交渉が成立したしるしに、交戦していた者が同席して、たいていはトマホークに仕込まれたキセルでタバコをまわしのみする。これを「和平のパイプ」という。

第十五章

＊1 ［p. 231］ジョージ湖とシャンプレーン湖のあいだに位置する戦略上の要衝。一七五四年にフランス軍が要塞を築いたが、一七五九年にはイギリス軍に攻略された。その後の独立戦争では英米がこの要塞の争奪戦を演じた。

＊2 ［p. 231］独立戦争でイギリス軍の将軍ジョン・バーゴイン（一七二二〜九二）は、英軍を率いてカナダから南下し、アメリカ独立武装勢力鎮圧にあたったが、サラトガのたたかい（一七七七）で降服した。

＊3 ［p. 231］かつてはラトルスネーク・ヒルズと呼ばれていた高地で、タイコンデローガ要塞を見下ろす位置にある。

＊4 ［p. 231］エリー運河のこと。エリー湖岸バッファローからハドソン川岸オルバニーまで全長約五八〇キロの運河で、一八一七年に着工され一八二五年に完成した。これによって大西洋から五大湖へいたる水運が通じ、西部開拓が大いに進むとともにニューヨークの港湾都市としての発展がもたらされた。

† ［p. 231］言うまでもなく、一八二八年にニューヨーク州知事在職中に死去した故デウィット・クリントンのことである。［一八三一年版原註——デウィット・クリントン（一七六九〜一八二八）は米国の法律家、政治家、ニューヨーク州知事を二度（一八一七〜一八二二、一八二五〜一八二八）務めた。（訳者補註）］

＊5 ［p. 232］史実としては一七五七年八月七日にあたる。

＊6 ［p. 238］スコットランドの名門貴族。当時のロジアン侯爵はウィリアム・ヘンリー・カー（一七一〇〜一七七五）。植民地に駐留するイギリス軍の軍人として活躍し、生前将軍にまで昇りつめた。

＊7 ［p. 239］このくだり、スコットランドの俗謡か何かをふまえた引喩であろうと思われるが、正確な意味は不詳。

＊8 ［p. 239］ロンドン市中にあるウリッジ王立兵器庫の旧称。

＊9 ［p. 240］ルードゥン伯ジョン・キャンベル（一七〇五〜八二）は、一七五六年に植民地軍最高司令官としてイギリスから派遣されてきたが、ウィリアム・ヘンリー砦陥落の責任を問われ、本国へ召還された。ダニエル・ウェッブはその配下。

＊10［p. 241］ケベックの北西に広がる平野。モンカルムは一七五九年、ケベックのたたかいで戦死した。

＊11［p. 244］六世紀のゲルマン民族フランク族サリ支族の法に起源があるとされる法典で、女性の土地相続権、王位継承権を否定した。つぎに引用されている一節のなかで、「槍」は男性の本分を象徴し、「錘」は女性の本分を象徴する。

＊12［p. 245］当時のヌーヴェル・フランスの首都ケベックにあり、セントローレンス川に臨む崖。その上にフランス軍の要塞が築かれた。

第十六章

＊1［p. 249］一三世紀のフランス国王ルイ九世聖王を記念して一六九三年にフランスで創設された勲爵士団に所属する軍人。

＊2［p. 249］スコットランド最古の騎士団の勲位。七八七年創設とされ、一六八七年にジェイムズ二世により再興された。マンローが引用する騎士団のラテン語モットー「ネーモー・メ・イムプーネ・ラケシット」は、「何人も我を襲いて害受けざるはなし」という意味であり、スコットランド王家紋章のモットーでもあった。

＊3［p. 252］一七〇七年の連合法により実現されたイングランド・スコットランド両国議会の統合によるスコットランドの従属的併合のこと。これにより貿易で優位を占めていたイングランドの海外植民地も、スコットランド人にたいして対等の条件で開放されることになった。当時イングランドは国内で大規模な奴隷制を採用していなかったものの、黒人奴隷貿易の主要な担い手であり、アメリカや西インド諸島へ黒人奴隷を大量に送りこんでいた。

＊4［p. 252］アメリカ南部は黒人奴隷制がおこなわれている地域なので、そこの出身者には人種偏見が強い者が多いとみなされる。

＊5［p. 255］セバスティアン・ル・プレストル・ド・ヴォーバン（一六三三〜一七〇七）は、ルイ一四世麾下の軍において築城、攻城の軍事工学技師として中将にまで昇進。その塹壕戦術の革新により、「人道的な」交戦方法を編み出

したという国際的な評判を博した。
＊6［p. 258］フランス語で「侯爵」の意。
＊7［p. 262］モンカルムの別称。第一章訳註＊7参照。

第十七章
＊1［p. 264］日付は、史実に合致している。
＊2［p. 268］フランスのカナダ植民地はアパー・カナダとロワー・カナダからなっていた。
＊3［p. 268］フランス国王ブルボン王家の紋は白いユリの花であり、白ユリはフランスの象徴でもあった。
＊4［p. 270］ここで暗に引き合いにされているのは、一七五六年八月九日〜一四日にモンカルム指揮下のフランス軍によるオスウィーゴ要塞包囲の際に起きたとされる虐殺事件である。
＊5［p. 273］賛美歌の歌詞をのせるために用いられる出来合いの旋律のうちの一つを指す名称。第二章訳註＊9参照。
＊6［p. 274］『旧約聖書』「詩篇」第二篇一節。
＊7［p. 281］イスラエルの初代国王サウルは、悪鬼にとりつかれたために苦しめられていた心の悩みを、「ユダヤの少年」ダビデの音楽によって癒された。『旧約聖書』「サムエル前書」第一六章参照。
†［p. 284］この不幸な事件の死者数は史料によって異なり、五百人とするものから千五百人とするものまでさまざまである。［一八三一年版原註］

第十八章
＊1［p. 285］第十七章で描かれた出来事は、一七五七年八月一〇日に起きた「ウィリアム・ヘンリー砦の虐殺」と呼ばれる史実にもとづいている。

＊2［p. 286］第十七章訳註＊4参照。

＊3［p. 286］ミューズはギリシャ神話において人間の知的活動をつかさどる九柱の女神。そのうちここで言及されているのは、歴史をつかさどる女神クレイオー（あるいはクリオ）である。

＊4［p. 292］イロコイ連合に属する部族で、モホーク族とともに「イギリス軍の一翼を担って」いたが、デラウェア族とは対立していたとみなされている。

†［p. 297］アメリカ原生マネシツグミの声のすばらしさは広く知られている。だが、ほんもののマネシツグミは、ニューヨーク州ほどの北部には見られない。しかし、その代わり、多少劣るとはいえすばらしい声をもつ類似の小鳥が二種類、このあたりに棲息している。斥候がたびたび話題にするネコマネドリと、俗にツグミモドキと呼ばれる鳥である。アメリカの小鳥は一般にヨーロッパの小鳥ほどさえずり方がうまくないけれども、右にあげた二種の小鳥はサヨナキドリやヒバリよりもいい声である。［一八三一年版原註］

第十九章

＊1［p. 304］タイコンデローガの省略した呼び方。第十五章訳註＊1参照。

＊2［p. 316］けちを意味する握り屋と反対に、気前のいいことを意味する「開いた手」のこと。インディアンがヘイワードにつけた呼び名である。

第二十章

＊1［p. 319］英国の詩人ジョージ・ゴードン・バイロン（一七八八～一八二四）による物語詩（一八一二～一八）。引用訳は東中稜代訳『チャイルド・ハロルドの巡礼――物語詩』（修学社、一九九四）から。ここで「第三二連」とあるのは第三八連の誤記。

＊2 ［p. 320］ モホーク川沿岸に早くから植民したドイツ人たちはジャーマンフラッツという豊かな農村地帯を作り上げ、上等のバターなどを産した。

† ［p. 322］ ジョージ湖の美しさは、アメリカのツーリストなら誰しもよく知っている。湖周囲の山岳の標高や人工の付属施設の点では、スイスやイタリアの最高の湖水に劣るとはいえ、風景や水の透明度においてはじゅうぶん太刀打ちできる。それに、湖上の小島や洲嶼《しゅうしょ》の多さや配置の妙に関しては、あちらのものを全部合わせたよりも勝る。長さ三十マイル足らずの水面に数百の島があると言われる。ほんとうは二つの別な湖といってもいい水域をつないでいる瀬戸には島が密集しているので、そのあいだを抜ける水路は、幅わずか数フィートという場合も多い。湖それ自体の全体の幅は、ところによって一マイルから三マイルまで変わる。

ニューヨーク州は湖水の数と美しさで群を抜いている。州境の一方はオンタリオ湖の広大な湖面に向いているし、シャンプレーン湖はもう一方の州境をなして百マイル近くも延びている。オナイダ、カユーガ、カナンデイグア、セネカ、ジョージの各湖水は、いずれも三十マイルほどの長さのある細長い湖であり、それよりも小さな湖沼は数知れない。これらのほとんどの畔には、今では美しい村ができているし、蒸気船が浮かんでいるところも多い。［一八三一年版原註］

＊3 ［p. 326］ ブルボン王朝歴代の王の名。したがって、「ルイ一族の家臣」とはモンカルムのこと。

＊4 ［p. 332］ ハドソン川とモホーク川の流域を指していると思われる。

第二十一章

＊1 ［p. 336］ ハドソン川の支流で、正しくはスクルーン川。

＊2 ［p. 337］ 北を意味している。第三章訳註＊8に示したように、「夏の方角」が南を意味するのと比べられる。

＊3 ［p. 339］ インディアン戦士が敵側の女性に性的凌辱を加えないことは、よく知られていた。これは、女性と交わる

ことによって戦士としての力をそがれると信じたインディアン戦士自身が、交戦中やその前後における性的禁欲を貫いたためであると言われる。ただし、時代が経つにつれ、この風習は薄れていった。

第二十二章

＊1 [p. 350] ビーバーは大型齧歯類（体長一・三メートル）で、森の木を齧り倒して川の水をせき止め、ビーバー・ダムと呼ばれる貯水池に営巣する独特の生態で知られる。その毛皮はヨーロッパで流行した帽子の原料に用いられ、北米の重要な交易品であった。

＊2 [p. 356] 氏族や血統に特別な関連を有すると信じられた野生の動物や植物に仮託される族霊。インディアンには広くこの信仰が見られ、トーテムを図像にあらわす習俗があった。

＊3 [p. 358] デラウェア族は、デラウェア川流域にとどまった「リヴァー・インディアン」と呼ばれる少数派と、五大湖の方へ北上した多数派に分かれ、多数派はフランス側についた。

＊4 [p. 366] インディアンの子育ては放任と見えるほどの子ども本位、子ぼんのうであると見られ、体罰も辞さない厳しいしつけを宗とする白人の育児法と対比されて、賛否両論を引き起こした。

＊5 [p. 366] ペリシテ人はイスラエルの初代国王サウルや第二代国王ダビデがたたかった敵であり、蛮族とみなされた。「ペリシテ人の天幕村」は『旧約聖書』「サムエル前書」第一三章一七節にある「ペリシテ人の陣」という語句からの引喩。

第二十三章

＊1 [p. 367] スコットランドの詩人、小説家ウォルター・スコット（一七七一〜一八三二）による物語詩（一八一〇）。引用訳は入江直祐訳『湖の麗人』（岩波書店、［一九三六］一九五二）から。

＊2 [p. 370] ワイアンドット族はヒューロン語族に属する部族であり、ヒューロン族とほとんど同一視される。

＊3 [p. 370]「大王《グラン・モナルク》」すなわちフランス国王のこと。のちに出てくる「カナダの父」とは、カナダ駐在フランス軍司令官モンカルムである。
＊4 [p. 371]「イェンギーズ」は北米インディアンがイギリス人のことをあらわす言葉。「イングリッシュ」の訛りと考えられ、ニューイングランドのイギリス系住民を意味したことから「ヤンキー」の語源とする説もある。
＊5 [p. 374] 二列に並んだ人びとのあいだを走り抜けるように犠牲者に強いて、両側からつぎつぎに殴りかかるゲームないし処刑。多分に儀式的な営みである。いわゆる「ガントレット」。
＊6 [p. 377] トーテムの像を描いたり彫ったりした標柱トーテム・ポールであると思われる。
＊7 [p. 383] インディアンの名前にはいずれも明確な意味があるが、これは「頭を垂れるアシ」という意味の名前を英訳したものである。

第二十四章
＊1 [p. 385] 英国の詩人アレグザンダー・ポープ（一六八八～一七四四）によるホメーロスの叙事詩『イリアス』の英語訳（一七一五～二〇）。
＊2 [p. 391] 第二十二章訳註＊3照。
＊3 [p. 395]「イェンギー」は「イギリス人」を意味する「イェンギーズ」の単数形。第二十三章訳註＊4参照。
＊4 [p. 398]「クマを飼う」のも、のちに明らかになるように呪術師がクマに扮して徘徊するのも、先住民の習俗の一部であった。

第二十五章
＊1 [p. 404] ジョージ湖あたりから見て「ずっと北西のほう」とは、ヒューロン族本来の勢力圏であるヒューロン湖北

岸からオンタリオ湖北岸にかけての地域である。
＊2［p. 405］海泡石のことと思われる。火打ち石とは対照的に軽く柔らか。
＊3［p. 406］「パンサー」の訛り。「パンサー」については第七章訳註＊3参照。

第二十六章

＊1［p. 422］バラムは古代メソポタミアの占い者。バラムのロバは神の差し金により言葉を発したという話が、『旧約聖書』「民数紀略」第二二章二一〜三〇節にある。
＊2［p. 434］黒猫が前を横切ったら不吉なので、横切ったことにならないように方向転換するなどという迷信はあるが、それに関連した迷信か。

第二十七章

＊1［p. 444］ヴォドルイユ・ド・キャヴァニャル侯爵ピエール・フランソワ・ド・リゴー（一六九八〜一七七八）が当時の「カナダ総督」であった。
＊2［p. 447］インディアンは森のなかで行軍するとき、一人ずつ前後に連なる縦隊を組んだ。白人の軍人から見ると奇妙な戦法だったので、この名で呼ばれるようになった。
†［p. 448］このようにけものに長々と話しかけるのは、インディアンにはよくあることである。インディアンは獲物にしょっちゅうこんな風に語りかける。獲物が仕留められるときにしたたかさを発揮するか、そうでないかを見て、弱虫とけなしたり、肝っ玉が据わっていると褒めそやしたりするのである。［一八三一年版原註］

第二十八章

† [p. 452] 挽き割りトウモロコシと豆を混ぜた料理。白人もよく食する。ここで穀類とは麦ではなく、トウモロコシのことである。[一八三一年版原註]

† [p. 462] アメリカ人は自分たちの守護聖人としてタメネイと呼ぶインディアンを奉ることがあるが、これはここに登場する著名な族長の名前が転訛したものである。タメナンドの人となりや権勢に関する言い伝えは無数に残っている。[一八三一年版原註――タマネンドなどとも発音され、白人のあいだではタマニーと発音されることが多い。一七世紀後半デラウェア族の首長であり、一六八〇年頃にペンシルヴェニア植民地の白人と平和友好関係を確立した功績者。一六九八年ごろに死去したと考えられているので、この物語の時点で生存しているとするのは、年齢的に不自然である。ヨーロッパ各国が、たとえばイングランドの聖ジョージのように国民の守護聖人を押し立てたのと張り合って、自らの守護聖人を欲したアメリカ人たちは、一八世紀ごろから聖タメナンドを奉じる結社「タマニー協会」を作って、インディアンの会議の風習を真似たりした。この結社は、独立にともなう愛国主義伸張につれてフィラデルフィアから全米各地に広がり、特にニューヨーク市の「タマニー・ホール」(ニューヨーク・タマニー協会本部)は、一九世紀後半には民主党系圧力団体として市政を牛耳り、有名になった。(訳者補註)]

第二十九章

＊1 [p. 464]「第二巻」というのは誤り。正しくは「第一巻」。

＊2 [p. 476] 北米インディアンにとって宗教的畏怖の対象、超自然的な力を意味するアルゴンキン語の言葉であり、白人はこれを、白人の神に等しい概念をあらわす言葉と受けとめた。

† [p. 479] ウィリアム・ペンはデラウェア族からミコンと呼ばれていた。ペンはデラウェア族との交渉において暴力や不正を働いたことがなかったから、その高潔さに関する評判は諺の域に達していた。アメリカ人は当然ながら、自ら

の国民としての出発点を誇りにしており、この点ではおそらく世界の歴史のなかで比類ない自負を抱いているが、ペンシルヴェニア人とニュージャージー人は、他のどこの州出身の者たちよりも自分たちの先祖がりっぱであるとみなしうる理由を有する。なぜならば、この土地の元々の所有者たちに不当な仕打ちを加えたことがなかったからである。[一八三一年版原註――「ミコン」とはインディアンの言葉で「羽根」のことであり、当時ペンには羽根を用いたことからペンを「羽根」にあたる語で呼び換えたもの。ウィリアム・ペン(一六四四～一七一八)は英国のクエーカー教徒指導者で、ニュージャージー植民地やペンシルヴェニア植民地の創設者。インディアンに非暴力的な交渉であたったと言われる。(訳者補註)]

＊3 [p. 479] コーラは、父親のマンローが「七年も前」つまり一七五〇年ごろにデラウェア族のひとりに施した恩を持ち出そうとしていると思われるが、父の名を自分から口に出すことを控えて、「白人の頭領」などとインディアンの言い方に即してほのめかし、相手の記憶を促そうとしている。

＊4 [p. 480] イギリスとオランダとのあいだで商業覇権をめぐって争われた英蘭戦争のこと。英蘭戦争は一六五二年から一六七四年まで三次にわたってたたかわれたが、ここで言及されているのは、北米植民地における両国の軋轢がもっとも表立った第二次英蘭戦争(一六六五～六七年)であろうと思われる。

＊5 [p. 481] 北米インディアンの言葉で「首長」の意。「サチェム」は「(部族連合全体の)長」という意味であるのにたいして、「サガモア」は本来「副首長」という意味の語であるとされるが、当時の用法において両者は事実上同義とみなされた。第三章訳註＊14参照。

第三十章

† [p. 487] カメという意味。[一八二六年版原註――レニ・レナペ族の創世神話では、世界の陸地はカメの甲羅に支えられているとされ、またカメをトーテムとする氏族は、諸部族の元祖にあたるとみなされた。この物語では、アンカス

の属するモヒカン族がレニ・レナペ族のなかでカメの系譜につながる氏族とされている。〔訳者補註〕〕

第三十一章

† 〔p. 502〕 樹皮を部分的にせよ、全体にせよ、はがれた木は、この地方の言い方で「光り輝く」と言われる。この語法は間違いなく英語本来のものである。というのも、白い星のあるウマも、光り輝くといわれるからである。〔一八三一年版原註〕

第三十二章

＊1 〔p. 515〕 シケムはカナン中央部の町シケムの司。シケムはヤコブの娘デナを犯したため、ヤコブの子シメオンとレビによって復讐された。『旧約聖書』「創世記」第三四章参照。

＊2 〔p. 515〕 イスラエルの宿敵だったペリシテ人の戦士。イスラエルに一騎打ちを挑んだこの巨体の豪傑は、若いダビデによって投石器で倒された。『旧約聖書』「サムエル前書」第一七章一～五四節参照。

† 〔p. 521〕 アメリカの森林は、下生えが少なく、絡みあった草むらがほとんど見られないので、ウマの通行が可能である。ホークアイの提案する戦術は、白人とインディアンの戦闘ではいつももっとも有効であるという折り紙つきである。ウェインは有名なマイアミ砦のたたかいにおいて、敵の銃火を受けながら隊列を維持したあげく、竜騎兵部隊を両翼から迂回させて襲わせ、インディアンたちが弾を再装填できないうちに掩蔽から追い出したのである。マイアミ砦のたたかいに加わっていた重鎮の族長の一人から筆者が直接聞いたことによると、インディアンは、「ロング・ナイフとレザーストッキング」の戦士、すなわち、サーベルと長靴で身を固めた竜騎兵には太刀打ちできなかったそうである。〔一八三一年版原註――ここでクーパーが引き合いに出している戦闘は、「マイアミ砦のたたかい」というよりは「フォールンティンバーズのたたかい」と呼ばれるのが普通。独立後まもない米国が一七九四年、マイアミ砦か

ら撤退しないイギリス軍の威を借りながらオハイオ地域を脅かしていた、ショーニー族、デラウェア族、マイアミ族などのインディアン連合軍を討伐した戦争中の一戦闘である。この戦闘を指揮したアンソニー・ウェイン（一七四五～九六）は、独立戦争期の軍人、政治家であった。（訳者補註）」

第三十三章

＊1 ［p. 533］ アメリカの詩人フィッツ＝グリーン・ハレック（一七九〇～一八六七）がギリシャ独立戦争の英雄マルコ・ボザリスを謳った詩（一八二五年刊）。

＊2 ［p. 541］ ここではデラウェア族の別名。「初版はしがき」訳註＊3、及び「序説」一三ページ参照。

＊3 ［p. 543］『新約聖書』「コリント前書」第一五章五二節からの引喩。この世の終末、キリストの再臨にあたり、「終わりのラッパ」が鳴り響くのを合図に、死者のなかから救われるべき者たちが甦るとされる。

至ケベック
セントローレンス川
シャンプレーン湖
コネティカット川
タイコンデローガ
アディロンダック
山地
スクルーン川
ジョージ湖
(ホリカン湖)
ウィリアム・ヘンリー砦
オナイダ湖
グレンズ滝
エドワード砦
ジョンソン砦
モホーク川
サラトガ
ボールズトン
オトシーゴ湖
オルバニー
ハドソン川
マサチューセッツ湾岸
植民地
ボストン
ニューヨーク
植民地
プロヴィデンス
植民地
ケープコッド
デラウェア川
テムズ川
コネティカット
植民地
ナラガンセット
ニューヘーヴン
ニューロンドン
ニューヨーク
ロングアイランド
ペンシルヴェニア
植民地
大西洋
フィラデルフィア
ニュージャージー
植民地

『モヒカン族最後の戦士』関連地図

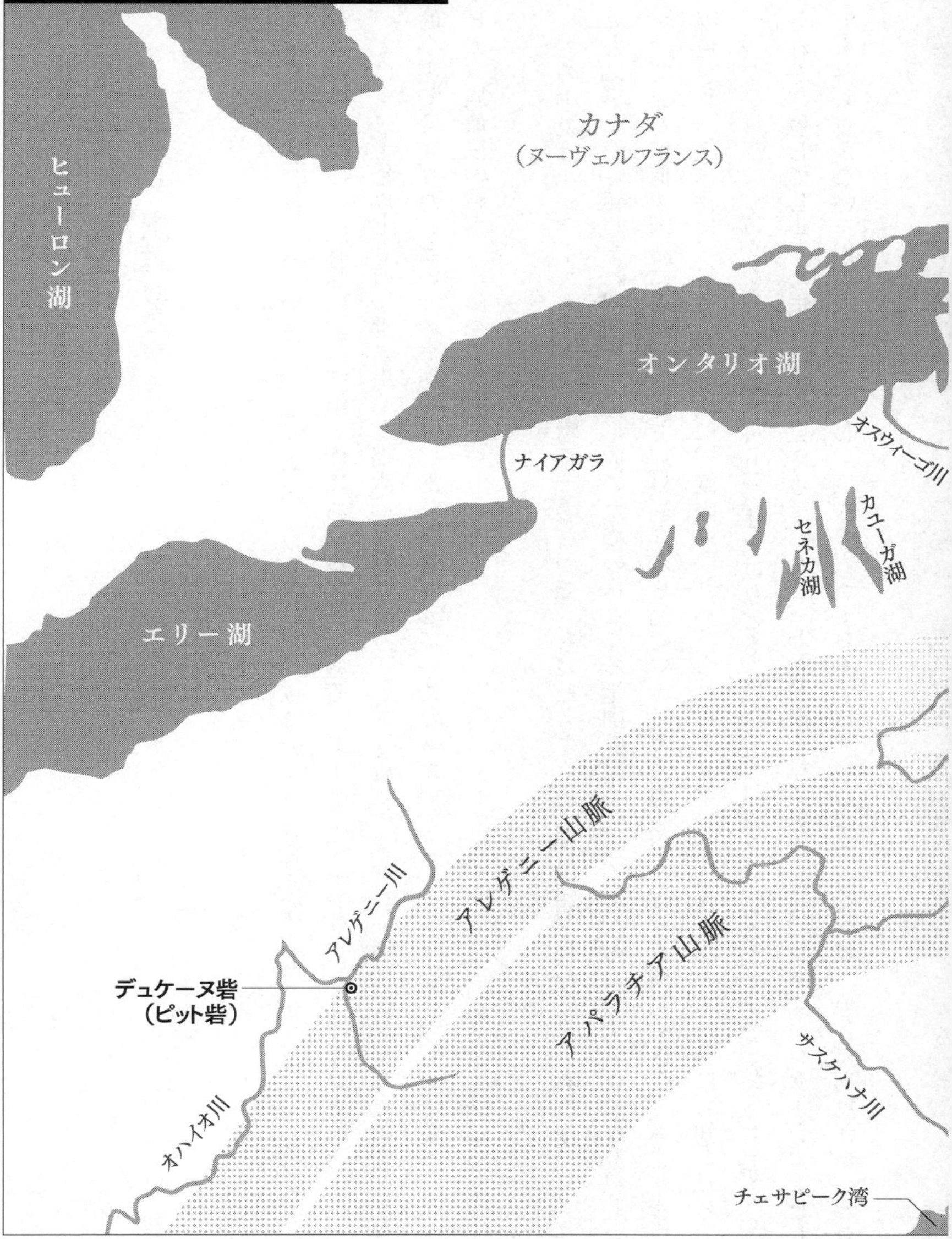

訳者あとがき

『モヒカン族最後の戦士』は、ジェイムズ・フェニモア・クーパーの連作小説「レザーストッキング物語」全五巻のなかの、出版順に言って第二作にあたる作品である。クーパーや「レザーストッキング物語」については、二十年以上も前に世に出した拙訳『開拓者たち』（岩波文庫）の「解説」で一応説明したので、基本的事実でも知りたいというのであれば、あれを参照していただきたい。この「あとがき」ではなるべく『モヒカン族最後の戦士』に限って説明する。

この小説は「レザーストッキング物語」のなかでももっともよく読まれ、知られた作品であろう。アメリカ人に早くから親しまれ、国民精神形成のための糧となる米国大衆文化に不可欠のコンテンツになり果しただけでなく、何ヵ国語にも翻訳されて、外国人から見たアメリカ人像を育む役目も演じてきた。さまざまに脚色され、読み物に、舞台に、映画に、漫画に取りあげられて、文学になじみのない人たちにも知られるに至った。日本でも古くから紹介、翻訳されてきたけれども、題は『モヒカン族の最後』と訳されることが多く、それが定着してしまったようにすら見える。しかし、わたしから見てそんな題は日本語コロケーションとしても落ち着かない一種の誤訳であるし、原作の表現からもずれているので、この際、原作に何度かあらわれる語句に従って『モヒカン族最後の戦士』という題名に改めさせてもらった。

この小説は、何恥じるところのない冒険ロマンスである。「レザーストッキング物語」第一作『開拓者たち』で老人として登場したホークアイやチンガチグックが、ここではがらりと若返って、三十代の男盛りを誇示するばかりに死闘にのめりこみ、強敵を打ち倒す壮挙に酔い痴れぬばかりである。コーラというダーク・レディとアリスというフェア・レディの姉妹が、血なまぐさい戦場にあらわれて、アリスに惹かれる少壮の将校ダンカン・ヘイワードとの恋愛の成就が描かれるだけでなく、ホークアイさえそそられた素振りを見せる毅然たる美女コーラに、悪役マグアと英雄たるアンカスとがともに惚れこんで演じる三角関係が悲恋に終わるいきさつもたどられて、恋物語としてのロマンスの趣向に事欠かない。争闘と愛慾とが目まぐるしく交錯するストーリーに惹かれるというなら、これはそういう嗜好を心ゆくまで満たしてくれる。

だが、そのような大衆文学的表層に目を奪われるあまり、作者が「はしがき」で力説しているように、歴史小説つまり新時代の叙事詩でもあるこの作品にこめられた、もっと深刻な主題に思いいたらぬまま読み過ごしてしまうならば、マーティン・グリーンが『冒険の夢、帝国の所業』をはじめとする数多の著書で論じたごとく、文学の擬制に組み敷かれることになる。グリーンによれば、英文学の「偉大なる伝統」は、ブルジョワ社会が舞台となる恋愛小説や家庭小説（「ドメスティック＝家庭内、国内」なジャンル）に表現された愛執をめぐる個人の倫理的葛藤こそ、まじめに受けとめるに値するとみなし、冒険小説などという、帝国主義的海外進出に伴う異民族に対する暴力的支配を描いたジャンルなどは、賤俗な娯楽にすぎないと蔑んできた。しかし、近代国家の成立と実態を明らめるためには冒険小説のほうが真相に迫っており、それを二流以下の文学と貶めてきた文学界の伝統は、国家が国内では近代民主主義や人道主義を標榜しながらも、国民の目があまり行き届かない国外では、むき出しの暴力的征服や法的体裁をまといながらの詐取収奪に血道を上げた、その実態を隠蔽する政略に荷担している。（わたしの旧著『アメリカ文学ミレニアムⅠ』（南雲堂、二〇〇一年刊）所収「力は正義なりってか」も参照されたい。）

恋愛ロマンスとしてもこの小説は、「白人」のダンカンとアリスとがめでたく結ばれる成りゆきだけを引き立たせる見方から、やはり大衆小説らしい、「白人」中心主義を謳歌する低俗な実利主義的俗物《フィリスティニズム》根性に根ざしているなどと評価されてきたのだから、かつての文学観の取りすましぶりにあきれるほかない。少しでも丁寧に読めば、この作品には「白人」中心主義＝アングロサクソン中心主義に対する批判、少なくとも懸念が、あちこちに書きこまれていると気づかずにいられないはずなのだが。

ウィリアム・ヘンリー砦司令官マンロー大佐の生涯が、この小説のなかにスケッチのように挿入されているのは何のためなのか。マンローの出身地は、一七〇七年イングランドとの従属的な連合を強いられ、なかば植民地の地位に貶められていたスコットランドであり、マンローはスコットランド人の英国王軍士官としての矛盾に囚われている。西インド諸島植民地防衛に派遣されて現地で結婚した妻が黒人奴隷の血を引いていると知るに及び、妻のみならず娘のコーラも黒人混血児として蔑みを受けることへの憤りに、祖国スコットランドに対する惻隠の情が重なっていると描き出されている。そこでは、近年ブレグジットに際して活発になったことから明らかになったように、スコットランド独立運動の機運が三百年前の連合直後から醸成されていたと捉えられているではないか。また小説の端々には、英国がフランスと比べてすら拙劣な植民地政策にこだわったことへの批判や、黒人奴隷貿易に主導的役割を果たしたことへの非難も読みとれる。

否、本書がもっとも鋭く糾弾しようとしているのは、西欧植民地主義が北米先住民に加えた甚大な損害であろう。西欧諸国による軍事的征服、拓殖型領土拡張、宗教布教活動、さまざまな生活様式や信念体系に対する強制的改変によって、先住民がいかに混乱させられ、部族間の関係も秩序を失っていったことか。そのさまを見つめるナッティ・バンポーは、先住民に深く同化している一方でみずからは純血の白人だと虚勢を張り、森の猟師にして英国軍斥候でもあるがゆえに、矛盾を生き抜くしかない。そこにコミカルな要素を盛りこむことも忘れられていないが、先住民への共感と同情に心を打たれながらも、植民地主義の先兵としての役割を演じざるをえないという彼のジレンマを通して、近代国家による先住民支配と自然支配に対する深刻な批判が浮かびあがってくる。この仕組みは「レザーストッキング物語」全体に共通している。

だが、『モヒカン族最後の戦士』の筋立てに特有の仕組みとして注目するべきは、マグアとタメナンドの登場である。マグアは悪党インディアンの紋切り型にすぎないとも見えながら、みずからの被害者意識を白人や先住民仲間に切々と訴えるときにはじつに鋭い雄弁の才を発揮し、白人が持ちこんだ酒のために犯した失態ゆえに本来所属していたヒューロン族から追放されて、妻や家族も失ったあげくモホーク族に拾われたという、当時のインディアンにありがちな不運につきまとわれてきたみずからの生涯を活写する。そのためにマグアは、『ヴェニスの商人』におけるユダヤ人シャイロックが悪党なのか犠牲者なのか判然としないのと同様の役割を果たすことになる。シャイロックの描き方に示されたシェイクスピアのいわゆるネガティヴ・ケイパビリティは、インディアン贔屓（モヒカン）とインディアン憎悪（ミンゴ）とのジレンマに陥るホークアイとともにマグアをも描いたクーパーによって、巧みに習得されているとも言えるのである。また、インディアンの伝説的な偉人タメナンドが結末近くであらわれて、先住民全体が絶滅寸前まで追いこまれている苦境を慨嘆、告発するとともに、遠い将来における捲土重来を予言するのも、著者の先住民への哀悼が小説を通じて表明される仕掛けであるとともに、再起への決意にかけられた期待のあらわれでもある。

そして二十世紀後半になると、民族自決が大戦の大義として掲げられて世界に浸透した影響か、北米先住民が権利回復のたたかいを開始した。民主主義の体裁を保つためにのみ先住民に残されてきたわずかばかりの保有地を、ダム建設のために水没させようという国家や大企業の計画に抗議し反対する先住民自身による運動が、あちこちで起きてきたのである。批評家エドマンド・ウィルソンがこの運動に触発され、先住民への同情を表明したルポルタージュ『イロコイ族への陳謝』(一九六〇年)を書いたことはよく知られている。そこにはこの運動についての報告が、先住民についての文化人類学的、民俗学的関心と絡めて述べられている。先住民を取りあげれば、「レザーストッキング物語」が示しているように、そのような関心をかき立てられずにはすまないのである。この運動はやがて、一九六〇年代後半から七〇年代前半にかけて米国社会を揺るがした種々の公民権運動の一環となる、いわゆる「レッド・パワー」運動につながって昂揚したけれども、ウィルソンが期待したような問題解決は達せられなかった。良心的なルポルタージュを踏まえているとしても、先住民への負い目は「陳謝」で贖いきれるわけもなく、むしろクーパーが小説として語り描き出したように、容易に解決できないジレンマを突きつけて、近代以降の西欧的世界観や秩序に対する根底からの見直しが迫られていると明らかにするしか、打開の途は見出しえなかったのではないだろうか。

その後、先住民は国家の頭越しに国連に訴える方策を取りはじめて、世界各地の先住民族間の交流を深め、連帯を築きながら、二〇〇七年には「先住民族の権利に関する国連宣言」が採択されるところまで漕ぎつけている。日本のアイヌも、二〇一九年に国会で「アイヌ施策推進法」が成立したことによってはじめて公的に、「先住民族」と認められるようになった。このような変化を遂げて到達した今日の状況においてこそ、間もなく二〇二六年に刊行二百周年を迎える『モヒカン族最後の戦士』が読み直されなければならない。そこには、タメナンドの予言の現実化が未だ程遠いとしても、この二百年間たたかい続けてきた先住民族自身の気概の予徴が浮き出ていると感得できるはずだ。

翻訳の底本には、ニューヨーク州立大学出版局から刊行されたクーパー全集版を用いた。

わたしが本書の翻訳に取りかかったのは、拙訳『開拓者たち』の刊行後すぐ、「レザーストッキング物語」全五作を出版年順に翻訳刊行しようと思い立ったあげくのことで、『モヒカン族最後の戦士』訳稿は二十年ほど前に一応完成したのだが、その後いろいろな事情のためにこの計画は頓挫してしまった。それでこの訳稿ももはや世に出ることもあるまいとなかばあきらめていた。しかしわたし自身の老い先も長くはないと悟ってから、せめてできあがった訳稿だけでも関心のある方々に読んでもらいたいという願いやみがたく、英米文学関係書出版に使命感をもって取り組んでいると伺った小鳥遊書房に相談したところ、快諾をいただいて大いに救われた。したがって、かつて翻訳作業中にさまざまな助言をいただいた米国の「クーパー協会」創設者ヒュー・マクドゥーガルさん、出版をあきらめないよう励まし続けてくださった北烏山編集室の津田正さんに加え、小鳥遊書房の高梨治さんに心からお礼申し上げたい。

二〇二四年八月

村山淳彦

本文中には今日的観点に立つと不適切と思われる表現があるかと思いますが、執筆あるいは発表された当時の時代背景、作品のもつ歴史的な意味や文学的価値を考慮してあります。

【編集部】

【著者】

ジェイムズ・フェニモア・クーパー

(James Fenimore Cooper)

アメリカの小説家。1789年、ニュージャージー州生まれ、ニューヨーク州クーパーズタウンで育つ。イェール大学を退学後、水夫などを経験し、1820年より小説を書き始め、翌年、独立戦争を題材とした『スパイ』を発表し好評を得る。1823年の『開拓者たち』にはじまる「レザーストッキング物語」は、『モヒカン族最後の戦士』(1826年)、『大草原』(1827年)、『パスファインダー』(1840年)、『ディアスレイヤー』(1841年) と続く連作小説である。米国最初の国際的作家となり、1826年より33年まで7年間ヨーロッパに滞在する。1851年死去。

【訳者】

村山淳彦

(むらやま・きよひこ)

東京都立大学名誉教授。1944年、北海道生まれ。北海道大学文学部卒業。東京大学大学院人文科学研究科博士課程満期退学。國學院大學、一橋大学、東京都立大学、東洋大学で教職に従事する。著書に『セオドア・ドライサー論 —— アメリカと悲劇』(南雲堂、1987年:日米友好基金アメリカ研究図書賞受賞)、『エドガー・アラン・ポーの復讐』(未來社、2014年)、『ドライサーを読み返せ —— 甦るアメリカ文学の巨人』(花伝社、2022年) など。主な訳書に、ドライサー『シスター・キャリー』(岩波書店、1997年)、クーパー『開拓者たち』(岩波書店、2002年)。ドライサー『アメリカの悲劇』(花伝社) を新訳刊行中。

モヒカン族《ぞく》最《さい》後《ご》の戦《せん》士《し》

一七五七年の物語

2024 年 11 月 15 日　第 1 刷発行

【著者】

ジェイムズ・フェニモア・クーパー

【訳者】

村山淳彦

発行者：高梨 治

発行所：株式会社**小鳥遊《たかなし》書房**

〒 102-0071　東京都千代田区富士見 1-7-6-5F

電話 03 (6265) 4910（代表）／ FAX　03 (6265) 4902

https://www.tkns-shobou.co.jp

info@tkns-shobou.co.jp

装画：村山 閑

装幀：鳴田小夜子（KOGUMA OFFICE）

地図作成：デザインワークショップジン

印刷：モリモト印刷株式会社

製本：株式会社村上製本所

ISBN978-4-86780-062-1　C0097